GOLDMANN

W0265443

Buch

Die junge bildschöne Lady Rhea Claire wird aus ihrem Vaterhaus entführt und als Sklavin an Bord des Schiffes »Sea Dragon« gebracht. Dort begegnet sie dem unwiderstehlich charmanten Freibeuter Dante Leighton, der sein gesamtes Erbe durch einen Betrug seines Stiefvaters und durchs Kartenspiel verloren hat. Dante hat sich vorgenommen, sein Glück auf See zu machen und sein Erbe zurückzukaufen. Als sich Rhea und Dante begegnen, verlieben sich beide ineinander und heiraten auf einer der Westindischen Inseln. Dort findet Dante einen Schatz in einem versunkenen Schiff und kehrt nach England zurück.

Das ungetrübte Glück der beiden Liebenden ist leider nicht von langer Dauer, denn in England warten schon brutale Schmuggler, besorgte Eltern und intrigierende Stiefväter auf das junge Paar...

Autorin

Laurie McBain, heute Anfang Vierzig, hatte mit ihren Büchern bereits vor über zehn Jahren Millionenauflagen erreicht. Ihre Romane liegen in fünf Sprachen vor. Die Autorin lebt heute in Big Sur, Kalifornien.

Zuletzt im Goldmann Verlag erschienen:

Herzen im Feuer. Roman (9932)
Stürme des Schicksals. Roman (9935)
Entführung ins Paradies. Roman (41075)

Laurie McBain

EIN HAUCH VON MORGENROT

Roman

Aus dem Amerikanischen
von Gabriela Prahm

GOLDMANN VERLAG

Deutsche Erstveröffentlichung

Die Originalausgabe erschien unter dem Titel
»Dark Before The Rising Sun«
bei Avon Books, New York

Der Goldmann Verlag
ist ein Unternehmen der Verlagsgruppe Bertelsmann

Made in Germany · 10/91 · 1. Auflage

Umschlaggestaltung: Design Team München
Illustration: Schlück/Ennis, Garbsen
Satz: IBV Satz- und Datentechnik GmbH, Berlin
Druck: Elsnerdruck, Berlin
Verlagsnummer: 41022
Redaktion: Ursula Walther/SD
Herstellung: Peter Papenbrok
ISBN 3-442-41022-3

Kein Licht, nichts als Dunkelheit.

John Milton

Präludium

An der Nordküste Devons, im West Country, lag Merdraco. Seit ewigen Zeiten ragten die gewaltigen Türme in den dunstigen Morgen, so als habe das Schicksal sie dazu bestimmt, Wache zu halten bis ans Ende aller Tage. Mauern eines uralten Schlosses, von Menschenhand errichtet, Stein für Stein, doch jetzt verlassen – und nichts als die endlose Brandung des Meeres unter den von der Zeit gezeichneten Zinnen; ein Echo, das sich in Spiralen über die klobigen Stufen die Türme hinaufwand.

Der einzige Laut in der Nacht war der einsame Ruf einer Eule in einem der verlassenen Türme. Kein Klirren stolzer Schilde oder schlachterprobter Schwerter ertönte als Antwort auf den Ruf zu den Waffen, kein trotziger Schlachtruf zerriß das Schweigen der großen Halle. Der Herr dieses Schlosses war nicht mehr hier – nur noch das ruhelose Flüstern der See.

Kein Schritt von eines Menschen Fuß würde die Stille der vom Mondlicht überfluteten Wege stören, keine ungeduldige Hand das kunstvolle Muster der feingesponnenen Spinnweben zerstören.

Die Schicht aus Staub, die sich geräuschlos auf alles gesenkt hatte in all den endlos langen Jahren, sie würde unberührt bleiben. Nur das unaufhörliche Murmeln der See war zu hören.

Tag auf Tag war vergangen, und jeder hatte stummes Zeugnis abgelegt vom Lauf der Sonne und des Mondes, die im Osten aufgingen. Und während ihr geschwungener Weg am Himmel sie über die vom Wind umbrausten Steinmauern führte, wartete das Schloß grüblerisch hoch oben auf den Klippen über der tosenden Küste.

So waren die Jahrhunderte verstrichen, langsam und schleppend. Jede Generation, die auf Merdraco ihr Leben verbrachte, hatte dies sowohl in Freude, wie auch in Sorge getan. Die untergehende Sonne, so als wäre sie in Ungnade gefallen, war wieder und wieder hinter den Türmen von Merdraco in der See versunken, während die Vesperglocken das Hereinbrechen der Abenddämmerung und der Flut verkündeten. Und der Mond, ernst und stolz, war am Himmel erschienen. Doch auch er war dazu bestimmt, seinen Abschied zu nehmen und in die schläfrigen Wasser der morgendlichen See zu tauchen, während das Lied der Lerche den Anbruch eines neuen Tages begleitete und die ersten goldenen Streifen am Horizont erneut die Türme Merdracos berührten.

Die Sonne und der Mond, die See und Merdraco. Ein ewiger Kreislauf, stete Veränderung, und doch blieb auf ewige Zeit alles, wie es war.

Geschaffen aus Stein und Mörtel. Merdraco war alles, was geblieben war von einer einst großen und edlen Familie. Nun verlassen, leer und vergessen, war es noch immer Wächter dessen, was einst gewesen war. Ein so durchdringendes Gefühl der Melancholie lag über den verwaisten Mauern und Türmen, daß es den Anschein hatte, als würde das Leben auf Merdraco nur ruhen und schon bald wieder erwachen – und dann würde alles wieder so sein, wie es einst gewesen war.

Das zerfledderte Banner, ausgeblichen von der Sonne und zerschlissen von Wind und Gischt, würde wieder stolz und majestätisch flattern, und das düstere Dröhnen der See würde schon bald übertönt werden vom schmetternden Signal der Trompete, die das Leben auf dem Schloß wachrief. Und wo nun nur das Krächzen der Möwen erscholl, da würde schon bald Hundegebell erklingen und das Klirren von Rüstungen, das Stampfen und Klappern von Pferdehufen auf dem Pflaster des Innenhofes. Liebliche Melodien von Flöten und Mandolinen würden vom Wind zusammen mit dem Rauch von Feuern in den Himmel getragen, um sich dort mit dem Dunst der See zu vermischen.

Doch der Wind seufzte, ein fernes, verblassendes Echo, so als wäre dies nie gewesen. Eine unwirkliche Stille lag über den kalten Steinen des Schlosses, während eine allumfassende Düsterkeit die Schatten in tiefdunkle verschwommene Bilder verwandelte und nichts mehr so schien, wie es war; und die Klarheit der Linien verwischten, bis alles nur noch ein unscharfer Umriß war. Der fließende Schatten eines Vogels wurde zu einer aus der Vergangenheit geschickten Erscheinung, und die steinernen Drachen, in das Gestein Merdracos geschlagen, schwiegen nicht länger, als ihr lautloses Brüllen das der stürmischen See wurde.

Doch die Drachen Merdracos blieben Gefangene. Steinerne Wesen, hoch über den Toren; ihre furchterregenden Augen starrten herab, und ihre geschwungenen, gezackten Schwänze schwebten über ihren gehörnten Häuptern, bereit zuzustechen – die steinernen Drachen warteten und wachten.

Gefahr lag in der Stille dieser mondlosen Nacht, doch es war niemand da, der die Zugbrücke hätte hochziehen oder die Gitter herunterlassen können. Doch selbst das hätte Merdraco nicht vor seinem unerbittlichen Feind bewahren können, denn der Zerstörer Merdracos war die Zeit.

Merdraco war diesem Feind schutzlos ausgeliefert, verletzlich und wehrlos gegen die Nacht, die Dinge verbarg, war Opfer der Tage, die erfüllt waren von den Unwahrheiten eines weiteren Feindes – Neid und Habgier.

Und die Zeit unterstützte diesen unerbittlichen Feind der Familie, die es nicht mehr gab. Sie begünstigte einen Feind, der keine Gnade kannte, was Merdraco betraf, und in den endlosen Abgründen der Zeit begann dieser Feind seinen Sieg auszukosten und über seinen Erfolg zu frohlocken – den Fall und das Ende der Familie; und die endgültige Zerstörung Merdracos.

Es gab niemanden, der den Lauf der Zeit, die verstreichenden Stunden hätte beklagen können, nur blasse, fließende Schatten der Geister aus einer anderen, längst vergangenen Zeit waren noch da. Und niemand war da, der das Klagelied auf den einstigen Glanz hätte anstimmen können, niemand, bis auf den heulenden, weinenden Wind eines sterbenden Tages.

Doch in der Dunkelheit vor Sonnenaufgang, hoch über den leise wimmernden Wassern, wartete Merdraco auf die Ankunft seines Herrn…

Glücklich, wer wie einst Odysseus eine glorreiche Reise unternahm.

Joachim Du Bellay

Kapitel eins

Eine mondlose Nacht zu Beginn des Septembers im Jahre des Herrn siebzehnhundertsiebzig; eine Nacht, so schwarz wie Ruß. Doch noch schwärzer waren die Fluten der Themse, die sich durch das Herz Londons wand. Nebel stieg von den Wassern auf, gleich einem verwirrten und körperlosen Geist, dort, wo die *Sea Dragon*, eine in Boston gebaute Brigg, nach ihrer langen Reise von Charles Town auf den Karolinen-Inseln nun vor Anker lag. Ihre breiten Segel waren gerafft, und die hohen, gewaltigen Masten ragten stolz in den Dunst, der das Schiff umhüllte. Nur die Galionsfigur am Bug des Schiffes stach seltsam und drohend durch den Schleier – ein grinsender feuerroter Drache mit gebogenem Schwanz und Flügeln. Die Zunge, die aus seinem Maul hing, hatte schon so manchen Gegner verspottet, dem das Unglück widerfahren war, an die *Sea Dragon* und ihren Captain Dante Leighton, einem Abenteurer und Freibeuter, zu geraten. In den Augen jener Unglücklichen, die die Wut seiner Kanonen in der Schlacht erlebt hatten, war der Captain kaum besser als ein elender Schmuggler und verfluchter Pirat, dem man den Galgen wünschte.

Doch Dante Leighton war – für einige Leute, die sich für seine Herkunft und Vergangenheit interessierten – mehr als nur der Captain eines Schiffes. Er war der Marquis von Jacqobi und der letzte überlebende Sproß einer altehrwürdigen Familie. Er war der einzige und alleinige Erbe der Güter seiner Vorfahren, Träger eines alten und einst verehrten Titels, den Männer von Ehre und Tapferkeit getragen hatten – und Männer, die verwegen und unbarmherzig genug waren, um Größe zu erlangen und eine Dynastie zu gründen.

Doch das lag lange zurück, und dieser Glanz und Ruhm war längst verblaßt wie die Blumen im Herbst jenes Jahres, als die *Sea Dragon* und ihr Herr von einer langen Seereise heimkamen. Dante Leighton war zurückgekehrt, um Anspruch zu erheben auf das, was ihm seine Vorfahren hinterlassen hatten.

Er war Lord und Herrscher über Merdraco.

Doch viel war geschehen und noch mehr hatte sich verändert für jenen Mann, der einst aus England und seiner Heimat geflohen war. Dante Leighton war nicht länger der mittellose junge Lord, der sein Erbe in endlosen Nächten wüster Ausschweifungen verschleudert und verspielt hatte.

Welch vortrefflicher junger Mann war er einst gewesen, voller Anmut und Würde. Doch bald zeichneten sich auf seinem hübschen Gesicht die Spuren der freizügigen Exzesse ab. Mit der Arroganz seiner Jugend hatte er seinen Kurs weiter verfolgt, einen Kurs, der ihn geradewegs auf die Hölle zutreiben ließ. Er hatte jene verächtlich verspottet, die ihn vom Rat falscher Freunde abzubringen suchten und den lasterhaften und verschwendungssüchtigen jungen Mann um Zurückhaltung und Bescheidenheit anflehten.

Leichtsinnig verschloß er sich dem Rat derer, die er wirklich wahre Freunde hätte nennen können. Er war taub für ihre warnenden Stimmen und blind für sein offenes Spiegelbild und sein verschwenderisches Tun. Mit der Haltung von Gleichgültigkeit, die an Unverschämtheit grenzte, in seinen Augen jedoch das Zeichen eines Gentleman von edler Abstammung war, hatte er sich seinem eigenen Untergang verschrieben und doch noch stets geglaubt, es gäbe einen neuen Morgen.

Doch dieser Morgen war zu einem bitteren Erwachen geworden, kalt und düster, und ein verwirrter junger Mann mußte sich der tragischen Erkenntnis stellen, daß er auf grausame Weise von jenen betrogen und ausgenutzt worden war, die er bewundert hatte, verraten von der Tücke seiner früheren Freunde und ruiniert und seiner Ehre beraubt vom Haß und der Verderbtheit derjenigen, die nun seine Feinde waren.

Ein seltsam geläuterter und niedergeschlagener Dante Leighton war in die Nacht geflohen; geflohen vor seinen Gläubigern und höhnisch lachenden Freunden. Und er hatte sich seines eigenen Namens geschämt.

Doch ehe er allem Lebewohl sagte, hatte er seine letzte Guinea verspielt in einem allerletzten und trotzigen oder verzweifelten Versuch, eines der unbezahlbaren Erbstücke seiner Familie zurückzugewinnen, die er so töricht durch die Finger hatte gleiten lassen. Doch er hatte verloren. Und was einst ihm gehört hatte, war nun im Besitz eines anderen.

Dies war Dante Leightons bitterste Stunde gewesen. Der Tod schien eine willkommene Zuflucht. Und doch war dies – ohne daß es ihm bewußt gewesen wäre – auch der Beginn seiner Errettung. Dante Leighton hätte es sicherlich abgestritten, denn der Mann, der Zeuge seiner letzten und vollständigen Erniedrigung gewesen war, war ein ungehobelter und verächtlicher Kerl, der wohl kaum Mitgefühl für das Unglück eines stolzen und hochmütigen Adligen aufbringen konnte. Ein gewöhnlicher Captain zur See war er, und unverschämt genug, das Ehrenwort eines Gentleman, seine Spielschulden zu begleichen, zurückzuweisen. Er hatte im Gegenteil diesen nichtsnutzigen, seidengeschürzten Galan gezwungen, seine Schulden abzuarbeiten und an Bord seines Schiffes, der *Perdita*, Dienst zu verrichten.

Und Captain Sedgewick Christophers *Perdita* war kein schwerfälliges, wurmzerfressenes Handelsschiff, sondern ein mit sechzehn Kanonen bestücktes Kaperschiff. Ein Kaperbrief erlaubte dem Captain, ungestraft jeden eingeschworenen Feind der Krone zu überfallen. Die *Perdita* verfolgte diesen Kurs mit beispiellosem Geschick und Feuereifer, während die fortwährenden Geplänkel und Streitigkeiten zwischen den Franzosen und Engländern schließlich zum Siebenjährigen Krieg führten.

Ein gedemütigter junger Lord sah sich sehr bald jenem Tod gegenüber, den er ersehnt hatte, und nun – obgleich sein endgültiger Untergang unabwendbar schien – erwachte in ihm die plötzliche Absicht, auf jeden Fall und um jeden Preis zu überleben. Mit diesem Schwur auf das, was ihm von seiner Ehre noch übriggeblieben war, hatte sich Dante Leighton in sein Schicksal ergeben, wohl wissend, daß der Tag kommen würde, an dem er sich an seinen Feinden rächen konnte – und er nahm sich vor, keine Gnade walten zu lassen.

Die ersten langen Jahre auf See waren eine harte Prüfung gewesen, doch der Mann, zu dem Dante Leighton geworden war, hatte sie ohne Klagen ertragen. Sein gehobener gesellschaftlicher Rang hatte ihm keine besondere Behandlung beschert, also mußte er das Deck von Blut und Schutt reinigen; er schuftete neben dem niedrigsten Matrosen. Er hißte mit den anderen die Segel, hing in der Takelage – seine Finger taub vor Kälte. Er war Kanonier, lud und richtete die Kanone aus, während sich die Crew zum Entern vorbereitete. Und wenn er müde bis auf die Knochen, ausgelaugt und halbtot in seine Koje gefallen war, hatte er gegen den Schlaf angekämpft und seine Willenskraft mit einem sorgsam ausgeklügelten Plan der Rache gestärkt.

Mit den verstreichenden Jahren erwies er sich als würdig, mit der Crew auf der *Perdita* zu fahren, und Dante Leighton stieg vom Matrosen zum Foretop-Maat bis zum Steuermann und schließlich bis zum Captain auf. Er hatte sich den Respekt seiner Mannschaft verdient.

Doch noch mehr als das hatte sich Dante Leighton den Respekt und Sedgewick Christophers Freundschaft erworben, mit dem wahrlich nicht leicht Freundschaft zu schließen war. Ein mürrischer Kerl war Sedgewick Christopher – sogar hart und schroff, wie so mancher zu erzählen wußte –, der unumschränkte Herr über sein Schiff, wenn er über Deck wanderte, die kobaltblauen Augen zusammengekniffen und unablässig die Segel, Masten und Männer beobachtete, während er seine Befehle brüllte.

Ein unerbittlicher Captain war er gewesen, doch seine Crew wäre mit niemand anderem gesegelt als mit Captain Sedgewick Christopher, denn er war ein fairer Mann – und vor allem war er der beste Captain, dem sie je gedient hatten.

Und als der gute Captain in der Schlacht ums Leben kam – seine letzten Worte waren die Aufforderung an die Feinde, ihre Flagge einzuholen –, hatte ihn die Crew mit allen Ehren auf See zu Grabe getragen. Selbst die härtesten waren gerührt und ergriffen gewesen. Doch der erste unter ihnen trauerte am tiefsten. Captain Sedgewick Christopher hatte ihm, seinem Freund, hinterlassen, was er besessen hatte. In einer alten Seemannstruhe hatte Dante Leighton Christophers Sextanten und Kompaß gefunden und einen weiteren Gegenstand, der keinen sonderlichen Wert zu haben schien. Nur zwei Menschen hatte er etwas bedeutet. Einer davon war der Mann gewesen, der ihn viele Jahre sicher in Verwahrung gehalten hatte. Der andere war der Mann, der nun besaß, was einst ihm gehört hatte.

Es war das Porträt einer atemberaubend schönen Frau mit ihrem Kind. Haar, so blond wie Flachs, und graue Augen – die Frau auf dem Bild glich einer ätherischen Vision in Gold und Alabaster vor dem feinen Dunst, der sie umwirbelte. Sie schien zwischen dem Meer und dem Himmel zu schweben, ein Geist, gefangen vom Wind und ungewiß ob ihrer Bestimmung. Das Kind an ihrer Seite, ein Junge, der kaum älter als zehn Jahre war, schaute zu ihr auf, seine grauen Augen erfüllt mit Bewunderung. Seine kleine Hand verlor sich in den seidenen Falten ihres Kleides, als ob er versuchte, sich an etwas zu klammern, das schwer faßbar war.

Es war das Porträt von Lady Elayne Jacqobi und ihrem Sohn, Dante Leighton.

Dante Leighton starrte auf das Bild, das er für immer verloren geglaubt hatte, und nicht einmal wenn seine Mutter leibhaftig vor ihm erschienen wäre, hätte es ihn mehr überrascht. So viele schuldbeladene Jahre hatte er über den Verbleib dieses Bildes gegrübelt, um nun zu entdecken, daß es der Captain die ganze Zeit besessen hatte.

Doch als Dante Leighton den Letzten Willen des Captains las, erhielt er schließlich die Antworten auf viele Fragen. Endlich kannte er die Wahrheit, die das Tun des Captains in jener unrühmlichen Nacht vor so vielen Jahren bestimmt hatte, als er einen zügellosen jungen Mann davor bewahrt hatte, sich selbst zu zerstören. Jener junge Mann hatte ihm nichts bedeutet, und Dante Leighton hatte sich stets gewundert, warum sich Sedgewick Christopher um ihn gesorgt hatte.

Das Bild war der Grund gewesen. Der Captain war ein einsamer Mann gewesen, der zur See fuhr und keine Familie oder ein liebendes Weib hatte, das auf seine sichere Heimkehr in den Hafen wartete; und in all den Jahren hatte er heimlich eine Frau verehrt, die nur gemalt auf Leinwand und in der Erinnerung eines von Reue gequälten jungen Mannes existierte.

Ein rauher, manchmal bissiger Mann hatte sich in das gemalte Bildnis einer Frau verliebt, der er nie begegnet war. Sie war gestorben, lange bevor er überhaupt von ihr wußte. Wie oft, wenn er sehnsuchtsvoll auf dieses blasse Gemälde geblickt hatte, hatte er sich wohl gewundert über die eigentümliche Traurigkeit in ihren grauen Augen?

Schweigend starrte Dante Leighton auf die an ihn gerichtete Nachricht:

... und so habe ich zu lange gewartet, um Dir das zu sagen, denn wenn Du diese Worte liest, werde ich längst von Bord gegangen sein, und es spielt keine Rolle mehr. Es sei denn für Dich, mein Freund. Ich glaube, daß Du eine Erklärung verdient hast, auch wenn ich selbst nicht einmal behaupten könnte, die ganze Wahrheit, das Weshalb und Warum zu verstehen. Mancher mag sagen, es war eine Fügung des Schicksals, was an diesem Tag geschah, und vielleicht war es das auch. Ich habe zu viele rätselhafte Dinge im Leben gesehen, um mir Gedanken über das zu machen, was ich nicht verstehe.

Alles, was ich weiß, ist, was ich an diesem Tag vor so langer Zeit fühlte. Ich war lange auf See gewesen, und ich hatte wenige Bekannte in London. Ich war allein, bis ich zufällig am Schaufenster eines kleinen Ladens vorüberkam und das Porträt einer Frau und ihres Jungen sah. Es schien, als könnte ich mich nicht vom Fleck bewegen, als wäre ich von diesem Bild wie gebannt. Ich hatte Wurzeln geschlagen, mein Freund, und als ich in diese sanften grauen Augen blickte, war es mir, als ob sie mir direkt in die Seele blickten. Und die Frau auf dem Bild winkte mir zu, mir, Sedgewick Christopher, und niemandem sonst. Plötzlich hatte ich das Gefühl, als stünde es in meiner Macht, etwas zu tun, um die Traurigkeit aus diesen Augen zu vertreiben.

Aye, ich bin ein törichter alter Kerl, und der Besitzer des Ladens hatte wohl kaum eine bessere Meinung von mir, als ich so vehement darauf bestand, alles über die Dame auf dem Bild zu erfahren. Ihr Name war Lady Elayne Jacqobi. Dann mußte ich erfahren, daß sie auf tragische Weise gestorben war, nur Monate vor meiner Rückkehr nach England, und ich fühlte mich, als hätte man mir einen tödlichen Stoß verpaßt. Der Mann im Laden nahm an, ich sei von Sinnen, besonders als ich sofort den außergewöhnlichen Preis zahlte, den er für das Bild verlangte. Er konnte nicht wissen, daß ich noch zehnmal mehr zu zahlen bereit gewesen wäre.

Dann, meine Geldbörse nun um vieles leichter, war er mehr als beflissen, mich mit seinem Wissen über die Lady vertraut zu machen, vor allem über den engelgesichtigen Jungen auf dem Bild. Er war der einzige Sohn der Lady, und einen wilderen, verwegeneren jungen Lord gab es in ganz London nicht noch einmal. Der so unschuldig aussehende Bengel auf dem Bild war zu einem Schurken geworden, der sein Vermögen und seinen guten Namen verspielte.

Welche Verderbtheit, dachte ich, denn selbst das Porträt seiner Mutter war verkauft worden, damit dieser Schuft seine Schulden begleichen konnte.

Da wußte ich, was zu tun war. Ich habe Dich gesucht, mein Freund. Ich glaube, ich muß verrückt gewesen sein, und – möge Gott mir vergeben – ich hoffte, in Dir das verfluchte Schwein zu finden, für das ich Dich hielt. Dann hätte ich es schon irgendwie geschafft, daß Du mich herausfordertest. Ich wollte Dich töten, mein Junge, aber als ich Dir am Spieltisch gegenübersaß und in Deine grauen Augen blickte, die so sehr denen der Lady auf dem Bild ähnelten, konnte ich nur sie sehen und brachte es nicht mehr fertig.

Natürlich warst Du nicht ganz so, wie ich es mir ausgemalt hatte. Aye, Du warst arrogant genug, aber das lag Dir im Blut und an der Art und Weise, wie Du erzogen worden bist. Und so konnte ich Dir deshalb keinen Vorwurf machen. Doch ich sah sofort, daß Dein Trinken und Herumhuren Dir schwer zu schaffen machten. Du sahst aus, als würdest Du dem Tod ins Antlitz starren. Ich hätte Dich Deinem Schicksal überlassen, mein Freund, wenn ich nicht etwas in Deinen Augen gesehen hätte.

Ich erkannte Reue und Traurigkeit und denselben seltsamen Ausdruck der Sehnsucht, der in den Augen Deiner Mutter lag. Der Grund für diese Traurigkeit ist mir immer noch ein Rätsel, denn sie kannte sie schon sehr gut, lange bevor Du Deinen Teil zu ihrem schweren Herzen beitrugst. Doch Du warst ihr Sohn, und sie hätte Dich wahrlich geliebt, und allein aus diesem Grund hatte ich Mitleid mit Dir in jener Nacht.

Ich schwor, aus Dir einen anständigen Kerl zu machen. Entweder das, oder ich würde Dich auf dem Grund des Meeres sehen. Und Gott ist mein Zeuge – ich hatte meine Zweifel in den ersten Monaten, mein Freund, als Dein Groll und fehlender Wille Dich beinahe Dein Leben kosteten.

Aber Du hast überlebt. Sie wäre stolz auf Dich gewesen. Ich hatte nie die Ehre, die Lady auf dem Porträt persönlich kennenzulernen, doch ich habe sie geliebt, wie ich nie jemanden sonst liebte. Es war verrückt, und ich fürchte, daß es mein Untergang war, denn ich war es zufrieden, mit nichts als einem Traum zu leben. Aye, ich bin ein Narr gewesen, aber ich würde nicht einen Tag dieser Hingabe tauschen.

Und doch ist da eine Sache, die ich anders machen würde. Es hat mich wenig besser sein lassen als einen Spitzbuben, und ich hätte Deine Verachtung wirklich verdient. Ich habe meinen Vorteil aus meinem Wissen über Dich gezogen und das Porträt versteckt. Ich habe Dir nie erzählt, daß ich es besitze. Ich sagte mir, daß ich es tat, weil es zu Deinem Besten war. Ich denke, daß Du leiden mußtest, weil Du nicht wußtest, was aus dem Bild Deiner Mutter geworden war. Ich wußte, daß Du verzweifelt versucht hattest, das Bild zurückzukaufen, denn ich war noch ein weiteres Mal in diesem Laden gewesen, in der Hoffnung, noch etwas von der Lady Elayne kaufen zu können. Der Besitzer des Ladens erzählte mir, daß Du dort gewesen wärst und ihn bedroht hättest, aber er hätte Dir nichts über mich erzählen können – nicht einmal meinen Na-

men. Damals ahnte ich, daß Du nur spieltest, weil Du genügend Geld zusammenbekommen wolltest, um das Bild zu kaufen.

So habe ich Dich um ihre tröstende Anwesenheit betrogen in den langen Jahren der Pein, und ich bitte Dich nun inständig um Vergebung. Es war falsch von mir, mein Freund, aber wir alle haben unsere Fehler und Schwächen. Und Deine Mutter war der meine. Wie oft habe ich das Schicksal verflucht für sein grausames Spiel!

Ich wünschte nur... nun, das gehört nicht hierher. Ich wollte, daß Du die Wahrheit erfährst. Ich wollte ebenso, daß Du weißt, daß ich Dich als meinen Sohn angesehen habe, den ich nie hatte. Ich hätte auf mein eigen Fleisch und Blut nicht stolzer sein können. Und deshalb habe ich Dir, mein Sohn, meinen Anteil an der Perdita vermacht. Sie könnte keinen besseren Captain haben. Ich hoffe, daß Dich meine Geschäftspartner als Captain der Perdita belassen, aber sie sind leider ein Haufen habgieriger Kaufleute und Krämerseelen, und es ist gut möglich, daß sie es nicht riskieren, ihren Anteil durch einen jungen Captain an der Spitze aufs Spiel zu setzen. Wenn das so ist, dann laß Dich auszahlen und kauf Dir ein eigenes Schiff. Du hast alles, was einen guten Captain ausmacht, mein Freund, dafür würde ich meine Hand ins Feuer legen. Du hast Deinen Anteil an dem vielen, was wir eingefahren haben. Es ist ein kleines Vermögen, das sich angesammelt hat.

Du hast kaum etwas davon ausgegeben. Wofür Du es aufgespart hast, weiß ich nicht. Das ist Deine Sache und nicht die meine. Doch wenn ich Du wäre, würde ich das Geld dazu verwenden, ein Schiff zu kaufen und es frei zu halten von irgendwelchen Partnern, die sich einmischen könnten. Sei Dein eigener Herr, mein Freund.

Noch ein letztes Wort des Ratschlags von einem Mann, der zu viel Unglück gesehen hat, das von Wut und Stolz heraufbeschworen wurde. Aus Dir ist ein prächtiger Kerl geworden, ein guter

Mann. Du bist ein anständiger Bursche, der den Respekt seiner Crew genießt. Ich kann Dir keinen Vorwurf machen, wenn Du unbarmherzig bist, denn nur die Mitleidslosen überleben und segeln in den Heimathafen. An Bord des Schiffes hast Du die heilige Pflicht, Dein Schiff auf Kurs zu halten, koste es, was es wolle. Und doch, mein Freund, Deine Entschlossenheit, wenn Du nicht in der Schlacht bist, sollte durch Mitgefühl gedämpft werden.

Ich hege die Befürchtung, daß Du nie vergeben kannst. Du hast all diese vielen Jahre überlebt, nur um ein an Dir begangenes Unrecht zu rächen. Ich kann, bei allem Ernst, Dir keinen Vorwurf daraus machen, daß Du auf den Tag Deiner Vergeltung wartest. Doch ich mache mir Sorgen, daß Dein Wunsch nach Rache ein alles verschlingendes Feuer geworden ist. Sei vorsichtig, mein Junge. Es ist zu oft traurige Wahrheit, daß die Rache dem Rächer mehr abverlangt als dem, der bestraft werden soll.

Ich habe erfahren, daß Rache so süß nicht ist und in der Tat eine schreckliche Bitterkeit hinterlassen kann. Du kannst dabei mehr verlieren, als Du gewinnst, vergiß das nicht. Und ein letzter Rat von einem alten Seebär. Segle nicht zu dicht am Wind, sonst könntest Du Dich zwischen dem Teufel und der Tiefe gefangen finden.

Paß auf Dich auf, mein Freund.
Sedgewick Oliver Christopher

Als die *Perdita* vor Anker ging und die Kunde vom Tod des Captains die Runde machte und die Eigner des Schiffes erreichte, bestätigten sich Sedgewick Christophers Befürchtungen. Die *Perdita* wurde einem anderen Captain unterstellt. Dante Leighton verkaufte seinen Anteil und kaufte sich eine schnittige kleine Zweimast-Brigg, die gerade aus den Kolonien eingetroffen war. Er taufte sie *Sea Dragon* und ließ einen Drachen als Galionsfigur an dem Vordersteven genau unterhalb des Bugspriets anbringen.

Auf ihrer ersten Fahrt unter ihrem neuen Herrn hatte die *Sea Dragon* eine erfahrene Crew, denn so mancher von der Mannschaft der *Perdita* entschied sich, mit Dante zu segeln. Cobbs, der Bootsmann, geboren in Norfolk, befand es als das beste, mit einem Mann auf See zu gehen, der von Captain Christopher ausgebildet worden war. MacDonald, der schottische Segelmacher, hatte mitgeholfen, einen Seemann aus Dante Leighton zu machen und kannte keinen Besseren, mit dem er segeln konnte. Trevelawney, der mürrische Zimmermann aus Cornwall, schätzte, daß Cobbs und MacDonald wußten, was sie taten, und hatte sich ihnen angeschlossen.

Da gab es noch jemanden, der den Captain gut kannte und den man an Bord der *Sea Dragon* fand, auch wenn er sich nur mühsam und allmählich an das Leben auf einem Schiff gewöhnen konnte. Während seiner ersten Monate auf See schien es, als würde es ihm nie gelingen. Nie hatte es einen so grüngesichtigen Mann gegeben wie Houston Kirby, der einst Lakai auf Merdraco, dann persönlicher Kammerdiener des alten Marquis und schließlich Haussteward von Lord Dante Jacqobi gewesen war. Daß sein Herr Captain eines Schiffes war, besonders eines mit dem Namen *Sea Dragon*, bedeutete, daß ihnen beiden eine ungewisse Zukunft bevorstand.

Viele Jahre hatte der treu ergebene Houston Kirby den rechten Zeitpunkt abgewartet, an dem – wie er sehnsüchtig hoffte – seine Lordschaft es müde werden würde, den Seemann zu spielen. Doch diese Hoffnung hatte sich nicht erfüllt, und so mußte Houston Kirby zu der betrüblichen Erkenntnis kommen, daß er zur See fahren mußte, wenn er seinem jungen Herrn dienen wollte – eine Pflicht, die ihm der alte Marquis auferlegt hatte.

Houston Kirby und sein Vater und Großvater vor ihm hatten der Leighton-Familie nicht in guten wie in schlechten Zeiten treu gedient, um untätig herumzusitzen und zuzusehen wie der Letzte aus der Linie der Leighton alles tat, um auf dem Meeresgrund zu enden. Houston Kirby hatte sich an den hedonistischen jungen Lord erinnert, der Dante Leighton einst gewesen war, und ein banges Gefühl hatte ihn ergriffen, als er in einer stürmischen Nacht entschlossen an Bord der *Sea Dragon* kletterte.

Mehr als acht Jahre hatte er seinen jungen Herrn nicht mehr zu Gesicht bekommen, und so sollte es ihm verziehen sein, daß er den Captain der *Sea Dragon* nicht sofort erkannte. Der braungebrannte, breitschultrige Mann, der ihn höflich begrüßt hatte, wies wenig Ähnlichkeiten auf mit dem blassen und eher schwächlichen jungen Adligen. Und die grauen Augen, von denen Houston Kirby annahm, er würde sich so gut an sie erinnern, waren zu einem unpersönlichen, abschätzenden Blick eines Fremden geworden. Als er vor dem Mann stand, den er nicht mehr kannte, verengten sich diese grauen Augen nachdenklich, und Houston Kirby lief ein Schauer über den Rücken. Er hatte nie zuvor einen so kalten und musternden Blick gesehen. Und er hatte das sichere Gefühl gehabt, daß er, wenn er Captain Dante Leightons unnachgiebigen Maßstäben nicht entsprochen hätte, über Bord geworfen worden wäre wie lästiger Ballast oder Unrat.

Es hatte Zeiten gegeben in den folgenden Jahren, als Kanonenfeuer das Deck neben ihm spaltete, in denen Houston Kirby ernsthaft daran gezweifelt hatte, ob es besonders weise und klug gewesen war, seinen Herrn zu begleiten. Zu oft war er dem Tode nahe gewesen, um sich nicht die Frage zu stellen, ob er und der Captain jemals Merdracos Türme wiedersehen würden.

Und deshalb war er auch kaum enttäuscht, als der Vertrag von Paris 1763 unterzeichnet wurde und die Feindseligkeiten zwischen England und Frankreich beendet wurden. Er hatte sich sehr darauf gefreut, endlich wieder festen Boden unter den Füßen zu haben. Doch nur allzubald sollte er entdecken, daß der Captain ganz andere Pläne für ihre Zukunft hatte – und nach England zurückzukehren und ein beschauliches Leben an Land zu führen, war kein Teil dieser Pläne.

Statt dessen hatte eine auffrischende Brise die Segel der *Sea Dragon* gebläht, während der Captain dem Steuermann befahl, Kurs Nordwest einzuschlagen. Bald waren die grünen und vertrauten Küsten Englands am Horizont verschwunden. Zwei Wochen verstrichen, und die Kanarischen Inseln glitten achtern vorüber, während die *Sea Dragon* Kurs Barbados nahm.

Der junge Alastair Marlowe befand sich als Frachtaufseher an Bord der *Sea Dragon.* Er war vor zwei Jahren überraschend in einer regnerischen Nacht in Portsmouth zur Crew gestoßen, und hätte man Houston Kirby nach dieser Nacht befragt, so hätte er wahrscheinlich bei der Erinnerung an den vornehmen jungen Gentleman gekichert, der vom Captain an Bord geschleppt worden war. Der samtene Mantel des ohnmächtigen Schönlings war rettungslos verschmiert und beschmutzt gewesen, seine feinen Seidenstrümpfe zerrissen, und auf der Stirn hatte er einen häßlichen blauen Fleck gehabt – das schmerzhafte Ergebnis eines Knüppels, geschwungen von einem Kerl einer Preßpatrouille. Sie hatten versucht – und das recht erfolgreich, bis der Captain einschritt –, irgend jemanden, der Hosen trug und unglücklich genug war, die Straßen Portsmouths entlangzugehen, für den Dienst an Bord eines der Schiffe Seiner Majestät zu kidnappen.

Als jüngerer Sohn eines wohlhabenden Gentleman vom Lande, dessen Besitz an den erstgeborenen Sohn gefallen war, war Alastair Marlowes Zukunft alles andere als rosig gewesen. Wenn er versucht hätte, sich seine Gläubiger vom Leib zu halten, wäre er sehr bald gezwungen gewesen, entweder Geistlicher oder Soldat zu werden – beides angemessene Berufe für heruntergekommene Gentlemen, aber keiner von beiden reizte einen jungen Mann, der nach ein bißchen Abenteuer hungerte und auf ein anständiges Einkommen aus war.

Nur der Captain der *Sea Dragon* wußte, warum er Mitleid gehabt hatte mit einem verzweifelten jungen Gentleman in jener Nacht in Portsmouth. Großzügige Beweise von Mitgefühl waren ungewöhnlich für Dante Leighton. Aber wenn jemand so unklug gewesen wäre, Zweifel daran zu äußern, daß der Captain einem Sämling aus der Stadt eine Koje an Bord der *Sea Dragon* anbot, so hätte Alastair Marlowe diese Zweifel sehr bald ausgeräumt. Der junge Mann hatte sich sehr bald als jemand erwiesen, dem harte Arbeit nichts Fremdes war, und er hatte in der Tat einen solchen Willen zu lernen an den Tag gelegt, daß viele alte Haudegen grummelten, weil sie im Vergleich zu ihm schlecht aussahen.

Als die *Sea Dragon* einem geruhsamen Kurs nach Norden folgte, zu ihrem letzten Ziel, Charles Town, hatten die verzaubernden Sonnenuntergänge der Westindischen See und die sanften Brisen die Crew, die sich nur zu lebhaft an die kalten scharfen Winde und kochende See des ungastlichen Nordatlantiks noch erinnern konnte, in ihren Bann gezogen. Als sie an den dichten tropischen Wäldern und geschwungenen Bergwipfel von Dominica vorbeisegelten, war die Mannschaft der *Sea Dragon* noch nicht vollständig.

Barnaby Clarke, der neue Steuermannsmaat und aufgeputzte Dandy aus Antigua, stieß in Jamaica zur Crew. Longacres, der alte Pirat ohne Vornamen und mit zwei fehlenden Schneidezähnen, kam in New Providence als Bootsführer an Bord. Und Seumus Fitzsimmons, der erste Maat, ein zungenfertiger Ire aus den Kolonien mit revolutionärer Phrasendrescherei, stellte sich dem Captain in Charles Town vor.

Während sie in St. Kitts vor Anker lagen, ging der Captain an Land und kehrte nach einer Weile in Begleitung von Conny Brady, dem Schiffsjungen der *Sea Dragon*, zurück. Es ging das Gerücht um, der Captain habe den Burschen beim Kartenspiel gewonnen, und zwar vom Captain eines Sklavenschiffes, der den Jungen brutal mißhandelt hatte. Houston Kirby hätte, wenn man ihn darum gebeten hätte, bestätigen können, daß der Captain, als er Zeuge geworden war, wie der sieben Jahre alte Junge vergeblich versucht hatte, das Schiff im holländischen Freihafen von St. Eustatius zu verlassen, geschworen hatte, den Jungen vor allen zukünftigen Schlägen zu retten, sei es auf faire Weise oder durch einen Trick.

Die Tatsache, daß das Sklavenschiff mit der *Sea Dragon* nach St. Kitts gesegelt war, beinah' Nock an Nock, trug wenig dazu bei, dieses Gerücht zu zerstreuen, besonders weil die *Sea Dragon* auf Kurs nach Jamaica hätte sein sollen. Die Geschichte, die sich wie ein Lauffeuer verbreitete – wie jeder gute Klatsch –, hatte das Geheimnis um den Captain der *Sea Dragon* noch verdichtet. Hier war ein Mann, der Mitgefühl genug besaß, um ein Kind zu retten, und gleichzeitig in der Lage war, ein Schiff von der Meeresoberfläche zu pusten.

Und natürlich war da noch die Katze des Schiffes, die aus einem mit Steinen beschwerten Sack, der in einen Regenkanal geschmissen worden war, gerettet wurde. Dante Leighton war gesehen worden, wie er den verwahrlosten, von Flöhen geplagten Kater an Bord der *Sea Dragon* trug. Jemand, der den Kater, der den Namen Jamaica erhalten hatte, fünf Jahre später gesehen hätte – riesig und mit glänzendem Fell –, wie er um die Docks strich oder sich auf der Heckreling der *Sea Dragon* sonnte, hätte guten Grund gehabt, sich über das Schicksal zu wundern, das der zufrieden aussehenden Katze erlaubt hatte, eines ihrer sieben Leben zu verlieren, um die restlichen sechs als verwöhntes Maskottchen einer abergläubischen Crew, die sich um ihn kümmerte wie um nichts sonst, zu verbringen.

In den folgenden Jahren war die *Sea Dragon* unter günstigen Winden gesegelt, als sie Waren zwischen den Westindischen Inseln und den Westkarolinen hin- und hertransportierte. Sie nahmen Schmuggelgut in den Buchten der wilden Küsten auf und schafften es, außer Reichweite der gutbewaffneten Fregatten und

Schaluppen Seiner Majestät zu bleiben, die an der Küstenlinie patrouillierten von Falmouth im Norden bis nach St. Augustine im Süden.

Einer ihrer erbittertsten Feinde war Captain Sir Morgan Lloyd von der H.M.S. *Portcullis*, einer Schaluppe mit achtzehn Kanonen. Doch die *Sea Dragon* segelte unter einem glücklichen Stern – oder unter des Teufels persönlichem Glück –, und die *Portcullis* konnte ihrer nie habhaft werden oder dicht genug manövrieren, um einen Schuß vor ihren Bug oder eine Breitseite abzufeuern.

Doch das waren Geschichten aus der Vergangenheit. Die *Sea Dragon* und ihr stolzer Herr waren heimgekehrt. Die Winde des guten Glücks hatten ihre Segel auf einer Reise, die ihre letzte sein sollte, gefüllt. Das Schiff hatte einen Schatz geladen, der aus einer vor der Küste Floridas gesunkenen Spanischen Galeone stammte. Der Captain und seine Crew waren nun allesamt wohlhabende Männer mit Träumen, die bald erfüllt werden sollten. Und so war für den Moment jedes herausfordernde Brüllen des Drachen verstummt, und in der nachfolgenden Windstille war nur der einsame und verlassene Klang der knarrenden Masten über dem leeren Deck zu hören, während die Flut sanft gegen den Rumpf eines friedvollen Schiffes schwappte.

Der Nebel, der sich wie eine große geisterhafte Wolke bewegte, trieb durch den schwankenden Wald der Masten und über die menschenleeren Kais. Er wirbelte durch die engen, verschlungenen Gassen der Stadt, wo die Taschendiebe, Herumtreiber und Sixpenny-Huren ihren Geschäften nachgingen. In der gedämpften Stille klang das Läuten der Kirchenglocken verloren hoch oben im alles einhüllenden Dunst. Ein Leierkastenmann kurbelte seine Melodie aus unharmonischen Tönen, die wie das Lied einer Todesfee heulte. Straßenhändler boten mit gellenden Stimmen ihre Waren an.

Eine heranpreschende Kutsche erschien plötzlich aus dem Nebel, ihre Räder ratterten über das schlüpfrige Kopfsteinpflaster und rammten einen der vielen Eisenpfosten, die die gepflasterten Fußwege säumten. Die wütenden Flüche von geisterhaften Schatten verhallten ungehört, während die Kutsche ihre Fahrt fortsetzte. Ohne Rücksicht auf Menschenleben peitschte der eingemummte Kutscher sein Gespann zu noch größerer Eile an.

»Du dickfällige, dummköpfige Landratte!« brüllte ein kleiner, o-beiniger Mann und drohte mit erhobener Faust. Er würde es dem unverschämten Kutscher schon zeigen, sollte er töricht genug sein anzuhalten.

»Ach, mach daß du weiterkommst! Ich habe nicht die ganze verfluchte Nacht Zeit, hier herumzustehen, während du Däumchen drehst, du Breitschuh. Gibt ja noch Leute, die wichtigen Geschäften nachgehen müssen. Kann ja nicht jeder mit der Nase in der Luft herumlaufen und nichts tun.«

Houston Kirby schnaubte wütend. »Du und wichtige Geschäfte? Du Schnodderschnauze hast doch nichts anderes zu tun, als zu überlegen, wessen Taschen du als nächstes ausräuberst«, rief er aus. Und da seine nächste Äußerung kaum freundlicher war als ein böses Knurren, verschwand der Verwünschte, ohne noch einen weiteren Blick an den unfreundlichen Fremden zu verschwenden.

»Was für eine Unverschämtheit! Ich weiß nicht, was mit dieser Stadt geschehen ist. Besonders gemocht habe ich sie nie. Die Leute hier sind immer nur in Eile und zu beschäftigt, um einem Fremden den Weg zu erklären; es sei denn, daß sie ihm sagen, wo er sich hinscheren soll, weil er es gewagt hatte, sie zu belästigen«, murmelte Houston Kirby und hielte inne, um einen Blick auf die gerundeten Spitzen seiner Stiefel zu werfen. »Ist wahrscheinlich nicht das modischste Paar in ganz London, aber es sind doch wirklich keine Breitschuhe«, murmelte er beleidigt. Er spuckte in die Gosse, die sich mit dreckigem Wasser füllte.

Er hob die Schultern gegen den kalten Regen, der ihm vom Kragen seines Mantels lief, und setzte seinen Weg über den glitschigen Bürgersteig fort. Das glänzende Zinngeschirr und Messing, Kristall und Silber, von kunstfertiger Hand hergestellt, hinter der Glasscheibe eines beleuchteten Schaufensters, blieb ebenso unbeachtet wie die Kostbarkeit von Samt und Seide in einem Laden für Stoffe oder der verführerische Glanz von herrlichen Spangen und Gold in einem Juwelierladen.

Es schüttete wie aus Kübeln, als sich Houston Kirby dem eisernen Eingangstor zum Hof von Hawkes Bell Inn näherte. Der braune Stoff seines Übermantels war vollgesogen und fühlte sich nun doppelt so schwer an. Außerdem war er viel zu groß, und der nasse Saum klatschte ihm bei jedem Schritt um die Knie. Doch Houston Kirby setzte seinen Weg fort, mochte der Mantel ihm auch noch so viel Unbehagen bereiten, mochte es auch noch so schwierig sein, Halt zu finden auf dem schlüpfrigen Kopfsteinpflaster.

Plötzlich machte er einen großen Satz auf die andere Seite der Straße, so weit, wie ihn seine kurzen Beine brachten – und gerade noch im rechten Moment, denn aus der Dunkelheit schoß eine Kutsche heran, ein Sechsergespann, das durch das Tor rollte und das Wasser nach allen Seiten verspritzte.

Wäre jemand nahe genug gewesen, hätte er erfahren können, welche Meinung der kleine Mann von dem Kutscher hatte. Mit einem Seufzer schaute er auf seine nasse Hose und seine traurig aussehenden runden Stiefel. Wo würde es mit dieser Welt noch enden? Kopfschüttelnd eilte er auf den Hof. Auch dort herrschte emsige Betriebsamkeit, denn Stalljungen und Knechte schwirrten umher, spannten Pferde ein und aus und plagten sich mit Gepäck ab, ohne große Rücksicht auf den Inhalt zu nehmen.

Houston Kirby seufzte, als er die vergleichsweise sichere und ruhige Schankstube betrat, die mit frierenden Reisenden bevölkert war, die gerade aus Bath oder Bristol angekommen waren. Die wochenlange Reise mit der Kutsche war inzwischen sicher angenehmer und schneller, als sie es einst gewesen war.

Houston Kirby bahnte sich mit den Ellenbogen einen Weg durch die Menge, näher hin zum wärmenden Feuer in dem großen Kamin, aber immer schienen da ein breiter Rücken, kräftige Schultern oder ein muskulöser Arm zu sein, die ihm den Weg versperrten. Mit einem fast komischen Ausdruck von Verstimmtheit auf dem Gesicht versuchte er, einen kleinen dreibeinigen Hocker in Beschlag zu nehmen. Und er fand, daß dieses Durcheinander und diese Widrigkeiten ganz genau so waren, wie das meiste an diesem Tag bisher verlaufen war.

Doch gerade als er im Begriff war, den Hocker unter einem riesigen, bestiefelten Fuß hervorzuziehen, rief eine Stimme nach ihm. Er sah sich um und entdeckte zwei Männer, die er nur zu gut kannte und die an einem Tisch nahe der wärmenden Glut des Feuers saßen.

Alastair Marlowe hob den Arm und winkte dem kleinen Mann, dessen Kopf er in diesem Meer von Schultern hatte auf- und abtauchen sehen. Zur selben Zeit machte Alastair eines der beschäftigten Serviermädchen aus und bestellte Bier.

Houston Kirby schnaubte, als er das lächelnde Mädchen davoneilen sah, wohl wissend, daß ein älterer Kerl wie er niemals einen raschen und freundlichen Service erhalten hätte. Ein junger und hübscher Bursche mit einem Zwinkern in den Augen und den Taschen voller Geld brachte ein mehr als nur williges Serviermädchen dazu, einen Tisch nahe dem Feuer freizumachen.

Kirbys nasser Mantel dampfte am Haken neben dem Kamin, als er sich auf die Bank setzte, wo die beiden Männer Platz für ihn gemacht hatten. Der gentlemanhafte Alastair hatte Kirby den Mantel abgenommen und an den Haken gehängt, der gerade so hoch war, daß Kirby ihn nicht erreichen konnte.

Seumus Fitzsimmons' Nasenflügel bebten. »Ich will verdammt

sein, wenn da nicht einer einen Nachttopf umgetroten hat«, knurrte er. Und als seine herausgeforderten Sinne die Quelle dieses unglaublichen Gestanks ausmachten, musterte er Kirby fragend, seine schwarzen Augenbrauen hochgezogen. »Ich bitte um Verzeihung, Mr. Kirby, aber wo, zum Teufel, sind Sie gewesen?«

Houston Kirby nahm einen tiefen Schluck von seinem Ale. Heiß und gesüßt mit Zucker, Zimt und Butter, sandte es ein Gefühl der Wärme durch den ganzen Körper bis hinunter in die Fußspitzen.

»So wie ich es sehe, Mr. Fitzsimmons, habe ich Glück gehabt, daß ich überhaupt hier angekommen bin, Geruch hin, Gestank her. Wenn man bedenkt, daß ich beleidigt und zweimal um ein Haar von einer Kutsche über den Haufen gefahren worden wäre, ist es wirklich ein Wunder. Allmählich glaube ich, daß ich an Bord der *Sea Dragon* sicherer war als jetzt hier in den Straßen«, klagte Houston Kirby, ehe er seinen Humpen vollständig leerte.

»Hört sich ganz so an, als ob wir heute morgen mit dem falschen Fuß zuerst aufgestanden wären«, scherzte Seumus Fitzsimmons.

»Und seit wann teile ich das Bett mit Ihnen und einer Ihrer vielen Freundinnen?« entgegnete Houston Kirby. Der Ire kicherte, und Kirby nickte dem grinsendem Alastair zu, der einen neuen Humpen direkt vor ihn stellte.

Seumus Fitzsimmons schüttelte den Kopf, doch dann mündete seine Entrüstung in Gelächter. »Sie mögen glauben, daß ich noch nicht genug gelernt habe, um mich mit jemandem wie Ihnen herumzustreiten. Aber jetzt, da Sie es erwähnt haben«, fuhr er fort, und offensichtlich hatte er seine Lektion noch nicht richtig gelernt, »es wäre ein Anblick, der es wert wäre, festgehalten zu werden. Ich denke, ich bin Manns genug für die Ladies, ohne daß ich Ihre freundliche Hilfe dabei bräuchte.«

»Ich nahm an, daß sie revolutionäre Reden mit einigen Ihrer hitzköpfigen Freunde in irgendeinem Hinterzimmer einer Taverne schwingen«, meinte Houston Kirby.

»Es bleibt genügend Zeit dafür. Die Nacht ist noch jung«, antwortete Seumus Fitzsimmons. Sein unerschütterlicher Ton verursachte Unwohlsein bei seinen beiden Freunden. Solche Reden waren neuerdings immer häufiger zu hören, und es war sehr gefährlich, damit in Verbindung gebracht zu werden.

»Was bereitet Ihnen Sorgen, Kirby?« wollte Alastair wissen und wechselte das Thema so mühelos wie seinen Humpen.

»Aye, ich hab' angenommen, ein so reicher Mann, wie Sie es sind, würde keine Probleme haben. Oder zerbrechen Sie sich den Kopf, wie Sie Ihren Anteil am besten ausgeben können?« fragte Seumus Fitzsimmons neugierig. Seinen Anteil des Schatzes hatte er bereits für den Erwerb eines eigenen Schiffes vorgesehen, das er nach seiner Rückkehr in die Kolonien kaufen wollte.

»Schätze, die meisten der Kameraden werden noch einen oder zwei Sovereigns in ihren Taschen haben, wenn sie ihre Feiern hier in London beendet haben«, sagte Kirby, als er eine Gruppe vertrauter Gestalten an einem der Tische ausmachte. Eigentlich hätte er keinen von ihnen erkennen können, denn ihre Kleidung war neu und ungewohnt elegant.

»Das ist besonders interessant, wenn man bedenkt, daß keiner von uns bis jetzt auch nur die Hand auf irgend etwas von diesem Schatz legen konnte«, bemerkte Seumus Fitzsimmons trocken und dachte an seine eigene neue Ausstattung, die der Schneider ihm nur allzugern angepaßt hatte.

»Wir sind erst seit wenigen Tagen im Hafen«, erinnerte ihn Alastair. »Der Captain muß zuerst die Sache mit dem Haftbefehl gegen sich aus der Welt schaffen, bevor wir uns zusammensetzen und die Aufteilung vornehmen können.«

Houston Kirby schnaubte laut und hustete fast in sein Ale. »Durch die Gerüchte, die über den Captain in Umlauf sind, ist sein Ruf jetzt schwärzer als damals, als er London verließ. Und das dank einiger Leute, deren Namen ich nennen könnte«, fügte Kirby hinzu, als er ein Mitglied der Crew erblickte, das an einem der Tische nahe dem Kamin hofhielt.

Longacres haarsträubend bluttriefende Piratengeschichten und höchst übertriebene Anekdoten über den Captain der *Sea Dragon* verbreiteten sich in London wie ein Lauffeuer. Und der Bootsführer sah in seinen weiten Kniehosen, seiner quadratisch geschnittenen Jacke und mit seinem scharlachroten Halstuch sicher aus wie einer der blutrünstigen Piraten aus den Legenden. Sein Aufzug verlieh ihm nur noch größere Glaubwürdigkeit. Und die Tatsache, daß dieser alte Haudegen ebenso bald ein sehr wohlhabender Mann sein würde, verschaffte ihm eine noch größere Beliebtheit.

»Schätze, einige Leute wissen einfach nicht, wann sie ihren Mund halten sollten.«

»Er ist doch harmlos, Kirby. Er genießt es nur, im Mittelpunkt des Interesses zu stehen. Obwohl ich wünschte, er würde sich neue Kleider kaufen oder wenigstens eine neue Hose. Er sieht aus, als würde er noch immer unter der Totenkopfflagge segeln.« Fitzsimmons grinste.

Alastair Marlowe hatte die ganze Zeit geschwiegen und das Spiel der Emotionen auf dem Gesicht des kleinen Stewards studiert. Er dachte: Was für ein vielschichtiger Mann dieser Houston Kirby doch ist, mehr als jeder andere, den ich kenne. »Sie machen sich noch immer Sorgen wegen irgend etwas, nicht wahr, Kirby?« fragte er laut.

Es war noch nicht oft vorgekommen in seinem Leben, aber in diesem Moment wußte Kirby nichts zu sagen.

»Wenn Sie sich um den Captain und die Anklage, die gegen ihn erhoben worden ist, sorgen, würde ich an Ihrer Stelle möglichst schnell alles vergessen. Er ist trotz allem ein Marquis und ein reicher Gentleman. Ich bezweifle, daß ihn das Hohe Gericht über Gebühr behelligen wird. Es ist schon seltsam, wie ein Titel und der Reichtum eines Mannes die Dinge beeinflussen können. Wir alle wissen aber, daß der feinste Titel, den Dante Leighton innehat, der ist, den er als Herr über die *Sea Dragon* trägt. Außerdem ist er unschuldig in jedem Punkt der Anklage«, fügte er treu ergeben hinzu und strich all die vorhergegangenen Schmuggeleien aus seinen Gedanken.

»Und wann hat das je einen Mann vor dem Galgen bewahrt?« wollte Seumus Fitzsimmons wissen. »Aber in einem haben Sie recht, Mister Marlowe. Diese hohen und ehrwürdigen alten Herren mit ihren Perücken werden keinen wohlhabenden Marquis hängen. Ganz gleich, was er auch getan haben mag.«

»Wenigstens dieses Mal nicht«, murmelte Houston Kirby in sein Ale und ließ die Schultern hängen, als würde er das Gewicht der Welt darauf tragen.

»Ich hoffe, Sie vergessen nicht, daß der Captain überdies noch zwei überaus angesehene Zeugen auf seiner Seite hat, die für ihn aussagen. Ich bezweifle sehr stark, daß die Tochter eines Herzogs oder ein Offizier Seiner Majestät der Parteinahme verdächtigt werden.«

Seumus Fitzsimmons lachte herzlich. »Aye, der Captain hat einen Pakt mit dem Teufel geschlossen, soviel steht fest. Wenn ich daran denke, daß Sir Morgan Lloyd höchstpersönlich der Hauptzeuge unseres Captains ist! Das ist verwunderlich genug, um mich und den Rest der Londoner Bürger alles glauben zu lassen, was der alte Longacres zum besten gibt.«

Der traurige kleine Steward ließ den Kopf noch tiefer hängen.

»Hier, mein Freund, das Leben geht weiter. Nehmen Sie's nicht so schwer«, rief der Ire aus, als die Bedienung mit frischem Bier und Speisen kam. »Was Sie jetzt brauchen, Kirby, ist ein gutes Stück von diesem trefflichen Rehbraten. Dann hebt sich Ihre Stimmung«, versprach er, als die erste von vielen Platten auf ihren Tisch gestellt wurde und bewunderte das Dekolleté des lächelnden Serviermädchens.

Während Seumus Fitzsimmons vollauf damit beschäftigt war, mit der freundlichen Magd zu flirten, ergriff Alastair die Gelegenheit, um sich an den kleinen Steward zu wenden.

»Sie fragen sich, was der Captain hier in England vorhat, nicht wahr, Kirby? Sie sind besorgt, weil er ein mächtiger Mann geworden und nun in der Position ist, eine alte Rechnung zu begleichen.«

Kirby starrte in sein Ale, als wäre er in der Lage, in der spiegelnden Oberfläche die Zukunft zu lesen. »Ich habe zu lange mit der Angst vor diesem Tag gelebt.«

»Aber, Kirby, alles ist verändert seit damals«, sagte Alastair mit einem aufmunternden Lächeln.

»Ist es das?« fragte Kirby zweifelnd. »Ach, mein Freund, ich wünschte, ich könnte das glauben, aber ich kenne die Leute, um die es geht, nur zu gut.«

»Der Captain ist wohlhabend. In der Tat, er ist reicher, als er jemals angenommen hatte. Das kann den Wunsch nach Rache besänftigen. Er ist als erfolgreicher Mann, in den Augen mancher sogar als Held, nach England zurückgekehrt. Er kann einen neuen Anfang machen. Und letzten Endes, Kirby, war der Captain ein junger Bursche von zwanzig Jahren, als er aus England floh, und das liegt nun beinahe sechzehn Jahre zurück. Er hat die meiste Zeit außerhalb dieses Landes gelebt. Meinen Sie nicht, daß er nun anders denkt und fühlt? London ist nicht mehr dieselbe Stadt, die er damals verließ, und ich nehme an, daß weder Merdraco noch die Leute, die dort in der Gegend leben, dieselben sind. Jeder ändert sich. Und überhaupt...«, fügte er leise hinzu, »haben Sie Lady Rhea Claire vergessen? Würde es der Captain aufs Spiel setzen, sie zu verlieren?«

Lady Rhea Claire. Nein, sie war ganz sicher niemand, den man vergessen konnte. Allein schon die Erwähnung ihres Namens ließ ein Bild von atemberaubender Anmut und Schönheit in den Gedanken der beiden Männer aufsteigen. Houston Kirby seufzte. Obwohl er kein Mann mit romantischer oder poetischer Seele war, konnte er nicht anders, als Lady Rhea Claire mit der Morgenröte zu vergleichen. Ihr Haar, pures Gold, glich den ersten Lichtstrahlen am Morgenhimmel. Ihre lieblichen Augen waren violettblau. Und nach Houston Kirbys Meinung war sie der wahre Schatz, den der Captain heimgebracht hatte – weit kostbarer als das spanische Gold, das das Schiff geladen hatte.

Ob die Fügung des Schicksals, die Lady Rhea an diesem regnerischen Nachmittag in Charles Town auf der Suche nach Zuflucht an Bord der *Sea Dragon* geführt hatte, seltsamer war als jene, die die Schatzkarte in die Hände des Captains spielte – Kirby konnte es nicht sagen. Keine der beiden Geschichten hatte es nötig, ausgeschmückt zu werden, nicht einmal in Longacres Erzählungen, die dem alten Piraten, besonders wenn er einen vollen Humpen vor sich hatte, so selbstverständlich über die Lippen kamen.

Natürlich, so dachte Houston Kirby, war es auch möglich, daß er sich irrte, was die Wirkung von Longacres Geschwätz betraf. Longacres Geschwätz könnte zum Vorteil des Captains sein, denn er erzählte begeistert, wie der Captain und die Crew der *Sea Dragon* Lady Rhea Claire vor dem wohl sicheren Tod in den Händen mörderischer Verbrecher gerettet hatten. Die geliebte Tochter des Herzogs und der Herzogin von Camareigh war brutal vom Anwesen der Familie verschleppt und per Schiff in die Kolonien gebracht worden, um dort als Sklavin oder Dienstmagd verkauft zu werden.

Völlig entkräftet aufgrund der Entbehrungen, die sie auf ihrer langen Seereise zu den Kolonien hatte erleiden müssen, hatte Lady Rhea Claire ihren Räubern auf den Docks von Charles Town entkommen und Zuflucht an Bord der *Sea Dragon* suchen können. Selbstverständlich hatten der gute Captain und die Crew dieses feinen Schiffes das arme Ding sofort in ihre Herzen geschlossen. Hätten sie kein Mitleid mit ihr gehabt und sie nicht mitgenommen, als sie zu den Westindischen Inseln segelten, wäre sie sehr wahrscheinlich gestorben, entweder durch die Hand ihrer Entführer oder am Fieber, denn sie war zusammengebrochen, kurz nachdem sie an Bord der *Sea Dragon* gekommen war.

Zum Zeitpunkt, als sie im Hafen von St. Johns, auf Antigua, vor Anker gingen, hatte sich Lady Rhea Claire nicht nur wieder vollständig erholt – sie und der Captain hatten sich auch ineinander verliebt. Wie Longacres zu berichten wußte, war es Liebe auf den ersten Blick gewesen. Und deshalb war der Vorwurf, der Captain habe die Lady aus Charles Town entführt, gerade so glaubhaft wie der Schwur eines Würfelspielers, darauf hätte Longacres einen Eid abgelegt. Und wenn es Gerechtigkeit gab, so hatte man Longacres sagen hören, dann würde die Crew der *Sea Dragon* für diesen ungewöhnlichen Akt der Menschlichkeit geadelt und ganz sicher nicht wie Verbrecher verhört werden.

Doch Houston Kirby erinnerte sich in ganz anderer Weise an diese Affäre. Zum einen war das erste Aufeinandertreffen zwischen dem Captain und Lady Rhea Claire alles andere als Liebe auf den ersten Blick gewesen, und obwohl die Reise nach Antigua begleitet war von sonnigen, ruhigen Tagen, so war doch die Stimmung an Bord mehr als stürmisch gewesen.

Gewiß, er konnte Longacres nicht wirklich einen Vorwurf für seine falschen Annahmen machen, denn der Bootsführer war in bestimmte Vorgänge nicht eingeweiht. Und in diesem Moment, als Kirby darüber nachdachte, mußte er zugeben, daß auch er die wahre Geschichte erst später erfahren hatte.

Wenn es jemanden gab, dem man die Schuld an dem Dilemma geben konnte, in dem sie jetzt steckten, so dachte Houston Kirby, dann war es der spanische Matrose, der vor langer Zeit den Untergang seines Schiffes in einem Hurrikan überlebt hatte. Alle an Bord, bis auf den verfluchten Matrosen, waren ebenso verloren wie dic Fracht der Galeone – ein Rumpf beladen mit Kisten voller

Gold und Silber aus den Minen Neu Mexikos. Nicht zufrieden damit, daß er überhaupt davongekommen war, hatte der spanische Matrose beschlossen, sein Glück herauszufordern, und hatte das Wrack in den folgenden Jahren um einige seiner sagenhaften Reichtümer erleichtert. Sein Gewissen hatte ihm jedoch keine Ruhe gelassen, und so hatte er seine Untaten in seinem Testament und Letzten Willen eingestanden. Jahre später tauchte dieses Dokument bei einem Kartenspiel in St. Eustatius wieder auf, bei dem der Captain der *Sea Dragon* die Hand auf den Gewinn legen konnte. Auf dem Pergament war das Geständnis eines sterbenden Mannes verzeichnet, und wahrscheinlich hatte Dante Leighton deshalb beschlossen, daß es die Reise nach Trinidad wert wäre. In den Ruinen einer Plantage, überwuchert vom Dschungel, entdeckte er eine Kiste, die eine Karte enthielt. Die Position der gesunkenen Galeone war klar eingezeichnet.

Weil Geheimnisse wie dieses schwer zu bewahren sind, und weil so mancher Mann davon träumt, einen versunkenen Schatz zu finden und um nichts in der Welt davon abzuhalten wäre, waren Dante Leighton und die Crew der *Sea Dragon* nicht allein gewesen bei ihrer Suche. Viele waren hinter dem verlorenen Gold der Conquistadores aus Eldorado hergewesen.

Und als der Captain der *Sea Dragon* den Eindringling in seiner Kajüte entdeckt hatte, die begehrte Schatzkarte auf dem Tisch ausgebreitet, hatte er Lady Rhea Claire Dominick für eine Schurkin gehalten, die auf den Schatz aus war. Dem Captain war es schwergefallen, ihr die ungewöhnliche Geschichte ihrer Entführung zu glauben, und noch weniger hatte er glauben können, daß sie die Tochter eines englischen Herzogs sein sollte. Es schien offensichtlich, daß sie eine Streunerin war, die von einem gierigen Schatzjäger an Bord geschickt worden war, um die Karte ausfindig zu machen.

Ihre klägliche Erklärung, daß sie zufällig über die Karte gestolpert sei, die doch so sorgfältig vor allem und jedem in Charles Town versteckt worden war, hatte nur dazu geführt, den Captain zu verwirren. Die Besatzung der *Sea Dragon* hatte keine andere Wahl gehabt. Da die Lady die Karte gesehen hatte, hatte Dante Leighton es nicht riskieren können, sie einfach wieder ziehen zu lassen. Also war sie mit ihnen zu den Indies gesegelt, und nur Houston Kirby, Alastair Marlowe und der Captain kannten den wahren Grund, warum sie am Ball geblieben war.

Doch schon bald nachdem Lady Rhea Claire genesen war, wurde klar, daß sie in der Tat die Person war, für die sie sich ausgab. Selbst die geschickteste Schauspielerin hätte keine so vollendete und würdevolle Lady spielen können. Jedes Wort, jede Geste verriet ein adeliges Elternhaus.

Der Captain verhielt sich jedoch weiterhin sehr abweisend ihr gegenüber, so schien es zumindest. Kein Wunder, hatte er doch gerade erst eine unglückliche Liebe zu einer Frau in Charles Town überwunden, zu einer Frau, deren Lügen und selbstsüchtiges Verhalten ihn zutiefst getroffen hatten. Doch Lady Rhea Claire war so ganz anders als diese Frau. Man konnte sie in nichts miteinander vergleichen.

Die schlechte Laune des Captains verwirrte Houston Kirby. Und dann, plötzlich, verstand er den Grund, warum sich sein Herr so verhielt. Es war nicht so, daß er die Lady nicht mochte, im Gegenteil – er hatte sich in sie verliebt.

Diese erschreckende Wende der Dinge hatte den kleinen Steward nachdenklich gemacht. Wenn Lady Rhea Claire wirklich die entführte Tochter des Herzogs und der Herzogin von Camareigh war, dann hatte sie an Bord einer Schmugglerbrigg nichts zu suchen. Und schlimmer noch – dann durfte sie sich nicht mit einem Mann einlassen, den die meisten Leute schlichtweg für einen Piraten hielten.

Houston Kirby konnte sich noch erinnern, daß er gedacht hatte, ihre freundliche Unschuld würde Lady Rhea Claire vor Unheil bewahren. Das einzige, worum sie sich gesorgt hatte, war, zu ihrer Familie nach England zurückzukehren. Wenn die *Sea Dragon* Antigua erreichte und ihre reizende Passagierin an Land ginge, würde Lady Rhea Claire alles über die *Sea Dragon* und ebenso ihren Captain vergessen haben. Und auch wenn es ihm schwerer fallen würde als ihr, so würde auch Dante Leighton das Mädchen mit dem goldenen Haar und den violettblauen Augen vergessen können. Er würde vergessen, daß sie jemals existiert hatte. Genau das hätte geschehen sollen, als sie auf Antigua vor Anker gingen. Doch statt dessen hatte der Captain der *Sea Dragon* der Lady verboten, die Kajüte zu verlassen. Die Erklärung des Captains, warum er sie an Bord hielt, schien nur vernünftig zu sein. Der Zweck der Reise war die Suche nach einem Schatz, und der Ausgang dieser Suche konnte das Leben jedes einzelnen Mannes an Bord schlagartig ändern. Sie konnten es sich nicht leisten, in Antigua aufgehalten und vernommen zu werden.

Doch Houston Kirby hatte sich nicht täuschen lassen. Er hatte das entschlossene Flackern in den Augen des Captains schon zu oft gesehen. Der wahre Grund war nur zu offensichtlich: Gekleidet in einen Rock, der zusammengeschneidert war aus Stücken und Lederfetzen, die von jedem Mitglied der Crew gespendet worden waren, und in eine Bluse, genäht aus einem der feinsten Cambraihemden des Captains, ihr goldenes Haar geschmückt mit Spangen und farbenprächtigen Bändern, war Lady Rhea Claire eine vertraute Gestalt an Bord der *Sea Dragon* geworden. Sie pflegte auf dem Achterdeck zu sitzen und Jamaica, der es sich auf ihrem Schoß bequem machte, zu streicheln.

Wenn er sie vom anderen Deck aus ansah, war in Dante Leighton, dem wahrlich nicht üblen Captain der *Sea Dragon*, der Wunsch erwacht, die sanftmütige Lady zu besitzen, die alles zu repräsentieren schien, was er verloren hatte, als er aus England geflohen war. Sie war ein sehr wirklicher Geist aus seiner Vergangenheit und doch ebenso schwer faßbar wie seine Erinnerungen.

Houston Kirby befürchtete, daß sich seine Ängste auf traurige Weise bewahrheiten sollten. Der Captain versuchte, sich an einen Traum zu hängen, der niemals in Erfüllung gehen würde.

Die Lady war zu einer Herausforderung für Dante Leighton geworden, und das machte sie nur noch begehrenswerter. Alles, was Dante Leighton im Leben erreicht hatte, war hart erkämpft worden – sein Schiff, der Respekt seiner Mannschaft und die Erfolge, die er als Freibeuter errungen hatte. Nichts war dem Mann leicht zugefallen.

Aber Lady Rhea Claire war ebenso entschlossen gewesen, sich zu widersetzen, und kaum hatte die *Sea Dragon* im Hafen von St. John Anker geworfen, versuchte sie zu fliehen. Es wäre ihr wohl auch gelungen, wenn nicht das Schicksal in der Gestalt von Conny Brady, dem Schiffsjungen der *Sea Dragon*, eingegriffen hätte. Lady Rhea Claire hatte sich mit dem Jungen angefreundet, und der kleine einsame Kerl verehrte die wunderhübsche und freundliche Lady aus London, die immer ein besonderes Lächeln für ihn übrighatte. Conny Brady hatte sich der Suchmannschaft, die an Land ging, um die vermißte Passagierin zu finden, angeschlossen.

Wie der Captain erwartet hatte, befand sich Lady Rhea Claire, kaum daß sie den Hafen erreicht hatten, in ernstlichen Schwierigkeiten. In ihrer Aufmachung hatte sie kaum den Eindruck adliger Abstammung gemacht. Verloren und zurückgewiesen an den Türen angesehener Häuser war Lady Rhea Claire in die Hände einer Gruppe grober und betrunkener Matrosen gefallen, und nur dem rechtzeitigen Eingreifen von Conny Brady und eines englischen Offiziers zur See war es zu verdanken gewesen, daß ihr nichts Schlimmeres zugestoßen war.

Conny Brady war bei dem Versuch, Lady Rhea Claire vor ihren Angreifern zu beschützen, verwundet worden. Das Einschreiten des Offiziers hatte weiteres Blutvergießen verhindert. Und das war eine weitere List, die das Schicksal der ahnungslosen und überraschten Mannschaft der *Sea Dragon* spielte, denn dieser Offizier war niemand anderes gewesen als Captain Sir Morgan Lloyd von der H.M.S. *Portcullis*, dem alten Widersacher und Todfeind der *Sea Dragon*.

Zu diesem Zeitpunkt hätte niemand an Bord der *Sea Dragon* vermutet, daß dieser Zwischenfall etwas anderes sein könnte als unselig, und Dante Leighton hielt es sicherlich für ein verdammtes Unglück. Doch seine erste Sorge galt seinem bewußtlosen Schiffsjungen und Lady Rhea Claire. Er fragte sich, was sie sagen und tun würde, jetzt, da die Freiheit in Reichweite war.

Lady Rhea Claires Tun in diesem Moment hatte nicht nur ihr eigenes Schicksal besiegelt, sondern auch das der Besatzung der *Sea Dragon*. Die Lady erzählte dem Offizier nichts davon, daß sie gezwungen war, mit ihnen zu segeln, und daß sie versucht hatte, zu fliehen. Sie erwähnte nicht einmal ihre Entführung aus England. Statt dessen hatte sie ihren Namen angegeben und ihre Absicht kundgetan, in allen Fällen der Anklage, die gegen jene Männer erhoben werden sollte, die den armen Conny Brady so zugerichtet hatten, auszusagen. Dann war sie aus freien Stücken zur *Sea Dragon* zurückgekehrt, um Conny Brady zu pflegen.

Sir Morgan Lloyd mußte sich wahrlich wie ein Narr vorgekommen sein, als er bei seiner Rückkehr nach Charles Town von dem Haftbefehl gegen Dante Leighton und der Anklage, Lady Rhea Dominick entführt zu haben, gehört hatte. Seine Verwunderung mußte größer gewesen sein durch die widersprüchlichen Aussagen von zwei einander vollkommen fremden Frauen, die beide behaupteten, Lady Rhea Claire zu kennen.

Die eine, eine bekannte und angesehene Schönheit aus Charles Town und frühere Geliebte von Dante Leighton, sagte ziemlich bissig aus, daß jeder Vorwurf, der auf den vielen Handzetteln verzeichnet war, die in den Kolonien verteilt wurden, falsch war. Sie hatte mit eigenen Augen die fragliche *Lady* an Bord der *Sea Dragon* gesehen – und sie hatte nun wahrlich keinen bekümmerten Eindruck gemacht oder sich beschwert. Ihrer Meinung nach verdienten Dante Leighton und die *Lady* einander. Die meisten Leute stimmten zu und tuschelten über diesen Vorfall. Hatte Helene Jordane nicht ihre eigene Chance vertan, Dante Leighton zu heiraten? Als sie die Verlobung aufgelöst hatte, wußte sie nichts davon, daß er der Marquis von Jacqobi und nicht nur der Schmuggler war, für den sie ihn hielt. Ob Dante Leighton nun die Wahrheit gesagt hatte oder nicht – gab es eine bessere Art, die Frau zu beschämen, die herzlos eine Verlobung aufgelöst und dann ihre Meinung geändert hatte, als ihr die Frau vorzustellen, die er nun zu heiraten beabsichtigte?

Houston Kirby, der Helene Jordanes Besuch an Bord miterlebt hatte, hätte jedem erzählen können, daß der Captain ein gekonntes Schauspiel inszeniert hatte, und daß Lady Rhea Claire halb im Delirium gewesen war durch das Fieber und sich kaum daran erinnerte, was vorgefallen war. Kurz danach war die *Sea Dragon* zu den Indies gesegelt; der Captain und die Besatzung hatten nie etwas davon erfahren, daß Handzettel mit der Beschreibung ihrer Passagierin und Vorwürfen gegen den Captain verteilt worden waren.

Die Geschichte einer anderen Frau und die Aussage des auf dem Sterbebett liegenden Captains der *London Lady*, setzte Helene Jordane endgültig dem Gespött der Öffentlichkeit aus. Halbverhungert und fast von Sinnen, meldete sich ein Mädchen namens Alys und erzählte, daß sie von London aus an Bord der *London Lady* zusammen mit Lady Rhea Claire gesegelt war. Die zwei hatten sich während der Seereise angefreundet. Alys Schilderungen hatten wenig Zweifel daran gelassen, daß Lady Rhea Claire in der Tat entführt worden war. Alys, die als Dienstmädchen verkauft werden sollte, konnte ein sehr wichtiges Beweisstück für ihre Behauptung vorzeigen: ein Medaillon und eine Kette aus purem Gold, die Lady Rhea Claire gehörten. Dies und die Aussage, die der Captain der *London Lady* machte, hatten die Behörden überzeugt, einen Haftbefehl gegen den Captain der *Sea Dragon* zu erwirken.

Captain Sir Morgan Lloyd blieb es überlassen, zu den Indies zurückzukehren und zu versuchen, den Captain der *Sea Dragon* und seine ungewöhnliche Passagierin zu finden. Und so war es gekommen, daß der Captain der H.M.S. *Portcullis* die persönliche Begleitung der *Sea Dragon* auf ihrer Heimreise übernommen und dem Schiff, das randvoll beladen war mit kostbaren Schätzen, unwillentlich sicheres Geleit gegeben hatte.

Sir Morgan Lloyd, Offizier der Flotte Seiner Majestät, hatte an jenem besagten Tag Zeugnis abgelegt über den Captain und die Crew der *Sea Dragon*. Er war unter Eid gestellt worden und mußte die Wahrheit sagen, deshalb beschwor er, daß er gesehen hatte, wie die Lady freiwillig auf die *Sea Dragon* zurückgekehrt war.

Zu jenem Zeitpunkt hatte Dante Leighton nicht nur den versunkenen Schatz gefunden, sondern auch seine Gefühle entdeckt.

In einer abgelegenen Bucht, wo die Flut sanft den von der Sonne erwärmten Strand umspielte und der Himmel sich wild in Scharlachrot und Gold färbte, waren ein Mann und eine Frau eins geworden. Und als die Nacht hereinbrach, waren ihre Schicksale für immer miteinander verwoben.

Und nun, zurück in England, verwirrte Houston Kirby diese Liebe.

»Nun, Kirby? Sie glauben doch nicht im Ernst, daß es der Captain riskieren würde, Lady Rhea Claire zu verlieren, oder? Er hat alles, was er will. Er sollte die Vergangenheit ruhen lassen. Der Captain ist kein Narr, Kirby... Kirby?«

Houston Kirby starrte verwundert auf den Braten und die gerösteten Kartoffeln auf seinem Teller, der direkt vor seiner Nase abgestellt worden war. Der würzige Duft, der von dem Mahl aufstieg, und Alastair Marlowes Worte riefen ihn zurück in die Gegenwart, und er schauderte wegen der Feuchtigkeit seiner Kleider.

»Lady Rhea Claire?« murmelte er. »Nein, ich habe die Lady nicht vergessen, und das genau ist der Grund, warum ich mir Sorgen mache, Mr. Marlowe. Die Dinge sind jetzt anders, nun da der Captain und Lady Rhea Claire nach England zurückgekehrt sind.«

»Nein, Kirby, das glaube ich nicht. Haben Sie nicht gesehen, wie anders sich der Captain verhält, wenn sie in seiner Nähe ist? Sie hat ihn verändert, Kirby. Er ist sanft, wenn sie mit ihm zusammen ist. Und die Art, wie er sie berührt – so als hätte er Angst, sie könnte verschwinden.« Alastairs Stimme ließ wenig Zweifel, daß er selbst halb verliebt war in die Lady.

»Aye.« Houston Kirby überraschte ihn mit seiner Zustimmung. »Und wie ich schon sagte, deshalb bin ich ja so besorgt. Könnte sein, daß auch jemand anders so für sie empfindet. Zum Beispiel ihre Familie. Und sie könnten die Geschichten, die sie über den Captain der *Sea Dragon* gehört haben, ernst nehmen. Der Captain hatte sie allein für sich, als wir in den Indies waren, aber hier in England könnte Lady Rhea Claires Familie ganz eigene und andere Vorstellungen haben, was das beste für sie ist. Nach dem, was ich in den vergangenen Tagen über den Herzog von Camareigh gehört habe, könnte unser Captain an einen geraten, der ihm ebenbürtig ist.«

»Lady Rhea Claire liebt den Captain. Sie würde ihn nie verlassen, Kirby.«

»Es könnte für alle Beteiligten besser sein, wenn sie es täte«, sagte der kleine Steward.

»Was wollen Sie damit sagen?« fragte Alastair scharf, doch er schaute drein, als wollte er die Antwort gar nicht wirklich wissen.

»Ich denke, mein Freund, daß der Captain, wenn er sich etwas in den Kopf gesetzt hat, von nichts und niemandem davon abzubringen ist. Und es würde mir ganz und gar nicht gefallen, wenn die junge Lady erlebt, daß der Captain... nein« Houston Kirby hielt inne und verbesserte sich, »daß Lord Dante Jacqobi nach Merdraco zurückkehrt. Sie werden ja sehen«, fuhr er langsam und nachdenklich fort, »da könnte der eine oder andere sein, der die Vergangenheit ebenso wenig wie er vergessen hat. Und dieser Jemand könnte im Namen der Hölle auf Rache sinnen. Dante Leighton ist noch immer der Marquis von Jacqobi, auch wenn er viele Jahre fort war. Daran hat sich nichts geändert. Und bei einigen Leuten ruft dieser Titel alte und bittere Erinnerungen wach. Wenn seine Lordschaft nach Merdraco zurückkehrt, wird der alte Haß wieder aufflammen. Es gibt kaum etwas, das die Gedanken mancher Leute mehr vergiftet als nagende Ressentiments.«

»Aber, Kirby, der Captain muß in all das nicht verwickelt werden. Er kann...«

»Er hat in diesem Fall gar keine Wahl«, unterbrach ihn der kleine Steward abrupt. »Wahrscheinlich ist es schon jetzt zu spät, das aufzuhalten, was bereits in Bewegung geraten ist. Vielleicht haben wir nie eine Wahl. Die Sache hat schon lange vorher angefangen«, sagte Kirby und erinnerte sich wehmütig an eine andere Zeit. »Aber jetzt ist Lord Dante Jacqobi nicht mehr der verratene Junge, der davongelaufen ist. Er ist zu einem Mann geworden, der ein ebenbürtiger Gegner für seinen Feind ist. Und wenn sich die beiden gegenüberstehen, bricht die Hölle los.«

»So muß es nicht kommen«, wiederholte Alastair, doch er kannte den Captain zu gut, um wirklich daran glauben zu können. »War der Kampf des Captains denn ganz umsonst? Wenn doch nur die Vergangenheit vergessen werden könnte...«

»Man kann nicht vergessen, Marlowe, denn die Vergangenheit hat uns zu dem gemacht, was wir jetzt sind. Sie ist ein Teil von uns, mein Freund. Auch wenn manche Dinge nicht so viel bedeuten, wie man annehmen möchte«, fügte er hinzu.

»Was meinen Sie damit?«

»Ich meine damit, daß der Captain vielleicht nicht müßig gewesen war in all den Jahren. Vielleicht war er die ganze Zeit über auf etwas aus, und dieses Etwas wird jemandem nicht passen, wenn er es herausfindet. Und er wird es herausfinden, wenn wir nach Merdraco gehen. Aye, dann ist der Teufel los.«

»Ich muß schon sagen, ich habe selten so bedrückte Gesichter gesehen«, rief Seumus Fitzsimmons. »Ich fange ja schon an zu glauben, daß ihr keine gottesfürchtigen Männer seid. Habt ihr nicht Salomo gelesen? ›Ein Mann hat nichts besseres zu tun, als zu essen und zu trinken und vergnügt zu sein.‹ Also, was ist los? Wir haben Essen und Trinken, also laßt uns vergnügt sein, Freunde! Ich will verdammt sein, wenn ich mir von zwei sauertöpfischen Mienen den Appetit verderben lasse«, erklärte er und nahm sich ein großes Stück Käse.

»Aye«, murmelte Houston Kirby, als er selbst zu Messer und Gabel griff, und dachte daran, daß der Ire Jesaja hätte zitieren sollen. Selbst Männer, denen der Galgen droht, verdienen ein letztes Mahl, sagte er sich und spülte ein zähes Stück Fleisch mit einem großen Schluck Ale hinunter.

In einem Nebenraum aßen der Captain der *Sea Dragon* und Lady Rhea Claire, und Kirby fragte sich, ob auch sie an mangelndem Appetit litten. Oder waren sie munter und unbekümmert, während sie das Ende einer Reise feierten, ohne daran zu denken, daß das Ende oft einen neuen Anfang in sich birgt?

Man sagt, die besten Männer
sind geformt aus ihren Fehlern.
Und in den meisten Fällen werden sie
nur um so besser,
wenn sie ein wenig böse sind.

Shakespeare

Kapitel zwei

»Noch ein Stück Stachelbeerkuchen, Conny?« fragte Lady Rhea Claire lächelnd.

»Nein danke, M'lady. Ich bin schon so satt, daß meine neuen Hosen aus allen Nähten platzen.« Conny Brady hielt die Hand vor den Mund, um einen Rülpser zu verbergen und schaute verlegen auf.

»Vergiß deine Milch nicht, Conny«, erinnerte sie ihn.

Conny Brady schnaufte, und es klang ganz so wie Houston Kirby, wenn der kleine Steward mit etwas gar nicht einverstanden war. »Ich bitte um Entschuldigung, M'lady, aber ich mag die Milch eigentlich nicht. Hab' gehört, daß Milch nicht gesund ist. Schätze, ein kleiner Schluck Ale würde mir jetzt besser tun.«

»Wirklich? Nun, ich werde meiner Mutter und meinem Onkel von deinen Ansichten erzählen müssen.«

»Was?«

»Weißt du, meine Mutter schwört auf Milch, ebenso wie mein Onkel Richard. Und sie sind beide bei guter Gesundheit.«

»Sie meinen die Herzogin, M'lady? Sie trinkt Milch?« fragte Conny zweifelnd und warf dem Milchkrug einen mißtrauischen Blick zu.

»Würdest du denn mir zuliebe wenigstens ein bißchen Milch trinken?« fragte sie, und ein leichtes Lächeln spielte um ihre Lippen, als sie sah, wie er tief einatmete und einen Schluck nahm, wie es ein trinkfester Mann getan hätte.

»Ich danke dir«, murmelte sie. Wie sehr er sie an ihren jüngeren Bruder Robin erinnerte. Die Jungen waren im gleichen Alter, und beide hatten dunkles Haar und blaue Augen. Beiden war eine Verschmitztheit eigen, die jedem eine Warnung hätte sein müssen, der irrtümlich annahm, daß einer von ihnen der Engel war, der er zu sein schien.

»Capt'n, M'lady. Würd's Ihnen was ausmachen, wenn ich mich jetzt zurückziehe? Würd' mich gern zu meinen Kameraden gesellen. Mir war, als hätte ich Mr. Kirby vor einer halben Stunde die Straße entlangkommen sehen. Und ich hab' Longacres in der Schankstube gehört. Ich würde gern ein Wort mit ihm wechseln.«

»Einverstanden, Conny. Ab mit dir«, meinte Lady Rhea Claire mit einem verständnisvollen Schmunzeln, weil sie genau wußte, daß der Junge von Longacres Piratengeschichten nie genug bekommen konnte.

»Capt'n, Sir?«

»Lauf los, Mr. Brady«, stimmte sein Captain zu. »Aber sei maßvoll mit dem Ale«, riet er ihm.

»Sie brauchen mich also heute abend nicht mehr? Soll ich Mr. Kirby eine Nachricht überbringen?« fragte Conny, als er aufstand und sich vom Tisch entfernte, auf dem sich nun die leeren Platten und Teller türmten.

»Nein, ich werde keinen von euch heute abend brauchen. Und Conny, vergiß nicht, du bist jetzt ein wohlhabender junger Mann. Du mußt niemanden mehr wegen irgend etwas um Erlaubnis fragen oder ihm dienen. Was du von nun an tust, ist deine eigene Sache«, erinnerte Dante Leighton seinen jungen Freund, der sein halbes Leben auf der *Sea Dragon* gedient hatte.

Conny Brady runzelte die Stirn. Der Gedanke schien ihm Sorgen zu bereiten. Dann zog er seine mageren Schultern hoch und wünschte dem Captain und der Lady einen guten Abend. Als er die Tür öffnete, um zu seinen Freunden in die Schankstube zu gehen, blickte er noch einmal zurück. Ein seltsamer Ausdruck der Sehnsucht lag auf seinem Gesicht beim Anblick des Captains und Lady Rhea Claires, die beide vertraut in der Wärme des Feuers beieinander saßen.

Als sich die Tür hinter seiner schmalen Gestalt schloß, faltete Rhea Claire sorgfältig ihre Serviette zusammen und legte sie auf den Tisch. »Er sieht manchmal so einsam aus. Er liebt es, mit seinen Kameraden zusammenzusein und den alten Geschichten der Seeräuber zu lauschen, doch in seinem tiefsten Innern ist er ein sehr einsamer kleiner Junge, Dante«, sagte sie mit trauriger Miene. Obwohl sie in einer liebevollen Familie aufgewachsen war, hatte sie die Einsamkeit kennengelernt, und sie machte sich Sorgen um Conny.

Es schien, als hätte Dante Leighton die langen Tage der Einsamkeit, als er keine Familie hatte, vergessen. »Beurteile ihn nicht nach deinem Bruder, Rhea. Conny Brady ist an mehr Orten gewesen und hat mehr gesehen als ein Mann, der alt genug wäre, sein Großvater zu sein. Er ist sehr stark geworden, Rhea. Und er hat eine Zukunft vor sich, um die ihn die meisten beneiden würden. Es wird ihm an nichts mehr mangeln. Er braucht dein Mitleid nicht, meine Liebe.«

»Vielleicht braucht er Liebe und eine Familie, die sich um ihn kümmert mehr als das, was er sich für Geld kaufen kann«, entgegnete Rhea ruhig, aber bestimmt.

»Eine Familie? Was, bitte, ist eine Familie? Eine Gruppe von liebenden Menschen, die einander glücklich machen? Oder ein Haufen selbstsüchtiger Personen, die zwar verwandt sind, sich jedoch nichts, aber auch gar nichts bedeuten?« In seinem Lächeln lag Spott.

»Ich finde es schrecklich, daß du so etwas sagst.«

Er küßte zärtlich ihre Stirn, als wollte er sich entschuldigen, denn er hatte bemerkt, daß er sie mit diesen Worten erschreckt und verletzt hatte. »Ich stamme aus keiner liebevollen Familie. Mein Vater lebte in seiner eigenen Welt, die mich ausschloß. Aus irgendeinem Grund ließ er seinen einzigen Sohn spüren, daß er ihn nicht mochte. Nein, das ist vielleicht etwas zu hart«, verbesserte sich Dante. »Laß es mich so sagen: Es kümmerte ihn nicht, wie es mir erging. Und mein hochgeschätzter Großvater, der alte Marquis, war mehr darum besorgt, die Familientradition aufrechtzuerhalten, als sich um die Wünsche und Bedürfnisse seiner Familie zu kümmern. Niemand von uns hat sich besonders um den anderen gesorgt.«

»Und deine Mutter?« fragte Rhea sanft, und ihre violetten Augen wurden von einem Schatten verdunkelt.

»Meine Mutter?« wiederholte Dante, als wäre ihm dieses Wort fremd. »Sie liebte mich so sehr, daß sie den Tod vorzog, statt ihren Sohn zu einem Mann aufwachsen zu sehen. Ich habe ihr nicht viel Anlaß zu der Hoffnung gegeben, daß aus ihrem Jungen ein ehrenwerter Mann werden würde oder gar ein Sohn, auf den sie hätte stolz sein können. Ich habe zu spät erkannt, wer mein wahrer Feind ist und daß meine Mutter nie glücklich gewesen war mit...« Dante hielt inne und fuhr dann mit harter Stimme fort: »Nun, überflüssig zu sagen, daß ich ihr Leben auch nicht gerade erträglicher gemacht habe. Ich schätze, ich trage auch einen Teil der Schuld an dem, was geschehen ist. Wenn ich ihr nur ein Freund hätte sein können. Hätte sie sich doch um Hilfe an mich gewendet«, sagte Dante mehr zu sich als zu Rhea. Seine Augen schlossen sich bei der Erinnerung an die Vergangenheit, und so sah er nicht Rheas fast instinktive Geste, mit der sie sich ihm näherte.

Er hob die Hand, die Rhea mitfühlend berühren wollte, und fuhr sich mit den Fingern ungeduldig durch die kastanienbraunen Lokken. »Sie muß verzweifelt gewesen sein. Wie muß sie gelitten haben. Manchmal frage ich mich, was in ihr vorgegangen sein mag in diesem flüchtigen und doch endlosen Moment vor Sonnenaufgang. Wenn sie doch gewartet und mir eine Chance gegeben hätte, die Dinge für sie in Ordnung zu bringen. Doch das tat sie nicht.

Wir hatten einen Streit, einen von so vielen in diesen letzten Tagen. Ich hatte sie mißverstanden und stürmte aus der Bibliothek, ohne sie noch eines letzten Blickes zu würdigen. Ich hörte, wie sie meinen Namen rief, aber ich lief einfach weiter. Und ich sah sie nie mehr wieder. Ich ging nach London, und nur wenige Tage später erhielt ich die Nachricht. Man sagte mir, es sei ein Unfall gewesen, daß der Pfad schlüpfrig gewesen sei nach dem Regen und daß sie den Halt verloren hatte. Jedermann wußte, daß sie es liebte, zu den Klippen zu gehen. Selbst wenn ein Sturm aufzog, stand sie hoch oben auf den Klippen und schaute auf die See. Später habe ich erkannt, daß das ihre Art war, der Pein ihres Lebens zu entfliehen. Wahrscheinlich muß es ihr in den Sinn gekommen sein, daß es noch einen anderen, einen letzten und endgültigen Ausweg gab. Sie muß es als Erlösung betrachtet haben, als sie in die Wellen starrte, die tief unten gegen die Felsen peitschten. Und bei Tagesanbruch tat sie den letzten Schritt, der alles beendete.«

»Nein, Dante, das darfst du nicht sagen. Sie könnte wirklich ausgerutscht sein«, flüsterte Rhea, erschüttert von Dantes gequälten Erinnerungen.

»Ihre letzten Worte, die sie zu mir sagte, bevor ich fortlief, waren: ›Vielleicht ist der Tod mein einziger Ausweg aus dieser Hölle, die ich selbst schuf für jene, die ich liebe.‹ Dann bat sie mich um Vergebung.«

Dantes graue Augen verdunkelten sich, und Rhea hatte das Gefühl, in die Augen eines Fremden zu sehen. »Sie wollte *meine* Vergebung. O Gott, welche Ironie! Ihre Worte verfolgen mich noch immer. Die Einwohner von Merleigh sagen, man könne an stürmischen Tagen noch immer ihre windgeschüttelte Gestalt über den Klippen nahe Merdraco sehen. Es gibt sogar Leute, die behaupten, daß sie in der großen Halle spukt und daß ihre Stimme jemanden ruft, aber natürlich ist niemand da, um ihr zu antworten. Selbst der Vikar von Westlea Abbot, einem Nachbardorf, hat behauptet, in einer mondlosen Nacht eine Erscheinung auf einem der Türme von Merdraco gesehen zu haben. Natürlich...« fügte Dante mit dem zynischen Blick hinzu, den Rhea nur zu gut kannte, »steckt er seine Nase tiefer in die Flasche als in die Bibel, also kann man seine Worte nicht für bare Münze nehmen.«

»Woher weißt du das alles? Ich dachte, du wärst seit über fünfzehn Jahren nicht mehr in Merdraco gewesen?« Rhea wollte alles über den Mann erfahren, den sie liebte.

Dante war durch ihre Frage für einen Moment verwirrt, dann zuckte er mit den Achseln. »Es ist nicht wichtig, woher ich es weiß«, sagte er. »Die meisten guten Menschen halten es für eine Sünde, wenn man sich das Leben nimmt. Sie glauben, daß die Seele niemals Frieden findet und dazu bestimmt ist, für ewige Zeiten umherzuwandern, oder besser gesagt: dazu verdammt. Meine Mutter hat wahrlich keinen guten Handel gemacht, als sie die eine Hölle gegen die andere eintauschte.«

»Dante, es tut mir so leid«, sagte Rhea unbeholfen. »Das habe ich nicht gewußt. Du hast nie von der Zeit vor deinem Weggang erzählt.« Ihre Hand berührte sanft seine sonnengegerbte Wange.

Sie war nicht darauf vorbereitet, mit welch schmerzender Rohheit seine Finger ihre Hand umschlossen. Er zog Rhea grob von ihrem Stuhl auf seinen Schoß. Tief in ihre erschreckten Augen schauend, sagte er mit kalter Stimme. »Du bist kein Teil dieses Lebens. Ich will nicht, daß du jemals davon berührt wirst oder von dem Jungen erfährst, der ich einst war. Ich frage mich, ob du mir in Zukunft treu sein wirst, ganz gleich, was auch geschehen mag oder was du erfahren wirst. Oder wirst du, meine Heißgeliebte, das Leben mit mir so unerträglich finden, daß du mich verlassen willst? Werde ich dich verletzen, wie ich jeden anderen in meinem Leben verletzt habe? Oder wirst du bei mir bleiben, kleine Paradiesblume?« Sein Blick ruhte auf dem goldenen Glanz ihres Haares.

»Dante, du weißt, daß meine Liebe für alle Zeiten dir gehört. Das habe ich dir versprochen.«

Dante lockerte seinen Griff, als er den verletzten Ausdruck in ihren Augen sah, und küßte sanft die weichen Innenflächen ihrer Hand.

»Für alle Zeiten? Wenn ich das nur glauben könnte. Aber ich fürchte, nichts währt ewig. Du wirst nur verletzt werden, wenn du dich dem trügerischen Glauben hingibst, das Glück, das wir heute gefunden haben, könnte auch morgen bestehen«, sagte Dante.

Sicher war er sich der Grausamkeit seiner Worte nicht bewußt. Rhea wandte das Gesicht ab. Er machte ihr angst. Es lag so eine Hoffnungslosigkeit in seinen Worten.

Diesmal war Dantes Berührung zärtlich, als er ihr Gesicht zu sich drehte. »Ich habe dich erschreckt, nicht wahr? Das wollte ich nicht. Aber es ist so leicht, Zweifel heraufzubeschwören oder gar die Gefühle zu zerstören, die wir für stark halten«, warnte er sie. »Laß niemals zu, daß es jemand schafft, dich gegen mich einzunehmen, Rhea. Versprich mir das.«

Sie starrte ihn in stiller Verwirrung an.

»Versprichst du es mir?«

»Ich verspreche es dir«, gelobte sie ihm schließlich.

»Du könntest eines Tages an mir zweifeln, aber zweifle nie daran, daß ich dich liebe. Du könntest von Skandalen hören, die im Zusammenhang mit meinem Namen stehen, doch wie glaubhaft sie auch immer klingen mögen, komm zuerst zu mir und laß mich alles erklären. Gib mir die Chance, deine Zweifel auszuräumen. Oder vielleicht sogar meine Verfehlungen einzugestehen. Rhea, lauf niemals weg, ohne mich zuvor anzuhören«, bat er fast flehend.

»Ich werde dich niemals verlassen, Dante.«

»Wie leicht es für dich ist, mir dies jetzt zu versprechen. Doch was wird später sein?« murmelte er, als sich sein Mund über ihren Lippen schloß, sie öffnete und dann das vertraute Gefühl und ihren Geschmack genoß.

Rhea umfaßte seinen Kopf und erwiderte den Kuß mit wachsender Leidenschaft. So ist es immer, dachte sie benommen, als sie spürte, wie seine Finger zur Spitze ihres Oberteils wanderten. Sie konnte ihm nichts abschlagen. An nichts anderes als an ihn konnte sie denken, wenn er sie ansah, sie berührte, sie liebte. Der Rest der Welt schien nicht mehr zu existieren, wenn sie zusammen waren.

Doch unglücklicherweise gab es in diesem Rest der Welt Geschäfte, denen man nachgehen mußte, und ein hartnäckiges, nicht zu überhörendes Klopfen brachte Rhea schließlich in die Gegenwart zurück. Sie wich zur Seite und löste sich aus Dantes Umarmung.

»Da ist jemand an der Tür«, versuchte sie ihm zu sagen, doch die Worte waren nicht mehr als ein atemloses Flüstern.

»Der verdammte Narr soll den rechten Augenblick abwarten«, brummte Dante, unwillig, sich durch einen ungebetenen Flegel stören zu lassen, der Eintritt verlangte. Nicht in diesem Augenblick, wo er sein Gesicht in das duftende goldene Haar vergraben konnte.

»Dante, bitte«, flehte Rhea. Sie fühlte, wie sein Mund über die weichen Hügel ihrer Brust wanderte, die durch das geöffnete Oberteil freigegeben war. Das Klopfen wurde ungeduldig.

»Entweder ist der Bastard von Sinnen, oder er hat eine Armee zu seinem Schutz mitgebracht, denn nur wenige Männer würden es wagen, mich zu stören. Einer der wenigen Vorteile, wenn man für den leibhaftigen Teufel gehalten wird, mein Liebling«, murmelte Dante, als das Klopfen andauerte und ein lautes Schlurfen hinter der schweren Eichentür zu hören war.

»Ich glaube, es ist eine Armee. Es hilft nichts. Ich muß mich dem Feind wohl stellen«, seufzte Dante und erlaubte Rhea, sich von seinem Schoß zu erheben. Er war alles andere als in guter Stimmung, als er ihr dabei zusah, wie sie durch den Raum ging und, mit dem Rücken zur Tür, ihr Oberteil verschnürte.

»Treten Sie ein, auf eigene Gefahr! Die Pistolen sind erhoben!« rief er, und er klang mehr wie der Captain der *Sea Dragon* als wie ein Gentleman.

Rhea wirbelte überrascht herum, in Erwartung, Dante mit einer Pistole in jeder Hand dastehen zu sehen. Doch er saß noch immer da, wo sie ihn verlassen hatte. Ein verschmitztes Lächeln lag um seinen Mund, als er zur Tür starrte.

»Nun hast du selbst deinen schlimmen Ruf bestätigt«, bemerkte Rhea trocken, während sie die Spitze ihres Oberteils glatt strich. »Die Hälfte der Mägde und Mädchen der Schänke sind außer sich vor Angst, wenn sie dir über den Weg laufen. Ich glaube wahrlich, daß du es genießt, so ein Aufsehen zu erregen«, warf sie ihm vor, doch das Lächeln auf ihren Lippen nahm ihren Worten die Schärfe.

»Meinst du wirklich?« fragte Dante und klang aufrichtig überrascht, aber er war noch überraschter von der plötzlichen Stille hinter der Tür.

»Nun, kommen Sie herein oder seien Sie verdammt!« rief er laut und ignorierte Rheas Ausdruck vorgetäuschter Verärgerung.

»Himmel, hilf uns!« flüsterte eines der Zimmermädchen, die draußen vor der Tür standen und zitterten.

»Was hab' ich dir gesagt? Ein blutrünstiger Pirat ist er! Er ist auf des Teufels eigenem Schiff von den Indies hergesegelt. Hab' sogar gehört, daß eine ihrer Schatztruhen bis zum Rand voll sein soll mit den bleichen Knochen von Piraten. Es ist ein Schatz des Teufels«, erklärte die andere.

»Und was wird geredet, was ein Mann wie er sonst noch so tut?« fragte die erste zögerlich, und ihr wurden die Knie weich, als sie über das eben Gesagte nachdachte.

»Jedenfalls nichts, womit eine anständige Miss wie du in Verbindung gebracht werden sollte«, antwortete das ältere der beiden Mädchen.

»Ooooh, aber er ist ein wirklich hübscher Teufel«, schwärmte die jüngere, ohne an den Ratschlag ihrer viel erfahreneren Freundin zu denken, während sie für den Moment von Dante Leighton träumte und seinen weniger als respektablen Ruf als Abenteurer vergaß.

»Du mußt bei so einem mit allem rechnen.«

»Meinst du? Aber er wird doch nicht ein Auge auf eine von uns haben, wenn die Lady an seiner Seite ist«, sagte die jüngere Magd weise voraus, selbst als sie die Spitzenhaube geraderückte, die auf ihren rotbraunen Locken saß.

»Sie ist eine wirkliche Schönheit. So lieb, wie ein Mensch nur sein kann. Und überhaupt nicht eingebildet, trotz allem, wenn du verstehst, was ich meine. Nun, erst gestern sagte sie zu mir...«

»Zum Henker mit euch beiden! Ich wußte es! Ich will verdammt sein, wenn ich es nicht gleich geahnt habe!« dröhnte der Wirt, der auf die zwei ertappten Mädchen zustürmte. »Ich wußte doch, daß ihr hier tratschend herumsteht, während sich niemand um meine hungrigen Gäste kümmert. Ich weiß nicht, wie ein Mann sein Geschäft erhalten soll, wenn solche Löhne verlangt und derart erbärmliche Dienste dafür geleistet werden«, schimpfte er und funkelte die erschrockenen Mädchen böse an.

»Wir haben geklopft! Wieder und wieder haben wir geklopft!

Wir haben sogar mit den Fäusten gegen die Tür getrommelt! Das ist die Wahrheit!« riefen sie im Chor.

»Aber wir fürchten uns vor der Stimme, die klang wie der Teufel höchstpersönlich. Sie sagte, wir sollten eintreten oder zur Hölle fahren«, sagte eines der Mädchen mit einem Anflug von Hysterie.

»Gut! Dann verschwendet nicht länger eure Zeit, indem ihr hier herumsteht«, meinte der Wirt. Sein Gelächter dröhnte über den Korridor. Zwei junge Männer standen in sicherem Abstand, die Arme voller sorgfältig eingeschlagener Bündel.

Ohne erneut zu klopfen, öffnete der Wirt die Tür und führte die Mädchen in die Höhle des Löwen.

»Ah, na endlich. Ich dachte schon, daß mir meine Ohren einen Streich gespielt haben«, begrüßte sie der Captain der *Sea Dragon* im Plauderton.

Ohne Jacke und Weste, das mit Rüschen besetzte Hemd fast bis zu den Hüften geöffnet, sah Dante Leighton wie der Piratenkapitän aus, für den ihn ganz London hielt.

Er hatte einen Fuß auf einen gepolsterten Stuhl gelegt und spielte müßig mit dem Rapier, das über seinem Schoß lag. Doch seine träge Pose war trügerisch, denn die zusammengekniffenen grauen Augen musterten die Ankömmlinge, und nichts entging diesem Blick.

»Ich bitte um Verzeihung, Mylord, Mylady, aber wenn Sie Ihr Mahl beendet haben, werden die Mädchen den Tisch abräumen«, erklärte der Wirt höflich. Sein Knochenbrechergriff zerquetschte den Mädchen beinahe die Schultern, als er sie zum Tisch schob.

»Ist schon in Ordnung«, murmelte Dante, und sein Blick wanderte zu den zwei jungen Gentlemen, die sich nicht besonders wohl zu fühlen schienen und zögernd in der geöffneten Tür verharrten.

»Das Essen war vorzüglich, Mr. Parkham«, lobte Rhea Claire mit einem Lächeln, das das rauhe Herz des Wirtes sofort eroberte.

»Unser junger Freund, Mr. Brady, fand den Stachelbeerkuchen ganz besonders köstlich.«

»Tat er das wirklich?« fragte Mr. Parkham mit einem strahlenden Lächeln. »Nun, ich werde dieses Lob an Mrs. Parkham weitergeben, Mylady. Sie wird sich freuen, das zu hören. Die alte Nell Farguhar, die Besitzerin vom Kings Messenger an der St. Martins Lane, behauptet nämlich, sie würde den besten Stachelbeerkuchen weit und breit backen, obwohl ich nicht glauben kann, daß ihre Gäste jemals auch nur einen Bissen davon probiert haben. Schätze, sie ißt das meiste davon selbst. Hüften so breit wie ein Faß hat sie, und sie ist so böse wie ein...«

»Entschuldigen Sie, wenn ich Sie unterbreche, Mr. Parkham«, sagte Dante freundlich, aber bestimmt. »Was wünschen diese beiden Gentlemen dort?«

»Sie sagen, daß sie etwas abgeben sollen, Mylord«, antwortete Mr. Parkham, während er selbst einen fragenden Blick auf die beiden Männer warf. »Und sie haben mir hoffentlich die Wahrheit gesagt, denn sollte ich herausfinden, daß sie mich zum Narren gehalten haben und hier sind, um Ihnen irgendwelche Waren anzudrehen, nun, dann...«, warnte er, und das häßliche Funkeln in seinen Augen versprach prompte Vergeltung. Es gab keinen Zweifel daran, daß er meinte, was er sagte, denn Mr. Parkham war ein kräftiger Kerl, der seine Versprechen gewöhnlich einhielt.

»Oh, es ist die reine Wahrheit, Mylord«, ergriff einer der jungen Männer rasch das Wort und wandte sich an den Gentleman, von dem er am ehesten ein Trinkgeld erwarten konnte. »Madame Lambere schickte uns. Wir bringen die Kleider, die sie für Lady Rhea Claire angefertigt hat. Sie trug uns auf, uns zu beeilen, weil Euer Gnaden sie brauchen, und Madame möchte um nichts in der Welt eine Kundin enttäuschen. Die Dominicks begleichen immer ihre Rechnungen, sagte sie. Sonst, Mylord, hätten wir sie so spät gewiß nicht mehr belästigt«, führte der junge Mann aus. Als er die betreffende Lady erst einmal entdeckt hatte, konnte er seinen Blick keine Sekunde von dem erstaunlichen Bild in Weiß abwenden.

»So ist es also wahr, M'lord?« wollte Mr. Parkham wissen und dachte bei sich, daß dieser gewandte junge Mann in seinen feinen Kleidern wahrscheinlich mehr tat als nur Lieferungen von Madame Lambere auszutragen. Doch als Seine Lordschaft nickte, mußte er sich fügen und erlaubte den zwei jungen Männern einzutreten.

»Also, erledigt, weshalb ihr hier seid und dann seht zu, daß ihr Seine Lordschaft nicht länger als nötig belästigt. Und ihr zwei, räumt den Tisch ab«, befahl er den beiden Mädchen, die schweigend dagestanden hatten. »Jede Menge Arbeit wartet auf euch, also hört auf mit eurem Gaffen und Gackern und haltet euch ran. Ich hoffe, eure einfältigen Gesichter wieder in der Küche zu sehen, wenn ich dort ankomme«, warnte er sie.

Die zwei jungen Gentlemen verloren wenig Zeit, wickelten die Bündel aus und verteilten den Inhalt auf dem breiten Bett in der Ecke des Raumes.

Es war ein wahrhaft atemberaubender Anblick. Ein blaßgelbes Damastkleid mit prachtvollen, herrlichen Wildblumen und Schmetterlingen verziert, und ein blauer abgesteppter Petticoat aus Satin sprangen hervor wie eine Frühlingsbrise an einem trüben Winterabend. Ein rosenfarbenes Brokatkleid mit einem weißen, seidenen Vorderteil, reich verziert mit einem blassen grünen Blättermuster und kleinen Rosenknospen aus Satin. Ein türkisfarbenes Taftkleid aus Seide, mit Rüschen und Falten, mit Spitze aus Valenzia und violetten Schleifen an den Ärmeln besetzt. Ein lavendelfarbener Petticoat lag darunter.

Doch es war das letzte Kleid, das die beiden verzauberten Mädchen seufzen und vor Bewunderung stöhnen ließ, die jetzt ohne Scheu auf die Kleider starrten, die sich hoch auf dem Bett auftürmten. Das Kleid war eine exquisite Kreation aus goldenem Gewebe, das im Schein des Feuers schimmerte wie tanzende Irrlichter in den Hochwäldern. Die Ärmel und der geraffte Rock waren mit weicher, hellgoldener Spitze besetzt, die an aus Gold gesponnene Netze erinnerte.

Das pelzbesetzte Kleid aus saphirblauem Samt, verziert mit Hermelin, blieb beinahe unbemerkt, ebenso wie das Sortiment Tücher, manche mit Spitze gesäumt, andere bestickt, einige gemustert. Und die seidenen Strümpfe in jeder Farbschattierung, die man sich vorstellen kann, mit dazu passenden Handschuhen aus Glacéleder, blieben sorgfältig zusammengefaltet. Die rosenfarbenen Slipper aus Satin und die aus purpurnem Samt waren bald unter dem Berg von Samt, Seide, Spitze und Leder begraben. Der lavendelfarbene seidene Hut mit violetten Federn hätte wenigstens einen kurzen Blick verdient, doch der Strohhut mit Narzissen und der Bergère mit lieblichen Rosen aus Seide blieben unbeachtet von den beiden staunenden Dienstmädchen, ihre weitaufgerissenen Augen klebten an dem Kleid aus schimmerndem Gold.

»Mit Ihrer Erlaubnis, M'lady, werde ich dieses Paket verschlossen lassen, denn es enthält M'ladys Unterwäsche und Nachthemden«, sagte der Beredtere der beiden Männer höflich, doch der Blick in seinen Augen war alles andere als respektvoll.

»Wie aufmerksam«, sagte Rhea und ignorierte die anzügliche Anspielung des Mannes. »Meine Mutter und ich sind stets sehr zufrieden gewesen mit unseren Einkäufen bei Madame Lambere. Wir hatten nie Grund zur Klage.« Rheas Bemerkung klang reichlich unschuldig, besonders weil es von einem so süßen Lächeln begleitet wurde. »Madame Lambere hat sich wahrlich selbst übertroffen, was dieses Kleid betrifft. Es ist wirklich großartig.«

»Madame wird sehr glücklich sein, Ihr Lob zu hören. Natürlich haben Mylady einen vorzüglichen Geschmack. Und wenn ich so indiskret sein darf zu sagen – ich wußte in dem Moment, als Mylady den Laden von Madame Lambere betrat, daß dieses Kleid für keine andere Frau gemacht ist. In der Tat, Madame hatte mir so oft versichert, daß die Herzogin von Camareigh ihre allerliebste Kundin ist. Und, erlaubt mir die Bemerkung, eine der hübschesten Ladies weit und breit, und ebenso verhält es sich mit ihrer Tochter. Wie glücklich ein Mann wie eine Hoheit ist, daß zwei so hübsche Frauen sein Heim zieren. Ach, und könnte es ein vollkommeneres Heim geben für so unvergleichliche Schönheit als Camareigh? Um mit Madames Worten zu sprechen: *C' est magnifique!*« schwärmte der junge Mann und küßte seine Fingerspitzen. Sein Akzent war grauenhaft, trotz der Eloquenz der Geste. »Madame hat mir erzählt, welch Gut *extraordinaire* Camareigh ist. Ich glaube, Madame reiste erst letztes Jahr nach Camareigh, um viele neue Kreationen für Ihre Hoheit und Mylady zu nähen. Ja, in der Tat, Seine Hoheit, der Herzog, ist ein beneidenswert glücklicher Mann«, fügte er hinzu, und seine Augen ruhten auf Rheas Dekolleté.

»Sehr scharfsinnig von Ihnen, *Monsieur*, daß Ihnen das aufgefallen ist, doch da ich der Gentleman bin, an den die Rechnung für diese Kleider geht und nicht Seine Hoheit, werden Sie in Zukunft freundlicherweise solche Bemerkungen an mich richten.« Dante Leightons kalte Stimme unterbrach das Tête-à-tête und ließ dem jungen Gentleman von Madame Lambere wenig Hoffnung, daß diese Lordschaft ihm ein stattliches Trinkgeld geben würde. Als er einen Blick auf den berüchtigten Captain der *Sea Dragon* riskierte, fragte er sich, ob er sich so glücklich schätzen konnte, diesen Raum heil und unversehrt zu verlassen.

Und so stahl er sich in Richtung Tür, nur mit diesem einen Gedanken im Sinn, als eines der Dienstmädchen einen ohrenbetäubenden Schrei ausstieß, der sicherlich so manchen von den Toten auferweckt haben mußte. Ihr Tablett krachte auf den Boden, das Porzellan und Geschirr zerbarst in Scherben, und sie floh aus dem Zimmer. Ihre Schreckensschreie hallten über den Flur, und ihre kreischende Freundin war nicht weit hinter ihr.

Die zwei jungen Männer standen da wie angewurzelt, Beteuerungen ihrer Unschuld auf den Lippen, ohne überhaupt zu wissen, welcher Art ihr Vergehen sein mochte, als Dante Leighton in schallendes Gelächter ausbrach. Weil es keinen ersichtlichen Grund dafür gab, verunsicherte sein Lachen die jungen Männer nur noch mehr. Sie konnten sich Dante Leighton sehr gut auf dem blutgetränkten Deck seines Piratenschiffes vorstellen, und sie hörten fast sein dämonisches Lachen, wenn er irgendeine arme Seele dazu zwang, über die Planken zu gehen.

Doch seltsamerweise schien die Lady nicht im mindesten besorgt zu sein. Sie schaute durch den Raum, bis ihr Blick plötzlich hängenblieb und sie fasziniert auf den Berg aus blauem Samt auf dem Bett starrte. Er bewegte sich wie ein wildes Tier, das aus dem Schlaf erwacht war, blaßgrüne Augen leuchteten wie zwei glühende Kohlen verschmitzt daraus hervor.

Die beiden jungen Männer, auch wenn es später keiner von ihnen zugeben mochte, spürten, wie sich ihnen die Haare im Nacken sträubten.

»Jamaica«, murmelte Rhea Claire sanft und voller Nachsicht, als ein orangefarbener Blitz aus dem Versteck hervorschoß und auf ihren ausgestreckten Armen landete. »Hier steckst du also, mein verrückter Kleiner.« Sie gluckste und streichelte die Katze im Nakken, bis ihr Schnurren deutlich im Zimmer zu hören war.

»Dank an Ihre Herrin für die rasche Lieferung der Kleider. Und hier ist etwas, das Sie für die erlittene Angst entschädigt«, sagte Dante und gab den beiden verwirrten jungen Männern ein mehr als großzügiges Trinkgeld. Und kaum war ihre überschwengliche Dankesrede verklungen, sahen sie zu, daß sie aus dem Zimmer kamen.

»Nun, ich wage zu behaupten, daß du jetzt einen nicht minder schlechten Ruf hast, meine Liebe«, bemerkte Dante mit einem zufriedenen Schmunzeln. »Natürlich wird es mich die Hölle kosten, dich davor zu bewahren als Hexe verbrannt zu werden: den alten Jamaica wollen sie bestimmt in die Themse werfen als deinen Spießgesellen.«

»Er ist aber gar nicht schwarz«, entgegnete Rhea ungerührt.

»Ah, aber jemand könnte behaupten, daß du den Captain und die Crew der *Sea Dragon* verhext hast. Die Männer hielten dich doch schon jetzt für eine Zauberin, und ich werde wohl schwören müssen, daß du mich in deinem Zauberbann hältst«, sagte Dante herausfordernd, und sein Blick ließ Rheas Wangen erröten. »Kleine Paradiesblume«, flüsterte er zärtlich und dachte an die leuchtenden, manchmal unharmonischen Farben der Karibik und wie sehr Rhea im Vergleich dazu einem englischen Garten glich. Selbst ihr Duft erinnerte ihn an Frühlingsblumen, ein köstliches Parfüm mit einer verführerischen, schwer faßbaren Note.

»Ich muß nicht meine Tante Mary sein, um zu wissen, was du gerade denkst«, sagte Rhea geheimnisvoll und schmiegte ihre Wange an Jamaicas Kopf.

»In der Tat? Und was könnte dir diese Tante Mary wohl von meinen Gedanken erzählen?« fragte er. »Sie ist keine Wahrsagerin, oder?«

»Und ob sie das ist«, antwortete Rhea. Ihr Lächeln wuchs bei seinem Erstaunen. »Sie ist jedoch auch ebensosehr eine Lady, und ich bezweifle, daß es ihr Anstand erlauben würde, deine Gedanken in Worte zu fassen.«

»Ganz meine Meinung. Warum Atem verschwenden und über etwas reden, wenn man es statt dessen tun kann?« Dante kam durch den Raum auf Rhea zu. Wieder klopfte es drängend an der Tür.

»Höchstwahrscheinlich der gute Wirt, um die Scherben wegzuräumen«, ahnte Dante und begann schon zu glauben, er würde nie mehr einen Moment mit Rhea allein haben. »Tut mir leid, meine Liebe.«

Ein leichtes Lächeln spielte um ihre Mundwinkel. »Ich gehe ja nicht weg«, versprach sie. »Und außerdem gibt es immer ein nächstes Mal«, sagte sie und machte es sich vor dem Feuer bequem. Jamaica gähnte und rollte sich auf ihrem Schoß zusammen. »Und ich bin eine sehr geduldige Person.«

»Ich will verdammt sein, wenn ich es bin«, fluchte Dante und ging zur Tür.

Rhea streckte die Hände zum Feuer aus, während die Unterhaltung zwischen dem Wirt und den Dienstmädchen dahinplätscherte. Doch plötzlich wurden ihre Stimmen leiser, und Rheas Gedanken schweiften weit von London ab. Wie hypnotisiert starrte sie auf die Flammen, die im Kamin tanzten. Und plötzlich sah sie ein friedliches Tal vor sich, wo die wilden Schwertlilien und Narzissen blühten, und die Wiesen bedeckt waren mit Glokkenblumen. Die kristallenen Spiegelbilder von Schwänen auf einem Waldsee wurden nur gestört durch eine sanfte Brise, die die Oberfläche kräuselte. Und in der Ferne, auf einem sanft ansteigenden Hügel, lag Camareigh, seine goldgefärbten Mauern ruhten im warmen Glanz eines schläfrigen Spätsommernachmittags.

Das war Camareigh, wie sie es in Erinnerung hatte, doch es war Herbst gewesen, als sie ihr Zuhause zum letzten Mal gesehen hatte. Fast ein Jahr war seit dem Anbruch jenes schicksalsträchtigen Tages ihrer Entführung vergangen. Die Unschuld ihres Lebens hatte den nach Regen und Rauch duftenden Herbsttag weggewischt.

Das Mädchen, das auf seiner Stute Skylark über die enge Landstraße geritten war, gab es nicht mehr. Rhea fragte sich, wie anders es nun sein würde, wenn sie ihre Familie wiedersah. Während dieser langen Monate auf See an Bord der *London Lady*, in denen sie verzweifelt gewesen war, hatte sie alle Hoffnung aufgegeben, sie jemals wiederzusehen. Wie sehr sie ihretwegen gelitten haben mußten. Wie viele Stunden, Tage, Monate hatten sie sich den Kopf zermartert über ihr Schicksal und sich vielleicht sogar gefragt, ob sie überhaupt noch am Leben war?

Sie war wieder zu Hause, doch ihre Familie hatte sie noch nicht gesehen. Sie war so nah und doch so fern. Gleich nach ihrer Ankunft in London hatte sie ihre Eltern von ihrer wohlbehaltenen Rückkehr benachrichtigen wollen. Doch aus Sorge um Dante, und wegen der schwierigen Situation, in der er ihretwegen steckte, hatte sie gewartet und sich seinem Wunsch gefügt, zuerst den Vorwurf der Entführung zu klären, bevor er ihrer Familie gegenübertrat.

Denn sie war, so hatte er mit seinem typisch spöttischen Lächeln angemerkt, doch seine wichtigste Zeugin und die einzige, die seine Unschuld vollständig beweisen konnte. »Du willst mich doch nicht am Galgen enden sehen, oder?« hatte er sie gefragt.

Dante Leighton konnte höchst überzeugend sein, wenn er etwas wollte, und sein letztes, entscheidendes Argument war mehr als einleuchtend. Wäre es nicht besser, so hatte er zu bedenken gegeben, nach Camareigh zu reisen, als einen unpersönlichen Brief zu schicken, der sie über ihre Ankunft informierte? Warum die Eltern nach London anreisen lassen, wo das langersehnte Wiedersehen dann unter Fremden stattfinden müßte? Natürlich würden ihre Eltern kommen, sobald sie die Nachricht erhalten hatten. Aber ebenso sicher würde der Rest ihrer Familie in Camareigh bleiben – und was für eine Feier würde das sein?

Rhea, die nie irgendwelche Hintergedanken ahnte, hatte seiner Ernsthaftigkeit Glauben geschenkt und war gerührt gewesen von Dantes Rücksicht auf ihre Familie. Erst viel später sollte sie die tieferen Gefühle vollständig verstehen, die in Dantes Innerem miteinander kämpften. Houston Kirby wäre nicht so leicht zu übertölpeln gewesen, denn er kannte den Captain zu gut, um seine Taten nicht zu hinterfragen, besonders wenn sie gänzlich unschuldig erschienen. Dann war es das beste, auf der Hut zu sein.

Doch Rhea war guten Glaubens. Und in erster Linie bewegte sie das Wiedersehen mit ihrer Familie. Sie war begierig darauf, zu ihnen und nach Camareigh zurückzukehren. Sie hatte Heimweh und sehnte sich nach dem vertrauten Anblick ihrer Gesichter und dem Klang ihrer Stimmen. Es gab so viel zu erzählen, so viel zu erklären.

Sie runzelte leicht die Stirn, als sie an das bevorstehende Wiedersehen dachte. Plötzlich hatte sie Angst, nicht dieselbe Rhea Claire zu sein, die ihre Eltern einst geliebt hatten. So viele Dinge waren geschehen. Würde ihre Familie sie auch für verändert halten? Konnten sie akzeptieren, was geschehen war? Würden sie die Tatsache hinnehmen können, daß sie...?

»Rhea?«

Sie drehte den Kopf, ihre Gedanken noch immer meilenweit entfernt.

»Rhea? Was ist mit dir? Du bist so blaß«, fragte Dante in scharfem Ton.

Rhea fuhr zusammen. Einen Moment lang hatte sie alles um sich herum vergessen, und mit einem überraschten Blick stellte sie fest, daß niemand mehr außer ihnen beiden im Zimmer war.

Dante saß am Tisch. Vor ihm ausgebreitet lagen mehrere Bogen Kanzleipapier. Er fuhr mit einem Federkiel über eines der Blätter, auf dem bereits mehrere sorgfältig geschriebene Zeilen standen.

»Ich fühle mich gut, danke«, antwortete Rhea höflich. »Ich habe nur gerade an etwas gedacht.« Und noch immer gefangen in ihren Erinnerungen an Camareigh und ihre Familie, bemerkte sie nicht, daß ihre vage Antwort Dante zu verletzen und auszuschließen schien.

Das Kratzen des Federkiels setzte sich noch einen Moment fort, dann stellte Dante die Feder in das Tintenfaß, ehe er feinen Sand über die sich schräg neigenden schwarzen Buchstaben streute.

»Und worüber hast du nachgedacht?« hakte er nach, während

er das Pergament zusammenfaltete. Dann brachte er das Siegelwachs zum Schmelzen und preßte seinen Siegelring in das weiche Harz.

Rhea seufzte und zuckte mit den Achseln. »Über meine Familie. Darüber, heimzukehren«, gab sie zu. Und das sanfte Lächeln der Erinnerung um ihre Lippen verriet dem Mann, der sie beobachtete, daß es ein Geheimnis gab, das sie für sich behielt.

Als Rhea Dantes festen Blick gewahr wurde, sah sie, daß er ihr Lächeln nicht erwiderte. Auf seiner Miene, auf der sich die flakkernden Schatten des Feuers abzeichneten, lag ein düsterer Ausdruck, und einen unbehaglichen Augenblick lang hatte Rhea wieder das Gefühl, in das Gesicht eines Fremden zu blicken.

Doch dann lächelte Dante plötzlich, und sie atmete erleichtert auf. Um die eigentümliche Spannung zu lösen, die zwischen ihnen entstanden war, schaute sie auf den Brief.

»An wen hast du geschrieben?« fragte sie neugierig und dachte daran, daß Dante wenige Freunde in England hatte. »An jemanden in den Kolonien?«

»Nein«, antwortete Dante verwirrt, als auch er auf den Brief starrte. »Es ist ein Brief an einen Geschäftsfreund. Es gibt gewisse Transaktionen, die ich abschließen muß, ehe es zu spät ist.«

Seine zurückhaltende Antwort überraschte Rhea nicht, denn es gab vieles, was sie über Dante nicht wußte. »Laß uns nicht über Geschäfte reden oder uns deswegen den Kopf zerbrechen. Ich habe ein Geschenk für dich« sagte er, erhob sich und ging zum Bett, wo ein brauner Übermantel am Fußende lag.

»Eigentlich wollte ich dich morgen damit überraschen, aber es gibt wohl keinen besseren Zeitpunkt als jetzt«, sagte er, und seine Hand suchte in einer der tiefen Taschen, um eine kleine flache Lederschachtel hervorzuziehen.

»Du hast schon viel zuviel für mich ausgegeben«, protestierte Rhea, aufrichtig besorgt über seine Großzügigkeit. Es war so unnötig. »Ich wünschte, du hättest nicht so viele neue Kleider bei Madame Lambere bestellt. Sie ist die teuerste Schneiderin in ganz London.«

»Und ob sie das ist. Glaubst du, ich würde etwas für dich kaufen, was nicht das beste ist?« fragte Dante. »Du machst dir nichts aus deinen Kleidern? Sind sie nicht so elegant, wie du es gewöhnt bist? Wenn nicht, dann werde ich ganz sicher ein Wörtchen mit Madame Lambere zu wechseln haben, wenn ich...«

Rhea schüttelte den Kopf in gespielter Verzweiflung, denn Dante erinnerte sie plötzlich an einen kleinen Jungen, dem die Überraschung verdorben worden war. »Nein, das ist es nicht. Im Gegenteil – es sind die schönsten Kleider, die ich je gesehen habe, aber...«

»Alles, was ich will, ist, daß du zufrieden bist. Der Preis spielt keine Rolle«, unterbrach Dante sie, im Glauben, ihren Einwänden nun ein Ende gemacht zu haben.

»Es ist nur so, daß ich einige Schränke voll mit Kleidern zu Hause habe, und die meisten davon habe ich so gut wie nie getragen. Ich will einfach nicht, daß du dein Geld für mich aus dem Fenster wirfst, Dante«, sagte Rhea und versuchte, ihn von ihrer Ernsthaftigkeit zu überzeugen. »Meine Eltern haben es mir an nichts mangeln lassen. Ich habe alles bekommen, was ich nur wollte. Und ich bin sicher, daß all meine Sachen noch immer in meinem Schlafgemach auf Camareigh sind. Also, du mußt mir wirklich nichts kaufen, Dante.«

Der Ausdruck in seinem Blick war nicht zu deuten, doch sein Körper spannte sich mit einem Mal an. Dante starrte Rhea an, sein Blick ruhte auf dem puren Gold ihres Haares.

»Deine Eltern müssen nicht länger die Verantwortung für dich tragen, Rhea. Was immer du brauchst, werde ich dir bieten. Deine Sachen auf Camareigh stammen aus einem anderen Leben. Ich will, daß du nur das trägst, was ich für dich gekauft habe. Von den

Satinschuhen an deinen Füßen bis zu den Samtbändern in deinem Haar. Ich will, daß alles, was du trägst, von mir und von niemandem sonst stammt.« Seine Stimme klang unnachgiebig.

Rhea starrte ihn in ungläubiger Verwunderung an. »Ich verstehe nicht. Du verlangst von mir, daß ich meine Familie und das Leben, das ich geführt habe, bevor man mich aus Camareigh verschleppt hat, vergesse?« Sie sprach leise, doch in ihren Augen funkelte Unbehagen, als ihr Blick Dantes traf.

»Mein Liebling, du hast mich mißverstanden«, beeilte er sich zu sagen, er erkannte zu spät, daß er zu weit gegangen war. »Was ich sagen wollte, war, daß ich nicht die Absicht habe, dich nach Camareigh zurückkehren zu lassen, so bekleidet, wie du auf der *Sea Dragon* warst, trotz des charmanten Bildes, das du geboten hast. Ich denke, wenn du ein wenig zivilisierter erscheinst, werden deine Eltern mich milder beurteilen. Vielleicht wird mir dein Vater dann sogar die Gelegenheit einräumen, alles zu erklären, ehe er versucht, mir den Kopf wegzupusten. Obwohl ich ihn wirklich dafür schelten könnte. Wäre ich an seiner Stelle, und ein Gentleman von so unrühmlichem Charakter würde mit meiner Tochter an seinem Arm erscheinen – ich würde nicht eine einzige Sekunde verschwenden und ihn zum Teufel schicken«, sagte Dante mit einem humorlosen Lächeln.

»O Dante«, flüsterte Rhea, und ein erleichtertes Lächeln vertrieb die Schatten von ihren Augen. Sie wußte jetzt, warum er in der letzten Zeit so schwierig und so versessen darauf gewesen war, sie mit Geschenken zu überhäufen. Er hatte das Gefühl, ihre treue Ergebenheit kaufen zu müssen. Und wenn sie ihn nicht so sehr geliebt hätte, wäre sie beleidigt gewesen. »Für einen Mann, der sehr klug ist, kannst du sehr törichte Dinge sagen«, erwiderte sie sanft. »Habe ich dich denn noch immer nicht überzeugt, daß ich dich immer lieben werde? Du mußt dir keine Sorgen wegen meiner Familie machen, denn sie werden dich in ihr Herz schließen, sobald sie dich kennengelernt haben«, prophezeite sie, ohne zu zögern, und vergaß ihre eigenen Zweifel, die sie erst wenige Momonte zuvor geplagt hatten.

»Dann ist es wahr, daß Liebe blind macht«, murmelte Dante mit einem bitteren Lächeln. Er fragte sich, wie lange es dauern würde, bis Rhea von anderen beeinflußt werden und beginnen würde, ihn in einem noch weniger als freundlichen Licht zu sehen.

Doch bis dahin...

Er hielt die schmale Schachtel hoch, gerade so, daß Rhea sie nicht erreichen konnte. »Vielleicht hast du recht, mein Liebling, und ich habe zuviel Geld ausgegeben. Mag sein, daß ich zuviel des Guten getan habe. Aber das bringt mich in eine mißliche Lage, denn ich bezweifle, daß ich dies hier zurückbringen oder es in Zahlung geben kann für ein paar gute Pferde. Ich nehme an, ich werde jemanden finden müssen, der es dankbarer annimmt als du. Du kannst mir vielleicht jemanden empfehlen, oder?« fragte er und sah Rhea erwartungsvoll an. »Soviel ich weiß, mein Schatz, hast du keine Schwester, die blond und blauäugig ist, und obendrein habgierig genug, daß es ihr nichts ausmacht, ihre Gunst zu tauschen für ein oder zwei hübsche Flitter?«

Rhea hob den schlafenden Jamaica von ihrem Schoß, ohne daß dieser aufhörte zu schnurren, und setzte ihn auf dem freien Stuhl ab. »Ich habe tatsächlich eine Schwester. Ich glaube, ich habe sie dir gegenüber erwähnt. Allerdings ist die Art Geschenk, an der sie interessiert wäre, etwas, das dir klebrige Hände bescheren würde. Sie ist nämlich erst zwei Jahre alt. Nein...«, Rhea verbesserte sich selbst mit ungläubigem Kopfschütteln, »sie ist jetzt drei Jahre alt und liebt Obsttörtchen mit Unmengen von Sahne. Tut mir leid, aber ich glaube kaum, daß sie etwas für dich wäre, mein Lieber. Allerdings«, fuhr sie mit sehr ernster Miene fort, auch wenn sie ihr Kichern mit einem Hüsteln verbarg, »da ist immer noch Caroline. Ja, ich glaube, sie ist genau, was du suchst, Dante. Sie ist blond und blauäugig, und sie ist unglücklicherweise reichlich habgierig. Soll ich dich mit ihr bekanntmachen? Sie stammt aus einer hochangesehenen Familie und ist die Tochter eines guten Freundes meines Vaters, Sir Jeremy Winters.«

»Sie ist das Mädchen, das mit dir zusammen war, an jenem Tag, als du entführt wurdest?«

»Ja, und bis gestern wußte ich nicht, ob sie überhaupt noch am Leben ist. Sie hätte sterben können, und ich dachte auch, daß Wesley Lawton ums Leben gekommen ist.«

»Ah ja, Wesley Lawton, der gute und edle Graf von Dindale. Wenn ich mich recht entsinne, warst du wirklich besorgt um ihn und sehr erleichtert, von seiner wundersamen Heilung zu erfahren. Du warst im Begriff, den distinguierten Gentleman zu heiraten, war es nicht so?« fragte Dante viel zu beiläufig, als daß die sarkastische Absicht verborgen geblieben wäre.

»Er ist der Graf von *Rendale*«, berichtigte Rhea ihn. Sie wußte genau, daß Dante sich sehr wohl an den richtigen Namen des Grafen erinnerte. »Und er war nicht mehr als ein Freund der Familie. Obwohl«, fügte sie hinzu, nicht ohne nun selbst ein wenig zu sticheln, »der Gedanke war mir schon gekommen, daß er zu mehr als das werden könnte. Wenn ich nicht entführt worden wäre, hätte es gut möglich sein können, daß ich die Heirat mit Wesley Lawton in Betracht gezogen hätte.«

»Wirklich? Seltsam, findest du nicht, daß das Unglück eines Mannes zum Glück eines anderen werden kann?« bemerkte Dante, nicht wirklich besorgt über die unglückliche Wendung, die das Schicksal dem frommen Graf von Rendale gespielt hatte. »Diese Caroline allerdings scheint mir vielversprechend«, fuhr er mit einem Flackern in den Augen fort, denn er wollte Rhea nicht mit ihrer letzten Bemerkung einfach so davonkommen lassen. »Hat sie deine Größe?« fragte er. »Ich wäre wirklich traurig, wenn ich noch mehr Geld ausgeben müßte für Kleider, Bänder oder Schuhe.«

Rhea konnte ihr Lachen kaum noch verbergen. »Caroline wünsche ich niemandem, nicht einmal Ihnen, Mylord«, räumte sie ein, und dachte daran, welches Bild das abgeben würde: Diese überaus energische junge Frau in heißer Jagd auf Dante und seine Titel. »Ich halte es auch nicht für ratsam, sie Alastair vorzustellen. Nun, da er ein reicher und vermögender Gentleman ist, hätte er keine Chance auf ein Entkommen.«

»Schade, aber ich glaube nicht, daß diese Caroline, trotz des verlockenden Bildes, das du von ihr gezeichnet hast, die Person ist, nach der ich suche. Fällt dir noch jemand ein?« fragte Dante zärtlich und hielt sein Geschenk verlockend hoch.

»Nur ich selbst«, entgegnete Rhea. Doch als sie ihm in die Augen sah und ihr Blick gefangen und gehalten wurde von seinem, war das Geschenk vergessen.

»Meine kleine Paradiesblume, wirst du mein sein?« Dantes Frage war nur Flüstern – kaum vernehmbar –, als er in Rheas Haar faßte und eine der goldenen Locken, die über ihre Schultern fielen, um den Zeigefinger wickelte.

Langsam kam Rhea näher, bis sie die Hitze seines Körpers fühlte. Sie reichte hinauf zu ihm, strich mit den Fingerspitzen leicht über die harte Linie seines Kinns und ließ dann die Innenfläche ihrer Hand an seinem Kinn ruhen.

»Für immer und alle Zeiten« versprach sie. Und ein unbeschreiblicher Schauer überlief sie, als sie Dantes Kuß auf ihrer Handfläche spürte.

Er schlang ihr die Arme um die Taille und preßte sie an sich; dann fanden seine Lippen die ihren, teilten sie und kosteten von ihnen, als seine Zunge die ihre berührte.

Rhea spürte Dantes Finger auf ihrem Nacken, und sie stöhnte, als sie plötzlich etwas Kaltes auf ihrer Haut spürte. Instinktiv faßte sie danach, verwirrt durch das Gefühl kalten Metalls.

Sie senkte den Blick, um zu sehen, was um ihren Hals lag. »O

Dante, sie ist wunderschön«, seufzte Rhea beim Anblick der Kette. Die herrlich geschliffenen Diamanten, die auf ihrer Brust ruhten, funkelten in allen Farben. »Das hättest du nicht tun dürfen, Dante«, protestierte sie, obwohl ein zufriedenes Lächeln um ihre Mundwinkel spielte.

»Ich dachte, dieses Thema hätten wir ein für allemal beendet. Du gewöhnst dich besser daran, Gechenke anzunehmen, denn ich werde niemals müde werden, dir Freude zu bereiten, meine Liebe«, tadelte er sie freundlich, als er zurücktrat, um den Effekt seiner Großzügigkeit zu bewundern. »Diamanten stehen dir, meine Süße, obgleich...« Er hielt inne und betrachtete sie kritisch. »Ich finde, du brauchst Saphire und Rubine. Sie unterstreichen deine natürliche Wärme besser.« Rheas dunkelblaue Augen, in denen Tränen schimmerten, erinnerten ihn an wilde Veilchen nach einem Frühlingsregen.

»Ich weiß nicht, womit ich dieses Glück verdient habe, besonders wo ich doch so grausam gewesen bin und Scherze über Caroline gemacht habe. In Wahrheit ist sie gar nicht so schrecklich, wie ich sie beschrieben habe. Es war falsch von mir, weil ich weiß, daß sie niemals das Glück haben wird, das ich gefunden habe«, sagte Rhea mit einem Gefühl der Scham, denn in diesem stillen Augenblick, im wohltuenden, rosigen Glanz des Feuers, glaubte sie, daß nichts und niemand die Liebe zerstören könnte, die sie und Dante verband.

Dante küßte sie innig. »Deshalb liebe ich dich, Rhea. Du bist so sanft und verständnisvoll, treu und vergebend. Wenn ich verloren bin in meine dunkelsten Gedanken, dann denke ich an dich und fühle keinen Haß mehr. Vielleicht bist du geschickt worden, um mich zu erretten. Ich bete, daß ich niemals diese selbstlose Liebe verliere, die du mir gegeben hast, und immer der hohen Achtung gerecht werde, die du von mir zu haben scheinst.«

»Niemals wird sich etwas an meiner Liebe und meinem Respekt

für dich ändern, Dante«, beteuerte Rhea. »Sie ist aus freien Stükken gegeben und kann nicht zerstört werden, ganz gleich, was auch geschehen mag. Doch du bist so schwer zu überzeugen. Was muß ich tun? Mein Leben für dich geben?« neckte sie mit einem Lächeln, das schnell verflog, als Dante sie schmerzvoll bei den Armen packte. Wut funkelte in seinen Augen.

»Sag so etwas nie wieder!« Die Grimmigkeit seines Ausdrucks erschreckte Rhea. »Niemals wieder, hörst du? Versprich es mir. Ich will niemals deinen Tod auf meinem Gewissen haben. Ich will nicht für die Taten eines anderen verantwortlich gemacht werden, nicht noch einmal, bei Gott!«

Rhea schluckte. »Ich verspreche es dir, Dante. Es tut mir leid, daß du mich mißverstanden hast. Weißt du denn nicht, daß du niemals etwas tun könntest, was mich dazu bringen könnte, mir das Leben zu nehmen? Wenn es das ist, weshalb du dir Sorgen machst, dann, bitte, denk nicht weiter darüber nach«, versicherte sie ihm, doch die seltsame Kälte in seinen Augen blieb unverändert.

»Du hast noch nicht deinen ganzen Schmuck gesehen«, sagte er plötzlich und für Rheas überempfindliche Ohren gefühllos.

Er entließ Rhea aus seiner Umarmung, so als würde ihre Berührung ihn stören, wandte ihr den Rücken zu und nahm seinen Mantel auf. Er wühlte tief in einer der Taschen und holte mehrere Schachteln hervor. Er legte sie auf den Tisch, öffnete eine von ihnen, und ein Paar diamantener Ohrringe schimmerten auf. In einer anderen Schachtel war ein Diamant in der Form einer Reiherfeder, und wieder in einer anderen Schachtel, ausgelegt mit blauem Samt, war eine bogenförmige Brosche mit drei kleineren identischen Broschen.

Rhea starrte schweigend und mit schwerem Herzen auf die glitzernden Edelsteine. Niemals, seit sie ihre Liebe für einander entdeckt und einander eröffnet hatten, hatte Dante sie mit einem so kalten Blick angestarrt.

»Sie sind wunderschön«, sagte Rhea schließlich mit bebender Stimme und starrte weiter auf die Steine, die ihr so leblos erschienen. »Ich danke dir«, sagte sie einfach, biß auf ihre zitternde Lippe, und die Diamanten verschwammen vor ihren Augen. Eine heiße Träne bahnte sich ihren Weg, um auf den Rücken von Dantes Hand zu tropfen.

Er zuckte zusammen, als hätte diese einzelne Träne ihn verbrüht. »Rhea?« fragte er zögernd, und Reue überkam ihn.

Sie weinte leise und versuchte, sich ihm zu entwinden, doch dann fühlte sie, wie sich seine Arme um sie schlossen und sie zu ihm drehten. Sie wußte, daß er sie nicht loslassen würde. Sie hielt das Gesicht von ihm abgewandt. Ihr Stolz weigerte sich, ihn sehen zu lassen, daß er sie verletzt hatte.

Doch Dante wollte ihr in die Augen sehen. Er umfaßte ihr Kinn und zwang ihr tränennasses Gesicht, seinem suchenden Blick zu begegnen. »Du ängstigst mich, Rhea, auf eine Weise, wie noch niemand es fertiggebracht hat.« Er überraschte sie mit diesem Eingeständnis. »Du bist noch so jung, so unschuldig, so unberührt von den vielen Übeln dieser Welt. Und du bist so empfindsam. Vielleicht habe ich dich am meisten dadurch verletzt, daß ich dich liebe. Eines Tages könntest du es mir vorwerfen, daß ich dich geliebt habe.

Kirby hat mich gewarnt, doch ich wollte nicht hören. Ich mußte dich haben, Rhea. Ich konnte es nicht zulassen, daß du aus meinem Leben verschwindest. Aber seitdem habe ich ein schlechtes Gewissen wegen meiner Selbstsucht, denn ich befürchte allmählich, daß du zu zerbrechlich und bescheiden bist für einen Mann wie mich. Zu jung vielleicht, um nicht verletzt und vollends zerstört zu werden durch meine Gefühle und Leidenschaften, die ich selbst manchmal nicht voll begreife.« Dantes Arme packten fester zu, als er Rhea an sein Herz drückte. »Wie kannst du einen Mann lieben, den aufrichtige Menschen verachtet haben und der dir nichts anderes als ein schweres Herz zu bescheren scheint?«

Rhea hob das Gesicht von seiner Brust, sah ihm tief in die Augen und antwortete fast kindlich: »Ohne deine Liebe würde mein Herz ganz zerbrechen.«

Zärtlich wischte Dante ihr die Tränen aus dem Gesicht, ohne den Blick auch nur für einen einzigen Moment von ihr zu lassen. »Dann liebe mich heute nacht, Rhea. Laß uns die Tränen vergessen und die zornigen Worte und Mißverständnisse zwischen uns«, flüsterte er, und seine Lippen liebkosten ihre Mundwinkel. »Laß uns nur an diesen Augenblick denken, an nichts anderes. Und kein Morgen soll uns Sorge bereiten.«

Rhea öffnete die Lippen und erlaubte seiner Zunge eine intime Berührung. Ihr Körper verlangte nach der Zärtlichkeit seiner Hände, die ihr so vertraut geworden war.

»Mach, daß ich vergesse.« Rheas Bitte war ein Flüstern voller Leidenschaft.

»Du bist mein, Rhea. Vergiß das nie. Was immer geschehen mag, erinnere dich daran, daß niemand anders dich so halten wird, wie ich es tue. Niemand liebt dich so, wie ich es heute nacht tun werde. Du wirst meine Berührungen niemals vergessen können – ebensowenig wie ich die deinen.« Seine Worte klangen beinahe wie eine Herausforderung an das Schicksal, es nur zu wagen, sie trennen zu wollen.

Rhea spürte seine Hände, als er ihr Mieder öffnete, und bald war das weiche Fleisch ihrer Brüste seinem fordernden Blick freigegeben. Sein Mund hinterließ eine brennende Spur auf ihrem Hals, wo die Diamanten, die an ihrem heftig schlagenden Puls lagen, nun die Wärme einer Frau reflektierten, die in Begehren entflammt war.

Dante zog die Nadeln aus Rheas Haar. Die üppigen goldenen Strähnen fielen über ihren Rücken, und die lockigen Enden schwangen um ihre Hüften, als wären sie lebendig. Er berührte mit den Lippen die sanfte Wölbung ihrer Brust, doch das reichte ihm bald nicht mehr. Er wollte ihre nackte Haut auf seiner fühlen, wieder die süß duftende Weichheit ihres weiblichen Körpers kosten und diesen höchsten Moment der Ekstase erleben, wenn sie eins wurden.

Und plötzlich war ihm, als würden sie noch immer auf dem warmen Sand einer abgelegenen Bucht in der fernen Weite der See stehen, wo der einzige Klang das melancholische Rufen der Vögel bei Anbruch der Nacht war und das unaufhörliche Rauschen der Wellen, die an den Strand spülten. Rhea war aus dem Wasser gestiegen wie eine Seenymphe. Ihr blasser Körper war in Gold getaucht, als die Wildheit der untergehenden Sonne den Himmel der Wildnis in Streifen von flammendem Kupfer erglühen ließ.

Jetzt war da nur das Muster, das der windgepeitschte Regen auf die Fensterscheiben gemalt hatte, und das Knistern und Fauchen des Feuers. Doch es machte nichts aus, daß es keine sanfte Brise und keinen durchdringenden Duft nach Meer gab – die Eindringlichkeit ihrer Leidenschaft hatte nicht abgenommen seit ihrem ersten Zusammensein auf den sonnengeküßten Stränden einer wilden Bucht.

Für Rhea schienen sich die Gefühle und Empfindungen eher noch vergrößert zu haben. Bis zu dem Augenblick des sexuellen Erwachens an jenem Strand war sie ein Kind gewesen, ohne Wissen um ihre eigenen Gefühle und ihre Sinnlichkeit. Leidenschaft hatte bis dahin nicht existiert für sie. Jetzt war sie eine Frau und erfahren in all dem schmerzenden Verlangen, das Dante in ihr wachgerufen hatte, während er sie in die Kunst der Liebe eingeführt hatte. Nur er vermochte das Feuer zu lindern, das in ihren Adern brannte.

Und seine Worte vor nur wenigen Augenblicken waren keine bloße Drohung, sondern vielmehr der Schatten einer Vorahnung für die Zukunft, doch was immer auch geschehen mochte, es würde nie einen anderen für sie geben. Dante war ein Teil von ihr, und sie würde nie wieder frei sein von dem Verlangen nach seiner Berührung.

Seine Hand schlüpfte in das seidige Gewirr aus Gold, das ihre alabasterfarbenen Schultern bedeckte, seine Finger umfaßten ihren Nacken und hielten den Kopf fest. Mit der anderen Hand berührte er ihre errötete Wange, und dann liebkoste sein Daumen ihre Lippen und neckte ihre bebende Zartheit. Für einen langen Moment blickte er ihr tief in die Augen, die halb geschlossen waren, die Lider schwer vor Leidenschaft. Dann, ganz langsam, näherte sich Dantes Mund dem ihren.

Als Rhea seine Küsse erwiderte, fühlte sie, daß sich seine Finger an der Spitze ihres Oberteils zu schaffen machten, ebenso wie an ihren Petticoats. Als er ihr das Kleid abstreifte, fielen die Petticoats zu einem zerknitterten Häufchen um ihre Füße herab, und sie stand da, nur in ihrem Korsett, Unterkleid und Strümpfen.

Im goldenen Schein des Feuers schimmerte Rheas Haut wie Gold, und es erinnerte Dante an die Nacht am Strand. Der Feuerschein tanzte in ihrem offenen Haar, das glänzte wie das Licht des Mondes und der Sonne zugleich – silbern und golden. Das Glitzern der Diamanten um ihren Hals lockte Dantes Blick zu den sanften bebenden Kurven unter dem Korsett. Dann wanderten seine Augen tiefer, um auf dem verführerischen elfenbeinfarbenen Teil ihrer Schenkel über den von Strumpfbändern gehaltenen Strümpfen zu verweilen.

Er faßte Rhea bei den Hüften und hob sie aus dem abgestreiften kleinen Hügel von Musselin und Spitze. Sie schlang die Arme um seinen Nacken, und Dante begrub das Gesicht in ihrem duftenden Haar, während er Rhea fest gegen die muskulöse Härte seines Körpers preßte.

»Du wirst mit jedem Tag, der vergeht, sinnlicher«, murmelte er.

Dann spürte Rhea seinen warmen Atem an ihrem Ohr, und sie knabberte an seinem Ohrläppchen, während seine Zunge ihren Hals entlangfuhr.

»Du verhexst mich, Rhea«, flüsterte er und setzte sie wieder ab, drehte sie dann herum, um ihr eilig das Korsett auszuziehen.

Es landete oben auf dem Haufen der abgestreiften Kleider. Dante nahm Rhea in die Arme und warf sie, nicht gerade in gentlemanhafter Manier, auf das Bett. Rhea landete plump auf der abgesteppten Decke und dem sanften Hügel aus Kissen. Vor Überraschung hatte sie den Atem angehalten, doch nun mischte sich ihr leises Lachen mit Dantes, als sie in sein fröhliches Gesicht schaute. Sie hatte nicht wahrgenommen, daß ihr Unterkleid bis über die Hüften gerutscht war – ein wahrhaft kompromittierender Anblick.

Dante kniete sich vor sie hin und begann hastig und doch mit Sorgfalt, ihre seidenen Strümpfe aufzurollen, und seine Finger vernachlässigten oft ihre eigentliche Aufgabe.

Als er seine Arbeit beendet hatte, erhob er sich und trat zurück.

Rhea räkelte sich in dem Kissenberg, die Arme müßig hinter dem Kopf gekreuzt, das Unterkleid spannte sich straff über die festen Rundungen ihrer Brüste. Sie seufzte zufrieden, spielte mit einer langen Strähne ihres Haares und sah Dante dabei zu, wie er sich das Hemd auszog. Sie genoß den Anblick seiner muskulösen Brust und Schultern.

»Willst du ein Geheimnis hören?« fragte sie zögernd, und ein schüchternes Lächeln ließ ein leichtes Grübchen auf ihrer Wange erscheinen.

»Ich will all deine Geheimnisse kennen«, antwortete Dante. Er klang sehr ernst, besonders als er sanft hinzufügte: »Laß niemals irgend ein Geheimnis zwischen uns sein. Das kann nur zu Mißverständnissen führen.«

»Niemals«, versprach Rhea, ohne zu zögern und dachte daran, daß dieses Versprechen leicht zu halten war.

Dante schüttelte den Kopf. Er war verwundert, daß sie noch immer unerschütterlich an die Wahrheit und das Gute in den Menschen glaubte, trotz der Tragödie, die ihr Leben so verändert hatte. Sie ahnte nichts von den unheilvollen Gefühlen, welche die Menschen so oft zu Akten der Verzweiflung und Gewalt treiben.

»Nun sag mir, was ist dein dunkles Geheimnis?« fragte er.

»Ich fürchte, es ist gar nicht so dunkel, sondern eher töricht«, gab Rhea schüchtern zu. »Du hast mich gefragt, wie es kam, daß ich mich in dich verliebte. Was, wenn ich dir sagen würde, daß du mich an jemanden aus meiner Familie erinnerst?«

»Gütiger Himmel! Doch nicht etwa an deinen Vater?« rief Dante in gespieltem Schrecken.

»Dummkopf«, ermahnte ihn Rhea lachend und ohne sich bewußt zu sein, daß nur wenige Menschen mit einer Bemerkung wie dieser ungeschoren davongekommen wären. »Obwohl – wenn ich darüber nachdenke, glaube ich, daß da doch eine gewisse Ähnlichkeit zwischen euch beiden herrscht«, spekulierte sie laut, während sie insgeheim vermutete, daß keiner von beiden das freiwillig zugegeben hätte. »Es war ein Ahne, an den ich dachte. In der großen Galerie auf Camareigh hängt ein Bild von ihm, und ich war früher sehr fasziniert davon. Es war sogar mein Lieblingsbild, das heißt, gleich nach dem Gemälde von unserer Familie natürlich«, verbesserte sie sich.

»Und wer ist dieser Ahne? Ein beispielhafter Zeitgenosse ohne jeden Zweifel, vermute ich.« Weil er sich darauf konzentrierte, die Knöpfe seiner Hose zu öffnen, sah er nicht das teuflische Glitzern in Rheas Augen.

»In Wahrheit hatte er ein wenig etwas von einem Schurken.«

Dante sah überrascht auf. »Wirklich?«

»Ich fürchte, ja«, meinte Rhea. Ihre Lippen zitterten, als sie versuchte ernst zu bleiben. »Er war ein Freibeuter, aber ich vermute, daß er mit den guten Wünschen Elisabeths der Ersten segelte.«

Dantes lederne Hose landete auf Rheas Kleidern. Seine Strümpfe und Stiefel waren im Raum verstreut.

»Ein Freibeuter?« wiederholte er nachdenklich, eigentlich gar nicht verstimmt darüber. »Dann kann er natürlich nichts anderes gewesen sein als ein Schurke.«

»So wie er auf diesem Bild aussieht, dachte ich immer, daß er selbst den Teufel bezaubern könnte«, fuhr Rhea fort, nicht ganz so entspannt, als sie auf die männliche Schönheit von Dantes nacktem Körper sah. Er kam auf das Bett zu und stellte sich vor sie hin. »Ich habe mich gewundert, daß du mir so vertraut zu sein schienst, als ich dich zum ersten Mal an Bord der *Sea Dragon* sah«, fuhr sie fort. »Vom Äußeren her ähnelst du ihm eigentlich gar nicht so sehr, doch, nun ja...« Ihre Stimme verlor sich, als ihre Nervosität wuchs. Sie blickte auf die goldene Strähne, die sie um ihre Hand gewickelt hatte.

»Bitte erzähl weiter. Jetzt hast du mich neugierig gemacht«, murmelte Dante zärtlich. Dann senkte sich das Bett, als er sich neben Rhea setzte.

»Es war eine bestimmte Arroganz an ihm und wahrscheinlich dieser herausfordernde Blick. Mir ist immer ein Schauer über den Rücken gelaufen, wenn ich an dem Bild vorüberging, so als könnte er aus dem Bild herausgreifen und mich packen. Und wann immer ich in seine dunklen Augen blickte, hatte ich das Gefühl, er wüßte ganz genau, was ich dachte und empfand. Ich schätze, ich war beeindruckt von dem furchtlosen Wagemut eines Mannes, der das Leben eines Abenteurers gelebt hatte und zur See fuhr. Als ich dich kennenlernte«, fuhr sie leise fort, »warst du für mich die Verkörperung dieses Piratenahnen.«

Dantes Arme umfaßten sie und drückten sie gegen seine Brust. Einen Moment später rutschte ihr Unterkleid auf den Boden, und dann spürte sie die behagliche Wärme seines Körpers an ihrem, und sein Mund preßte sich auf ihre Lippen.

»Vergiß den Mann auf dem Bild. Fühl mich. Ich bin aus Fleisch und Blut. Er kann nicht nach dir greifen, Rhea. Er kann dich nicht halten und dich nicht liebkosen. Er kann dich nicht küssen, bis du vergehst vor Verlangen. Küß mich, Rhea« flüsterte er gegen ihre rosigen Lippen. »Ein gemaltes Bild kann dich nicht so lieben, wie ich dich liebe.«

Rheas Finger strichen durch das Gewirr von lockigem Haar auf seiner breiten Brust. Sie genoß die Härte seines Körpers und die Art, wie seine Hände über sie wanderten, und schmiegte sich so eng an ihn, daß sie glaubte, für immer mit ihm verschmolzen zu sein. Sie zitterte, als seine Zunge an einer harten Knospe ihrer Brüste leckte, seine Hände sie zärtlich umfaßten und er das Gesicht gegen ihre Weichheit preßte. Sie fuhr durch sein dickes kastanienbraunes Haar, das zum Leben erwachte unter ihrer Berührung.

Seine Hände streichelten ihre Taille, glitten dann über die Kurve ihrer Hüfte und ihren flachen Bauch. Sie wanderten gemächlich über die schlanken Oberschenkel, erforschten die köstlichen Innenseiten, die so empfindlich waren für seine Berührung.

Ihr Haar ergoß sich über die Kissen wie goldener Honig, als sie unter ihm lag und in das blasse Grau seiner Augen schaute, deren funkelnder Glanz von dichten dunklen Wimpern verdeckt wurde. Sie schloß die Augen, seine Oberschenkel preßten sich gegen ihre und teilten sie. Und dann war er ein Teil von ihr. Seine Hüften bewegten sich gegen sie, und ihre Antwort verband sich mit seinem Rhythmus. Die Spannung, die in ihr wuchs, stieg mit dem pulsierenden Rhythmus seines Körpers, und sie wölbte sich gegen seine Härte, schrie auf in lusterfüllter Freude, die sie jedesmal empfand, wenn sie miteinander schliefen. Es hinterließ sie atemlos schwach und zitternd, doch mit einer Befriedigung, die kein anderes Vergnügen bringen konnte.

»Niemals, niemals werde ich dich verlieren«, schwor Dante

zärtlich, doch Rhea konnte seine Worte nicht hören. Sie hatte die Wange an seine warme Brust geschmiegt, und der kräftige, stete Schlag seines Herzens war das einzige, was sie wahrnahm. Zufrieden in seinen Armen ruhend, genoß sie die sanfte Stärke, die sie umgab.

Versonnen preßte Dante die Lippen auf ihre Schläfen, während er sorgfältig eine Locke zurückstrich. Er schloß die Augen, und der Klang ihres ruhigen Atems erfüllte ihn. Und schließlich schlief er ein in dem Bewußtsein, daß sie noch immer neben ihm liegen würde, wenn er erwachte.

Als Dante mehrere Stunden später wach wurde, fiel das fahle Sonnenlicht des Morgengrauens durch die kleinen, staubigen Scheiben der Fenster. Das Feuer im Kamin war längst erloschen.

Dante betrachtete Rhea, die so friedlich an seiner Seite schlief. Der goldene Glanz ihres Haars, ausgebreitet auf den Kissen, erinnerte ihn an das Sonnenlicht eines Spätnachmittags im Herbst. Ihr köstliches Profil stach hervor gegen die dunkelbraune Haut seiner Schulter, und instinktiv streckte er die Hand aus und berührte die sanfte Kurve ihres Mundes. Ihre Träume sind sicher süß, dachte er und hoffte wehmütig, daß sie von ihm träumte.

Er widerstand der Versuchung, sie aufzuwecken und stieg vorsichtig aus dem Bett. Er konnte nicht umhin, einen Moment die natürliche Schönheit ihres nackten Körpers zu betrachten. Sie sah so ätherisch aus, so rein, und es war ein so verzauberndes Bild, daß er kaum glauben konnte, daß sie dieselbe heißblütige Frau war, die er in der Nacht in den Armen gehalten hatte. Wo war die Verführerin, die seine Liebe mit so wilder Hingabe erwidert hatte?

Sie war so bezaubernd und lieblich. Und – seltsam genug – sie war sein. Doch plötzlich, in einem dunklen Gefühl von Verzweiflung und Eifersucht, begann sich Dante zu fragen, wie er sie nur halten könnte. Sie sagte, daß sie ihn liebe, doch was war mit den Worten, die sie so unschuldig gesprochen hatte letzte Nacht, als sie sagte, daß er sie an einen Mann auf einem Bild erinnerte, der sie jahrelang fasziniert hatte?

Faszination? Vielleicht war das alles, was sie wirklich für ihn empfand. Was wußte sie schon von Liebe? Ihm war klar, daß er einen unfairen Vorteil aus den ersten unsicheren Schritten eines jungen Mädchens in die Welt der Erwachsenen gezogen hatte. Er hatte sie gereizt und schließlich verführt; er hatte Gefühle in ihr geweckt, von denen sie nie vermutet hätte, daß sie sie empfinden konnte. Wahrscheinlich hätte jeder andere Mann eine ähnliche Reaktion hervorgerufen. Warum also sollte er sich für etwas Besonderes halten, gar unentbehrlich für ihr Glück?

Was sie verband, diese alles verschlingende Leidenschaft, war ihnen so kurz zuteil gewesen, daß er sich zu fragen begann, welche Chance bestand, daß diese Leidenschaft überdauern konnte. Konnten solche Gefühle überhaupt zu wirklicher Liebe werden? Wenn sie erst bei ihrer Familie und ihren Freunden war, würde ihr Verlangen nach ihm dann verblassen? Würde sie wünschen, ihn nie getroffen zu haben, wenn ein jüngerer und gesellschaftlich anerkannterer Mann in ihr Leben trat?

Und was war mit ihrer Familie? Bis sie ihm begegnet war, waren sie ihre ganze Existenz gewesen. Er würde ein Fremder für sie sein, ein Außenseiter, ein Eindringling. Könnten ihre Eltern ihn abweisen? Würden sie versuchen, Rhea gegen ihn aufzubringen? Wie konnte die kurze Episode, die sie gemeinsam erlebt hatten, dem Einfluß ihrer Familie standhalten?

Dante legte die Decke über Rheas Schultern. »Meine kleine Paradiesblume«, sagte er sanft, »habe ich dich bereits verloren?« Jamaica, der zusammengerollt am Fuße des Bettes lag, hob ein Ohr und öffnete blinzelnd ein Auge beim Klang der Stimme seines Herrn. Doch als keine weiteren Worte folgten, streckte er sich in träger Zufriedenheit und döste weiter. Plötzlich drang die Kälte des frühen Morgens an Dantes nackte Haut. Er schlüpfte in seinen

Morgenmantel, band den seidenen Gürtel fest um die Taille und ging zu dem Tisch und der Korrespondenz, die er dort hatte liegen lassen.

Er schaute auf die schlafende Gestalt unter der Decke. Entschlossen nahm er den Federkiel und adressierte den Umschlag, den er in der Nacht zuvor versiegelt hatte.

Für einen langen Augenblick starrte er auf die Adresse, die er geschrieben hatte, die Adresse, die ihm über die Jahre so vertraut geworden war:

Sir Jacob Weare
Sevenoaks House
Westlea Abbot
Devonshire

Dann lehnte Dante den Brief gegen das silberne Tintenfaß, in dem Wissen, daß Houston Kirby ihn später aufgeben würde. Doch selbst Dante Leighton, der sorgfältig jeden Schritt, den er unternahm, geplant hatte, war sich nicht voll bewußt, wie weitreichend die Auswirkungen dieses Briefes sein würden, war er erst im Besitz eines gewissen Gentlemans in Westlea Abbot.

Tausend Jahr von Dir, o Herr,
Sind wie ein Abend, der vergeht,
Kurz wie die Stunde voller Stille
am Ende einer Nacht,
Bevor die Sonne sich erhebt.

Isaac Watts

Kapitel drei

Acht Glockenschläge hatten die Stunde und den Wechsel der Wache an Bord der H. M. S. *Hindrance* angekündigt, einem Kutter der Finanzbehörde. Sie patrouillierte an der wilden Küste von Devonshire, und es war ihre Pflicht, Schmuggler davon abzuhalten, ihre Waren an Land zu schaffen – unversteuerten Alkohol, Tee, Tabak, Seide und Parfüms. Doch es gab zu viele geheime Buchten, wo in dunklen Nächten Banden von gut bewaffneten Männern mit nervöser Ungeduld ausharrten. Der Krone war es nicht möglich, die Schmuggler von ihrem Treiben abzuhalten. Und weil es nicht genügend Soldaten und Offiziere gab, verschwanden die Fässer, die Ballen und Kisten stapelweise in den benachbarten Bauernhäusern, Scheunen und Wirtshäusern oder mitunter sogar gut versteckt in den heiligen Gewölben eines Kirchenkellers, zusammen mit einem Faß Brandy als Belohnung für den Vikar.

Jetzt hier im fahlen Licht des Tagesanbruches hing die Flagge der Krone in Fetzen. Sie war gehißt worden, bevor der Warnschuß auf das Boot der Schmuggler abgefeuert worden war. Das Krachen des Kanonenfeuers, das darauf gefolgt war, war der Stille gewichen, und die Wellen spülten jetzt über die zersplitterten Decks und Planken des einst stolzen, doch nun auf Grund gelaufenen Schiffes. Die Männer von der Mannschaft, die nicht über Bord gerissen worden und ertrunken waren, hatten das Schiff verlassen.

Die H. M. S. *Hindrance* war ein gutes Schiff gewesen, mit einem guten Captain und einer guten Crew. Sie war in einen Hinterhalt gelockt worden. Ihr Kurs war im voraus von feindlicher Hand geplant worden, und als ihr Schicksal besiegelt war, hatte die Crew tapfer ihrem Untergang auf den Felsen einer ungastlichen Küste entgegengesehen.

Kalt und wütend hob die See die H. M. S. *Hindrance* auf den schäumenden Kamm einer Woge, die auf den Strand zurollte, doch nur um sie wieder und wieder auf die Felsen zu schleudern. Die Segel waren zerschlissen und zerfetzt, der Hauptmast war gebrochen und in der See versunken.

Gegen das graue Licht der Dämmerung konnte man die dunklen Umrisse der nackten Klippen sehen, die bis zum Himmel emporragten. Und darüber lagen die dunklen, einsamen Türme. Von diesen Türmen aus hatte das Leuchtfeuer die H. M. S. *Hindrance* auf die scharfkantigen Riffe gelockt, die sich knapp unter der Oberfläche des finsteren Meeres befanden.

In der Mitte der steilen Klippen war ein schmaler Streifen Sandstrand. Und für jene wenigen verzweifelten Männer, denen es gelungen war, den Untergang des Schiffes zu überleben, war es die einzige Hoffnung, der grimmigen Unterströmung der Brecher zu entkommen, die gegen die Felsen brandeten. Die geschwächten und übel zugerichteten Seemänner, die an Land stolperten, fanden keine sichere Zuflucht auf diesem abgeschiedenen Streifen des Strandes. Statt dessen wurden sie bereits von der Schmugglerbande erwartet, bewaffnet mit Knüppeln und Messern, und die Bande vollendete, was die See nicht geschafft hatte.

Als sich die Sonne über die Türme erhob, die sich gegen den Morgenhimmel abzeichneten, wurde die grausame Infamie sichtbar. Leichen waren halb begraben im vom Wasser überspülten Sand oder trieben mit der Strömung in ihr nasses Grab.

Tote können nicht mehr reden. Doch wenn der Captain der H. M. S. *Hindrance* seine salzverkrusteten, geschwollenen Lippen hätte bewegen oder einen blutigen Finger erheben können, dann hätte er die Mörder identifiziert. Und indem er den Verräter nannte, hätte er die traurige Geschichte eines Schiffes und einer Crew erzählt, die es nun nicht mehr gab.

Er hätte von der Tücke und dem Verrat eines befreundeten Offiziers der Krone berichtet und erzählt, daß er selber, in der Annahme, es müsse einen Spitzel unter den Soldaten geben, die in Westlea Abbot stationiert waren, versucht hatte, den Verräter ausfindig zu machen, der die Schmuggler gewarnt hatte. Doch der gute Captain hatte den fatalen Irrtum begangen, seinen Verdacht dem falschen Mann anzuvertrauen. Zu spät hatte er den wahren Schurken erkannt.

Der Captain und derjenige, dem er fälschlicherweise vertraut hatte, ein angesehener Gentleman und ein Mann in einer hohen Position, hatten gemeinsam den verdächtigten Offizier vernommen. Der war schließlich zusammengebrochen, hatte seinen Verrat gestanden und sodann um Gnade gefleht. Und diese Bitte um Nachsicht war mit dem Versprechen auf wertvolle Informationen über das Treiben der Schmuggler verbunden gewesen. So wußte er zu berichten, daß sie an eben diesem Abend planten, ihre Schmuggelware in Bishops Creek an Land zu bringen. Ein Leuchtfeuer sollte die verabredeten Signale geben – zweimal Aufleuchten, dann dreimal, das war das Zeichen, daß die Luft rein war. Nachdem die Fässer entladen waren, würden sie höchstwahrscheinlich im Bishops Grave Inn landen, denn Sam Lascombe und die Schmuggler waren dicke Freunde.

Obwohl er es eigentlich nicht gewollt hatte und auch hätte besser wissen müssen, war der Captain überredet worden, seine Vorgesetzten nicht vom Geständnis des Offiziers zu informieren, wenigstens nicht für den Moment. Schließlich war der Gentleman, der ihm dies anriet, der örtliche Magistrat. Er hatte absolutes Stillschweigen empfohlen. Morgen, so sagte er, wäre ein viel besserer Zeitpunkt, um eine Depesche aufzugeben. Bei Tagesanbruch würden sie die Schmugglerbande sicher gefangengenommen und in Ketten gelegt haben. Sie würden dann in der Lage sein zu berichten, dem Plündern des Königlichen Staatssäckels ein Ende gesetzt zu haben.

Nichtsahnend und ohne Argwohn hatte der junge Captain der H.M.S. *Hindrance* zugestimmt. Die Zusicherung des Magistrats, persönlich dafür zu sorgen, den unehrenhaften Offizier ins Gefängnis von Westlea Abbot zu schaffen und seine Männer zu der verabredeten Stunde zum Bishops Creek zu schicken, um dem Captain jede nur denkbare Unterstützung zu bieten, hatte den Captain nicht klüger gemacht.

Vielleicht hätte er argwöhnischer sein sollen, als das Schiff der Schmuggler aus der Dunkelheit auftauchte, als hätte es geradewegs auf ein Rendezvous gewartet. Es hatte den Bug der *Hindrance* gekreuzt, und die Schmuggler hatten Flüche herübergeschrien und König George und alle verdammt, die ihm dienten, so als würden sie das andere Schiff herausfordern, die Verfolgung aufzunehmen.

Im Glauben, das Richtige zu tun, hatte der Captain der H.M.S. *Hindrance* seinem Steuermann befohlen, Kurs auf das Schmugglerschiff zu nehmen. Bald war er dicht genug an sie herangekommen, um sie zu entern.

Der Captain hatte den Sieg schon in der Luft geschmeckt, vermischt mit dem Geruch vom Kanonenpulver der letzten Salve, die die *Hindrance* dem Schmuggler vor den Bug gefeuert hatte. In der

Ferne sah er das Aufblitzen des Lichtsignals auf Bishops Creek, doch anstelle von zwei Signalen, gefolgt von dreien, hatten da vior Lichtblitze die Folge beendet. Das war das Signal gewesen, daß die Schmuggler festgenommen worden und nun sicher in der Hand der Obrigkeit waren.

Er hatte die Schmuggler in der Falle. Er hatte ihnen erfolgreich den Weg abgeschnitten, es war ihnen unmöglich, wieder vor den Wind zu kommen; sie waren gefangen zwischen der Mündung der Bucht und den Dragonern am Strand. Und wegen seiner Position war das Schiff der Schmuggler nicht in der Lage, seine Kanonen abzufeuern, und mit ihren kleinen Waffen war die H.M.S. *Hindrance* nicht zu erreichen.

Mit einemmal jedoch war das Schmugglerschiff ausgeschert, sein Bug drehte sich in den Wind. Der plötzliche Kurswechsel hatte den Captain der *Hindrance* überrascht, denn der andere Captain mußte doch wissen, daß er in die Fänge der *Hindrance* geraten würde. Doch noch ehe er den Befehl geben konnte, das Ruder herumzureißen, ertönte ein schreckliches Krachen, als der Rumpf der *Hindrance* die Riffs streifte und aufriß, bis sie bebend zum Halten kam.

Wie ein prophetisches Zeichen trat die Sonne aus dem Schatten der dunklen Türme und enthüllte den Verrat. Zu spät erkannte der Captain, daß er nicht vor Bishops Creek war, sondern in die gefährlichen Gewässer vor Dragons Cove gelockt worden war, einen Ort, an den sich kein Schiff wagte, es sei denn, man war mit der einzigen befahrbaren Rinne durch die Klippen und Riffs vertraut.

Dieser schmale Kanal verlief diagonal durch die Riffe, die sich von der Bucht aus erstreckten; hinter diesem Punkt war das Wasser nicht tief genug, um ein Schiff sicher hindurchzusteuern.

Nun war sein Schiff der gnadenlosen See auf Gedeih und Verderb ausgeliefert, und der Captain und die wenigen Seeleute, die schwimmen konnten oder es geschafft hatten, sich an einen Teil der gebrochenen Masten zu klammern, waren an Land getaumelt. Und dort, auf dem nassen Sand, waren sie von eben jenem Spitzel empfangen worden, den der Captain im Gefängnis von Westlea Abbot geglaubt hatte.

Als der Captain im Moment des Todes gen Himmel blickte, war das letzte, was er sah, einer der dunklen Türme von Merdraco und ein Gentleman auf einem Pferd, der sich aus dem Schatten der Türme löste. Im ersten Licht des anbrechenden Tages verfluchte der sterbende Captain der H. M. S. *Hindrance* für alle Ewigkeit das Antlitz des Mannes, dem er vertraut hatte.

In einem kleinen walisischen Dorf auf der gegenüberliegenden Seite des Kanals stand zwei Wochen später ein einsamer Mann auf dem Friedhof neben einer einfachen Kapelle aus grauem Stein. Dem eisigen Westwind trotzend, starrte er auf die frisch aufgehäufte Erde eines Grabes.

Er hob den Blick und schaute über die aufgewühlten Wasser, wohl wissend, daß hinter den wirbelnden Wolken, die tief gegen den Horizont hingen, die Küste Englands lag. Er senkte den Kopf und betrachtete das Grab seines Bruders, und seine Augen wurden feucht von dem Wind, der um seine vermummte Gestalt wehte. Dann, mit einem letzten Lebewohl und einem Versprechen, ging er langsam von dannen.

Niemals würde er die Worte vergessen, die auf den kalten, schweigenden Grabstein gemeißelt waren:

Zum Gedenken an
Benjamin Lloyd
Kapitän der H. M. S. *Hindrance*
Geliebt – Geehrt – Betrauert

Wirst du, Schicksal,
dich als unbarmherziger Feind
der Liebe erweisen
und, wenn wir ein Herz finden,
das unsere Zuneigung erwidert,
kommen und uns auseinanderbringen?

James Thomson

Kapitel vier

Houston Kirby räusperte sich und zögerte, bevor er anklopfte. Obwohl die unzähligen Glocken der Stadt seit Sonnenaufgang in einer wahren Kakophonie geläutet hatten, war es ihm zuwider, Lady Rhea Claire zu wecken. Sie konnte selbst bei diesem Krach weiterschlafen, dachte er und verzog das Gesicht, denn er war nicht gerade ein Freund von Glockengeläut, seit er davon so unsanft aus dem Schlaf gerissen worden war. Doch der Captain, der das Hawkes Bell Inn schon vor mehreren Stunden verlassen hatte, hatte ihm aufgetragen, einen Brief zur Post zu bringen. Der kleine Steward rückte seine Perücke gerade, zupfte sein Halstuch zurecht und wollte soeben erneut klopfen, als plötzlich die Tür aufschwang und die Lady vor ihm stand.

»M'lady!« Er starrte sie an, verwirrt von ihrem plötzlichen Auftauchen und der Art, wie sie gekleidet war. »Oh, M'lady, Sie dürfen sich nicht in diesem Aufzug sehen lassen. Was werden die Leute sagen?« Er schaute besorgt über die Schulter und versuchte, sich etwas größer zu machen, als er war, um die Lady vor neugierigen Blicken zu schützen.

Rhea lächelte unbefangen. »Wahrscheinlich wird man mir Komplimente machen und mich vielleicht sogar nach meinem Schneider fragen«, entgegnete sie und strich über das weiche Leder ihres Kleides.

»O, M'lady, bitte«, flehte Kirby sie nervös an. Doch war er insgeheim erfreut, denn sie wußten beide, daß er es gewesen war, der das Kleid mit geschickten Fingern aus vielen einzelnen Teilen zusammengenäht hatte. »Sie sollten hier auf dem Korridor nicht solche Späße machen. Es wäre nicht gut für Ihren Ruf, M'lady, wenn jemand Sie so sähe. An Bord der *Sea Dragon* war es etwas anderes, aber hier geht es nicht, daß Sie so... so...« er hielt verlegen inne.

»Daß ich so unschicklich gekleidet bin, wollten Sie das sagen?«

»Ich bitte um Verzeihung, M'lady, aber so ist es in der Tat.« Er fuhr zusammen, als er Schritte auf dem Korridor hörte. Rhea ließ Kirby ins Zimmer und mußte lächeln, als er hastig die Tür hinter sich schloß.

»Nun, wenn Sie schon unzufrieden sind mit meinem Aufzug, würden Sie so liebenswürdig sein, ein Kleid für mich auszuwählen«, ermunterte sie ihn und deutete auf die beiden Kleider, die sie auf dem Bett ausgebreitet hatte.

»M'lady, ich würde es mir niemals erlauben, unzufrieden mit Ihnen zu sein«, beeilte sich Kirby zu versichern. »Ich finde, Sie sehen bezaubernd aus, aber diese Kleidung paßt nun einmal nicht hierher.«

Rhea sah es ein. Kirby hatte ja recht. Es war ein Aufzug, der zu den Westindischen Inseln paßte. Sie hatte so etwas wie eine schmerzliche Sehnsucht empfunden, als sie sich an den strahlendblauen Himmel und die sanften warmen Brisen erinnerte. Das war wohl auch der Grund gewesen, warum sie sich für dieses Kleid entschieden hatte, denn sie wußte ganz genau, daß sie jetzt keine Verwendung mehr dafür haben würde.

»Es war wunderschön, nicht wahr, Kirby?«

»Aye, M'lady. Und ich wünschte, ich würde auch jetzt noch dort sein. Eigenartig, wie friedlich und sicher mir das Meer erscheint, nun, da wir zurück in England sind.« Er seufzte und schüttelte dann den Kopf, um die trüben Gedanken zu vertreiben. Dabei dachte er nicht an seine Perücke, die verrutschte und ihm nun schräg auf dem Kopf saß.

»Nun«, meinte er forsch, »keine leichte Wahl, M'lady, aber ich finde, das Blaßgelbe würde Ihnen ganz ausgezeichnet stehen. Es erinnert an das Sonnenlicht auf dem Meer, etwas, das wir hier sicher kaum noch sehen werden bei all dem Ruß und Nebel.«

»Dann soll es das Blaßgelbe sein, Kirby«, entschied Rhea und dachte daran, daß sie vergessen hatte, wie kalt und trübe England im Herbst sein konnte.

»Ah, hier ist er ja«, murmelte Kirby, als er den Brief an sich nahm, der noch immer am Tintenfaß lehnte. »Schätze, ich werde ihn zur Post bringen müssen.« Er runzelte die Stirn, als er die Adresse las. »Nun dann, gibt es etwas, was ich für Sie tun kann, M'lady? Wenn nicht, dann werde ich mich jetzt auf den Weg machen. Muß mich mit dem Captain treffen.« Er verstaute den Brief in seiner Manteltasche.

»Werden Sie sich mit Dante an Bord der *Sea Dragon* treffen? Als er heute morgen ging, sagte er, er hätte einige Bankgeschäfte zu erledigen und wolle danach das Schiff inspizieren.«

»Aye, M'lady. Das haben wir schon in der Frühe erledigt. Der Captain meint, daß der Seetang und die Muscheln vom Rumpf gebrannt werden müssen und das Schiff neu geteert werden soll. Jetzt wird er wohl noch auf der Bank sein. Schätze, es wird nicht mehr lange dauern, bis er hier eintrifft. So um die Mittagszeit wohl.«

»Verstehe. Und Conny? Haben Sie ihn heute morgen schon gesehen?«

»Aye, M'lady«, antwortete Kirby mit einem breiten Grinsen. »Wir haben zusammen gefrühstückt. Und wie! Ich wundere mich wirklich, daß so ein kleiner Kerl so viel verputzen kann. Wie ich von diesem aufgeblasenen Wirt gehört habe, soll der junge Mister Brady gestern abend ein gehöriges Stück Stachelbeerkuchen verdrückt haben. Dieser Parkham hat von nichts anderem reden können – davon und daß er irgendeiner Frau damit eins auswischen könne. Schätze, ich verstehe diese Leute aus der Stadt einfach nicht mehr.« Er schüttelte den Kopf so heftig, daß seine Perücke noch mehr verrutschte.

»Ich vermute, Sie und Cornfield, die Zofe meiner Mutter, würden sich prächtig verstehen. Sie mag auch keine Städter«, verriet Rhea ihm und mußte daran denken, daß die stets vornehme Cornfield gar nicht einverstanden wäre mit dem Kleid, das Kirby mit solcher Mühe für sie zurechtgeschneidert hatte.

»Soll ich eine der Mägde raufschicken, damit sie Ihnen beim Ankleiden behilflich ist, M'lady?« fragte Kirby beflissen, ganz so wie er es als Kammerdiener gelernt hatte.

»Nein, ich komme schon allein zurecht. Und wenn nicht, kann ich immer noch warten, bis Dante zurück ist und mir hilft.« Er würde ihr gewiß eine größere Hilfe sein als die kichernden und glotzenden Mägde, wenn sie überhaupt dazu zu bewegen waren, nach dem Schrecken der letzten Nacht einen Fuß in dieses Zimmer zu setzen.

»Sehr wohl, M'lady. Sollten Sie etwas benötigen, ganz gleich, was es auch sein mag, schicken Sie nur eines der Mädchen los, um mich zu holen. Sobald ich diesen Brief zur Post gebracht habe, werde ich unten in der Schankstube sein. Der Captain hat angeordnet, daß sich die gesamte Crew dort versammelt. Es wird darum gehen, wie der Schatz aufgeteilt werden soll. Nur gut, daß der Captain ein Mann von Ehre ist, sonst könnte er uns mit unseren schweren Köpfen von letzter Nacht nach Strich und Faden beschwindeln. Bitte um Verzeihung, M'lady«, sagte Kirby zerknirscht, denn es tat ihm leid, daß ihm diese Bemerkung rausgerutscht war. »Ich sollte jetzt wohl besser gehen«, fügte er hinzu, und es klang, als würde er lieber mit nur zwei Fingern am Nock baumeln, als sich zu seinen Kameraden zu gesellen.

»Danke, Kirby«, rief Rhea ihm nach.

»Ich nehme an, dieser nichtsnutzige flohgeplagte Kater treibt sich hier irgendwo herum. Als Damenschuh verkleidet oder als Nerzmuff vielleicht?« fragte er beiläufig, als er auf der Schwelle innehielt und mit mißtrauischem Blick zum Bett schaute.

Rhea lachte. »Also haben Sie davon gehört?«

»Aye, M'lady, war Gesprächsstoff der ganzen Wirtsstube.« Kirby lächelte verständnisvoll.

»Jamaica ist vor einer Weile verschwunden, aber ich nehme an, daß er sich einfinden wird, wenn es Zeit für das Mittagessen ist.«

»Aye, schätze auch, M'lady. Selbst ein Blinder wüßte, daß wir Fisch zum Lunch haben.« Er schnüffelte übertrieben. »Und der gute alte Jamaica hat es natürlich schon längst geschnuppert. Vielleicht hat er sich bereits aufgemacht, um ein wenig vorab zu naschen.«

Dann verbeugte er sich elegant und verließ das Zimmer.

Rhea starrte noch einen Moment auf die geschlossene Tür. Ihre Gedanken kreisten um etwas, das ihr früh am Morgen aufgefallen war. Sie hatte es bereits vermutet, und jetzt war sie so gut wie sicher, daß sie ein Kind erwartete. Sie schlang die Arme schützend um ihren Bauch und betete, daß sie recht hatte mit ihrer Annahme, denn sie wünschte sich ein Kind von Dante. Doch so plötzlich wie eine Wolke sich vor die Sonne schiebt, hatte sich ihre Stimmung getrübt, als sie sich fragte, ob Dante sich darüber freuen würde. Da gab es noch zu vieles, was sie nicht voneinander wußten. Ihre gemeinsame Zeit war so kurz gewesen.

Die Minuten verstrichen, während Rhea in Gedanken versunken dastand. Doch weil Grübeln nicht weiterhalf, wandte sie sich um und zwang sich, an die naheliegenden Dinge zu denken. Zum Beispiel daran, daß Madame Lambere die neuen Kleider weiter machen mußte. Dieser Gedanke beschäftigte Rhea am meisten, als sie das blaßgelbe Kleid an die Hüften hielt und ein wenig traurig daran dachte, wie rund sie bald sein würde. Wie würde Dante darauf reagieren? Bald würde er sie nicht mehr im Arm halten können. Als Rhea sich dessen bewußt wurde, sank ihr Mut.

Ein lautes Klopfen riß sie aus ihren bedrückten Gedanken. Sie eilte zur Tür, lächelte zur Begrüßung und öffnete. Nur Jamaica, der ihr entgegensegelte, hörte sie aufschreien.

Unten in der vollbesetzten Schankstube des Hawkes Bell Inn stimmte ein schräger Chor erneut ein Lied an. Der Wirt zog die Stirn in Falten, denn er fürchtete, daß der Überschwang seiner Gäste Ärger heraufbeschwören könnte. Und er wollte ganz sicher keinen Zusammenstoß zwischen den ausgelassenen Männern aus den Kolonien und den Rotmänteln, die vorbeikommen und Anstoß an dem Lärm nehmen könnten. Und es ließ Mr. Parkhams Befürchtungen noch wachsen, als er hörte, wie der Chor der schiefen Stimmen eine weitere Strophe des vermaledeiten Jankee Doodle anstimmte. Mr. Parkham schüttelte den Kopf. Leider hatte dieses Lied eine so eingängige Melodie. Er hatte sich sogar dabei ertappt, es selber mitzusummen, obwohl er kurz zuvor die Mädchen zurechtgewiesen hatte, weil sie laut mitgesungen hatten. Er hätte schwören können, daß er den dröhnenden Tenor dieses verfluchten Iren aus den übrigen Stimmen herausgehört hatte. Schlimm genug, daß der Kerl ein ansehnlicher und schlagfertiger Ire war, wenn auch aus den Kolonien, und ein reicher Bastard obendrein. Eine verdammte Schande war es, gutes englisches Geld für einen dieser mißratenen Kerle zu verschwenden, die aufrührerische Reden schwangen und Lieder grölten.

Und wieder schüttelte Mr. Parkham den Kopf, damit ja niemand auf den Gedanken kam, er könnte mit solchem Unsinn einverstanden sein. Dann machte er sich auf, das Mittagessen vorzubereiten, ehe ihm diese Bande noch das letzte Ale wegsoff. Natürlich hatten diese Rauhbeine jede Menge Geld, um zu bezahlen, was sie verzehrten, und genau daran mußte Mr. Parkham jetzt denken. Also verlangsamte er seine Schritte in Richtung Küche und grübelte einen Moment. Ein hart arbeitender Zeitgenosse wie er konnte es sich nicht leisten, zu wählerisch zu sein.

Seine Einnahmen der letzten Tage waren hauptsächlich aus den Taschen der durstigen Crew der *Sea Dragon* geflossen. Sie hockten beisammen in der Schankstube, wo eine fast greifbare Stimmung fiebriger Erwartung über der lärmenden Meute schwebte, und feierten.

»Laßt uns anstoßen! Darauf, vor dem Wind zu segeln!«

»Und auf gutes Wetter!«

»Auf volle Segel und gute Fahrt!«

»Aye, und einen Schluck auf jedes hübsche kleine Mädel, das traurig Lebewohl zu ihrem liebsten Schatz sagen muß! Hört her, ihr Landratten! Seid gewarnt, die ihr ihre Hand gehalten habt – ich bin wieder in der Stadt!«

»Aye! Und einen auf jeden Seebär hier. Möge euer weiterer Weg vom Glück begleitet sein, wenigstens solange ihr die Segel im Wind habt wie ich selbst«, rief Seumus Fitzsimmons seinen Toast an seine Kameraden aus, ehe ihm die Beine wegknickten und er auf die Bank sank.

»Und hier ist ein Toast auf den feinen aufrechten Kerl, Bertie Mackay, und seine schändliche Crew an Bord der *Annie Jeanne*. Mögen sie samt und sonders enden in...« Der Rest des Trinkspruches ging unter in Gegröle und Gelächter, als mehrere interessante Bestimmungen für den Schmuggler-Rivalen durch den Raum gebrüllt wurden.

Houston Kirby, der ein wenig abseits saß, damit es ihm nicht entging, wenn der Captain eintraf, schob sich die Perücke aus der Stirn.

Aye, sie sind hier, dachte er bedrückt und fragte sich, ob auch nur ein einziger von ihnen in der Lage sein würde, wieder zu Sinnen zu kommen, wenn sie ihr Vermögen in den Händen hielten. Wie viele von ihnen werden wohl ihr Glück finden? fragte sich der kleine Steward besorgt, denn er fühlte sich noch immer verantwortlich für ihr Wohlergehen.

Einige von ihnen werden es wohl richtig machen, dachte Kirby, als er den Blick durch die Schankstube schweifen ließ und einzelne vertraute Gesichter ausmachte. Longacres hielt wieder einmal Hof nahe dem Feuer, wo er umgeben war von der üblichen Schar Zuhörer. Kirby dachte daran, daß dieser alte Seebär nun schon so lange dabei war, daß es nicht mehr viel gab, was ihm noch zustoßen konnte. Longacres hatte vor, nach St. Thomas zu segeln und dort eine Kneipe zu eröffnen. Das wäre die perfekte Umgebung für den verhutzelten Seeräuber und seine haarsträubenden Piratengeschichten. Cobbs, der Bootsmann, hatte davon geträumt, nach Norfolk zu gehen, das er als kleiner Junge verlassen hatte. Nun würde er als reicher Mann zurückkehren und ein Gentleman vom Lande sein. Die meisten seiner Kameraden nannten ihn bereits jetzt einen Gutsherrn.

Kirby bemerkte Alec MacDonald, den Schotten, über dessen Kopf der bläuliche Dunst seiner Pfeife hing, die er so gut wie nie aus dem Mund nahm. Er hatte sich vorgenommen, am Ufer des Chesapeake eine Schiffswerft zu betreiben. Seine Zukunft lag in den Kolonien. Und da ständig neuer Krieg drohte, würde er höchstwahrscheinlich sein Vermögen vermehren. Und das war sicher ein ganz anderes Leben als das der Mitglieder seines Clans, die im Hochland Schottlands weiterhin ihr kärgliches Dasein fristen mußten.

Kirby schätzte, daß der alte Dandy Barnaby Clarke eine Weile in

London den Gentleman spielen und dann nach Jamaica zurückkehren wollte, wo er ohne Zweifel sein Leben als träger und fauler Plantagenbesitzer verbringen würde. Trevelany, der Zimmermann, der nie viel sagte und noch seltener lächelte, hatte vor, sein Geld in die Minen seiner Heimat Cornwall zu investieren. Und wenn es ihm gelang, seine Geldbörse so gut im Zaum zu halten wie seine Zunge, dann könnte ihm am Ende dieses Jahrhunderts das halbe West Country gehören.

Und natürlich war da Seumus Fitzsimmons. Houston Kirby sah das gerötete Gesicht des dunklen Iren, dessen Späße und Schlagfertigkeit seine Kameraden zum Lachen brachten. Kirby nahm an, daß der scherzende Ire sich auf Krieg zwischen der Krone und den Kolonien freute, denn er beabsichtigte, einen eigenen Schoner zu kaufen und die Tradition der *Sea Dragon* fortzusetzen. Fitzsimmons war bestimmt ein sehr guter Captain und würde zu höchsten Ehren kommen, wenn er sich auf die richtige Seite schlug.

Alastair Marlowe war schon ein vollendeter Gentleman, dachte Kirby. Was er vorhatte, war noch nicht klar. Kirby suchte die Menge gerade nach Conny Brady ab, als der Captain den Schankraum betrat. Dante Leighton sah in seiner gutsitzenden Jacke und den hautengen Breeders wirklich blendend aus, stellte der kleine Steward voller Stolz fest. Der Mann, der den Captain begleitete, war niemand anderer als Sir Morgan Lloyd, der Captain der H.M.S. *Portcullis*.

Der Steward bahnte sich einen Weg durch die Menge, als ein Toast auf Sir Morgan Lloyd mit mächtigem Gebrüll beantwortet wurde. Es war wahrscheinlich das erste und zugleich letzte Mal, daß Schmuggler auf das Wohl eines Offiziers der Krone anstießen.

»Ich hätte nie geglaubt, diesen Tag zu erleben«, war Sir Morgan Lloyds Kommentar, und er lächelte gutmütig, als er einen gut gefüllten Humpen annahm, den ihm ein Matrose der *Sea Dragon* entgegenstreckte.

Er mußte an die Zeit denken, in der er gezögert hätte, sich inmitten einer Horde Schmuggler zu bewegen oder ihnen den Rücken zuzukehren.

»Auf Ihr Wohl, Captain«, bekräftigte Dante Leighton den Toast. Doch als sie sich über die glänzenden Humpen musterten, waren ihre Blicke mißtrauisch. »Bleiben Sie längere Zeit hier in London, oder fahren Sie zu Ihrem Stützpunkt auf den Karolinen zurück?« fragte Dante beiläufig.

»Ich halte mich nur noch einige Tage in London auf. Der Admiralität Bericht zu erstatten, scheint ja nie ein endgültiges Ende zu nehmen. Doch wenn meine Pflicht hier getan ist, dann werde ich wohl endlich nach Wales abreisen können.« Sir Morgan sagte dies in sachlichem Ton, doch in seiner Stimme lag eine Spur von Sehnsucht.

»Sie haben Familie dort?« fragte Dante neugierig. Obwohl er mit Sir Morgan Lloyd viele Jahre ein gefährliches Katz- und Maus-Spiel getrieben hatte, wußte er so gut wie nichts über das Privatleben des Mannes.

Sir Morgan lächelte. Es war ein eher trauriges Lächeln. »Keine Frau oder Kinder, aber mein Zuhause ist dort. Und mein jüngerer Bruder lebt da. Ich würde ihn gern wiedersehen, nach so langer Zeit. Es scheint eine Ewigkeit her zu sein, daß wir uns im Garten balgten. Ich fürchte, wir haben nie lange gebraucht, uns Ärger aufzuhalsen, und unsere Mutter mußte so manches ertragen, bis wir endlich unsere Patente erhielten.«

»Ihr Bruder ist demnach auch Offizier zur See?«

»Ja, er trat in meine Fußstapfen, übrigens zur großen Enttäuschung unserer Mutter. Sie hätte es lieber gesehen, wenigstens einen ihrer Söhne bei sich zu haben, und ich kann sie verstehen.«

»Wenn ich gewußt hätte, Sir Morgan, daß möglicherweise zwei von Ihrem Kaliber vor meinem Bug hätten auftauchen können, dann hätte ich mir ernsthafte Sorgen machen müssen«, sagte

Dante lächelnd, doch insgeheim dachte er, daß ihm unter diesen Umständen wohl das Scherzen vergangen wäre.

Sir Morgan lachte. »Kein Anlaß zur Sorge, Captain. Mein Bruder befehligt ein Schiff der Steuerbehörde und fährt Patrouille im Bristol Kanal. Zumindest das konnte unsere Mutter etwas versöhnen. So hat sie ihn hin und wieder sehen können. Er war letztes Jahr hier in London, um die Bestattungsformalitäten zu erledigen. Ich war, wie Sie wissen, leider anderweitig beschäftigt.«

»Welch ein Glück, daß ich den illegalen Handel aufgegeben habe«, meinte Dante. »Ich schätze, daß Ihr Bruder den Schmugglern gehörig die Suppe versalzt, wenn er auch nur annähernd nach seinem älteren Bruder gerät.«

Sir Morgan kniff nachdenklich die Augen zusammen, so als sei ihm in diesem Augenblick etwas in den Sinn gekommen. »Ich hatte ganz vergessen...« sagte er. »Sie stammen aus dem West Country, nicht wahr, Captain?«

Dante Leighton schmunzelte. »Ja, aus Devonshire an der Nordküste«, ließ er Sir Morgan wissen, um ihm weitere Fragen zu ersparen.

»Ah ja«, murmelte der. Doch Dante hatte das bestimmte Gefühl, daß Sir Morgen es gewußt hatte. »Ich glaube, dieser wilde Küstenstrich gehört zum Kontrollgebiet meines Bruders. Kennen Sie vielleicht das Dorf Westlea Abbot?« fragte der Captain der H.M.S. *Portcullis* und sah sich dabei im Raum um. Doch ihm entging nicht, daß Dante seine Überraschung kaum verbergen konnte.

»Ja, das ist ein kleines Dorf an der Küste, im Südwesten von Merdraco, meiner Heimat.«

»Ah, verstehe.«

»Wirklich? Und darf ich fragen, aus welchem Grund Sie sich für ein unbedeutendes Fischerdorf interessieren?« Dante war mit einem Mal auf der Hut, obwohl sein Blick eher den Eindruck vermittelte, als würde ihn diese Unterhaltung unendlich langweilen.

»In seinem letzten Brief, den ich vor etwa sechs Monaten erhielt, erwähnte mein Bruder dieses Dorf. Und noch ein weiteres – Merleigh. Scheint ganz so, als würden die Menschen dort neuerdings noch anderes treiben als nur auf Fischfang zu gehen«, bemerkte Sir Morgan trocken. »Sie wissen nicht zufällig etwas darüber?«

Dantes Lächeln wurde breiter. Und für Houston Kirby, der es endlich geschafft hatte, sich zu ihnen durchzukämpfen, war dieses Lächeln ein schlechtes Zeichen.

»Merleigh ist ein idyllisches Küstendorf im Nordosten von Merdraco. Es ist nach dem Schloß und zu Ehren des Namens unserer Familie – Leighton – benannt. Aber das liegt natürlich schon sehr lange zurück.«

Sir Morgan schwieg für einen Moment. »Das ist ja sehr interessant. Hat fast den Anschein, als ob Merdraco auf einer direkten Linie zwischen zwei Dörfern liegt, die unter dem Verdacht stehen, eine notorische Schmugglerbande zu beheimaten. Hätte ich auch nur den leisesten Zweifel an Ihren Absichten für die Zukunft, mein lieber Herr, ich würde unverzüglich meinen Bruder von Ihrem früheren ungesetzlichen Tun in Kenntnis setzen«, sagte Sir Morgan und hob seinen Humpen als stillen Toast auf die wohlbekannten Fertigkeiten des Captains der *Sea Dragon* als Schmuggler.

Dante Leightons Gelächter erweckte die Aufmerksamkeit von mehreren grinsenden Matrosen, die ihren Captain bewunderten, weil er dort mit einem Gegner zusammenstand, trank und lachte.

»Ich werde in der Tat viel ruhiger schlafen, wenn ich weiß, daß Sie wohlbehalten zurück in den Kolonien sind, Sir Morgan«, sagte Dante. »Mein Ruf bei den Einwohnern von Merleigh und Westlea Abbot ist ohnehin schon schlecht genug, ohne daß meine jüngste Vergangenheit ans Licht kommt.« Dantes Blick traf Kirbys für einen einzigen bedeutungsvollen Moment.

»Wie haben mich die Dorfbewohner so liebevoll genannt, Kirby?« wollte er von dem kleinen Steward wissen, der das Gespräch aufmerksam verfolgt hatte, auch wenn er so tat, als würde er gar nicht hinhören.

»Na, na, Kirby«, rief Dante, »Sie müssen keine Rücksicht nehmen. Wir erinnern uns doch beide an meinen Kosenamen. Ich war bekannt als ›Brut des Drachen‹. Und um ehrlich zu sein, Sir Morgan«, gestand Dante, »war es zum größten Teil auch zutreffend.«

»Captain, Sir!« Kirby hatte endlich die Sprache wiedergefunden. »Wir wissen beide, daß Sie nicht die Hälfte von dem getan haben, was Ihnen die Leute aus dem Dorf nachsagten«, verbesserte er ihn, weil er es nicht zulassen wollte, daß der Captain den Namen Leighton vor Sir Morgan in den Schmutz zog. »Selbst bis zum heutigen Tage glaube ich, daß sorgfältig ausgestreute Verleumdungen die Leute aus dem Dorf so aufgebracht haben.«

»Stets ein wahrer und ergebener Freund«, murmelte Dante und dachte im stillen, daß er so eine Treue wahrlich nicht verdiente. »Sie sehen also, Captain«, fuhr er fort, »wenn ich nach Merdraco zurückkehre, dann finde ich dort nichts als Feinde zur Begrüßung vor – und bestimmt keinen Kreis befreundeter Verschwörer.«

»Die Zeit wird es zeigen.« Sir Morgan sprach leise und nahm sich vor, daß ihn nichts, was immer Dante Leighton auch tun mochte, überraschen würde. Der Mann blieb ein Rätsel.

»Ich sehe schon, ich habe noch nicht den ganzen Verdacht bei Ihnen ausgeräumt. Einmal ein Schmuggler, immer ein Schmuggler?« fragte Dante mit einem leichten Lachen. »Ich fürchte, die Menschen um Merdraco denken ebenso. Nur daß es für sie heißt: Einmal ein Mörder, immer ein Mörder.« Ein zynisches Schmunzeln spielte um seine Mundwinkel, als er den verblüfften Ausdruck auf Sir Morgans Gesicht bemerkte. Wenn er sich die Mühe gemacht hätte, Kirby einen Blick zuzuwerfen, hätte er sein mißmutiges Stirnrunzeln bemerkt. »Ich bin erstaunt, daß Sie noch keine Vermutungen über mein düsteres Geheimnis angestellt und keine Gerüchte über meine Vergangenheit gehört haben.«

»Alles nur Verdächtigungen – es gibt keinerlei Beweise!« warf Kirby ärgerlich ein.

»Wäre es unhöflich, wenn ich fragen würde, wen Sie ermordet haben sollen?« fragte Sir Morgan und schaute vom besorgten Steward zu Dante.

»Eine junge Frau«, entgegnete Dante ruhig. »Man sagt, daß ich sie im Moor umgebracht habe.«

Vielleicht zum ersten Mal in seinem Leben fühlte sich Sir Morgan Lloyd unbehaglich unter dem durchbohrenden Blick eines Mannes, und er war erleichtert, als Alec MacDonald die Aufmerksamkeit Dante Leightons auf sich zog. Sir Morgan betrachtete weiterhin sein aristokratisches Profil. Dieser Mann war eher mit dem Teufel im Bunde als die Brut eines Drachen.

Er besaß Charisma und war intelligent, und seine Gerissenheit hatte ihn in all den Jahren überleben lassen. Der Captain der *Sea Dragon* war ein gefährlicher Mann. Und als der Marquis von Jacqobi war er sehr mächtig. Sir Morgan Lloyd begann sich zu fragen, wie viele Charaktereigenschaften sich noch hinter diesem rätselhaften Dante Leighton verbargen.

»Bitte um Entschuldigung, Captain«, setzte Alec MacDonald an und zupfte nervös mit Daumen und Zeigefinger am lockigen Ende seines Schnurrbartes. »Wir... also, die Mannschaft und ich... wir haben uns gefragt... wo wir doch alle auseinandergehen..., ob wir Lady Rhea Claire noch Lebewohl sagen und ihr unseren Respekt bekunden dürfen. Wir werden die Lady wohl nie mehr wiedersehen, und wir alle wollen ihr noch mal sagen, welche Ehre es für uns war, sie an Bord der *Sea Dragon* gehabt zu haben. Und das war ja wohl die wichtigste Reise für uns alle«, schloß der Schotte aufgeregt.

»Aye, die Lady hat uns Glück gebracht! Jawohl, das hat sie!« krähte eine Stimme aus der Menge.

»Auf Lady Rhea Claire! Möge ihre Schönheit nie vergehen!« rief jemand, und Kirby hätte schwören können, daß er einen leichten irischen Akzent in diesen schleppenden Worten vernommen hatte.

»Sie soll glücklich sein bis ans Ende aller Tage!«

»Aye, und mögen ihre wunderhübschen Augen immer strahlen und...« grölte ein anderer, doch er wurde übertönt von dröhnender Zustimmung und Jubel, vom Scheppern der Humpen; und dann folgte ein weiterer Trinkspruch auf die Schönheit der Lady, ihr gutes Herz und ihre Anmut.

Houston Kirby plusterte sich auf und stemmte die Hände in die Hüften, während er rundum in die vertrauten Gesichter im Raum schaute und keinen Zweifel daran ließ, wie empört er war. Er konnte es nicht durchgehen lassen, daß der Name der Lady auf diese Weise in einer gewöhnlichen Wirtsstube von betrunkenen Matrosen und irgendwelchem Pöbel und Gesindel von der Straße so hinausgebrüllt wurde.

Doch Dante Leighton war nicht verärgert. Er nahm die gutgemeinte Ehrerbietung schmunzelnd hin, denn auch sein Name wurde zusammen mit dem der Lady angestimmt. Er schaute auf und fragte sich, ob Rhea etwas von dem Tumult mitbekam. Er wußte, daß sie eher geschmeichelt als beleidigt sein würde durch die aufrichtige Zuneigung der Crew.

»Ich nehme an, Captain, daß auch Sie sich von der Lady verabschieden wollen. Vielleicht wäre jetzt ein günstiger Zeitpunkt dafür«, schlug er vor, als er die schwerbeladenen Tabletts bemerkte, die von mehreren Serviermädchen herbeigeschafft wurden. Unter den wachsamen Blicken von Mr. Parkham huschten die Mädchen um die Tische, die duftenden Speisen türmten sich hoch auf den Tabletts auf und ließen die ganze Bande verstummen, die sich noch wenige Augenblicke zuvor wie eine unbezähmbare Horde aufgeführt hatte, die darauf aus war, die Schankstube des Hawkes Bell Inn auseinanderzunehmen.

»Mr. MacDonald«, wandte sich Dante an den Segelmacher der *Sea Dragon,* »ich werde Ihren Wunsch der Lady ausrichten, und ich bin sicher, daß es ihr eine Ehre sein wird, die Mannschaft zu sehen.«

»Danke, Captain«, sagte MacDonald nur. Er nickte kurz und wandte sich dann ab. Sein Schnurrbart zitterte, aber er grinste seine Kameraden breit an und gab ihnen das Daumen-hoch-Zeichen, als er sich zu ihnen setzte, um sich über sein Mittagessen herzumachen.

Dante drehte sich wieder zu Sir Morgan um, der geduldig gewartet und inzwischen seinen Humpen ausgetrunken hatte. »Captain?« fragte Dante ihn höflich und stellte seinen eigenen Krug auf einem der Tische ab. »Wollen wir gehen? Jetzt, wo Sie meine unrühmliche Vergangenheit kennen, werden Sie sich ganz bestimmt selbst davon überzeugen wollen, daß Rhea noch am Leben ist.«

Der Blick seiner grauen Augen war kalt und unpersönlich, denn er wußte genau, wie unwohl sich Sir Morgan unter diesem Blick fühlte. »Sie wird, da bin ich sicher, erfreut sein, Sie zu sehen, denn Sie haben einen großen Teil dazu beigetragen, daß ich nicht im Kerker von Newgate schmoren muß.«

»Sind Sie sicher, daß wir die Lady nicht stören? Ich möchte wirklich nicht ungelegen kommen«, meinte Sir Morgan mit unterkühlter Höflichkeit, obwohl er sehr enttäuscht gewesen wäre, wenn sich ihm keine Gelegenheit geboten hätte, Lady Rhea Claire ein letztes Mal zu sehen.

»Kirby?«

»Lady Rhea Claire hatte ihre Morgentoilette bereits beendet, als ich vor ungefähr einer Viertelstunde bei ihr klopfte«, berichtete Kirby und hoffte, daß die Lady inzwischen auch wirklich vollständig bekleidet war, denn er konnte es nicht zulassen, daß Sir Morgan sie so *en deshabille* antraf. Kirby nahm an, daß Sir Morgan mehr als nur ein freundschaftliches Interesse an der Lady hatte.

Als die beiden Männer die Stufen hinaufstiegen, stand Kirby noch einen Moment da und sah ihnen nach. Dann kehrte er achselzuckend in die Wirtsstube zurück und setzte sich auf seinen Platz, aber er bekam nur wenig von den Gesprächen ringsum mit.

Eisiges Schweigen herrschte zwischen den beiden Männern, als sie über den Korridor gingen, und es gefror noch weiter, als eines der Dienstmädchen an ihnen vorbeihuschte wie ein ängstliches Häschen und Dante Leighton einen furchtsamen Blick zuwarf.

»Sie scheinen eine reichlich sonderbare Wirkung auf Frauen zu haben«, meinte Sir Morgan und wünschte sich im selben Moment, es nicht gesagt zu haben.

Doch anscheinend empfand Dante Leighton diese unbedachte Bemerkung nicht als Beleidigung. Statt dessen entgegnete er: »Es ist eine Schande, aber viele der üblen Gerüchte haben ihren Ursprung in einem harmlosen Vorfall. Zum Beispiel unsere kleine Freundin hier war gestern abend in meinem Zimmer. Sie und eine weitere Magd mit blühender Phantasie waren gerade dabei, den Tisch abzuräumen, als sich ein Berg Kleider auf dem Bett plötzlich bewegte. Und da ich ein Mann von fragwürdigem Charakter bin, haben sie sogleich das Schlimmste angenommen. Schreiend rannten sie aus dem Zimmer. Eine Schande, wie gesagt, denn wären sie geblieben, hätten sie die Katze gesehen, die unter den Kleidern hervorkroch. Sie hielten es für irgendeine Zauberei von mir«, erklärte Dante mit einem matten Lächeln. »Ich habe es stets für klug gehalten, nie zu vergessen, daß nicht alles so ist, wie es erscheinen mag«, fügte er mit leiser Stimme hinzu, und in seinen Worten klang eine unmißverständliche Warnung mit.

»Eine nützliche Lektion, die ich mir merken werde, Captain«, entgegnete Sir Morgan, und die Spannung zwischen ihnen löste sich ein wenig, als sich ihre Blicke trafen.

Sie bemerkten erst, als sie davorstanden, daß die Tür zu Lady Rhea Claires Zimmer offenstand.

Und keiner von beiden war gefaßt auf das, was sich dort drinnen abspielte. Lady Rhea Claire stand in der Mitte des Raumes, bekleidet mit einem befremdlichen Wildlederensemble. Doch das war es nicht, was die Männer erschreckte. Es war der Umstand, daß Rhea Claire von einem fremden Mann in den Armen gehalten wurde. Sein breiter Rücken war der Tür zugewandt, und seine Hand strich über eine lange goldene Haarsträhne. Dann, zum äußersten Befremden der beiden Männer, küßte der Mann sie sanft und liebevoll auf die Wange. Und noch schockierender war, daß die Lady es geschehen ließ und sich nicht wehrte – im Gegenteil, sie schmiegte sich noch enger an den Gentleman.

Die zwei glaubten sich unbeobachtet und hatten die Männer in der Tür noch nicht bemerkt, doch Jamaica, der auf dem Bett lag, spürte, daß sich Ärger zusammenbraute, und verschwand prompt unter dem Bett.

Wahrscheinlich war es Rheas Schluchzen, das Dante aus seiner Regungslosigkeit riß, vielleicht aber auch die besitzergreifende Art, mit der der Mann seine Wange auf Rheas gesenktem Kopf ruhen ließ. Was auch immer der Grund war, der Dante von seinen unsichtbaren Fesseln befreite – er stürzte sich auf den Mann, ehe Sir Morgan überhaupt den Entschluß fassen konnte, einzugreifen. Dante bekam den Mann bei den Schultern zu fassen und schleuderte ihn herum; seine Hand fuhr zum Griff seines Degens, doch Rhea trat blitzschnell zwischen die beiden Männer.

»Dante, nein! Bitte! Du verstehst nicht«, rief sie. »Das ist mein Vater!«

Sie blickte zu Dante auf, ihr Gesicht war tränenüberströmt, und ihre Lippen bebten, als sie leise ihre Worte wiederholte: »Das ist mein Vater.«

Etwas blitzte kurz auf in Dantes Augen, doch ob es Furcht oder Unsicherheit war, war nicht zu erkennen, als er den feindseligen Blick des älteren Mannes erwiderte.

Auch ohne Rheas Erklärung hätte er den Herzog von Camareigh sofort wiedererkannt. Er hatte ein Gesicht, das man nicht vergaß – es war von einer Narbe entstellt. Über der linken Wange verlief eine dünne Narbe genau vom Auge bis zum Mundwinkel und gab seinem markanten Profil einen finsteren Zug. Die Jahre hatten ihn kaum verändert, und Dante dachte daran zurück, wie er ihm vor so langer Zeit am Spieltisch gegenübergesessen hatte. Er war so groß wie damals, die Schultern noch immer nicht gebeugt und so schlank wie eh. Doch auf seinem Gesicht waren mehr Falten, Zeichen der vergangenen Jahre, und der Ausdruck in seinen sherryfarbenen Augen war matter und zynischer – außer wenn sie auf dem Gesicht seiner Tochter ruhten.

Ja, Dante erinnerte sich gut an diese Augen und an ihre Verachtung für einen leichtsinnigen jungen Mann, eine Verachtung, die zu verbergen der Herzog sich nicht die Mühe gemacht hatte, als er von dem zügellosen Marquis von Jacqobi ein Vermögen gewonnen hatte. Wie ein Narr war sich Dante Leighton vorgekommen, als er diesen Mann zuletzt gesehen hatte, und nun, als er zurücktrat und Lucien Dominicks Schultern losließ, stellte er fest, daß die Jahre auch daran nichts geändert hatten – er fühlte sich noch immer wie ein Narr. Nur dieses Mal war unverhohlene Feindschaft in den Augen des Herzogs zu erkennen.

Nein, den Herzog von Camareigh konnte man nicht so einfach vergessen. Sir Morgan hatte einen ähnlichen Eindruck. Auf Lady Rhea Claires verzweifeltes Flehen hatte er abrupt innegehalten und es für besser erachtet, in dieser Situation Zurückhaltung zu üben. Doch seine Hand ruhte noch immer auf dem Griff seines Degens, als er den eindringlichen Blick des Herzogs von Camareigh auf sich spürte. Sir Morgan wußte, daß dem Herzog nicht die kleinste Kleinigkeit entgangen war, während er ihn musterte und einzuschätzen versuchte, ob er nun Feind oder Freund war. Und Sir Morgan fragte sich plötzlich, wie es möglich sein konnte, daß ein so arroganter und harter Mann wie der Herzog von Camareigh eine so sanfte und zauberhafte Tochter wie Lady Rhea Claire hatte. Sie ähnelt sicher ihrer Mutter, dachte Sir Morgan. Er fühlte sich zunehmend unwohl unter der kalten Musterung durch den Herzog. Er war zu oft auf Zivilisten in hohen Positionen und mit großem Einfluß getroffen, um nicht genau zu wissen, daß sie endlosen Ärger für einen einfachen Offizier der Krone heraufbeschwören konnten, besonders wenn der sich beschwerende Zivilist ein Mitglied des Oberhauses war und gesellschaftlich mit hochrangigen Ministern, vielleicht sogar mit Sir Morgans Vorgesetzten der Admiralität, verkehrte.

Wenn der Herzog von Camareigh Mißfallen an ihm fand, das wußte Sir Morgan, konnte das falsche Wort in das richtige Ohr seine Karriere ruinieren.

»Vater, das ist Sir Morgan Lloyd von der H.M.S. *Portcullis*. Er hat uns sicheres Geleit zurück nach England gegeben. Wir stehen tief in seiner Schuld, denn er hat mich gerettet, als wir in Antigua waren.«

Erleichtert hörte Sir Morgan Lloyd, wie Lady Rhea ihn vorstellte.

»Captain«, sagte der Herzog und neigte kurz den Kopf, »wenn das, was meine Tochter sagt, der Wahrheit entspricht, und ich habe keinen Grund, an ihren Worten zu zweifeln, dann stehe ich tatsächlich tief in Ihrer Schuld, mehr als ein Mann jemals begleichen könnte. Es ist mir eine Ehre, Ihre Bekanntschaft zu machen.« Der Herzog klang sehr ernst und aufrichtig. Und Sir Morgan sah, daß ihm der Herzog ein seltenes Lächeln zuteil werden ließ.

»Die Ehre ist ganz auf meiner Seite, Hoheit. Lady Rhea Claire ist zu gütig, denn ich habe nicht mehr getan als meine Pflicht. Ich bin sehr dankbar, daß ich Ihrer Ladyschaft einen unbedeutenden Dienst erweisen durfte«, antwortete Sir Morgan. Bei einem anderen wäre dies vielleicht als falsche Bescheidenheit angesehen worden, doch nicht so bei Sir Morgan, dessen großes Pflichtgefühl in der Offenheit zu erkennen war, mit der er sprach und mit der er den Blick des Herzogs erwiderte.

»Der Mann, der es verdient, ein Held genannt zu werden«, sagte Sir Morgan, »ist vielmehr Captain Leighton, denn er hat Lady Rhea Claire auf den Docks von Charles Town gerettet. Durch sein Tun ist sie aus den Fängen ihrer Entführer entkommen, die sie mit mörderischer Absicht verfolgten.«

Sir Morgan hatte seiner Meinung nach nichts als die reine Wahrheit gesagt oder wenigstens das, was er von der Wahrheit wußte, und so war er nicht darauf gefaßt, mit welcher Dankbarkeit ihn Lady Rhea Claire ansah, als sie sein Lob auf Dante Leighton hörte.

Der Herzog von Camareigh jedoch sah den Captain der *Sea Dragon* in einem ganz anderen Licht.

»Das war vor mehr als sechs Monaten. Soll ich annehmen, daß Sie die ganze Zeit müßig im Kreis gesegelt sind? Oder irre ich mich, daß England und die Westindies in der entgegengesetzten Richtung von Charles Town liegen?« fragte er in dem übertrieben höflichen Ton, den Rhea nur zu gut kannte. Sie wußte, daß sich Ärger und Zorn dahinter verbargen.

»Vater, ich kann es dir erklären. Da ist so vieles, was ich dir erzählen muß über...«

»Rhea, ich finde, der Gentleman sollte uns erklären, warum er dich so lange an Bord seines Schiffes festgehalten hat.«

Dante Leighton hatte ruhig dagestanden während der letzten Minuten der Unterhaltung; unzählige Erinnerungen waren ihm durch den Kopf gegangen, als er Lucien Dominick anstarrte, die Verkörperung all dessen, was er vor so vielen Jahren zurückgelassen hatte. Für einen kurzen Moment, als die Erinnerungen die Gegenwart zu übertrumpfen drohten, empfand er die alte Verwirrung und das Gefühl, betrogen worden zu sein. Doch er war nun nicht mehr der verängstigte, geschlagene junge Lord, der aus London geflohen war. Er würde sich nicht länger einschüchtern lassen, ganz gleich von wem. Und was ihm gehörte, so schwor er sich im stillen, würde er mit aller Macht halten. Etwas von Dantes Feindseligkeit und Entschlossenheit mußte sich auf den Herzog übertragen haben, denn er starrte den jüngeren Mann aus zusammengekniffenen Augen an und bemerkte erst jetzt die aristokratischen Züge des von der Sonne tief gebräunten Gesichtes. Es lag eine gewisse Überheblichkeit in der Art, wie er dastand, stolz und aufrecht, so als wollte er jedermann herausfordern, es ruhig zu versuchen, ihn herablassend zu behandeln. Plötzlich kam ihm etwas vertraut vor.

»Leighton?« murmelte der Herzog nachdenklich und hob ganz leicht die Augenbrauen. »Der Name ist mir nicht fremd. Sie sind Engländer, nicht wahr?«

»In der Tat, Hoheit. Obwohl ich all die Jahre den Rang eines Captains innehatte, bin ich doch auch der Marquis von Jacqobi«, erwiderte Dante Leighton knapp.

Nun hatte der Herzog Mühe, seine Überraschung zu verbergen, als er Dante Leightons wahre Identität erfuhr, und es mußte wie ein Schock für ihn gewesen sein, daß der Captain der *Sea Dragon*, eines notorischen Schmugglerschiffes, ein Adliger wie er war.

Der Herzog schwieg für einen Moment, als würde es ihm Schwierigkeiten bereiten, diese Neuigkeit zu verarbeiten. Die Tatsache, daß Dante Leighton ein Lord von Rang und Namen war, änderte vieles an den Vermutungen des Herzogs. Doch an einem änderte es allerdings nichts, und Lucien Dominick hätte eine Antwort auf seine Frage selbst von Seiner Majestät verlangt.

»Ich warte noch immer auf Ihre Erklärung, warum Sie meine Tochter auf Ihrem Schiff festgehalten haben. Und ich verstehe auch nicht, warum ich nicht unverzüglich nach der Ankunft in London benachrichtigt worden bin. Sie sind bereits seit mehreren Tagen hier, doch wenn ich nicht einen meiner Männer an den Docks gehabt hätte, um Ausschau zu halten, dann wüßte ich auch jetzt noch nichts von ihrer Ankunft. Ist das richtig?« fragte der Herzog und verbarg kaum seine Verärgerung. »Sie scheinen vergessen zu haben, daß meine Tochter auf brutale Weise von zu Hause entführt worden ist und meine Familie Höllenqualen ausgestanden hat, weil niemand wußte, ob sie umgekommen oder noch am Leben war. Und nun muß ich erfahren, daß sie hier in London gewesen ist, während wir uns sorgten, ob wir sie jemals lebend wiedersehen würden.« Der Herzog suchte auf dem erröteten Gesicht seiner Tochter nach einer Erklärung. Er bemerkte den traurigen und schuldbewußten Blick in ihren Augen und schüttelte ungläubig den Kopf. Daß sie ihm das angetan hatte! »Rhea?«

»O Vater, bitte versuch zu verstehen«, flüsterte Rhea mit brüchiger Stimme, ihre tränenerfüllten Augen flehten um Vergebung für ihre unbeabsichtigte Grausamkeit. »Kein einziger Tag ist vergangen, ohne daß ich mich nach dir und Mutter und dem Rest der Familie sehnte. Wenn du doch nur wüßtest, wie sehr ich mir gewünscht habe, dich wiederzusehen, wie sehr ich dich vermißt habe! Ich wollte dich ja von meiner wohlbehaltenen Ankunft in England benachrichtigen, aber Dante und ich wollten nicht, daß er der Familie gegenübertritt, solange er noch unter der Anklage stand, mich aus Charles Town entführt zu haben. Er wußte, er würde London nicht verlassen dürfen, bevor er nicht die ungerechtfertigte Anklage ausgeräumt hatte, und ich bin einer der Menschen, die ihm dabei helfen konnten. Vater, Dante ist von jeglichem Verdacht freigesprochen, an meiner Entführung aus Camareigh beteiligt gewesen zu sein oder mich gegen meinen Willen an Bord der *Sea Dragon* festgehalten zu haben. Es ist genau so, wie Sir Morgan gesagt hat: Ich wäre sehr wahrscheinlich in Charles Town ermordet worden, wenn Dante mich nicht an Bord der *Sea Dragon* gebracht hätte. Houston Kirby, der Schiffssteward, hat mich gesund gepflegt, und alle an Bord waren so freundlich zu mir, daß ich es kaum beschreiben kann. Wir schulden ihnen unseren Dank,

Vater. Vorwürfe oder Verurteilungen haben sie nicht verdient. Wie könnte ich sie im Stich lassen, jetzt, wo sie meine Hilfe brauchen?« flehte Rhea. »Ich hatte keine andere Wahl, als hierzubleiben und für sie auszusagen. Dante und seine Mannschaft sind von allen Punkten der Anklage freigesprochen. Die Crew wird aufgelöst. Und wir wären, sobald der Schatz unter allen Mitgliedern der Mannschaft aufgeteilt ist, nach Camareigh aufgebrochen«, sagte sie leise; ihr Blick wanderte zwischen den beiden Männern hin und her, die ihr mehr bedeuteten als ihr eigenes Leben. Als ihr Blick Dantes Blick traf, änderte sich etwas in ihrem Ausdruck.

»Ich finde, Sie sollten wissen, daß Rhea jede Absicht hatte, Sie zu benachrichtigen, aber ich habe sie dazu überredet, damit zu warten. Aus rein selbstsüchtigen Gründen spielte ich ihr tiefe Zuneigung und Liebe ihrer Familie gegenüber vor«, gab Dante mit brutaler Freimütigkeit zu. Es war schwer zu sagen, wer von beiden mehr überrascht war durch dieses Eingeständnis – Lucien Dominick oder seine Tochter.

»Dante?« fragte Rhea verwirrt.

»Es ist die Wahrheit, mein Liebling«, antwortete er, absichtlich den Kosenamen benutzend. »Weißt du, ich hatte nicht die Absicht, dich in den Schoß deiner Familie zurückkehren zu lassen, während ich in Newgate in einer Kerkerzelle hockte. Ich befürchtete, daß ich nie wieder das Tageslicht sehen würde, wenn ich erst hinter Schloß und Riegel wäre. Ich weiß einiges über Lucien Dominick und die Macht, die ein Herzog ausüben kann, und ich nahm an, daß er reagieren würde, wie ich es an seiner Stelle täte, wenn sich meine Tochter mit einem Kerl wie mir einlassen würde. Habe ich nicht recht, Hoheit?« fragte Dante.

Der Herzog widersprach Dantes Worten nicht, und plötzlich wußte Rhea, daß Dante recht hatte. »Vater? Sag, daß es nicht wahr ist. Du könntest nie so etwas Schreckliches tun und einen unschuldigen Mann ins Gefängnis bringen.«

»Es gibt nichts, was ich nicht tun würde, um dich glücklich zu machen oder ein Unrecht an einem Mitglied der Familie zu rächen«, sagte der Herzog sanft. In diesem Augenblick zeigte er Rhea die skrupellose Seite seines Wesens, die sie, seine geliebte Tochter, nie bewußt wahrgenommen hatte.

»Ich denke, Sie sollten sich ebenso im klaren darüber sein«, fuhr Dante fort, »daß Rhea keine andere Wahl blieb, als an Bord der *Sea Dragon* zu bleiben, als wir von Charles Town aus weitersegelten.«

»Dante, bitte«, unterbrach Rhea ihn und errötete, »es ist nicht nötig...«

»Doch, Rhea, ich finde, es ist sogar sehr nötig, daß dein Vater die Wahrheit kennt. Ich will, daß er sie von mir erfährt und nicht durch irgendwelche Gerüchte«, sagte Dante gelassen. »An Bord der *London Lady* in Charles Town angekommen, entwischte Rhea ihren Entführern und floh über die Docks. Es war mein Schiff, die *Sea Dragon*, auf dem sie Zuflucht suchte. Sie war halb im Delirium vom Fieber, als ich sie in meiner Kajüte fand. Und aufgrund gewisser Umstände glaubte ich ihr die Geschichte ihrer Entführung nicht. Ich hielt sie für einen Spitzel und nahm an, sie sei an Bord geschickt worden, um uns zu schaden. Jedenfalls hielt ich sie nicht für die Tochter des Herzogs von Camareigh. Ich konnte das Risiko nicht eingehen, ihr einige Informationen zu geben, die sie sofort an meine Feinde weitergereicht hätte. Also behielt ich sie an Bord. Als wir die Segel setzten, fuhr Rhea mit uns.«

Lucien Dominicks Narbe wurde weiß vor Zorn. »Wenn ich höre, was Sie selber zugegeben haben, und nach allem, was ich aus anderen Quellen erfahren habe, muß es offensichtlich gewesen sein, daß meine Tochter sehr krank war, als sie Charles Town erreichte. Und ganz gleich, ob Sie ihrer Geschichte Glauben schenken konnten oder nicht, finde ich es verwerflich, daß Sie so wenig Mitleid mit einem verängstigten Mädchen zeigten, das Sie angefleht haben muß, sie den Behörden zu übergeben, und das in die Obhut eines

Arztes gehörte. Sind Sie derart kaltblütig, daß Sie ein taubes Ohr haben für die verzweifelten Hilferufe eines von Schrecken erfüllten Mädchens?« Der Herzog sprach mit so barscher Stimme, daß selbst Rhea sich vor ihm zu fürchten begann.

Dante Leighton erblaßte bei den Worten des Herzogs. »Ihr Ärger und Ihre Vorwürfe sind berechtigt. Im Nachhinein ändert man natürlich oft seine Meinung über das, was man getan hat, und man fragt sich, ob man wieder so handeln würde – doch zum damaligen Zeitpunkt blieb mir keine Wahl. Und wenn ich bedenke, wie alles ausgegangen ist, muß ich sagen, daß ich kaum etwas bereue«, sagte Dante ruhig und unverfroren, aber es war ihm offensichtlich nicht leichtgefallen, denn die Muskeln seiner Wangen zuckten dabei. »Wie Sie vielleicht wissen, habe ich eine Vergangenheit, auf die ein Mann nicht gerade stolz sein kann. Aus diesem Grund habe ich England verlassen und ein Leben geführt, das vollkommen anders war als alles, was ich gewohnt war. Durch Dummheit und Mißgeschick habe ich das Erbe meiner Familie und mein Vermögen verloren. In all den Jahren aber ist es mir gelungen, eine beträchtliche Summe Geldes zusammenzutragen, doch bis zuletzt nie genug, um gewisse Ziele zu erreichen, die ich mir vor vielen Jahren selbst gesetzt habe«, erklärte Dante, und sein Blick ruhte auf Rhea, ehe er dem Herzog in die Augen schaute. »Als Rhea in Charles Town an Bord der *Sea Dragon* kam, waren wir dabei, Segel zu setzen zu einer Reise, die das Leben eines jeden einzelnen auf dem Schiff verändern konnte. Wir waren hinter einem versunkenen spanischen Schatz her, der jeden von uns reicher machen konnte, als er sich in seinen kühnsten Träumen ausmalte.

Mit diesem Schatz in meinen Händen, so beschloß ich, würde ich meinem Leben als Pirat und Schmuggler ein Ende machen, nach Merdraco zurückkehren und mir all das zurückholen, was rechtmäßig mir gehört. Ich hätte um nichts in der Welt zugelassen, daß sich irgendwer oder irgendwas meinem Ziel in den Weg stellte«, sagte Dante, und aus seinen Worten klang dieselbe Entschlossenheit, mit der er die *Sea Dragon* bis zu dieser besagten Bucht an der Küste Floridas gebracht hatte.

»Also zur Hölle mit meiner Tochter und zur Hölle mit dem Rest der Welt. War es so?« fragte der Herzog, und seine Worte dröhnten wie ein Totengeläut. Voller Verachtung starrte er den Mann an, der es wagte, ihm so kühn gegenüberzutreten, während er seinen Verrat so freimütig erklärte.

»Nein, Hoheit«, erwiderte Dante. Er wollte sich nicht ködern lassen, denn er wußte, daß Lucien Dominicks Finger nervös um den Griff des Degens spielten. »Als sich die Reise hinzog, habe ich noch etwas sehr Wichtiges für mein Leben entdeckt«, fügte Dante hinzu. Seine Augen wanderten zu Rhea, und seine Miene wurde sanfter, als er ihren vertrauensvollen Blick sah.

»Ich verliebte mich in Ihre Tochter, und ich hatte nicht die Absicht, sie von Bord gehen zu lassen. Ich bin schuldig, versucht zu haben, sie gegen ihren Willen auf dem Schiff zu halten in Antigua«, gab Dante ohne Reue zu. »Aber Rhea ist äußerst einfallsreich, und es gelang ihr, an Land zu kommen. Sie ist vollkommen selbstlos und stellt das Wohl anderer über ihr eigenes. Und genau das war der Grund, warum sie, als ein verletzter Junge ihre Hilfe brauchte, auf die *Sea Dragon* zurückkam, um sich um ihn zu kümmern.«

Lucien Dominick sah seine Tochter an, nicht im mindesten überrascht, streckte die Hand aus und berührte die lange goldene Pracht ihres Haars. Sie spürte seinen liebevollen Blick und schaute zu ihm auf, als sie ihm die Hand entgegenstreckte.

Ohne sich dessen bewußt zu sein, fuhr der Herzog mit den Fingern über seine Narbe, während er das wunderhübsche Gesicht seiner Tochter betrachtete, und für einen kurzen Moment war es, als würde er an ein anderes Gesicht denken, in einer anderen Zeit. Woran auch immer er dachte, es quälte ihn.

»Vater? Was ist mit dir?« fragte Rhea. Sie berührte zögernd seinen Arm, wollte ihn nicht erschrecken, dann drückte sie beruhigend seine Hand, wie es Eltern bei ihren Kindern tun. Es war ein sonderbares Gefühl, ihren Vater zu trösten.

»Mir geht es gut – nun, da du wohlbehalten wieder zu uns zurückgekehrt bist, mein liebstes Kind«, sagte er.

Als er seine Tochter ansah, wurde ihm eine Veränderung an ihr bewußt, die über das Physische hinausging.

Er mußte zugeben, daß ihre unglaubliche Schönheit ihn erschreckt hatte, als sie ihm die Tür öffnete und er sie nach fast einem Jahr zum ersten Mal wiedergesehen hatte. Er wußte nicht sicher, was er überhaupt erwartet hatte, doch nach so einer entsetzlichen Zeit hätte es ihn nicht überrascht, sie als blassen Schatten ihres früheren Selbst vorzufinden. Statt dessen stand eine atemberaubende Schönheit vor ihm. Rhea Claire war schon immer ein reizendes Mädchen gewesen, doch nun besaß sie eine Wärme und Lebendigkeit, die ihr zuvor gefehlt hatte.

Und obgleich sie schlanker war, konnte er gar nicht anders, als ihre weibliche Figur unter dem dünnen Material ihres Kleides zu bemerken. Sie war aufgeblüht. Das Gold ihres Haars war noch prächtiger, das Violett ihrer Augen tiefer und die Farbe ihrer Wangen rosiger.

Und mit einem Mal wurde es dem Herzog nur zu klar. Bis zum Tag ihrer Entführung war sie ein unschuldiges junges Mädchen gewesen. Nun war sie eine Frau. Eine neue Reife war ihr eigen. Der Herzog hatte gespürt, daß da ein kaum zu benennender Unterschied war in der Art, wie sie sich bewegte und wie sie sich gab – voller Stolz, doch mit einem neuen, intimen Wissen. Ihr Lächeln und ihr Blick waren natürlich und verführerisch zugleich; er war nicht neckisch oder kokett, doch unbewußt anziehend, besonders wenn ihre Augen auf Dante ruhten.

Das Gesicht des Herzogs war aschfahl, die Narbe stach in rasender Wut hervor, als er zu dieser erschreckenden Überzeugung kam. Schwelender Zorn brannte in ihm, und Dante spürte das, und als er Lucien Dominicks schneidenden Blick bemerkte, streckte er die Hand nach Rhea aus. Rhea reagierte instinktiv, gab ihm ihre Hand, während sie mit der anderen noch immer die ihres Vaters hielt.

»Ich denke, bevor Sie zu irgendwelchen gefährlichen Entschlüssen gelangen, sollten Sie den wichtigsten Grund erfahren, warum Rhea hier bei mir in London geblieben ist«, sagte Dante gefaßt.

»Dante, bitte. Ich finde nicht, daß jetzt der richtige Zeitpunkt dafür ist. Ich möchte meinem Vater und meiner Mutter selbst alles erklären. Sie müssen verstehen...« setzte Rhea an, doch sie fiel in Schweigen, als sie von einem Mann zum anderen blickte.

»Ich finde, jetzt ist es an der Zeit«, widersprach ihr Dante. »Dein Vater nimmt das Schlimmste an. Er glaubt, ich hätte dich verführt, vielleicht sogar vergewaltigt. Er glaubt, daß wir ein Liebespaar sind. Ich kann mir vorstellen, daß er die Hälfte seines Vermögens hergeben würde, um mich am Galgen baumeln zu sehen.«

»Nein, das ist nicht wahr!« schluchzte Rhea.

Lucien Dominick schaute in das von Tränen überströmte Gesicht seiner Tochter, und eine ungewöhnliche Sanftheit lag in seinen Augen, als er ihr Kinn umfaßte. »Mein süßes Kind«, murmelte er traurig. »Wie mußt du gelitten haben. Wenn ich doch nur alles ungeschehen machen könnte. Ich gebe dir keine Schuld an dem, was passiert ist. Du bist auf so schlimme Weise von so vielen Leuten ausgenutzt worden. Ich wünsche mir nur, daß ich dich vor weiterem Schmerz bewahren kann. Ich werde dich mit heimnehmen, Rhea.«

»Vater«, sagte sie, »ich liebe Dante. Er hätte mich nie berührt, wenn ich es nicht gewollt hätte«, gestand sie ein. Sie war verlegen, ihre Wangen erröteten, doch sie hielt dem Blick ihres Vaters stand, und es gab keinen Zweifel, daß sie die Wahrheit gesagt hatte.

Aber das war nicht das, was Lucien Dominick hören wollte. »Immer noch loyal. Aber ich fürchte, daß diese Loyalität dieses Mal fehl am Platze ist. Mir ist schmerzlich klar, daß dich dieser Mann verführt hat. Er hat deine Unschuld und Unerfahrenheit ausgenutzt, mein Schatz. Er hat sein Spiel mit dir getrieben, mit deiner Verwirrung und Einsamkeit, die du empfunden haben mußt, als du dich in einem fremden Land unter lauter Fremden befunden hast. Du bist nur die letzte seiner Liebschaften, und wenn er deiner überdrüssig ist, wird er dich fallenlassen«, sagte der Herzog, in der Absicht, Rhea jegliche Illusion zu nehmen, die sie in bezug auf Dante Leighton hegen könnte. Es war das Beste für sie, die bittere Wahrheit zu erfahren, ganz gleich wie grausam oder gefühllos er auch in ihren Augen erscheinen mochte.

»Ich liebe Rhea«, sagte Dante nur. »Ich will nicht leugnen, daß ich sie vielleicht auf unfaire Weise ausgenutzt habe. Mag sein, daß sogar etwas an der Behauptung ist, ich hätte sie verführt.«

»Dante, nein«, flehte Rhea. Sie spürte, wie die Finger ihres Vaters ihr Kinn fester umschlossen. »Ich habe mich dir aus freien Stücken gegeben.«

»Du hattest nie eine wirkliche Wahl, Rhea. Als ich beschloß, daß du mein sein sollst, habe ich alles darangesetzt, daß du mich begehrst. Hätte ich deine Tugendhaftigkeit geehrt, dann wärst du jetzt noch immer unschuldig. Aber so ist es eben nicht gewesen.«

»Du Bastard.« Der Herzog griff nach seinem Degen.

»Vater, bitte! Du verstehst nicht. Dante ist mein Ehemann!« Sie befreite ihre Hand aus Dantes festem Griff und legte beide Hände beschwörend auf den Arm ihres Vaters.

Hätte man dem Herzog einen Dolch in den Rücken gestoßen, er wäre nicht erboster und überraschter gewesen. Doch Rheas Erklärung sorgte dafür, daß er sich im letzten Moment beherrschte. Besänftigt allerdings war er nicht. »Ich werde die Heirat annullieren lassen. Habt ihr vergessen, daß es einen Trauungsakt gibt? Rhea ist noch nicht volljährig, und sie hat nicht das Einverständnis ihrer Eltern. Ohne das könnt ihr keine Heiratsurkunde bekommen. Außerdem seid ihr noch gar nicht lange genug in England, um das Aufgebot zu bestellen.«

»Wir sind nicht in England vermählt worden«, entgegnete Dante, und die Miene des Herzogs bereitete ihm eine gewisse Genugtuung. »Wir sind auf der Insel New Providence getraut worden. Wir haben das Ehegelübde vor einem Geistlichen in einer Kirche und vor Zeugen abgelegt. Unsere Heirat wurde in das Register der Pfarrgemeinde eingetragen, und wir beide haben unterschrieben. Unsere Ehe ist, vor Gott und den Menschen, unauflösbar. Und...« fügte er hinzu, »sie ist vollzogen worden.«

Lucien Dominick war dann am gefährlichsten, wenn man es ihm nicht ansah. Einen Moment lang schien es, als hätte er Dante Leightons Worte gar nicht gehört.

»Dann wird Rhea Witwe sein, noch ehe die Nacht anbricht«, sagte er schließlich. Es gab keinen Zweifel, daß Dante sehr genau verstand, was das bedeutete, auch wenn die Worte leise und mit tödlicher Absicht gesprochen waren, denn seine Hand fuhr zum Degen, als der Herzog den seinen zog.

Sir Morgan Lloyd, der schweigend im Hintergrund gestanden hatte und dessen Anwesenheit beinahe vergessen war, griff auch zu seinem Degen. Er hatte nicht stören wollen und war im Begriff gewesen, sich zurückzuziehen, aber jetzt mußte er einschreiten, wenn er ein Blutvergießen verhindern wollte.

Sir Morgan war einen Schritt vorgetreten, ehe er bemerkte, daß Dante Leighton seinen Degen gar nicht gezogen hatte.

»Ich werde die Waffe nicht gegen Sie erheben«, sagte Dante zum Herzog. »Ganz gleich, wie sehr Sie mich auch beleidigen oder provozieren mögen, ich werde nicht gegen Sie kämpfen. Sie sind Rheas Vater, und allein aus diesem Grund werde ich Ihr Leben verschonen.

Ich bin kein Narr. Ich weiß, daß ich ein Duell mit Ihnen nicht gewinnen kann. Wenn ich Ihnen die Gelegenheit böte, würden Sie mich sicher töten. Kämpfe ich gegen Sie und gewinne, dann würde ich Rhea verlieren. Sie könnte es mir nie verzeihen, wenn ich für den Tod ihres Vaters verantwortlich wäre. Also, wenn Sie immer noch die Absicht haben, mich zu töten, dann sollten Sie sorgfältig darüber nachdenken«, riet er dem Herzog. »Es wäre gewiß Mord, denn ich wäre wehrlos gegen Ihren Angriff. Und Sir Morgan würde die Tat bezeugen. Wollen Sie es riskieren, daß Rhea sich gegen Sie wendet, weil Sie ihren Ehemann ermordet haben?«

Sir Morgan atmete erleichtert auf. Der Herzog war nicht dumm, und Dantes Worte, die gleichermaßen von Weisheit und List zeugten, würden ihre Wirkung auf den Herzog sicher nicht verfehlen.

Doch ob Dante Leightons brillanter Trick allein erfolgreich gewesen wäre oder nicht, blieb ungeklärt, denn Rhea sagte mit stiller Würde: »Ich erwarte ein Kind von ihm.«

Und ebensowenig war auszumachen, ob der zukünftige Vater oder der baldige Großvater mehr erschrocken war, denn beide verloren sofort jegliches Interesse an ihrer Auseinandersetzung und starrten ungläubig auf die junge Frau, die zwischen ihnen stand.

»Ich denke, es ist das beste, wenn ich jetzt gehe. Das ist eine Familienangelegenheit«, sagte Sir Morgan. »Ich fürchte, ich habe Ihre Gastfreundschaft schon zu lange in Anspruch genommen. Bitte machen Sie sich keine Sorgen, daß auch nur irgend etwas von dem, was ich mit angesehen und gehört habe, nach draußen dringen könnte. Ihre Privatsphäre wird selbstverständlich unangetastet bleiben«, versicherte er.

»Ich danke Ihnen, Sir Morgan. Ich habe nie befürchtet, daß es anders sein könnte«, antwortete Rhea und ging auf ihn zu, im sicheren Gefühl, ihren Vater und ihren Ehemann allein lassen zu können. Sie streckte ihm die Hand entgegen. »Ich weiß nicht, wie ich Ihnen danken soll für all das, was Sie für mich getan haben.«

»Lady Rhea Claire, es ist mir wirklich eine Ehre gewesen«, versicherte Sir Morgan mit einer Galanterie, die man sonst nicht an ihm kannte. Er nahm ihre Hand und verbeugte sich.

»Ich fürchte, ich werde wohl nicht mehr das Vergnügen haben, Sie noch einmal wiederzusehen, und deshalb bin ich gekommen, um *adieu* zu sagen. Viel Glück, Lady Rhea Claire.«

»Danke, Sir Morgan. Doch ich hoffe, daß Sie sich irren und wir Sie in unserem Haus begrüßen dürfen. Ich bin sicher, daß es auch im Sinne meines Vaters und meiner Mutter ist, wenn ich Sie zu einem Besuch auf Camareigh einlade.«

»Ich danke Ihnen. Es wäre mir eine sehr große Ehre.« Sir Morgan schaute über Rhea hinweg dorthin, wo der Herzog von Camareigh und Dante Leighton noch immer stumm dastanden.

»Hoheit, mit Ihrer Erlaubnis?« Sir Morgan verbeugte sich, ehe er sich an Dante wendete. »Captain, ich habe zwar nicht geglaubt, daß wir einmal auf diese Art und Weise auseinandergehen würden, doch es ist ganz bestimmt besser so, als wenn einer von uns auf dem Grunde der See geendet wäre. Ich kann nicht behaupten, daß es mir immer eine Ehre gewesen wäre, Sie zu kennen, doch es war stets eine Herausforderung für mich«, gestand Sir Morgan ein. »Ich fürchte, ich werde wohl der einzige sein, der den grinsenden roten Drachen vermissen wird. Bertie Mackay jedenfalls gewiß nicht. Sie haben ihm das Leben zu schwer gemacht, nicht zu vergessen, daß Sie ihm viel von seinem Ruhm genommen haben.«

»Captain.« Dante Leighton gab ihm die Hand, in Freundschaft und als Lebewohl. Er gab damit zu verstehen, daß er den Captain der H.M.S. *Portcullis* respektierte und mochte, und daß er erleichtert war, daß sie sich nun nicht länger als Feinde gegenüberstehen würden. »Ich wünsche Ihnen alles Gute.«

»Danke. Lassen Sie uns hoffen, daß Bertie Mackay ebensolcher Ansicht ist, wenn ich auf die Karolinen zurückkehre. Und nach dem, was ich in der Wirtsstube gehört habe, werde ich mich wohl auch um einen hitzköpfigen Iren in Zukunft zu kümmern haben«, sagte Sir Morgan mit einem Schmunzeln. Nachdem er sich ein weiteres Mal höflich verbeugt hatte, ging er zur Tür.

Die Stimme des Herzogs hielt ihn auf. »Sie bleiben noch etwas länger in London, oder?«

Sir Morgan blieb abrupt stehen, denn die Frage klang wie ein Befehl. Er drehte sich um und sah den Herzog überrascht an.

»Nein, wie die Dinge stehen, werde ich wohl in ein oder zwei Tagen aufbrechen. Ich möchte nach Portsmouth fahren und, wenn es meine Zeit erlaubt, noch mein Zuhause in Wales besuchen.«

Lucien Dominick schien es schwerzufallen, seine Gedanken zu ordnen. Sein Blick wanderte wieder zu seiner Tochter, als könnte er noch immer nicht glauben, welche Wendung die Ereignisse genommen hatten.

»Ich würde gern noch das eine oder andere Wort mit Ihnen wechseln, Sir Morgan. Sie haben Wissen aus erster Hand, wie es meiner Tochter in den Kolonien ergangen ist. Wenn es Ihnen nichts ausmacht, in der Schankstube unten auf mich zu warten, dann könnten wir darüber reden und auch über einige andere Dinge, von denen ich gern mehr erfahren würde«, bat der Herzog. »Ich fürchte, daß wir zu einem späteren Zeitpunkt keine Gelegenheit mehr für ein Gespräch haben werden, denn meine Tochter und ich brechen noch in dieser Stunde auf.«

Sir Morgan nickte, und sein Blick streifte Dante Leighton, der erschrocken zu sein schien, als er die Neuigkeit von der bevorstehenden Abreise seiner Frau erfuhr. »Ich werde zu Ihrer Verfügung stehen, Hoheit.«

»Ich danke Ihnen, Sir Morgan, es wird nicht länger als ein paar Minuten in Anspruch nehmen.«

Als sich die Tür hinter Sir Morgan geschlossen hatte, streckte Lucien Dominick beide Hände nach seiner Tochter aus. Nun verbarg er seine Gefühle nicht länger. »Ist es wahr?« fragte er nur.

»Ja, Vater. Ich wünschte nur, du hättest nicht unter solchen Umständen von meinem Baby oder von meiner Heirat erfahren müssen. Ich wollte es dir und Mutter auf Camareigh erzählen. Ich habe mir gewünscht, daß ihr beide an meinem Glück teilhaben könnt. Selbst Dante wußte bis eben noch nichts davon, daß er Vater wird«, erklärte sie und sah ihren Mann mit unsicherem Blick an.

Dante hatte das Gefühl, daß ihm die Ereignisse aus der Hand glitten. »Scheint so, als würde eine Menge ohne mein Wissen vor sich gehen«, sagte er ruhig. Doch sein fragender Blick verriet ihn. »Ist es wahr? Du hast dich entschieden, mit deinem Vater abzureisen?«

Rhea nickte und bestätigte seine schlimmsten Befürchtungen. »Dante, meine Mutter ist krank. Als du und Sir Morgan ins Zimmer kamt, hat mir mein Vater gerade von ihrer Krankheit berichtet. Bitte versuch zu verstehen. Ich muß zu ihr. Sie muß wissen, daß es mir gutgeht.« Auch wenn ihre Augen flehten, so machte der Ton ihrer Stimme nur zu klar, daß sie fest entschlossen war, mit ihrem Vater abzureisen, und es gab nichts, was Dante hätte tun oder sagen können, um sie umzustimmen.

Ein Anflug von Befriedigung lag in den Augen des Herzogs, als er sagte: »Ich werde nach einer Magd schicken lassen, um deine Kleider einzupacken. Du wirst dich sicher noch umziehen wollen«, fügte er hinzu. Es war ihm an der Miene abzulesen, wie sehr ihm Rheas Aufzug mißfiel. »Es wird zugig sein in der Kutsche«, war das einzige, was er dazu sagte. »Wenn wir rasch aufbrechen, können wir innerhalb der nächsten Stunde schon außerhalb Londons sein«, fügte er hinzu, und was er damit sagen wollte, war klar, als sein Blick auf seinem Schwiegersohn ruhte.

»An mehreren Gasthäusern auf unserer Route wartet bereits ein frisches Gespann, also verlieren wir keine Zeit, und du bist schon sehr bald bei deiner Mutter. Francis, Robin und die Zwillinge werden begeistert sein, dich wiederzusehen, mein Liebes«, ergänzte der Herzog. Dante, der den Absichten eines anderen Mannes stets mißtraute, hatte den bestimmten Eindruck, daß der Herzog alles sehr klug eingefädelt hatte.

»Haben sie denn schon erfahren, daß ich zurück bin?« fragte Rhea.

»Nein. Ich bin der einzige, der es weiß. Ich wollte ihnen nicht unnötig Hoffnung machen. Bis ich in London eintraf und dich mit eignen Augen sah, war ich selbst nicht sicher, ob du an Bord dieses Schiffes nach England zurückgekehrt bist. Ich war jedoch sehr wohl darauf vorbereitet, den Captain des Schiffes über deinen Verbleib zu befragen, für den Fall«, erklärte der Herzog, und es klang fast so, als bedauerte er, daß ihm dieses Vergnügen entgangen war. »Ich sage dem Kutscher Bescheid und trage ihm auf, einige Lakaien zu schicken, um deine Koffer abzuholen.« Es schien, als hätte er jedes kleine Detail bedacht, bis auf eines.

Dante machte es sich am Tisch bequem, dachte über seine eigenen Pläne und die des Herzogs nach und fragte sich, ob Rheas Vater als nächstes versuchen würde, ihn aus dem Zimmer zu schikken. Es hätte ihn nicht sonderlich überrascht, denn es war mehr als offenkundig, daß der Herzog nichts mehr genossen hätte, als den Captain der *Sea Dragon* geradewegs aus dem Leben seiner Tochter zu verbannen.

»Ich hoffe, es bringt Ihren Zeitplan nicht durcheinander, Hoheit, wenn ich ein Wort unter vier Augen mit meiner Frau wechsle«, sagte er ruhig, doch sein Sarkasmus war scharf wie die Schneide eines Messers.

Lucien Dominick hätte es ihm gern verwehrt, so zumindest schien es, als er den ehemaligen Freibeuter anstarrte, als hätte dieser unverschämterweise ein Stück vom Mond beansprucht.

»Ich bin sicher, daß diese Lakaien, nach denen Sie schicken lassen, mehr als dankbar sein werden, an der Tür Wache stehen zu dürfen, für den Fall, daß ich so töricht sein und versuchen sollte, in Begleitung meiner Frau zu verschwinden«, spottete Dante bitter. »Sie müssen sich deshalb keine Sorgen machen, Hoheit. Ich werde immer wissen, wo ich Rhea finden kann.«

»Vater, bitte«, flehte Rhea. »Dante ist mein Mann und der Vater meines Kindes. Ich möchte ein paar Minuten allein mit ihm haben. Außerdem muß ich mich noch umziehen, und du wolltest mit Sir Morgan reden«, erinnerte sie ihn.

»Nun gut, aber meine Unterhaltung wird nicht allzu lange dauern«, sagte der Herzog und ergab sich schließlich in seine zeitweilige Niederlage. Aber es fiel ihm offensichtlich schwer, die beiden allein zu lassen, Dante wußte, daß die Sache zwischen ihnen noch längst nicht ausgestanden war, und es überraschte ihn nicht, daß der Herzog noch eine letzte Bemerkung machte, die darauf abzielte, Dante zu beleidigen. »Und denk daran, mein Liebes, die Lakaien werden draußen vor der Tür stehen, falls du Hilfe brauchst.«

Rhea sah ihrem Vater nach, der den Raum verließ. Dante merkte, daß ihre Schultern bebten, daß sie weinte.

»Rhea?« fragte er, und es lag eine neue zärtliche Besorgtheit in seiner Stimme. »Ist dir nicht gut? Soll ich einen Arzt kommen lassen? Oder deinen Vater rufen?« Er war so besorgt, daß er sogar das anbot.

»Nein«, antwortete Rhea mit rauher Stimme. »Ich bin nur glücklich. Bis jetzt ist es bloß ein Traum gewesen, nach England zurückzukehren. Es war nicht wirklich, bis ich meinen Vater in der Tür stehen sah und seine vertraute Stimme hörte. Plötzlich schien dieser schreckliche Alptraum ein Ende zu haben. Ich fühlte, daß sich all meine Ängste auflösten und daß ich wirklich heimgekehrt war«, erklärte sie und fühlte eine überwältigende Zufriedenheit, als sie den Kopf an Dantes Schulter schmiegte.

Sie hatte die Augen geschlossen und sah den sonderbaren Ausdruck auf Dantes Gesicht nicht. »Du hast dich doch sicher und glücklich gefühlt bei mir, oder, Rhea?«

Sie blickte überrascht auf. »Natürlich hab' ich das.«

»Bist du noch immer froh, meine Frau zu sein?«

»Selbstverständlich!«

»Und ein Kind von mir zu bekommen?«

»Glücklicher, als ich es jemals ausdrücken könnte«, antwortete sie, und ihr Blick ruhte einen langen Moment auf seinen Augen, während sie nach einem Hinweis suchte, wie er über das Baby dachte.

»Gut. Obwohl es auch wenig geändert hätte, wenn du irgend etwas bedauert hättest. Du bist Lady Rhea Claire Jacqobi, und das Kind, das du zur Welt bringen wirst, wird ein Leighton sein. Das ist der Name der Familie, von der du nun ein Teil geworden bist, ob es dir gefällt oder nicht. Es ist nicht länger dein Recht, dich Dominick zu nennen. Genausowenig wie dein Zuhause jemals wieder Camareigh sein wird. Vergiß das nicht, Rhea«, warnte Dante sie, und die Eindringlichkeit seiner Worte ängstigte sie.

Doch sie entgegnete ruhig: »Das habe ich akzeptiert, als ich dich geheiratet habe, Dante. Ich liebe dich und werde dich immer lieben, vergiß das bitte nicht.« Und sie fühlte, wie die zornige Spannung etwas nachließ.

»Ich werde dich beim Wort nehmen«, versprach Dante.

»Dante, freust du dich auf das Baby?« fragte Rhea schüchtern.

Doch kein Wort hätte mehr ausdrücken können, als der Blick voll zärtlicher Leidenschaft, der seine Miene erhellte und die Härte vertrieb, die ihn manchmal so unnahbar sein ließ.

»Du wirst mir jetzt nie mehr entkommen«, murmelte er. Sein Mund berührte sanft ihre Lippen.

»Ich könnte es auch gar nicht, selbst wenn ich wollte, denn bald werde ich so dick sein, daß es mir schwerfallen wird, überhaupt aufzustehen, geschweige denn zu rennen«, scherzte Rhea, doch der Gedanke bedrückte sie, denn sie erinnerte sich daran, wie dick Onkel Richards Frau Sarah geworden war, als sie ihr erstes Kind erwartet hatte. Rhea fragte sich, ob Sarah einen Jungen oder ein Mädchen bekommen hatte und was noch alles auf Camareigh geschehen sein mochte während ihrer Abwesenheit. Sie und ihr Vater würden sich viel zu erzählen haben auf der Fahrt.

»Ich kann dich nicht überreden zu bleiben?« fragte Dante sanft und knabberte an ihren geöffneten Lippen. »Ich verspreche dir, daß es nicht lange dauert, den Schatz aufzuteilen. Die Crew wird immer ungeduldiger. Sie wollen endlich ihr neues Leben in Reichtum beginnen.«

»Bitte, Dante, mach nicht alles noch komplizierter, als es ohnehin schon ist.« Rhea kämpfte gegen das schmerzende Verlangen an, das sie stets empfand, wenn Dante sie in den Armen hielt. »Ich muß gehen«, sagte sie entschlossen.

»Ich werde dich vermissen«, flüsterte Dante in ihr duftendes Haar. »Ich habe seit Monaten nicht mehr allein geschlafen. Wer soll mich denn wärmen?«

»Ich werde eines der Dienstmädchen anweisen, dir noch eine Decke für dein Bett zu bringen, aber das ist auch alles«, bot Rhea an, und ein warnender Funke glomm in ihren Augen. Doch bald war sie wieder von dem Gefühl seiner Berührung eingefangen, und ihre Entschlossenheit verflog, als sie seine Hand auf der zarten Kurve ihrer Brust spürte.

Es war still im Raum, bis Schritte vor der Tür zu hören waren. Rhea löste ihre Lippen von den seinen und fuhr hoch. »Dante, ich glaube, da ist jemand an der...«

Er seufzte und dachte daran, daß sie zu oft gestört wurden in diesem Gasthaus. Es fiel ihm schwer, doch er entließ Rhea aus seiner Umarmung, als es an der Tür klopfte. »Ganz sicher einer von den eifrigen Wachhunden deines Vaters.«

Dante stand vor dem Kamin und starrte grübelnd in die Flammen, während die beiden Dienstmädchen die prachtvollen Kleider einpackten, die sie am Abend zuvor bewundert hatten. Dante stand mit dem Rücken zum Raum; er wollte nicht sehen, wie Rhea sich für ihre Abreise fertigmachte, doch als er hörte, wie aufgeregt die Dienstmädchen plapperten, als sie Rhea beim Umkleiden halfen, konnte er der Versuchung nicht widerstehen und riskierte einen Blick. Rhea trug das blaßgelbe Kleid mit dem Muster aus Blumen und tanzenden Schmetterlingen auf dem weiten Rock, und sie brachte die Wärme des Frühlings in diesen kalten Raum. Das goldene Haar war zu einem einfachen Knoten geschlungen, und mit einer gewissen Traurigkeit sah Dante die elfenbeinfarbene Weichheit ihrer Schultern unter einem Umhang aus blauem Samt verschwinden.

Dante richtete den Blick wieder auf die Flammen. Er spürte nichts von deren Wärme, denn in seinem Hinterkopf plagte ihn die Sorge, daß der Herzog alles tun würde, was in seiner Macht stand, um ihre Ehe zu zerstören.

Dante spürte eine sanfte Berührung auf seinem Arm und sah die kleine Hand mit dem goldenen Ring.

»Wirst du bald nachkommen?« fragte Rhea. Sie verstand seine Befürchtungen.

»Sehr bald. Ich verlasse mich darauf, daß du auf mich wartest. Ich bin mir nicht sicher, ob mich dein Vater überhaupt durch das Tor läßt.« Dante wußte, daß Lucien Dominick nicht kampflos aufgeben würde.

»Es tut mir leid, daß dein erstes Zusammentreffen mit meinem Vater so verlaufen ist, doch du mußt zugeben, daß die Umstände unserer Heirat ein wenig ungewöhnlich sind. Und du mußt es ihm zugestehen, daß er bestürzt ist, weil ich mit einem Mann vermählt bin, den er für den Entführer seiner Tochter gehalten hat.« Rhea hoffte inständig, daß Dante und ihr Vater ein wenig mehr Verständnis füreinander aufbringen würden. »Gib meinem Vater nur etwas Zeit, Dante. Wenn er sieht, wie sehr wir uns lieben, wird er keine Einwände mehr gegen unsere Ehe erheben. Der Rest der Familie freut sich bestimmt darauf, dich kennenzulernen, besonders meine Mutter. Du wirst sie verehren, Dante. Sie ist so wundervoll wie mein Vater, nur weniger streng und hart. In der Tat, sie ist die einzige, die ihn necken kann, und sie schafft es stets, ihm ein Lächeln zu entlocken.« Als Rhea von ihrer Familie sprach, sehnte sie sich noch mehr danach, sie endlich wiederzusehen.

Dante lächelte. »Deine Mutter muß eine bemerkenswerte Frau sein. Ich freue mich wirklich darauf, ihre Bekanntschaft zu machen.«

»Ich bin sicher, daß ihr sehr gut miteinander auskommt. Es sei denn, du machst sie wütend. Sie besitzt ein hitziges Temperament. Aber sie ist nie lange böse. Und deshalb macht sogar Robin...« sagte Rhea, als ihr plötzlich etwas einfiel. »Conny!«

»Mach dir keine Sorgen. Er ist unten und lauscht Longacres Geschichten. Du hast sicher noch Gelegenheit, dich von ihm zu verabschieden«, meinte Dante, weil er verstand, wie wichtig ihr das war.

»Was soll ich ihm nur sagen? Ich habe ja selbst nicht damit gerechnet, London zu verlassen, ohne ihn mit nach Camareigh zu nehmen. Er hat sich so sehr gewünscht, mich zu begleiten. Und ich habe es ihm versprochen. Ich hoffe, daß er mich versteht.« Rhea machte sich Sorgen, weil sie ihn allein in London zurückließ.

»Du machst dir viel zuviele Gedanken seinetwegen, Rhea. Er mag ja noch ein Junge sein, aber er ist zäh. Allerdings«, fuhr Dante fort, »wenn es dich beruhigt, dann verspreche ich dir, daß ich ein Auge auf ihn haben werde. Und wenn ich nach Camareigh komme, bringe ich Conny mit. Ich gebe dir mein Wort, daß ich ihn nicht im Stich lasse. Ich habe mir sehr viele Gedanken um seine Zukunft gemacht. Also sorg dich nicht. Und außerdem«, fügte er mit einem teuflischen Grinsen hinzu, »wartet da unten eine ganze Schankstube voll Männer darauf, sich von dir zu verabschieden. Macht es dir etwas aus, ihnen kurz Lebewohl zu sagen?«

Rheas Lächeln war traurig. »Natürlich nicht. Sie sind meine Freunde«, erwiderte sie und mußte plötzlich an die müßigen Tage an Bord der *Sea Dragon* denken. »Ich kann nicht glauben, daß es zu Ende ist, Dante. Es erscheint mir jetzt wie ein Traum, und schon bald werden jene Freunde nichts als Namen sein und Gesichter, an die ich mich kaum noch erinnere. Doch selbst dann werde ich diese Tage im Herzen behalten, die wir gemeinsam auf der *Sea Dragon* verbracht haben.«

»Ich weiß«, sagte Dante und nahm Rhea in die Arme, um sie ganz fest zu halten. Er wünschte sich, daß sie noch einmal auf dem warmen Sand ihrer Bucht stehen könnten. Dort hatten sie ihre Liebe gefunden. Diese Liebe, die ihren Anfang in einer rauhen Wildnis genommen hatte und auf ihre größte Herausforderung an einer anderen wilden Küste traf, wo sie entweder überleben oder zerstört werden würde.

Houston Kirby hatte die ganze Zeit über die Tür im Auge behalten, während er vor seinem dritten Ale saß. Er wurde neugierig, als Sir Morgan die Stufen herunterkam und bedrückt wirkte. Sir Morgan betrat die Wirtsstube, und nachdem er einen Tisch in der Nähe der Tür gefunden hatte, bestellte er sich einen Brandy, den er auf einen Zug austrank. Kirby fragte sich, worauf Sir Morgan wohl so ungeduldig wartete. Aber er mußte nicht lange grübeln, denn kurz darauf kam ein sehr vornehm aussehender Gentleman, gekleidet in einen Anzug aus geblümter Seide von feinster Qualität die Treppe herunter. Die Narbe auf seiner Wange interessierte den kleinen Steward am meisten. Sie erinnerte ihn an etwas, ohne daß er genau sagen konnte, was es war.

Zu Houston Kirbys Verwunderung setzte sich der narbengesichtige Gentleman zu Sir Morgan. Nach der Art, wie Sir Morgan sich verbeugte, hätte man annehmen können, daß es sich bei diesem Mann um König George höchstpersönlich handeln würde.

Mißmutig starrte Houston Kirby auf sein Ale. Da ging etwas vor sich, was ihm unheimlich war. Und es beruhigte ihn nicht gerade, als der vornehme Gentleman, der Sir Morgan Fragen stellte, ständig aufschaute, sich im Raum umblickte und einzelne Matrosen, die an Bord der *Sea Dragon* gesegelt waren, ausmachte. Sein Blick, der nicht gerade freundlich oder einladend war, sondern eher beleidigend und abweisend wirkte, ruhte auch auf Kirby.

»Arroganter Bastard«, murmelte Houston Kirby in sein Ale und fühlte sich plötzlich so unwohl wie damals, als er als junger Knecht dem prüfenden Blick des alten Marquis standgehalten hatte. Seine Verwunderung wuchs noch, als er sah, wie Lady Rhea Claires Koffer von zwei massigen Lakaien in Livree, die er nicht kannte, zur Tür getragen wurden. Niemand hatte ihm gesagt, daß sie abreisen würde, und er hatte die Seetruhe des Captains nicht gesehen.

Houston Kirby war gerade bis zur Tür der Wirtsstube gekommen, als der Captain und Lady Rhea Claire den untersten Absatz der Treppe erreichten. Zur Überraschung des kleinen Stewards trug Lady Rhea Claire ihren Umhang, als wolle sie auf Reisen gehen.

»Captain? M'lady?« fragte Kirby mit wachsender Sorge, denn die Lady hatte geweint. Und der Captain sah nicht gerade zufrieden aus.

»Rhea«, rief eine Stimme liebevoll. Als Kirby sich umsah, starrte er auf die Narbe des in Seide gekleideten Gentleman.

»Vater, einen Moment noch, dann können wir aufbrechen.«

Houston Kirby hatte das Gefühl, als würden ihm seine Beine den Dienst versagen. O Gott, dachte er, das ist der Herzog von Camareigh? Jetzt verstand er nur zu gut, warum der Captain so grimmig aussah.

»Ich möchte mich noch von meinen Freunden verabschieden, Vater. Es wird nicht lange dauern.« Rhea schenkte ihm ein süßes Lächeln, das jedes Herz erwärmte.

»O, Mr. Kirby! Das ist mein Vater, Lucien Dominick, Herzog von Camareigh. Vater, das ist Houston Kirby, Steward auf der *Sea Dragon* und gewiß einer der freundlichsten und nettesten Männer, die ich je getroffen habe. Er hat mir das Leben gerettet, als ich krank war. Er kocht eine Suppe, die allem Konkurrenz machen kann, womit Rawley aufwarten könnte.«

»Hoheit.« Kirby verbeugte sich tief.

»Mr. Kirby.« Der Herzog sprach huldvoll zu ihm, denn er nahm an, daß Rhea die Wahrheit gesagt hatte über den Charakter dieses Mannes. »Mir scheint, ich schulde Ihnen meine tiefste Dankbarkeit dafür, daß Sie sich so aufopferungsvoll um meine Tochter gekümmert haben«, sagte er und wunderte sich immer noch, daß er sich bei einem Mann bedankte, den er im Gefängnis erwartet hatte, wie es sich für gewöhnliche Verbrecher gehörte.

Houston Kirby murmelte irgendeine alberne Bemerkung und erinnerte sich plötzlich daran, wo er dem Herzog schon einmal begegnet war. Nervös plapperte er drauflos, ohne nachzudenken. »Wenn Sie mir die Bemerkung erlauben, Hoheit – Sie haben sich nicht viel verändert, seit ich Sie vor vielen Jahren das letzte Mal sah.«

Lucien Dominick verzog höflich die Augenbraue, und Kirby beeilte sich fortzufahren, aus Furcht, der Herzog könnte ihn für unverschämt halten. »Ich war Kammerdiener bei Lord Merton Jacqobi, dem zehnten Marquis. Ich erinnere mich gut, wie er sagte, Sie seien ein junger Bock, auf den man achtgeben müsse, weil Sie so ein ungezügeltes Temperament besaßen und weil die Herzoginwitwe sie zu fest an der Kandare gehalten hatte. Sie würden eines Tages der Person, die es wagte, sich Ihnen in den Weg zu stellen, gewiß Ärger bereiten, meinte er.«

Verlegenes Schweigen folgte Houston Kirbys ungewöhnlicher Bemerkung, und der kleine Steward wünschte, die Erde würde sich auftun und ihn verschlingen. Himmel hilf mir, flehte er, ich habe zu lange in den Kolonien gelebt. Er war verblüfft, als der Herzog in schallendes Gelächter ausbrach. Selbst Dante und Rhea schauten sich erschrocken um.

»Ja, ich erinnere mich nur zu gut an Lord Merton Jacqobi. Er hatte sehr viel gemeinsam mit meiner Großmutter, der Herzoginwitwe. Sie waren beide Tyrannen.«

Lucien Dominick sah kurz zu Dante, als würde er ihn mit anderen Augen sehen. Houston Kirby war sich gar nicht bewußt, daß seine harmlos gemeinten Worte alte Erinnerungen weckten, Erinnerungen an den dickköpfigen jungen Mann, der er gewesen war, und an den wenig respektablen Ruf, den er einst besessen hatte.

Doch die Erinnerung an seine eigene Vergangenheit verringerte seine Befürchtungen, was Dante Leighton betraf, nicht, sondern verursachte ihm noch größeres Unbehagen, und er dachte daran, daß seine Tochter mit einem Mann vermählt war, der seine eigenen jugendlichen Torheiten sogar noch übertroffen hatte.

»Lady Rhea Claire!«

Jemand aus dem dichtbesetzten Schankraum hatte die kleine Gruppe in der Nähe der Tür bemerkt, Rhea erkannt und nach ihr gerufen.

Sehr zum überraschten Unwillen des Herzogs von Camareigh hatte seine Tochter das Rufen nicht nur zur Kenntnis genommen, sondern hatte auch noch vor, den ungehobelten Kerl zu begrüßen. Offensichtlich war es einer von der Besatzung dieses verfluchten Schiffes, denn der Mann schwankte durch den Raum, als würde er über ein schaukelndes Deck gehen. Der Mann sah aus wie ein Pirat, wie der Herzog mit wachsender Bestürzung fand.

Doch ehe der Mann mit dem fast zahnlosen Grinsen und gakkernden Lachen Rhea erreichen konnte, trat Alec MacDonald vor Rhea. Der sieht wenigstens wie ein zivilisierter Mensch aus, dachte der Herzog. Doch er hielt ein Auge auf den verhutzelten Kerl mit dem am Gürtel baumelnden Messer.

»Lady Rhea Claire, wir danken Ihnen, daß Sie die Zeit gefunden haben, uns zu sehen«, begann Alec MacDonald nervös, denn ihm war keiner der Männer entgangen, die neben der Lady standen, und keiner von ihnen schien erfreut über die Situation zu sein.

Rhea lächelte und sagte: »Mr. MacDonald, das ist mein Vater.«

Alec MacDonalds Schnurrbart zuckte. »Hoheit«, sagte er, aber er verbeugte sich nicht.

»Vater, Mr. MacDonald hat zusammen mit Urgroßvater bei Culloden gekämpft. Er erinnert sich an Mutter und Tante Mary. Ich habe ihm erzählt, daß Onkel Richard das Schloß wiederaufgebaut hat und die meiste Zeit des Jahres dort lebt.«

»Aus Respekt vor dem Gedenken an MacDanavel von MacDanavel hätte ich gekämpft, um jeden aus seiner Familie vor Schaden zu bewahren«, verkündete Alec MacDonald mit schlichter Würde. »MacDanavel von MacDanavel, ein feiner Mann war das, er kam mir zu Hilfe und bot mir die Gastfreundschaft seines Heims in Timeredaloch an. Es war mir eine besondere und seltene Ehre, seine Urenkelin kennenzulernen.«

Lucien Dominick seufzte. Wieder war er um das Vergnügen gebracht worden, einen der Schmuggler zu verabscheuen. Aus Loyalität und Anstand hatten sie sich alle mit seiner Tochter angefreundet und sie beschützt.

»Ich danke Ihnen, Mr. MacDonald«, erwiderte der Herzog, und ein Lächeln nahm seinen Gesichtszügen die Härte. »Meine Frau, die stets stolz auf ihre schottischen Vorfahren war, wird sehr bewegt sein, wenn sie erfährt, wie sehr Sie sich um unsere Tochter gekümmert haben.«

Wieder zuckte Alec MacDonalds Schnurrbart, und dieses Mal war das fast der Ansatz eines Lächelns. »Aye, und ob ich mich an sie erinnere. Schwarz wie die Nacht und ebenso wild, so war sie. Die andere Schwester war's, die mit dem roten Haar, die diese Begabung hatte. Hab' Geschichten über sie gehört, o ja, aber...«

Alec MacDonald starrte auf den Ellenbogen, der ihn nicht gerade sanft angerempelt hatte. Er räusperte sich und fuhr fort: »Nun, wie ich gerade sagen wollte, auch im Namen der Crew der *Sea Dragon:* Wir möchten Ihnen danken, Lady Rhea Claire, daß Sie uns Glück gebracht haben.«

»Ich fürchte, ich habe euch doch die meiste Zeit nur im Weg gestanden, aber ich werde meine Erinnerungen an unsere Reise für immer ehren. Und ich wünsche euch allen das Beste«, sagte Rhea zu den Männern, die sich um sie geschart hatten.

Einer von ihnen trat vor, und seine dunklen Augen funkelten, als er sich tief verbeugte. »Eins ist mal sicher – es ist traurig, Lebewohl zu so einer lieblichen Lady sagen zu müssen, aber damit sie die prächtige Crew der guten *Sea Dragon* nicht vergißt, hoffen wir, daß sie dies kleine Zeichen unserer Hochachtung annehmen wird.« Seumus Fitzsimmons beendete seine sorgfältig auswendig gelernte kleine Ansprache und zog eine schmale Schachtel aus Leder hervor.

Unter den erwartungsvollen Blicken der gesamten Mannschaft der *Sea Dragon* öffnete Rhea das Etui. Ihre Reaktion enttäuschte die Männer nicht. Tränen stiegen ihr in die Augen, als sie aufsah zu den rauhen Gesellen, die ihre guten Freunde geworden waren.

»Das hättet ihr nicht tun sollen«, murmelte sie und berührte mit der Fingerspitze die wunderschöne mit Juwelen besetzte Brosche. Es war ein goldenes Schiff mit diamantenen Segeln. Eine Woge aus Smaragden und Saphiren rollte an ihren Bug, und da war sogar eine Galionsfigur – ein grinsender roter Drache aus Rubinen.

Rhea war sprachlos. Doch der Ausdruck auf ihrem Gesicht war Belohnung genug für die Männer und ihre erstaunliche Großzügigkeit.

»Wir alle haben ein kleines Stück zu diesem hübschen Schiff beigetragen«, sagte Alastair Marlowe, der aus der Gruppe getreten war.

»Ich danke euch«, flüsterte Rhea. »Ich werde es stets wie einen Schatz hüten«, versprach sie. Und bevor Alastair auch nur ahnen konnte, was sie nun vorhaben könnte, hatte Rhea ihm einen sanften Kuß auf die Wange gedrückt.

Verwirrt schaute er sich um und begegnete Leightons Blick, und dann starrte er in die sherryfarbenen Augen des Fremden. Sie schienen kaum verständnisvoller als die des Captains zu sein.

Mit hochrotem Gesicht trat Alastair Marlowe beiseite und erlaubte den anderen, sich dicht um Lady Rhea zu drängen, in der Hoffnung, daß auch sie in den Genuß einer solchen Gunst kommen würden. Und so war es auch. Selbst Longacres runzeliges altes Gesicht wurde nicht ausgespart. Als Rhea ihnen allen ein Küßchen gegeben hatte, schaute sie sich besorgt um, denn es gab ein Mitglied der Mannschaft, dem sie noch nicht Lebewohl gesagt hatte. Aber sie konnte den dunklen Schopf nicht ausmachen. »Ich sehe ihn nirgends. Ich kann doch nicht abfahren, ohne mich von ihm zu verabschieden, Dante«, sagte sie, und ihr Blick suchte nun den ganzen Raum ab, als sie die Hand ihres Vaters an ihrem Ellenbogen fühlte.

»Ich werde ihm erzählen, was sich zugetragen hat, Rhea«, versprach Dante und schob ihr zärtlich eine lose Haarsträhne von der Wange, seine Hand ruhte absichtlich auf ihrer weichen Haut, als er Lucien Dominicks Blick über ihren Kopf hinweg bemerkte.

»Ich hasse es, abzureisen, ohne Conny alles erklären zu können.«

»Wer ist Conny?« fragte der Herzog, noch immer verwirrt durch den Anblick seiner Tochter, die so ungezwungen mit dieser wilden Bande umging.

»Er ist der Schiffsjunge der *Sea Dragon*«, erklärte Dante. »Rhea hat ihn liebgewonnen, als sie an Bord war.«

»Wir sollten aufbrechen, mein Liebes«, ermahnte sie der Herzog.

Mit einem enttäuschten Seufzer nickte Rhea. Sie hörte, wie mehrere Stimmen ihren Namen riefen und sie hochleben ließen, und sie winkte den Männern ein letztes Mal zu. Sie hielt das Abbild der *Sea Dragon* aus Juwelen fest in ihrer Hand und ließ sich von ihrem Vater aus dem Raum begleiten.

Im Korridor hielt sie inne, und sie und Dante sahen sich für einen langen Moment tief in die Augen.

Plötzlich spürte Rhea, wie jemand an ihrem Umhang zupfte, sie drehte sich um und starrte auf einen dunklen Schopf. »Conny!« rief sie erleichtert, und noch ehe er zurückweichen konnte, nahm sie ihn in ihre Arme. »Ich dachte schon, ich könnte dir nicht mehr Lebewohl sagen.«

»Sie reisen also wirklich ab?« fragte er und sah mit tränenerfüllten Augen zu Rhea auf.

»Ja, Conny. Ich muß. Das ist übrigens mein Vater«, stellte sie den hochgewachsenen Mann an ihrer Seite vor. »Er hat mir gesagt, daß meine Mutter sehr krank ist. Sie braucht mich, Conny. Ich muß noch heute zu ihr, aber wenn Dante in ein paar Tagen nachkommt, begleitest du ihn, nicht wahr? Ich wünsche mir, daß du nach Camareigh kommst und meine Familie kennenlernst.«

»Meinen Sie das im Ernst, Lady Rhea?« fragte Conny zurückhaltend, als er das unfreundliche Gesicht des fremden Mannes sah. »Macht es ihm auch nichts aus?« fragte er und sein Blick wanderte zu der Wange mit der Narbe.

»Vater?«

Lucien Dominick hatte das Gefühl, als hätte er jegliche Kontrolle über diese bemerkenswerte Situation verloren. Nun lud seine Tochter auch noch jemanden nach Camareigh ein, der nicht besser war als ein kleiner Landstreicher. Aber er konnte ihr diese Bitte nicht abschlagen. »Meinetwegen. Wir erwarten Sie also, äh... wie war doch noch gleich der Name?«

»Brady, Hoheit. Constantine Magnus Tyrone Brady. Conny für

meine Freunde«, verkündete der Schiffsjunge mit einem Grinsen.

Lucien Dominicks Lippen bebten, selbst als er ganz ruhig antwortete: »Ich verstehe. Ich werde mich beim nächsten Mal gewiß daran erinnern.« Als er in das stolze, erwartungsvolle Gesicht des kleinen Burschen blickte, wurde ihm klar, warum Rhea so sehr an dem Jungen hing. Er hatte eine gewisse Ähnlichkeit mit Robin.

Lucien Dominick streckte die Hand nach Rhea aus. Ein letztes Mal sah sie Conny und Dante an, dann wandte sie sich ab, damit die beiden ihre Tränen nicht sahen. Sie hatte fast die Tür erreicht, als sie plötzlich an etwas dachte und sich umdrehte.

»O Mr. Kirby, Jamaica ist sicher noch unter dem Bett«, rief sie ihm zu.

»Aye, M'lady, ich werde mich um ihn kümmern«, versprach Kirby, und seine Stimme klang eigenartig dumpf.

»Er ist willkommen auf Camareigh. Meine Mutter liebt Katzen«, sagte Rhea. Mit einem letzten Blick auf die drei verlassenen Gestalten, dem Steward, dem Schiffsjungen und dem Captain der *Sea Dragon*, die zusammen in der Eingangshalle des Hawkes Bell Inn standen, ging Rhea durch die offene Tür und verschwand in der wartenden Kutsche, die sie nach Hause bringen würde – heim, nach Camareigh.

Wenn sich die Nacht
über die Straßen senkt
und alles in Dunkel taucht,
dann kommen sie hervor
die Söhne Belias
getrieben von Ruchlosigkeit und Wein.

John Milton

Kapitel fünf

In der Dunkelheit einer Neumondnacht blitzte zweimal ein Licht auf, dann dreimal – das Signal, daß die Luft rein war. Die Schmugglerschaluppe, die in der Mündung von Bishops Creek vor Anker gegangen war, die Segel gerafft, antwortete, indem sie eine Laterne aufleuchten ließ. Und kurz darauf wurden die unter einem doppelten Boden im Rumpf versteckten Branntweinfässer mit Zugwinden und Schlingen in viele kleinere Boote umgeladen, die zu diesem heimlichen Rendezvous gerudert waren.

Als die im Schatten liegenden Boote ihr Schmuggelgut sicher an Bord hatten, machten sie sich auf den Weg zum Strand, während die Schaluppe in der Dunkelheit verschwand. Die vollbeladenen Boote lagen tief im Wasser, doch sie wurden so geschickt und leicht über die Untiefen und Sandbänke gelenkt, daß ihr Rumpf nur Boden berührte, als sie knirschend auf den Kiesstrand gezogen wurden.

Die Lastenträger und Helfer, wohl dreißig bis vierzig an der Zahl, die nach ihrer Muskelkraft ausgewählt worden waren, erledigten das Entladen im Handumdrehen. Mit zwei Viergallonenfässern über den Schultern, eines vorn, das andere auf dem Rükken hängend, begannen sie mit ihrem lautlosen, beschwerlichen Aufstieg über den steilen Pfad, der sich die Klippe hinaufwand. Nur das Rauschen eines wilden Moorlandstromes, der weiter unten ins Meer mündete, war zu hören.

Oben angekommen, setzte sich der Zug auf dem oft benutzten Weg in Marsch, bis sie Merwest Cross erreichten, wo das einzige Licht im Umkreis von mehreren Meilen das vom Bishops Grave Inn war. An der Kreuzung teilte sich die Gruppe auf. Der eine Teil ging nach Norden zu dem verschlafenen Dorf Merleigh, die anderen machten sich auf nach Westlea Abbot.

Sam Lascombe, der Besitzer des Bishops Grave Inn, stand am Fenster im oberen Stockwerk und spähte in die Dunkelheit. Die Standuhr am Fuße der Treppe schlug die Stunde, ein lauter Glokkenschlag – ein Uhr morgens. Sam Lascombe konnte keinerlei Bewegung dort unten ausmachen, aber er wußte, daß sie da waren. Angeführt von Jack Shelby und eskortiert von Putzern, bewaffnet mit Knüppeln, Messern und Feuerwaffen. Ihm tat die arme Seele leid, die zufälligerweise in einer mondlosen Nacht wie dieser den Weg der Schmuggler kreuzen sollte.

»Sie kommen, was?« fragte eine Stimme nicht gerade sanft.

Sam Lascombe, der den Kopf aus dem Fenster gestreckt hatte, fuhr erschrocken hoch und schlug mit dem Hinterkopf gegen das Fensterkreuz. »Bist du verrückt, Weib?« flüsterte er und zog sich wieder ins Zimmer zurück. »Was hast du vor, verdammt? Willst du mich ins Grab bringen? Was soll das, daß du dich so anschleichst? Hast du nicht gesehen, daß ich nach ihnen Ausschau halte?«

»Ein Mann, der nichts Böses im Schilde führt, muß nicht erschrecken, wenn sich seine Frau von hinten nähert«, entgegnete die Frau mit einfacher Logik, als sie an ihm vorbei in die Dunkelheit starrte. »Man sieht und hört gar nichts«, sagte sie und gab sich keine Mühe, leiser zu sprechen.

Sam Lascombe verdrehte die Augen. »Das ist es ja, Dora. Soll ja auch keiner was hören oder sehen in einer mondlosen Nacht. Ich fürchte, ich hab' schon genug Sorgen in diesen Tagen. Muß mir mehr Gedanken machen, überhaupt am Leben zu bleiben, als darüber, ob etwas nicht in Ordnung ist«, grummelte Sam Lascombe. Es war spät, er war müde, und es gab noch eine Menge Arbeit bis zum Tagesanbruch zu erledigen.

»Vermute, sie werden wieder unsere Pferde nehmen«, meinte die Frau.

Sam Lascombe versuchte, das Gesicht seiner Frau im Dunkeln zu erkennen. Trieb sie ihre Späße mit ihm? »Aye, entweder das, oder wir werden erleben, wie uns unser Haus über den Köpfen angesteckt wird. Ich muß dich ja wohl nicht daran erinnern, was den Webbers widerfahren ist, als der alte Daniel es leid war, daß sie ihm jedesmal seine Pferde zuschande ritten und er sich weigerte, sie ihnen ein weiteres Mal zu geben.«

Schweigen trat ein, denn sie beide erinnerten sich nur zu gut an den Anblick des Hauses der Webbers in Asche und Trümmern am nächsten Morgen. Mary Webber war über Nacht zur Witwe geworden, und nun hatte sie kein Dach über dem Kopf. Ihr Ehemann wurde am Fuße der Klippen gefunden. Sein Genick war gebrochen, doch bevor man ihn hinuntergeschmissen hatte, war er noch brutal ausgepeitscht worden.

Und als sich das Schweigen weiter zwischen ihnen ausbreitete, hörten sie beide Schritte, die näher kamen und lauter wurden. Plötzlich war wieder Stille. Sie warteten und wußten, daß sie sehr bald das dumpfe Getrappel von Pferdehufen und das Knarren von Geschirren hören würden, wenn die Schmuggler sich auf ihren Weg durch die Dunkelheit machten.

Wenn Sam Lascombe, nachdem sich die Bande davongemacht

hatte, in die leeren Ställe ging, würde er dort vielleicht zwanzig Fässer mit feinstem französischen Cognac finden, die dort versteckt bleiben mußten, bis sie später abgeholt würden. Natürlich standen einige der Fässer Sam zum privaten Gebrauch zur Verfügung, und unversteuert bescherte ihm der Cognac einen hübschen Profit, wenn er ihn an seine Gäste ausschenkte.

Dora Lascombe setzte sich erschöpft hin. »Wann wird das je ein Ende haben, Sam?« fragte sie zum tausendstenmal, obwohl sie doch wußte, daß niemand die Antwort darauf kannte.

Sam Lascombe seufzte, als er neben seine Frau auf die Kante des Bettes sank, in dem sie seit nunmehr dreißig Jahren schliefen.

»War nicht immer so«, seufzte Dora. »Am Anfang ganz bestimmt nicht.«

»Ich weiß«, sagte er matt und rieb sich die Stirn.

»Ted meint, daß sich alles verändert hat, seit Jack Shelby das ganze übernommen hat.«

»Aye, dein Bruder hat recht. Jack Shelby hat die Fremden mit ins Spiel gebracht. Die meisten von denen sind Deserteure oder Verbrecher. Alles Lumpen und Gesindel, wenn du mich fragst. Hab' gehört, daß zwei von denen sogar wegen Mordes in Bristol gesucht werden.«

»Nun, ich schätze, daß wir jetzt alle wegen Mordes gesucht werden«, erinnerte Dora ihn.

»Aye. Gefällt mir gar nicht, was da unten in Dragons Cove passiert ist. Früher haben wir auch schon mal einem Offizier, der uns in die Quere kam, eins über den Schädel gegeben oder ihn gepackt und gefesselt, damit er keine Scherereien machte und selber keine bekam. Aber wir haben nie jemanden kaltblütig umgebracht. Das ist nicht dasselbe«, sagte Sam Lascombe.

»Unschuldige Männer haben sie umgebracht. Auch wenn es die Männer des Königs waren.« Dora sprach ihre schlimmsten Gedanken aus. »Das war schon schlimm genug. Aber einen von uns umzubringen! Das Haus eines Mannes niederzubrennen und seine Frau als Witwe zurückzulassen, seine Kinder ohne Vater und dazu verdammt, zu hungern. Das ist Sünde, Sam Lascombe, und ich schäme mich, mit solchen Verbrechern in Verbindung gebracht zu werden.«

Sam Lascombe schlug sich aus Wut und Enttäuschung auf den Oberschenkel. »Meinst du vielleicht, mir gefällt das? Dieser Jack Shelby und seine Bande von Halsabschneidern haben die ganze Gegend hier in Angst und Schrecken versetzt. Niemand wagt, ihnen etwas abzuschlagen oder sich gegen sie zu stellen, vor allem jetzt nicht, wo sie die Männer des Königs umgebracht haben. Ich fürchte, daß sie niemand mehr aufhalten kann. Was kümmert es die schon, wie es den armen, wehrlosen Leuten in den Dörfern ergeht? Kommen einfach hier herein, trinken und schlagen sich die Bäuche voll und zahlen nicht mal dafür. Sie nehmen sich von jedermann, was sie wollen. Hab' gehört, sie sollen Mary Webber und ihre älteste Tochter vergewaltigt haben, als sie Tom umbrachten und das Haus anzündeten.«

»O gütiger Gott! Davon habe ich nichts gehört«, stöhnte Dora und dankte dem Himmel, daß sie bereits Großmutter war, als sie an die Meute dachte.

»Nennen sich selbst die Söhne Belials. Satans Söhne!« schnaubte Sam Lascombe verächtlich. »Das sind doch eher Hurensöhne...«

»Still, Sam! Sag so etwas nicht«, ermahnte sie ihn, denn man wußte ja nie genau, ob nicht zufällig jemand lauschte. Ein falsches Wort konnte den Tod bedeuten. »Ich hoffe nur, daß Ted nicht so unverblümt und laut daherredet«, fügte sie hinzu und sorgte sich um ihren Bruder und dessen Familie in Merleigh. »Wenn er sich über etwas erzürnt, dann weiß er manchmal nicht mehr, was er sagt.«

»Schätze, er hat trotzdem recht mit seiner Idee«, meinte Sam

Lascombe. »Ich verstehe auch nicht, warum wir nicht unsere eigene Schmugglerbande gründen sollten. Ist doch nichts verkehrt am guten alten Schmuggeln«, fuhr er fast wehmütig fort. »Es ist die einzige Möglichkeit, wie ein Mann heutzutage noch seinen Lebensunterhalt zusammenkriegen kann – bei den Steuern, die wir zahlen müssen. Wie soll ich den Bishop denn erhalten, wenn ich nicht einen Penny am Brandy verdiene. Wie sollst du denn deine Puddings und Marmeladen machen, wenn Zucker ein Vermögen kostet? Kann ja nicht mal Kleider für dich kaufen, wie ich es gern täte, weil ein Ballen Stoff mich in den Bankrott treiben würde. Es sei denn, ich klau' mir was. Anders kann ich es mir doch gar nicht leisten, dir einen anständigen Petticoat für die Kirche zu kaufen.«

»Das ist lieb von dir, Sam, aber mein wollener Unterrock hält mich wärmer«, sagte Dora.

»Ich sage dir, Dora, das nächste Mal erheben sie noch eine Steuer auf Mist und Jauche. Ich weiß einfach nicht, was man tun soll, um zu überleben«, jammerte er.

»Ted sagt, er könnte wahrscheinlich die Hälfte der Bande auf seine Seite ziehen, die meisten von den Hiesigen auf jeden Fall«, sagte Dora leise und schaute ihm über die Schulter, weil sie fürchtete, daß noch jemand außer ihnen im Zimmer war.

»Aye, schätze, die meisten würden sich ihm gern anschließen und wieder so wie früher schmuggeln. Ich weiß sowieso nicht, wer Jack Shelby zum Anführer gemacht hat. Mich hat jedenfalls keiner um meine Meinung gefragt. Scheint so, als hätte er trotzdem immer jede Menge Geld, und er weiß immer, wo die Dragoner sind. Glaube nicht, daß irgend jemand Jack Shelby mag, das ist mal sicher. Ted weiß, daß ich zu ihm stehe.«

»Wann wird er mit Jack Shelby reden?«

»Morgen, denke ich. Mir würde das nicht gerade leichtfallen. Dein Bruder hat mehr Mut als ich.«

»Machst du dir deswegen Sorgen?« fragte Dora nervös.

»So ist es. Dieser Jack Shelby wird mit jedem Jahr bösartiger. Wird nicht einfach, wenn Ted ihm auf diese Weise in die Quere kommt.«

»Ihm oder dem anderen Kerl.«

»Was meinst du damit?«

»Ted hat gesagt, daß Jack Shelby selbst nicht gerissen genug ist, um der wahre Kopf der Schmugglerbande zu sein. Ted hat sogar davon gesprochen, daß er herausgefunden hat, wer es wirklich ist.«

»Und wer ist es?«

»Das wollte er mir nicht sagen. Meinte nur, er wüßte, wann man den Mund halten muß und wann nicht.«

»Nun, ich hoffe nur, er reizt Jack Shelby nicht damit, daß er ihm sagt, er hätte nicht genug Grips. Dieser Kerl ist zu allem fähig, wenn er durchdreht.«

»Er war schon immer ein finsterer und mißmutiger Kerl, nicht wahr? Doch seit kurzem ist es wirklich schlimm mit ihm geworden. Seit seine Tochter ermordet im Moor gefunden wurde, ist er nicht mehr derselbe. Er ist verrückt. Den hätte man schon vor langer Zeit einsperren müssen.«

»Hast ja recht, Dora, nur wer sollte das tun? Niemand, der noch ganz gescheit ist, würde es wagen, etwas gegen Jack Shelby zu sagen. Sie haben ja selbst dem Vikar drüben in Westlea Abbot übel mitgespielt, nur weil er sich traute, den Mund aufzumachen. Natürlich, der alte Kerl muß betrunken gewesen sein, als er das tat, sonst hätte er nicht solche Sachen gesagt, als er auf der Kanzel stand, besonders wo doch die Sakristei voll war mit Tee und Brandy.« Sam Lascombe gluckste, aber dann wurde er wieder ernst. »Trotzdem können wir für eines nur dankbar sein.«

»Was?«

»Daß Merdraco noch immer leer und verlassen ist. Höchstwahrscheinlich ruht der junge Herr mit seinem Schiff bereits auf dem

Meeresgrund. War gar nicht überrascht, als ich hörte, er sei Freibeuter geworden. Und wenn er nicht ersoffen ist, dann ist er sicher am Galgen gelandet. Wenigstens müssen wir uns darüber keine Sorgen machen. Nicht einmal die Drachenbrut würde es wagen, sich hier jemals wieder blicken zu lassen. Weiß nicht, was Jack Shelby machen würde, wenn er plötzlich heimkäme. Durchdrehen wahrscheinlich.«

»Ich fand schon immer, daß es eine Schande war mit dem jungen Herrn«, sagte Dora jetzt, obwohl sie damals – ebenso wie die übrigen Bewohner des Dorfes – das Schlimmste von ihm angenommen hatte. »Hab' immer gefunden, daß er so ein hübscher junger Gentleman ist. Oh, er war wirklich ungestüm, aber das lag daran, daß er noch so jung war. Lettie Shelby hat nichts getaugt, trotz allem. Hab' gewußt, daß es ein schlechtes Ende mit ihr nehmen würde eines Tages. Eine hinterhältige Person, das war sie, und sie hat wahrscheinlich bekommen, was sie verdiente. Und wie ihr Vater jetzt um sie trauert und von ihr redet, könnte man glauben, sie sei so was wie 'ne Heilige gewesen.«

»Nun«, sagte Sam Lascombe und gähnte müde, »das gehört der Vergangenheit an und wird uns wohl kaum noch Ärger bescheren. Hab' schon genug Sorgen, da muß ich mir nicht noch den Kopf zerbrechen, was passiert, wenn Seine Lordschaft jemals nach Merdraco zurückkehrt. Der Himmel möge uns gnädig sein, Dora, wenn das je geschehen sollte.«

»Das wär' schlecht, und wie. Aber ich werde keine schlaflose Nacht deswegen haben«, meinte Dora und wünschte Jack Shelby im stillen zehn Fuß unter die Erde, damit er nie mehr Unheil stiften könnte.

Zwei Tage später verschwand Ted Samples. Er war auf dem Heimweg, nachdem er mit seiner Schwester, Dora Lascombe, und deren Mann, Sam, im Bishops Grave Inn zu Abend gegessen hatte. Niemand hörte oder sah jemals wieder etwas von ihm.

So viele wundervolle Morgen habe ich gesehen.

Shakespeare

Kapitel sechs

Das erste Licht des anbrechenden Tages erschien über den sanft ansteigenden Hügeln im Osten, als die Kutsche mit Lucien Dominick und seiner Tochter über die von Kastanienbäumen gesäumte Landstraße rollte, die nach Camareigh führte, seit Jahrhunderten das Zuhause der Familie Dominick.

Das große Haus war still und dunkel, eingehüllt von Morgennebel. Seine Bewohner, noch ganz in ihre Träume verloren, ruhten in friedlichem Schlummer. In dieser eigentümlichen Stunde des Lichts zwischen Tag und Nacht konnte die Realität so flüchtig erscheinen wie die Träume.

Und doch schien eine herzliche Seele den Armen Morpheus entkommen zu sein. Als die Kutsche vor den breiten Stufen des Eingangsportals knirschend zum Halten kam, eilte eine massige Gestalt zwischen den niedrigen Steinhäusern der Ställe herbei.

Der Mann war außer Atem, doch er schaffte es wirkungsvoll, dem Kutscher und Lakaien Anweisungen zuzurufen und die Stallburschen loszuschicken, um das Gespann in Empfang zu nehmen.

»Hoheit! Hoheit!« rief er und vergaß sich ganz, als er heranstürmte, einen der Lakaien aus dem Weg stieß und selbst die Tür der Kutsche aufschwang. »Ist es wahr? Ist es wirklich wahr?« fragte er wieder und spähte in das dunkle Kutscheninnere. Erst als die hochgewachsene Gestalt des Herzogs von Camareigh erschien, trat er beiseite.

Der Herzog schwieg weiterhin und half der von einem Umhang vermummten Person, die ihn begleitete, aus der Kutsche. Das goldene Licht der aufgehenden Sonne erleuchtete den Himmel, und plötzlich fiel die Kapuze der Frau zurück, die das Gesicht zur warmen Sonne hob.

»O Gott!« japste der große Mann und starrte in dieses Antlitz. »O gütiger Himmel!« stammelte er, als er das Lächeln sah. »Es kann nicht wahr sein.«

»Butterick«, sagte Rhea und berührte den großen Mann, der schon die Stallungen auf Camareigh geleitet hatte, als sie noch gar nicht geboren war. »Ich bin es wirklich, Butterick. Und ich bin nach Hause gekommen.«

Butterick schluchzte und wischte sich, ohne daß er sich dafür schämte, die Tränen ab, die ihm über die geröteten Wangen liefen. »O Lady Rhea Claire, wenn Sie nur wüßten, was das bedeutet. Ihre Hoheit wird so glücklich sein. Wir alle haben Sie so sehr vermißt. Es war nie mehr so wie früher, seit Sie verschwunden sind. Ich... ich kann meinen alten Augen nicht recht trauen«, schluchzte er ergriffen.

»Danke, Butterick«, sagte Rhea gerührt. »Ich freue mich auch, dich wiederzusehen. Du hast doch Skylark nicht zu faul und fett werden lassen in der Zwischenzeit?«

»O M'lady, gewiß nicht«, antwortete er ernst. »Doch die Kleine hat Sie bitterlich vermißt, obwohl Ihre Hoheit mit ihr geübt und sie auf Trab gehalten hat«, erklärte Butterick und klang wieder wie er selbst, nun, da er bei seinem Lieblingsthema war. »Natürlich war mir klar, daß ich darauf hätte bestehen müssen, daß Ihre Hoheit einen Burschen mitnimmt bei Ihrem letzten Ausritt, doch – ich bitte um Vergebung, Hoheit«, sagte er entschuldigend, als er zu dem schweigsamen Herzog schaute, »Sie wissen ja, wie dickköpfig Ihre Hoheit manchmal sein kann. Gestürzt ist sie und wurde noch dazu vom Regen überrascht. Naß bis auf die Haut und durchgefroren bis auf die Knochen war Ihre Hoheit, als sie mit Skylark zurück nach Hause gehumpelt kam. Oh, wir haben sie natürlich wieder aufgepäppelt, haben ihr nur einen Winkel um die Fessel legen müssen. Skylark meine ich«, versicherte er Rhea. »Aye, wenn ich doch nur für Ihre Hoheit genausoviel tun könnte.«

»Ihr Zustand hat sich doch hoffentlich nicht verschlechtert, während ich fort war, oder?« fragte der Herzog in scharfem Ton und ging auf den Eingang zu, noch ehe Butterick antworten konnte.

»So wie vorher, Hoheit. Unverändert.«

»Weiß sie, daß wir zurück sind?« wollte der Herzog wissen und schaute zum Südflügel des Hauses.

»Nein, Hoheit. So wie Sie es angeordnet haben, als Sie den Boten losschickten. Niemand aus der Familie hat etwas davon erfahren, daß Lady Rhea Claire heimkommt, außer von Ihnen selbst.«

»Gut. Komm mit, Rhea«, sagte der Herzog nun, als er zu der Reihe dunkler Fenster im Südflügel blickte. »Ich denke, es gibt jemanden, der dich sehr gern sehen möchte, mein Liebes.«

Butterick blieb noch einen Moment stehen, wo er war, und sah dem Herzog und Lady Rhea Claire nach, wie sie die Stufen hinaufgingen. Er war so glücklich, daß die junge Lady wieder zu Hause bei ihrer Familie war. Doch er machte sich Gedanken, weil der Herzog nicht so glücklich ausgesehen hatte, wie man hätte annehmen können. Wahrscheinlich macht er sich Sorgen um Ihre Hoheit, dachte Butterick und gab den Stalljungen weitere Order, denn sie schienen zu glauben, herumstehen und den Sonnenaufgang genießen zu können.

Die freudige Nachricht von Rheas Ankunft verbreitete sich wie ein Lauffeuer inerhalb der Mauern Camareighs, besonders in den Quartieren des Personals, wo die Haushälterin und Diener die schläfrigen Mägde und Lakaien aufweckten. Bald würde das ganze Haus außer sich sein vor Freude.

Lucien Dominick und Lady Rhea Claire stiegen die Stufen der großen Treppe hinauf, frisch angezündete Kerzen leuchteten ihnen zu beiden Seiten den Weg über die menschenleeren Korridore zum Südflügel.

Sie schritten durch die große Galerie, wo die Ahnenporträts der Dominicks in stummer Neugier auf die Ankömmlinge hinabstarrten. Rhea konnte nicht anders und warf dem Bild ihres Freibeuter-Ahnen einen kurzen Blick zu. Sie hätte schwören können, daß er lächelte im Halbdunkel. Doch als sie und ihr Vater am nächsten Gemälde vorbeigingen, schaute sie wieder stur geradeaus. Zu einer anderen Gelegenheit, an einem der nächsten Tage vielleicht, würde sie sich das Bild genauer betrachten, doch nicht heute, nicht jetzt.

Als sie vor der Doppeltür zum Schlafgemach der Herzogin standen, zögerte Lucien Dominick, dann öffnete er die Tür und geleitete Rhea in den verdunkelten Raum.

»Warte hier auf mich, mein Liebes«, flüsterte er. »Ich finde, ich sollte sie erst darauf vorbereiten. Sie ist sehr krank gewesen, und ich möchte sie nicht zu sehr erschrecken. Wenn sie erst weiß, daß du wohlbehalten zurück bist, dann wird sie keine Ärzte und keine Pillen mehr brauchen. Sie war so verzweifelt, daß sie viel von ihrem Lebensmut verloren hat.«

»Ich warte«, sagte Rhea sanft. »Aber wenn sie schläft, dann weck sie bitte nicht auf. Ich gehe ja nicht weg.«

»Lucien? Bist du das?« rief eine Stimme aus dem Dunkel in der Nähe der hohen Fenster.

Lucien und Rhea fuhren erschrocken herum, und als sie in den

Raum schauten, sahen sie, daß die langen Samtvorhänge geöffnet waren. Zusammengekauert auf dem niedrigen Fensterbrett saß eine Gestalt in einer Robe.

»Rina? Warum bist du nicht im Bett? Du solltest nicht hier sitzen, wenn nicht mal ein Feuer im Kamin brennt. Und ich könnte wetten, daß du wieder nicht deine Hausschuhe trägst. Du darfst dich nicht erkälten, mein Liebling«, sagte Lucien. Es war offensichtlich, wie besorgt er war, als er zu ihr eilte.

»Du hörst dich schon an wie Rawley, die ständig irgendwas zu meckern hat«, antwortete die Herzogin mit rauher Stimme, und es klang, als würde sie an einem Bronchienkatarrh leiden. »Ich sitze hier und schaue mir den Sonnenaufgang an. Ich glaube, der Himmel wird sich aufklaren. Hattest du eine angenehme Reise nach Bath? Ich finde, Butterick hätte dich begleiten sollen. Er hat das beste Auge für gute Pferde. Ich bin froh, daß du zurück bist. Du hast mir gefehlt«, sagte die Herzogin und streckte die Hand nach dem Herzog aus.

»Fühlst du dich besser?« fragte er, als er ihre kalte Hand in seine schloß und ihr, indem er näher kam, die Sicht auf die Tür nahm.

»Ja, das tue ich. Wie du hören kannst, habe ich wenigstens meine Stimme wieder«, sagte sie mit einem leichten Lachen, das jedoch schnell zu einem Husten wurde. »Wer ist denn da bei dir? Ich meinte, dich flüstern zu hören. Wenn du das bist, Rawley, dann sollst du wissen, daß du heute Mrs. Taylors Spezialmedizin selber nehmen kannst«, warnte die Herzogin, doch als keine dreiste Bemerkung von Rawley erfolgte, zog sie die Stirn in Falten, kniff die Augen zusammen und schaute in die Dunkelheit. »Rawley?«

Lucien Dominick trat beiseite; nun breitete sich ein blasser Streifen Licht im Raum aus und strahlte die vermummte Gestalt an, die langsam näher kam.

»Mama?«

Die Herzogin von Camareigh schien zu Stein erstarrt.

»Rhea.« Sie formte den Namen ihrer Tochter, doch kein Laut kam von ihren Lippen.

Dann kniete Rhea Claire sich vor sie hin, das Gesicht an die Brust ihrer Mutter gepreßt, und spürte, wie die tröstenden Arme sich um sie legten und sie festhielten. Sabrina Dominicks Hände zitterten und strichen über die goldenen Locken. Dann umfaßte sie das Kinn ihrer Tochter und hob ihr Gesicht an, damit sie in die violetten Augen schauen konnte, die Spiegelbilder der ihren waren.

»Mein geliebtes Kind, meine süße Rhea Claire«, flüsterte sie, und ihre Stimme brach unter Tränen, als sie ungläubig in Rheas Gesicht schaute.

Lucien Dominick stand im Hintergrund und ließ die beiden einen Moment lang ganz für sich. Das Bild verschwamm vor seinen Augen, als er auf die beiden Köpfe so eng beieinander schaute, der eine so dunkel, der andere so blond, beide so lieb und vertraut. Er spürte keinerlei Müdigkeit, obwohl er doch hätte erschöpft sein müssen, aber er empfand eine Hochstimmung, wie er sie nicht mehr gekannt hatte, seit dieser Alptraum vor nunmehr fast einem Jahr begonnen hatte. Und als das Morgenlicht durch die Fenster fiel, hatte er das Gefühl, als wäre alle Dunkelheit und Finsternis für immer ausgelöscht, die so sehr ein Teil des Lebens auf Camareigh gewesen waren, seit Rhea Claire entführt worden war.

Sabrina Dominick schaute über ihre Tochter hinweg zu ihrem Mann, und ihre Blicke trafen sich. Worte waren nicht nötig. Rhea Claire war zurückgekehrt, und für den Augenblick war das alles, was zählte. Für die unzähligen Fragen und Antworten würde später Zeit sein.

Doch diese Gelassenheit währte nicht lange, denn ein gebieterisches Klopfen an der Tür ertönte. Der Herzog befahl, einzutreten, und eine robust aussehende Frau mit einem sauertöpfischen Gesicht kam ins Zimmer. Als sie die Silhouetten der beiden Frauen vor dem Fenster bemerkte, blieb sie wie angewurzelt stehen.

»Nun, ich mußte es einfach mit eigenen Augen sehen. Lady Rhea Claire. Ich habe immer gesagt, daß wir Sie eines nicht zu fernen Tages wieder hier haben würden«, verkündete die Frau, anscheinend nicht übermäßig überrascht, Rhea neben ihrer Mutter sitzen zu sehen. »Schätze, ich werde Mrs. Taylors Spezialmedizin bringen müssen«, erklärte sie, und zum ersten Mal, solange Rhea sie kannte – und das war fast ihr ganzes junges Leben lang – lächelte das grauhaarige Hausmädchen. Und wie sie so dastand, sah sie beinahe hübsch aus.

»Ihr Gesicht zu sehen, M'lady, wird Ihrer Hoheit wieder Farbe auf die Wangen bringen. Und ich muß sagen, M'lady«, fügte sie in wachsender Verwirrung hinzu, ihre Augen musterten Rhea Claires Figur, denn der Umhang war Rhea von den Schultern geglitten und gab das Dekolleté ihres Kleides frei, »daß Sie so gut aussehen, wie ich es noch nicht erlebt habe. Und ich komm' hierher und dachte, ich müsse Sie ins Bett stecken und Ihnen Medizin verabreichen, womöglich eine Extradosis von Mrs....«

»Taylors Spezialmedizin«, beendete Rhea den Satz für sie. »Hallo Rawley«, begrüßte sie das Hausmädchen.

»M'lady«, sagte Rawley, und ihr Lächeln wurde breiter. »Nun, das ganze Haus ist in heller Aufregung vor Freude, Hoheit«, sagte sie zum Herzog, als hätte er persönlich den Aufruhr verursacht. »Wenn man sieht, wie sich die Mägde aufführen, könnte man glatt annehmen, es sei Michaelistag. Die arme Mrs. Peachham wird wohl nicht viel Hilfe haben beim Kochen. Das erinnert mich daran, was ich fragen wollte, Hoheit. Wünschen Sie zuerst Frühstück oder möchten Sie ein kleines Nickerchen machen? Sie sind doch sicher erschöpft von der Reise. Schließlich haben Sie einen weiten Weg gehabt«, fügte Rawley hinzu.

»Ich kann jetzt nicht schlafen, Vater«, sagte Rhea, ihre Hand noch immer in der ihrer Mutter. »Ich würde gern die anderen sehen.«

»Und ich habe Hunger, zum erstenmal seit vielen, vielen Monaten«, gab die Herzogin zu.

Rhea Claire sah zu ihrer Mutter auf und bemerkte erst jetzt, wie dünn sie geworden war. Ihr dunkles Haar hing bis zu den Hüften, und sie wirkte sehr verletzlich. Rhea erkannte, daß das vergangene Jahr der Sorge an der Gesundheit ihrer Eltern gezehrt hatte.

»Ach, das tut meinem alten Herzen richtig gut, Sie so etwas sagen zu hören, Hoheit«, seufzte Rawley, und Rhea konnte sehen, wie sie sich die Hände rieb.

»Sag Mrs. Peachham und Mason, daß wir hier frühstücken werden. Ich werde Francis und Robin Bescheid sagen. Rawley, ich möchte, daß du dafür sorgst, daß wir nicht gestört werden, wenigstens für die nächste halbe Stunde.«

»Sehr wohl, Hoheit«, sagte Rawley und schwor sich, daß niemand durch diese Tür gelangen würde. »Glaube nicht, daß Mason jemals wieder ganz der alte sein wird, Hoheit, wenn Sie mir diese Bemerkung erlauben. Hoheit das Haus betreten zu sehen, ohne daß er zur Stelle war, um Hoheit zu begrüßen, wie es seine Pflicht ist. Dem guten Kerl hat es das Herz gebrochen. Er glaubt, er hätte die Familientradition vernachlässigt. Er ist ein wenig schwerhörig geworden, wenn Hoheit mich fragen«, murmelte Rawley, als sie das Zimmer verließ.

»Setz dich zu mir, Rhea, und laß dich anschauen«, sagte die Herzogin. Sie hatte das Gefühl, daß sie es nie müde werden würde, ihrer Tochter ins Gesicht zu sehen, und sie fragte sich, wie oft sie während des vergangenen Jahres von diesem Augenblick geträumt hatte. »Rawley hat recht, mein Liebling. Ich habe dich noch nie so wunderschön gesehen. Du etwa, Lucien? Nach allem, was ich von Alys gehört habe, nahm ich an, du wärst nicht mehr als Haut und Knochen«, sagte die Herzogin mit einem traurigen Lächeln, denn es schmerzte sie, wenn sie nur daran dachte, was ihrer Tochter auf dem Schiff widerfahren sein könnte.

»Vater hat mir erzählt, daß ihr Alys auf Camareigh wohnen laßt. Danke dafür, Mutter«, sagte Rhea und erinnerte sich daran, wie sie und Alys sich angefreundet hatten, während sie ihr Leid auf dieser Reise in die Kolonien geteilt hatten.

»Das war doch das mindeste, was ich für das arme Kind tun konnte. Wäre sie nicht gewesen, dann hätten wir nicht gewußt, daß du noch am Leben bist, oder von dieser schrecklichen Reise zu den Kolonien gehört. Selbst das Schlechte zu hören, war eine Erleichterung, denn wenigstens warst du am Leben. Sie hat mir erzählt, daß ihr euch angefreundet habt und du ihr so oft und so viele Geschichten über Camareigh und deine Familie erzählt hast. Sie war so verängstigt, als man sie hierherbrachte. Aber nun scheint sie Camareigh und die Familie so sehr zu lieben, daß ich es nicht übers Herz brachte, sie zurück nach London zu schicken. Sie hat ja selbst keine Familie, und wir haben doch so viel Platz hier«, sagte die Herzogin. Doch damit wollte sie nur ihr gutes Herz und ihr Mitleid herunterspielen.

»Ich weiß noch, wie sehr ich mich über sie wunderte, weil sie mir so viele Fragen über Camareigh stellte, doch dann merkte ich, daß mich diese Erinnerungen und Geschichten am Leben erhielten. Sie trösteten mich, wenn ich fror und Hunger litt, wenn ich Angst hatte, meine Familie nie mehr wiederzusehen«, gestand Rhea, noch immer verfolgt von Erinnerungen.

»Alys hat sich wirklich gut eingelebt. In der Tat, sie scheint eine Begabung für Heilkunde zu haben, und Rawley hat sie unter ihre Fittiche genommen. Alys weiß, daß sie hier ein Zuhause hat.«

»Ich habe ihr versprochen, ihr die nötigen Papiere und Dokumente zu kaufen, die ihre Abstammung bekunden, wenn es mir gelingen sollte, nach Camareigh zurückzukehren«, sagte Rhea, dankbar, daß ihre Eltern so hilfsbereit gewesen waren, das Waisenkind in ihrem Haus aufzunehmen.

»Nun«, meinte die Herzogin, und ihre Augen musterten jedes

Detail von Rheas Erscheinung, »mußt du mir aber alles erzählen. Ich möchte wissen, wie…« wollte sie gerade fragen, als ihr ein plötzlicher Gedanke durch den Kopf schoß. Sabrina Dominicks violette Augen starrten ihren Mann vorwurfsvoll an, der so lässig gegen die Lehne des Sofas gelehnt stand. »Lucien? Wie hast du von Rheas Rückkehr erfahren? Du bist gar nicht nach Bath gefahren, nicht wahr? Du hast mich angelogen.«

Lucien Dominick seufzte. Er hatte gewußt, daß diese Frage früher oder später kommen mußte. »Nein, mein Schatz, ich bin nicht nach Bath gefahren. Ich bin in London gewesen. Bevor du mir weitere Vorwürfe machst«, schnitt er den Protest seiner Frau ab. »Ich wußte nicht, ob Rhea zurück ist, als ich die Nachricht erhielt, daß ein Schiff die Docks Londons erreicht hatte, das jenes zu sein schien, auf dem Rhea vermutet wurde. Du wirst dich erinnern, daß ich Männer dort hatte, die mich unterrichten sollten, wenn es ein Zeichen von diesem Schiff gäbe. Weil du krank warst und ich nicht wußte, ob Rhea tatsächlich an Bord war, wollte ich dir keine falschen Hoffnungen machen, die später vielleicht nur um so grausamer enttäuscht worden wären«, erklärte Lucien in einem fast glaubwürdigen Ton, obwohl er eine Widerrede erwartete. Sabrina mochte es überhaupt nicht, wenn sie verhätschelt wurde.

Doch sie überraschte Lucien, indem sie lächelte und sagte: »Ich kann dir nicht böse sein. Du hast stets mein Bestes im Sinn. Und außerdem hätte ich dich nur aufgehalten. Du hast mir versprochen, Rhea nach Hause zu bringen, und du hast dein Wort gehalten. Ich danke dir, mein Schatz. Du hättest mir kein größeres Geschenk machen können.«

Lucien Dominick war tief bewegt, doch gleichzeitig ein wenig bedrückt bei dem Gedanken, daß Sabrina Rheas ganze Geschichte erst noch erfahren mußte.

»Nun erzähl mir, wie es kam, daß du auf demselben Schiff nach England zurückgekehrt bist, auf dem du Charles Town verlassen hast. Und warum hat es so lange gedauert? Wir hatten Nachricht von unserem Mann in Charles Town, daß es unglaubliche Gerüchte gab, die von einer Frau in die Welt gesetzt wurden. Demnach sollst du freiwillig an Bord des Schiffes gegangen sein. Eine Lüge, selbstverständlich. Und was war mit dem Captain? Wie war doch noch sein Name, Lucien?« Die Fragen der Herzogin kamen schnell auf den Punkt.

»Dante Leighton, Mama«, antwortete Rhea.

»Ja genau, das ist sein Name. Ein Pirat, nicht wahr? Ich hoffe, er ist bereits in Newgate hinter Schloß und Riegel.«

»Er hatte nichts mit meiner Entführung aus Camareigh zu tun«, sagte Rhea schnell und fing an sich Sorgen zu machen, daß ihre Mutter Dante lieber hängen lassen würde, als ihn zu empfangen.

»Das weiß ich. Ich vermute, dein Vater hat dir alles darüber erzählt«, fragte sie zögernd und sah zu Lucien, um sich zu versichern.

Rhea nickte, doch sie fand es noch immer unglaublich, daß ihre Entführung ein Teil eines abscheulichen Planes der Rache gewesen war, hinter dem die Cousine ihres Vaters, Lady Katherine Anders, steckte, die zusammen mit ihrem Zwillingsbruder Percy vor fast zwanzig Jahren aus England hatte fliehen müssen. Sie war zurückgekehrt, um eine schreckliche Bestrafung an ihrem meistgehaßten Feind auszuführen – Lucien Dominick. Denn ihm hatte sie alle Schuld gegeben für all das Unglück, das ihr widerfahren war, darunter auch Percys vorzeitiger Tod in Venedig.

Letztendlich war sie mit ihrem Plan gescheitert, doch nicht ohne zuvor jene Tragödie über Camareigh gebracht und einen alten Mann ermordet zu haben, dessen einziges Verbrechen es gewesen war, sich an Lady Kate zu erinnern, die einige Zeit mit Percy auf Camareigh gelebt hatte.

»Es muß schrecklich für euch gewesen sein, als sie diese Gedichte schickte, in denen sie euch mit meinem Verbleib quälte.

Und als sie euch dann eine Locke meines Haars schickte und einen Ring von mir, um zu beweisen, daß sie mich wirklich in der Gewalt hat. Und dann die Nacht, als sie versucht hat, dich zu töten, Vater«, sagte Rhea, denn ihr Vater hatte ihr von dieser schrecklichen Nacht erzählt, in der Kate auf Camareigh aufgetaucht war.

»Das ist vorbei«, sagte die Herzogin mit fester Stimme, »und Kate wird uns nie wieder etwas antun können. Und nun, da du wohlbehalten zu uns zurückgekehrt bist, ist ihr Versuch, unsere Familie zu zerstören, fehlgeschlagen. Laßt es uns am besten vergessen, denn es gehört jetzt der Vergangenheit an. Da dein Vater dir alles über die Hintergründe deiner Entführung erzählt hat, gibt es keinen Grund, jemals wieder darüber zu sprechen.« Es war alles zu schmerzlich, und in zu vielen endlos langen Stunden hatte sie an Kate denken müssen und daran, daß es dieser Verrückten um ein Haar gelungen wäre, alles zu zerstören.

»Du hast meine Fragen noch nicht beantwortet, vor allem über diesen Dante Leighton«, fuhr die Herzogin fort und schaute abwechselnd zu ihrem Mann und ihrer Tochter. Beide schwiegen. Weder der Herzog noch Rhea wußten, wie sie es sagen sollten. »Und was ich auch nicht verstehe, ist, warum sich die Behörden in dieser Angelegenheit nicht an uns gewandt haben. Sicher wird sich der Kerl dafür verantworten müssen. Immerhin ist er angeklagt, Rhea aus Charles Town entführt zu haben.«

»Ich fürchte, mein Schatz, daß alles nicht so einfach ist, wie wir angenommen haben. Da sind einige andere… Umstände, die wir nun in unsere Erwägungen einbeziehen müssen.« Der Herzog fühlte sich unbehaglich, weil er den Eindruck erwecken mußte, daß er diesen Dante Leighton verteidigen wollte.

»Was meinst du damit, Lucien? Was genau muß ich noch wissen über diesen Dante Leighton?« fragte die Herzogin unverblümt.

»Sämtliche Anklagen gegen ihn sind fallengelassen worden.«

»Was?«

»Ja, ich selbst war ebenso überrascht, als ich es hörte«, antwortete der Herzog, unfähig, eine gewisse Bitterkeit zu verdecken.

»Mutter«, sagte Rhea und schaute nur kurz zu ihrem Vater, »es lag auch zum Teil an meiner Zeugenaussage, daß Dante ein freier Mann ist. Ich war sehr krank, als ich in Charles Town an Bord der *Sea Dragon* ging, und obwohl ich das Schiff dort sehr gern wieder verlassen hätte, hatte ich keine andere Wahl, als mit ihnen zu segeln.«

»Dann verstehe ich nicht, warum dieser Kerl frei herumläuft, wenn er dich gezwungen hat, mit ihm zu segeln.«

»Als wir Antigua erreichten, blieb ich aus freien Stücken an Bord«, erklärte Rhea und errötete leicht, als sie leise hinzufügte: »Ich liebe Dante Leighton, Mutter.«

Es war nur allzu offensichtlich, daß die Herzogin dies am wenigsten erwartet hatte. Doch obgleich sie erschrak, war sie nicht sonderlich besorgt, bis sie zu Lucien aufsah, der sich zu sehr für die Falten in seinem Mantel zu interessieren schien. »Was genau willst du mir damit sagen?« fragte sie langsam, denn sie ahnte, daß noch mehr kommen würde und daß ihr nicht gefallen könnte, was sie hören sollte.

»Mutter, bitte versuch zu verstehen. Ich liebe Dante, und auch du wirst ihn ins Herz schließen, wenn du ihn kennenlernst.«

»Er ist hier?« fragte die Herzogin verblüfft und schaute zur Tür, als würde er in einer Ecke ihres Schlafgemachs lauern.

»Nein, er ist in London geblieben, um seine Angelegenheiten zu regeln. Die Crew der *Sea Dragon* wird aufgelöst, und sie müssen den Schatz aufteilen«, erklärte Rhea, als wäre alles ganz einfach. »Dann wird Dante hierherkommen.«

Die Herzogin von Camareigh schloß für einen Moment die Augen. »Da gibt es einiges, was ich nicht verstehe«, sagte sie schließlich, schlug die Augen auf und sah zu ihrem Mann. »Da ist noch mehr, nicht wahr? Denn ich kann mir nicht vorstellen, Lucien, daß du diesen Mann akzeptierst, ohne daß es einen triftigen Grund dafür gibt. Sag mir, was es ist.«

»Glaub mir, Rina, ich habe mich nicht mit ihm abgefunden oder ihn akzeptiert«, entgegnete der Herzog emphatisch. »Ich habe mich lediglich vorübergehend den Wünschen unserer Tochter gebeugt.«

»Mama, Dante ist mein Ehemann«, sagte ihr Rhea mit schlichter Offenheit.

Die Herzogin war einen Moment lang sprachlos. »Lucien?«

»Ich fürchte, es ist die Wahrheit, mein Schatz«, antwortete er abrupt, nicht in der Lage zu verbergen, wie sehr es ihm mißfiel.

»A-aber es kann nicht dem Gesetz nach sein.«

»Sie sind auf den Westindischen Inseln getraut worden. In einer Kirche. Wie es scheint, ist es legal und gültig vor dem Gesetz. Dein Schwiegersohn, Dante Leighton, hat darauf geachtet«, fügte er mit einer neu erwachten Entrüstung hinzu.

»Du nimmst es hin. Warum?« wollte die Herzogin wissen, weil sie nicht glauben wollte, daß ihre Tochter tatsächlich verheiratet sein könnte oder daß Lucien eine solche Mesalliance dulden würde. Rhea Claire verheiratet mit einem ungehobelten, schlecht erzogenen Kapitän? Und obwohl Rhea gesagt hatte, daß sie den Mann liebte, konnte sie nicht glauben, daß sie es ernst meinte. »Rhea, warum? Ich verstehe es einfach nicht.«

»Mama, es tut mir leid. Ich möchte dich nicht erzürnen, doch du mußt versuchen, mich zu verstehen. Wenn du Dante erst kennengelernt hast, das weiß ich, dann wirst du sehen, warum ich ihn liebe. Vater denkt, daß er mich verführt hat, aber das hat er nicht getan. Das ist die Wahrheit. Ich habe ihn fast vom ersten Moment an geliebt. Er hat mir nie etwas zuleide getan. Im Gegenteil, hätte er nicht darauf bestanden, daß ich an Bord der *Sea Dragon* blieb, dann wäre ich höchstwahrscheinlich nicht mehr am Leben. Der Steward des Schiffes hat mich gesund gepflegt.«

»Die Tatsache, daß du mit diesem Schurken vermählt bist, ist Leid genug, mein Kind. Der Kerl muß ein Mitgiftjäger sein. Nun, er täuscht sich, wenn er glaubt, daß er auch nur zwei Pence von uns kriegt«, schwor die Herzogin.

»Er hat mir anfangs gar nicht geglaubt, daß ich die Tochter des Herzogs und der Herzogin von Camareigh bin, Mama. Und er ist kein Mitgiftjäger. Dante ist sehr wohlhabend. Er braucht kein Geld von unserer Familie. Er würde es auch gar nicht annehmen«, erwiderte Rhea stolz.

»Mir scheint es offensichtlich, daß dieser Mann unsere Tochter auf hinterhältige Weise ausgenutzt hat. Hast du ihn kennengelernt, Lucien? Und wenn ja, ist er noch am Leben?« fragte sie und wollte es kaum glauben, als ihr Mann nickte.

»Ja, ich habe ihn kennengelernt, zusammen mit dem größten Teil der Mannschaft der *Sea Dragon*. Und wenn du dir Sorgen machst, daß anständige Leute die Nase über Dante Leighton rümpfen, dann vergiß es, denn er ist der Marquis von Jacqobi. Kein Zweifel, daß es das war, was die Behörden beeindruckte und beeinflußte. Seltsamerweise kenne ich sogar seinen Großvater.«

»Tatsächlich? Nun, ich kenne deine Großmutter, aber das bedeutet nicht, daß ich deine Cousine Kate deswegen mögen würde oder daß sie auch nur ein bißchen mehr Charakter besäße aufgrund dieser Verwandtschaft«, rief ihm die Herzogin ins Gedächtnis. Ihre Wangen glühten vor Zorn.

»Oh, das hätte ich beinahe vergessen«, erinnerte sich der Herzog. »Da war noch ein Schotte an Bord der *Sea Dragon*, der mir einen persönlichen Gruß für dich auftrug.«

Die Herzogin schaute verwirrt. »Einen Gruß für mich?«

»Ja, es scheint, als habe dieser Schotte an der Seite deines Großvaters in der Schlacht bei Culloden gekämpft. Er behauptet, sich sehr gut an dich und Tante Mary zu erinnern. Er bat darum, dich zu grüßen«, sagte der Herzog und konnte es nicht lassen, sie mit diesem sonderbaren Zufall zu necken. »Er hat mir voller Stolz erzählt, daß es ihm eine Ehre gewesen sei, eine von den MacDanavels beschützen zu können.«

Die Herzogin wußte für einen Moment nicht, was sie sagen sollte, und das gab dem Herzog die Gelegenheit hinzuzufügen: »In der Tat, ich habe einige interessante Männer von der *Sea Dragon* kennengelernt. Und es schien so, als hätte unsere Tochter großen Eindruck auf sie gemacht.«

»Nun, offensichtlich hat sie besonders auf diesen Dante Leighton Eindruck gemacht. Soll ich wirklich glauben, daß dieser Mann eines schönen Tages hier auf Camareigh eintreffen wird? Und wird von mir erwartet, daß ich ihn mit offenen Armen empfange?« fragte sie und schaute abwechselnd zu den zwei seltsam schweigsamen Gestalten. »Ich kann noch immer nicht glauben, daß du das alles so geschehen läßt, Lucien. Da ist noch etwas, was ich nicht weiß, hab' ich recht?«

»Mein Schatz, ich habe Rheas Heirat nicht akzeptiert, doch im Moment gibt es nichts, was ich tun könnte. Rhea behauptet, daß sie diesen Mann liebt, und er hat es mir sehr klar und deutlich gemacht, daß sie mich hassen würde, wenn ich ihm ein Haar krümme – nicht daß er annimmt, ich könnte es wirklich tun«, fügte Lucien hinzu, noch immer gekränkt über die Dreistigkeit des Kerls. »Er hat mir sehr freundlich erklärt, daß er nur aus einem einzigen Grund mein Leben verschont – weil ich Rheas Vater bin. Nur deshab weigerte er sich, sich mit mir zu duellieren. Er hat wirklich eine sehr hohe Meinung von sich, und das ist sicher einer der besseren Züge an ihm.«

Sabrina Dominick schloß die Augen. »Mein Gott, diese Arroganz. Ich bin wirklich überrascht von deiner Beherrschung, Lucien. Ich an deiner Stelle hätte mich nicht so unter Kontrolle halten können, wenn er mir gegenübergestanden hätte.«

»Ich beinahe auch nicht. Ich war zutiefst entschlossen, Rhea am

Ende dieses Tages als Witwe zu sehen«, gestand Lucien Dominick ein. »Und ich habe ihn nur aus Rücksicht auf ihre Gefühle nicht getötet. Sie hat bereits zuviel erleiden müssen.«

Als sie die beiden anschaute, wußte die Herzogin, daß sie recht gehabt hatte – da war noch etwas. Sie wartete auf die letzte Eröffnung.

»Mama«, sagte Rhea leise, »ich erwarte ein Kind von ihm.«

Die Herzogin von Camareigh starrte ihre Tochter hilflos an und erblaßte. Tränen stiegen ihr in die Augen.

»Mama, was ist mit dir?« fragte Rhea, besorgt, daß all die Aufregung zuviel gewesen sein könnte. »Fehlt dir etwas?«

Sabrina Dominick schüttelte den Kopf. Sie sah in die Augen ihrer Tochter und streckte die Arme nach ihr aus. »Oh, mein geliebtes Kind, meine Allerliebste, ich bin so dankbar, dich wieder zu Hause zu haben, und doch fühle ich mich, als sei ich gesegnet und verflucht zugleich. Du mußt mir Zeit geben, all das, was dir geschehen ist, zu verstehen«, bat sie.

»Ich weiß, Mama«, sagte Rhea und vergrub das Gesicht im offenen Haar der Herzogin. »Ich hatte Angst, heim nach Camareigh zu kommen. Ich dachte, ihr würdet mich zu sehr verändert finden und daß es euch schwerfallen würde, meine Ehe anzuerkennen. Daß ihr mich nicht mehr so liebhaben würdet und daß ...«

»O mein Liebling, du mußt niemals Angst haben, daß wir uns von dir abwenden. Wir werden dich immer lieben, ganz gleich, was geschehen ist. Wir werden immer für dich da sein«, versicherte die Herzogin und mußte daran denken, wie oft sie Rhea im Arm gehalten und getröstet hatte, als sie noch ein Kind war.

Lucien und Sabrina tauschten über Rheas Kopf hinweg Blicke aus. Da gab es viel, für sie beide, was sie überwinden mußten, wenn sie wieder als Familie leben wollten. Und wenn das bedeutete, Dante Leighton als Schwiegersohn zu dulden, dann mußte es eben sein.

Je mehr der Gäste, desto fröhlicher die Runde.

John Heywood

Kapitel sieben

Zum erstenmal seit jenem tragischen Tag vor einem Jahr schallte lautes fröhliches Gelächter aus dem Privatsalon im Südflügel von Camareigh. Im Kamin prasselte ein Feuer und verbreitete wohlige Wärme und sanftes Licht. Es wurde früh dunkel, jetzt im Herbst, und die Dunkelheit brachte einen kalten Wind aus dem West Country mit sich.

Regen trommelte gegen die hohen Fenster, die das Bild der entfernten, von der Abenddämmerung in purpurnes Licht getauchten Hügel einrahmten. Bald würden die schweren samtenen Vorhänge zugezogen und unzählige Kerzen angezündet werden.

Das flackernde Licht des Kaminfeuers spiegelte sich im Silber des Teeservices wider, das vor zwei Frauen aufgestellt war, die zusammen auf dem mit roséfarbener Seide bezogenen Sofa beim Kamin saßen.

Rhea Claire schenkte dampfend heißen Tee ein, schaute auf und reichte die Tasse ihrer Mutter. Die Herzogin lächelte.

»Das ist ganz gewiß eine willkommene Abwechslung von Mrs.

Taylors Spezialmedizin«, sagte sie, »obwohl, wenn ich jetzt so darüber nachdenke, vermute ich ja, daß Rawloy meine tägliche Ration mehr als einmal mit ein oder zwei Tropfen Rum verfeinert hat. Ich habe den Tag, als sie uns zum Verrick House begleitete und die Bekanntschaft von Mrs. Taylor machte, wahrlich schon bereut.«

»Und du fühlst dich wirklich besser, Mama?« Rhea musterte sorgfältig das blasse Gesicht ihrer Mutter. Da war kein Anzeichen von Fieber, und sie hatte schon seit mehr als einer Stunde nicht gehustet.

»Ich habe mich seit fast einem Jahr nicht mehr so wohl gefühlt«, versicherte die Herzogin, nippte an ihrem Tee und schaute sich im Zimmer nach der Familie um. Sie wußte, daß es keine größere Zufriedenheit für sie geben könnte.

Rhea folgte dem Blick ihrer Mutter und schaute einen Moment lang auf zwei goldblonde Schöpfe. Ihre jüngsten Geschwister, Bruder und Schwester, spielten auf dem Teppich hinter dem Teetisch. Andrew schien von beiden ein Stück mehr gewachsen zu sein, seit Rhea ihn das letzte Mal gesehen hatte, und seine Schritte waren nun nicht mehr so wackelig und unbeholfen, als er auf sie zukam. Sein kindliches Geplapper ließ Rhea ahnen, worauf er aus war – auf das Tablett mit den Biskuittörtchen, dem Gebäck und den Keksen.

Arden, die um den Mund noch die Spuren des Schokoladenkuchens trug, den sie eben noch in ihren klebrigen Fingern gehalten hatte, konnte nicht zulassen, daß ihr Bruder etwas bekam und sie nicht. Kreischend kam sie auf wackeligen Beinen angestolpert, ihrem Zwillingsbruder hinterher. Doch dann verlor sie das Gleichgewicht, fiel hin, riß ihren Bruder mit sich, und die beiden kugelten sich auf dem Teppich. Andrew schrie los, als er begriff, was geschehen war und daß das Tablett mit den Süßigkeiten nun außer Reichweite für ihn war.

Doch sein älterer Bruder Robin war da, um ihn zu beruhigen. Er nahm von dem Buttergebäck, brach es in zwei Teile und gab jedem der Zwillinge eines davon. »Jetzt sollten die beiden wieder besänftigt sein. Wenigstens für ein paar Minuten«, sagte er mit einem zufriedenen Grinsen.

»Ich fürchte, sie werden weiter jammern. Sie haben heute nachmittag nicht geschlafen. Doch es herrschte ja solche Aufregung, und ich wollte die beiden nicht ausschließen«, sagte die Herzogin und sah ihren Jüngsten zu. Sie griff zur Schnur, um zu läuten, doch dann zögerte sie. Sie würde dennoch bald O'Casey, das Kindermädchen der Zwillinge, rufen müssen.

»Robin scheint viel schweigsamer geworden zu sein«, sagte Rhea. Und sie dachte im stillen, daß er gut einen Kopf größer war als damals, und schlanker war er, nur sein dunkles Haar war noch immer so lockig und ungebändigt, und der Ausdruck in seinem Blick so verschmitzt wie früher. Sie fragte sich, welche Streiche er im Moment ausheckte.

»Seit deiner Entführung, Rhea, ist er nicht mehr er selbst gewesen«, sagte die Herzogin, als könne sie Rheas Gedanken lesen. »Er ist so still und bedrückt, beinahe mürrisch und finster. Ich denke, daß du ihm nähergestanden hast als irgend jemand sonst. Sein Herz war gebrochen, und ich habe schon alle Hoffnung aufgegeben, jemals wieder den alten Robin zu erleben.«

»Er scheint ruhiger, sogar besorgt, doch dann sehe ich wieder den vertrauten Blick in seinen Augen, was nichts anderes heißt, als daß er etwas im Schilde führt«, sagte Rhea. Sie war zu oft das Ziel seiner zahllosen Streiche gewesen, um arglos dazusitzen.

»Ich finde dennoch, daß sich Francis am meisten von allen verändert hat«, bemerkte sie über ihren anderen Bruder, der, als erstgeborener Sohn, Erbe Camareighs und des uralten Herzogtums war. »Nie zuvor ist mir aufgefallen, wie sehr er Vater ähnelt. Seine Augen sind anders, doch in seinem Äußeren, in seiner ganzen Art, wie er sich bewegt, liegt eine bemerkenswerte Ähnlichkeit.«

»Ja«, stimmte ihr die Herzogin zu und mußte daran denken, daß Francis zu einem gutaussehenden und würdevollen jungen Mann herangewachsen war. »Dein Vater und ich sind sehr stolz auf Francis und Robin. Und wenn dieser unselige Tag nicht gewesen wäre...« Die Herzogin zögerte. Sie wollte nicht den alten Schrekken aufleben lassen und den Anblick Luciens, wie er nach Camareigh zurückgebracht wurde, seine Kleider blutüberströmt.

»Denk nicht mehr daran, Mama«, drängte Rhea. »Hast du eine Nachricht an Onkel Richard und Sarah geschickt?«

Die Herzogin nickte, dankbar für den Wechsel des Gesprächsthemas. »Dein Vater hat sofort einen Boten losgeschickt. Butterick hat einen der besten Reiter der Ställe ausgesucht. Thomas mag noch ein Junge sein, aber er hat schon jahrelange Erfahrung als Reiter. Wenn jemand das Hochland innerhalb einer Woche erreichen kann, dann er.«

»Ich war so froh, als ich hörte, daß Onkel Richard und Sarah ein Töchterchen haben. Lady Dawn Ena Verrick. Welch ein wundervoller Name«, sagte Rhea und dachte an ihr eigenes Kind, ob es ein Mädchen oder ein Junge werden würde und welchen Namen sie und Dante wählen würden.

Sabrina Dominick war Rheas unsicherer, ja wehmütiger Blick nicht entgangen. Es fiel ihr noch immer schwer zu glauben, daß ihre Tochter bald ihr erstes Enkelkind gebären würde. Sabrina sah zu Lucien, der bei Francis saß und mit ihm redete. Es schien, als wäre es erst gestern gewesen, daß sie sich kennengelernt, dann geheiratet und ihr erstes Kind Rhea getauft hatten. Die Herzogin von Camareigh schüttelte ungläubig den Kopf. Die Jahre waren so schnell vergangen, doch Lucien schien sich nicht verändert zu haben. In ihren Augen sah er noch immer so gut aus wie damals, als sie ihn zum erstenmal gesehen hatte. Obwohl er auch jetzt eine hochmütige Arroganz besaß, die manche Leute mit Kälte verwechselten, war er bei weitem mitfühlender als früher. Ihr gemeinsames Leben auf Camareigh war gesegnet gewesen, trotz der Tragödie des vergangenen Jahres. Doch dies war nun vorbei und gehörte der Vergangenheit an. Die Familie Dominick hatte überlebt, und so würde es auch in den kommenden Generationen sein. Die Herzogin von Camareigh brauchte nicht die Begabung ihrer Schwester Mary, um zu wissen, daß es so kommen mußte.

Sie sah wieder zu ihrer Tochter. Sie wünschte ihr von Herzen, daß sie ebenso tiefes Glück finden möge, wie sie es in ihrer Ehe mit Lucien gefunden hatte. Sie konnte nur hoffen, daß Dante wenigstens zur Hälfte ein so guter Mann wie Lucien war.

»Wir haben auch einen Boten zu Mary und Terence geschickt«, sagte sie und fügte dann mit einem Achselzucken hinzu: »Obwohl es sicher nicht notwendig gewesen wäre, denn wenn mich nicht alles täuscht, ahnt Mary bereits, daß du nach Camareigh zurückgekehrt bist. Höchstwahrscheinlich ist sie schon seit Stunden hierher unterwegs und wird unseren Boten auf halbem Wege treffen. Ich habe vorsorglich im Nordflügel Zimmer für sie herrichten lassen. Die junge Betsie mag mich vielleicht für verrückt halten, weil ich ihr auftrug, in leeren Zimmern den Kamin anzuzünden, aber sie wird schon sehr bald lernen, daß man nicht unvorbereitet sein darf, wenn es Mary betrifft.«

Wie auf ein geheimes Zeichen waren plötzlich Stimmen und Schritte hinter den verschlossenen Türen zu hören, und als diese sich öffneten, betrat eine lärmende Gruppe den Salon, offensichtlich in der Annahme, bereits erwartet zu werden. Es waren Lady Mary und ihr Mann, General Sir Terence Fletcher und ihre sieben Kinder, Ewan, George, James, Anna, Stuart, Margaret und John.

»Rhea Claire! Rhea Claire!« Von Herzen kommende Rufe erfüllten den Raum, als die Familie, soeben eingetroffen aus Green Willows, ihrem Anwesen im südlichen Hochland von Wiltshire, die vertraute Gestalt Rheas erblickten, die neben ihrer Mutter auf dem Sofa beim Kamin saß.

»Ich versuche stets im richtigen Moment zu kommen«, verkündete Lady Mary Fletcher mit einem schüchternen, freundlichen Lächeln, als sie das Teeservice erblickte und versuchte, sich über ihren überraschenden Besuch lustig zu machen.

»Eigentlich brauche ich dich ja nicht zu fragen, wie du erfahren hast, daß Rhea zurückgekehrt ist«, sagte die Herzogin und lächelte ihre Schwester und ihre Familie an, doch sie war wie stets zu neugierig.

»Wir haben euren Boten auf halbem Weg von Green Willows getroffen, und er hat uns nach Camareigh begleitet«, erklärte Mary und umarmte Rhea. »O mein Liebling, es ist so wundervoll, dich wiederzusehen. Ich wußte immer, daß es so sein würde, aber es gab auch Tage, an denen ich spürte, daß du dem Tode nahe warst. Ich fühlte mich so hilflos, weil ich nichts tun konnte«, sagte Lady Mary entschuldigend. Obwohl sie ihr Leben lang den zweiten Blick hatte, war sie sich noch immer nicht sicher, ob es ein Segen oder ein Fluch war. »Es war eigenartig, aber ich sah ein Schiff in London anlegen, und dann sah ich eine Katze. Aber ich wußte nicht, was das zu bedeuten hatte«, sagte sie lachend. »Denn Sabrina war es doch, die Katzen liebt, und nicht ich. Doch da war diese Kreatur, und dann...« sie hielt absichtlich inne, um die Spannung zu erhöhen, »sah ich eine sehr vertraute Gestalt in blassem Gelb, und ich sah Camareigh, und ich wußte, daß du heimgekehrt bist.« Lady Mary machte es sich auf dem Sofa bequem und nahm dankbar die Einladung ihrer Schwester an, sich die kalten Hände und Füße am Feuer zu wärmen. »Der Weg von Green Willows hierher scheint mit jedem Mal länger und die Straßen schlechter und sogar das Wetter stürmischer. Vielleicht liegt es ja auch nur an meinen schmerzenden Knochen, daß es mir so vorkommt.«

»Eine Tasse Tee, Mary?« fragte die Herzogin, ganz wie es sich für sie als Gastgeberin gehörte. Rhea war umringt von ihren Cousinen und Cousins und würde sicher einige Zeit damit beschäftigt sein, all ihre Fragen zu beantworten.

»Jetzt kannst du Gedanken lesen«, antwortete Mary grinsend, atmete den duftenden Dampf ein und nippte vom heißen Tee, während sie ihre Nichte anschaute. »Rhea sieht außergewöhnlich gut aus, Rina. Ich kann noch immer kaum glauben, daß sie zurück ist, obwohl ich sie dort stehen sehe. Meine Gebete sind erhört worden. Und vielleicht kann ich von nun an wieder ruhig schlafen – ohne Bilder und Visionen, die mich verfolgen.«

»Ich weiß, daß du es nicht glauben willst, aber deine Visionen waren stets ein Trost für mich und eine große Hilfe«, sagte Rina zu ihrer Schwester und dachte an die vielen Male in den vergangenen Jahren, als eine Warnung von Mary nicht nur ihr das Leben gerettet hatte, sondern auch das Leben vieler Familienmitglieder der Dominicks und Fletchers.

»Sabrina«, begrüßte Sir Terence Fletcher die Herzogin, als er auf sie zukam, Lucien an seiner Seite. Er nahm ihre Hand und gab ihr einen Kuß auf die Wange. Dann sah er sie mit einem vorwurfsvollen Blick an, den er sonst nur für Truppenangehörige, die nicht gehorcht hatten, übrighatte. »Ich denke, ich hatte dir befohlen, auf dich achtzugeben? Du weißt, daß ich nicht gewohnt bin, daß meine Anordnungen nicht befolgt werden.«

»Und wie du sicher auch sehr wohl weißt, Terence, war ich nie sehr gut darin, Anweisungen zu befolgen.« Die Herzogin lächelte, froh, den Mann ihrer Schwester so wohlauf zu sehen. Groß und würdevoll, selbst mit ergrautem Haar, umgab ihn noch immer die Aura eines Offiziers von hohem Rang. Sabrina erinnerte sich daran, wie sich ihre Wege das erste Mal gekreuzt hatten. Es war auf dem Schlachtfeld von Culloden gewesen, und sie hatte mit eigenen Augen mit ansehen müssen, wie ihr schottischer Großvater im Kampf gegen die Engländer fiel. Kaum älter als elf war sie gewesen. Und Colonel Sir Terence Fletcher war der englische Offizier gewesen, den sie an jenem Tag hatten töten wollen. Die Schlacht von Culloden lag schon so lange zurück, doch die Erinnerung an die Bataillone des Königs in ihren scharlachroten Uniformen und an die blauen, gelben und grünen Standarten, die bis hoch in den Himmel über Schottland zu ragen schienen, war noch immer lebendig. Damals hatte sie wohl kaum ahnen können, daß dieser englische Offizier eines Tages ihre Schwester heiraten und ein geliebtes Mitglied ihrer Familie werden würde.

»In der Tat, und ich werde nie verstehen, warum sich Lucien das all die Jahre schon gefallen läßt.« Sir Terence lächelte, denn Sabrina schaffte es doch immer wieder, ihn zu entwaffnen.

»Wer sagt, daß ich das tue?« entgegnete Lucien. Bei keinen anderen Menschen, natürlich von Sabrina abgesehen, fühlte er sich so wohl wie in der Gegenwart von Terence und Mary.

»Ich kann euch gar nicht sagen, wie glücklich ich bin, Rhea Claire hier bei euch zu sehen«, meinte Terence, »ich zweifle zwar schon seit langem nicht mehr an Marys Begabung, doch als sie behauptete zu wissen, daß sich Rhea in Camareigh aufhält, wagte ich es kaum zu glauben. Jedoch...« Nun klang er mehr wie ein General, der seine Truppen befehligt, »Lucien setzte mich von einem unerwarteten Problem in Kenntnis. Sagt, gibt es denn wirklich nichts, was wir gegen diesen Dante Leighton unternehmen können? Das Benehmen dieses Mannes ist ungeheuerlich. Und er sollte auf keinen Fall ungestraft davonkommen. Ich finde, ihr habt schon genug gelitten, auch ohne obendrein die Schande der Schamlosigkeit dieses Mannes ertragen zu müssen.«

Lady Mary schaute von ihrem Kuchenteller auf. »Und wer ist dieser Dante Leighton?«

»Ich wollte gerade von ihm erzählen«, sagte Sabrina und überlegte, wie sie die Sachlage am besten erklären könnte.

»Er hat etwas mit Drachen zu tun, habe ich recht?« Mary überraschte die versammelte Runde mit dieser Bemerkung.

»Woher weißt du…?« Sabrina war sichtlich erschrocken.

»Wie ihr euch sicher erinnert, habe ich von Anfang an diese seltsamen grünen und roten Drachen gesehen. ›Zum Grünen Drachen‹ hieß die Schänke, in der Kate und ihre furchtbaren Kumpane sich trafen, um die Entführung zu planen«, erklärte Lady Mary ihrem gespannten Publikum. »Aber ich wußte nicht, was der rote Drache zu bedeuten hatte, den ich in meinen Träumen sah. Bis vor wenigen Monaten der Name des Schiffes fiel, auf dem ihr Rhea Claire vermutet habt. Jedoch…« Lady Mary hielt inne, und ihre grauen Augen strahlten, weil sie etwas wußte, das außer ihr kein anderer wissen konnte, »hatte ich es schon vergessen, denn mehrere Monate hatte ich diese Vision nicht mehr gehabt. Doch dann, vor vier, fünf Tagen, sah ich ihn wieder, den grinsenden roten Drachen. Und ich sah Camareigh, sah ein Schiff, das anlegte, und diese merkwürdige Katze. Und deshalb vergaß ich den roten Drachen.« Sie schaute zu ihrer Schwester. »Sagt, warum sollte dieser Mann noch irgend etwas mit euch zu tun haben? Außer euch die Frage zu beantworten, welchen Anteil er an dieser ganzen Angelegenheit hatte?« Lady Mary wirkte nachdenklich. »Terence klang sehr erbost. Hat der Mann eine Belohnung für Rheas Rückkehr verlangt? Das wäre wahrlich ungeheuerlich.«

»Zutrauen würde ich ihm das.« Lucien warf Sabrina Blicke zu, als wollte er sie mahnen, nur das Schlimmste zu erwarten, sobald sie auf diesen Dante Leighton träfe.

»Außer Rhea ist Lucien der einzige, der diesen Mann kennt, doch ich fürchte, wir alle werden schon sehr bald seine Bekanntschaft machen«, prophezeite Sabrina besorgt.

»Der Mann will tatsächlich nach Camareigh kommen?« Lady Mary konnte es kaum glauben. Nur wenige aus ihrem Bekanntenkreis würden es wagen, sich als unwillkommene Gäste aufzudrängen, und sie wußte, daß dieser Mann ganz gewiß nicht nach Camareigh eingeladen worden war.

»Der Kerl ist kaum besser als ein Wilder. Arme Rhea Claire! So lange mußte sie die Nähe dieses Schuftes ertragen. Und soll ich es etwa so verstehen, daß er nun diese Bekanntschaft zu vertiefen sucht, indem er nach Camareigh kommt? Ich kann vollauf verstehen, daß euch die Unverfrorenheit dieses Mannes empört. Kann man ihn nicht verhaften lassen? Sicher liegt bei den Behörden etwas gegen ihn vor. Ich würde ihn nicht willkommen heißen, Lucien«, riet Lady Mary ihrem Schwager. Und dies klang aus dem Munde der sonst so freundlichen Mary Fletcher recht ungewöhnlich.

»Mary, Dante Leighton ist Rheas Ehemann«, erklärte Sabrina unverblümt. Und doch zögerte sie kurz, weil es unter diesen Umständen nicht leicht fiel, das folgende auszusprechen. »Und er ist der Vater des Kindes, das Rhea erwartet.«

Lady Mary Fletcher verschluckte sich an ihrem Tee, hustete und lenkte damit Rheas Aufmerksamkeit auf sich. Rhea wußte, daß ihre Eltern, Onkel Terence und Tante Mary gerade über Dante gesprochen haben mußten, und sie blickte gedankenversunken auf den Ring an ihrer Hand, zum ersten Mal seit Dante ihn ihr an den Finger gesteckt hatte. Es war ihr peinlich gewesen, immer und immer wieder von ihren Abenteuern erzählen zu müssen, die sie seit ihrer Entführung von Camareigh erlebt hatte. Und die Neugier ihrer Vettern und Cousinen schien unerschöpflich zu sein. Doch es wurde nicht leichter, sondern schwerer, denn mit der Zeit erntete sie nur noch Erstaunen, Schrecken, Wut und Entsetzen bei ihren Zuhörern. So sah sie sich gezwungen, mit jedem Wort Dantes Ehre und Integrität zu verteidigen. Sie beobachtete ihren Onkel und ihre Tante, die in ernstem Gespräch mit ihren Eltern vertieft waren, und sie wußte, daß sie über Dante Leighton sprachen. An ihren Mienen konnte sie ablesen, daß eines nur zu offensichtlich war – Dante würde in diesem Kreis keine neuen Freunde finden.

Wenn er doch bloß hier wäre. Dann gäbe es nicht dieses angespannte Warten; und der Argwohn, den sie alle gegen ihn hegten, wäre ein für allemal aus der Welt geschafft.

Rhea sah zu Francis hinüber, der ihr verständnisvolle Blicke zuwarf, während sie versuchte, die Fragen ihrer jüngeren Cousinen und Vettern zu beantworten. Francis' Reaktion auf die Nachricht, daß seine Schwester verheiratet und auch noch schwanger war, hatte Rhea überrascht, denn er hatte besonnen reagiert, ganz so, als hätte er jedes Detail ihrer Erfahrungen in Gedanken abgewogen und nachvollzogen. Ganz offenbar war er nicht glücklich über den Schluß, zu dem er gelangt war. Er ließ keinen Zweifel daran, daß er glaubte, Dante Leighton habe unehrenhaft einen Vorteil aus ihrer Situation gezogen.

»Und es waren wirklich Piraten?« wollte der kleine Stuart Fletcher ganz aufgeregt wissen. Bislang war seine Cousine immer nur ein blödes Mädchen gewesen, doch nun war sie in seiner Wertschätzung beträchtlich gestiegen.

»Da war doch dieser Mann, Rhea, der Schwarzbart persönlich kannte, nicht wahr, und selbst gesehen hat, wie dessen Kopf hoch oben auf dem Bugspriet eines Schiffes Seiner Majestät baumelte?« plapperte Robin dazwischen und wünschte sich so sehr, mit den Piraten zusammen an Bord der *Sea Dragon* gewesen zu sein.

»Das stimmt doch gar nicht.« Stuart schüttelte ungläubig seine rostroten Locken.

»Mein Vater hat den Mann in London gesehen«, sagte Robin. »Sein Name war Longacres. Und Vater meinte, daß er in seinem ganzen Leben noch keinen blutrünstigeren Piraten gesehen hat.«

Stuarts Kinnlade fiel herunter, als er voller Ehrfurcht zu der großen Gestalt seines Onkels starrte. Auch wenn Robins Vater ihm vertraut war, so hatte er doch Respekt vor dem Herzog.

»Du bist schöner als je zuvor, Rhea«, lobte die zehnjährige Anna schüchtern. Bewunderung spiegelte sich auf ihrem Gesicht voller Sommersprossen. »Bist du wirklich verheiratet?«

»Ja, Anna, ich bin wirklich verheiratet«, antwortete Rhea und mußte in diesem Augenblick daran denken, daß sie selbst die einzige Erwachsene in diesem Zimmer war, die glücklich über diese Tatsache war.

»Und wie heißt du jetzt?« wollte Anna wissen.

»Lady Rhea Claire Jacqobi.« Rhea wiederholte den Namen im stillen wieder und wieder, bis sie mit ihren Gedanken ganz bei Dante war. Was er jetzt wohl gerade tat? Ob er an sie dachte?

»Ich mag den Namen von diesem Dante Leighton nicht«, sagte James Fletcher und sah Rhea Claire aus den Augenwinkeln an. »Er klingt nicht akzeptabel«, fügte er eifersüchtig hinzu, denn er war schon seit langem in seine Cousine verliebt.

»Es spielt keine Rolle, was du denkst«, entgegnete ihm sein älterer Bruder Ewan mit der ihm eigenen Nüchternheit. »Was geschehen ist, ist geschehen.«

»Und doch ist es niederträchtig«, beharrte James entschieden. Er wußte, daß er diesem Mann die kalte Schulter zeigen würde, sollte er es wagen, sich auf Camareigh blicken zu lassen. Francis hatte sie über den zweifelhaften Ruf dieses Mannes aufgeklärt. »Gibt es denn wirklich nichts, was man tun kann?« Seine jugendliche Eifersucht schlug hohe Wellen.

»Du kannst ihn jederzeit herausfordern, Francis«, schlug George vor, noch immer beeindruckt vom Auftreten seines Vetters an jenem Tag, als der Herzog angegriffen worden war. »Er ist allein. Du müßtest leicht fertigwerden mit diesem Schurken…«

»Von meinem Vater hörte ich, daß der Kerl ein Freibeuter und Schmuggler gewesen ist. Er würde heute nicht mehr am Leben sein und uns Ärger bescheren, wenn er nicht so ein verschlagener Teufel wäre. Nein, ihm kann nichts passieren, denn Rhea Claire würde es keinem von uns je verzeihen, wenn wir ihm etwas antun.« Francis war die Enttäuschung deutlich anzusehen.

»Wir könnten es so arrangieren, daß es wie ein Unfall aussieht«, meinte James voller Hoffnung, als er das anerkennende Lächeln seines Bruders George sah.

»James, geh und hol dir ein Stück Kuchen«, trug Ewan seinem jüngeren Bruder verärgert auf.

»Ja, ich denke, das ist eine gute Idee«, murmelte James, dann entschloß er sich, ein Stück Kuchen zu holen, als Rhea, die die Hand seines jüngsten Bruders John fest umschlossen hielt, zum Teetisch ging.

Die drei Vettern schwiegen und blickten sich stumm an. Jedes Wort war überflüssig zwischen ihnen. Sollten sie sich wirklich aufmachen, das wußten sie, dann würden sie schon dafür sorgen, daß dieser Dante Leighton niemals seinen Fuß auf den geheiligten Boden von Camareigh setzen oder gar Rhea Claire wiedersehen würde.

»Wir könnten ihm auf der Straße auflauern. Könnten ihm eine Lektion erteilen, über die er nachdenken kann.«

»Wir schicken ihn zurück, mit einem Floh im Pelz, eh?« hakte George nach.

»Wie wäre es, wenn wir ihn auskaufen? Ich habe noch eine hübsche Summe von meinem Unterhalt.«

»Darauf wird er sich nicht einlassen. Er ist höllisch reich«, klärte sie Francis bedauernd auf.

»Also hat er Rhea nicht wegen ihres Vermögens geheiratet, was?«

»Du könntest dir doch eine der alten Perücken deines Vaters aufsetzen und den Kerl erschrecken, indem du so tust, als wärst du der Herzog. Drohst ihm mit schrecklichen Konsequenzen.«

»Der Mann ist ein Marquis. Es wird ihn wohl kaum beeindrukken.«

»Ach, verdammt noch mal! Gibt's denn nichts, was wir tun können?«

»Ich glaube, wir werden ihn eben ein bißchen unsanfter anpakken müssen. Einfach so.«

»Ich könnte ihm einen Streifschuß verpassen. Versteckt aus dem Gebüsch heraus. Das würde ihn erschrecken«, schlug George vor.

Doch leider überwogen zahmere Gedanken am Ende, und die drei mußten sich enttäuscht mit der Tatsache abfinden, daß es nicht viel gab, was sie gegen Dante Leighton ausrichten konnten. Nur vergaßen sie, das auch James zu sagen...

Dieser Abend schien ein Vorgeschmack gewesen zu sein auf die Tage, die folgten; bald war eine Woche vergangen, und Dante Leighton wurde auf Camareigh erwartet. Rhea kamen diese Tage unendlich lang vor, obgleich jede Stunde von dem Glück erfüllt war, wieder bei ihrer Familie zu sein.

Aber allzuoft schweiften ihre Blicke durch die großen Fenster auf die Landschaft, die sich bis zum Horizont erstreckte. Voller Sehnsucht wartete sie darauf, daß sich eine ganz bestimmte vertraute Gestalt dem großen Haus näherte. Oder sie wurde plötzlich still und lauschte, ob der unverkennbare Klang von Kutschenrädern zu hören war, die die Auffahrt heraufrollten. Aber sie wurde enttäuscht, Tag für Tag. Als schließlich doch Besuch nach Camareigh kam, stand Rhea Claire nicht an einem der großen Fenster, um Ausschau zu halten, und so wurde sie nicht Zeuge, als eine Kutsche vor den weiten Stufen des Portals hielt.

Rhea war zu diesem Zeitpunkt in der großen Galerie und stand vor den Porträts ihrer Urgroßmutter, ihres Vaters und seiner Zwillingsvettern. Sie hing trüben Gedanken nach und starrte auf die beiden blonden Kinder auf dem Bild, die neben dem sehr jungen Lucien Dominick saßen. Allein daran zu denken, daß hinter diesen engelhaften Gesichtern so viel Böses lauerte, daß so viel Gram entsprungen war aus Kates und Percys krankhaftem Haß und Neid. Rheas Blick ruhte einen Moment auf der letzten Herzoginwitwe, Claire Lorraine Dominick, deren Lebensinhalt es gewesen war, danach zu trachten, daß die Familie der Dominicks am Leben blieb und Camareigh in seiner Pracht erhalten wurde. Sie war von der Sehnsucht nach Erfüllung ihrer Wünsche besessen gewesen. Und wegen ihrer Engstirnigkeit war sie zu einem Teil auch mitverantwortlich für die Besessenheit von Kate und Percy. Sie hatte die Cousine und die beiden Vettern der Familie mütterlicherseits verleugnet, so daß sie den Namen der Dominicks nicht weiterführen durften. Und so begannen diese, Lucien Dominick zu hassen, da er der Erbe des Namens, des Titels und des gesamten Vermögens der Dominicks war.

Als Rhea Claire, Opfer jener Besessenheit, vor diesem Bild stand, mußte sie daran denken, wie versessen Dante darauf war, nach Merdraco zurückzukehren, um sich ganz offensichtlich an jemandem zu rächen, den er für all das Unglück verantwortlich machte, das ihn auf seinen Wegen begleitet hatte.

Rhea wandte sich mit einem Schaudern von dem Bild ab, erfüllt von einer bösen Vorahnung, die Mary Fletcher gewiß verstanden hätte, und floh über die Galerie.

Sie verlangsamte ihre Schritte, als sie eine hochaufgeschossene Gestalt näherkommen sah. Unbewußt griff sie nach ihrer goldenen Kette mit dem Medaillon daran, das die kleinen Bilder ihrer Eltern enthielt. Die Erinnerung an jenen Tag, als sie es verloren hatte, war nur zu lebendig, doch dank des Mädchens, das nun, mit einem zufriedenen Lächeln auf dem Gesicht, vor ihr stand, hatte sie diesen Schatz wieder zurückbekommen.

»Guten Morgen, Alys«, begrüßte Rhea ihre Freundin.

»Ach, was für ein schöner Morgen das ist, Mylady«, seufzte Alys ungeachtet des Regens, der in Kaskaden gegen die Fensterscheiben prasselte. »Jetzt, wo Sie wieder zu Hause sind, wie könnte da der Tag nicht gut sein?«

»Du lebst gern hier auf Camareigh, nicht wahr, Alys?« fragte Rhea, obwohl der Blick des Mädchens schon Antwort genug war.

»O Mylady, es ist ganz so, wie Sie es sagten. Ich habe dennoch nie geglaubt, es jemals mit eigenen Augen sehen zu können.«

»Wie ich hörte, hast du viel von Rawley gelernt.«

»Oh, eine feine Frau ist diese Rawley, aber...« Alys senkte vertrauensvoll die Stimme, »Ihre Hoheit trug mir auf, O'Casey schon bald bei den Zwillingen zur Hand zu gehen. Freu' mich schon auf die Kleinen. Hab' schon immer Babies gemocht. Aber ich halte nichts davon, sie zu sehr zu verhätscheln.«

»Ich habe das Gefühl, daß auf Andrew und Arden eine Überraschung wartet«, sagte Rhea und dachte daran, daß Robin es mit O'Casey viel zu leicht gehabt hatte und daß auch die Zwillinge drohten, über die Stränge zu schlagen. Aber mit Alys Meredith als Kindermädchen würden sie nicht nur Liebe und Zuneigung finden, sondern auch eine feste und strenge Hand.

»Mylady?« begann Alys verlegen. »Ich hatte nie die Gelegenheit, Ihnen zu danken, daß Sie Ihr Versprechen gehalten und mich nicht vergessen haben.«

»Es war meine Mutter, die dich fragte, ob du bleiben möchtest«, widersprach Rhea. »Ich wünschte nur, ich hätte dir helfen können an jenem Tag, als wir in Charles Town getrennt wurden.«

»Oh, Sie haben Ihr Bestes versucht. Ich glaub', Sie haben danach noch Schlimmeres erlebt. Und ich bin hierhergekommen, in Ihr Zuhause, und Sie waren immer noch vermißt. Das fand ich nicht gerecht. Aber Ihre Hoheiten hatten die Güte, und als sie mich fragten, was ich mit meinem Leben anfangen wolle, na ja...« Alys lächelte, »da sagte ich, es wäre schon ganz wundervoll, wenn ich einfach nur auf Camareigh bleiben dürfte, wenn sie nichts dagegen hätten. Hab' ihnen gesagt, daß ich glücklich wäre, wenn ich die Spülküche schrubben dürfte, aber Ihre Hoheit wollte nichts davon hören. Sie hat gesagt, ich sei eine Freundin ihrer Tochter und ich könnte hier als Gast für immer leben. Aber ich bin nun mal keine Faulenzerin. Mag es, wenn ich für meinen Unterhalt selber aufkomme. Also meinte Ihre Hoheit, ich könnte arbeiten, was immer ich will.«

»Ich habe dir gesagt, daß sie wundervoll ist.«

»Aye, Mylady«, stimmte Alys voller Ehrfurcht zu.

»Auf den Indies war alles wunderbar, außer, daß ich nicht wußte, wie es dir ergangen war. Dann informierte uns Sir Morgan Lloyd, daß du nach England zurückgekehrt und höchstwahrscheinlich auf Camareigh bist. Ich war nicht überrascht, dich hier zu sehen – eher glücklich. Und jetzt, wo ich wieder bei meiner Familie bin, mache ich mir wegen nichts mehr Sorgen«, meinte Rhea entschlossen, auch um sich selbst davon zu überzeugen, daß alles gut werden würde. Es mußte einfach so sein...

Doch Alys, bei all ihrer fehlenden Bildung, war nicht so überzeugt davon. Sie hatte zu viele leise Gespräche mit angehört, hatte zu viele besorgte Mienen gesehen, um zu glauben, daß sich die Ereignisse auf die Weise entwickeln würden, wie es Lady Rhea fest zu glauben schien.

»Wie schade, daß es regnet. Ich würde so gern einen Spaziergang durch die Gärten machen.« Rhea blickte zu den kleinen Regenbächen, die auf den Fenstern glitzerten, und dachte wehmütig an die Wege mit den Hecken aus Eibenholz, die zu dem tiefliegenden Garten mit dem Seerosenteich führten.

»Oh, Mylady«, stieß Alys hervor, »fast hätte ich es vergessen! Da sind Besucher eingetroffen, gerade eben erst. Sie sind unten...«

Doch Rhea wartete nicht, um noch mehr zu hören. Mit rauschenden Röcken und einem Aufblitzen samtener Knöchel eilte sie durch die Galerie zum Chinesischen Zimmer, dem Salon im ersten Stock, wo üblicherweise die Besucher empfangen wurden.

Sie huschte am livrierten Lakai vorbei und hielt nur kurz, um noch einmal einen hastigen Blick in einen der großen Pfeilerspiegel zu werfen, ehe sie durch die Doppeltüren das Chinesische Zimmer betrat.

Ein Mann stand mit dem Rücken zur Tür und sprach mit ihrem Vater. Rhea nahm die übrigen Besucher im Raum nicht wahr. »Dante!« rief sie und erstarrte im nächsten Moment, als sich der Mann zu ihr umdrehte.

»Lady Rhea Claire!« Wesley Lawton, Graf von Rendale, vergaß ganz seine Würde als Gentleman, als er mit ausgestreckten Armen auf Rhea zustürzte. »Gütiger Himmel! Noch nie zuvor habe ich Sie so wunderschön gesehen.« Seinen Augen entging nichts an ihrer Erscheinung. Gekleidet in eine türkisfarbene Taftrobe mit Spitzenborte und violetten Schleifen, das goldene Haar mit türkisfarbenen und violetten Schleifen gebunden, bot Rhea einen wahrhaft atemberaubenden Anblick. Und eben das hatte Wesley Lawton nicht erwartet.

Rhea fühlte sich wie benommen. Sie hatte gehofft, Dante zu sehen und nicht Wesley Lawton. Obwohl er unzweifelhaft gut aussah, schien er weniger vornehm im Vergleich zu Dantes klassischen Zügen, und für Rheas kritisches Auge schien er auch weniger männlich zu sein, wenn sie an Dantes Körper und seine sonnengebräunte Haut dachte. Wesley Lawton trug einen erdbeerfarbenen Satinmantel und Kniebundhosen, modisch ganz auf der Höhe, und alles an ihm wirkte weich und blaß.

Plötzlich konnte es Rhea kaum ertragen, daß er sie berührte. Aber sie nahm sich zusammen und ließ sich nichts anmerken. »Wie überaus liebenswürdig von Ihnen, Wesley. Und ich muß sagen, daß ich mich sehr freue, Sie in so guter Verfassung zu sehen. Bis zu meiner Rückkehr nach England hatte ich angenommen, Sie seien nicht mehr am Leben.«

»Gütiger Himmel! Wie Sie sehen, bin ich noch recht lebendig. Meine liebste Rhea, ich bin untröstlich, daß es mir nicht gelungen ist, Sie vor der Attacke zu schützen. Mir war nicht einmal die Ehre vergönnt, dem Schurken ein Loch in den Kopf zu schießen«, entrüstete sich der Graf, dessen männlicher Stolz gekränkt war.

»Rhea Claire! Wie wunderbar, dich wiederzusehen! Und ich schwöre, es ist nicht gerecht, daß du so gut aussiehst nach all dem, was du durchgemacht hast«, ertönte die durchdringende Stimme, an die Rhea sich nur zu gut erinnerte. Als sie sich umdrehte, blickte sie in das süße Lächeln von Caroline Winters. »Und was hast du bloß mit deinem Teint gemacht? Wie grotesk! Du bist ja so braun wie ein Stallbursche.«

»Caroline, Jeremy«, begrüßte Rhea sie, doch die aufrichtige Wärme in ihrer Stimme galt nur Sir Jeremy.

»Meine Liebe, es ist so schön, daß wir uns wiedersehen. Ich war so besorgt um dein Wohlergehen, nicht zu erwähnen die Sorge um das Wohlergehen deiner Mutter und deines Vaters. Sie haben so gelitten.« Sir Jeremy umarmte Rhea herzlich und küßte ihre Wange.

»Wie geht es deiner Gicht? Keine schlimmen Anfälle mehr?« erkundigte sich Rhea, hakte ihren Arm bei ihm ein und war froh, sich auf diese Weise der Konversation mit Wesley Lawton und Caroline entziehen zu können.

»Wie aufmerksam von dir, daß du fragst, meine Liebe.« Sir Jeremy strahlte ergriffen. Seine eigene Tochter erwähnte seine Gesundheit selten, es sei denn, wenn sie sich über seine Gebrechen beschwerte, die sie daran hinderten, so oft nach London zu reisen, wie sie es wünschte.

Caroline Winters seufzte. Sie war mit den Details gelangweilt worden während der Anreise nach Camareigh. Um ja keine Gelegenheit auszulassen, nahm sie schnell Wesley Lawton beim Arm, ein selbstgefälliges Lächeln auf ihrem rundlichen Gesicht, und führte ihn zum Sofa. Aber trotz ihrer Versuche, seine Aufmerksamkeit zu gewinnen, ließ der Graf Rhea keinen Moment aus den Augen.

»Ich sagte deinem Vater, daß wir sogar noch früher gekommen wären, aber Caroline bestand darauf zu warten, bis Wesley auf

Winterhall eintraf. Wir wußten, daß Lucien auch ihn benachrichtigt hatte«, sagte Sir Jeremy zu Rhea. »Wir hatten uns überlegt, zusammen zu reisen. Das ist heutzutage ja um so vieles sicherer. Wenn dir schon so etwas Schreckliches geschehen ist, meine Liebe, kann es immer wieder passieren. Man kann gar nicht vorsichtig genug sein.« Er hüstelte verlegen, als er merkte, daß er ein Thema aufgebracht hatte, das am besten vergessen worden wäre. »Nun, meine Liebe, ich nehme an, darüber möchtest du eigentlich nicht reden. Tsss, tsss, welch eine Tragödie.«

Aber seine Tochter, deren Neugier oft an unverschämte Impertinenz grenzte, wollte natürlich alles erfahren über die Gerüchte, die sie gehört hatte.

»Nun, Vater«, quengelte sie und zog einen Schmollmund, »da ich bei dieser ganzen Affäre um ein Haar mein Leben verloren hätte, glaube ich, das Recht zu haben, alles zu erfahren, was Rhea zugestoßen ist, nachdem sie entführt wurde. Das ist ja wohl das mindeste. Seit diesem Tag bin ich nicht mehr ich selbst. Noch immer verfolgen mich Alpträume von diesem schrecklichen Vorfall und diesen furchtbaren Männern«, verkündete Caroline dramatisch, während sie sich Luft zufächerte, aus Furcht, sie könnte sich zu sehr aufregen und möglicherweise in Ohnmacht fallen – direkt in die Arme des Grafen von Rendale.

»Meine Teuerste, wirklich«, tadelte Sir Jeremy seine Tochter für ihre taktlose Neugierde. »Rhea braucht uns nichts mehr von dieser unglückseligen Angelegenheit zu erzählen. Wir sollten damit zufrieden sein, daß sie wohlbehalten zurück auf Camareigh ist. Und wie ich bereits sagte, Lucien«, wandte sich Sir Jeremy an seinen langjährigen Freund, »wir fühlen uns geehrt, daß du uns eingeladen hast. Schließlich ist Rhea gerade erst eine Woche hier.«

»Wir betrachten dich als einen Teil der Familie, Jeremy«, sagte Lucien und hielt sich zurück, das ›dich‹ so sehr zu betonen, wie er es gern getan hätte. Er war überzeugt, daß Jeremy Winters sein Bestes getan hatte, seine mutterlose Tochter aufzuziehen. Und schließlich war Caroline sein einziges Kind.

»O Papa, sei doch nicht so ein Dummkopf. Ich bin immerhin Rheas beste Freundin und interessiere mich bloß dafür, weil ich es als meine Pflicht erachte, dem skandalösen Klatsch, der über Rhea Claire in ganz London in Umlauf ist, ein Ende zu bereiten. Meine Liebe«, sagte Caroline mit einem listigen Blick und kokett gesenktem Augenaufschlag, »du weißt schon, dein Ruf ist, nun ja, nicht ganz...« Sie hielt inne, als wäre sie zu verlegen, um fortzufahren, aber sie war sich sicher, daß Wesley Lawton begriff, was sie damit sagen wollte. Und wenn es etwas gab, worum sich Wesley Lawton Sorgen machte, dann war es sein guter Name. Es würde einem Mann in seiner Position nicht anstehen, mit einer Frau liiert zu sein, deren Ruf Schaden erlitten hatte, selbst wenn es die Tochter des einflußreichen Herzogs von Camareigh wäre.

»Caroline!« Sir Jeremy wurde rot vor Verärgerung.

»Aber es ist doch wahr«, protestierte Caroline und schaute sich um, als wäre sie zu Unrecht angeklagt. »Und deshalb muß ich sagen, daß Rhea Claire schon lange nicht als gute Partie angesehen wird, jedenfalls nicht so gut, wie sie es einmal gewesen ist. Oh, ich finde es ja auch ganz schrecklich, aber was soll man machen?« Sie stellte ein wenig Betroffenheit für eine Freundin, die ihr schon immer mißfallen hatte, zur Schau. Denn ihr Neid auf Rhea Claires Titel und Vermögen einer Dominick, ganz zu schweigen von Rheas unglaublicher Schönheit, hatte dazu beigetragen, ihr die Laune gründlich zu verderben.

Natürlich hatte sie mit diesen geschickt gezielten Spitzen versucht, Rhea aus der Contenance zu bringen, und nun war sie entsetzt, Lady Rheas heiteres Lachen zu hören. Die Worte des Mitgefühls erstarben Caroline auf den Lippen.

»Wirklich sehr freundlich von dir, daß du so um mein Wohlergehen besorgt bist«, sagte Rhea. Caroline Winters hatte sich kein bißchen verändert im vergangenen Jahr. »Aber, Caroline, du mußt dir meinetwegen keine Sorgen machen. Siehst du, ich bin tatsächlich keine gute Partie mehr. Aber nur deshalb... weil ich bereits verheiratet bin.«

Carolines Schreckensschrei wurde beinahe übertönt vom ungläubigen Schrei des Grafen. Doch Carolines Bestürzung wich einem innerlichen Frohlocken, als ihr klar wurde, daß sie nun nicht länger mit Rhea Claire um Wesley Lawtons Aufmerksamkeiten wetteifern mußte.

»Meine Teuerste, wie wundervoll!« rief sie und war zum erstenmal ehrlich, als sie ihre frühere Rivalin beglückwünschte.

»Ist das wahr?« fragte der Graf mit würdelos piepsiger Stimme.

»Ja«, antwortete Rhea schlicht. Ihre Augen suchten den Blick ihres Vaters. Doch der Herzog nippte an seinem Brandy und starrte offenbar gedankenverloren auf die wirbelnden Bewegungen der goldbraunen Flüssigkeit in seinem Glas.

»A-aber, ich verstehe nicht. Wen haben Sie geheiratet? Sie sind doch gerade erst aus den Kolonien zurückgekehrt. Es war doch gar keine Zeit dafür«, wandte der Graf ein. Hatte er doch stets daran geglaubt, daß Lady Rhea Claire Dominick eines Tages seine Frau werden würde. Er trug sich mit dieser Absicht, seit er sie das erste Mal gesehen hatte, als sie noch ein kleines Mädchen war, auf den Armen ihrer Mutter.

Armer Wesley, dachte Rhea und empfand ein gewisses Mitleid für den pompösen Grafen von Rendale. Niedergeschlagen sah er aus, und Rhea wollte gerade ihren Vater bitten, ihm einen Brandy anzubieten, damit er wieder etwas Farbe ins Gesicht bekäme, als er sie mit flehendem Blick fragte: »Es ist doch wohl hoffentlich keiner aus den Kolonien, den Sie geheiratet haben? O Himmel, hilf! Etwa ein Seemann?« Er fürchtete, sich nie wieder in London blikken lassen zu können, wenn er das Nachsehen gegen irgendeinen Flegel niederer Herkunft hatte, der weder einen Familiennamen noch Vermögen besaß. Diese Demütigung wäre zu groß, um sie auch nur in Erwägung zu ziehen.

Rhea schüttelte den Kopf und lächelte. Sie wußte, daß dies die Ehrenrettung für den Grafen von Rendale bedeutete, denn auch wenn sie einen Mann von fragwürdigem Ruf geheiratet hatte, so war ihr Mann doch ein Gentleman mit Titel und Vermögen.

»Der Name meines Gatten ist Dante Leighton. Er war der Captain der *Sea Dragon*, dem Schiff, auf dem ich Charles Town verließ und das mich sicher nach England zurückbrachte.«

Wäre der Graf von Rendale ein Hund gewesen, man hätte ihn von seinem Elend erlöst. Nie zuvor hatte man einen so jammervollen Ausdruck auf dem Gesicht eines Mannes gesehen. »Ein Captain zur See?« fragte er mit schwacher Stimme. Der Mann ist womöglich nicht einmal Engländer, dachte er im stillen, nicht bei diesem italienisch klingenden Vornamen.

»Ja«, gab Rhea zu und genoß es, die Bestürzung des Grafen damit noch ein wenig zu vergrößern. Nun, was ging es ihn auch an? Sogar Caroline erlaubte sie, sich noch einige Momente länger an der Freude über diese skandalöse Eröffnung zu weiden, ehe sie hinzufügte: »Oh, erwähnte ich, daß Dante der Marquis von Jacqobi ist?«

Selbst der Herzog mußte schmunzeln, als er sah, wie plötzlich sich die Mienen von Caroline und von Wesley Lawton veränderten.

»Ein Marquis?« flüsterte Caroline verzweifelt. Rhea Claire hatte es trotz ihres Unglücks geschafft, einen Marquis zu heiraten. Nun war sie vom Rang her gar höher als eine Gräfin, was Caroline sein würde, sollte es ihr gelingen, den Ring des Grafen an ihren wulstigen Finger zu bekommen. Das ist zuviel, dachte Caroline und wedelte sich mit dem Fächer Luft zu, diesmal notgedrungen, denn sie fühlte sich sehr schwach.

»Jacqobi?« wiederholte der Graf den Namen. Er brüstete sich damit, mit allen Familientiteln des Königreichs vertraut zu sein.

»Eine Familie aus dem West Country? Devonshire, das ist es. Sie besaßen ein Schloß. Reicht zurück bis in das elfte Jahrhundert, so glaube ich. Der Titel ist sehr alt, o ja, fürwahr. Ein sehr ehrenwerter Titel«, sagte er mit einem Seufzer der Erleichterung. Denn auch wenn er Rhea Claire verloren hatte, so wenigstens an einen Marquis. Aber dann fiel ihm etwas ein. »Ich glaube, ich habe von diesem Dante Leighton, dem jetzigen Träger des Titels, gehört. Er war ein Spieler. Das meiste des Familienvermögens hat er verspielt, habe ich recht?« fragte er herablassend, als er an sein eigenes beträchtliches Bankkonto dachte.

»Ja, Dante hat sich all die Jahre als Freibeuter durchgeschlagen, seit er England verlassen hat.«

»Ich glaube, ich erinnere mich da an einen Skandal, der mit diesem Namen verbunden ist«, fügte der Graf hinzu. »Nicht aus erster Hand, versteht sich. Ich bin ein paar Jahre jünger als er.«

»Ein Skandal? Wirklich?« fragte Caroline atemlos. Ihre Miene erhellte sich, als sie begriff, daß Rhea vielleicht einen Glücksritter und Mitgiftjäger geheiratet hatte. »O meine Liebste, ich bin untröstlich. Ich nehme an, daß du von deinem eigenen Vermögen leben wirst. Oder hat Seine Hoheit dich enterbt?«

»Dante ist ein sehr reicher Mann.« Rhea empfand keine Reue, sich an Carolines offensichtlicher Bestürzung zu freuen. Ihre Mutter hatte ihr von Carolines verwerflichem Verhalten am Tage der Entführung erzählt. Sie war bewußtlos am Straßenrand aufgefunden worden. Doch anstatt zuzugeben, daß sie keine wichtigen Informationen über die Entführer geben konnte, hatte sie auf ungeheuerliche Weise gelogen, nur um sich und ihre Rolle bei diesem Drama hochzuspielen. Ihre Lügen hatten die Suchtrupps tagelang in die Irre geführt, und so hatten sie die Zigeuner verfolgt. Die Herzogin hatte Carolines Geschichte mit den bösen Zigeunern und dem tanzenden Bären von Anfang an keinen Glauben geschenkt und ihr diese Lügen nie verziehen.

»Ich muß sagen, ich bin erleichtert, das zu hören, denn ich wäre nicht begierig darauf, einen Adligen zu kennen, der sein Vermögen verpraßt hat, ganz zu schweigen von seinem unersetzlichen Erbe. Wenn ich daran denke, daß jemals jemand anderes als ein Lawton auf Rendale House leben könnte... Nein, eher würde ich es bis auf die Grundfesten abbrennen. Man muß die Tradition der Familie wahren. Koste es, was es wolle«, dozierte der Graf.

»Wie reich ist dein Mann?« fragte Caroline zögerlich.

»Als ich an Bord der *Sea Dragon* war, entdeckten wir eine gesunkene spanische Galeere. Und in ihrem Frachtraum befand sich ein Schatz aus Gold- und Silberbarren. Jeder einzelne der Crew ist jetzt ein wohlhabender Mann. Einer der Männer zum Beispiel hat vor, nach Hause zurückzukehren und das ehemalige Herrenhaus seiner Familie zu kaufen. Wenn es nicht zum Verkauf ansteht, wird er eben das eleganteste und prunkvollste Gut diesseits von Yarmouth aufbauen«, antwortete Rhea und dachte bei sich, daß dies dem ehemaligen Bootsmann der *Sea Dragon* ganz sicher gelingen würde.

Der Graf von Rendale zuckte zusammen. Ein solches Vermögen im Besitz eines Mannes von niederer Herkunft konnte nur zu einer Katastrophe führen. Die Emporkömmlinge würden versuchen, sich Ansehen zu erkaufen, und weil sich viele der besten Familien durch Unglück und Mißwirtschaft in Schwierigkeiten befanden, würde Ungeziefer, rüpelhaft und ohne Herkunft, eines Tages in einigen der besten Häuser Englands speisen.

Mit schwerem Herzen schaute sich der Graf im geschmackvoll eingerichteten Chinesischen Zimmer um und dachte, welche Schande es doch war, daß es nun keine Vereinigung zwischen diesen beiden großartigen Familien geben würde. Dankbar nahm er den Brandy, den ihm ein Lakai in Livree mit jener stillen Würde, die man bei allen Dienern und Bediensteten auf Camareigh fand, servierte.

Caroline Winters wählte ein Stück Kuchen von einem Tablett. Doch mit einemmal war sie mit dem Herzen nicht mehr bei der Sache und stocherte nur in dem köstlichen Gebäck herum. Obwohl Rhea Claire nun keine Bedrohung mehr für sie war, empfand Caroline dennoch keine tiefe Befriedigung. Es war einfach nicht gerecht! Lady Rhea Claire Domin… Nein! Lady Rhea Claire Jacqobi hatte immer alles – Anmut, Schönheit, Klugheit, Reichtum, und nun war sie auch noch verheiratet mit einem Marquis. Das war einfach nicht fair! Caroline schmollte und musterte voller Neid Rheas Kleid.

Sie wischte sich die Sahne von den Lippen, und plötzlich schoß ihr ein Gedanke durch den Kopf, als ihr einfiel, daß sie diesen unerträglichen Dante Leighton, diesen lästigen Marquis von Jacqobi noch nicht kennengelernt hatte.

»Wo ist dein Gatte?« hallte ihre Stimme durch den Raum und störte ein Gespräch, das Rhea mit ihrem Vater führte.

»Er ist noch in London und kümmert sich um sein Schiff und die Mannschaft«, erklärte Rhea. »Aber wir erwarten ihn schon sehr bald, nicht wahr, Vater?«

Der Herzog von Camareigh lächelte. Doch Sir Jeremy wußte aus eigener Erfahrung, daß Lucien Dominicks Lächeln nicht der Spiegel freundlicher Gedanken sein mußte.

»Zweifellos«, sagte der Herzog, »der besagte Gentleman wird nach Camareigh kommen. Ein Spieler kann der Versuchung nicht widerstehen. Oder der Herausforderung der Umstände…«

Und ob diese zu Dante Leightons Vorteil oder Nachteil waren, das schien allein der Herzog von Camareigh zu wissen.

Die Notwendigkeit bringt ihn hierher,
nicht das Vergnügen.

Dante

Kapitel acht

Es war einer dieser seltenen, sommerlich warmen Herbsttage, als Dante Leighton Camareigh zum erstenmal sah. Goldenes Sonnenlicht fiel auf die honigfarbenen Mauern des großen Hauses, das wie eine glitzernde Krone auf einem sanften Hügel thronte. Ein einzigartiger Ausblick über das friedvolle Land von Somerset bot sich von dort oben.

Die stattlichen Gärten und sorgfältig gepflegten Parks dieses großartigen Guts waren umgeben von Wäldern mit uralten Eichen und Nadelbäumen, die sonnenüberflutete Lichtungen mit Wildbeerensträuchern umstanden. Damwild huschte durch das Unterholz neben der Straße, die sich ins Tal schlängelte, ein Schwarm weißkehliger Waldsänger schwang sich in die Lüfte.

Dante Leighton kniff die Augen vor dem Sonnenlicht zusammen, als er den Vögeln nachschaute, wie sie über die sattgrünen Felder und die von Hecken gesäumten Wege zu den weiß getünchten und strohbedeckten Hütten des Dorfes flogen, die sich an die Ufer des Flusses schmiegten. Bäche flossen den Hügel in der Ferne herab, vorbei an der alten Steinmühle, und hielten das große Mühlrad in Gang.

»Oooooh, ist das Camareigh?« fragte Conny Brady sicher schon zum hundertstenmal. Immer wenn ihre Kutsche an einem Gut vorüberkam und durch die schmiedeeisernen Tore – verschlossen, um Neugierige abzuhalten – das Herrenhaus zu sehen war, hatte Conny dieselbe hoffnungsvolle Frage gestellt.

Dante Leighton hielt sein Pferd an, einen Fuchs mit rotbrauner Mähne, richtete sich im Sattel auf und blickte über die andächtige Szenerie unter ihm. In all den Jahrhunderten, so dachte er bei sich, dürften sich die Ländereien des Herzogs kaum verändert haben.

Er drehte sich um, schaute zu dem Jungen, der halb aus dem offenen Kutschenfenster hing, und rief ihm zu: »Ja, Conny, das ist Camareigh.«

Selbst wenn er den Schmied in dem kleinen Dorf, durch das sie zuletzt gekommen waren, nicht gefragt hätte, so hätte Dante aus Rheas liebevollen Schilderungen gewußt, daß das große Haus dort vor ihnen, errichtet aus uraltem Stein und mit riesigen Fenstern, in denen sich die letzten warmen Sonnenstrahlen des Tages widerspiegelten, nur Camareigh sein konnte. Und hier von dem Hügel aus hatte er freien Blick über das gesamte Gut.

Das Haupthaus hatte die Form eines H, mit zwei Flügeln, die nach Osten und Westen verliefen und unterteilt wurden von Türmen. Rund um das Haus lagen die Nebengebäude mit ihren flachen Dächern, die größten davon waren die Ställe.

Zum Haupteingang führte eine lange, von Kastanien gesäumte Zufahrt, umgeben von kupfernen Buchen, Ahornbäumen und Birken, alles in roter Glut von Purpur und Gold leuchtend.

Aber bevor sie die mit Bäumen gesäumte Allee nach Camareigh erreichten, mußten sie durch die doppelten schmiedeeisernen Tore, die am Eingang Wache hielten. Eine weitere Barriere war der Posten des Torwächters, wo zweifellos mehrere blutrünstige Doggen dem Torwächter und seiner gutgeladenen Büchse Gesellschaft leisteten. Dante Leighton fragte sich, welchen Befehl der Torwächter wohl hatte für den Fall, daß ein unerwünschter Schwiegersohn eintreffen sollte.

»Geht es denn nicht weiter?« fragte Conny Brady mit wachsender Ungeduld und sah zu Dante auf seinem großen Hengst, den er mit solcher Leichtigkeit ritt. Der kleine Schiffsjunge, der nie etwas anderes gekannt hatte als das Schiff, auf dem er die Meere überquert hatte, glaubte beinahe, daß es nichts gab, was sein Captain nicht konnte.

Jetzt wagte auch Houston Kirby einen Blick aus dem Fenster der Kutsche, und er fand Camareigh so beeindruckend, wie er es erwartet hatte. Er empfand ein ähnliches Gefühl, als würde er sich feuernden Kanonen gegenübersehen – nun gab es kein Zurück mehr. Sie waren auf Feindesland, und außer Lady Rhea Claire hatten sie dort keine Verbündeten.

Als Dante Leighton sein Roß die gewundene Straße hinuntertrieb, und die Kutsche mit einer großen Staubwolke hinterherpolterte, dachte der kleine Steward bei sich, daß ihr Eintreffen auf Camareigh wohl kaum heimlich, still und leise vonstatten gehen würde. Das halbe Dorf, ganz sicher aber irgend jemand in einem dieser goldenen Türme würde ihr langsames und geräuschvolles Fortkommen beobachten.

Sie befuhren denselben Weg wie Lucien Dominicks Cousine Kate und ihre Bande vor gut einem Jahr, nur dieses Mal war es Conny Brady, der von Zeit zu Zeit den Kopf zum Fenster herausstreckte, nur um sich zu vergewissern, daß das große Haus, das durch die Bäume schimmerte, nicht verschwunden war. Schließlich verlangsamte Dante sein Tempo, um die Kutsche aufschließen zu lassen. Sie erreichten die Parkanlagen von Camareigh, doch noch lag ein gutes Stück bis zum Haupthaus vor ihnen. Als Dante sich umschaute, um den ungeduldigen Conny und Houston Kirby davon zu unterrichten, erschienen zwei Reiter aus dem Nichts und blokkierten mit ihren Pferden die Straße. Plötzlich feuerte einer von ihnen einen Schuß ab, genau vor die Hufe von Dantes Pferd.

Die Hölle brach los. Und dann, ebenso plötzlich, gingen James Fletchers und Lord Robin Dominicks Pläne schief.

Ihre beabsichtigte Warnung »Halt, keinen Schritt weiter, oder Sie sind ein toter Mann!« wurde nie ausgesprochen, und dann erschreckte das Krachen einer Pistole das Gespann vor der Kutsche. Die vorderen Pferde bäumten sich auf, die Hufe hoch in die Luft geschleudert, die Peitsche des entsetzten Kutschers knallte über ihren Köpfen, und im selben Moment ging Dante Leightons Pferd durch. Das zu Tode erschrockene Kutschengespann fing sich wieder, trotz der wilden Flüche des Kutschers.

Dante jedoch konnte sich kaum im Sattel halten, in einer Hand die Zügel, tätschelte er den verschwitzten Nacken des Hengstes und redete beruhigend auf ihn ein. Und schließlich gelang es ihm, das Pferd etwas zu besänftigen und wieder in gleichmäßigen Trott zu bringen. Doch als er sich im Sattel aufrichtete und zur Kutsche umdrehen wollte, traf ihn ein überhängender Ast an Kopf und Schulter und warf ihn vom Pferd.

Die Kutsche hatte hinter der Kurve angehalten, Conny und Houston Kirby waren sogleich aus dem bedenklich schwankenden Gefährt gesprungen und hatten mit angesehen, wie Dante Leighton von seinem Pferd abgeworfen wurde.

Conny stieß einen Schrei aus, stürzte zu seinem Captain und starrte mit dem Ausdruck des Schreckens auf seinem Gesicht auf den zusammengekrümmten Körper des gestürzten Reiters. Houston Kirby brauchte etwas länger, um seinem Herrn zur Seite zu eilen. Außer Atem kniete er, tief betroffen, neben dem bewußtlosen Dante Leighton. Blut sickerte aus einer Wunde über der Braue des Captains.

»Er ist tot, nicht wahr?« Conny weinte und schrie. Dann wandte er sich den beiden Jungen zu, die ihre Pferde schnell unter Kontrolle gebracht hatten und nun ebenfalls herbeieilten.

»Ist er wirklich tot?« fragte Robin Dominick zögernd, als er neben dem untröstlichen Conny stand. Und da der Gentleman dort auf dem Boden so merkwürdig leblos dalag, beschlich den jungen Robin Dominick die schreckliche Ahnung, daß der Mann wohl tatsächlich tot war.

»O Gott, wir haben es getan«, murmelte James Fletcher und wünschte sich, daß er doch besser nie mitangehört hätte, wie Francis und seine Brüder darüber gesprochen hatten, Dante Leighton auf der Straße aufzulauern.

Nachdem sich Houston Kirby vergewissert hatte, daß der Captain noch am Leben war, musterte er die Fremden mit eindringlichem Blick und bemerkte erst jetzt, wie sonderbar die beiden gekleidet waren. Obgleich noch junge Burschen, trugen sie altertümliche Perücken, und nach dem seltsamen Plunder, ihren Mänteln und Westen zu urteilen, schien es, als wollten sie den Eindruck erwecken, viel älter zu sein, als sie tatsächlich waren.

»Hattet ihr vor, ihn zu töten?« fragte er sie barsch, und sein Blick heftete sich auf die Pistole, die der größere der beiden Burschen in der Hand hielt. An ihren entsetzten, schuldbewußten Mienen war abzulesen, daß sie Unfug im Schilde geführt hatten und nun glaubten, dieser sei außer Kontrolle geraten.

James Fletcher schien auf einmal taub und stumm geworden zu sein. Wie hypnotisiert starrte er in Schrecken und Faszination auf die blutende Wunde auf der Stirn des Gentleman. Ihm wurde schlecht, als er sich gewahr wurde, daß er noch immer die Pistole in der Hand hielt. Zu spät fiel ihm auf, daß der Mann, der neben dem regungslosen Dante Leighton kniete, sie gesehen hatte.

»Wir wollten ihn nur erschrecken«, gestand Robin Dominick schließlich. Er hatte sich so sehr auf die Unterlippe gebissen, daß sie ein wenig blutete. »Niemand wollte, daß er nach Camareigh kommt!« fügte er herausfordernd hinzu. Und im selben Moment mußte er daran denken, daß das alles nicht passiert wäre, wenn Rhea nicht von Camareigh entführt worden wäre. Dann wäre alles noch so wie früher.

»Und wer bist du, daß du so etwas behauptest?« herrschte Kirby den Jungen an. Doch als er die violetten Augen sah, war eine Antwort auf diese Frage gar nicht mehr nötig, denn zu sehr ähnelten diese Augen denen von Lady Rhea Claire.

»Ich bin Robin Dominick. Ich bin hier auf Camareigh zu Hause. Und ich weiß genau, daß niemand will, daß dieser Dante Leighton kommt und Rhea mitnimmt.«

»Ach, und deshalb hast du also beschlossen, die Sache selbst in die Hand zu nehmen, was?« fragte Kirby. Der Junge tat ihm trotz allem ein wenig leid. Offensichtlich hatte er auf eigene Faust gehandelt – ohne Wissen und Zustimmung der Familie. »Niemand weiß, daß du das vorgehabt hast, stimmts, mein Junge?«

»A-aber natürlich wissen sie das. Ich habe doch gesagt, meine Familie mag diesen Dante Leighton nicht. Wir alle wollen, daß er wieder in die Kolonien geht. Rhea liebt ihn nicht. Sie sagt, daß sie das Gesicht dieses Schurken nie mehr wiedersehen will, solange sie lebt. Sie will mit Leuten wie euch nichts mehr zu tun haben. Warum nehmt ihr ihn nicht einfach und verschwindet?« Robin versuchte verzweifelt, sich aus seinem Dilemma herauszureden.

»Das ist nicht wahr!« Conny Brady schaute ihn mit offenem Mund vor lauter Ungläubigkeit an. »Die Lady liebt den Captain. Und sie hat gesagt, ich könnte nach Camareigh kommen und sie besuchen. Sie würde nie ihre Meinung ändern, nicht wahr, Mr. Kirby?« Seine Stimme zitterte, als würde er fürchten, daß es vielleicht doch der Wahrheit entsprach.

»Natürlich nicht, mein Junge«, beruhigte ihn Kirby geistesabwesend, denn seine ganze Aufmerksamkeit galt dem Captain. Es blieb nichts anderes übrig, als ihn zur Kutsche zu schaffen und dann nach Camareigh zu bringen. Auf diese Weise dort einzutreffen, dachte Kirby bei sich, hatte der Captain sicher nicht geplant. Er schüttelte den Kopf und seufzte. Warum mußte es nur immer wieder solche Schwierigkeiten geben? Nun, zumindest würden sie so durch die schmiedeeisernen Tore kommen, denn nicht einmal der Herzog von Camareigh würde einen verletzten Mann abweisen.

Conny deutete die Miene und Gesten des kleinen Steward falsch und packte Robin Dominick am Spitzenkragen.

»Du hast ihn umgebracht!« schrie er. Das also war Lady Rhea Claires jüngerer Bruder, der Junge, von dem sie stets so liebevoll gesprochen hatte und der in ihrem Herzen immer an erster Stelle stand. Dieser verwöhnte, reiche kleine Lord hatte den einzigen Menschen umgebracht, der sich jemals wirklich um Conny gekümmert hatte. Er würde den Tod des Captains rächen. »Dafür wirst du büßen, du Feigling, du bleichgesichtige Kanaille! Und damit du's nur weißt: Lady Rhea Claire liebt den Captain! Sie wird dich hassen, weil du ihn umgebracht hast!«

»Ich habe ihn nicht umgebracht. Und sie wird mich nicht hassen. Das wird sie nicht!« schrie Robin zurück. Und dann bemerkte er, daß dieser spindeldürre Junge ohne Manieren niemand anderes sein konnte als jener Conny Brady, von dem Rhea so viel erzählt hatte und den sie gernzuhaben schien.

Robin versuchte, seinen Kragen aus den dreckigen Händen des Emporkömmlings zu befreien, aber der Junge hielt ihn zu fest in seinem Griff und schien auch nicht lockerlassen zu wollen. Stattdessen zog er noch fester. Robin starrte in Conny Bradys zorniges Gesicht und trat ihm gegen das Schienbein. Der Schmerzensschrei, der folgte, war ihm eine Genugtuung, doch nicht für lange. Denn ehe er sich's versah, wurden ihm die Füße weggezogen. Und im nächsten Augenblick landete Conny auf ihm; er, das Waisenkind, das zum ersten Mal ein wirklich feines Paar Hosen und einen dazu passenden Mantel trug.

Houston Kirby starrte voller Erstaunen auf die beiden Jungen, die sich mitten auf der Straße wälzten und prügelten. Der andere Junge versuchte, die beiden Streithähne auseinanderzubringen, doch auch ihm wurde ein Bein gestellt, und so landete er plötzlich selbst im Schlamm.

Der Kutscher stieg von seinem Kutschbock und näherte sich. Er grinste breit, als er diese chaotische Szenerie betrachtete. Die beiden Jungen waren mit ganzem Herzen bei ihrem Kampf, und da sie vom Alter und der Größe ungefähr gleich waren, schien er fair zu sein.

»Wenn Sie einen Moment Zeit hätten, könnte ich Ihre Hilfe gebrauchen, eine Lordschaft zur Kutsche zu bringen«, schlug Kirby ohne allzu große Freundlichkeit vor.

Sie hoben Dante Leighton hoch, als sich ein Reiter vom großen Haus her näherte. Houston Kirby schaute auf und wollte gerade um Hilfe bitten, doch da erstarben ihm die Worte auf den Lippen, als er in das narbige Gesicht des Herzogs von Camareigh höchstpersönlich starrte.

Lieber Himmel, dachte Houston Kirby. Wie sollte er nur den Captain verteidigen gegen das, was der Herzog im Schilde führen mochte, nun da der Captain der *Sea Dragon* seiner Gnade ausgeliefert war? Doch Houston Kirby wurde überrascht, denn Lucien Dominick stieg rasch vom Pferd und eilte an ihre Seite, um ihnen zur Hand zu gehen, als sie ihren Freund zur Kutsche trugen.

»Was ist geschehen?« wollte er wissen, nachdem sie Dante Leighton auf den Sitz der Kutsche gelegt hatten.

Houston Kirby öffnete den Mund, um zu antworten, aber er wußte nicht recht, was er sagen sollte. Wie sollte er dem Herzog von Camareigh erzählen, was sein Sohn getan hatte? Doch Erklärungen waren gar nicht mehr nötig, denn im selben Moment entdeckte der Herzog die beiden kämpfenden Jungen, die gehörig aufeinander einschlugen, und James, der hilflos danebenstand.

»James!« Die Stimme des Herzogs riß James Fletcher aus der Erstarrung. Mit dem Gefühl, daß eine noch größere Katastrophe drohte, drehte sich der junge Mann zu seinem Onkel um, der nun näher kam.

Der Herzog konnte nur James erkennen, die beiden anderen waren über und über mit Schlamm beschmiert. Als die zwei jedoch das Gefühl hatten, daß eine Hand nach ihnen griff, und aufschauten, war das Rätsel gelöst. Denn der Herzog kannte die Augen seines Sohnes nur zu gut, und da es Dante Leighton war, der bewußtlos in der Kutsche lag, konnte der andere Junge niemand anderes sein als Constantine Magnus Tyrone Brady.

»Ich verlange eine Erklärung, und zwar von beiden Gentlemen. Obwohl ich dieses Wort mit einiger Zurückhaltung benutzen möchte«, sagte er mit schneidender Stimme, die Robin schon so oft gehört hatte. Es würde keine Nachsicht für ihn geben. »Du«, trug der Herzog Conny auf, »steigst in die Kutsche und begleitest deinen Captain und Mr. Kirby nach Camareigh. Und du, Robin, siehst zu, daß du dein Pferd wieder einfängst und kehrst schleunigst nach Hause zurück«, wies er seinen Sohn an, dessen gesenkter Kopf beinah' Beweis genug war für seine Schuld. »Und wenn du dich umgezogen hast, erwarte ich dich in meinem Arbeitszimmer.«

Dann wandte sich Lucien Dominick an den jungen Mann, der gehofft hatte, übersehen worden zu sein, und sich bereits auf den Weg machen wollte. Doch als er seinen Namen hörte, blieb er wie angewurzelt stehen. »Und du, James, wirst mir alles erklären, während wir nach Camareigh zurückreiten«, verkündete der Herzog das Urteil über den Jungen, der später auch noch seinem Vater, dem General, gegenübertreten mußte.

Dante Leighton erwachte mit einem unaufhörlichen Pochen in den Schläfen. Leise stöhnend hob er eine Hand zu der schmerzenden Stelle und war überrascht, einen dicken Verband um seine Stirn zu fühlen. Er öffnete blinzelnd ein Auge, sah sich um und war erneut überrascht. Er lag nicht etwa auf der Straße, sondern in einem sehr bequemen riesigen Bett mit spitzenbesetzten Vorhängen und einer Decke, die ihm jemand um seine bloßen Schultern gelegt hatte. An den großen, längs unterteilten Fenstern hingen seegrüne Vorhänge aus Seidendamast, die sich im kühlen Abendwind bewegten. Ein munteres Feuer prasselte im Kamin, und in diesem Moment schlug eine Uhr auf dem Kaminsims die Stunde. Die Schatten des Kaminfeuers tanzten auf der Gestalt einer Frau, die Dante noch nie zuvor gesehen hatte. Sie saß auf einem rosafarbenen Stuhl mit hoher Lehne und schien zu schlafen. Dennoch erinnerte sie ihn an einen Wachhund.

Dante behielt sie sorgsam im Auge und schaute zur Tür, die sich jedoch am anderen, entfernten Ende des Raumes befand. Er würde direkt an der Frau vorbeigehen müssen. Doch warum er sich bedroht fühlen sollte in einem so prächtigen Zimmer, wußte er selbst nicht zu sagen. Er war gut versorgt worden: Das Bouquet duftender Blumen in einer Chinavase, die auf einem Mahagonitisch stand, erfüllte den Raum, und auf einem kleinen Tisch sah Dante silbernes Teegeschirr.

Als er sich jetzt neugierig im Zimmer umsah, bemerkte er auf seinem Nachttisch ein kristallenes Kelchglas mit Brandy, das er leicht mit ausgestrecktem Arm erreichen konnte. Mit einem dankbaren Seufzer griff er danach und trank von dem Brandy.

Doch plötzlich schluckte er, hustete und starrte mit ungläubiger und entsetzter Miene auf das übelschmeckende Gebräu, das so sehr nach Brandy aussah. »Was, zum Teufel, ist das?«

»Oh, wie ich sehe, sind Sie wieder bei Bewußtsein«, bemerkte die Frau, offenbar beeindruckt vom ärgerlichen Funkeln in Dante Leightons blaßgrauen Augen. »Was das ist? Das Beste, um wieder einen klaren Kopf zu kriegen.«

»Gütiger Himmel, liebe Frau. Sie hätten mich glatt umbringen können mit diesem Gift.« Er schnupperte am Glas. »Das ist doch wohl nicht etwa Gift, oder?«

»Nun, manche finden jedenfalls, daß es ebenso schlimm ist. Aber wenn sie es getrunken haben und die Farbe wieder in ihr Gesicht zurückkehrt, beschwert sich keiner mehr.« Die Frau verzog amüsiert ihr faltiges Gesicht.

»Madame, ich hatte noch nie das Verlangen, unbedingt Farbe auf meinen Wangen zu haben.«

»Wär' aber ganz gut für Sie, M'lord. Hab' noch nie jemanden mit so blassem Gesicht gesehen. Und wenn ich bedenke, wie braun Sie eigentlich sind von der Sonne. Mrs. Taylors Spezialmedizin bringt Sie jedenfalls im Handumdrehen wieder auf die Beine«, sagte sie im Brustton der Überzeugung, aber nur, weil sie selbst diese Medizin noch nie hatte nehmen müssen.

»Nun, da bin ich ganz sicher«, spottete Dante und dachte daran, wie gut diese Frau und sein ihn bisweilen ärgernder Steward miteinander auskommen würden. »Und wenn ich mir erlauben darf zu fragen: Wer sind Sie? Und wo ist Kirby? Wo ist Conny Brady? Und wo, verdammt noch mal, bin ich hier eigentlich?«

»Oooh, ich höre, wir fühlen uns schon besser. Hab' ich Ihnen ja gesagt, oder?« schnaubte die Frau, und das erinnerte Dante noch mehr an seinen Steward. »Nun, wenn Sie danach fragen: Ich bin Rawley. Und Ihr Mr. Kirby ist runtergegangen in die Küche, um Ihnen eine Mahlzeit zuzubereiten. Ich hatte noch nie die Ehre, einen Mann zu treffen, der noch unerträglicher und herrischer ist als Ihr Mr. Kirby. Ach ja, und der junge Mr. Brady ist in einem anderen Raum untergebracht worden, und ich muß sagen, daß er wirklich der unerzogenste und lauteste kleine Kerl ist, der mir je untergekommen ist.« Ihre Miene ließ keinen Zweifel daran, was sie von Dantes Begleitern hielt. Von ihnen dreien... »Und Sie«, fügte Rawley bedeutungsvoll hinzu, »Sie sind Gast auf Camareigh.«

Dante Leighton war überrascht. Obwohl er ein solches Zimmer nie in einem Wirtshaus vermutet hätte, konnte er dennoch kaum glauben, daß es ihm wirklich gelungen war, durch die Tore von Camareigh zu gelangen. Sein plötzliches Kichern entsetzte Rawley. Als sie näher kam, das Tablett mit dem Tee in den Händen, musterte sie den Gentleman aufmerksam aus den Augenwinkeln und fragte sich, ob die Geschichten wahr waren. Hatte Lady Rhea sich mit einem Piraten vermählt? Auf jeden Fall sah er so aus und handelte eher wie ein Teufel und kaum wie ein Marquis.

»Verrat mir eines, Rawley«, bat Dante höflich, und sein plötzliches Lächeln ließ Rawley erstarren, denn es erwärmte ihr Herz wie noch kein Lächeln zuvor. »Warum hältst du Conny Brady für ungezogen? Ich kann deine Gefühle gegenüber Kirby verstehen, so wie er nun mal ist. Aber Conny?«

Rawley stellte das Tablett ab und stemmte die Hände in die Hüften. Sie sah den Mann auf dem Bett an, den, nun da er erfahren hatte, daß er auf Camareigh war, alle Anspannung verlassen zu haben schien und der sich augenscheinlich sogar recht wohl fühlte, so als glaubte er, die Situation unter Kontrolle zu haben. Was sehr merkwürdig war für einen, der flach auf dem Rücken im Bett liegt.

»Na ja, sehen Sie, als Sie bewußtlos waren«, begann Rawley und fühlte sich mit einem Mal unwohl, als sie den Blick des Captains der *Sea Dragon* auf sich fühlte. Der Mann hatte eine Art, einen anzusehen, daß man sich nicht traute, ihn zu belügen. »Sie haben ja nicht mitgekriegt, was los war, nachdem Sie vom Pferd gefallen sind.«

»Wenn ich mich recht entsinne, wurde ich von meinem Pferd abgeworfen. Es ist durchgegangen, weil jemand einen Schuß direkt vor seine Hufe abfeuerte.« Dantes Blick verengte sich, als er sah, wie nervös das Hausmädchen jetzt war. »Ich nehme an, du kennst die beiden Attentäter?«

»O M'lord«, sagte Rawley hastig, um noch weiteren Schaden zu verhindern, »die beiden wollten Ihnen nichts tun. Ganz sicher nicht das, was passiert ist. Sie wollten Sie nur von Camareigh vertreiben. Das war alles.« Rawley hoffte inständig, daß er ein Gentleman war. »Es war doch nur ein böser Streich von Kindern.«

»Die beiden?«

Rawley schluckte. Wie kam es, daß sie es war, die diesem Dante Leighton all die Mißverständnisse erklären mußte?

»Der junge Robin und sein Cousin James Fletcher. Sie dachten, sie würden der Familie damit einen Dienst erweisen.« Rawley nahm an, es wäre wohl das Beste, jetzt gleich alles zu klären. Außerdem würde es Seiner Hoheit die Peinlichkeit ersparen, sich zu entschuldigen und diesem Mann die Umstände darzulegen.

»Einen Dienst erweisen? Mich ins Grab bringen, das wollten die beiden«, erwiderte Dante kalt. »Robin? Ah, ich erinnere mich, Rheas kleiner Bruder. Sie warnte mich, daß er immer auf Unfug aus ist, auf die eine Art oder die andere. Aber ich hatte ja keine Ahnung, wie gefährlich dieser kleine Bursche sein kann. Ich werde in Zukunft auf der Hut sein müssen.«

Rawley biß sich auf die Lippen. »Sie brauchen sich keine Sorgen mehr deswegen zu machen, M'lord. Seine Hoheit hat sich Robin schon vorgenommen. War nicht zu überhören. Ich fürchte, er wird sich jetzt sieben Wochen nicht mehr auf seine vier Buchstaben setzen können. Und auch nicht Master James. Der General hat ihm damit gedroht, ihn zu seinem alten Sergeant Major zu schicken, damit der ihm gehörig die Leviten liest. Noch nie hab' ich solch ein Betteln gehört. Hoch und heilig hat er versprochen, nie wieder so etwas Schlimmes anzustellen. Natürlich wissen wir alle, daß der junge James verliebt ist in Lady Rhea, schon seit er aus den Windeln raus ist. Also konnte er gar nicht anders als mitmachen. Er konnte wirklich nicht anders.«

»Ich nehme an, Conny Brady hat mich lautstark verteidigt?«

»Ein wenig mehr als das, M'lord. Er und Robin lieferten sich einen Boxkampf mitten auf der Straße. Seine Hoheit hat die beiden auseinandergebracht. Weiß nicht, wer von beiden schlimmer aussah. Hatten beide blaue Augen und geschwollene Lippen, ganz zu schweigen von den Bissen, die sich wahrscheinlich entzünden werden. Seine Hoheit war mehr als nur verärgert, als er ins Haus stürmte und dafür sorgte, daß Sie hierhergebracht wurden.«

Dante Leighton schien wirklich verblüfft zu sein. »Lucien Dominick persönlich?«

»Aye, er sagte, ich solle hier bei Ihnen bleiben, nach Ihnen sehen und aufpassen, daß nichts passiert, solange Sie sein Gast sind. Er meinte, es habe schon genug Blutvergießen und Unglück gegeben, weil manche versuchen, die Dinge selbst in die Hände zu nehmen. Nur weil ein Mensch es nicht mag, wie die Dinge laufen, gibt ihm das nicht das Recht, sie ändern zu wollen, vor allem nicht in böser Absicht. Hab' gehört, wie Seine Hoheit das zu Ihrer Hoheit und zum Rest der Familie sagte, und damit meinte er auch die Fletchers und Robin. Ganz außer sich war er.« Rawley schüttelte den Kopf, als sie sich daran erinnerte, was sie alles mit angehört hatte.

Dante hätte nie gedacht, im Herzog von Camareigh einen Verbündeten zu finden. Je mehr er darüber nachdachte, desto erstaunter war er. Vielleicht sollte er sich bei dem jungen Robin bedanken, weil der ihm unfreiwillig Eintritt nach Camareigh verschafft hatte. Und damit auch zu seiner Frau...

Und als könnte sie Gedanken lesen, sagte Rawley im selben Augenblick: »Ihre Ladyschaft ist die ganze Nacht hier gewesen. Sie hat an Ihrer Seite gesessen, vom ersten Moment an, als man Sie hierherbrachte. Aber Seine Hoheit hat sie aufgefordert, sich etwas auszuruhen und an ihr Kind zu denken. Er sagte, daß sie sich keine Sorgen machen soll und daß Sie hier schon sicher sind. Er hat es ihr versprochen.«

Dante schmunzelte. »Das habe ich immer an Lucien Dominick geschätzt. Er ist und bleibt ein Gentleman, ganz gleich, worum es auch geht. Vielleicht habe ich gar nicht mal Pech gehabt bei der Wahl meines Schwiegervaters?« Wenn es ihm gelungen war, ein wenig Unterstützung vom Herzog zu erfahren, dann würde es auch bei der Herzogin kein Problem sein.

»Aye, Sie hätten es bestimmt schlimmer treffen können, M'lord. Aber natürlich ist da noch die Herzogin.« Wieder schien Rawley seine Gedanken zu lesen. Dante Leighton und die Herzogin – bei diesem Zusammentreffen wäre sie liebend gern dabei.

»Wie geht es Rhea Claire? Die Reise von London hierher hat sie hoffentlich nicht zu sehr mitgenommen?« fragte Dante und wünschte sich, daß es Morgen werden möge, damit er sie endlich wieder in den Armen halten konnte.

»Oh, ihr geht es gut. Besonders, wo sie doch wieder daheim ist. Ich nehme doch wohl an, daß Sie beide jetzt eine Weile hierbleiben werden«, sagte Rawley schüchtern.

»Tatsächlich?« Dante hob die Augenbrauen. »Ich glaube, das ist etwas, was wir erst noch entscheiden müssen.«

»Nun, wenn mich nicht alles täuscht, M'lord, wird Ihnen gar nichts anderes übrigbleiben mit Ihrem gebrochenen Knöchel.«

Zum ersten Mal seit er wieder bei Bewußtsein war, spürte er das Stechen und Pochen in seinem Knöchel. Er schlug die Bettdecke zurück und schwang die Füße auf den Boden.

»Ich würde das nicht tun, wenn ich Sie wäre, M'lord«, warnte Rawley. Dieser Dante Leighton, so sagte sie sich im stillen, ist schon ein richtiger Dickkopf. »Denken Sie dran, daß Sie keine Hose anhaben. Oh, genieren Sie sich nicht wegen mir. Ich hab' schon alles gesehen, was ein Mann zu bieten hat. Hab' in London für eine Weile in einem Bordell gearbeitet, bis es mir zu langweilig geworden ist, so war das. Nein, meinetwegen nicht, M'lord, aber ich habe an Ihren Ruf gedacht.« Die unverblümte Art, wie sie das sagte, ließ Dante sich so männlich fühlen wie ein Kerlchen, das noch immer Windeln trug. Dante Leighton, der über die Jahre gelernt hatte, einen guten Ratschlag zu beherzigen, zögerte. Er legte sich wieder ins Bett und warf der selbstgefällig dreinschauenden Rawley einen argwöhnischen Blick zu.

»Und du bist sicher, daß er gebrochen ist?«

»Aye, hab' auf meine alten Tage genug gebrochene Knochen gesehen, um zu wissen, wovon ich spreche. Sogar der kleine griesgrämige Mann, Ihr Mr. Kirby, der kaum genug auf den Rippen hat, um einen Vogel zu füttern, stimmte mir zu. Schätze, er hat schon oft geschwollenes und verletztes Fleisch gesehen, daß auch er weiß, worüber er redet«, brummelte Rawley, als würde sie Dante Leighton persönlich für die Taten Houston Kirbys verantwortlich machen.

Und genau in diesem Augenblick, als hätte er draußen vor der Tür gestanden und die Vorwürfe mitangehört, stürmte Houston Kirby ins Zimmer. Er sah aus wie ein Vogel mit gerupften Federn, der kleine Steward, und warf der hageren Frau, die so viel zu wissen schien und einen das auch spüren ließ, einen gequälten Blick zu.

Houston Kirby schnaufte verärgert, als er den leeren Kelch neben dem Bett des Captains sah, aber er war froh, daß der Captain bei Bewußtsein war. So konnte er ihn wenigstens über das ekelhafte Gebräu befragen, das diese Rawley mit solchem Eifer zubereitet hatte. Vor allem war er neugierig, wie sie es geschafft hatte, den Captain dazu zu bewegen, im Bett zu bleiben.

»Wie fühlen Sie sich, Mylord?« erkundigte er sich. Er hielt es für das beste, ihn bei seinem Titel anzureden, jetzt, wo sie unter gewöhnlichem Volk waren. Sein Herr würde dadurch besser behandelt werden, das war sicher.

»Wie in der Hölle«, antwortete Dante und rieb sich den Hinterkopf.

»Kaum überraschend, denn Sie haben ganz schön eins vor den Kopf gekriegt von diesem Ast«, pflichtete der kleine Steward bei.

»Und mein Knöchel hat offenbar auch etwas abbekommen.«

»Oh, Sie haben versucht, aufzustehen, nicht wahr?« Kirby war nicht im mindesten überrascht von der unbedachten Tat seines Captains. Mit erneutem Interesse blickte er zu der steif dastehenden Rawley.

»Er ist nicht weit gekommen«, fühlte sich Rawley genötigt zu erklären, und auch wenn sie es nicht wollte, zierte ein leichtes Rot ihre hageren Wangen.

»Nun, ich bin froh, daß es nicht noch schlimmer gekommen ist.« Kirby stellte sein Tablett auf dem Tisch neben dem Bett ab. »Habe Ihnen ein wenig Fleischbrühe gebracht, mein eigenes Spezialrezept«, erklärte Kirby und fühlte sich besser, weil er jetzt wieder für die Genesung des Captains zuständig war. »Wir werden Sie im Nu wieder auf die Beine kriegen.«

»Aye, das werden wir ganz bestimmt. Wenn mich die Gentlemen bitte entschuldigen, ich muß mich wieder um meine alltäglichen Pflichten kümmern«, sagte Rawley mit einem Schnaufen, das selbst noch das von Houston Kirby übertraf. »Ich muß Lady Rhea unterrichten, daß Sie aufgewacht sind.«

»Stör sie nicht«, befahl Dante scharf, so als ob diese Frau ein Mitglied seiner Crew war.

Rawley zögerte. Sie stand in Diensten der Dominicks, aber dieser Gentleman klang so autoritär. Und er war letzten Endes Lady Rheas Gatte. Seine Anweisungen mußten befolgt werden. Und sie dachte wesentlich besser von ihm, weil er so besorgt um die Lady war. Vielleicht war er ja gar kein so übler Kerl, wie sie zuerst gedacht hatte.

»Sehr wohl, M'lord, hatte mir selber gerade überlegt, daß es wohl besser ist, der jungen Lady ihre Ruhe zu lassen«, pflichtete sie bei.

»Aufdringliches, besserwisserisches Weib«, murrte Kirby, als Rawley aus dem Zimmer ging.

»Hast du Rhea Claire gesehen?« wollte Dante wissen.

»Aye, so hübsch wie immer, obgleich sie sich Ihrotwegen beinahe zu Tode ängstigte.« Kirby reichte dem Captain eine dampfende Schüssel Brühe.

»Habe ich recht verstanden, daß der Herzog dafür gesorgt hat, daß ich jetzt hier bin?« Dante traute seinem Glück noch immer nicht.

»Aye, er half uns, Sie in die Kutsche zu hieven, jawohl, das hat er getan. Dachte ja erst, er käme, um Ihnen den Rest zu geben, aber dann überraschte er mich und kam zu Hilfe. Ein wahrhaft edler Gentleman ist er.«

»Und bist du der Herzogin schon begegnet?« fragte Dante und schlürfte einen Löffel Brühe. Als der kleine Steward schwieg, blickte er neugierig auf und erfuhr die dritte Überraschung an diesem Tag. Houston Kirby war doch tatsächlich aus Verlegenheit errötet. Noch nie zuvor hatte Dante Leighton erlebt, daß sich der kleine Mann so unwohl zu fühlen schien – er war richtig durcheinander. »Was ist los?«

»Nichts.«

»Nun komm schon, Kirby, raus damit. Du kannst es mir doch sagen, oder etwa nicht? Himmel, du hast dich doch nicht etwa mit ihr gestritten, oder? Ich hatte gehofft, Rheas Mutter gebührend begrüßen zu können.«

»O nein, es war nichts dergleichen. Es ist nur...« Kirby seufzte. »Ihre Hoheit ist die liebenswürdigste, wunderschönste und freundlichste Lady, die mir je zu Augen kam. Ein Engel, ja, das ist sie, M'lord. Lady Rhea kommt ganz nach ihr, ja, in der Tat.«

Dante Leighton wollte es kaum glauben. Houston Kirby war noch nie von einer Frau so beeindruckt gewesen. Die einzigen beiden Frauen, von denen Dante wußte, daß Kirby sie akzeptierte, waren Rhea Claire und Dantes Mutter, Lady Elayne.

»Du alter Seebär«, murmelte Dante voller Zuneigung, und Houston Kirby schaute dankbar auf, weil er wußte, daß der Captain niemandem auch nur ein Sterbenswörtchen erzählen würde. »Ich bedauere ja richtig, daß ich noch nicht das Vergnügen hatte, dieses Wunderwesen kennenzulernen.«

»Das taten Sie, nur waren Sie in diesem Moment gerade bewußtlos«, erzählte Kirby dem erschrockenen Dante Leighton. »Oh, keine Sorge. Sie war sehr anständig. Man hatte Sie gerade hergebracht und auf das Bett gelegt, als Ihre Hoheit und Lady Rhea eintraten. Sie versuchte, die junge Lady zu beruhigen, denn die sah jämmerlich und zu Tode erschrocken aus. Sie dachte, Sie wären tot. Noch nie habe ich eine so verzweifelte junge Lady gesehen. Bin sicher, sie liebt Sie noch immer.«

Dante entspannte sich sichtlich und räkelte sich auf seinen weichen Kissen. Er fühlte sich schon viel besser.

»Ich würde nicht so selbstsicher sein, wenn ich Sie wäre. Wir haben noch einen langen Weg vor uns, bis wir von dieser Familie akzeptiert werden«, sagte Kirby.

»Hat die Herzogin irgend etwas gesagt?«

Houston Kirby schniefte. »Sie stand eine Weile neben dem Bett und hat Sie lange angeschaut. Schätze, daß ihre wunderhübschen Augen nichts übersehen haben an Ihnen, M'lord. Aber ich kann nicht sagen, daß sie besonders freundlich war oder voller Bewunderung«, sagte Kirby und nahm die leere Schale an sich.

»Wenn sie etwas Ähnliches beabsichtigt wie ihr Sohn, dann wundert es mich, daß sie mich nicht erledigt hat, während ich bewußtlos dalag.« Dante gähnte schläfrig. »Bist du sicher, daß sie keine Pistole unter ihrem Umhang versteckt hielt?«

»Wenn Sie ihr reizendes Gesicht gesehen hätten, M'lord, dann würden Sie so was nicht sagen. Also, ich glaube nicht, daß es auch nur einen Menschen auf der Welt gibt, der weniger hinterhältig ist. Ihre Hoheit, so zart und würdevoll, erschien mir wie eine freundliche und herzensgute Lady, die wahrscheinlich wie vom Blitz getroffen in Ohnmacht fallen würde beim Anblick einer Pistole, und todsicher nie selbst eine abfeuern könnte«, verteidigte Kirby sie leidenschaftlich.

»Vergiß nicht, auch Rhea sah zuerst süß und unschuldig aus, und doch hätte sie beinahe unsere Schatzkarte verbrannt«, erinnerte der Captain der *Sea Dragon* den kleinen Steward. Doch dann fielen ihm fast die Augen zu, als er es sich auf den Kissen bequem machte, die Kirby unter seine Schultern gestopft hatte.

»Es bereitet Ihnen diebische Freude, daß es Ihnen gelungen ist, nach Camareigh zu kommen, nicht wahr, M'lord?« fragte der kleine Steward eindringlich, und seine Augen blitzten argwöhnisch, denn er wußte, daß der Captain bereit war, ein oder zwei Tricks anzuwenden, wenn es ihm half, sein Ziel zu erreichen. »Hätte ich es nicht mit eigenen Augen gesehen, wie Sie mit dem Kopf gegen den Ast schlugen und vom Pferd stürzten, und gäbe es nicht diesen angeschwollenen Knöchel, würde ich glatt annehmen, daß dies wieder mal eine Ihrer Betrügereien ist.«

Träge schlug der Marquis von Jacqobi ein Auge auf. »Zu schade, daß Rheas Bruder darauf gekommen ist und nicht ich, denn ich hätte es nicht gar so übertrieben. Einen gebrochenen Knöchel hätte es dann ganz sicher nicht gegeben«, meinte Dante und dachte daran, daß er mit Robin Dominick noch ein Wörtchen würde wechseln müssen. Benommen starrte er in die Flammen des Kaminfeuers, wie hypnotisiert vom flackernden Licht.

Als er wieder aufwachte, saß Rhea Claire auf dem Stuhl neben dem Bett, und das Feuer war nicht mehr als ein Häufchen glühender Kohle.

»Kleine Paradiesblume«, murmelte er.

»Dante!« rief sie erleichtert und sprang auf.

»Du hast mich also nicht vergessen?« fragte er, als sie sich sachte auf die Bettkante setzte und sein Gesicht musterte.

»Hast du wirklich geglaubt, ich könnte dich vergessen?« Ihr süßes Lächeln wandelte sich zu einem versonnenen, als sie spürte, wie sich seine Arme um ihre Hüften schlangen. Dann zog Dante Rhea an seine nackte Brust.

»Du hast mir gefehlt, Rhea«, flüsterte er. »Mir war nie richtig warm, seit du mein Bett verlassen hast.«

»Jetzt, wenn der Winter kommt, müssen wir eben zusammenbleiben«, sagte Rhea, und es klang so praktisch, daß Dante stöhnte, doch noch ehe er sich über diesen kühlen Empfang beklagen konnte, hatte Rhea die Arme um seinen Nacken geschlungen und küßte ihn.

Rhea lachte. »Hast du unsere Rawley schon kennengelernt?«

»Nicht nur Rawley, sondern auch ein übles Gebräu – diese Spezialmedizin. Ich glaube immer noch, daß dieses Weib mich um die Ecke bringen wollte. Nun, das ist nun doch zuviel der Loyalität.« Dante grinste.

»Mein armer Liebling«, sagte Rhea. Schließlich war sie mit Mrs. Taylors Spezialmedizin aufgewachsen.

»Ich erwarte liebende Fürsorge, wenn ich wieder gesund werden soll.«

Rheas Lächeln verschwand, und ihr Blick verfinsterte sich.

»Dante, ich... ich weiß nicht, was ich sagen soll. Wie kann ich nur erklären, warum mein Bruder das getan hat? Er handelte aus Liebe zu mir. Hast du das Herz, ihm zu verzeihen? Ich könnte es nicht ertragen, wenn ihr – du und Robin – euch nicht vertragen würdet«, sagte sie flehend. Zu ihrer großen Erleichterung lächelte Dante. Wie könnte er bei einem anderen die gleiche Leidenschaft verdammen, die er selber für Rhea empfand?

»Du bist ihm nicht böse?«

»Ich war es, aber jetzt bin ich es vielleicht nicht mehr.«

Rhea schmiegte den Kopf an Dantes Schulter und begann zu hoffen, daß alles gut werden würde, nun, da Dante endlich auf Camareigh war.

Doch Satan findt so manche Missetat noch durch edle Hand zu tun.

Isaac Watts

Kapitel neun

»Wo mag er bloß stecken, der Übeltäter?« schimpfte Houston Kirby, als er durch die Flure stapfte. Er schaute hoch und entdeckte die hochmütigen, kalten Blicke der unzähligen Ahnen der Dominicks, welche die Wände der großen Galerie schmückten, und mäßigte seinen Schritt. Besser umsichtig sein, dachte Kirby, denn es war noch nie besonders klug, die Toten zu stören.

»Hab' ihn gewarnt, oh, das habe ich. Hab' ihm gesagt, daß ich seinen üblichen Unsinn nicht hinnehmen werde. Aber hat er gehört, dieser flohgeplagte Schlingel?« Der kleine Steward schaute sich mit bitterböser Miene im Zimmer um, das still und verlassen war. Welchen Unfug der Kater in genau diesem Augenblick wohl im Schilde führte? Keine Spur von Jamaica. Alles war ruhig. Man soll froh sein für kleine Gefallen, dachte Kirby und dankte dem Himmel, daß dieses Zimmer nicht in einem heillosen Durcheinander war. Was man von der Küche nicht gerade sagen konnte.

Nicht einmal eine Stunde war es her, da hatte er gesehen, wie der Kater, ein weißes und orangefarbenes Bündel, von einer Magd mit dem Besen aus der Küche verscheucht worden war. Und als er sich die Szene von Nahem besehen wollte, gar darauf vorbereitet, dem armen Kater zu Hilfe zu eilen, wenn es nötig sein sollte, fand er die Bediensteten der Küche in Aufruhr, die einer Meuterei glich.

Der Koch, obgleich ein kleiner Kerl, beschwor die Hölle herbei, während er mit einer Bratpfanne über dem Kopf herumfuchtelte.

Sehr zu Houston Kirbys Verärgerung und weniger zu seiner Überraschung hatte sich der räuberische Kater, bekannt als Jamaica, in die Küche geschlichen. Als er entdeckt wurde, war es bereits zu spät gewesen, und er hatte eine Platte mit überbackenem Lachs leergeräubert und saubergeleckt und danach noch einige Happen Nieren und Schinken verputzt. Er hatte es sogar fertiggebracht, einen Bissen vom Roastbeef zu ergattern. All das war für das Frühstück der Dominicks bestimmt gewesen.

Houston Kirby schnaufte und murmelte Flüche vor sich hin, als er die Galerie hinter sich ließ und zum Südflügel, zu den Räumen der Dominick-Familie und ihren Gästen, marschierte. In einem dieser Zimmer war Dante Leighton untergebracht, und Houston Kirby nahm an, daß sich Jamaica dort versteckt hatte. Niemand würde es wagen, dem kleinen Burschen auch nur ein Haar zu krümmen, solange er den Schutz des Captains genoß.

Kirby hatte gerade den Korridor erreicht, der zum Südflügel führte, als er bemerkte, daß eine der Doppeltüren offenstand. Direkt vor der Tür lag ein kleines Stück Fleisch. Ein kleiner Rest der Beute. Hatte er den Dieb also in die Enge getrieben...

»A-ha! Hab' ich dich, du Höllenbrut von einer Nervensäge«, rief er, stürmte ins Zimmer und schlug die Türen hinter sich zu. Doch als er sich umsah, hätten ihm seine Knie beinahe ihren Dienst versagt. Denn er starrte geradewegs in das überraschte Gesicht der Herzogin von Camareigh. Und auf ihrem Schoß lag niemand anderes als der zufriedene Kater höchstpersönlich.

»Oh… nein! Hoheit!« Kirby stöhnte in äußerster Verlegenheit und Bestürzung, sein errötetes Gesicht ein Bild des unterwürfigen Elends. »Oh…« Er wollte fortfahren, doch er war nicht fähig, seine Gedanken zu ordnen.

Sabrina, die Herzogin von Camareigh, lächelte. »Das ist Ihr Kater, nicht wahr?«

Houston Kirby nickte betrübt.

»Ich nehme an, er hat Dummheiten angestellt. Hat er den Lachs stibitzt, den es zum Frühstück geben sollte?«

Kirby stand der Mund offen. »Woher wissen Sie das?«

Die Herzogin lachte laut. »Ich kann es an seinem Atem riechen«, erklärte sie dem verlegenen kleinen Steward, und zu seiner Verwunderung kraulte sie den schnurrenden Kater, während sie sanft auf ihn einredete.

»Ich werde ihn gleich in die Ställe bringen, Hoheit«, erbot sich Houston Kirby und nahm sich vor, dafür zu sorgen, daß dem alten Kater eine gehörige Strafe für diesen Aufruhr zuteil würde. »Der Captain wird mächtig erzürnt sein, wenn er hört, daß Jamaica Sie belästigt hat, Hoheit.«

»Oh, so ist er also auch der Kater des Captains?«

»Nun, mehr seiner als meiner. Egentlich war Jamaica das Maskottchen der *Sea Dragon*, aber der Captain hat ihn gerettet, als er den armen Kerl in Port Royal, in einen Sack geschnürt, fand.«

»Ich stelle fest, daß mein Schwiegersohn und ich zumindest zwei Dinge gemeinsam haben.«

»Ich bitte vielmals um Vergebung, Hoheit, aber ich wüßte nicht, was Sie mit dem Captain gemein haben könnten«, widersprach Houston Kirby der Herzogin mutig, und seine Augen strahlten vor Bewunderung, als er sie ansah. Sie trug ein Kleid aus grüner Seide und Spitze, ihr schwarzes Haar, geschwungen in herrlichen Locken, war mit Perlen geschmückt – fürwahr, sie sah aus wie eine Königin.

»Wir lieben beide Rhea und haben eine Schwäche für Katzen«, sagte sie mit einem Schmunzeln, das ihre Erscheinung veränderte und den Steward an ein schelmisches Kind erinnerte. Wie ihr Sohn Robin.

»Er liebt doch Rhea, nicht wahr, Mr. Kirby?« Sie entwaffnete ihn mit ihrem Lächeln und einem fragenden Blick aus diesen unglaublich violetten Augen.

»Aye, Hoheit«, antwortete er schlicht. »Der Captain ist ein neuer Mensch, seit er sie das erste Mal gesehen hat. Er liebt sie, wie er Merdraco und seine Mutter, Lady Elayne, geliebt hat, bevor sie starb. Er bewahrt sie noch immer in seiner Erinnerung. Es gibt nur ganz wenige Dinge auf dieser Welt, die Dante Leighton schätzt, und hat er erst einmal sein Herz an etwas verloren, dann ist es für immer ein Teil von ihm. Nehme an, er würde verrückt werden, sollte er entweder Rhea oder Merdraco verlieren«, sagte Houston Kirby mit fester Stimme. Ihm war unwohl, wenn er daran dachte, was sein würde, wenn sie nach Merdraco kämen.

»Eine solche Liebe kann zu Besessenheit führen«, sagte die Herzogin und mußte an Kate denken.

»Aye, das kann sie, Hoheit«, pflichtete Kirby bei. »Aber, wenn ich so sagen darf, Lady Rhea Claire, freundliche und verständnisvolle Lady, die sie ist, dürfte in Zukunft die Welt des Captains von Grund auf ändern. Sie hat ihn bereits durch ihre ruhige Art besänftigt, und ich bin sicher, sie wird es auch in Zukunft tun. Schätze, er selbst ist sich dessen noch nicht einmal bewußt.«

»Wie überaus scharfsinnig von Ihnen, Mr. Kirby.« Die Herzogin lächelte. »Ich habe das Gefühl, daß Sie den Captain und Rhea weit besser kennen als jeder der beiden vermuten würde. Sie sind jemand, den man nicht unterschätzen sollte, Mr. Kirby.«

»Bitte, Hoheit, schlicht Kirby«, betonte er verlegen. Er war trotz allem der Diener des Captains, auch wenn er nun wohlhabend war.

»Nun gut, Kirby, aber ich sollte Ihnen sagen, daß ich Sie nicht länger als einen Diener betrachte. Nach dem, was ich von meiner Tochter hörte, haben Sie ihr so gut wie das Leben gerettet. Und für diese große Güte Ihrerseits werde ich Ihnen ewig dankbar sein. Außerdem – sind Sie jetzt nicht ein reicher Mann? Sagen Sie, werden Sie den Captain verlassen?« erkundigte sie sich in einem Ton, der auf trügerische Weise nach leichter Konversation klang.

»O nein, Hoheit. Mein Platz wird immer an der Seite Seiner Lordschaft und seiner Familie sein, wenigstens solange ich erwünscht bin. Ich wurde auf Merdraco geboren, und ich werde sehr wahrscheinlich auch dort sterben. Ich diene dem Captain weiterhin – ihm, Lady Rhea und ihren Nachkommen«, bekräftigte er.

»Treu ergeben und edelmütig, und doch nicht ohne ein kleines bißchen Verschlagenheit, wie ich vermute. Das erinnert mich an zwei Freunde, die ich früher einmal besser kannte als jetzt. Sie leben nahe Verrick House, meiner alten Heimat in Sussex. Sie haben mir beigestanden, als ich ihre Hilfe und Unterstützung brauchte.« Die Herzogin lachte leise, als würde sie sich an einen Scherz erinnern. »Will und John Taylor. Wie sehr ich die beiden vermisse und die Tage, als... Nun, das gehört nicht hierher.« Sie hielt für einen Moment inne. Jamaica, der sich auf ihrem Schoß zusammengerollt hatte, schien sie an eine andere Zeit zu erinnern, und beides – die Erinnerungen an Trauer und auch an Freude – blieb besser vergessen. Die Herzogin schüttelte den Kopf, um die Gedanken daran zu vertreiben.

»Ich fühle mich geehrt, Hoheit.« Kirby verneigte sich tief.

»Und wie geht es Ihrem Herrn heute? Glauben Sie, daß er Besuch empfangen kann? Nein«, beantwortete die Herzogin ihre Frage selbst, »ich sollte warten, bis er ganz genesen ist. Er würde sich gezwungen fühlen, in meiner Anwesenheit aufzustehen, nicht wahr?« fragte sie ohne Hintergedanken, doch Kirby hatte das untrügliche Gefühl, daß Rawley Märchen erzählt hatte über den

Captain und seine Hose, und daß die Herzogin von Camareigh diese Geschichten amüsant gefunden hatte.

»Aye, Hoheit. Der Captain weiß noch immer, was sich für einen Gentleman gehört, wenn er will«, antwortete Kirby, ohne zu merken, welch offenbarende Bemerkung das war.

Die Herzogin war in Gedanken versunken. »Ich verstehe. Rhea hat mir erzählt, daß er seinen Lebensunterhalt all die Jahre als Freibeuter und Schmuggler bestritten hat, und das sehr erfolgreich. Wir hatten einige sehr interessante Gespräche über Ihren Dante Leighton. Er scheint ja ein höchst unternehmungslustiger Gentleman zu sein.«

»Oh?« Kirby war nicht ganz sicher, ob das nun ein Lob oder Kritik am Captain war. »Aye, das ist er, aber er gilt auch als ehrbar bei dem, was er tut«, verteidigte Kirby ihn beflissen. »Er wurde wirklich als Gentleman erzogen, Hoheit.«

»Sie brauchen mir gegenüber seine Ehre nicht zu verteidigen, Kirby. Es ist eine Tatsache, aber das bleibt unter uns, daß ich den größten Respekt habe vor einem Mann, der aus Unglück so viel machen kann. Erzogen als Gentleman, mit wenig praktischen Fertigkeiten, hätte Dante Leighton auch auf Kosten anderer leben können, nachdem er sein Vermögen verlor. Doch statt dessen machte er sich auf und arbeitete für das Vermögen, das er nun sein eigen nennen kann. Der Versuch zu überleben, so gut er es vermag, kann keine Schande sein. Er kann stolz sein auf seine Jahre als Captain. Die Familie, aus der ich komme, war nicht wohlhabend. In der Tat, wir mußten so manches Mal darum kämpfen, etwas zu essen auf den Tisch zu bekommen. Ich war gezwungen, mitzuhelfen, wo ich nur konnte, doch ich war entschlossen, zu überleben, Kirby. Und ich kann einen anderen nicht dafür verdammen, daß er dasselbe versucht hat.«

Houston Kirby war sprachlos. Er hatte wohl kaum erwartet, Worte der Bewunderung für den Captain von der Herzogin von Camareigh zu hören! Etwas von seiner Überraschung und Zufriedenheit mußte sich auf seinem Gesicht widergespiegelt haben, denn die Herzogin fühlte sich genötigt, noch etwas hinzuzufügen, doch diesmal klang es fast wie eine Warnung.

»Dennoch kann ich nicht über die Taten hinwegsehen, von denen meine Tochter betroffen ist. Er hat ihre Unschuld zu seinem Vorteil ausgenutzt, und das werde ich ihm nicht vergeben. Zumindest so lange nicht, bis ich sicher bin, daß meine Tochter so glücklich ist, wie sie es wäre, hätte sie einen anderen Mann unter weniger verdächtigen Umständen geheiratet. Ihr Dante Leighton, Kirby, ist ein sehr gutaussehender Teufel, und ich nehme an, daß er es gewohnt ist, seinen Weg zu gehen. Meine kleine Rhea Claire hatte niemals eine Chance, nicht wahr? Nein, bitte antworten Sie nicht, denn ich würde nie von Ihnen verlangen, Ihre Loyalität aufzugeben.«

»Nein, Hoheit«, widersprach Kirby dennoch, ohne ein schlechtes Gewissen zu haben. »Der Captain kann ein Teufel sein. Er ist sicher nicht vollkommen, Hoheit, aber hinter seinem manchmal arrogant erscheinenden Gebaren steckt ein gutes Herz. Ja, er ist ein guter Mensch. Sonst wäre ich nicht all die Jahre bei ihm geblieben, Hoheit. Ich hätte ihn sonst seinem Schicksal überlassen, ganz gleich, was es auch gewesen wäre«, sagte Kirby aufrichtig.

»Ja, ich glaube, das würden Sie tatsächlich tun.« Die Herzogin streichelte das weiche Fell des ehemaligen Schiffsmaskottchens. Doch mit ihren Gedanken war sie woanders, denn als sie zu Houston Kirby aufsah, war ihre Miene leicht betrübt.

»Welches Schicksal wird Dante Leighton erwarten, Kirby?«

Kirby räusperte sich und strich über sein Halstuch. Diese Frage hatte ihn unvorbereitet getroffen. Er war nicht nur selbst unsicher, was das Schicksal für Dante bereithielt – seine Annahmen würden zudem der Herzogin noch weiteren Kummer bereiten.

»Er kehrt mit einer bestimmten Absicht nach Merdraco zurück, nicht wahr? Nun, da er ein wohlhabender Mann ist, ist er entschlossen, sein Erbe zurückzuholen. Vielleicht sogar seine Ehre wiederherzustellen.«

»Aye, Hoheit«, gestand Kirby ein.

»Von Erfolg zu träumen ist weit einfacher, als ihn zu erringen, Kirby.«

»Wohl wahr, Hoheit, aber der Captain – Seine Lordschaft – ist nicht mehr derselbe junge Mann, der davonlief vor fünfzehn Jahren. Er ist zu einem Mann geworden, der keine Furcht kennt, wenn es darum geht, seine Ziele zu erreichen. Aber…« Kirby zögerte, seine höchst sorgenvollen Gedanken auszusprechen.

»Kirby?«

»Nun, obwohl der Captain manchmal das Gesetz überschritten hat, hat er sich doch niemals schuldig gemacht, einen anderen betrogen zu haben. Nicht einmal, ihm in die Karten geschaut zu haben, wenn Sie verstehen, was ich meine. Der Captain wird bis zum letzten Atemzug kämpfen, um zu gewinnen, Hoheit, aber er wird dabei nie seine Ehre verlieren. Nur könnte es sein, daß andere nicht so fair sind.«

»Was wollen Sie mir damit sagen, Kirby? Etwa, daß meine Tochter Witwe sein wird, noch ehe sie ihr Kind auf die Welt gebracht hat?«

Houston Kirby schluckte. Er tapste von einem Fuß auf den anderen, als er sich ihrem fragenden Blick stellte.

»Nein, Hoheit«, antwortete er schließlich. »Der Captain und ich, nun, wir sind einen langen Weg zusammen gegangen. Es war manchmal schwierig, gewiß, aber wir haben es noch immer geschafft. Nein, Hoheit, ich glaube, daß er Erfolg haben und wieder Herr über Merdraco sein wird. Ich kann nicht glauben, daß alles in einer kalten Gruft auf dem Hügel endet. Nein, Hoheit, ich muß glauben, daß der Captain dies alles übersteht. Ganz gleich, was seine Feinde unternehmen mögen – er wird es schaffen. Ja, das wird er.«

»Ich vertraue darauf, daß Sie recht haben, Kirby.«

»Der Captain muß es schaffen« wiederholte Kirby wenig später zu sich selbst, als er durch die Galerie ging, Jamaica fest im Arm.

»Meinst du nicht, alter Junge, du könntest dem Captain eins von deinen sieben Leben abgeben? Ich habe dieses merkwürdige Gefühl in den Knochen, daß er alles nur erdenkliche Glück gebrauchen kann, wenn wir aus dieser Sache mit heiler Haut herauskommen sollen«, murmelte der kleine Steward. Doch der sattgefressene, zufriedene Kater schaute auf den Spindelpfeiler, an dem sie gerade vorübergingen, als gäbe es nichts Wichtigeres, als seine Krallen daran zu schärfen.

»Allmählich frage ich mich, ob mit deinem Gatten vielleicht etwas nicht stimmt, Rhea Claire. Nun ist es schon fast zwei Wochen her, daß er nach Camareigh gebracht wurde«, klagte Caroline Winters, und ihre Unzufriedenheit wuchs noch, als sie das wundervolle blaßgelbe Kleid musterte, das Rhea trug. Ihre Freundin war schöner denn je, obwohl sie in anderen Umständen war. Selbst das war kaum zu glauben, denn Rhea war auch jetzt noch schlanker als Caroline, wie diese mit Bestürzung und Neid feststellen mußte, während sie noch einen Teller mit Reis und Apfelpudding nahm.

»Außerdem kann ich nicht glauben, daß er wirklich so gut aussieht, wie die Stubenmädchen und Mägde behaupten«, fuhr sie fort und warf einen schüchternen Blick zum Grafen, der gerade mit einer der Pistolen seines Gastgebers hantierte. Dann säuselte sie: »Ganz sicher sieht er nicht so gut aus wie Wesley. Wesley! Haben Sie nicht gehört, was ich gerade gesagt habe?« neckte sie ihn, doch ihre Stimme klang schneidend. »Ist es nicht so, daß ein Mann Komplimente einfach nicht zu schätzen weiß?« Sie lächelte gequält, denn trotz all ihrer Bemühungen während der zurückliegenden zwei Wochen, war es ihr noch immer nicht gelungen, Wesley zu einem glühenden Verehrer zu machen.

»Die ganze letzte Woche hatte er hohes Fieber. Außerdem ist es sehr schwierig, mit einem gebrochenen Knöchel aufzustehen. Der Gentleman ist unmöglich in der Lage, die Treppe herunterzukommen«, erklärte Sir Jeremy geduldig. »Du weißt doch, wie schwer es mir fällt, umherzulaufen, wenn ich an einem meiner Anfälle leide. Erst gestern…«

»Papa, was hast du in London über Rheas Gatten gehört? Ich grüble schon den ganzen Tag, aber es will mir nicht mehr einfallen.« Caroline seufzte, denn es war ein wirklich herrlich schreckliches Gerücht gewesen. »Es hatte natürlich etwas mit seiner Vergangenheit zu tun«, sagte sie mit einem wissenden Blick zu Rhea. »Ich nehme an, er hat dir erzählt, warum er damals England so Hals über Kopf verlassen hat. Ich bin sicher, daß ihr keinerlei Geheimnisse voreinander habt, nicht wahr?« versuchte sie, ihre Freundin zu reizen.

Lord Richard Wrainton, einziger Bruder von Mary und Sabrina, schaute von seinem Buch auf, blickte über den Rand seiner Brille zu Caroline und sagte: »Nur ein Langweiler verrät alles. Das solltest du dir merken. Vielleicht kann es dir eines Tages von Nutzen sein«, riet er ihr, aber Carolines mißmutige Aufmerksamkeit galt den drei Fletcher-Brüdern und ihrem Kumpan, Francis Dominick, die bei der Bemerkung schallend gelacht und sogar ihr Kartenspiel für einen Moment vergessen hatten. Ihr Onkel Richard schien bei jeder Gelegenheit einen klugen Spruch parat zu haben.

»Nun, ich finde, es ist langweilig genug, zu klug zu sein und ständig irgend etwas Merkwürdiges zu empfehlen.« Caroline schmollte, weil sie offenbar Gegenstand des Witzes gewesen war, auch wenn sie ihn nicht ganz verstanden hatte. »Wie dem auch sei, wie ich schon sagte…« versuchte sie fortzufahren, trotz des erneuten Gelächters. Sogar ihr Vater lachte, wie sie entrüstet und erzürnt feststellte.

»Onkel Richard«, sagte Rhea leise, »du bist ein Scheusal, weil du auf jemandem herumhackst, der dich in tausend Jahren nicht verstehen wird.«

»Ich weiß«, entgegnete er, »aber sie ärgert mich eben. Außerdem kannst du dich gegen ihre Bemerkungen nicht wehren. Deshalb hilft dir dein Onkel ein wenig.« Er schmunzelte spitzbübisch und schaute seine Nichte liebevoll an. Rhea hielt sein erstgeborenes Kind, seine Tochter Dawn, auf den Knien und spielte mit ihr. »Erzähle mir noch einmal von dem Mann an Bord der *Sea Dragon*, der tatsächlich meinen Großvater gekannt hat. Wie merkwürdig doch das Leben sein kann. Ich wollte schon seit eh und je einmal aufzeichnen, welche Wege bestimmte Völker, Familien und Leute nehmen, um dann aus diesen Studien einen schlüssigen Beweis für Ursache und Wirkung zu erhalten. Das eine bedingt das andere«, erklärte Richard Verrick, und seine grünen Augen leuchteten. »Findest du nicht auch, daß das interessant wäre?«

Rhea lächelte. Ihr Onkel Richard war ein so lieber Mensch. Er war gerade in Robins Alter gewesen, als Sabrina geheiratet und ihn, ein Waisenkind, nach Camareigh mitgenommen hatte. Er war schon immer ein Bücherwurm gewesen, hatte ihre Mutter erzählt, und kurzsichtig ebenso. Manchmal schien er in seiner ganz eigenen Welt zu leben. Dennoch war er nicht spießig, war vielmehr stets glücklich, seine Nichten und Neffen unterhalten zu können, und mehr wie ein großer Bruder für Rhea. Weil er der ganzen Familie nahegestanden hatte, war er lange Zeit ein eingefleischter Junggeselle geblieben, bis er eines Tages Sarah Pargeter traf, das Mündel des Ehemannes seiner Schwester Mary, General Sir Terence Fletcher. Richard Verrick verliebte sich in die junge Frau, die jedoch keine Anstalten machte, dem ledigen jungen Gentleman zu gefallen. Er war ein wohlhabender Marquis, der nicht nur einen reichen Herzog zum Schwager hatte, sondern auch einige Besitztümer sein eigen nennen konnte, darunter auch ein Schloß im schottischen Hochland.

Rhea blickte auf das Kind in ihren Armen, das sich an ihre Brust schmiegte. Es war ein wunderbares Gefühl. Bald, sehr bald würde sie die Wärme ihres eigenen Babys spüren.

»Oh, natürlich! Jetzt ist es mir wieder eingefallen!« rief Caroline plötzlich. Sie schaute sich um, in der Hoffnung, entsprechende Anerkennung für ihre geistigen Fähigkeiten zu ernten, doch niemand schien ihr auch nur die mindeste Aufmerksamkeit zu schenken.

»Rhea Claires Mann war des Mordes beschuldigt!« rief sie. Nun war sie zufrieden, denn dieses Mal war es ihr gelungen, die Aufmerksamkeit aller Anwesenden auf sich zu lenken. »Rhea Claire, ich sehe, du bist überrascht. Soll das etwa heißen, er hat dir nie davon erzählt, daß man ihn des brutalen Mordes an einem jungen Mädchen verdächtigt hat?«

»Du lieber Himmel«, murmelte der Graf von Rendale. Das hatte er ja nicht einmal geahnt. »Ist es denn wahr?«

Rheas Wangen glühten, als sie das betretene Schweigen spürte, das sich ausbreitete. Sie war nur froh, daß wenigstens ihre Eltern, Tante Mary und Onkel Terence nicht hier waren, denn sie wußte auf diese Frage keine Antwort.

»Kann es sein, daß du mit einem Mörder verheiratet bist? O meine Teuerste, das ist ja schrecklich. Du mußt dich ja zu Tode ängstigen, mit ihm in einem Raum zu sein. Ich meine, wenn er ein ungestümes und unkontrollierbares Wesen hat, dann könnte er es doch noch einmal tun, oder nicht?«

Carolines geheuchelte Anteilnahme war beinahe unerträglich. So empfand es Rhea, als sie den selbstgefälligen Ausdruck in Carolines Augen bemerkte.

»Oder...« fuhr Caroline fort, »es könnte ein geplanter Mord gewesen sein. Vielleicht plant er sogar schon deinen Tod mit der Absicht, an dein Erbe zu kommen.«

»Caroline! Diesmal bist du wirklich zu weit gegangen. Ich

schäme mich für dich«, tadelte Sir Jeremy barsch, und sein Gesicht war tiefrot vor Scham. »Bitte, Rhea Claire, nimm meine Entschuldigung im Namen meiner Tochter an. Sie weiß bisweilen nicht, was sie sagt.«

»O Papa, wirklich«, schmollte Caroline, »schließlich habe ich diese Geschichte von dir gehört.« Doch es half wohl kaum, sich bei ihrem Vater wieder einzuschmeicheln.

Die Fletcher-Brüder hatten ihr Kartenspiel beendet und standen nun hinter der Couch versammelt, auf der Rhea und Richard Verrick schweigend und regungslos saßen. Selbst das niedliche Glucksen des Babys war verstummt.

Als Caroline Winters in die unfreundlichen Gesichter blickte, die sie anstarrten, maulte sie beleidigt: »Nun, ich weiß nicht, warum ihr mich alle so anstarrt. Ich bin es doch nicht, die man des Mordes angeklagt hat.«

»Nein, aber du hast irgendwelchen Klatsch nachgeplappert, über den du herzlich wenig weißt, und vor allem mit der Absicht, zu verletzen«, entgegnete Richard Verrick, und seine Stimme klang ungewöhnlich gereizt. Alle warfen ihm erstaunte Blicke zu, denn Richard Verrick war normalerweise ein Musterbeispiel an Zurückhaltung und Höflichkeit. »Gerüchte sind leicht in die Welt zu setzen, aber schmerzlich zu ertragen und nur schwer zu widerlegen. Kein Gerücht verstummt je ganz, wenn viele Menschen drüber reden…«

»Oh, du mit deinen verdammten Zitaten und deinem verdammten roten Haar!« fiel ihm Caroline rüde ins Wort. Seine kaum zu bändigenden roten Locken hatten sie schon immer gestört. Wären sie nicht gewesen, so hätte sie ganz und gar nichts dagegen gehabt, die nächste Marquise von Wrainton zu werden, doch sie konnte es sich einfach nicht vorstellen, mit jemandem verheiratet zu sein, der rotes Haar hatte, oder in einem schimmeligen alten Schloß in Schottland zu leben.

»Caroline! Auf der Stelle entschuldigst du dich! Dein Betragen ist ungeheuerlich!« befahl ihr Sir Jeremy.

»Aber wie kann er es wagen, in so einem Ton mit mir zu reden?« fragte sie forsch, und ihre Wangen blähten sich vor Wut.

»Ich wünschte, ich wäre so klug gewesen, dich anders zu erziehen, junge Frau!« tobte Sir Jeremy. Er mühte sich aus seinem Sessel, und es machte den Anschein, als wollte er auf der Stelle nachholen, was er versäumt hatte.

»Oh«, jammerte Caroline, knallte ihren halbleer gegessenen Teller mit Apfelpudding auf den Tisch und stürmte aus dem Zimmer.

Sir Jeremy war zu verlegen, um zu bleiben. Er entschuldigte sich höflich und hinkte zur Tür. Auch der Graf von Rendale, trotz seiner Neugier, mehr über diesen, den Marquis von Jacqobi betreffenden, skandalösen Vorfall zu erfahren, entschied sich, daß es wohl besser wäre, sich ebenfalls zu entschuldigen. Und mit dem üblichen Schauspiel seiner höflichen Manieren verneigte er sich und verließ das Zimmer.

Francis Dominick war überrascht, daß dieser Mann auf einmal erkannt hatte, daß er *de trop* sein würde, wenn er geblieben wäre.

Francis ging um die Couch herum und kniete sich vor seine noch immer stumme und regungslose Schwester. »Das war eine unangenehme Überraschung für dich, nicht wahr?« fragte er einfühlsam und sah Rhea voller Verständnis an. »Es tut mir leid. Manchmal könnte ich Caroline glatt erwürgen.«

Er warf dem wütend dreinschauenden James Fletscher ein Lächeln zu und sagte dann laut: »Aber ich werde mich hüten, es wirklich zu tun. Und ich gehe davon aus, daß du nicht ernst genommen hast, was ich eben sagte, James«, warnte er seinen Cousin. Er ahnte ja nicht, wie sehr er in diesem Moment wie der Herzog selbst klang. Francis wollte in jedem Fall vermeiden, daß es ein weiteres Unglück gab; eines war schon mehr als genug, und es hätte um ein Haar Dante Leighton das Leben gekostet.

»Wir werden ein Auge auf ihn haben«, versicherte Ewan Fletcher seinem Cousin und wich einem sorgfältig gezielten Stoß eines Ellenbogens aus, den ihm sein hitzköpfiger jüngerer Bruder verpassen wollte. Denn auch wenn James sowohl vom Herzog als auch von seinem Vater, dem General, bestraft worden war, hatte er dennoch ein ziemlich schlechtes Gedächtnis.

»Ich werde ihr nichts tun. Oder ihm«, versprach James. »Ehrenwort, das werde ich nicht, Rhea. Du glaubst mir doch, oder?« fragte James mit wachsender Sorge, daß seine Cousine wieder böse auf ihn sein könnte. Denn mehr noch als die Bestrafung durch den Herzog und seinen Vater, der nur so streng gewesen war, wie er es erwartet hatte, hatte ihn Rheas Mißbilligung geschmerzt.

»James, ich mache dir keine Vorwürfe mehr. Ich weiß ja, daß du nur versucht hast, mir zu helfen. Dante wird wieder gesund, und er verzeiht dir. Ich bin sicher, daß du nie wieder etwas so Verwerfliches tun wirst«, sagte Rhea wohl schon zum hundertstenmal. Dann wandte sie sich an Francis.

»Ja, ich war schockiert«, gestand sie ein, »doch nur, weil ich nicht darauf vorbereitet war, so etwas über Dante zu hören. Selbstverständlich glaube ich kein Wort davon und hoffe, daß es auch sonst niemand auf Camareigh tut.« Rhea zitterte am ganzen Leib, und ihre Stimme bebte.

»Ich finde, du solltest Dante dazu befragen«, riet Richard ihr. Als sein Blick zu Francis wanderte, mußte er daran denken, daß der Junge im letzten Jahr merklich reifer geworden war. Dann blickte er wieder Rhea an. »Du solltest dir seine Version dieser Geschichte anhören«, sagte er ihr.

»Ich weiß und werde es auch tun. Ist schon komisch... Dante warnte mich, daß mir üble Gerüchte über seine Vergangenheit zu Ohren kommen würden, und nahm mir das Versprechen ab, erst zu ihm zu kommen, um zu hören, was er dazu zu sagen hat.« Rhea erinnerte sich, wie nervös er damals gewesen war.

»Er hatte das erwartet?« murmelte Francis erstaunt. Dabei hatte er nichts Schlechtes über den Mann gehört und ihn sogar insgeheim schon ein wenig bewundert, diesen Dante Leighton, der Familie und Heimat verlassen hatte, um ein Leben voller Abenteuer zu führen. Und nach dem, was Francis erfahren hatte, war Dante Leighton wirklich verliebt in Rhea und behandelte sie gut.

Rhea hauchte einen Kuß auf Dawn Verricks rote Löckchen und legte das Kind in Richard Verricks ausgestreckte Arme.

»Wirst du jetzt zu ihm gehen?« wollte Francis wissen.

»Ja, aber wenn es dich beruhigt, kann ich ja einen der Wachposten mitnehmen, nur für den Fall, daß Dante vorhaben könnte, mich anzufallen«, entgegnete Rhea mit ungewöhnlicher Schärfe.

»Rhea, so habe ich das nicht gemeint, wirklich nicht«, entschuldigte er sich schnell. Rhea schloß die Augen, dann lächelte sie ihren Bruder versöhnlich an.

»Tut mir auch leid.« Sie seufzte. »Ich weiß nicht, was in letzter Zeit mit mir los ist. Ich bin manchmal so schnippisch. Bitte vergib mir, Francis.«

»Immer, das weißt du doch«, sagte er. Aber er wirkte besorgt, als er ihr nachschaute, wie sie das Zimmer verließ. Und er fragte sich, warum es einen Menschen unglücklich machte, wenn er jemanden liebte.

Vor dem Fenster der großen Galerie zerriß ein Blitz den schwarzen Himmel, und das plötzliche, grelle Licht erleuchtete die einsame Gestalt, die regungslos vor einem der riesigen Gemälde stand und es betrachtete. Im goldenen Glanz der flackernden Wandlampe sah der Mann auf dem Bild beinahe mittelalterlich aus. Das Rot war venezianisch, das Gelb alt wie antikes Gold, das Grün so dunkel wie das Gewand eines Jägers, und das Blau war wie das von wildem Wein.

Dante Leighton starrte auf das Bild des Ahnherren und fragte sich, was für ein Mann er wohl gewesen sein mochte. Seine Augen waren schwarz wie das Gefieder eines Raben, sein Haar ebenso; die Locken umrahmten ein verwegenes Gesicht. Die Lippen waren zu einem leichten Lächeln geformt, während die Augen kalt abschätzend blieben, fast argwöhnisch.

Das war also der Ahne aus der Reihe der Dominicks, von dem Rhea so fasziniert gewesen war. Er war edel gekleidet. Seine Hand, die juwelengeschmückt war, hielt ein Paar Stulpenhandschuhe, während die andere auf einem verzierten Schwertknauf ruhte. Im Grunde sah er nicht gerade wie ein Abenteurer aus.

Ein ohrenbetäubender Donner krachte los, gefolgt von einem weiteren Blitz, und dann ließ ein Grollen den Raum erzittern. Die kristallenen Kronleuchter klimperten melodisch.

Ein Donner ertönte mit markerschütterndem Widerhall, dann schlug Regen gegen die Fenster, als würde ein silbernes Meer vom Himmel herabstürzen.

Dante sah ein letztes Mal auf das Gemälde und humpelte dann zu einem Stuhl mit hoher Lehne, der an der Wand stand. Er verlagerte sein Gewicht auf den Krückstock, den Kirby für ihn gemacht hatte.

Er stellte die Krücke gegen die getäfelte Wand und entspannte sich auf dem Stuhl. Sein Blick schweifte über die im Dunkeln liegende Galerie, und er fragte sich, wie viele Male Rhea hier entlanggegangen war und vielleicht von ihrem verwegenen Vorfahren geträumt hatte, wohl kaum ahnend, daß eines Tages ihr eigenes Leben mit dem eines Abenteurers verstrickt sein würde.

Dante Leighton, der ehemalige Captain der *Sea Dragon*, schmunzelte. Er hatte es geschafft, durch diese schmiedeeisernen Tore von Camareigh zu kommen. Und er mußte an das bisher erste und einzige Zusammentreffen mit dem Herzog unter dessen Dach denken. Der hochmütige Lucien Dominick hatte sich bei ihm entschuldigt und ihm versichert, daß ein ähnlicher Zwischenfall nicht mehr vorkommen würde. Dann, zu Dantes großer Überraschung, hatte der Herzog zwei untertänige, betreten aussehende Jungen herein in Dantes Zimmer geführt. Der größere der beiden war Dante zuerst aufgefallen. Ein Rotschopf, dessen Gesicht beinahe so rot geworden war wie seine Locken, während er unsicher eine glaubhafte Entschuldigung vorgebracht hatte. Doch als Dante die violetten Augen von Robin Dominick gesehen hatte, war er verblüfft gewesen. Da war etwas so auffallend Vertrautes an dem Burschen mit dem lockigen schwarzen Haar gewesen, vor allem aber an seinen Augen. Natürlich, die Augen waren wie die von Rhea Claire und doch... Da war noch etwas an diesem Jungen, der sich mit so steifem Stolz und Trotz entschuldigt hatte.

Die Entschuldigungen waren ebenso an Houston Kirby und Conny Brady gerichtet gewesen, auf deren Anwesenheit der Herzog bestanden hatte. Doch als Dante die feindseligen Blicke zwischen Conny und Robin bemerkt hatte, wußte er, daß die Sache zwischen den beiden noch nicht ausgestanden war.

Mit einem Seufzer streckte er das Bein aus und verfluchte die Verletzung, die ihn vom Rest des Haushalts isolierte und ihm das Gefühl gab, ein Ausgestoßener zu sein. Doch nun, da er mit seinem Krückstock umherlaufen konnte, würde sich das ändern.

Genau in diesem Augenblick vernahm er das stakkatohafte Klacken von Schuhen. Die Schritte kamen näher. Dante hielt sich im Schatten versteckt und wartete still auf den Ankömmling. Seine Hand hielt das breite Ende des Krückstocks fest, denn er fühlte sich wie nackt ohne seinen Degen.

Tatsächlich war er wehrlos, sollte sich jemand berufen fühlen, die Dominick-Familie von ihrem neuen Familienmitglied zu befreien. Plötzlich wußte er, daß eine Frau auf ihn zukam. Das Rascheln von Kleidern war nicht zu überhören. Und im nächsten Moment blieb die Frau vor dem Porträt des Piraten-Ahnen stehen.

»Fasziniert er dich noch immer, Rhea?« fragte Dante leise.

Erschrocken schrie Rhea auf und blickte nach oben, so als hätte der Mann auf dem Bild sanfte, verführerische Worte gesprochen.

»Rhea.« Dante mühte sich von seinem Stuhl hoch und schaffte es gerade noch, sie einzufangen. »Es tut mir leid, Liebling, ich wollte dich nicht erschrecken.« Er hielt sie in seinen Armen, doch ihr Körper blieb merkwürdig steif.

Rhea blickte in das von Schatten verdunkelte Gesicht ihres Mannes. Ein Blitz zuckte am Himmel, und in der unnatürlichen Helligkeit bemerkte Dante, daß ihre Augen weit aufgerissen waren vor Entsetzen. Diesen Ausdruck hatte Dante zum letzten Mal an Bord der *Sea Dragon* an ihr gesehen, als sie ihm gegenübergestanden hatte.

»Rhea, was ist los? Erkennst du mich nicht?« Der angsterfüllte Blick blieb.

Dantes Augen verengten sich, als er Rheas aschfahles Gesicht musterte. »Rhea! Sieh mich an!« befahl er und schüttelte sie sacht.

»Dante«, flüsterte sie und wandte sich ab. »Du hast mich erschreckt. Ich habe nicht damit gerechnet, dich hier in der Galerie zu finden. Ich nahm an, du würdest noch immer im Bett liegen. Wie bist du hierhergekommen?« fragte sie, und Dante konnte spüren, daß sie noch immer zitterte. »Für einen furchtbaren Moment dachte ich...« begann sie, doch dann schüttelte sie den Kopf und schloß die Augen.

»Du dachtest, dein Ahne hätte zu dir gesprochen? Ist es das, was dich erschreckt hat? O Rhea, du bist bisweilen noch ein Kind.« Er küßte sanft ihre Stirn und legte eine Hand liebkosend auf die weichen Rundungen ihrer Brust. »Dein Herz rast wie wild. Komm und setz dich einen Augenblick.«

Aber Rhea wich zurück. Unmöglich zu sagen, ob Dante oder sie selbst überraschter waren über diese Abweisung.

Ein weiterer Blitz beleuchtete ihre Gesichter, und Rhea schluckte, um ihre Angst zu unterdrücken.

»Nicht die Vorstellung, dein Ahne könnte zu dir gesprochen haben, hat dich so erschreckt, sondern ich war es.« Dante umklammerte ihre Schultern so fest, daß es ihr weh tat. »Sieh mich an, Rhea. Mein Gott, ich habe dich ja zu Tode erschreckt, was?« Seine Stimme klang rauh vor Zorn, doch vielleicht auch aus Furcht.

»Nein, Dante, das war es nicht«, widersprach sie atemlos und versuchte, ihr rasendes Herz zu beruhigen. »Ich war nur mit meinen Gedanken ganz woanders. Und als ich hier bei dem Bild stehenblieb und versuchte, mich zu sammeln, erwartete ich nicht, deine Stimme zu hören. Ich nahm an, dich in deinem Bett zu finden.«

»Ich denke, das ist unser Problem«, murmelte Dante, doch mehr zu sich, denn es war nun schon fast ein Monat vergangen, seit sie sich das letzte Mal geliebt hatten. »An was hast du denn gedacht? Ganz sicher nicht an mich, sonst hättest du dich nicht so erschreckt. Oder hast du doch gerade an mich gedacht, kleine Paradiesblume?« Seine Stimme klang jetzt sanft und gerade deshalb sarkastisch.

Rheas Schweigen verriet sie.

»Hat irgend jemand etwas gegen mich vorgebracht? War ich zu rüde mit Rawley, als sie versuchte, mir noch mehr von diesem abscheulichen Gebräu einzuflößen?« fragte Dante eindringlich.

»Nein, Dante, es war...« begann Rhea, doch dann erstarben ihr die Worte auf den Lippen, und sie wich seinem Blick aus.

»Was es auch ist – wir sollten darüber sprechen.«

Rhea schaute sich in der dunklen Galerie um. Es war so still hier. Nur in der Ferne grollte Donner, als der Sturm zu den Hügeln weiterzog.

»Rhea, ich werde dich nicht gehen lassen, bevor du mir nicht den wahren Grund verraten hast.«

»Gewitter haben mich schon immer geängstigt«, versuchte Rhea zu lügen, aber sie wußte, daß Dante sie durchschaute.

»Ich erinnere mich, wie du dich an mich gedrückt hast, wenn

die *Sea Dragon* in einen Sturm geriet. Doch heute konnte ich dich nicht beruhigen. Warum nicht, Rhea?«

»Weil dich jemand des Mordes bezichtigt hat«, bekannte sie geradeheraus.

Dante seufzte tief. »Und du glaubst dieser Person?«

Rhea legte eine Hand auf seinen Oberschenkel und fühlte die Anspannung der Muskeln unter dem weichen Leder seiner Hose.

»Nein«, sagte sie.

Dante schaute sie an in der Dunkelheit. »Ich hatte gehofft, es dir ersparen zu können, die ganze häßliche Geschichte zu erfahren. Aber das war wohl ein Fehler. Ich hätte es dir besser selbst alles genau erklärt. Sag, was genau hast du gehört?«

»Daß du des Mordes an einem jungen Mädchen angeklagt warst.«

»Verdächtigt, nicht angeklagt. Es gab nie Beweise gegen mich. Gleichwohl gab es Umstände, die mich belasteten. Hätte man mich nach denen verurteilt, wäre ein Unschuldiger am Galgen gelandet. Denn ich war unschuldig. Gut, ich war nicht unschuldig daran, einen schlechten Ruf zu haben und Ärger und Skandale heraufzubeschwören. Und ich bin wahrlich nicht stolz darauf. Aber glaube mir, Rhea, ich habe die kleine Lettie Shelby nicht umgebracht.«

Trotz der Dunkelheit konnte Rhea erkennen, wie er sie mit flehendem Blick ansah. »Wer war dieses Mädchen?« fragte sie.

»Ein Mädchen aus Merleigh. Ihr Vater war Verwalter auf Merdraco. Doch dann fand ich heraus, daß er mich betrog. Also schmiß ich ihn raus. Seine Aufgabe war es gewesen, Vieh zu kaufen und wieder zu verkaufen, sich um das Futter für die Tiere zu kümmern und auf den Ländereien nach dem Rechten zu sehen, auch bei den Pächtern. Unglücklicherweise trug er niedrigere Beträge in die Bücher ein und steckte den Rest in die eigene Tasche. Doch was ich am meisten verabscheute, war seine Brutalität den Pächtern gegenüber. Jack Shelby hieß er, und er war ein gemeiner und hinterhältiger Kerl. Doch ich entließ ihn zu spät, denn zu dieser Zeit arbeitete seine Tochter, Lettie, bereits auf Merdraco. Als ich sie das erste Mal sah, war sie gerade damit beschäftigt, den Kamin von Ruß und Asche zu säubern. Selbst mit kohlrabenschwarzverschmiertem Gesicht sah sie wunderschön aus. Sie war eine Frau, die eine natürliche verführerische Art hatte. Sie wußte, wie sie die Blicke eines Mannes auf sich ziehen konnte, nur mit der Bewegung ihrer Hüften. Jemanden zu verführen war für Lettie Shelby so selbstverständlich wie atmen, und sie wußte, wie sie ihre Gaben und ihre Begabung einsetzen mußte, um zu bekommen, was sie wollte. Ich war jung und töricht, und gewiß nicht der einzige Mann, der sich mit ihr einließ. Aber ich war der einzige, dem sie eine Uhr stahl. Und um diese Uhr krallten sich ihre Finger, als man ihren Leichnam fand.«

»Was war geschehen?«

»Nun, sie muß zum Moor gegangen sein, um sich dort mit jemandem zu treffen. Es war ein einsames Plätzchen, abgelegen und versteckt, ganz sicher ein Ort, an dem sich zwei Liebende völliger Ungestörtheit erfreuen konnten. Doch ihr Rendezvous endete mit dem Tod. Sie wurde geschlagen, dann erwürgt.«

»Und sie hatte deine Uhr? Aber das war sicher nicht Grund genug, um dich zu verdächtigen, besonders, wenn das, was du von ihr erzählst, stimmt. Warum haben sie nicht auch noch andere Männer verdächtigt?«

»Weil sie am Tag, bevor sie starb, in aller Öffentlichkeit von ihrem Gentleman-Liebhaber gesprochen hatte und davon, daß er ihr alles geben würde, was sie nur begehrte. Sie sagte, er hätte ihr ein großes Haus in London versprochen und all die Kleider und Juwelen, die sie sich wünschte. Nie zuvor war sie so indiskret gewesen, denn obwohl die Leute aus dem Dorf genau wußten, daß sie sich mit keinem der Bauernburschen im Heu wälzte, hatte man sie bis dahin nie von ihrem Gentleman reden hören. Ich nehme an, sie konnte der Versuchung nicht widerstehen, ein wenig anzugeben. Sie sagte, sie sei eines der wenigen klugen Mädchen in Merleigh und wisse, wie man es im Leben zu etwas bringt. Sie wollte eines Tages eine feine Lady sein und denen das Leben zur Hölle machen, die daran gezweifelt hatten, daß sie es schaffen würde. Sie hatte auch ihrem Vater von dem Gentleman erzählt, und weil er Lettie einmal mit mir zusammen gesehen hatte, nahm er natürlich an, daß sie mich damit meinte. Er hegte sowieso einen Groll gegen mich und hielt mich zu schnell für den Mörder. Ich hatte einen schlechten Ruf und war einer der wenigen vermögenden Gentlemen in der Gegend, also fiel der Verdacht allein auf mich.«

»Hattest du kein Alibi?« fragte Rhea. »Wo warst du, als sie umgebracht wurde?«

»Ich war mit einer Frau zusammen.«

»Das verstehe ich nicht. Warum hast du den Behörden denn nicht gesagt, daß du mit jemandem zusammenwarst?«

»Weil sie eine ehrenwerte Frau war. Ich konnte ihre Ehre nicht zerstören, um die meine zu retten. Und schließlich war meine ja schon lange dahin.«

Rhea schwieg, als ihr klarwurde, was Dante ihr gerade erzählt hatte. Schließlich sagte sie: »Und du hattest mit beiden etwas – mit Lettie und der anderen Frau?«

Dantes Lachen klang rauh. »Und noch mit weiteren. Ich habe dir gesagt, mein Ruf war nicht der beste. Aber als ich diese andere Frau kennenlernte, hatte ich keine Zeit mehr für Lettie. Seltsamerweise schien ihr das gar nichts auszumachen. Ihr geheimnisvoller Gentleman-Liebhaber schien sie zu begeistern.«

»Hast du diese andere Frau geliebt?«

Dante lächelte bitter. »Damals dachte ich es.«

»Und liebte sie dich auch?«

»So glaubte ich.«

»Und sie sagte nichts wegen dieser Nacht? Sie ließ es zu, daß man dich des Mordes verdächtigte, obwohl sie wußte, daß du unschuldig warst?« fragte Rhea eindringlich, und all die bittere Wut stieg in ihr auf, die auch Dante damals gefühlt haben mußte.

»Ich konnte sie nicht darum bitten. Und außerdem – solange keine Beweise vorlagen, konnte ja auch nichts geschehen«, verteidigte Dante die herzlose Tat der Frau. »Wir waren jung, Rhea. In der Tat, damals war sie in deinem Alter. Wir riskierten alles, um zusammenzusein. Wären wir entdeckt worden, hätte es viele Menschen verletzt. Aber du tust ihr unrecht. Sie wollte aussagen, doch bestimmte Ereignisse verhinderten, daß es dazu kam. Und dann spielte es keine Rolle mehr.«

»Wolltest du sie heiraten?«

»Ja. Ich habe sie gefragt, und sie hat eingewilligt.«

»Dann hätte es ihren Ruf doch nicht ruiniert, wenn sie zugegeben hätte, daß sie mit dir zusammengewesen war.«

»Rhea«, sagte Dante zärtlich, »ich verbrachte die Nacht mit ihr. Wir waren ein Liebespaar.«

Rhea wußte nicht, was sie sagen sollte.

»Ungefähr zur selben Zeit brach meine Welt zusammen. Schon bald nach dieser leidigen Sache starb meine Mutter. Und ich bin ganz sicher, daß es damit zu tun hatte, daß wir entdecken mußten, daß die Ländereien von Merdraco von mir nicht mehr gehalten werden konnten. Ich rede von jenen, die nicht zum Titel gehörten und die ich mit einer Hypothek belastet hatte, weil ich dem Versprechen eines Gentleman vertraute. Er hatte mir zugesichert, daß ich das Geld zurückzahlen könnte, wann immer ich wollte, also lieh ich mir eine beträchtliche Summe von ihm, um meine Schulden zu begleichen. Dieser Mann war mein Vormund gewesen. Er tätigte einige miserable Investitionen mit meinem Erbe. Das und dazu meine Extravaganzen ließen mich mittellos zurück – bis auf das Schloß. Ich war natürlich selbst schuld, daß ich mein Land verloren habe, weil ich diesem Mann zu sehr vertraut habe.«

»Du kannst sicher nicht die ganze Schuld allein auf dich nehmen, Dante. Du warst jung und hast deinem Vormund vertraut. Das ist doch nur verständlich. Du kannst nicht für den Betrug eines anderen verantwortlich gemacht werden.«

»Und selbst wenn mich meine Geliebte verteidigt hätte – ich hätte sie doch nicht heiraten können. Zu dieser Zeit war ich mittellos. Ich konnte nicht von ihr verlangen, ein Leben in Armut zu führen.«

»Ich finde, du bist zu nachsichtig mit ihr, Dante. Ihretwegen lastete der ungerechtfertigte Verdacht, ein Mörder zu sein, auf dir. Als du ihre Liebe brauchtest, wandte sie sich ab von dir. Sie hat dich im Stich gelassen«, sagte Rhea entrüstet.

»Du gehst zu hart mit ihr ins Gericht, mein Liebling«, erwiderte Dante. »Sie war noch jung. Und sie war erzogen worden in der Erwartung, ein Leben in Luxus zu führen. Ich konnte nicht von ihr verlangen, das aufzugeben.«

»Für deine Liebe würde ich alles aufgeben«, flüsterte Rhea.

»Nicht für den Mann, der ich damals war«, widersprach Dante. Als er ihre behagliche Wärme neben sich spürte, fühlte er sich gleich viel besser. »Wärst du meine Geliebte gewesen, ich weiß nicht, ob ich mir die Mühe gemacht hätte, dich erst zu fragen, ob du mit mir gehst. Wahrscheinlich hätte ich dich einfach gepackt und wäre mit dir in die Nacht geflohen und hätte den Rest der Welt verdammt«, sagte er. Als er sie näher an sich zog und seine Lippen ihre berührten, erwiderte sie seinen Kuß in aller Liebe.

»Danke, daß du mir glaubst«, flüsterte Dante gegen die Weichheit ihrer Lippen.

»Ich habe dir gesagt, daß du dir deshalb niemals Sorgen machen mußt«, erinnerte Rhea ihn. Ihr Atem ging schneller, doch jetzt aus Erregung und nicht aus Furcht.

»Je wertvoller etwas ist, desto mehr versucht man, es zu schützen. Man hat Angst, es zu verlieren«, sagte Dante.

Zufrieden schmiegte Rhea den Kopf an seine Schulter. Sie sah den Lichtspielereien in den Wolken des Sturms zu und sagte dann nachdenklich: »Eines verstehe ich noch immer nicht.«

»Was verstehst du nicht?« Doch Dantes Gedanken waren längst bei etwas anderem, denn es war schon zu lange her, daß er seine Frau in den Armen gehalten hatte, und er war des Gesprächs allmählich überdrüssig.

»Es konnte nicht allgemein bekannt sein, daß du mittellos warst, denn du selbst hattest es doch gerade erst entdeckt. Es ist doch wirklich merkwürdig, daß diese Frau davon wußte, und zwar genau in dem Moment, in dem sie dich hätte entlasten können.«

Dante schmunzelte anerkennend. »Ihr Großvater, der sie seit dem Tod ihrer Eltern aufgezogen hatte, war ein Freund meiner Familie. Er wurde von meinem Vormund von meinen Vermögensverhältnissen in Kenntnis gesetzt.«

»Dein Vormund hat einen großen Einfluß auf dein Leben gehabt«, sagte Rhea. »Du hast ihm vertraut. Du hast ihm sogar deine Ländereien zur Verwaltung übertragen. Und weil du ihm vertrautest, hast du ihm auch von deiner Liebe zu dieser Frau erzählt. Als dann der Verdacht des Mordes gegen dich erhoben wurde, hast du dich ihm anvertraut, nicht wahr? Der Mordvorwurf muß perfekt in seinen Plan gepaßt haben. Als er von deinem Alibi erfuhr, mußte er sichergehen, daß dies nie an die Öffentlichkeit gelangte. Also verbreitete er, daß du mittellos seist. Und raubte dir so dein Alibi.«

»Du überraschst mich, Rhea. Ich habe immer gedacht, daß du keinen Argwohn kennst. Aber du hast recht: ich habe meinem Vormund vertraut.«

»Aber warum wollte er dich vernichten, Dante?«

Er seufzte. »Weil er den Namen Leighton haßte. Er haßte Merdraco und alles, was dafür stand. Er war eifersüchtig und neidisch, und wegen einer Sache, die sich viele Jahre zuvor zugetragen hatte, steigerte sich seine Mißgunst in Haß. Er plante den Untergang Merdracos, und er hielt uns beide – meine Mutter und mich – zum Narren. Sie hatte mich vor ihm gewarnt, doch ich…« In seiner Stimme schwangen all das Bedauern und die Bitterkeit mit, die er über Jahre empfunden haben mußte, weil sein Wunsch nach Rache unerfüllt blieb.

»Aber wie kam es, daß du ihm anfangs vertraut hast?« fragte Rhea.

»Er war sehr gerissen. Er gab vor, mein Freund zu sein. Stets wirkte er freundlich und gutmütig, und immer gab er vor, um mich besorgt zu sein. Doch dann, als ich des Mordes bezichtigt wurde, spielte er den betrogenen Freund. Er ist ein angesehener Gentleman der Gemeinde. Aber das war gestern, mein Schatz, und ich kümmere mich lieber um das Heute. Dich für mich zu haben, zum erstenmal wieder nach so langer Zeit…«

Rhea trat einen Schritt zurück und musterte seine Miene. »Dante, ist dein Vormund noch am Leben?«

Dante schwieg.

»Wo ist er jetzt, Dante?«

»Er wird ziemlich bald in der Hölle sein. Doch zur Zeit lebt er auf Wolfingwold Abbey. Wenn er zu seinen Ländereien will, muß er die Straße nehmen, die am Moor entlang führt. Und wenn er Merwest Cross erreicht hat, wo sich die Straße nach Norden mit der nach Süden kreuzt, kann er nicht anders, als auf die Türme von Merdraco zu blicken, die stolz in den Himmel ragen. Dann denkt er an mich, Rhea, und er weiß, daß ich irgendwo da draußen bin und auf den Tag warte, an dem ich ihn in sein Grab schicken kann.«

Vorzüglicher als jede andere Rose des Herbstes.

Theodore Agrippa D'Aubergine

Kapitel zehn

Es war für Dante Leighton keine sonderlich große Überraschung, als er eine gebieterische Einladung von der Herzogin von Camareigh erhielt. Dieses Treffen war schon lange überfällig, und Dante hatte das Gefühl, daß sich die Geduld der Herzogin allmählich erschöpft hatte, was ihn betraf. Vor allem angesichts der letzten Neuigkeiten, die ihr über ihren Schwiegersohn zu Ohren gekommen waren.

»Versuchen Sie, gleich besonders freundlich zu sein«, mahnte Houston Kirby. Er musterte seinen Captain mit besorgtem Blick, zog die Augenbrauen hoch und bürstete Dante einige Katzenhaare von den Schultern seines dunkelblauen Gehrocks.

»Aber Kirby, ich bin doch immer freundlich und diplomatisch.«

»Wenn Sie was wollen, ja. Aber Ihre honigsüßen Worte werden kaum Eindruck auf die Herzogin machen, wie auch immer«, warnte Kirby. »Sie ist klug und hat ein scharfes Auge, diese Lady. Aber das werden Sie schon selbst feststellen, wenn Sie ihr begegnen.« Der kleine Steward begutachtete den Captain von oben bis unten mit kritischer Gründlichkeit. »Aye, Sie werden das schon hinkriegen«, meinte er schließlich.

Die kastanienbraunen Locken des Captains waren streng zurückgekämmt und mit einem schlichten Band zusammengebunden. Ein strahlendweißes, sorgfältig geknotetes Halstuch bot einen aufregenden Kontrast zu seinem sonnengebräunten Gesicht, das glatt rasiert war und leicht duftete. Die beige Kniebundhose saß perfekt.

»Aye, schätze, Sie sehen anständig genug aus«, erlaubte sich Kirby ein zweideutiges Kompliment.

»Ich danke dir. Jetzt kann ich mich ohne Bedenken dem sicher mehr als kritischen Blick der Herzogin von Camareigh stellen«, sagte Dante mit spöttischem Schmunzeln. Doch unter seiner augenscheinlichen Unbekümmertheit plagte ihn tiefe Sorge, daß nicht alles gutgehen könnte und das Gespräch vielleicht katastrophale Auswirkungen auf Dantes Beziehung zu Rhea hätte. Rhea war ohnehin ganz verstört, weil sich ihr Vater noch immer kühl und abweisend Dante gegenüber verhielt. Wenn ihre Mutter eine ähnliche Haltung an den Tag legte, könnte Lady Rhea den Mut verlieren.

»Hier, vergessen Sie das Geschenk für Ihre Hoheit nicht«, rief Kirby, als Dante zur Tür humpelte. »Scheint mir ja ein sehr merkwürdiges Geschenk für die Herzogin zu sein, wenn Sie mich fragen.« Kirby reichte Dante das Päckchen. Ein Strauß Blumen oder gar eine Juwelenschachtel, so dachte Kirby bei sich, wären passender gewesen. Aber versuch einer einem Menschen etwas zu sagen, der sich partout etwas in den Kopf gesetzt hat!

»Aber ich frage dich nicht, Kirby«, entgegnete der Captain mit diesem teuflischen Grinsen. Der kleine Steward hielt die Tür auf und sah seinem Herrn nach, wie er an seinem Krückstock und mit dem eigenartigen Geschenk unter dem Arm über den Korridor humpelte. Ein Lakai in blauer und goldener Livree und mit dick gepuderter Perücke trat respektvoll zur Seite und öffnete die Doppeltür zum Privatgemach der Herzogin von Camareigh.

»Lord Dante Jacqobi, Hoheit«, verkündete er mit so ernster Stimme, daß Dante für einen Moment stehenblieb und damit rechnete, daß der Mann sich eine Henkersmaske überstülpte und ein Beil auf das Genick des Eindringlings fallen ließ.

Dann betrat er das Zimmer. Doch wieder blieb er überrascht stehen, mitten auf einem geblümten Teppich. Er hätte schwören können, Vogelgezwitscher gehört zu haben. Doch die Bäume vor den hohen Fenstern waren kahl. Andererseits machte dieses Zimmer den Eindruck, als könnte der Winter hier nie Einzug halten, als gäbe es ewigen Sonnenschein in diesem Raum. Die weißen Stuckdecken und vergoldeten Verzierungen und Reliefs an den Wänden schufen eine helle, luftige Atmosphäre. Sonnenstrahlen spiegelten sich im kristallenen, mit Perlen geschmückten Kronleuchter. An der einen Seite des großen Kamins standen einige Sessel mit einem feinen lila Blumenmuster und ihnen gegenüber eine Couch, bezogen mit blaßgelber chinesischer Seide.

Das Zimmer schien verlassen, bis auf dieses merkwürdige Zwitschern, und Dante war drauf und dran, wieder zu gehen, als er bemerkte, daß sich etwas auf dem Sims eines der Fenster bewegt hatte.

Als er die Frau dort sitzen sah, war Dante sprachlos. Sie war ein Geist aus seiner Vergangenheit. Sie trug ein Kleid aus blassem, grünem Satin, mit Spitze am Dekolleté und an den Ärmeln. Ihr mitternachtschwarzes Haar war schlicht frisiert, nur einige weiche Locken umspielten die elfenbeinfarbenen Schultern.

Dante Leighton blinzelte. Er hatte das Gefühl, als wäre dies alles nur ein bizarrer Traum, und erwartete jeden Moment, in seinem Bett aufzuwachen und zu sehen, daß diese Erscheinung verschwunden war. Doch als er erneut hinsah, saß die Frau noch immer dort am Fenster. Jetzt bemerkte Dante, daß links und rechts neben ihr zwei blonde Kinder saßen, die mit verzückten Gesichtern den Klängen einer Miniaturdrehorgel lauschten, deren Kurbel die Herzogin bewegte.

Ab und zu schauten die beiden in ihr Gesicht und sagten etwas, dann lachte sie leise und drehte weiter an der Kurbel, um die Melodie weiter erklingen zu lassen. Doch plötzlich brachen die Töne ab. Ein Blick aus violetten Augen zog Dante in den Bann. Sie lächelte.

»Vergeben Sie mir, Lord Jacqobi, daß ich Sie nicht gebührend empfangen habe, als Sie eintraten«, sagte sie mit leiser, kehliger Stimme. Hätte Dante seine sieben Sinne noch beisammen gehabt, wäre ihm aufgefallen, daß er ihr die Gelegenheit geboten hatte, ihn für mehrere Minuten zu mustern, während er regungslos mitten im Zimmer stand.

»Lord Jacqobi? Fühlen Sie sich nicht wohl? Sie sehen aus, als wäre Ihnen ein Geist erschienen«, sagte die Herzogin, nicht ahnend, wie zutreffend ihre Bemerkung war. Denn Sabrina Dominick, Herzogin von Camareigh und Mutter von Rhea Claire, war eben jene Frau, die Dante in London gesehen hatte, vor nun fast zwanzig Jahren, und die ihn damals so verzaubert hatte.

»Bitte setzen Sie sich«, sagte die Herzogin mit wachsender Besorgnis, als sich ihr Schwiegersohn nicht rührte und sie mit einem höchst merkwürdigen Gesichtsausdruck anstarrte. Die Herzogin fühlte sich zunehmend unwohl.

Mit einem Mal fing Dante Leighton an zu lachen. Ein leises Lachen war es zunächst, doch es wurde lauter – ein tiefes Lachen, welches das ungezähmte Wesen dieses Mannes zu offenbaren schien, der es vorgezogen hatte, alles aufs Spiel zu setzen, statt sich kleinmütig in sein Schicksal zu ergeben, als er sich entschloß, sein Glück zu machen und sein Leben und seine Zukunft zu meistern. Verblüfft legte die Herzogin die Arme um die Kinder. Aber die hatten gar keine Angst und schienen diesen großen Mann, der sich lachend auf seinen Krückstock stützte, eher lustig zu finden. Ihr kindliches Gekicher mischte sich mit Dantes schallendem Gelächter.

Die Herzogin warf Dante einen skeptischen Blick zu und fragte sich, ob dieser Mann seinen Verstand verloren hatte. Gerade wollte sie einen der Diener zu Hilfe rufen, als Dantes Lachen verstummte. Er spürte das Unbehagen der Herzogin und schaffte es, sich trotz der Krücke, auf die er sich dabei stützte, würdevoll zu verneigen.

»Ich bitte um Vergebung, Hoheit«, sagte er schließlich, »aber Ihr Anblick hat mich verwirrt.«

»In der Tat?« erwiderte die Herzogin kühl. »Nun, ich habe erfahren müssen, daß es die unterschiedlichsten Reaktionen gibt bei der ersten Begegnung mit einem Fremden. Doch noch nie hat mir jemand ganz offen ins Gesicht gelacht.« Sie hielt ihr kleines Kinn erhoben. Und wäre Houston Kirby Zeuge dieses ersten Aufeinandertreffens von Dante Leighton und der Herzogin von Camareigh gewesen, er hätte den Captain wohl am liebsten am Nock der *Sea Dragon* baumeln sehen, denn Dante hatte genau das getan, wovor ihn der kleine Steward so eindringlich gewarnt hatte.

»Ich bitte Sie, mein tiefstes Bedauern und meine aufrichtige Entschuldigung zu akzeptieren, Hoheit. Es lag mir fern, Sie zu beleidigen«, sagte Dante mit seinem verbindlichsten Lächeln. Und es fiel sogar der Herzogin von Camareigh schwer, sich vom teuflischen Charme dieses Captains der *Sea Dragon* nicht beschwichtigen zu lassen.

»Dann wird es Ihnen gewiß nichts ausmachen, sich zu erklären«, erwiderte die Herzogin in samtweichem Ton, wenngleich sie Dante mit kaltem Argwohn musterte.

»Ich mußte daran denken, Hoheit, daß Sie sich kaum verändert haben in den vergangenen zwanzig Jahren. Wenn es überhaupt möglich ist, dann sind Sie eher noch schöner geworden.« Dante kam einen Schritt näher. Seine unverblümte Antwort verwirrte Sabrina vollends, denn dieses offenbar von Herzen kommende Kompliment war das letzte, was sie erwartet hatte.

»Sie werden entschuldigen, Lord Jacqobi, doch ich fürchte, daß ich mich nicht entsinne, wann wir uns begegnet sein sollten«, entgegnete sie. Und wieder musterte sie ihren Schwiegersohn mit eindringlichem Blick, während sie rätselte, wo sie ihn zuvor schon einmal getroffen haben könnte.

»Ich war damals ein junger Bursche, kaum sechzehn Jahre alt, als ich Sie sah. Sie unterhielten sich mit einigen vornehmen Gentlemen, und ich stand am anderen Ende des Raumes und habe Sie beobachtet. Ich weiß noch, daß ich damals dachte, noch nie eine schönere Frau gesehen zu haben, obwohl Sie kaum älter als ich gewesen sein mögen. Sie schienen die bewundernden Blicke eines jeden der Herren auf sich zu ziehen, doch ich konnte sehen, daß Sie nicht glücklich waren. Sie gaben sich so stolz, so würdevoll, als wollten Sie jeden warnen, der es wagen könnte, Sie zu berühren. Obwohl die meisten der Herren dafür ihr Vermögen hergegeben hätten.«

»Wie außergewöhnlich«, flüsterte Sabrina Dominick. Ein seltsamer Ausdruck lag auf ihrem Gesicht, als sie sich an ihre erste Liaison erinnerte. Es war tatsächlich keine glückliche Zeit für sie gewesen.

»Ich kehrte nach Devonshire zurück«, fuhr Dante fort, »kurz nach diesem Abend, an dem ich Sie zum ersten Mal sah. Ich erfuhr nie Ihren Namen und wußte nicht, daß Sie Lucien Dominick geheiratet haben. Als ich im darauffolgenden Jahr nach London zurückkehrte, schien niemand etwas über Sie zu wissen. Ich habe Sie nie wieder gesehen. Natürlich verbrachte ich damals die meiste Zeit an Spieltischen und besuchte ganz gewiß nicht die Etablissements, die eine Lady frequentieren würde. Ein paar Jahre später verließ ich England. Sie, Hoheit, nun wiederzusehen und zu erfahren, daß Sie Rhea Claires Mutter sind...« Dante schüttelte ungläubig den Kopf. »Ich habe Ihr Gesicht und diese unglaublich schönen Augen nie vergessen. Jetzt weiß ich, warum mir Rhea schon immer auf solch eigentümliche Weise vertraut erschien. Es hatte mich verwirrt.« Seine Augen verengten sich, als er Mutter und Tochter miteinander verglich.

»Es ist schon so lange her«, sagte die Herzogin, »und doch haben Sie in mir wachgerufen, was ich an diesem Abend empfand.« Sie sprach mit leiser Stimme, und ihr Blick war auf den Mund gerichtet, der das Herz ihrer Tochter gewonnen hatte. Sie lächelte, und zum ersten Mal, seit Dante dieses Zimmer betreten hatte, war es ein Lächeln, das ihn willkommen hieß. »Schade, daß Sie damals nicht den Mut fanden, an mich heranzutreten und einige Worte mit mir zu wechseln. Ich denke, es hätte so manches gegeben, über das wir hätten reden können. Ich fürchte, wir haben verwandte Wesen. Ich hätte einen Freund begrüßt und mit offenen Armen empfangen, denn ich hatte damals nur einen Wunsch, nämlich in die sichere Anonymität von Verrick House, meinem Zuhause in Sussex, zurückzukehren. Was ich auch kurze Zeit später tat. Bald darauf heiratete ich Lucien, und wir blieben auf Camareigh. Nach Rhea Claires Geburt zogen wir es vor, auf dem Land zu leben, ohne die ständigen Ablenkungen Londons und vor allem frei von den unzähligen gesellschaftlichen Verpflichtungen, die ein Leben in der Stadt mit sich bringt.«

Dante Leighton schwieg einen Moment. »Ja, ich bedaure, daß ich Sie damals nicht angesprochen habe«, gestand er schließlich. Und er hatte das Gefühl, als wäre ihm diese Frau schon seit vielen Jahren eine Freundin.

»Wer ist das denn?« wollte eines der Kinder wissen.

»Das ist Dante Leighton, Lord Jacqobi, und er ist der Mann eurer Schwester Rhea Claire. Sagt ihm guten Tag, Andrew, Arden.« Die Herzogin strich beiden zärtlich über das goldene Haar.

»Du bist lustig«, sagte Andrew zu Dante und fing an zu kichern. Als er seine Zwillingsschwester ansah und Dante vorwärts humpelte, kicherten die beiden noch mehr.

»Du hoppelst wie ein Hase«, quietschte Arden vergnügt.

»Und ich wette, du magst Obsttörtchen«, erwiderte Dante, und sein Lächeln wurde breiter, als er Rheas jüngere Geschwister ansah. Vielleicht würde ihr Kind auch das goldene Haar der Dominicks haben.

»Woher weißt du das?« fragte Arden, und ihre Augen wurden kugelrund vor Staunen.

»Ich weiß immer, was kleine Mädchen mögen«, antwortete Dante ganz ernsthaft.

»Und wissen Sie auch, was Rhea Claire möchte, Lord Jacqobi?« fragte die Herzogin.

»Sie hat meine Liebe, Hoheit«, erwiderte Dante schlicht, denn er spürte, daß eine Schilderung seines Vermögens diese Frau nicht im mindesten beindruckt hätte.

»Sie wird vermutlich nichts anderes wollen.« Die Herzogin lächelte sanft. »Bitte nehmen Sie Platz. Wir haben eine Menge Dinge zu besprechen. Es gibt noch so viel, was ich über Sie erfahren möchte, Dante Leighton.« Sie half den Zwillingen vom Fenstersims herunter und ließ sie auf dem Teppich weiterspielen. Dann stellte sie die Spieluhr beiseite, damit sie in Sicherheit war vor den begierigen kleinen Händen, machte es sich auf dem Sofa bequem und strich sorgfältig ihr Kleid zurecht.

Dante Leighton schloß die Augen. Er war kaum in der Lage, sich so zu verhalten wie sonst üblich. Noch immer fiel es ihm schwer zu glauben, daß diese Frau Rheas Mutter war. Hatte er je Zweifel gehabt, weil er Rhea zur Frau genommen hatte, so waren sie nun ausgelöscht. Der Kreis des Schicksals hatte sich geschlossen. Sein Aufeinandertreffen mit Rhea war vorherbestimmt gewesen. Und nichts würde jemals seine Meinung darüber ändern können.

»Bitte, Lord Jacqobi, setzen Sie sich. Ihr Knöchel muß doch schmerzen. Ich werde einen Brandy für Sie kommen lassen und vielleicht einen Sherry für mich. Doch ich erwarte, daß hauptsächlich Sie derjenige sein werden, der erzählt«, warnte sie ihn. Und Dante wußte, daß Houston Kirby recht hatte – die Herzogin war eine wunderschöne Frau, und sie war kein Dummkopf.

»Ich habe ein kleines Geschenk für Sie«, sagte Dante und reichte ihr das Päckchen.

Ein Ausdruck der Überraschung huschte über Sabrina Dominicks Gesicht. Doch graziös nahm sie das Geschenk entgegen. »Ich danke Ihnen. Aber es wäre nicht nötig gewesen, wenngleich ich zugeben muß, daß ich Überraschungen liebe.« Ein kleines Grübchen entstand, als sie lächelte, und es erinnerte Dante an Rhea.

»Nichts von großem Wert im Vergleich mit Ihren Juwelen, Hoheit, doch ich wußte nicht, was ich einer Frau zum Geschenk machen könnte, die offenbar schon alles besitzt. Als ich daran dachte, was Rhea mir über Sie erzählt hat, fand ich, daß Ihnen diese kleine Gabe der See vielleicht gefallen würde«, erklärte Dante und war nun, als er die Reaktion der Herzogin erwartete, ebenso nervös, wie es der kleine Steward gewesen war. Sie hatte jedes Recht, ihn auszulachen.

Doch Sabrina Dominick war keine gewöhnliche Frau, und als sie das Papier um die Holzschatulle entfernt hatte und den Deckel öffnete, jauchzte sie vor Freude kurz auf. Zum Vorschein kamen mehrere besonders schöne Muscheln, wie sie sie noch nie zuvor gesehen hatte.

»Oh, wie wunderschön«, hauchte sie ergriffen und weckte damit die Neugier der Zwillinge, die sofort angetapst kamen.

»Auf den Westindischen Inseln sind solche Muscheln sehr gewöhnlich«, sagte Dante bescheiden, obwohl er glücklich war, daß sie so darauf reagiert hatte.

»Oh, sie könnten nie gewöhnlich sein, Lord Jacqobi«, widersprach die Herzogin. »Diese hier hat die Farbe des Sonnenaufgangs, und mit dieser könnte ich dem Wirrwarr meines Haars Herr werden.« Sie lachte und hielt eine cremefarbene Muschel mit stacheligen Zacken hoch.

»Ist das was zum Essen?« fragte Andrew, als sein kleiner Finger vorsichtig eine der Muscheln berührte, die einem flachen Banbury-Kuchen ähnelte.

»Würde wohl ein bißchen trocken sein, fürchte ich«, antwortete Dante. Er sah, wie die Herzogin eine Muschel heraussuchte, die in sich gewunden war und tiefe Furchen mit Zacken hatte. »Halten Sie sie ganz dicht ans Ohr, Hoheit, dann können Sie das Rauschen des Meeres hören.«

Sabrina Dominick gehorchte, wenngleich ihr Blick ihre Zweifel verriet, doch plötzlich wurden ihre Augen vor Verwunderung so groß und rund wie die ihrer Kinder, als sie ihnen ebenfalls die Muschel ans Ohr hielt.

»Vielen Dank. Das ist ein wunderschönes Geschenk, und ich werde es ewig in Ehren halten.« Sie neigte leicht den Kopf, musterte Dante und fragte schließlich. »Was für ein Mann sind Sie, Dante Leighton?«

Sein ganzes Erbe hatte er verspielt und seinen Ruf ruiniert, sogar des Mordes war er bezichtigt worden. Und doch hatte er die Kraft gehabt, noch einmal ganz von vorn anzufangen. Ein Mann, der genug Mitgefühl hatte, um eine streunende Katze vor dem Tod zu retten und einen Waisenjungen zu seinem gesetzlichen Mündel zu machen.

Selbstbewußt erwiderte Dante Leighton den Blick der Herzogin. »Ich bin der Mann, der Ihre Tochter geheiratet hat und sie glücklich machen wird. Ich gebe zu, daß ich in der Vergangenheit Dinge getan habe, auf die ich nicht stolz bin, doch ich werde niemals Rheas Liebe mißbrauchen, die sie mir schenkte, aus welchem Grund auch immer.«

»Nun, da ich Sie endlich kennengelernt habe, muß ich sagen, daß ich es nicht unverständlich finde, daß Rhea Sie liebt«, bemerkte die Herzogin, denn dieser Mann konnte charmant wie der leibhaftige Teufel sein. »Aber nun setzen Sie sich bitte, sonst muß ich noch annehmen, daß Sie Fieber haben. Und in diesem Fall müßte ich Rawley rufen lassen, und statt an einem Brandy würden Sie an einem Glas von Mrs. Taylors Spezialmedizin nippen.« Sie schmunzelte, als sich der Mann, der so manchen auf See das Fürchten gelehrt hatte, schleunigst hinsetzte.

Genau in diesem unbeschwerten Augenblick betraten Lucien und Rhea Claire das Zimmer. Und als sie Dante und die Herzogin beisammen sahen, staunten sie nicht schlecht. Doch jeder von ihnen reagierte auf andere Weise.

»Mama? Dante?« Rhea traute kaum ihren Augen.

»Meine Liebe, komm setz dich zu uns. Ich wollte Dante gerade einen Brandy anbieten«, sagte die Herzogin und bemerkte, daß dem Herzog nicht entgangen war, daß sie ihren Schwiegersohn beim Vornamen genannt hatte. »Lucien? Wirst du dich auch zu uns gesellen?« Ihr Blick forderte ihn beinahe dazu heraus, die Einladung auszuschlagen.

Mit einem Achselzucken ließ sich Lucien Dominick neben seiner Frau auf das Sofa nieder. Rhea setzte sich in einen Sessel neben Dante.

»Habt ihr euch nett unterhalten?« Rhea verspürte auch jetzt noch eine gewisse nervöse Besorgnis. Denn wenn ihre Mutter und Dante nicht miteinander auskämen, wüßte sie weder ein noch aus. Ihr Platz war nun an der Seite ihres Mannes, und ihre Loyalität galt ihm.

»Das haben wir in der Tat, mein Liebes«, antwortete die Herzogin, und Rhea seufzte leise. »Ich habe von einigen kühnen Heldentaten deines Mannes gehört. Es war ziemlich faszinierend, denn wie du weißt, hatte ich schon immer meine Freude an ein wenig

Abenteuer und Verwegenheit«, fügte sie mit einem Lächeln hinzu, als sie in Dantes verdutztes Gesicht blickte. »Aber da ich eine ehrenwerte Lady bin, habe ich mich niemals an ungebührlichen Taten beteiligt.«

»Zu schade, Rina, daß du deinen Vorlieben keinen freien Lauf läßt«, warf Lucien Dominick ein. Er füllte das Glas seines Schwiegersohnes und schenkte sich selbst auch einen Brandy ein. Er konnte jetzt ein Glas vertragen, als er sich setzte und darauf gefaßt war, ein höfliches Gespräch mit einem Mann zu beginnen, den er vor gar nicht langer Zeit hatte umbringen wollen. »Ich kann mir vorstellen, daß du dich recht geschickt angestellt hättest, die Gesetze zu brechen, meine Teuerste.«

»Lucien, also wirklich.« Die Herzogin lachte nervös. Sie würde ihre Zunge hüten müssen, wenn sie ihn nicht ohnehin schon zu sehr gereizt hatte. Er war nicht zum Scherzen aufgelegt, als er so dasaß und mißmutig auf seinen Brandy starrte.

»Mutter und Vater machen ständig solche Späße miteinander«, erklärte Rhea. »Und niemand von uns hat jemals den Grund dafür erfahren.«

»Was hat die beiden denn so gefesselt und begeistert?« wollte der Herzog wissen, als er die Zwillinge erblickte, die mitten auf dem Teppich spielten.

»Eine Gabe des Meeres«, antwortete die Herzogin und lachte, als sie den verwunderten Gesichtsausdruck ihres Mannes sah.

»Conny und ich haben während der Schatzsuche Muscheln gesammelt«, verriet Rhea impulsiv, als sie an diese warmen, verträumten Tage unter Palmen dachte. »Sie sind ein Geschenk von Dante, nicht wahr? Ihr müßt euch von ihm den Inhalt der Seekiste an Bord der *Sea Dragon* zeigen lassen. Sie ist randvoll mit Gegenständen, die er aus gesunkenen Schiffen geborgen hat. Sogar eine kristallene Karaffe ist darunter, die einem spanischen Gouverneur gehörte... bis das Schiff in einem Sturm unterging.«

»Ich hätte nicht gedacht, daß Sie die Zeit und die Neigung zum Sammeln haben, Lord Jacqobi«, murmelte Lucien Dominick.

»Das kommt ganz darauf an, was ich sammle, Hoheit«, entgegnete Dante. Auf keinen Fall wollte er sich vom Herzog reizen lassen. Aber er wußte, daß es noch sehr lange dauern würde, bis Lucien Dominick ihn, seinen Schwiegersohn, akzeptieren konnte.

Der Herzog blickte zu seiner Tochter. Bald würde man ihr ansehen können, daß sie ein Kind erwartete, und er wollte nicht, daß ihr irgend etwas Sorgen bereitete in dieser Zeit der Schwangerschaft. Sein Blick wanderte wieder zu Dante Leighton. »Ich fand schon oft, daß es weit befriedigender ist, eine Sache von hohem Wert zu besitzen als viele Dinge von niederer Qualität. Meinen Sie nicht auch?« fragte er so leise, daß Dante beinahe die darin mitschwingende Warnung überhört hätte.

Er hielt dem eindringlichen Blick des Herzogs stand und entgegnete: »Ich bin erfreut, Hoheit, daß es letztendlich doch etwas gibt, worin wir einer Meinung sind.«

»Ich habe eine Bitte an euch beide«, begann die Herzogin ein wenig schüchtern und ignorierte Luciens finstere Miene geflissentlich. »Es würde mir so viel bedeuten, wenn ihr eure Trauung in der kleinen Kapelle hier auf Camareigh wiederholen würdet«, bat sie Rhea und Dante. »Lucien scheint nicht der Ansicht zu sein, daß es notwendig ist, aber ich glaube, es wäre wirklich ein weiser Entschluß. Nicht nur, weil ich dabei wäre, sondern auch... Nun ja...« Sie hielt inne, als wären die Worte zu schmerzvoll.

»Weil sonst einige Menschen, die ein weniger großzügiges Herz haben als Sie, die Rechtmäßigkeit unseres Kindes anzweifeln könnten?« benannte Dante den wahren Grund.

»Das ist schrecklich!« rief Rhea aus und legte instinktiv eine Hand auf ihren Bauch. »Wir sind kirchlich getraut worden. Es war alles rechtmäßig.«

»Obwohl Lucien nicht so weit gehen würde«, meinte die Herzogin, »weiß er, daß ich recht habe. Ich weiß, wie gemein Klatsch sein kann. Und weil es schon so viele Gerüchte gegeben hat, die mit deinem Namen verbunden sind, meine Liebe, wird die Tatsache, daß ihr auf den Westindischen Inseln geheiratet habt, die bösen Zungen noch beflügeln.«

Sabrina Dominick schaute zu ihrem Gatten. Sie wußte genau, daß er die Hoffnung noch immer nicht aufgegeben hatte, Rheas Ehe für ungültig erklären zu lassen. Und sie wußte auch, daß er deshalb kein Interesse daran hatte, sie noch fester zu schmieden. Aber es gab nichts – und das wußten sie beide –, was sie dagegen unternehmen konnten.

»Ich werde nicht untätig danebenstehen, wenn der Name meiner Tochter in den Schmutz gezogen wird. Ich werde nicht tatenlos zusehen, wie das Glück meiner Tochter zerstört wird von skandalsüchtigen Dummköpfen«, ereiferte sich die Herzogin; ihre Wangen waren gerötet vor Entrüstung.

Rhea sah Dantes fragenden Blick und nickte zustimmend, während er sagte: »Wir würden uns geehrt fühlen, unsere Trauung hier auf Camareigh zu wiederholen. Ich weiß, daß Rhea stets bedauert hat, daß Sie und Seine Hoheit bei unserer Hochzeit nicht zugegen waren.« Dante war zufrieden. Diese zweite Hochzeit würde jeden Versuch des Herzogs, ihre Ehe annullieren zu lassen, unmöglich machen.

»Ich bin sehr glücklich«, sagte die Herzogin. »Und ich weiß, daß Reverend Smalley es auch sein wird, denn er war sehr enttäuscht, als er von deiner Hochzeit erfuhr, Rhea. Schließlich war er es, der dich getauft hat. Und deshalb nahm er wohl immer an, daß er auch deine Trauung durchführen würde. Er war tief getroffen wegen dieser ganzen Sache.« Die Herzogin sprach mit großer Zuneigung von dem Geistlichen, der sich um die kirchlichen Belange der Dominicks kümmerte, seit der Zeit der Herzoginwitwe.

»Ich habe ferner die Absicht, den größten Ball der Saison zu veranstalten, um meinen Schwiegersohn stolz und gebührend in die Gesellschaft einzuführen«, kündigte die Herzogin weiter an. »Ich möchte nicht, daß irgend jemand annimmt, wir wären nicht einverstanden mit Rheas Ehemann, oder daß jemand glaubt, wir würden uns schämen, weil sie ein Kind erwartet.«

»Meine Liebe«, sagte Lucien mit einem leichten Lächeln, »wenn du wünschst, daß Rhea und Lord Jacqobi die Trauung in unserer Gegenwart wiederholen und der gute Reverend uns hilft, dann soll es um alles in der Welt eben geschehen. Aber ein großes Fest, mit Gästen, Essen, Trinken, das geht viel weiter als der Versuch, die Gerüchte zum Verstummen zu bringen.« Doch er bemerkte, daß ihm keine Wahl mehr blieb, weil Sabrina fest entschlossen war.

Der Herzog von Camareigh stand auf und genehmigte sich noch einen zweiten Brandy. Er dachte dasselbe wie Dante. Wenn die Trauung in jener kleinen mittelalterlichen Kapelle, die schon unzählige Trauungen von Mitgliedern der Familie Dominick, inklusive seiner eigenen mit Sabrina, erlebt hatte, vollzogen war, gab es keine andere Möglichkeit mehr für ihn, als den Captain der *Sea Dragon* in seiner Familie willkommen zu heißen.

Laßt uns vergeben und vergessen
die Wunden, die wir einander schlugen.

Cervantes

Kapitel elf

Der erste Schnee war längst geschmolzen. Im großen Kamin lag nur noch ein kleines Stück des Julblocks. Zu Weihnachten hatte er in feierlicher Andacht gebrannt, während fröhliche Weihnachtslieder erklungen waren und das Festmahl stattgefunden hatte. Doch nun waren die Stechpalmenzweige und Mistelzweige, welche die große Halle geschmückt hatten, verschwunden. Die Mägde und Diener putzten und polierten alles, während der Märzwind von den Hügeln blies und heulte und die Fensterläden klappern ließ.

Es war die Zeit für einen neuen Anfang, Zeit für neues Leben.

Das makellose Gold der Glockenblumen und die hellgrünen Knospen an den Ästen der Büsche und Bäume waren die Vorboten des Frühlings. Und bald würden die Hügel und Wiesen übersät sein mit einer verschwenderischen Pracht und Fülle von Wildblumen, Gänseblümchen und Wiesenkerbel; weiße Tupfer unter dem Blau, Lila und Pink von Ehrenpreis, Akelei und Stiefmütterchen.

Dante Leighton stand allein an einem der hohen Fenster und

schaute hinaus. Er sah eine Amsel, die vom Wind zu einem Wäldchen am entfernten Ufer des Sees getragen wurde, wo die mittelalterliche Kapelle, umgeben von alten Zedern, in weihevoller Abgeschiedenheit stand. Unter diesem tonnengewölbten Dach, im blassen Sonnenlicht des Winters, das durch die großen Buntglasfenster fiel, hatten er und Rhea ihre Vermählung ein zweites Mal vollzogen. Auf den kunstvoll geschnitzten jakobinischen Bänken hatten sich die bemerkenswert schweigsamen Mitglieder der Familien Dominick und Fletcher versammelt. Dante hatte ihre Gesichter nur verschwommen wahrgenommen, als er Rhea noch einmal das Jawort gegeben hatte. Ohne zu zögern hatte er die Worte wiederholt, die von Reverend Smalley gesprochen worden waren.

Der ehemalige Captain der *Sea Dragon*, den sein Wagemut nie verlassen hatte, nicht einmal im Angesicht feindlichen Kanonenfeuers, strich sich mit zitternder Hand durchs bereits zerzauste Haar. Dante hatte Angst. Angst, wie er sie noch nie zuvor gekannt hatte, und es gab nichts, was er dagegen hätte tun können.

Wohl zum tausendstenmal schaute er in Richtung Schlafgemach, das geschmückt war in Blau, Gelb und Silber, wo die hohen Fenster, drapiert mit hellblauem Damast, einen Ausblick über die darunterliegenden Gärten boten. Dort oben lag Rhea im Baldachin-Bett und gebar die Frucht ihrer Leidenschaft. Dante schluckte, um den schmerzenden Knoten in seinem Hals loszuwerden, als er sich an die qualvollen Schreie dieses Morgens erinnerte, als die Wehen Rhea das erste Mal geplagt hatten. Trotz ihres tapferen Lächelns hatten tiefe Schatten um ihre Augen gelegen, die sich nun in ein dunkles Violett verwandelt hatten. Kalter Schweiß war auf ihrer Stirn gestanden.

Dante war aus dem Zimmer geschickt worden, seine besorgten Fragen blieben unbeantwortet, als Rawley und die Herzogin zu Rhea ans Bett eilten und die Tür fest vor seiner Nase schlossen.

Dante nahm einen großen Schluck Brandy aus dem Glas, das er schon viel zu oft nachgefüllt hatte. Er spürte die Wärme, die sich in seinem Körper ausbreitete, und er verfluchte sich, daß er auch nur an einen Zentimeter dieses duftenden Körpers Hand angelegt hatte.

Er löste den Blick von den entfernten Hügeln, an denen die Sonnenstrahlen wie geschmolzenes Gold herabfielen und wandte sich den übrigen im Zimmer Anwesenden zu. Sie erschienen ihm nicht mehr als Fremde. Nun teilten sie mit ihm die Qual des Wartens und fühlten dieselbe Furcht, die er fühlte.

Und als Dante seine neugewonnene Familie betrachtete, mußte er an die zurückliegenden Monate denken, in denen er, obwohl er sich dagegen gesträubt hatte, angefangen hatte, diese Menschen zu mögen und ihre Freundschaft zu schätzen. Es war eine neue und seltsame Erfahrung für ihn, seine Gefühle mit anderen zu teilen. Er hatte selbst nie Geschwister gehabt, und auch das besondere Verhältnis, das normalerweise zwischen Vater und Sohn herrscht, hatte er nie gekannt.

Die Situation hatte sich natürlich nicht über Nacht geändert. Der Argwohn ihm gegenüber war zu tief verwurzelt bei den anderen und – so gestand sich Dante ein – auch begründet. Doch mit Hilfe der Herzogin und aufgrund ihrer Wärme gegenüber Dante wandelte sich die Feindseligkeit allmählich in aufrichtiges Bemühen, ihn fühlen zu lassen, daß er willkommen war auf Camareigh. Mit einem Mal fand sich Dante mit einbezogen in die Gespräche, manchmal war er sogar Mittelpunkt der Aufmerksamkeit, besonders bei den jüngeren Angehörigen der Familie, wenn er von seinen vielen Abenteuern als Freibeuter erzählte.

Dantes Blick verweilte einen Moment auf der Fletcher-Familie, die in der Nacht zuvor angekommen war. Lady Mary hatte wieder eine ihrer Visionen gehabt. Dante vermutete, daß Sir Terence sich über die Jahre daran gewöhnt hatte, doch er selbst hatte auch jetzt noch ein ungutes Gefühl, wenn er daran dachte, daß diese Frau in die Zukunft blicken konnte.

Als er sie ansah, wie sie ruhig am Feuer saß und mit flinken Fingern strickte, empfand er fast ein wenig Verärgerung über sie, denn Lady Mary wirkte, als gälte ihre einzige Sorge Nadel und Faden und den Bemühungen, nur ja keine Masche fallenzulassen. Dante jedoch hatte nicht so viel Vertrauen in ihre seherische Fähigkeit, um sich zu entspannen oder zu verstehen, warum sie so unbekümmert war.

Ihren Ehemann, den pensionierten General, respektierte und mochte Dante mittlerweile, auch wenn er wußte, daß dieser Mann ihn zuerst überhaupt nicht hatte leiden können. Nun aber gab es viel, worüber sie redeten, und er war sicher, daß Sir Terence keinerlei Vorbehalte mehr ihm gegenüber hegte. Selbst James Fletcher, der Bursche, der ihn um ein Haar umgebracht hätte, hatte seine Verlegenheit abgelegt und schloß sich seinen Geschwistern an, wenn sie Dante über sein Leben an Bord seines Schiffes ausfragten.

Francis Dominick zu gewinnen war schon schwieriger gewesen. Viele Monate hindurch hatte er Dante hochmütig die kalte Schulter gezeigt. Aber er war Dantes Charme auf Dauer nicht gewachsen gewesen, und so fand man ihn neben seinen Cousins Ewan und George, wenn sie versuchten, Dante beim Kartenspiel zu schlagen.

Auch Richard und Sarah Verrick hatte Dante inzwischen ins Herz geschlossen. MacDonald hätte die beiden gewiß auch gemocht, und nicht nur wegen der roten Haare, die Richard vom Oberhaupt des Familien-Clans geerbt hatte, von dem MacDonald eine so hohe Meinung hatte. Richard war ein äußerst intelligenter junger Mann, mit einer tiefen Verbundenheit mit dem Hochland Schottlands, das er seine Heimat nannte.

Nur mit Robin Dominick kam Dante noch immer nicht zurecht. Von Lucien Dominick, der seinem Schwiegersohn auch weiterhin mit kühler Höflichkeit begegnete, hätte er niemals eine freundschaftliche Geste erwartet. Doch er hatte gehofft, Robin davon überzeugen zu können, daß er nicht der Unmensch war, für den er ihn offensichtlich hielt. Dante vermutete, daß ein Teil der Schwierigkeiten seine Ursache im strapazierten Verhältnis zwischen Robin und Conny Brady hatte. Keiner der beiden Jungen war bereit, zu vergeben und zu vergessen, was geschehen war. Es half auch nicht gerade weiter, daß beide ständig um Rheas Aufmerksamkeit buhlten und jeder vom anderen glaubte, daß der ihm den gebührenden Platz in ihrem Herzen streitig machen könnte. Die Rivalität zwischen den beiden spitzte sich immer mehr zu.

Dante hatte auch Ärger mit Conny gehabt, denn dem kleinen Burschen fiel es schwer, sich mit seiner neuen Rolle als Mündel des Marquis von Jacqobi zurechtzufinden. Er weigerte sich, an den Aktivitäten der Familie teilzunehmen, und zog es vor, in der Küche zu essen oder zusammen mit Houston Kirby, der, obgleich er ein wohlhabender Mann war, stur und steif behauptete, er sei zu alt, um seine Gewohnheiten zu ändern. Er nahm seine Mahlzeiten lieber auf dem Zimmer ein, wo er abseits von Herr und Dienern bleiben konnte.

Dante hatte dem kleinen Steward gesagt, daß er nun nicht länger von ihm erwartete, ihm zu dienen, aber Houston Kirby blieb standhaft, so gut er konnte, und erklärte mit verletztem Stolz, daß es ihm eine Ehre sei, dem Marquis von Jacqobi zu dienen, auch wenn er selbst ein reicher Mann war.

Eines nicht mehr allzu fernen Tages, wenn seine schmerzenden Gelenke und schwachen Augen ihm den Dienst versagen würden, käme er vielleicht zu dem Entschluß, einen jungen Mann auszubilden für das Privileg, der Familie der Leightons zu dienen. Dann, mit der Erlaubnis Seiner Lordschaft und mit Gottes Willen, würde er den Rest seiner Tage in einer kleinen Hütte auf dem Anwesen verleben.

Conny Brady war noch jung genug, um das Benehmen eines wahren Gentleman zu erlernen. Und Dante hatte die unumstößliche Absicht, dafür zu sorgen, daß Conny Brady niemals Grund haben sollte, sich zu schämen.

Als der Herzog und die Herzogin den ehemaligen Schiffsjungen einluden, mit ihrer Familie zu dinieren, bestand Dante darauf, daß Conny die Einladung annahm. Er sagte ihm, daß er von ihm als Mündel denselben Gehorsam erwartete, den er von ihm als Schiffsjungen an Bord der *Sea Dragon* verlangt hatte.

»Wird sie sterben, Captain?« fragte Conny Brady in diesem Augenblick und erschreckte Dante. Seine Schultern hingen betrübt herunter, als er neben dem Captain stand und zu dem Mann aufschaute, der ihm stets eine offene Antwort hatte geben können.

Dante Leighton schaute hilflos auf den dunklen Schopf und überlegte, was er antworten sollte.

»Natürlich wird sie nicht sterben«, sagte Lady Mary mit sanfter Stimme, und der Blick aus ihren taubengrauen Augen war voll des Verständnisses. »Erste Schwangerschaften sind immer die schwierigsten, aber Rhea Claire ist jung und gesund, und sie wünscht sich dieses Kind so sehr. Ihr beide müßt Geduld haben.«

»Es wird ihr doch gutgehen, oder?« fragte Dante. Aber seine Frage war mehr als nur eine bloße Rückversicherung, und Lady Mary wußte das.

Sie lächelte milde, und Dante erkannte wieder die ruhige und strenge Schönheit dieser Frau. Obwohl ihr Gesicht madonnenartig war in der Klarheit ihrer Züge, war es – mehr als alles andere – das freundliche Wesen der Frau, das sie so schön machte.

»Ich verstehe nicht immer, was ich in einer Vision gesehen habe«, begann Mary, und ihr Lächeln wuchs, als sie sah, wie Conny der Mund offenstand. »Deshalb ziehe ich es vor, sie für mich zu behalten. Es sei denn, es ist notwendig, darüber zu reden, um jemandem zu helfen.«

»Also haben Sie etwas gesehen?« fragte Dante.

Lady Marys Lächeln erstarb. Sie berührte sanft Dantes geballte Faust. »Sie müssen lernen, mehr Vertrauen zu haben, Dante Leighton.« Ihre Augen schienen plötzlich wie versilbert. Dante spürte ein leichtes Schaudern, als er daran dachte, was sie wohl gesehen haben mochte.

»Jetzt ist nicht der richtige Zeitpunkt«, sagte sie eigenartigerweise und neigte den Kopf leicht zur Seite, als würde sie auf etwas horchen. »Eines Tages werde ich Ihnen von meiner Vision erzählen, von wildem Thymian und Schwarzdorn, und von Wolken, die in Blattgold eingerahmt sind. Und ich werde Ihnen erzählen von der Sonne, dem Mond und der See.«

Dante Leighton zuckte mit den Achseln. Auch wenn er die Frau wirklich mochte, hielt er sie in diesem Moment für verrückt. Doch in diesem Augenblick wurden die Türen des Privatsalons geöffnet, und die Herzogin eilte herein, ihr Gesicht blaß und erschöpft. Lucien Dominick war als erster bei ihr und nahm sie in den Arm, als sie schwankte. Sie schmiegte sich an ihn, um Kraft zu tanken aus seiner Berührung.

»Rhea?«

Sabrina Dominick schaute von der Schulter ihres Mannes auf und lächelte müde. »Rhea geht es gut. Und Sie, Dante Leighton, sind stolzer Vater eines sehr stimmgewaltigen Sohnes.«

Der Reverend fand sich früher zur Taufe von Christopher Dominick Leighton, Herzog von Sandrake und erstes Enkelkind des Herzogs und der Herzogin von Camareigh, hinter der Kanzel, als es die Korrektheit bestimmte. Der kleine Lord Kit, wie er genannt wurde, war ein besonders hübsches Baby, mit dichten nußbraunen Locken. Ein gellender Schrei hallte durch die kleine Kapelle und ließ den guten Reverend zusammenzucken. Er verstand kaum noch sein eigenes Wort.

Als seine Pflicht getan war, war er heilfroh, wieder in das große Haus zurückzukehren. Die ungestümen Schreie des kleinen Lords waren in der Halle mit den hohen Decken oder dem reizvollen Chinesischen Zimmer nicht annähernd so durchdringend. Der Reverend war nicht sonderlich betrübt, als Rhea sich entschuldigte, um das Baby zu stillen. Nun konnte er in aller Ruhe an seinem Brandy nippen und darüber nachdenken, sich vorzeitig zurückzuziehen.

Auch Dante entschuldigte sich und folgte Rhea. Bei der großen Treppe holte er sie ein. Er nahm ihr das Baby ab, hielt den nun ruhigen kleinen Lord in einem Arm und streckte den anderen nach Rhea aus. Zusammen gingen sie die Treppe hinauf.

»Habe ich mich schon bei dir bedankt für unseren Sohn?« fragte Dante und schaute auf das winzige Gesicht, das aus der wollenen Decke hervorlugte.

»Viele Male, M'lord.«

»Und habe ich dir gesagt, wie atemberaubend schön du bist?«

»Viele Male, M'lord.« Rhea lächelte.

»Und habe ich dir gesagt, wie glücklich du mich gemacht hast?«

»Mehr als einmal, M'lord.«

»Aber habe ich dir auch gesagt, wie sehr ich dich liebe?«

Rhea senkte den Blick. »Viele, viele Male, M'lord, obwohl es weit glaubwürdiger wäre, wenn Sie es mir beweisen und zeigen würden«, neckte sie ihn.

Dante schaute sie an und sah ihre glühenden Wangen. »Aye, M'lady, scheint so, als würde ich zuviel reden.«

»Aye, M'lord«, stimmte Rhea ihm zu. Als sie am Porträt des Piraten-Ahnen vorüberkamen, blieb sie aus Gewohnheit stehen.

»Er muß eifersüchtig sein«, sagte Dante, als er den alten Abenteurer ansah und dann auf seinen Sohn herunterblickte.

»Nein, ich denke, er ist zufrieden«, widersprach Rhea sanft. Still verabschiedete sie sich von ihrer Klein-Mädchen-Phantasie, und ihr Blick ruhte auf dem Profil des geliebten Gatten, als sie die Galerie durchquerten. Wieder blieben sie vor einem Bild stehen, doch dieses Mal, weil Dante es so wollte.

»Du scheinst fasziniert zu sein von diesem Bild«, sagte Rhea und mußte daran denken, wieviel sich in ihrem Leben verändert hatte seit jenem Tag, an dem die Familie für dieses Bild Modell gestanden hatte.

Dante lächelte, und sein Blick ruhte auf den violetten Augen der Herzogin von Camareigh, ehe er liebevoll Rheas Abbild musterte. »Eines Tages, Rhea, werde ich dir vom Traum eines jungen Mannes erzählen, und wie all das, was er sich wünschte, in Erfüllung ging. Ich bereue nichts von dem, was ich getan habe, Rhea«, sagte er mit verführerischer Zweideutigkeit. Er lächelte, als er ihre verblüffte Miene sah und setzte seinen Gang durch die Galerie fort.

Rhea lachte und deutete auf ihren Sohn. »Wäre wohl auch ein bißchen spät für Reue, M'lord. Sie haben nun Frau und Sohn zu versorgen.«

Dante stand am Fenster in ihrem Zimmer und sah auf die stufenförmig angelegten Gärten, blickte vorbei an den gestutzten Eibenhecken und dem Seerosenteich, bis auf das offene Parkland in der Ferne. Er seufzte. Selten hatte er einen solchen Frieden vorgefunden. Nun verstand er, warum Rhea Camareigh so sehr liebte. Als er ihre Stimme hinter sich hörte, drehte er sich um. Sie sprach leise und zärtlich zu ihrem Sohn, während sie ihn stillte. Es war aber gut möglich, daß der Kleine all die Macht der Liebe um ihn herum gar nicht wahrnahm, als er saugte und mit seinen kleinen Händchen kniff und drückte.

»Habe ich dir dafür gedankt, daß du ihn Christopher genannt hast?« fragte Dante. »Ich war wirklich überrascht.«

»Ich vergesse nichts von dem, was du mir sagst.« Ihre Finger liebkosten die weichen dünnen Locken auf dem winzigen Kopf ihres Sohnes. »Captain Christopher hat dir sehr viel bedeutet, mehr noch, so denke ich mir, als dein Vater. Ich nahm an, du würdest ihn gern dadurch in Ehren halten, indem du deinen erstgeborenen Sohn nach ihm benennst.« Rhea küßte den Kleinen auf die Stirn. »Und ich möchte dir danken, daß er den Namen Dominick tragen darf. Das bedeutet meinen Eltern sehr viel. Sag, warum hast du meinen Familiennamen gewählt?«

Dante zuckte mit den Achseln. Er fühlte sich ein wenig unwohl, diesen Akt der Großzügigkeit einzugestehen. »Ich hatte ein Gefühl der...« Er hielt inne und suchte nach dem passenden Wort. Doch schließlich sagte er schlicht, was er empfand. »... ich empfinde Liebe zu deiner Familie, Rhea. Und obwohl unser Sohn in erster Linie ein Leighton ist, möchte ich, daß er sich auch als Teil der Familie Dominick fühlt«, gab Dante zu. Das war kein leichtes Bekenntnis.

Rhea betrachtete ihren Sohn, der die Augen geschlossen hatte. Langsam erhob sie sich, ging hinüber zu der hölzernen Wiege und legte das Baby vorsichtig auf die darin ausgebreitete Decke.

Rhea schaukelte sacht die Wiege für einen Moment. Und kurz darauf glitt er gähnend in den unschuldigen Schlaf, den nur Neugeborene kennen.

Rhea richtete sich auf, streckte die müden Schultern und seufzte, als Dantes Hände ihre verkrampften Muskeln massierten. Dann liebkoste die Wärme seiner Lippen ihren Nacken. Sie lehnte sich gegen ihn und erlaubte seinen Händen tiefer zu gleiten und unter dem geteilten Mieder ihres Kleides ihre Brüste zu umfassen.

»Sollen wir noch ein wenig bleiben, M'lady?« flüsterte er ihr ins Ohr und knabberte an ihrem Ohrläppchen. Trotz ihrer vielen Unterröcke konnte sie die Härte seiner Leidenschaft spüren. Er hielt Rhea gegen seine Hüften gepreßt, seine Hände auf ihren Oberschenkeln.

»Aber Sie werden unten im Salon erwartet, M'lord« flüsterte Rhea. Ihr Herz schlug wie wild.

»Ich hasse es, eine Lady zu enttäuschen«, murmelte er. Dann

drohte er sie zu sich herum, um sie in die Arme zu nehmen. Er schaute in ihr errötetes Gesicht und küßte sie hungrig.

»Du hast mich förmlich dazu eingeladen.«

»Dante«, protestierte Rhea mit wachsender Verlegenheit. Als sie in seinen Armen lag, verspürte sie es wieder, dieses Gefühl, das mächtig genug war, sie alles um sich herum vergessen zu lassen – außer Dante Leighton.

Er fühlte ihre zitternde Antwort auf seine steigende Leidenschaft, und mit einem zufriedenen Lächeln hob er Rhea auf seine Arme und trug sie zum Doppelbett.

»Dante, was ist, wenn jemand kommt, um nach uns zu sehen? Was…«

Aber er erstickte ihre Worte mit einem Kuß. Als er schließlich seine Lippen von ihren löste, war sie ganz außer Atem.

»Vergiß das alles, Rhea. Denn es gibt nichts, was jetzt zwischen uns kommen könnte«, versprach er und fuhr fort, die Wahrheit seiner Worte zu beweisen.

Mein Stolz fiel mit meinem Schicksal.

Shakespeare

Kapitel zwölf

Seawyck Manor lag auf einer Anhöhe über dem Meer. Es war kein sonderlich schönes Haus, aber es besaß einen gewissen Charme mit seinen grauen Mauern und dem Dach aus Steinziegeln. Wenn die Sonne schien, leuchteten die Wappen-Scheiben der hohen Fenster in allen Farben, und der Garten, der sich vor dem Ostflügel des Hauses befand, blühte auf. Doch das waren auch schon die einzigen Farbtupfer gegen das allgegenwärtige triste Grau.

Hinter den Nebengebäuden und Ställen, auf den Weiden äste das Wild und jenseits der sanft ansteigenden Hügel lag das Dorf Merleigh.

Westlich davon, hinter dem Wald aus Buchen und Kastanien, der Seawyck vor den eisigen Winden von der See schützen sollte, erhoben sich die dunklen Türme von Merdraco gegen den Horizont, wenn kein Nebel die Küste verhüllte.

Diese Türme, sichtbar oder nicht, hatte Lady Bess Seacombe, Herrin von Seawyck Manor, niemals vergessen. Selbst wenn dichter Nebel sie verbarg, wußte sie, daß sie da waren – ein ewig währendes Mal der Erinnerung, daß es Merdraco noch immer gab, auch wenn sein Herr geflohen war.

Lady Bess konnte sich an der goldenen Pracht des Sonnenuntergangs nicht recht erfreuen, denn es bedeutete doch nur, daß die Dunkelheit bald hereinbrach. Und es würde eine mondlose Nacht werden.

»Verdammt!« zischte sie. Als sie sich vom Fenster abwandte, fiel ihr Blick auf die zerschlissenen Vorhänge aus schwerem burgunderfarbenem Samt. Mit einem weiteren Fluch zog sie die Vorhänge zu und sperrte den überwältigenden Ausblick auf das Meer aus, wo die Sonne als feurige Kugel in den schimmernden Fluten versank.

Lady Bess schenkte sich einen weiteren Sherry ein und ließ die kristallene Karaffe unbedacht auf die polierte Tischplatte knallen. Hastig leerte sie das Glas. Sie mußte sich Mut antrinken für das, was sie in dieser mondlosen Nacht vorhatte.

»Gütiger Himmel! Wie soll ich es nur schaffen!« flüsterte sie, und ihre mit Juwelen beringte Hand zitterte, als sie das Glas abstellte.

»Ich kann es nicht.« Nervös trommelte sie mit den Fingerspitzen auf dem Kaminsims. »Es wäre Wahnsinn.« Dann sah sie auf und warf dem Bild ihres Mannes, das über dem Kamin hing, einen bitterbösen Blick zu.

»Bedauerlich, daß du so ein Dummkopf warst«, sagte sie und sah den Mann auf dem Bild mit erneut erwachender Abneigung an. Obwohl er nun schon zwei Jahre tot war, vermochte er es noch immer, sie zu ärgern. »Und ich war ein noch größerer Dummkopf, daß ich dich geheiratet habe, Sir Harry Seacombe«, klagte sie. »Aber wer konnte damals wissen, daß du Schulden hattest und keinen Sinn für's Geschäft? Und dann hast du auch noch Geld in diese vermaledeite Plantage auf den Indies gesteckt! Was war das für eine Pleite, Harry, was?« Doch der Mann auf dem Bild schwieg und starrte mit blaßblauen Augen auf sie herab, ausdruckslos, fast verständnislos, wie er sie immer angeschaut hatte, als er noch am Leben war.

»Jagdhunde und Pferde, Harry, das war das einzige, wovon du was verstanden und worum du dich gekümmert hast«, klagte ihn Lady Bess an. »Du hast es gewagt, mich unter falschen Versprechungen zu heiraten. Nicht daß ich dir deswegen einen Vorwurf machen würde, Harry, schließlich war ich hübsch, was?« Als sie ihr Bild in einem der großen Wandspiegel erblickte, mußte sie zugeben, daß sie noch immer eine gute Figur machte, obwohl sie zwei Kinder auf die Welt gebracht hatte. Doch die Blüte auf ihren Wangen war verblaßt, und sie war zu dünn geworden, wie sie fand, als sie ihr Dekolleté und das feste, parfümierte Fleisch betrachtete, das so verführerisch über der Spitzenborte ihres Korsetts zu sehen war.

»Du hast mich betrogen, Harry. Nicht nur, daß du Probleme und Ärger mit dem lieben Geld hattest, du warst ja nicht mal ein guter Liebhaber. Jedenfalls nicht so gut wie...« Ihre Worte verloren sich, und mit einem Seufzer wandte sie sich von ihrem Spiegelbild und dem Gemälde an der Wand ab. Beides weckte zu viele quälende Erinnerungen an eine Zeit, als sie fünfzehn Jahre jünger war und den größten Fehler ihres Lebens machte.

»Mama?« erklang eine jugendliche Stimme. »Mama, wo bist du?« Die Stimme des Mädchens wurde schrill vor Furcht.

»Im Salon, Anne«, antwortete Lady Bess gereizt, für einen Moment nicht willens, ihre Träumereien aufzugeben. Ihre Wirklichkeit war ein entmutigender Ort, der keine Möglichkeit bot, daraus zu entfliehen.

»Warum sitzt du denn hier im Dunkeln?« wollte das Mädchen wissen. Obwohl erst vierzehn, war Anne Seacombe bereits zu einer wunderschönen jungen Frau herangewachsen. Und in der Tat hatte sie eine verblüffende Ähnlichkeit mit ihrer Mutter.

»Soll ich die Kerzen anstecken?«

»Nein, der Aufwand lohnt nicht. Ich werde nicht mehr lange hier sein, mein Liebling.«

»Soll Janey Feuer machen? Es ist noch immer kühl nach Sonnenuntergang«, bot sie an und erinnerte ihre Mutter an die hereinbrechende Nacht und an all das, was der Dunkelheit folgen würde.

»Nein, sie hat genug damit zu tun, ihrer Mutter in der Küche zu helfen. Außerdem möchte ich nicht, daß es so aussieht, als wären wir wach«, entgegnete Lady Bess mehr zu sich selbst als zu ihrer Tochter. Annes Verwunderung verwandelte sich zu einem betrübten Gesichtsausdruck, als sie verstand, was ihre Mutter damit meinte.

»Ich vergaß. Heute nacht ist kein Mond am Himmel, nicht wahr, Mama?«

»Was willst du damit sagen, Kind?«

»O Mama, tu doch nicht so, als wüßtest du es nicht! Außerdem bin ich kein Kind mehr. Lucy Widdons war in meinem Alter schon verheiratet und hatte ein Baby.«

»Lucy Widdons konnte froh sein, es noch über den Mittelgang zu schaffen, so dick war ihr Bauch von dem Kind. Außerdem ist sie ein einfaches Bauernmädchen und keine Seacombe.«

»Ich sehe nicht, was dieser Name noch zu bedeuten hat, denn wir Seacombes scheinen ja dieselben Schwierigkeiten zu haben, etwas zu essen auf den Tisch zu kriegen wie der ärmste Dorfbewohner«, erwiderte Anne. »Ich weiß, daß das der Grund ist, warum du den Schmugglern erlaubst, unsere Pferde zu benutzen. Würde Vater noch leben, es hätte ihn ins Grab gebracht, erfahren zu müssen, daß sie dazu herhalten müssen, Fässer durch die Gegend zu ziehen. Er hätte es nicht erlaubt.«

Lady Bess wollte etwas sagen, um diesen Vorwurf zurückzuweisen, aber dann besann sie sich. Es hatte wirklich keinen Sinn zu lügen, besonders, da sie sich entschieden hatte, die Dinge zu ändern.

»Dein Vater, meine Gute, hätte seine Seele verkauft für ein Faß zollfreien französischen Brandy. Aber heute nacht wird er in Frieden ruhen können, denn ich werde den Schmugglern unsere Pferde nicht überlassen. Statt dessen werde ich einige am Wochenende auf dem Markt von Westlea Abbot verkaufen.« Lady Bess klang zuversichtlich, obwohl sie innerlich zitterte.

»Aber Mama, das kannst du nicht tun! Hast du vergessen, was letztes Jahr mit dem Hof der Webbers passiert ist? Charles sagte, es wäre passiert, weil sie den Schmugglern ihre Pferde nicht überlassen haben.«

»Wie oft habe ich dir und Charles schon gesagt, daß ihr nicht auf diesen Klatsch hören sollt?« entgegnete Lady Bess barsch, denn natürlich mußte sie nicht daran erinnert werden. »Charles weiß nicht, wovon er redet. Außerdem würde es keiner wagen, hier auf Seawyck aufzukreuzen. Was glauben die, wer wir sind? Gewöhnliches Volk? Leicht zu erschrecken?« raunte Lady Bess verächtlich und unterdrückte ihre Angst. »Und wenn es eines gab, was dein Vater mir beibringen konnte, dann war es das Schießen. Ich kann eine Pistole laden und abfeuern wie ein Mann. Die sollen nur versuchen, eine Fackel an Seawyck zu halten.«

»Ich hoffe, du hast recht, Mama.« Annes Blick wanderte über die ausgeblichenen Vorhänge und fragte sich, ob ihre Mutter einen entschlossenen Eindringling wirklich abhalten konnte.

»Natürlich habe ich recht«, versicherte Lady Bess und zwang sich zu einem Lächeln.

»Nun geh und richte Mrs. Bickham aus, daß sie mit dem Kochen beginnen soll. Wir werden heute etwas früher als sonst zu Abend essen.« Sie wollte dafür sorgen, daß alle sicher im Bett steckten, wenn die mitternächtlichen Besucher eintreffen würden.

»Mama?«

»Was ist denn noch, Anne?« herrschte Lady Bess sie an. Ihre Nerven waren trotz der beiden Sherrys aufs äußerste gereizt.

»Ich glaube, es hat geläutet an der Tür.«

»Unsinn. Wer sollte denn um diese Stunde kommen?«

Doch nur wenig später kam Bickham – ihr Butler, Kutscher, Gärtner und Wildhüter in einer Person – und verkündete würdevoll: »Da sind zwei Gentlemen, die Sie sprechen möchten, Mylady.«

»Ihren Namen, Bickham?«

»Captain Sir Morgan Lloyd und Leutnant Handley, Mylady. Darf ich ausrichten, daß Sie die Gentlemen empfangen?« fragte der Butler und sah mit Mißbilligung, daß die Kerzen nicht brannten.

»Oh, einen Moment noch«, befahl Lady Bess. Und als der alte und ehrwürdige Butler, der schon ein halbes Jahrhundert auf Seawyck Manor war, als Lady Bess vor fünfzehn Jahren als junge Braut hierher kam, die Tür hinter sich geschlossen hatte, eilte Lady Bess zu ihrem Sekretär an der Wand und kramte in einigen der Schubladen herum. Dann streckte sie die Hand nach ihrer Tochter aus. »Hier, zünde ein paar von den Kerzen an.«

»Aber ich dachte, du wolltest nicht, daß ich...«

»O Anne, bitte frag jetzt nicht«, raunte Lady Bess. »Verdammt! Was, zum Teufel, wollen die hier bloß? Und wer ist dieser Morgan Lloyd? Der Name klingt vertraut. Kennen wir ihn? Handley kenne ich.«

»Nein, Mama, ich glaube nicht, daß wir einen Morgan Lloyd kennen«, antwortete das Mädchen und zündete ringsum im Raum Kerzen an.

»Verdammt. Ausgerechnet heute nacht. Wenn die was mitkriegen, dann wird noch ein dickes Ende nachkommen, das sage ich dir«, jammerte Lady Bess und mußte daran denken, was anderen Unglücklichen widerfahren war, die man verdächtigt hatte, Spitzel der Schmuggler zu sein. »Himmel, genau das hat mir noch gefehlt – zwei Offiziere des Königs hier bei mir zum Tee!«

Sie nahm auf der Couch Platz, breitete sorgfältig ihr Kleid aus, um den verflixten Fleck auf dem Bezug zu verdecken. »Nun lauf, Liebes. Sag Bickham, ich lasse bitten«, trug sie ihrer Tochter auf.

»Mama, die Männer kommen doch nicht, um dich zu verhaften, oder?«

Lady Bess hüstelte. Dieser Gedanke war ihr bis zu diesem Moment, als ihre Tochter zitternd die Frage aussprach, noch gar nicht in den Sinn gekommen.

»Natürlich nicht«, zischte sie, doch dann schaute sie besorgt auf die Spitze, die ihr Kleid schmückte, denn die stammte aus einer geschmuggelten Lieferung. »Jetzt tu, was ich dir gesagt habe. Wir haben unsere Gäste schon zu lange warten lassen. Und ich will nicht, daß behauptet wird, Lady Bess Seacombe habe schlechte Manieren.«

»Sehr wohl, Mama.« Anne eilte durch die Eingangshalle, rief dem Butler atemlos etwas zu, was der alte Herr kaum hören konnte, und wagte einen Blick auf die beiden Besucher. Doch im selben Moment wünschte sie, es besser nicht getan zu haben. Denn noch nie hatte sie einen so ernst dreinschauenden Mann gesehen wie den größeren und älteren der beiden Offiziere. Plötzlich war sie froh, daß ihre Mutter sie aus dem Zimmer geschickt hatte. Sie tat ihr leid, daß sie diesen Männern gegenübertreten und ihnen Lügen auftischen mußte.

Lady Bess Seacombe dachte ähnlich, als die beiden Männer eintraten, und sie den stahlharten Blick des älteren Offiziers bemerkte.

»Gentlemen. Bitte nehmen Sie Platz«, bot sie höflich an und schaffte es, zur Begrüßung zu lächeln. Etwas an dem hochgewachsenen Offizier erschien ihr seltsam vertraut. Unbestreitbar war er ein gutaussehender Mann, doch seine blauen Augen waren kalt und abschätzend und seine Lippen eine grimmige schmale Linie.

Dieser Offizier – anders als sein Untergebener – war gewiß kein Dummkopf mit schwachem Willen.

»Wir sind nicht zum Vergnügen zu Ihnen gekommen, Madam«, antwortete Sir Morgan Lloyd, und seine Direktheit bestätigte Lady Bess Seacombes Vermutungen.

»Ach, ist es so, Sir?« Ihre Stimme wurde frostig. »Nun, als man mir den Besuch zweier Offiziere ankündigte, die mich zu sprechen wünschen, nahm ich an, daß einige meiner Kühe mal wieder ausgebrochen sein müssen und herumstreunen. Aber da meine Kühe nicht schwimmen können, muß ich das wohl falsch verstanden haben.« Sie erwiderte Sir Morgan Lloyds Blick mit hochmütiger Arroganz. »Oder hat es die Marine übernommen, die Kühe zu melken?«

Nicht ein Funken Humor war in diesen kalten blauen Augen. Und weder Dante Leighton noch Rhea Claire hätten diesen Mann wiedererkannt, der nur wenige Monate zuvor auf ihr Wohl getrunken hatte. Er schien völlig verwandelt.

»Ich habe mich Ihnen noch gar nicht vorgestellt.«

»Oh?« machte sie in einem Ton, der vermuten lassen sollte, daß ihr das gar nicht aufgefallen war.

»Madam, ich bin der ranghöchste Offizier in dieser Region und als solcher mit voller Autorität und besonderen Befugnissen ausgestattet, im Auftrag der Admiralität, der Zollbehörde und Seiner Majestät König George höchstpersönlich gegen Verbrechen vorzugehen, die in Folge des illegalen Schmuggels gegen die Krone begangen werden. Und ich möchte Sie, wie auch alle übrigen Anlieger dieser Gemeinde, warnen. Denn ich werde diesen Küstenstreifen von den Schmugglern säubern und ihren Umtrieben ein Ende bereiten.«

Auch wenn Leutnant Handley über Sir Morgans Vorhaben unterrichtet worden war, so schien er nun ebenso erschrocken zu sein wie Lady Bess.

»Ich bin beeindruckt«, murmelte sie. Dies war ein außergewöhnlicher Mann. Er mußte es sein, ausgestattet mit solcher

Macht. »Und Sie, Leutnant, schließen sich dem Captain an?« Doch Leutnant Handley interessierte sie eigentlich nicht, denn er war ihr zu demütig, zu kriecherisch und ehrerbietig. Sie hatte unterwürfige Menschen noch nie ausstehen können. Zu oft verbarg sich hinter dem Verhalten eines Speichelleckers ein übler Charakter.

»Selbstverständlich, Mylady. Ich habe Sir Morgan meine vollste Unterstützung zugesichert. Ich kann nur hoffen, daß ich ihm eine kleine Hilfe sein kann.«

Lady Bess war der angeekelte Ausdruck auf Sir Morgan Lloyds strengem Gesicht nicht entgangen. Er mußte schon oft unter der heuchlerischen Demut des Leutnants gelitten haben.

»Aber, Captain«, fragte Lady Bess, »was hat Ihr Auftrag mit mir zu tun? Ich bin eine Witwe, die zwei Kinder aufzuziehen hat. Ich bin kaum dazu in der Lage, mit Ihnen… nun, wie sagt man doch gleich?« Sie tat so, als würde sie kurz überlegen. »Ach ja – mit Ihnen die Klinge zu kreuzen.«

»Ob Sie das nun sind oder nicht, Madam, wird sich erst noch erweisen. Aber ich denke auch an jene, die in Angst vor dieser Schmugglerbande leben«, erklärte Sir Morgan.

»Mit anderen Worten, Sir: Sie würden einen Spitzel gnädig behandeln?«

»So würde ich es nicht sagen, aber ich glaube, daß jede Frau und jeder Mann mir mit Informationen einen großen Dienst erweisen könnte. Es könnte auch sein Leben retten.«

»Nun, so würde ich das nicht sagen. Denn ich bin sicher, daß es den sicheren Tod bedeutet. Doch da ich nichts über diese Bande weiß, verstehe ich nicht, was mich das alles angehen soll.«

»Dann verzeihen Sie, Madam, daß ich Ihre kostbare Zeit verschwendet habe«, murmelte Sir Morgan. Die Verachtung in seiner Stimme traf Lady Bess wie ein Peitschenhieb.

»Ganz und gar nicht, Captain. Darf ich den Gentlemen einen Brandy anbieten? Oder vielleicht würden Sie eine Tasse Tee vorziehen?« fragte Lady Bess höflich. Ihr Gesicht errötete vor Verlegenheit, als der Blick des Captains erst auf die Flasche Sherry und dann auf sie fiel.

»Nein, vielen Dank, Madam, ich habe noch anderes zu tun«, lehnte Sir Morgan ab. Aus irgendeinem seltsamen Grund empfand Lady Bess seine Antwort als Tadel.

»Ich hätte Sie nicht bitten sollen zu bleiben, Captain Lloyd«, sagte sie und erhob sich, um ihn zu verabschieden. »Ich sehe, ich halte Sie nur auf.«

Sir Morgan erhob sich langsam. Dann bemerkte Lady Bess, daß seinen wachsamen Augen der Fleck auf der Couch nicht entgangen war und auch nicht die vergilbten Tapeten und abgewetzten Vorhänge. Und ganz gewiß war ihm die abblätternde Farbe nicht entgangen und die eine hellere Wand, an der das große Gemälde gehangen hatte, das verkauft worden war, um den Metzger zu bezahlen.

»Haben Sie einen weiten Ritt vor sich?« erkundigte sie sich und versuchte, die Aufmerksamkeit des Captains vom armseligen Zustand ihres Salons abzulenken.

Diesmal konnte Leutnant Handley sich nicht im Zaum halten. Er seufzte verzweifelt. »Ich fürchte ja, Mylady. Denn obwohl ich Sir Morgan erzählte, daß Merdraco verlassen ist, besteht er darauf, das Schloß zu sehen. Und von dort aus müssen wir zurück nach Westlea Abbot. Ich hoffe nur, daß ich Sir Morgan Lloyd überreden kann, dort Rast einzulegen, damit wir uns mit einem Glas Rum aufwärmen können, ehe wir dann nach Wolfingwold Abbey weiterreiten.«

»Tatsächlich?« Lady Bess schien überrascht.

»Ja. Ich glaubte, vor einigen Nächten Licht in einem der Türme von Merdraco gesehen zu haben«, warf Sir Morgan beiläufig ein.

»Sehr unwahrscheinlich, daß Merdraco jemals wieder bewohnt sein wird.« Lady Bess lächelte, als sie sich an die strahlenden

Lichter und die Klänge der Musik erinnerte, die die Nachtluft zu erfüllen pflegten. Sie seufzte voller Bedauern.

»Sie glauben nicht? Darf ich fragen, warum, Lady Bess?«

Doch es war der Leutnant, der statt ihr die Frage beantwortete: »Da Sie fremd in der Gegend sind, Sir, können Sie es nicht wissen: Der Marquis, Lord Jacqobi, verließ Merdraco, als er noch ein junger Mann war. Und niemand hat ihn seitdem gesehen oder etwas von ihm gehört.« Er war direkt begierig darauf, die ganzen Gerüchte zu wiederholen.

»Verstehe.« Das war alles, was der Captain dazu sagte.

»Gewiß, wenn er hier wäre«, fuhr Leutnant Handley fort, trotz des peinlich berührten Schweigens, das – aus unterschiedlichen Gründen – zwischen Sir Morgan und Lady Bess herrschte, »das würde Ihre Aufgabe um vieles leichter machen.«

»Wie das?«

»Nun, er war ein ziemlicher Heißsporn und Hitzkopf. So jedenfalls hat man mir erzählt. Er war sogar des Mordes an einem jungen Mädchen angeklagt. Draußen im Moor...«

»Und was hat das damit zu tun, Leutnant, daß es – wie Sie sagen – meine Aufgabe leichter machen würde?« fragte Sir Morgan. Seine Abneigung diesem jungen Leutnant gegenüber wuchs, denn er wußte genau, was der als nächstes sagen würde.

»Nun, das liegt doch auf der Hand. Er wäre selbstverständlich der Hauptverdächtige, die Schmugglerbande anzuführen. Er hat sein Erbe mit Spielen verpraßt. Und gibt es eine bessere Möglichkeit, wieder an ein Vermögen zu kommen?«

»Man muß Beweise haben, Leutnant. Man kann nicht einfach jemanden an den Galgen bringen, nur weil er einen schlechten Ruf hat«, entgegnete Sir Morgan.

»Entschuldigen Sie, Sir. Natürlich haben Sie vollkommen recht«, änderte der Leutnant schnell seinen Ton. »Aber ich sehe noch immer keinen Grund, nach Merdraco zu reiten. Mein Pferd spielt jedesmal verrückt, wenn ich dort bin«, sagte er, ohne nachzudenken.

»Hatten Sie oft dort zu tun?« fragte Sir Morgan ruhig, und Lady Bess schwor sich, ihre Zunge in Anwesenheit dieses Mannes zu hüten. Ihm entging nichts.

Leutnant Handley hustete und räusperte sich nervös. »Ich mußte mit meiner Truppe an der ganzen Küste patrouillieren, Sir. Und im Rahmen dieses Auftrages sind wir auch nach Merdraco geritten. Aber wir sind niemals auch nur über eine Maus gestolpert«, berichtete er mit unsicherem Lächeln, wohl wissend, daß seine nächsten Worte ihn als Dummkopf dastehen lassen würden. »Obwohl ich in der Tat glaube, daß es dort spukt. Ja, wirklich. Es gibt Leute, die behaupten, dort Lichter zu sehen. Keiner traut sich mehr dorthin.«

»Kann es dann einen besseren Platz für Schmuggler geben als Merdraco, um ihre Ware an Land zu schaffen?«

»Das ist schlecht möglich dort, Sir Morgan. Dragons Cove ist die Hölle. Die meisten schaffen es nicht, in die Bucht hinein- und wieder hinauszusegeln. Erst vor einigen Monaten...« begann der redselige Leutnant, doch dann schluckte er plötzlich. »Sir Morgan, bitte verzeihen Sie. Ich wollte Ihnen nicht zu nahe treten. Ich vergaß, daß Ihr Bruder...« Und es schien ihm wirklich leid zu tun.

Lady Bess starrte Sir Morgan Lloyd an. »Lloyd? Der Name kommt mir vertraut vor. Wo habe ich ihn nur schon mal gehört?«

»Madam, vielleicht kannten Sie meinen Bruder, Captain Benjamin Lloyd, letzter Captain der H.M.S. *Hindrance*, die vor nicht einmal einem halben Jahr bei Dragons Cove Schiffbruch erlitt.«

»Gütiger Himmel, natürlich!« rief Lady Bess aus. Und als sie Sir Morgans verhärmtes Gesicht ansah, verstand sie auch den Grund, warum er das Kommando auf dem ehemaligen Stützpunkt seines Bruders übernommen hatte. Kein Wunder, daß es ihm gelungen war, zusätzliche Befugnisse zu erhalten.

»Es tat mir sehr leid, als ich erfuhr, daß sein Schiff gesunken ist«, sagte Lady Bess. »Ich traf Ihren Bruder bei verschiedenen Gelegenheiten und hielt ihn stets für einen wahren Gentleman.«

»Vielen Dank«, sagte Sir Morgan abrupt, so als wollte er ihre Anteilnahme abweisen.

»Jedoch bin ich überrascht, daß man Ihnen allein aufgrund der engen familiären Bindung einen so wichtigen Auftrag erteilt hat.«

»Sir Morgan Lloyd hatte jahrelang das Kommando über sein eigenes Schiff«, erzählte der Leutnant. »Er galt als einer der berühmtesten Kapitäne Seiner Majestät im Dienst in den Kolonien. Wenn irgend jemand den Schmugglern den Garaus machen kann, dann ist es Sir Morgan.«

Zum erstenmal seit er Seawyck Manor betreten hatte, lächelte Sir Morgan Lloyd. Lady Bess schnappte nach Luft, so sehr veränderte es diesen Mann, und sie begann sich zu fragen, wie er wohl vor dem Tod seines Bruders gewesen sein mochte.

»Hoffentlich behalten Sie recht, Leutnant Handley«, meinte er jetzt und blickte den jungen Offizier an. »Selbstverständlich kann ich nicht erwarten, mein Ziel ohne Ihre wertvolle Hilfe zu erreichen.« Und sein Lächeln wuchs, als er sah, wie wenig Leutnant Handley in der Lage war, seine Freude zu zügeln.

»Lady Bess. Es war mir eine Freude.« Sir Morgan nickte kurz.

»Oh, sagten Sie nicht, Sie planten, nach Wolfingwold Abbey zu reiten? Nun, dann richten Sie bitte Sir Miles meine herzlichsten Grüße aus.« Daß sie ihn tags zuvor auf der Straße in Richtung London getroffen hatte, davon setzte sie die beiden Offiziere der Krone allerdings nicht in Kenntnis.

Als sich die Tür hinter den beiden Männern schloß, lächelte Lady Bess. Einen langen und beschwerlichen Ritt hatten die beiden da vor sich. Und es sah nach Regen aus.

Lady Bess zog den Kamm mit langsamen, gleichmäßigen Bewegungen durch das lange schwarze Haar ihrer Tochter, teilte die weichen Strähnen und begann, Zöpfe zu flechten.

»Mama?«

»Hmmm?«

»Da war wirklich Licht in einem der Türme von Merdraco in der Nacht. Ich habe es selbst gesehen.«

»Unsinn, Kind«, entgegnete sie geistesabwesend. Dann wurde ihr Ton schärfer. »Hast du etwa schon wieder an der Tür gehorcht? Habe ich dir und Charles nicht wieder und wieder verboten, so etwas Ungezogenes zu tun?«

»Ich wollte nur sehen, ob ihr Tee haben wollt«, erklärte Anne. »Und trotzdem spukt es dort.«

»Selbstverständlich tut es das nicht.«

»Aber sprang nicht Lady Elayne dort nahe den Klippen in den Tod? Man sagt, daß sie durch das Gemäuer geistert.«

Lady Bess seufzte. Sie war nicht in der Stimmung für Geistergeschichten an diesem Abend. Sie war vielmehr damit beschäftigt, über das Vorhängeschloß nachzudenken, das Bickham auf ihr Geheiß an den Stalltüren angebracht hatte.

»Mama, könnte es sein, daß sie nicht gestürzt ist, sondern die Schmuggler sie hinuntergestoßen haben?«

»Vor fünfzehn Jahren gab es keine Schmuggler in der Umgegend von Merdraco«, murmelte sie und dachte daran, daß alles Gute in ihrem Leben vor fünfzehn Jahren stattgefunden hatte.

Anne Seacombe hörte das unbewußte Seufzen. Sie schaute auf und sah ihre Mutter neugierig an. »Das war zu der Zeit, als der Marquis von Jacqobi verschwand, nicht wahr?«

»Ja, zur selben Zeit.«

»War er wirklich so wild, wie sie immer sagen? Und so hübsch?«

»Ach, und wer hat von ihm gesprochen? Janey, ja? Das Mädchen redet zu viel.«

»War er hübsch?«

»Ja, ich glaub', das war er.«

»Hat er das Mädchen tatsächlich umgebracht?«

»Du hast ja wirklich tausend Fragen, Madam Naseweiß.«

»Hat er es getan, Mama?«

»Nein, das hat er nicht«, lautete die entschiedene Antwort.

»Du klingst so sicher. Woher weißt du das?«

»Ich weiß es eben. Ich bin sicher, daß er zu so einer furchtbaren Tat nie fähig wäre. Wenn du jemanden liebst, mein Kind, dann kannst du dich nicht täuschen.«

»Aber du hast die Verlobung mit ihm aufgelöst. Wenn du ihn geliebt hast, warum hast du ihn dann verstoßen?« Annes dunkelbraune Augen suchten das gerötete Gesicht ihrer Mutter. »Aua! Nicht so fest an den Haaren ziehen!«

»Ich habe es getan, weil er sein ganzes Erbe verspielt hat«, sagte Lady Bess knapp, während sie ein violettes Band ins Haar ihrer Tochter band. »Ein Mann muß sich darum kümmern, daß Brot auf den Tisch kommt, aber Dante war mehr darum besorgt, welche Karten er bekam. Wie hätte ich einen Mann heiraten können, der mich nicht versorgen konnte? Nun, zumindest dachte ich damals so darüber. Ich war noch jung. Und so töricht.«

»Es tut mir leid, Mama. Ich wußte ja nicht, daß du ihn immer noch magst.«

»Was? Das ist doch lächerlich. Eine höchst unglückliche Beziehung wäre das mit uns geworden! Er war ungestüm und arrogant. Und ich hatte mich zu sehr daran gewöhnt, meinen eigenen Kopf durchzusetzen, und scherte mich nicht um die Belange anderer Menschen. Höchstwahrscheinlich hätten wir uns gegenseitig umgebracht, noch ehe ein Monat vergangen wäre.«

»Du liebst ihn auch jetzt noch, nicht wahr, Mama?«

Lady Bess Seacombe schwieg. Das war etwas, was sie nicht einmal vor sich selber einzugestehen wagte. Um wieviel leerer könnte ihr Leben noch sein, als es das ohnehin schon war? Und es gab keine Zukunft allein von Träumen.

»Ich weiß, daß du nicht glücklich warst mit Vater.«

Erschrockenes Schweigen herrschte, und dann fragte Bess aufrichtig: »War es denn so offensichtlich?«

»Wie konntest du denn glücklich sein mit ihm, wenn er ständig nur betrunken war? Und wenn er mal was sagte, dann ging es doch nur um seine Hunde«, sagte Anne und überraschte ihre Mutter mit ihrem guten Gedächtnis. »Ich kann verstehen, daß du dich nach einer alten Liebe sehnst. Besonders jetzt, wo du verwitwet bist.«

»Danke, mein Schatz.« Zum erstenmal sah sie Anne als die nachdenkliche junge Frau, zu der sie heranwuchs, und nicht mehr als ihr kleines Mädchen.

»Denkst du noch an ihn?«

Lady Bess lächelte und zog an Annes langem schwarzem Zopf, doch dieses Mal zärtlich. »Ja. Und öfter, als ich sollte. Aber wer weiß, ob er überhaupt noch am Leben ist?«

»Vielleicht kommt er eines Tages auf einem großen schwarzen Roß angeritten und nimmt dich mit auf sein Schloß«, sagte Anne, die noch immer jung genug war, um an romantische Träume zu glauben.

»Sollte er je zurückkehren, dann wird er mich sicher meiden. Und das aus gutem Grund. Ich habe ihn betrogen. Er wird mir niemals vergeben.« Und sie wußte, daß sie sich selbst nicht vergeben konnte.

»O Mama, nein. Er wird dich immer noch lieben. Ganz gewiß, wenn er dich sieht, denn du bist so wunderschön.« In Annes dunklen Augen spiegelte sich Bewunderung.

»Verträumtes Mädchen«, schalt Lady Bess sie zärtlich, geschmeichelt durch das Kompliment.

»Und außerdem, Mama, hätte es Großvater nie erlaubt, daß du Dante heiratest, da sein Ruf schon ruiniert war, besonders als er alles verloren hatte. Du warst noch nicht volljährig und hättest seine Erlaubnis gebraucht.«

»Du hast recht, mein Liebes. Großvater verweigerte die Erlaubnis, als er erfuhr, daß Dante sein Erbe durch Glücksspiel verloren hatte. Und als Dante des Mordes verdächtigt wurde, verbot er mir sogar, ihn jemals wiederzusehen.« Lady Bess' Miene wurde noch trauriger. »Später rückte er mit einer Information raus, die Dantes Unschuld bewies – während ich in seinen Augen schuldig war.«

»Und wegen was?«

Bess zögerte, dann antwortete sie: »Etwas, was ich sagte. Ich war krank, hatte hohes Fieber und redete ständig von etwas, das bis dahin ein Geheimnis zwischen mir und Dante geblieben war. Ich glaube, Großvater hat mir das nie verziehen, genausowenig wie das, was ich Dante durch mein Lügen antat. Ich habe mir das selbst nie verziehen.«

»Ich habe mich immer gewundert, warum uns Großvater so selten besucht.«

»Er hegt gegen dich und Charles keinen Gram. Er ist ein guter und aufrichtiger Mann, aber auch sehr streng. Ich habe ihn entehrt, indem ich seine Vorstellungen von Moral verletzt habe. Und merkwürdig genug – so unehrenhaft Dante auch immer gewesen sein mag, in Großvaters Augen handelte er wie ein Gentleman. Und jetzt...« befahl Lady Bess und drückte ihrer Tochter einen Kuß auf die Stirn, »ab mit dir ins Bett!«

»Gute Nacht, Mama«, sagte Anne und küßte ihre Mutter auf die Wange. Sie drehte sich und tanzte zur Tür, daß ihr Nachthemd wehte. Doch plötzlich hielt sie inne und horchte. »Hast du das auch gehört, Mama?« fragte sie erschrocken.

Lady Bess schluckte. »Nein«, log sie und bemühte sich, glaubwürdig zu klingen. »Geh jetzt ins Bett, Kind.«

Als die Tür sich hinter der kleinen Gestalt schloß, seufzte Lady Bess müde, doch ihre Augen blickten mehr zum geschlossenen

Fenster als zum Bett. Von ihren Räumen aus hatte sie einen guten Überblick über die Ställe. Sie widerstand der Versuchung nachzuschauen, ob jemand dort draußen stand und heraufblickte.

Sie legte sich ein wollenes Tuch um die Schultern, verschränkte die Arme vor der Brust, als wollte sie sich selbst zum Schutz umarmen und begann dann, im Zimmer auf und ab zu gehen. Sie würde warten, bis die Uhr in der Eingangshalle einmal schlagen würde. Und dann...

Lady Bess erwachte mit Schrecken. Ihr Herz raste wie wild. Im Raum war es still. Was hatte sie geweckt? Müde vom Umherlaufen hatte sie sich in den großen Ohrensessel nahe dem Kamin gekuschelt. Doch das war vor Stunden gewesen, stellte sie fest, als sie die Uhr zur vollen Stunde schlagen hörte. Ein Uhr war längst vorbei, jene Stunde, vor der sie solche Angst gehabt hatte. Und es war noch nichts geschehen.

Sie seufzte, streckte die Beine aus und suchte auf dem Fußboden nach ihren Hausschuhen. Sie fröstelte, als ihr nackter Fuß etwas Kaltes und Hartes berührte. Sie hatte Mühe, in dem Zwielicht das aufgebrochene Vorhängeschloß zu erkennen, das sie abends zuvor an den Stalltüren hatte anbringen lassen.

»Hast du wirklich geglaubt, das könnte mich aufhalten, Lady Bess?« fragte eine rauhe Stimme.

Der Schrei erstarb ihr auf den Lippen, als sie auf den Mann starrte, der lässig an ihrem Bett lehnte, ein Glas Brandy in der Hand. Ein großer Kerl, mit breiten Schultern und schlanken Hüften, gekleidet mit Lederhose und Gehrock – er sah aus wie ein gewöhnlicher Dorfbewohner. Doch seine schweren Stiefel waren von Schlamm verkrustet.

»Du!« flüsterte Lady Bess mit heiserer Stimme.

»Ah, Bess, ich hielt dich für klüger. Zu schade.«

»Raus! Wie kannst du es wagen, in mein Haus einzudringen?« Sie klang selbstsicher, obwohl sie am ganzen Leib zitterte.

»Ach Bessie, du bist 'ne herzlose Frau, einen Mann abzuweisen, der die ganze Nacht hart gearbeitet hat und dir Geld bringt. Du hast mich enttäuscht. Wirklich, das hast du.«

Lady Bess Seacombe schüttelte den Kopf. Jack Shelby stand in ihrem Schlafzimmer und trank ihren Brandy. Das konnte doch alles nicht wahr sein! Oh, wie töricht von ihr, zu glauben, sie könnte Jack Shelby reinlegen und auch noch damit durchkommen. Er und seine Halsabschneider kontrollierten die Höfe und Dörfer an der Küste. Jack Shelby ordnete sich niemandem unter. Schon zu lange trotzte er den Behörden, um noch Furcht vor dem Gesetz zu kennen.

Lady Bess beobachtete den Mann, der in ihr Haus eingebrochen war und nun so dreist vor ihr stand, ein sadistisches Grinsen auf seinem Gesicht. Und als seine schmalen, katzenartigen Augen ihren Körper betrachteten, verspürte sie plötzlich eine andere Art von Angst. Es gab viele Frauen, die ihm zu gefallen suchten, denn es lag eine bestimmte Sinnlichkeit in seinen grob geschnittenen Zügen, und sein muskulöser Körper strahlte eine attraktive Männlichkeit aus, doch Jack Shelby zog es vor, Frauen mit Gewalt zu nehmen.

Mit einer Plötzlichkeit, auf die er nicht gefaßt war, sprang Lady Bess auf und eilte zur Tür. Sie schaffte es sogar, den Knauf zu drehen und die Tür einen Spalt zu öffnen, doch dann spürte sie, wie sie hochgehoben wurde. Die Tür wurde zugetreten. Lady Bess wehrte sich in seinen Armen, sein warmer, nach Brandy stinkender Atem schlug ihr entgegen, als er lachte.

Heftig preßte Jack Shelby die Lippen an ihren zarten Hals. »Bei Gott, du bist noch immer eine Schönheit, Bess Seacombe«, keuchte er, bevor sein Mund den ihren bedeckte und der fordernde Druck ihre Lippen auseinanderzwang.

Als würde sie neben sich stehen und sich zusehen, spürte Bess seine großen Hände auf ihren Oberschenkeln, dann auf ihren Pobackon, und das dünne Nachthemd gab ihr nur wenig Schutz. Sie spürte, wie er über ihren Rücken strich, auf eine Weise, die ihr sagte, daß er ihr Rückgrat ebenso gut in zwei Teile reißen könnte.

Sie vernahm ein undeutliches Stöhnen. Ein Gefühl der Schwäche, wie kurz vor einer Ohnmacht, lähmte sie. Er löste seine Lippen von den ihren, und dann hörte sie das Reißen des Stoffes, als er ihr das Nachthemd vom Leib zerrte.

Sein Mund war an ihren Brüsten, er leckte und biß wie ein wildes Tier, das seine Beute verschlingen will. Bess wimmerte, als sie spürte, wie er sich gegen sie preßte.

»Ich habe oft daran gedacht, dich zu nehmen, Bess. Ich habe dich beobachtet, als du mit deiner hübschen kleinen Tochter ausgeritten bist im Moor, und ich habe dein nacktes Fleisch spüren wollen. Anne, das ist doch der Name deiner Tochter, nicht wahr?« Seine gelblichen Augen starrten sie hypnotisch an. »Sie erinnert mich an dich in diesem Alter, als du diesen jungen Lord von Merdraco heiraten wolltest. Bekam er je eine Chance, so mit dir umzugehen, Bessie?« fragte Jack fordernd, und seine Hände glitten an ihren nackten Hüften entlang.

»Bitte, laß mich los.« Tränen flossen ihr über das bleiche Gesicht.

»Nein, ich glaube nicht, daß er die Chance hatte, denn er war zu sehr damit beschäftigt, meine kleine Lettie zu verführen. Traf sie draußen im Moor. Erzählte ihr Lügen. Erwürgte sie. War's nicht so, Bessie?« Er keuchte, seine Augen glühten wie von Sinnen, während er ihre Kehle umfaßte und langsam zudrückte.

»N-nein, bitte, du irrst dich. E-er hat sie nicht getötet. Er war mit…«

»Ach, halt's Maul, Weibsstück!« Jack Shelby spuckte aus. »Noch immer in ihn verknallt, äh? Nach all den Jahren verteidigst du den Kerl immer noch. Doch nicht mit mir! Ich weiß, wer meine süße Lettie umgebracht hat. Und jetzt werde ich den Spaß haben, den der junge Herr von Merdraco verschmäht hat. Ah, Bessie, du riechst gut«, murmelte er und vergrub sein heißes Gesicht zwischen ihren Brüsten.

Dann warf er Bess aufs Bett und weidete sich am Anblick ihres nackten Körpers, während er seine Hose aufknöpfte. Bess schloß die Augen, und Tränen liefen ihr über das Gesicht. Dann spürte sie, wie das Bett nachgab, als er sich auf sie fallen ließ.

Er wälzte seinen Körper auf sie, doch im nächsten Moment rührte er sich nicht mehr. Verwundert öffnete Bess ein Auge und blinzelte. Dann sah sie ihre Tochter vor dem reglosen Jack Shelby, einen Schürhaken in der Hand erhoben.

»O mein Gott, Anne!« schrie sie.

»Ich habe ihn umgebracht, nicht wahr?« Annes Stimme klang wie aus weiter Entfernung.

»Nein, verdammt. Er lebt noch. Ich spüre seinen Atem. Los, heb ihn hoch, und ich schlüpfe auf der anderen Seite aus dem Bett. Beeil dich, ehe er wieder zu sich kommt.«

Anne ließ den Schürhaken mit einem dumpfen Geräusch auf den Boden fallen. Dann griff sie sich einen von Jack Shelbys Armen und zog und zerrte daran. Und obwohl sie ihn kaum bewegen konnte, reichte es doch, um ihre Mutter zu befreien. Als diese sich etwas zum Anziehen suchte, schaute Anne weg.

»Was, zum Teufel, sollen wir jetzt bloß mit ihm machen?« Lady Bess sah den großen Mann voller Ekel an. Hätte sie einen Degen gehabt, dann hätte sie ihn ihm wahrscheinlich in den Leib gebohrt.

Plötzlich begann Anne zu weinen, ihre Schultern bebten, als ihre Hysterie zunahm. »Ich habe schreckliche Angst. Er ist so ein grausamer, furchtbarer Mann.«

Lady Bess nahm ihre Tochter in den Arm und hielt sie fest umschlungen. »Mein Kind, jetzt ist alles gut. Du hast mich gerettet«, sagte sie und begriff erst allmählich, wie wahr diese Worte waren. »Woher wußtest du, daß ich hier bin?«

Anne schniefte und wischte sich die Tränen mit dem Handrükken ab. »Ich konnte nicht schlafen, und als ich die Tür unten quietschen hörte, fragte ich mich, wer wohl um diese Zeit noch wach ist. Ich dachte, wenn du es bist, dann könnte ich zu dir kommen, und wir könnten uns ein wenig unterhalten. A-aber dann sah ich ihn die Treppe heraufkommen. Ich glaube, ich hatte noch nie solche Angst.«

»Gottlob schafft es Bickham nie, die Türangeln zu ölen«, sagte Lady Bess atemlos. »Und du hättest in deinem Zimmer bleiben können. Das hättest du eigentlich auch tun sollen, weißt du das? Jack Shelby ist ein gefährlicher Mann. Er hätte dir etwas antun können, mein Liebes.«

»Ich konnte dich doch nicht allein lassen mit ihm. Ich fand den Schürhaken, und als ich die Tür öffnete und ihn sah, lief ich los und schlug auf ihn ein.«

»Tapferes, wundervolles Kind«, sagte Lady Bess. Und dann warf sie einen abschätzenden Blick auf den bewußtlosen Körper des meistgefürchteten Verbrechers von Devonshire. »Ich würde jedem hier einen großen Gefallen tun, wenn ich ihm jetzt den Rest gäbe, aber…« Sie starrte weiter auf ihn und überlegte fieberhaft, was sie mit ihm tun konnte. Sie wußte nur, daß sie ihn nicht hier haben wollte, wenn er wieder zu Bewußtsein kam.

»Ich wünschte, wir könnten ihn einfach aus dem Fenster werfen«, meinte Anne und schaute den Mann aus sicherer Entfernung hinter ihrer Mutter an.

Lady Bess blieb nachdenklich und ruhig, doch ihr Blick wanderte einmal mehr zum Fenster. »Eine großartige Idee, Kind. Wir bekämen ihn niemals die Treppe runter oder gar zur Tür heraus. Dazu ist er zu schwer. Aber wir kriegen ihn bis zum Fenster, und dann schicken wir ihn seines Weges.«

»Aber Mutter, wird der Sturz ihn nicht töten?« rief Anne nervös aus und schaute wieder zu dem Mann. Sie dachte, sie hätte ihn stöhnen gehört.

»Unglücklicherweise wird er es wohl überleben. Das Dach des Küchenflügels ist genau unter meinem Fenster. Und wenn er da runter rollt, landet er mit Sicherheit in den Rhododendronbüschen. Komm, Anne. Du hast mehr Mut bewiesen, als ich je aufbringen könnte. Bitte laß mich jetzt nicht im Stich. Ich will das Schwein aus dem Haus haben und unten im Hof, ehe er wieder zu sich kommt«, sagte Lady Bess atemlos, denn sie hatte es geschafft, einen seiner Arme um ihre Schultern zu legen, und das hatte sie viel Kraft gekostet.

Anne holte tief Luft, dann schnappte sie sich den anderen Arm. Es gelang ihnen, Jack Shelby einige Schritte rückwärts zu schleifen, dann schmissen sie ihn mit einem mächtigen Schwung der Länge nach aus dem Fenster. Ein dumpfer Aufprall war zu hören und danach ein schabendes Geräusch, als würde er von einem steil abfallenden Dach rutschen. Dann gab es ein letztes dumpfes Klatschen. Lady Bess und Anne sahen sich an, dann schauten sie aus dem Fenster.

Unter ihnen war alles dunkel und still. Einen Moment lang dachte Lady Bess, er hätte den Sturz nicht überlebt, doch dann vernahm sie ein Rascheln, etwas bewegte sich dort unten, und dann war deutlich ein Murmeln und Fluchen zu hören.

Lady Bess zog Anne vom Fenster weg und verschloß es hastig. Dann hetzte sie ohne ein Wort aus dem Schlafzimmer und die verdunkelten Treppen hinunter. Sie erreichte die Küche und hoffte, daß Jack Shelby nicht schon die Küchentür erreicht hatte. Heftig atmend verriegelte sie die Tür fest von innen und rannte in die Halle und verschloß das Portal. Dann lehnte sie sich völlig außer Atem gegen die Tür und starrte zum Treppenabsatz, wo Anne stand.

»Wir sind in Sicherheit. Wenigstens für den Augenblick«, flüsterte sie. Die Uhr schlug zur vollen Stunde. Schon bald würde die Sonne aufgehen.

Anne kam die Treppe herunter und warf sich in die Arme ihrer Mutter. »Mama, was ist, wenn er zurückkommt? Was wird er tun? Wer wird dasein, um uns zu beschützen? Was ist, wenn er mit seiner ganzen Bande kommt?« Anne weinte.

Lady Bess ließ ihr Kinn auf dem Kopf ihrer Tochter ruhen. »Ich weiß nicht, was wir tun können, Kind«, gab sie zu, und ihre Stimme zitterte. Diese vergangene Stunde schien die bisher längste in ihrem Leben gewesen zu sein. »Er ist ein rachsüchtiger, verdorbener Mann. Dir wird er nichts tun, Anne. Er weiß nicht, daß du es warst, die ihn niedergeschlagen hat. Und das darf er auch niemals erfahren. Versprichst du mir das?«

Anne nickte unter Tränen. »Können wir denn nicht den Offizier, der heute da war, bitten, uns zu beschützen, Mama?«

»Nein! Das wäre das Schlechteste, was wir tun können. Obwohl Captain Sir Morgan Lloyd es natürlich gern sehen würde, wenn Jack Shelby am Galgen endet, denn er hat den Bruder des Captains umgebracht. Jedermann weiß das. Aber ich fürchte, Jack Shelby und seine ›Söhne des Satans‹ sind zu stark. Sir Morgan Lloyd würde umkommen. Nein, ich fürchte, niemand kann uns helfen. Wir müssen versuchen, das allein durchzustehen. Wir können nur beten, daß irgend jemand kommen wird, der Jack Shelbys Aufmerksamkeit von uns ablenkt. Bete, Kind, daß dieser Mensch, der das schafft, das Glück des Teufels auf seiner Seite hat.«

So wie die Alten sagen –
Gib acht auf deine große Chance.
Doch schau zuvor, bevor du springst,
Denn was du säst,
Das wirst du ernten.

Samuel Butler

Kapitel dreizehn

»Könnte glatt wetten, daß du wieder nicht oben bleibst«, rief Robin Dominick Conny Brady zu, der sich soeben vom Boden aufgerappelt hatte, nachdem er zum zweitenmal vom Pferde gefallen war.

»Alles in Ordnung, Master Brady?« erkundigte sich Butterick, denn er war verantwortlich für das Wohlergehen des Jungen. Die Aufgabe, ihm das Reiten beizubringen, war in seine Hände gelegt worden, und deshalb sah er zu, daß sich das Mündel des Marquis von Jacqobi nicht die kleinste Schramme holte.

Doch nicht alle wünschten Conny das. Butterick wußte das nur allzu gut, als er den grinsenden Robin ansah. »Nicht verzagen, Master Brady!« munterte er Conny weiter auf.

Doch der Junge wirkte niedergeschlagen, als er sich den Staub von der Hose klopfte.

»Ich habe es sogar geschafft, dem jungen Robin das Reiten beizubringen«, rief Butterick und schmunzelte, als er Robins verdutzte Miene sah.

»Stimmt es, daß Robin so oft auf den Kopf gefallen ist, daß fast die ganze Luft rausgegangen ist?« fragte Stuart Fletcher und grinste. Doch nur so lange, bis seine Rippen Bekanntschaft mit Robins Ellenbogen machten. Buttericks anerkennendes Gelächter trug nur wenig dazu bei, die Spannung zu lösen.

»Aye, wir werden den jungen Gentleman schon bald so weit haben, daß er mit den besten von euch reitet«, prophezeite Butterick und half dem Jungen wieder in den Sattel.

»Butterick, hast du nicht immer gesagt, daß du einen Gentleman an der Art, wie er im Sattel sitzt, erkennst?« fragte Robin. »Heißt das, wenn einer kein guter Reiter ist, daß er dann auch kein Gentleman ist?«

Connys Lippen bebten. Er umklammerte die Zügel und nahm all seinen Mut zusammen. Verzweifelt versuchte er, sich auf dem Pferd zu halten, um nicht für weitere Belustigung zu sorgen. Er ließ das Pferd wieder und wieder im Stallhof in der Runde laufen und ignorierte die kaum zu überhörenden Bemerkungen der Cousins, die ihm von den Steinhaufen neben dem Stallgebäude aus zusahen.

»So ist es schon besser, mein Junge. Aber die Zügel nicht so fest halten«, riet Butterick dem versteinerten Jungen. »Na bitte, jetzt geht's doch!«

Und allmählich begann Conny, das Gefühl, auf einem Pferd zu sitzen, zu genießen.

»Nun gib ihm einen kleinen Stubser in die Seite und laß ihn ein bißchen traben«, rief Butterick mit dröhnender Stimme.

»Ja genau, sonst dauert das bis Mitternacht, bis du wieder beim Stall angekommen bist.« Robin grinste zufrieden, als schallendes Gelächter auf seinen Witz folgte.

Butterick warf dem Burschen einen strafenden Blick zu. Robin Dominick hatte sich in letzter Zeit zu einem Unruhestifter entwikkelt. Ein hochmütiger Kerl war er schon immer gewesen, doch er hatte noch nie etwas wirklich Schlimmes angestellt. Seit Conny

Brady aufgekreuzt war, waren seine Streiche allerdings rauher geworden, und das gutmütige Geplänkel hatte sich in Spott gewandelt. Butterick mußte eingestehen, daß ihm das Sorge bereitete. Er mochte Robin, und bis zu jenem Tag, als Lady Rhea Claire entführt wurde, war er so ein netter junger Gentleman gewesen. Butterick fragte sich, ob der Herzogin aufgefallen war, wie sehr ihr Sohn sich verändert hatte.

»Sehr gut so. Nur weiter!«, rief Butterick Conny zu, der nun sicherer um den Hof ritt.

»Ich wette, er liegt wieder unten, noch ehe er eine Runde gedreht hat«, flüsterte Robin. Und mit einem flüchtigen Blick zur Seite streckte er das Bein aus und trat gegen einen Eimer, der auf der Stufe direkt unter ihm stand. Das plötzliche Scheppern, als der Eimer die Stufen hinunterrollte, hatte den gewünschten Effekt. Das kleine Pferd, auf dem Conny saß, scheute und warf ihn ab – zum drittenmal an diesem Tag.

»Alles in Ordnung, Master Brady?« Butterick rannte zu ihm und half ihm auf die Beine.

»Aye, und es braucht schon mehr als einen ollen Angsthasen, um mich klein zu kriegen. Der Grünschnabel ist feucht hinter den Ohren wie ein Schrubber, wenn er glaubt, er hätte Constantine Magnus Tyrone Brady eins ausgewischt«, grummelte Conny und rieb sich den schmerzenden Ellenbogen. »Auch wenn er sich jetzt kaputtlacht, ich werde dieses Milchgesicht noch erledigen, und wenn er tausendmal Lady Rhea Claires Bruder ist«, versprach er verbissen.

Butterick, der noch nie an Bord eines Schiffes gewesen war – und schon gar nicht auf hoher See –, schüttelte entsetzt den Kopf und wünschte nur, der junge Mann würde sich etwas gepflegter ausdrücken. Wenn er richtig lag mit seinen Vermutungen, dann wäre der junge Robin besser auf der Hut, denn dieser Bursche war darauf aus, eine offene Rechnung zu begleichen. Butterick hielt

Conny für den stärkeren von den beiden, und dort, wo der Junge gelernt hatte zu kämpfen, gab es sicher keine Gentlemen.

»Schätze, es ist genug für heute, Master Brady«, entschied Butterick, weil er es für besser hielt, ihn nicht weiter den Streichen von Robin auszusetzen. Er wollte es gerade laut aussprechen und warf der Gruppe der Cousins einen warnenden Blick zu, als einige Reiter – augenscheinlich Lakaien – auf den Hof geprescht kamen. Ihnen folgte die Kutsche ihres Herrn.

Der große Ball sollte an diesem Abend stattfinden, und seit gestern trafen ständig Lords und Ladies ein.

»Schert euch fort!« brüllte Butterick. Es würde zuviel Betrieb im Hof sein, und er konnte jetzt keine Rasselbande hier gebrauchen, die doch nur auf Streiche aus war.

»Glaub' sowieso nicht, daß wir heute noch was geboten kriegen«, meinte Robin Dominick und spielte damit auf die Tatsache an, daß Conny Brady mehr Zeit auf der Erde verbracht hatte als auf dem Pferd.

Conny schniefte, unbewußt Kirby nachahmend, wenn er dabei war, einen seiner Sprüche loszulassen, die tödlich sein konnten. Er ging zu Robin und warf ihm einen verschmitzten Blick zu. »He, Landratte, du denkst wohl, du sitzt ziemlich sicher auf dem Pony, was? Ich sag' dir, das heißt gar nichts, solange du noch nicht in 'ner Takelage gehockt hast oder auf den Topmast geklettert bist. Würd' mal sagen, daß du gar nicht den Mumm dazu hättest. Aye, wir müßten dich wahrscheinlich da hoch prügeln«, sagte er voller Verachtung. »Aber der Captain, der kann es, und wie! Ich wette, der Herzog könnte es auch. Weil er ein ganzer Kerl ist. Ich wette, sogar dein kleiner Bruder würde es hinkriegen. Ja, Lord Andy wäre wohl in nullkommanix da oben«, fügte Conny beleidigt hinzu. Dann warf er Robin noch einen letzten herausfordernden Blick zu und schlenderte davon.

»Und jetzt trollt ihr euch besser, Kameraden«, rief er den anderen über die Schulter zu. »Sonst schickt euch Mr. Butterick noch zu seinen Jungs, damit ihr ihnen beim Stallausmisten helft.«

»Ich glaube, der mag dich nicht besonders, Robin«, meinte Anna. Ihre sanften grauen Augen leuchteten voller Bewunderung, als sie Conny nachsah, der in diesem Moment hinter einem der Ställe verschwand.

»Er weiß ganz schön viel. Keiner von uns ist um die Welt gesegelt wie er.«

»Er ist nicht um die Welt gesegelt«, widersprach Robin. »Nur zu den Kolonien und zu den Indies.« Doch er konnte seinen Neid kaum verbergen.

»Glaubst du wirklich, daß Andy auf einen dieser hohen Masten klettern könnte«, fragte Maggie. Sie sah ihren Cousin von oben bis unten an, als würde sie an seinen Fähigkeiten zweifeln.

Jetzt hielt Robin es nicht mehr aus. Er sprang auf und rannte hinter diesem Angeber Conny Brady her. Der war noch nicht weit gekommen, und so fing Robin ihn an einem der großen, stattlichen Kastanienbäume ab. Er riß Conny herum und starrte ihm wütend ins Gesicht.

»Du denkst wohl, du weißt alles, was?«

»Alles nicht«, konterte Conny Brady, »aber ich schätze mal, eine Menge mehr als du.«

»Was denn zum Beispiel?«

»Das, zum Beispiel«, sagte Conny hastig, nun da er angebissen hatte.

Umringt von seinen Cousins und Cousinen sah Robin verblüfft zu, wie Conny die Schuhe auszog und auf einen der überhängenden Äste des Baumes kletterte.

Für einen Moment war er verschwunden, dann tauchte er plötzlich über ihren Köpfen wieder auf – hoch oben im Baum.

Maggie schaute mit großen, ungläubigen Augen hinauf.

»Ooooh, wie bist du denn so schnell da hochgekommen?«

»Ist doch ganz einfach, wenn man weiß, wie«, rief Conny, »Aber das ist ja gar nichts, verglichen mit der Takelage der *Sea Dragon.*« Erneut verschwand er, nur um noch weiter oben wieder aufzutauchen. »Ich wette, wenn ich genau hingucke, dann kann ich das Meer sehen.« Es war dem ehemaligen Schiffsjungen kaum bewußt, wieviel Sehnsucht in seiner Stimme mitschwang.

»Wenn du wirklich so klug wärst, wie du immer tust, dann würdest du wissen, daß das gar nicht geht. Wir sind viel zu weit landeinwärts«, rief Robin Dominick.

»Glaubst du, ja? Zumindest kann ich bis weit hinter Camareigh gucken. Und wenn ich noch höher klettere, kann ich vielleicht sogar bis hinter die Hügel sehen.« Und Conny Brady kletterte noch höher in den Baum.

»Wieso versuchst du nicht die Sonne zu berühren, wenn du schon dort oben bist, Master Brady?« spottete Robin.

»Warum machst du es nicht selber, Robin? Oder hast du Höhenangst? Kann ja sein, daß du ein Gentleman bist beim Reiten, aber ein Seemann bist du nicht, jedenfalls nicht auf der *Sea Dragon.* Der Captain würde dich nur das Deck schrubben lassen.«

Robin starrte seine Cousins an. Er fand es gar nicht spaßig, die Witzfigur zu sein, besonders nicht wegen dieses struppigen kleinen Gassenjungen, der sich in Rhea Claires Herz gemogelt hatte.

»Nun?« fragte Stuart.

»Nun was?«

»Wirst du es ihm durchgehen lassen, daß er dich für einen Feigling hält?« Stuart konnte sich diesen Hochmut erlauben, denn er war es ja auch nicht, der in den Baum klettern mußte.

»He, ihr da unten!« rief eine weit entfernte Stimme. »Ihr seht ganz schön mickrig und unbedeutend aus für mich hier oben auf dem Dach der Welt.«

»Diesem aufgeblasenen Wackelpudding werde ich's zeigen«, versprach Robin und verschwand im Baum.

Seine Cousins und Cousinen traten zurück und reckten die Hälse, während sie zusahen, wie die beiden Jungen immer höher hinaufkletterten. Dabei bemerkten sie den Reiter nicht, der die kleine Gruppe gesehen hatte und sie neugierig von der Straße aus beobachtete.

Robin kletterte höher und höher, aber er fand nicht gerade großen Gefallen an dieser Erfahrung. Sein Gesicht war krebsrot, sein Atem ging schnell vor Angst. Er blickte sich um und fragte sich, was mit Conny passiert war. Noch vor einem Augenblick war er über ihm gewesen. Vielleicht war er abgestürzt? Robin Dominick schaute schuldbewußt nach unten. Doch im selben Moment wünschte er, er hätte nicht hinuntergesehen, denn alles um ihn herum begann sich zu drehen, und die Äste sahen aus, als würden sie nach ihm greifen.

Er schloß die Augen und preßte seine glühendheiße Wange an die rauhe Borke des Baumstammes. Er fühlte, wie Himmel und Erde allmählich wieder an ihren Platz zurückkehrten, und hatte genug Halt, um sein Gleichgewicht wiederzuerlangen. Er schaffte es gerade noch, das Mittagessen im Magen zu behalten.

»Bist du in Ordnung, Robin?« rief eine Stimme von irgendwoher unter ihm, die ihn daran erinnerte, wie hoch oben er war. Er starrte geradeaus zu den Hügeln in der Ferne, dann auf das Dach des Hauses. Aus dieser Perspektive hatte er das Haus noch nie gesehen, doch als er darüber nachdachte, stellte er fest, daß es ihn nicht sonderlich interessierte, wie Camareigh aus dieser Höhe aussah.

»Robin, kannst du mich hören?« rief Stuart. Sein Cousin Robin hatte tatsächlich mehr Mut als er selbst. Klettert der doch bis in die Krone des Baumes!

»Jetzt bist du platt, was?« fragte Conny Brady den verblüfften Stuart Fletcher. Ganz plötzlich war er neben ihm aufgetaucht.

»Wie bist du denn runtergekommen? Ich dachte, du bist noch viel höher als Robin.«

Conny warf Stuart einen ungläubigen Blick zu. »Hältst du mich für verrückt, daß ich so weit hoch klettere?« Er kicherte, als er seinen Rivalen oben ihm Baum festhängen sah. Robin klammerte sich augenscheinlich in Todesangst an den Baumstamm. »Schätze, einige Leutchen sind noch dümmer, als sie aussehen.«

»Und einige sollten es besser wissen, Master Brady«, sagte eine tiefe Stimme hinter ihnen.

Conny wirbelte herum und blinzelte nervös. »Mr. Marlowe, Sir!«

Alastair Marlowe musterte den früheren Schiffsjungen der *Sea Dragon*. »Nun, wer ist denn der Unglückliche, mit dem du dein Spielchen treibst?« Dann blickte er besorgt nach oben und fügte hinzu: »Und der nun offenbar nicht weiter kann?«

»Das ist mein Cousin Robin Dominick«, erklärte Anna, mit Tränen in den Augen, als sie sich vorstellte, wie wohl das Begräbnis sein würde zu Ehren des verblichenen Robin Dominick.

»Lady Rhea Claires kleiner Bruder?« Alastair Marlowe konnte es kaum glauben. Conny mußte völlig den Verstand verloren haben. Schließlich war er Gast auf Camareigh, und als solcher durfte man ein Mitglied der gastgebenden Familie nicht in Gefahr bringen.

Conny zog die Schultern hoch, und seine Augen funkelten trotzig. »Schätze, er weiß, was er tut. Zumindest hat er damit geprahlt. Jetzt scheint er allerdings nicht mehr so laut zu lachen.«

Alastair Marlowe stieg vom Pferd und bemerkte Connys zufriedenes Grinsen. »Du hast vor, ihn da oben zu lassen?« fragte er ihn.

Conny schien in der Tat nicht übermäßig besorgt zu sein über Robins Notlage. »Er ist auch ohne meine Hilfe raufgeklettert.«

»Aye, aber dann war er nicht bei Verstand, oder? Du hast ihn mit deinen Sticheleien wütend gemacht.«

Conny sah Alastair erstaunt an. Woher wußte er das?

»Ich würd' sagen, Robin kann ganz gut allein wieder runterkommen.« Doch als Conny einen Blick zur Baumkrone riskierte, sah er, daß sich Robin noch immer an derselben Stelle festhielt. »Wenn er Hilfe braucht, wird er schon schreien.«

Alastair Marlowe schmunzelte. »Du weißt, daß er das nicht tut. Wenn du an seiner Stelle wärst, würdest du nie und nimmer dein Gesicht vor deinem Gegner verlieren wollen.«

»Robin kann manchmal ein ganz schöner Dickkopf sein«, pflichtete Stuart bei. »Immer setzt er seinen Willen durch. Und er schafft es ständig, uns in Schwierigkeiten zu bringen. Aber er ist kein schlechter Mensch, das ist er wirklich nicht. Ich weiß, wenn ich Hilfe bräuchte, dann wäre er da.« Stuart dachte dabei an das eine Mal, als er mit seiner Hand in einer kostbaren Vase steckengeblieben war und Robin ihm geholfen hatte, sie wieder herauszubekommen. Allerdings war er es auch gewesen, der zuvor die Schuhspange dort hineingeworfen hatte. »Vielleicht sollte ich Onkel Lucien Bescheid sagen?«

Alastair Marlowe zog die Stirn in Falten und schüttelte den Kopf. »Ich denke nicht, daß es notwendig ist, Seine Hoheit zu benachrichtigen. Laßt uns einfach noch ein paar Minuten warten.« Er hoffte, daß der Sohn des Herzogs den Mut finden würde, wieder herunterzuklettern, oder…

Doch so lange mußte er nicht warten, denn im selben Moment kletterte Conny wieder auf den Baum, dieses Mal, um seinem erbitterten Rivalen zu helfen. Alastair Marlowe lächelte. Er hatte sich nicht getäuscht in Conny. Aber vielleicht war es auch der Gedanke an den Herzog, der den Burschen antrieb.

Es vergingen einige schweigsame Minuten, bis Conny zu sehen war, wie er sich dem festhängenden Robin näherte.

»Wird Conny jetzt auch da oben festsitzen?« fragte Stuart.

Alastair schaute auf den Jungen mit dem feuerroten Haar, dann auf die beiden anderen rothaarigen Kinder, in deren Gesichtern die ernste Sorge um die beiden dort oben im Baum stand.

»Nein«, antwortete er, »Conny kennt das, seit er aus den Windeln raus ist. Er ist geschickt wie ein Kletteraffe. Ihr habt ja sicher bemerkt, daß er seine Schuhe ausgezogen hat. So hat er einen besseren Halt. Außerdem kennt Conny keine Höhenangst. Er wird Robin schon heil runterbringen«, sagte Alastair mit sicherer Stimme. Doch hätte eines der Kinder hinter seinen Rücken geschaut, dann hätte es seine gekreuzten Finger gesehen.

»Robin?« Conny stand auf einem dicken Ast direkt unter ihm.

Robin gab keine Antwort.

»Ich habe mich geirrt«, sagte Conny. »Natürlich wärst du ein guter Seemann. Nicht viele meiner Kameraden trauen sich, so hoch zu klettern. Eigentlich nur, wenn es der Captain befiehlt. Na ja, ich glaube, ich werde jetzt wieder runtergehen. Schätze, Mrs. Peachham dürfte noch ein paar frische Kekse haben. He, Robin, wenn du mitkommen willst, warte ich auf dich. Hier, setz dich auf diesen Ast. Ich geb' dir meine Hand. Dann kannst du runtersteigen. Könnte jetzt selber 'ne helfende Hand gebrauchen«, log er.

Doch Robin rührte sich nicht.

Conny wollte gerade aufgeben, als Robin doch seinen Fuß vorsichtig bewegte und das Bein baumeln ließ. Er legte seine Hand in die von Conny und glitt neben ihn auf den unteren Ast. Er riß seinen Blick vom sich neigenden Himmel los und starrte in Connys dunkelblaue Augen. Doch er sah weder Spott noch Schadenfreude darin.

»Danke«, murmelte er. »Du hättest nicht zurückkommen müssen, aber du hast es getan. Also denke ich, daß du gewonnen hast, Conny Brady.«

Conny war verblüfft. Eine so freimütige Bemerkung hatte er nicht erwartet und schon gar keine Kapitulation von jemandem, den er für einen verwöhnten Balg gehalten hatte.

Er lächelte selbstbewußt. »Das hast du wirklich gut gemacht, Robin, für einen, der noch nie vorher in die Takelage geklettert ist.

Ich wünschte, ich könnte das von meinen Reitkünsten auch behaupten.«

Die beiden Jungen stiegen gemeinsam vom Baum herunter. Als sie den untersten Ast erreichten, machte Robin Halt und atmete tief durch.

»Schätze, die Kekse sind noch warm«, meinte er.

»Aye, das glaube ich auch«, antwortete Conny.

»Eigentlich hast du das mit dem Reiten auch ziemlich gut gemacht. Immerhin war es das erste Mal.«

»Findest du wirklich?«

»Aye, das finde ich.« Robin grinste, und zum erstenmal blickte er Conny Brady ohne Abneigung an. »Butterick ist der Beste. Du wirst so gut reiten können, daß du bestimmt nächste Woche schon über die Eibenhecke im Südgarten springen kannst.«

»Glaubst du das im Ernst?« fragte Conny voller Zweifel. Er wäre schon froh gewesen, wenn er sich überhaupt im Sattel halten könnte.

»Nun, wie ich sehe, seid ihr beide wieder zurück«, merkte Alastair Marlowe an.

»Aye, Mr. Marlowe, das war doch gar nichts, was, Robin?« Conny zwinkerte Robin zu.

»Überhaupt nichts«, erwiderte der tapfer, sehr zum Erstaunen und zur Bewunderung der anderen.

»Hattest du denn keine Angst?« fragte Stuart. »Du bist ganz grün im Gesicht gewesen, als du da oben warst. Ich dachte schon, dir würde gleich schlecht werden.«

»Ich dachte, du würdest abstürzen«, mischte sich Anna ein. Sie fand, daß Robin in der Tat sehr tapfer war.

Doch Robin behielt seine gefaßte Haltung, während er ausführlich erklärte, wie schwierig seine Kletterpartie gewesen war. Nun, da er wieder sicher auf der Erde war, schilderte er leidenschaftlich den Ausblick von dort oben.

Alastair schlenderte, sein Pferd am Zügel führend, neben der kleinen Gruppe her, als sie zum Haus gingen. Er hatte nichts gegen Begleitung, denn er war verzagt gewesen, sich dem Sitz des Herzogs von Camareigh zu nähern, obwohl er doch eine offizielle Einladung in seiner Manteltasche stecken hatte.

»Das ist Mr. Marlowe, Robin«, machte Conny ihn bekannt. »Er war der Frachtaufseher auf der *Sea Dragon*. Und er ist einer der besten Freunde des Captains. Aye, einen feineren Gentleman findet man weit und breit nicht, sagt Mr. Kirby«, prahlte er und fand, daß Mr. Marlowe wie ein Gentleman aussah in seinem edlen grauen Gehrock und seiner Kniebundhose. Seine Schuhe blitzten wie neue Guineas – und sicher waren sie dreimal so teuer gewesen, schätzte Conny.

Alastair wirkte peinlich berührt, als plötzlich sieben Paar neugierige Augen auf ihn gerichtet waren. »Nun, das ist sehr freundlich von dir, Conny, aber ich würde nicht für mich in Anspruch nehmen wollen, der beste Freund des Captains zu sein. Ich habe nur meine Pflicht getan an Bord der *Sea Dragon*«, erwiderte er bescheiden.

»Mr. Kirby sagt, Mr. Marlowe beansprucht nie den ganzen Verdienst für sich. Nur Fehler nimmt er allein auf sich, ganz so, wie es ein anständiger Mann tun sollte«, erklärte Conny und fuhr fort, den vor Ehrfurcht ergriffenen Fletcher-Kindern einige wagemutige Abenteuer seines ehemaligen Schiffskameraden zu erzählen.

»Haben Sie wirklich eine spanische Galeone gefunden, Mr. Marlowe?«

»Sind Sie tatsächlich im Meer geschwommen?«

»Haben Sie Seeungeheuer gesehen?«

Alastair Marlowe versuchte noch immer, die neugierigen Fragen zu beantworten, als er zum erstenmal einen Fuß in die geheiligten Hallen von Camareigh setzte und am edlen Wappen der Familie Dominick vorüberging. Darauf stand der Leitspruch der Familie: »Übe stets Wahrhaftigkeit, Heldenmut und Entschlossenheit.«

Alastair Marlowe, der sich schon vielen blutrünstigen Widersachern gegenübergesehen hatte, war es beinahe unangenehm, als die Kinder ihn allein zurückließen, kaum daß sie die Halle betraten. Ringsum standen Lakaien in Livree, die unter dem wachsamen Auge eines arrogant dreinschauenden alten Mannes namens Mason standen, der als Butler auf Camareigh sicher schon viele Jahre gedient hatte – das zumindest vermutete Alastair, als er ihn sah.

Er wurde in das Chinesische Zimmer geleitet, und Conny lief los, um dem Captain zu sagen, daß Alastair eingetroffen war. Besorgt erwartete Alastair die Ankunft seines Gastgebers und seiner Gastgeberin. Niemals zuvor war er in so erhabener Umgebung gewesen, und er nahm an, daß bereits halb London hier war aus Anlaß des großen Balls, der zu Ehren der Tochter und des Schwiegersohns des Herzogs und der Herzogin stattfand.

»Alastair! Sie sind gekommen!«

Als er sich zu der vertrauten Stimme umdrehte, blickte er in diese violetten Augen und lächelte.

»Lady Rhea Claire«, murmelte er und hatte das Gefühl, als hätte ihm sein Gedächtnis einen Streich gespielt. Denn in ihrem rosa Brokatkleid, verziert mit Spitze, war sie um so vieles schöner, als er sie in Erinnerung hatte. Und er ertappte sich dabei, daß er sie einfältig anstarrte.

»Es ist so schön, Sie wiederzusehen«, begrüßte ihn Rhea Claire und streckte ihm die Hände entgegen, um ihn willkommen zu heißen. »Alastair?« fragte sie erneut, und ihr Lächeln verschwand. »Fehlt Ihnen etwas? Sie sind doch nicht krank?«

»Vergeben Sie mir, Lady Rhea Claire«, entschuldigte er sich und nahm ihre Hände in seine, »aber Ihr Anblick brachte so viele Erinnerungen zurück.«

»Ich weiß. Auch ich denke sehr oft an diese Tage zurück.«

»Die Männer wären selig zu sehen, daß Sie ihr Geschenk tragen und daß sie nicht vergessen worden sind«, sagte Alastair, als er die Juwelenbrosche am weißen Satin ihres Oberteils erblickte.

»Niemals würde ich sie vergessen. Sagen Sie, Alastair, haben Sie den einen oder anderen wieder getroffen, nachdem sich unsere Wege in London trennten?«

Doch ehe Alastair antworten konnte, ging die Tür auf, und eine große Gestalt kam auf die beiden zu, die noch immer eng beisammen standen.

»Alastair. Ich nahm schon an, Sie hätten uns vergessen.« Dante Leighton streckte die Hand zur Begrüßung aus und sah, wie Alastair und Rhea einander verstohlen losließen, und er bemerkte den schuldbewußten Blick seines ehemaligen Frachtaufsehers. Doch er hatte ja stets gewußt, daß Alastair Marlowe verliebt in Rhea war.

»Captain, welch eine Freude, Sie so wohlauf zu sehen. Und ich...«

»Nicht ›Captain‹. Haben Sie vergessen, daß ich nun ein ehrenwerter Gentleman bin mit einem ehrenwerten Titel?« Dante schlang einen Arm um Rheas Taille.

»In meinen Augen sind Sie schon immer sehr ehrenwert gewesen, Mylord, ganz gleich, welchen Titel Sie auch tragen«, erwiderte Alastair mit großem Ernst.

»Ich bin nicht ›Mylord‹ für meine Freunde. Merken Sie sich das«, befahl Dante, und seine Stimme klang wie ein Echo aus der Zeit an Bord der *Sea Dragon*. »Und ich erinnere mich daran, daß Sie mich für nicht ehrenhaft genug hielten, um Rhea zu werben. Da Sie nun ebenso ehrenhaft sind wie ich, hegen Sie den Gedanken, die Zuwendung der Lady für sich zu beanspruchen?« fragte er schmunzelnd.

»Also wirklich, Dante.« Rhea lachte. Doch sie fragte sich, was in ihn gefahren war.

Alastair sah seinen ehemaligen Captain nervös an. Dieses Blitzen in den zusammengekniffenen Augen hatte er schon zu oft gesehen, um nicht die Warnung darin zu erkennen.

»Wie kann ein Mann sich nicht in eine solch wunderschöne Dame verlieben?« antwortete er. »Aber seit die Lady vergeben ist, bleibt mir nichts anderes, als Gedichte voller Liebeskummer zu verfassen und ein Verhalten jämmerlichster Verzweiflung anzunehmen«, scherzte Alastair.

»Ich habe das Glück des Teufels, was?« Dante lächelte.

»Aye, Captain, das haben Sie.« Alastair atmete auf. »Und darf ich meine tiefsten und aufrichtigsten Glückwünsche zur Geburt Ihres Sohnes zum Ausdruck bringen? Ich erfuhr davon, als ich in London war. Ich fürchte, die Gerüchte über den Captain der *Sea Dragon* machen dort noch immer die Runde.« Er wurde zornesrot, als er sich an eine der übelsten Bemerkungen erinnerte, die er mit anhören mußte.

»Ich danke Ihnen, Alastair«, sagte Dante leise. Sein Blick traf Rhea und spiegelte den außerordentlichen Stolz wider, den er empfunden hatte, als er seinen Sohn das erste Mal sah.

»Ich muß gestehen, ich war überrascht. Ich hatte ja keine Ahnung«, sagte Alastair und sah abwechselnd zu Rhea und Dante.

»Das will ich doch hoffen, denn ich habe die freudige Nachricht selbst erst in London erfahren.«

»Hätte die Crew das gewußt, fürchte ich, hätte sich die Abreise sicher noch um etliche weitere Trinksprüche verzögert.« Alastair lachte.

»Sie waren demnach kürzlich in London?«

Alastair nickte.

Dante empfand noch immer eine tiefe Wehmut, wenn er daran dachte, daß die Crew auseinandergegangen war. »Sind sie denn alle weg?« wollte er wissen.

»Aye, ich denke schon. Nur Cobbs habe ich getroffen. Er war gerade zurück aus Norfolk, wo er ein Landgut gekauft hat. Er war im Begriff, ganz London leer zu kaufen. Nur das Beste für den Krösus der Gutsherren, sagte er und spendierte der halben Taverne eine Runde nach der anderen.«

»Da wir gerade davon sprechen – Sie müssen doch durstig und erschöpft sein«, warf Rhea hastig ein. »Wir haben Sie schon viel zu lange aufgehalten und Ihre Zeit in Anspruch genommen.« Ihr war der gedankenversunkene Blick in Dantes Augen nicht entgangen, als er sich nach seiner Mannschaft erkundigt hatte. Rhea fragte sich, ob er es nicht vielleicht doch, im tiefsten Innern seines Herzens, vorziehen würde, an Deck seines Schiffes zu stehen.

»Ja, in der Tat, ich bin ein wenig erschöpft. Und ich möchte nicht in feiner Gesellschaft erscheinen, ohne vorher meine staubige Kleidung zu wechseln. Ich hoffe, daß die Kutsche, die ich angemietet habe, nicht allzu lange auf sich warten läßt. Ich bin nämlich vorausgeritten. Ich fürchte, ich war zu viele Jahre auf See, als daß man mich je in einer Kutsche sehen wird. Kleine geschlossene Räume sind mir ein Greuel. Außerdem hätte ich das unentwegte Geplapper meines Knappen ganz sicher nicht ertragen. Ich habe den Kerl in London angeheuert. Oder ich sollte besser sagen: Barton ließ sich dazu herab, mein Knappe zu werden. Ich habe noch nie einen hochnäsigeren und mißbilligenderen Mann getroffen als ihn. Er wird einen Wutanfall kriegen, wenn er meine Stiefel sieht.« Alastair seufzte.

»Sie kommen direkt aus London?« fragte Rhea Claire. »Ich dachte, Sie wären im Süden bei Ihrer Familie gewesen.«

Alastair Marlowe fühlte sich sichtlich unwohl. »Kurz nach Ihrer Abreise aus London, Captain, fuhr ich heim. Nur, es war nicht mehr mein richtiges Zuhause. Mein Bruder ist der Herr dort, und er hat eine Frau und sieben Kinder. Ich kam mir vor wie ein Fremder. Und ich fürchte, daß er seine Meinung mir gegenüber all die Jahre nicht geändert hat. Meine Eltern sind schon lange verstorben, noch ehe ich mich aufmachte, mit Ihnen zu segeln. So blieb mir außer meinen Erinnerungen nichts mehr, was mich dort hielt.«

Rheas ganzes Mitgefühl galt ihm, denn er hatte mit soviel Freude davon gesprochen, nach Hause zurückzukehren. Doch die Zeit war nicht stehengeblieben, während er über die Meere gesegelt war.

»Das tut mir leid, Alastair«, sagte sie und berührte ihn sanft am Arm.

»Es war mein eigener Fehler, zu glauben, sie könnten mich vielleicht willkommen heißen, weil ich als wohlhabender Mann zurückkehrte. Aber sie haben ihr eigenes Leben. Und ich bin nicht länger ein Teil davon.«

Rhea schaute zu Dante. Er stand da, so groß und stolz, aber sie konnte sich der Frage nicht erwehren, welcher Empfang ihn wohl erwartete, wenn er nach so langer Zeit nach Merdraco zurückkehren würde…

Der Fürst der Finsternis ist ein Gentleman.

Shakespeare

Kapitel vierzehn

Wie tausend eingefangene Sonnen schimmerten die verzierten und vergoldeten Spiegel, die die weißen Wände des großen Ballsaals von Camareigh schmückten. An der hohen Decke erstrahlten Gemälde im Glanz der Kronleuchter, die wie Sterne funkelten. Melodische Kammermusik drang von der Galerie und vermischte sich mit dem Stimmengewirr der Gäste.

Alastair Marlowe war von der Szenerie ebenso fasziniert wie die anderen Anwesenden. Niemals zuvor hatte er so viele elegante Menschen in einem Raum gesehen. Er nahm einen Schluck aus dem Weinkelch und schaute sich um.

Während der vergangenen Stunde war ununterbrochen die Ankunft neuer Gäste verkündet worden. Alastair wußte, daß er sich glücklich schätzen konnte, wenn er sich am Ende dieses Abends wenigstens an einige der Titel und Namen erinnern konnte, die der Majordomus von seinem Posten an der Flügeltür aus lautstark in den Saal gerufen hatte.

Sein amüsierter Blick blieb auf der kleinen Gruppe haften, die sich neben eben dieser Flügeltür versammelt hatte. Welch attraktives Paar waren doch der Herzog und die Herzogin von Camareigh. Die Herzogin trug ein Kleid aus scharlachrotem Samt, und ihr schwarzes Haar war ungepudert, so, wie sich auch die Königin neulich gezeigt hatte; es war in sanfte Wellen gelegt und mit Perlen geschmückt. Ihren Hals zierte ein exquisites Collier aus Perlen und Rubinen. Es schimmerte mit einer Wärme, die jedoch dem Strahlen des herzlichen Lächelns auf den noblen Gesichtszügen der Herzogin nicht nahekam.

Als Alastair den Herzog musterte, sagte er sich, daß ihn seine Erinnerung nicht getrogen hatte. Der ernst wirkende Gentleman bot das Bild eines gebieterischen Patriarchen. Vielleicht sogar noch mehr. Gewandet in italienische Seide, die mit einem erlesenen Blumenmuster bestickt war, verkörperte er in der Tat den vollkommenen Gentleman von Rang und Namen.

Der ehemalige Frachtaufseher der *Sea Dragon* konnte nicht umhin zu lächeln, als sein Blick zu der respektablen Gestalt seines Captains schweifte. Dieser Gentleman präsentierte sich mit einer derartigen Anmut, daß diejenigen unter den Gästen, die einen ungehobelten Piraten erwartet hatten, sicherlich enttäuscht waren.

Alastair Marlowe bemerkte nicht einmal den aufmerksamen Diener, der seinen leeren Kelch gegen einen gefüllten tauschte, denn sein Blick war von der bezaubernden Erscheinung in Gold an Dante Leightons Seite gefangengenommen worden. Plötzlich erinnerte er sich an die Worte seines Captains, die er vor langer Zeit ausgesprochen hatte, und er mußte zugeben, daß Dante Leighton wirklich das Glück des Teufels gepachtet hatte. Lady Rhea Claire war die aufregendste und schönste Dame im ganzen Saal.

Sie trug ein Gewand aus goldener Seide und Spitze; in ihrem goldenen Haar funkelten Diamanten, und sie war schöner als jede Frau, von der Alastair bisher zu träumen gewagt hatte. Und sie gehörte Dante Leighton.

Alastair seufzte. Würde er jemals solches Glück wie Dante haben? Sein Blick ruhte beinahe traurig auf dem goldenen Wesen und wanderte dann zu den eintreffenden Gästen. Er erkannte Sir Francis Dominick, der seinem Vater wie aus dem Gesicht geschnitten war. Er war ein gutaussehender junger Mann und besaß bereits den Stolz und auch die Arroganz, die nur den gebürtigen Aristokraten anhaftet.

Hinter Lord Francis warteten Sir Terence Fletcher und seine Frau, Lady Mary. Sie wirkte fast unscheinbar in ihrem himmelblauen Seidenkleid, bis man ihre bemerkenswerten grauen Augen entdeckte. Alastair überkam ein sonderbares Gefühl. Ihm schien, als würde Lady Mary ihn völlig durchschauen. Neben Sir Terence und Lady Mary befanden sich drei gutaussehende junge Männer. Sie wurden ihm als die Fletcher-Brüder vorgestellt.

Alastair Marlowes Blicke schweiften durch den Saal, blieben hier und dort auf der einen oder anderen interessanten Erscheinung haften, doch als er plötzlich eine dralle, junge Frau in einem blaßrosa Kleid und einer enorm großen rosenfarbenen Feder im Haar erblickte, ging er schnell hinter einer Gruppe in Deckung und hoffte, unsichtbar zu sein. Zum erstenmal war er dankbar, daß er keinen Titel hatte, der ihre Aufmerksamkeit auf ihn gezogen hätte. Zu spät war er vor Caroline Winters gewarnt worden. Die unglückselige Erfahrung, einige Tage in Carolines Gesellschaft zu verbringen, die Dante Leighton und er durchlitten hatten, war ihm noch sehr lebendig im Gedächtnis.

Ein weiterer gefüllter Weinkelch, und Alastair Marlowe begann das Fest wirklich zu genießen. Er nickte höflich einer juwelenbehangenen Lady zu, die ihr verführerisches Lächeln hinter einem Federfächer verbarg, und er wollte sich ihr gerade vorstellen, als der Majordomus wie in einem Alptraum ausrief: »Sir Miles Sandbourne!«

Alastair Marlowe fuhr herum und vergaß die Dame. Seine Aufmerksamkeit galt Dante Leighton, der wie zu Stein erstarrt schien. Dante stand dem Mann gegenüber, dem seit fünfzehn Jahren sein Haß galt und dem er den Tod geschworen hatte, als er nach England zurückgekehrt war.

»Entschuldigen Sie, Sir, aber ist es *der* Sir Miles Sandbourne von Wolfingwold Abbey, Devonshire«, fragte Alastair Marlowe einen großen, imposanten Gentleman neben sich.

Der Herr blickte mit gebieterischer Geringschätzung auf den vulgären Emporkömmling herab, der es wagte, ihn in seiner Konversation zu unterbrechen. Doch als er feststellte, daß der Schneider des Burschen anscheinend ordentlich gearbeitet hatte, da seine Hosen nicht die geringsten Fältchen aufwiesen, ließ er sich zu einer Antwort herab: »So ist es, obwohl ich zugeben muß, daß es mich überrascht, ihn hier zu sehen. Zwischen Sir Miles und Lord Jacqobi herrscht böses Blut. Doch vielleicht haben sie das Kriegsbeil begraben«, fügte er mit einem gelangweilten Seufzer hinzu.

»Am ehesten wahrscheinlich im Rücken ihres Gegners«, murmelte Alastair Marlowe und zog sich ohne Verbeugung zurück. Dann erblickte er die plumpe Erscheinung in Rosa und hörte einen schrillen Aufschrei. »Da sind Sie ja, Wesley!«

Mit einem Gefühl der Besorgnis, das ihn seit seiner letzten Schlacht auf See nicht mehr überkommen hatte, eilte Alastair Marlowe an die Seite seines Captains.

Rhea Claire hatte keine Ahnung, was sich anbahnte. Für sie war Sir Miles Sandbourne lediglich ein weiterer Gast. Doch der Name mußte Lucien Dominick etwas gesagt haben, denn er warf seinem aschfahlen Schwiegersohn einen Seitenblick zu und schaute dann wieder zu dem Gentleman, der vor ihm stand.

»Hoheit.« Sir Miles Sandbourne sprach in einem sehr kultivierten Ton, und sofort fiel einem an ihm sein außerordentlich gutes Aussehen auf. Obwohl der Mann mindestens fünfzig Jahre alt sein mußte, wirkte er sehr jugendlich. Und ihn umgab die Aura ausgeprägter Sinnlichkeit.

»Sir Miles«, antwortete der Herzog steif und versuchte, seine Gedanken zu ordnen.

Sandbourne war ganz in schwarzen Samt gekleidet. Spitzenmanschetten und ein Spitzenkragen boten einen überraschenden Kontrast zu seiner dunklen Erscheinung. Sir Miles Sandbourne war der Inbegriff von Eleganz und Anmut. Mit einer beinahe femininen Geste hob er ein parfümiertes Taschentuch an seine Lippen. Doch man irrte sich, wenn man seine Männlichkeit unterschätzte; der Ausdruck in seinen Augen, als er Sabrina Dominick anschaute, war lustvoll und wohlgefällig.

»Ihre Hoheit«, sagte er leise. Sein Blick liebkoste sie und verweilte auf der sanften Rundung ihres Dekolletés. »Wie immer macht mich der Anblick Ihrer unvergleichlichen Schönheit sprachlos.« Er verbeugte sich tief, sein Atem lag warm auf ihrer behandschuhten Hand.

»Doch nicht gänzlich sprachlos, Sir Miles«, entgegnete die Herzogin mit der Andeutung eines Lächelns. Sie war von Sir Miles nie sehr beeindruckt gewesen, denn sie vermutete Hohlheit und Unaufrichtigkeit hinter seiner Fassade. Doch sein Charme bezauberte die Menschen, und mit ihrer Einstellung gehörte die Herzogin sicherlich einer Minderheit an.

Obwohl immer wieder Gerüchte über Korruption und Verworfenheit auftauchten, wenn es um Sir Miles ging, so konnte ihm doch niemals etwas nachgewiesen werden. Selbst wenn es möglich gewesen wäre, so hätte es doch wenige Leute gegeben, die ihre Türen vor ihm zugeschlagen hätten, denn es war nicht sehr weise, sich einen mächtigen Gentleman wie ihn zum Feind zu machen.

»Ebenso klug wie schön«, gab Sir Miles mit einem undurchsichtigen Lächeln zurück. »Noch immer überkommt mich schrecklicher Neid ob des großen Glücks des Herzogs, daß er Sie von London fortholen konnte, bevor ich die Chance dazu hatte. Ich garantiere Ihnen, das wäre nicht geschehen, hätte ich damals von Ihnen etwas gewußt.«

»Ich denke, Sie unterschätzen mich, Sir Miles«, entgegnete der Herzog kühl, denn wenn ein anderer Mann seine Frau bewunderte, verlor er leicht die Geduld.

Lucien Dominick entdeckte einen Ausdruck von Abneigung, ja fast schon der Erregung in Sir Miles' Augen, als er an Sabrina vorbeischritt und nun vor Dante Leighton stand.

Die beiden Männer hatten dieselbe Größe, und sie starrten sich an. Welche Gedanken sie in diesem Moment auch hegen mochten, nichts war auf ihren regungslosen Gesichtern abzulesen. Keiner der beiden bewegte sich oder blinzelte; sie schienen nicht einmal zu atmen.

Rhea schaute besorgt zwischen den Männern hin und her. Was war geschehen? Erst wenige Male hatte sie diesen grausamen, mitleidlosen Blick in Dantes Augen gesehen, und nur dann, wenn er über den Mann sprach, der ihn damals betrogen hatte. Rheas Augen weiteten sich, als sie Sir Miles Sandbourne anstarrte. Das mußte der Mann sein!

»Sieh an, sieh an, wen haben wir denn da?« murmelte Sir Miles mit honigsüßem Sarkasmus, während sein Blick sein Gegenüber vom Kopf bis zu den Zehenspitzen mit Verachtung musterte. »Ich frage mich, ob es wahr ist, wie Shakespeare sagt, daß selbst der kleinste Wurm sich weiterwindet, wenn man auf ihn tritt?« spottete Sir Miles.

Dante Leighton lächelte. Es war ein hartes, kaltes Lächeln. »Das kann nur die Zeit zeigen, Sir Miles, und Zeit ist etwas, von dem ich genug habe – und wie steht es mit Ihnen, Sir Miles?« Dante ließ gerade genug Zweifel in seiner Stimme aufklingen, um einen Zuhörer glauben zu machen, daß Sir Miles bereits auf dem Totenbett lag.

Das Lächeln schien Sir Miles nur mit großer Anstrengung zu gelingen, und Lucien Dominick glaubte Überraschung auf dem Gesicht des älteren Mannes erkannt zu haben, als dieser Dante Leighton gegenübertrat. Wahrscheinlich hatte er nicht erwartet, einen derart würdevollen Gentleman vorzufinden. Er mußte in Dante einen Mann erkennen, der nicht so leicht zu schlagen war, wie man es von einem Jüngeren erwarten würde.

»Ach ja, manche Dinge ändern sich wohl nie, nicht wahr?« fragte Sir Miles im Plauderton. »Als ich in London eintraf, wurden mir fortwährend Geschichten über Dante Leighton, den Marquis von Jacqobi zugetragen – oder auch, wie man ihn öfter noch nannte, den Captain der *Sea Dragon*. Ich war nicht überrascht, von Ihrem unehrenhaften Gewerbe zu erfahren. Sie suchten schon immer das Risiko, ob Sie nun dem Spiel verfallen waren, oder eines Verbrechens angeklagt wurden. Ich befürchte, Ihnen wird immer ein schlechter Ruf anhaften«, prophezeite Sir Miles mit einem hörbaren Seufzer. Seine Bemerkung war an den Herzog und die Herzogin gerichtet gewesen, als ob er sie über ihren mißratenen Schwiegersohn aufklären wollte. »Ich nehme an«, fügte Sir Miles höflich hinzu, »Sie haben den Dominicks *alles* über Ihre dunkle Vergangenheit erzählt?«

»Wenn Sie damit auf die verleumderische Bezichtigung des Mordes anspielen, dann wissen wir alles über Dantes Vergangenheit.« Rhea sprach verhalten, doch ihre Stimme zitterte vor Zorn, und sie fragte sich, wie Dante es nur schaffte, die Beherrschung zu wahren.

»Ah, Lady Rhea Claire, wie schön Sie sind«, gab Sir Miles zurück, und seinen dunklen Augen entging nichts. »Es war wirklich bedrückend, von Ihrer Entführung zu hören. Und wie außergewöhnlich, daß Sie zu Dante gefunden haben.« Er lachte leise, während er die beiden betrachtete. »Vom Regen in die Traufe, wie? Sie haben jedenfalls mein Mitgefühl.«

»Das behalten Sie lieber für sich, Sir Miles«, erwiderte Rhea. »Ich liebe meinen Mann sehr.«

»Wie edelmütig von Ihnen. Man muß schließlich das Gesicht wahren, nicht wahr?« fragte Sir Miles mit einem mitleidigen Blick. »Ich bezweifle, daß Sie eine Wahl hatten, so, wie ich Dante kenne. Ach... habe ich nicht gehört, daß Sie kürzlich Mutter geworden sind? Ja, ja. Wie ich schon zuvor sagte... Manche Dinge ändern sich nie.«

Dante Leighton schien von Sir Miles schneidenden Bemerkungen ungerührt zu sein. »Manches ändert sich doch, Sir Miles. Daran sollten Sie immer denken«, gab Dante leise zurück, und sein ruhiger, selbstsicherer Ton schien Sir Miles zu irritieren. Die dunklen Augen verengten sich, als er sich die Lippen mit dem duftenden Taschentuch betupfte.

»Tut es das?«

»Das werden Sie schon sehr bald feststellen«, fügte Dante beschwörend hinzu und schenkte dem Älteren einen mitleidigen Blick.

»Sie sind offenbar sehr überzeugt von sich, Dante. Ich habe von Ihrem großen Reichtum gehört, doch Sie sollten sich darüber im klaren sein, daß einige Dinge, trotz Ihres großen Vermögens, auf ewig unerreichbar für Sie sein werden«, erinnerte Sir Miles ihn.

»Mag sein«, erwiderte Dante gleichgültig. »Aber vielleicht habe ich schon alles, was ich begehre, und möglicherweise sind Sie doch nicht so gut über die Fakten im Bilde, wie Sie glauben, Sir Miles.«

Sir Miles schwieg und versuchte, Dantes Bemerkung zu entschlüsseln. Er verheimlichte etwas, und plötzlich schien ihm gewahr zu werden, daß Dante von diesem ›Etwas‹ wußte.

Sein Mundwinkel zuckte, während er Dante aus zusammengekniffenen, finsteren Augen musterte. »Ich nehme an, Sie werden nach Merdraco zurückkehren?«

»Natürlich. Ich bin noch immer der Herr von Merdraco«, bestätigte Dante so ruhig, als wüßte er um seine Macht, Sir Miles Sandbourne erzürnen zu können. »So wie alle Leightons seit Jahrhunderten die Herren von Merdraco waren.«

Doch Sir Miles reagierte nicht ganz so, wie Dante es sich ausgerechnet hatte. Ein wachsamer Ausdruck trat in seine Augen, und ein Lächeln umspielte jetzt seine Mundwinkel. Dante spürte, wie sich ein ungutes Gefühl in ihm ausbreitete.

»Sie waren schon lange nicht mehr in Merdraco. Und wie ich Sie schon zuvor warnte – viele, viele Dinge könnten sich geändert haben, seit Sie davongelaufen sind. Wären Sie geblieben, anstatt sich wie ein Feigling zu benehmen, hätte es vielleicht in unserer Macht gestanden, die Dinge zu regeln. Aber so, wie es aussieht«, er warf Dante einen spöttischen Blick zu, »sah ich mich genötigt, die Ländereien, die einstmals zu Merdraco gehörten, zu veräußern. Ich fürchte, man kann Merdraco nicht länger als das großartige Anwesen bezeichnen, das es einmal gewesen ist. Und es gibt keine Möglichkeit für Sie, dieses Land wieder zurückzukaufen. Selbst wenn ich noch die Hand darauf hätte – glauben Sie, ich würde es Ihnen wirklich abtreten? Sie tun mir aufrichtig leid. Sie mögen zwar noch immer der Herr des Schlosses von Merdraco sein, aber Sie werden niemals mehr die Größe Ihrer Vorfahren erreichen, denn Sie besitzen kein Land. Es ist lediglich ein Schloß. Hoch auf einem Berg. Ein Ort für Träumer, nicht wahr, Dante?«

Doch Sir Miles Sandbourne hatte seinen Feind unterschätzt. Er hatte es nicht mehr mit dem ungestümen Burschen zu tun, der einst England verlassen hatte. Er stand dem Mann gegenüber, der Captain der *Sea Dragon* gewesen war, einem Mann, der sich im Angesicht weitaus schrecklicherer Dinge durchgesetzt hatte, als dem, womit Sir Miles drohen konnte.

Dante Leighton lächelte, und seine Mannschaft hätte gewußt, daß dies kein gutes Zeichen war.

»Ich werde Sie heute nacht noch nicht töten, Miles«, kündigte Dante freimütig an und erniedrigte den Mann, indem er einfach seinen Titel mißachtete, »denn ich möchte, daß Sie dieselbe Qual durchleiden, die ich durch Ihre Machenschaften genießen durfte. Ich werde mit Vergnügen zuschauen, wie Ihre Welt zusammenbricht. Und erst, wenn Sie mich anflehen – erst dann werde ich Ihrem Leid ein Ende setzen.«

Es war schwer zu sagen, wer überraschter war, Rhea oder ihre Eltern. Doch Sir Miles war sich sehr wohl über das Ausmaß des Hasses seines Feindes bewußt und auch der Sünden, die er an dem jüngeren Mann verbrochen hatte. Er verspürte die größte Sorge, als er diese ruhig gesprochenen Worte vernahm.

Die Ankunft eines neuen Gastes setzte der Konfrontation einen Schlußpunkt. Mit einem leichten Nicken zum Herzog und der Herzogin verschwand Sir Miles in der Menge.

»Was für ein schrecklicher Mann.« Rhea schnappte nach Luft, ehe sie dem Paar, das auf sie zukam, ein begrüßendes Lächeln entgegenschickte. Erleichtert seufzte sie, als sie vorübergegangen waren. »Das ist der Mann, der dein Vormund war?« fragte sie ungläubig.

»Ja«, antwortete Dante, seine blassen Augen suchten nach der schwarzen Figur in der Menge.

»Wie kam es, daß *er* derjenige war, der dein Erbe verwaltete?« fragte Rhea.

Dante lächelte. »Nun, das ist nicht weiter verwunderlich. Er ist mein Stiefvater.«

Die ersten violetten Schatten zogen am östlichen Himmel auf, als Dante Leighton den Privatsalon der Herzogin von Camareigh betrat. Er durchquerte den Raum und blieb nachdenklich vor einem der großen Fenster stehen. Rhea, die mit ihren Eltern vor dem wärmenden Kaminfeuer Platz genommen hatte, mußte Dantes Gesicht nicht sehen, um zu wissen, woran er dachte. Ihr wurde bewußt, daß sie schon zu lange geblieben waren. Es durfte keinen weiteren Aufschub geben.

»Wann möchtest du nach Merdraco aufbrechen?« fragte sie.

Dante drehte sich überrascht zu ihr um. »Ich...«

»Bitte, Dante, nicht. Ich verstehe es«, sagte Rhea. Sie wußte, daß er sich seit Monaten nach seiner Heimat sehnte, jedoch aus Rücksicht auf sie und ihre Eltern hiergeblieben war. Sicher, er wäre mit seinem gebrochenen Fuß nicht weit gekommen, und er wäre sicher bis zur Geburt ihres Kindes geblieben. Doch nun war es an der Zeit zu gehen.

Rhea wußte, daß ihre Eltern sie verstanden.

»Er ist nach Devonshire aufgebrochen«, sagte Dante, und es war nicht nötig zu erklären, wer gemeint war.

»Es tut mir leid wegen dieser Begegnung, Dante«, sagte die Herzogin, besorgt, er könnte annehmen, sie hätten diesen unglückseligen Zwischenfall vorsätzlich arrangiert. »Ich hatte keine Ahnung von der Bitterkeit zwischen Ihnen und Sir Miles.«

Der Herzog überraschte alle Anwesenden, als er in die Entschuldigung einstimmte. »Ich hatte die Angelegenheit vergessen, doch selbst, wenn ich mich erinnert hätte – die Gästeliste wurde von meinem Sekretär zusammengestellt, nicht von uns. Abgesehen davon erscheinen immer dieselben Herrschaften zu den Festlichkeiten. Sir Miles hätte ebensogut als Begleiter einer unserer Gäste erscheinen können.«

»Ich habe die Liste schon seit Jahren nicht mehr geprüft. Manchmal habe ich einen Namen dazusetzen lassen«, gab die Herzogin zu. »Glauben Sie uns?«

»Ich mache Ihnen keinerlei Vorwurf. Früher oder später hätte dieses Treffen ohnehin stattgefunden. Es kommt mir vor, als hätte sich Miles direkt darauf gefreut. Er wollte mich wissen lassen, daß er auf mich wartet, wenn ich nach Merdraco zurückkehre.«

»Dennoch vermute ich, daß dieses Treffen nicht ganz nach seinen Vorstellungen verlaufen ist«, stellte die Herzogin fest. »Er war nicht vorbereitet, den *Sir* Dante Leighton anzutreffen. Sie müssen sich sehr verändert haben.«

»Ja, das habe ich in der Tat. Und diesmal wird er mich nicht von Merdraco vertreiben können.« Dantes Augen hatten sich zu kleinen Schlitzen verengt, als würde er sich die Vernichtung seines Feindes bereits ausmalen.

Lady Mary Fletcher erwachte schreiend. Mit wild pochendem Herz kämpfte sie sich den Weg durch die Dunkelheit, die sie umgab. Doch selbst als sie ihre Augen aufschlug, war da nichts als Finsternis, und sie spürte noch immer die kalte Feuchtigkeit der Höhle. Von ferne dröhnte das sturmgepeitschte Meer, das der tosende Wind immer wieder aufs Neue herausforderte.

Lady Mary begann leise zu weinen. Sie zog sich die Decke über ihre Schultern und vergrub das schreckverzerrte Gesicht in der Flut des roten Haars, das sich über die Bettdecke ergoß.

»O lieber Gott«, betete sie. »Bitte beschütze sie.« Es würde alles so eintreffen, wie sie es vorhergesehen hatte. Und sie konnte nichts auf der Welt tun, um dem Einhalt zu gebieten. Sie mußte nicht in Sabrinas Salon sein, um zu wissen, daß Dante Leighton und Rhea Claire Camareigh verlassen würden. Und Lady Mary mußte auch nicht nach Merdraco reisen, um die dunklen Türme zu sehen, die dem dämmernden Himmel trotzten.

Dies war nun die Stunde, in der die Sehnsucht der Seeleute erwacht und die ihre Herzen zum Schmelzen bringt. Der Tag, an dem sie dem liebsten Menschen Lebewohl sagten, und der den, der wieder auf Reisen geht, mit Liebe erfüllt, wenn er in der Ferne die Glocke hört, die das Ende des Tages beklagt.

Dante

Kapitel fünfzehn

Fünf Tage später verließ eine Karawane von Kutschen auf der engen, gewundenen Straße das Tal und zog eine Staubwolke nach sich. Dann ging es durch das kleine verschlafene Dorf Camare. Die meisten der Dorfbewohner waren am Straßenrand versammelt, denn sie kannten die Mehrzahl der Reisenden schon von klein auf. Ganz besonders jedoch verabschiedeten sie sich von Rhea Claire. Für sie würde jetzt ein neues Leben beginnen.

Von Zeit zu Zeit lehnte sich Rhea aus dem Fenster der Kutsche und winkte einem vertrauten Gesicht zu; den Kindern, die neben der Kutsche herliefen, schenkte sie Pennystücke, doch vor allem wollte sie noch einen letzten Blick auf ihre Heimat werfen. Die honigfarbenen Mauern verschwammen vor Rheas Augen, und dann bog die Kutsche um eine Ecke, und das große Haus, ihr »Zuhause«, geriet außer Sichtweite.

Rhea lehnte sich in dem gepolsterten Sitz zurück und spürte ein tiefes Gefühl des Verlustes. Doch dann betrachtete sie das schlafende Baby, das warm eingewickelt auf dem Platz neben ihr lag, und sagte sich, daß sie eine strahlende Zukunft erwarten würde.

»Bist du nicht aufgeregt, Rhea?« fragte Robin Dominick, und seine blauen Augen funkelten dabei. Bis auf wenige Ausflüge nach London, war er noch nie von Camareigh verreist, und jetzt war er auf dem Weg in die Wildnis des West Country. »Du weinst, nicht wahr?« fragte er mit neugieriger Ungeduld, denn er sah diese Fahrt als Aufbruch in ein großes Abenteuer, und Rhea sollte eigentlich glücklich sein.

Conny Brady, der neben Robin saß, betrachtete sie mit Unbehagen. Ladies verhielten sich manchmal höchst seltsam. Sie fingen plötzlich ohne jeden Grund an zu weinen, und er wollte nicht, daß der Captain oder auch Robin denken könnten, er sei daran schuld.

Doch Rhea überraschte sie. Sie sammelte sich und lächelte. »Seid ihr denn aufgeregt?« fragte sie und versuchte das Bild ihrer Eltern, die ihr auf den Stufen des Schlosses von Camareigh zum Abschied zugewinkt hatten, aus ihren Gedanken zu verbannen.

»Hab' schon von Merdraco gehört, als ich auf der *Sea Dragon* anheuerte. Klar freu' ich mich, es endlich zu sehen. Bin aber froh, daß ich nicht den ganzen Weg reiten muß...« sagte Conny Brady mit einem breiten Grinsen. Er spürte noch immer sein Hinterteil. Reiten war nicht unbedingt nach seinem Geschmack.

»Du hältst dich aber schon ganz gut, Conny«, sagte Robin, denn er wollte genau das, was Conny fürchtete. Robin wäre allzugern an der Seite von Dante Leighton, Francis und Alastair Marlowe geritten, die die Vorhut des Zugs bildeten.

»Ich hatte schon Angst, daß Papa und Mama mich nicht mit dir gehen lassen würden, Rhea«, gab Robin zu. Bis zur Abreise hatte er befürchtet, sie könnten in letzter Minute noch ihre Meinung ändern. »Aber ich glaube, da dich Francis begleitet, kam es ihnen wohl ungerecht vor, wenn sie mir die Erlaubnis verweigert hätten.«

»Vielleicht dachten sie, daß es Francis langweilig werden würde, wenn er sich nicht ständig darum kümmern müßte, dich aus irgendwolchen Schwierigkeiten herauszuhalten«, sagte Rhea. Sie erzählte ihrem Bruder nichts von den Sorgen, die sich seine Eltern um ihn machten. Sie hofften, daß Robin, wenn sie ihm erlaubten, mit nach Merdraco zu reisen, wieder der fröhliche Junge sein würde, der er vor der Entführung seiner Schwester gewesen war. Sie hatten sich schon immer sehr nahe gestanden und, wenn er einige Zeit mit ihr verbringen würde, bekäme er vielleicht das Gefühl, daß seine Welt doch nicht ganz auseinandergebrochen war.

Rhea seufzte zufrieden. Mit Robin und Francis an ihrer Seite hatte sie nicht ganz das Gefühl, ihre Heimat zu verlassen. Sie erinnerte sich daran, wie Francis zu ihr und Dante gekommen war und sie gebeten hatte, sie nach Merdraco begleiten zu dürfen. Er hatte erklärt, daß er schon immer die Küste von Devonshire sehen wollte, doch Rhea vermutete, daß sich sein brüderlicher Beschützerinstinkt gemeldet hatte und er ein Auge auf seine Schwester und ihren Sohn haben wollte. Auch wollte er sich mit Dante Leighton gutstellen und sichergehen, daß der Mann nichts im Schilde führte. Dante hatte seinen Schwager herzlich zu der Reise begrüßt – vielleicht, um ein für alle Male die Bedenken der Dominicks, ob er wirklich ein angemessenes Mitglied der Familie sein konnte, auszuräumen. Die Gruppe hatte bereits eine stattliche Anzahl Mitglieder, als Alastair Marlowe verkündete, auch er würde sich ihnen anschließen. Er scherzte, daß er vielleicht ein Anwesen in der Nähe von Merdraco erwerben könnte, und dann seien sie für immer mit seiner Gesellschaft gestraft. Rhea vermutete allerdings, daß er noch immer eine tiefe Loyalität für seinen früheren Captain hegte und an seiner Seite sein wollte, falls sich das Schicksal gegen Dante wenden würde.

Houston Kirby, der für immer bei seinem Captain bleiben wollte, hatte darauf bestanden, in der zweiten Kutsche Platz zu nehmen, an der Seite einiger neuer Mitglieder des Leighton-Haushaltes. Mit Schalk in den Augen hatte er versprochen, die Leute mit den Regeln von Merdraco vertraut zu machen. Da war Nora, die Enkelin von Mason, dem Butler von Camareigh, der mit Stolz aufnahm, daß Nora die Zofe der Tochter der jungen Herzogin werden sollte; und Thompson, Noras Cousin. Er war zu Francis' Diener ernannt worden. Obwohl auch er sich auf das Abenteuer freute, sehnte er sich doch nach Camareigh zurück, um sein Werben um Alys Meredith fortsetzen zu können. Da gab es auch noch Betsy, eine der langjährigen Zofen von Camareigh. Sie hatte gehofft, O'Caseys Nachfolge als Kinderschwester für die jüngsten Dominicks anzutreten, doch mit der Ankunft von Alys hatte sich diese Hoffnung zerschlagen. Und so war sie froh, daß sie die Kinderschwester von Lord Kit werden durfte. Schließlich gab es auch noch Barton, Alastair Marlowes Burschen, und er hatte sich alles andere vorgestellt, aber bestimmt nicht, in die Wildnis des West Country zu reisen.

In der dritten und vierten Kutsche befanden sich weitere Hausangestellte und Diener, und sie alle hofften, in Merdraco ihre Stellung verbessern zu können. Unter ihnen war auch eine Küchenmagd, die bei Mrs. Peachham in die Lehre gegangen war. Sie hatte die besten Rezepte in ihrem Koffer, der mit dem anderen Gepäck auf der Lastenkutsche am Ende der Karawane verstaut worden war.

Rhea blickte liebevoll auf ihren schlafenden Sohn. Ein Lächeln umspielte ihre Lippen, als sie ihm sanft über die rosigen Wangen strich. So ein süßer, kleiner Mund, und dieses Kinn, dachte sie bewundernd und fragte sich ein weiteres Mal, ob er wohl wie sein Vater aussehen würde, wenn er einmal groß war. Jetzt schon hatte er Dantes braune Locken. Rhea war, wie so oft schon, erstaunt, daß sie es gewesen war, die dieses Leben hervorgebracht hatte. Er war so winzig, ihr Christopher Dominick Leighton, und doch sollte er einmal das Erbe von Merdraco antreten.

Rhea spürte, wie ein kalter Windhauch ihre Knie umspielte, und sie wickelte ihr Baby noch fester in die Decke. Doch selbst das Rumpeln der Kutsche, als sie ein Schlagloch durchfuhren, konnte die Ruhe dieses unschuldigen Wesens nicht stören und auch nicht die Ruhe des faulen Jamaica, der zusammengerollt auf dem Sitz döste.

Rhea lehnte sich zurück und wünschte, sie könnte sich ebenso leicht wie Robin und Conny in eine andere Welt versetzen. Sie hatten ihre Spielzeugsoldaten zwischen sich aufgebaut und waren völlig in ihr Spiel vertieft. Doch Rhea mußte immer wieder an die Miene ihrer Tante denken.

Lady Mary hatte ihre Nichte beiseite genommen und ihr Gesicht in beide Hände genommen. Dann hatte sie ihr tief in die Augen geschaut. Tante Mary hatte verwirrt ausgesehen, und einen Moment hatte Rhea geglaubt, sie würde sie gar nicht erkennen. Dann hatte Lady Mary ihr so eigenes, trauriges Lächeln gezeigt und ihre kühle Wange an Rheas gepreßt. Sie hatte geflüstert: »Mein liebes Kind, wenn ich dir doch nur die nahende Dunkelheit ersparen könnte! Aber ich kann nicht, denn was geschehen soll, muß geschehen. Du darfst nicht verzweifeln oder das Schlimmste befürchten, denn deine Zweifel könnten dir großes Glück verwehren, wenn du es ihnen erlaubst. Ich bin sehr verwirrt und unglücklich, mein Liebes, denn ich hatte viele Visionen. Doch noch kann ich sie nicht alle verstehen. Wenn ich sie doch nur entschlüsseln könnte, aber ich kann es nicht. Und die Informationen, die ich habe, könnten dir schaden und dich verwirren. Nein, es ist das beste, wenn du unbeschwert nach Merdraco gehst, denn du mußt die Antworten selbst finden. Wie auch immer – es gibt eine Sache, die ich dir sagen muß.« Lady Mary sprach mit großer Eindringlichkeit. »Es ist sehr, sehr wichtig, mein Kind, und du mußt immer daran denken: *Die Antwort liegt im Grab.* Es klingt verrückt, ich weiß. Aber bitte, bitte glaube mir. Wirst du das tun?« hatte sie Rhea angefleht, und ihre grauen Augen hatten sich verdunkelt.

»Ich verspreche es, Tante Mary«, antwortete Rhea, obwohl sie es nicht verstand.

Lady Mary küßte sie und lächelte verständnisvoll. »Ich weiß, daß du es nicht verstehst«, beantwortete sie Rheas Frage, bevor diese sie laut gestellt hatte.

Rhea seufzte betrübt. Allmählich begann sie die Furcht zu begreifen, unter der Lady Mary ihr ganzes Leben gelitten hatte.

»Die Antwort liegt im Grab«, murmelte Rhea, gerade als Robin sie anschaute.

»Was hast du gesagt, Rhea?«

»Nichts Wichtiges, Robin«, antwortete sie und betrachtete den strahlenden Sonnentag hinter den Fenstern der Kutsche. Sie hoffte, daß Lady Mary dieses eine Mal ausnahmsweise einen ganz gewöhnlichen Alptraum gehabt hatte und nicht wirklich eine ihrer Visionen.

Die Sonne stand hoch am wolkenlosen, blauen Himmel, als die Karawane ihre Reise für ein Mittagessen und eine Pause für die Pferde unterbrach. Wiesen und Wälder erstreckten sich endlos vor ihnen. Zwischen den ersten Blumenknospen wurden Decken ausgebreitet und große Picknickkörbe ausgepackt.

Die Sonne war wie Balsam. Rhea saß etwas abseits der anderen und fühlte sich schläfrig, während sie den kleinen Kopf anschaute, der an ihrer Brust lag. Sie hauchte einen Kuß auf die braunen Locken und hob ihr Gesicht der Sonne entgegen. Die Augen hielt sie geschlossen. Sie döste einen Moment; ein wohliges Gefühl breitete sich in ihr aus. Plötzlich erschien ihr alles so friedlich, so weit entfernt von dem Rest der Welt.

Rhea öffnete die Augen. Sie hatte sich in einer falschen Sicherheit gewiegt. Sie konnte nicht für immer an diesem idyllischen Ort bleiben. Bald schon mußten sie ihre Reise fortsetzen und sich dem stellen, was auch immer sie erwarten sollte.

Dieser Gedanke nahm der Umgebung den Zauber. Jetzt roch sie

nicht mehr den sanften Geruch des Holzes und bemerkte auch die pastellfarbenen Schmetterlinge nicht mehr, die über den Wiesen tanzten. Plötzlich raschelte es in der Weißdornhecke und heraus sprang ein scheues Reh, das sich in die Sicherheit der Wälder zurückflüchtete.

Rheas Blick schweifte zu der vertrauten Gestalt ihres Mannes, der sich mit Alastair Marlowe und Francis unterhielt. Ihr liebevoller Blick blieb auf seiner großen Erscheinung haften und sie flüsterte leise: »Dante Leighton, Captain der *Sea Dragon*, Marquis von Jacqobi, Herr von Merdraco. So viele Titel. So viele verschiedene Männer. Und doch kann ich in ihm auch manchmal den jungen Mann erkennen, der ein gebrochenes Herz hat und keine Familie, keinen Freund, der ihm zur Seite steht. Mein armer Dante«, flüsterte sie, als sie an all das Leid dachte, das er aufgrund des Verrates durch seinen Stiefvater erlitten hatte.

Miles Sandbourne hatte vorgegeben, einem vaterlosen Jungen ein Zuhause zu bieten, doch dies hatte nur zu seinem Plan gehört, sich an der Familie zu rächen, die er haßte.

Rhea streichelte die Locken ihres schlafenden Sohnes und schaute dann wieder zu ihrem Ehemann hinüber. Plötzlich überkam sie das Gefühl, ihren Mann und ihren Sohn beschützen zu müssen. Sie hatte dasselbe Gefühl gehabt, als Dante ihr die tragische Geschichte seiner Jugend und seiner Eltern erzählt hatte. Damals hatte er ruhig und dennoch kalt gesprochen; er ließ es nicht zu, daß seine Erinnerungen an all den Schmerz an die Oberfläche drangen. Zunächst hatte er von seiner Mutter, Lady Elayne, erzählt. Sie war jung zur Waise geworden, und so kam sie nach Merdraco. Als Großnichte des Marquis wurde sie in die Leighton-Familie aufgenommen. Da sie in Merdraco aufwuchs, kam es nicht überraschend, daß sie mit dem Sohn des alten Marquis verlobt wurde. Nur einer war überrascht, und dieser Mann wußte, daß er und nicht John Leighton, das Herz der schönen jungen Frau besaß.

Dieser Mann war Miles Sandbourne. Doch es war Miles Sandbournes Pech, daß er nur Zweiter in der Erbfolge des Familienbesitzes von Wolfingwold Abbey war. Seine Aussichten waren hoffnungslos. Doch selbst wenn er einen Titel oder großen Reichtum besessen hätte, hätte er Lady Elayne nicht für sich gewinnen können. Der alte Marquis wollte, daß sein Sohn Elayne zur Frau nahm. Und da Elayne sich ihm gegenüber verpflichtet fühlte und dankbar war, willigte sie ein. Doch ihr Herz gehörte Miles.

Und so wurde die schöne, blonde und grauäugige Elayne zu jedermanns Freude die Frau des gutaussehenden Erben von Merdraco. Doch das Märchen hatte kein schönes Ende. Lord Jacqobi verstarb sieben Jahre nach seinem Hochzeitstag. Er war jedoch seiner Pflicht, Merdraco einen Erben zu schenken, nachgekommen. Zu dieser Zeit hatte Miles, durch den überraschenden Tod seines älteren Bruders, das Erbe von Wolfingwold Abbey angetreten. Und er war auch zum Ritter geschlagen worden. So war es nur natürlich, daß er seine frühere Liebe, die junge Witwe Elayne, heiratete. Alles hätte sich zum Guten wenden können, wie es manchmal, bei wahrer Liebe, auch geschieht.

Doch Sir Miles konnte es seiner Frau nie verzeihen, daß sie vor ihm einen anderen geheiratet hatte. Viele Jahre hatte er seinen Haß genährt und gewartet, daß seine Zeit käme. Dann hatte er sie leiden lassen, so, wie er gelitten hatte, als er sie Arm in Arm mit einem anderen Mann gesehen hatte.

Miles' Rache war sorgsam geplant. Zu spät erkannte Lady Elayne, daß sich seine Liebe in Haß verwandelt hatte. Zu diesem Zeitpunkt hatte er bereits ihr Leben und das ihres Sohnes zerstört. Dante Leighton, der ihm eine ständige Erinnerung an Elaynes ersten Mann war, war ein wichtiger Bestandteil in Sir Miles' Racheplan.

Nach dem Tod des alten Marquis zog Sir Miles mit seiner Familie von Wolfingwold Abbey nach Merdraco, wo er seine Rache, die komplette Familie zu zerstören, besser genießen konnte. Unter Sir Miles' Einfluß wuchs der Erbe von Merdraco zu einem wilden jungen Mann auf, dem Ehre und Würde nichts bedeuteten. Dante war es nur wichtig, seine elementarsten Bedürfnisse zu befriedigen. Er begriff damals nicht, daß er nur eine Schachfigur in Miles' teuflischem Spiel war.

Lady Elayne ertrug diese Qual viele Jahre schweigend, und erst zu spät äußerte sie ihre Ängste. Sie fühlte sich erniedrigt und beschmutzt, wenn Sir Miles, der Mann, den sie einstmals so sehr geliebt hatte, sie ohne Zärtlichkeit oder Liebe in seinem Bett nahm. Vor ihren Augen hofierte er seine unzähligen Geliebten, manchmal brachte er sie sogar nach Merdraco mit und gab Lady Elayne damit der Lächerlichkeit preis.

Dann, viel zu spät, erkannte sie, daß sich seine Rache nicht ausschließlich auf ihre Person konzentrierte. Sir Miles hatte ihren Sohn gegen sie aufgehetzt und ihn in eine Welt der Ausschweifungen geführt. Bald schon wurde Dantes Anwesenheit von keiner angesehenen Person mehr geduldet. Und da Sir Miles der Vormund des Erben von Merdraco war, bestimmte er über den Besitz. Er trieb den jungen Marquis von Jacqobi beinahe in den Ruin.

Da er der Stiefvater und Vormund des zügellosen jungen Mannes war, hatte er sich großzügigerweise erbarmt, die riesigen Ländereien von Merdraco aufzukaufen, und behauptete, er würde sie an Dante zurückgeben, wenn dieser seinen zwanzigsten Geburtstag feierte und sein rechtmäßiges Erbe antrat. Sir Miles war sogar so großzügig gewesen, viele Familienerbstücke aufzukaufen und sie damit vor dem endgültigen Verlust zu schützen. In den Augen der Öffentlichkeit hatte Sir Miles wirklich mehr als genug für den verschwenderischen jungen Marquis getan.

Nur Sir Miles selber und Elayne kannten die Wahrheit – nämlich, daß Dante Leighton betrogen worden war. Dante sollte von dem Verrat erst an seinem zwanzigsten Geburtstag erfahren. An diesem Tag sagte man ihm, daß sein Erbe von seinem Stiefvater aufgekauft worden war. Nur ein Viertel des ursprünglichen Besitzes gehörte noch ihm – gerade genug, um seine Schulden zu bezahlen, aber viel zu wenig, um das Land der Familie zurückzukaufen.

In der zweiten Woche dieses furchtbaren Herbstes, als der Nebel die Küste überzog und das Land so unnatürlich still schien, als ob es mit angehaltenem Atem die Tragödie erahnte, die folgen sollte, wurde Dante Leighton des Mordes bezichtigt. Sofort wurde er von seiner Verlobten verschmäht, und nach einem Streit mit seiner Mutter, die ihm endlich die Wahrheit über seinen Stiefvater verriet – die er aber nicht hören wollte –, brach Dante nach London auf.

Doch die Nachricht vom tragischen Tod seiner Mutter führte ihn nach Merdraco zurück. Zur Beerdigung kam er zu spät. Die Zofe seiner Mutter fühlte sich verpflichtet, die Wahrheit auszusprechen und sagte ihm, es sei kaum möglich, daß seine Mutter bei einem Unfall von der Klippe gestürzt sei. Vielleicht hatte sie sich das Leben genommen. Die Zofe – die ihre Herrin über alles liebte – beichtete ihm schluchzend die Geschichte. Es war nicht die Enttäuschung über ihren Sohn, die Lady Elayne umgebracht hatte. In der Nacht, als sie starb, war sie furchtbar von ihrem Mann geschlagen worden. Sir Miles hatte sie schwer verletzt. Ihr Gesicht war bis zur Unkenntlichkeit angeschwollen, als Lady Elayne davongelaufen war, um den Tod zu finden. Als die Zofe ihre Geschichte erzählt hatte, packte sie ihre Sachen und verschwand. Sie verabschiedete sich nicht einmal.

Dante war verwirrt, doch langsam überkam ihn die Ahnung einer unheilvollen Gewißheit, und er stellte seinen Stiefvater zur Rede. Schließlich erkannte er die bittere Wahrheit. Sir Miles' Haß auf ihn und auf alle Leightons war offen ausgesprochen worden und erschütterte den Rest an Selbstachtung und Kontrolle, den Dante noch besaß. Niemals zuvor hatte er sich im Angesicht derartiger Bösartigkeit befunden. Sein Blut kochte, und er kämpfte gegen Sir Miles. Doch Dante, der jüngere, kämpfte mit der Hitze der Leidenschaft, während Sir Miles kühl und kalkuliert vorging. Er hätte Dante leicht töten können, doch er zog es vor, den Marquis von Jacqobi noch mehr zu erniedrigen. Nachdem er ihn am Arm verwundet und dann entwaffnet hatte, griff Sir Miles nach seiner Peitsche und schlug seinen Stiefsohn auf den Stufen von Merdraco. Das Lachen seines Stiefvaters hallte in Dantes Ohren, als die Türen vor ihm zugeschlagen worden waren. Vor Demütigung zitternd blieb er auf der Treppe liegen.

Die Zeit und das Schicksal hatten vieles seit diesem unheilvollen Tag verändert. Indem er Dante das Leben schenkte, hatte Sir Miles wahrscheinlich sein eigenes Todesurteil besiegelt; denn der Marquis von Jacqobi war zu einem kaltblütigen, berechnenden Mann geworden, und das nicht zuletzt aufgrund der Behandlung, die ihm sein Stiefvater hatte angedeihen lassen.

Während der vergangenen Jahre hatte Dante vieles von dem Land, das Sir Miles ihm gestohlen hatte, zurückerworben. Und bei jeder seiner Transaktionen hatte er einen Strohmann benutzt, der die Aufmerksamkeit seines Stiefvaters nicht erregen würde.

Rhea schauderte bei dem Gedanken, wie Sir Miles wohl reagieren würde, wenn er erfuhr, daß Dante Leighton wieder im Besitz seines Erbes war.

»Wovon träumst du gerade?« fragte der Mann, um den sie sich ängstigte, mit einem Lächeln. Er ließ sich neben ihr auf der Decke nieder. In den Händen hielt er zwei volle Teller.

Rhea schlug erschrocken die Augen auf. Sie errötete, als sie ihr Mieder zurechtrückte. Das Baby war gesättigt und schlief friedlich in ihrem Arm.

»Gib ihn mir, damit du essen kannst.« Dante streckte die Arme nach seinem Sohn aus. Als er ihn einen Moment vor sich hielt, um ihn anzuschauen, fühlte er wieder sein Erstaunen, Vater zu sein.

»Ich werde das nie alles aufessen können«, stöhnte Rhea, während sie sich eine Gabel mit Schinken und Ei nahm. Sie sah das kalte Huhn, die Buttertörtchen, den Lachs und den Zitronenpudding an.

»Du mußt dich stärken, meine Liebe. Schließlich dürfen wir es nicht zulassen, daß der nächste Marquis von Jacqobi zu einer Bohnenstange heranwächst, oder?« sagte Dante, während er sich selbst einen großen Bissen von dem mit Aprikosen gefüllten Schinken gönnte. »Köstlich. Ich hoffe, dieses Mädchen, das uns die Herzogin mitgeschickt hat, hat die Speisekammer und die Rezepte rücksichtslos ausgeplündert«, sagte Dante anerkennend.

»Wenn sie die Speisekammer geplündert hat, sollte sie besser niemals nach Camareigh zurückkehren, denn ich kann mir nicht vorstellen, daß meinem Vater ein Fastentag schmecken würde«, erwiderte Rhea. Für einen kurzen Moment überkam sie Heimweh nach Camareigh und den Menschen, die sie dort zurückgelassen hatte.

Dante erriet ihre Gedanken. »Es tut dir doch nicht leid, daß wir in meine Heimat fahren, oder?«

»Natürlich nicht, ich freue mich auf Merdraco. Obwohl ich kaum glaube, daß es sich mit Camareigh vergleichen läßt«, sagte sie mit gespieltem Ernst.

Dante lachte. »Du wirst sprachlos sein, wenn du Merdraco zum erstenmal siehst.«

»Ich hoffe nicht ganz, denn ich möchte sehr wohl die Unterschiede zwischen deinem und meinem Heim laut benennen können.« Rhea lächelte. Sie war überrascht von seinem plötzlichen Stimmungswandel.

»*Unserem* Heim, Rhea. Denk immer daran. Du bist jetzt eine Leighton. Du gehörst nach Merdraco«, sagte Dante versonnen. Rhea spürte, daß er nicht mehr neben ihr saß – er war bereits in Merdraco.

Die Nacht, die vieles vor uns verbirgt.

Dante

Kapitel sechzehn

Das Bishops Grave Inn hatte seinen Namen – »Gasthaus zum Grab des Bischofs« – erhalten, als sich ein Bischof vor hundert Jahren in einem Schneesturm verirrte. Sein erfrorener Leichnam wurde nach drei Tagen vor dem Torbogen, der zu den Ställen des Gasthauses führte, gefunden. Zu dieser Zeit hieß das Wirtshaus noch »Zur Ruhe des Guten Ritters«. Beschwerden über den Namenswechsel gab es nicht.

Man erreichte das Gasthaus über die holprigen Wege, die bei Merwest Cross zusammenliefen. Es war ein zweistöckiges Gebäude aus grauem Stein, in den Jahren war es jedoch immer mehr von einem dicken, samtenen Pelz aus Moos und Efeu überzogen worden. Das Haus erschien einem nicht gerade einladend, bis man durch die Kreuzfenster das anheimelnde Licht erblickte. Der Reisende auf der Suche nach Schutz entdeckte eine große Feuerstelle in der Mitte der Wirtsstube, und während er sich an dem Feuer aufwärmte, schlürfte er einen Sillabub, ein Gebräu aus Sahne und gezuckertem Apfelwein, für das Dora Lascombe weithin berühmt war.

Sam Lascombe, der freundliche Wirt, ließ seine Gäste an einem der Eichentische nahe dem Feuer Platz nehmen, und sein Lächeln wurde von den schimmernden Messingkerzenleuchtern auf jedem der Tische erhellt.

Voller Stolz fiel sein Blick auf den großen Messingleuchter, den er vor einem Jahr aus Bristol hatte kommen lassen und der jetzt von einem der breiten Deckenbalken herabhing. Das vielbewunderte Exemplar spendete Licht für Doras teures Tongeschirr in dem Eckregal und spiegelte sich im Zinngeschirr auf dem Kaminsims.

Der müde Reisende konnte seinen Hunger mit Erbsensuppe stillen, mit in Butter geschwenkten Shrimps, mit Meeräschenpastete, geschmortem Sellerie, mit gebratenem Hasen, vielleicht mit Lammkeule in Apfelwein, Erbsen oder Buttergebäck, gefüllt mit Sahnequark oder Erdbeermarmelade.

Wohl und sicher konnte sich dann der Reisende in dem Steingebäude zur Ruhe begeben, nicht ohne vorher noch einen heißen Brandy, ein Gastgeschenk des Wirts, zu genießen. Wenn er dann die Stufen zu seinem Zimmer erklommen hatte, fand er sein Laken zurückgeschlagen und konnte eine heiße Wärmflasche genießen, die die feuchte Kälte erträglicher machte.

Wie das Schicksal es wollte, war diese Nacht Anfang April eine Nacht, die von furchtbaren Stürmen geschüttelt wurde. Und als die Standuhr des Gasthauses Mitternacht schlug, wurde es eine Nacht, die man nicht so schnell vergessen würde.

Nicht nur, weil die tosenden Stürme über das Giebeldach des schlafenden Hauses tobten, sondern weil es die Nacht war, in der Dante Leighton nach Merdraco zurückkehrte.

Es war eine dieser Nächte, die die alten Märchen glaubwürdig erscheinen ließen; besonders die Sage über den Dämon der Jagd. Die Hiesigen, deren Phantasie vom heulenden Wind und von den grellen Blitzen angeregt wurde, waren überzeugt, das Horn des Jägers und das Kläffen seiner Hunde auf der Jagd nach verlorengegangenen Seelen im Moor hören zu können.

Man traf in einer solchen Nacht niemanden, der noch bei Verstand war, im Freien an, denn wenn man einen der kopflosen Hunde des Dämons erblickte, starb man innerhalb eines Jahres. So ging die Sage. Und jeder wußte, daß etwas Wahres daran war, oder waren die beiden Fischer etwa nicht ertrunken, nachdem sie – einen Monat war es her – die bleiche Dame erblickt hatten? Und da war zudem noch Dora Lascombes Bruder, der jedermann erzählt hatte, er hätte die durchsichtige Erscheinung gesehen, gerade als er die Klippen umschiffte. Und kurz darauf war er verschwunden.

In dieser stürmischen Aprilnacht war das Bishops Grave Inn fest verrammelt und verriegelt. Die Straße war kaum besser als Morast, und jeder Reisende in einer teuflischen Nacht wie dieser konnte sich glücklich schätzen, Merwest Cross überhaupt erreicht zu haben.

Und doch hatte die kleine Karawane der Kutschen es tatsächlich geschafft, und mit einem Rumpeln, das wie das Echo des Donners über ihnen klang, rollten sie in den Stallhof des Gasthauses ein. Den Kutschen folgten die Lastenwagen, ächzend unter dem Gewicht der Ladung und die Räder von Schlamm verschmutzt. Dante Leighton öffnete die Tür der ersten Kutsche und schaute hinein. Die Öllampen waren schon längst erloschen, und das Innere der Kutsche war in Dunkelheit getaucht. »Alles in Ordnung, Rhea?« fragte Dante und wurde mit dem lauten Krähen seines Sohnes belohnt.

»Ist ein bißchen kalt«, antwortete Rhea mit klappernden Zähnen.

»Ich friere«, erklärte Robin Dominick und nieste.

»Aye, hier ist es ja noch kälter als mitten auf dem Nordatlantik, Capt'n«, schimpfte auch Conny Brady.

»Wo sind wir?« fragte Rhea, als sie Dante über die Schulter

schaute. Das Tosen des Windes hatte nachgelassen, aber der Regen prasselte noch immer auf das Dach der Kutsche.

»Ist dies Merdraco?« fragte Conny enttäuscht. Er konnte nicht viel in der Dunkelheit erkennen, aber er suchte nach den Türmen, von denen sein Captain so oft gesprochen hatte.

»Nein, wir werden Merdraco nicht mehr in dieser Dunkelheit erreichen und schon gar nicht bei so einem Wetter. Wir sind am Merwest Cross. Es gibt im Umkreis von ein paar Meilen kein anderes Gasthaus, jedenfalls nicht vor Merleigh oder Westlea Abbot, und auf diesen Wegen können wir nicht weiterfahren.«

»Melde mich zur Stelle, Capt'n«, ließ Alastair Marlowe verlauten; er hatte für einen Moment vergessen, daß er nicht mehr an Bord der *Sea Dragon* war. »Alles in Ordnung hier?« fragte er. Die letzten Meilen waren beschwerlich gewesen. »Lady Rhea Claire?«

»Uns geht es gut, Alastair. Aber Sie müssen ein Eisklotz und bis auf die Haut durchnäßt sein«, sagte Rhea. Die Kutschentür schwang auf, und der Eisregen traf sie direkt ins Gesicht.

»Sagen Sie den anderen, sie sollen warten, bis ich den Wirt aus dem Bett geholt habe. Ich glaube nicht, daß er heute nacht noch mit Gästen rechnet.« Dante nahm Rhea ihren Sohn ab. Mit dem anderen Arm umfaßte er die Taille seiner Frau und hob sie sanft aus der Kutsche. »Bestimmt hat er Stalljungen, die sich um die Pferde kümmern können. Ich will, daß sie sich das letzte Gespann ansehen, einer der Gäule scheint zu lahmen.«

»Aye, Capt'n«, antwortete Alastair automatisch.

Dante nahm Rhea und das Kind beschützend unter seinen Umhang, und sie eilten zum Eingang. Gerade wollten sie anklopfen, als ein warmer Lichtstrahl aus der Tür fiel.

»Ich dachte, daß keine menschliche Seele in dieser Nacht draußen sein würde, und da hörte ich Kutschenräder und Stimmen. Dora sagte: ›Deine Ohren klingeln nur‹, aber ich war sicher, daß wir Besuch bekommen«, wurden sie von einer schroffen Stimme begrüßt. Sam Lascombe hielt seine Tür weit geöffnet, ließ die müden Gäste ein und huldigte im stillen dem wütenden Sturm, der hier draußen getobt hatte. Er hatte ihm ein gutes Geschäft eingebracht. Mit einem ungläubigen Blick stellte er fest, daß sein Hof voller Kutschen und Lastenwagen war. Später jedoch wünschte er sich, er hätte auf Dora gehört und seine Ohren vor der Nacht und dem, was sie brachte, verschlossen gehalten; denn später war er überzeugt, daß er dem Teufel selbst Einlaß gewährt hatte.

Doch im Moment war Sam Lascombe noch froh, unerwarteten Besuch zu bekommen, und seine Augen leuchteten, als er die Gäste in die Wirtsstube führte. Ohne Zeit mit viel Gerede zu vergeuden, schürte er das Feuer und holte Dora. Seine Gäste waren sicher hungrig, und die Zimmer mußten hergerichtet werden. Die Leutchen werden heute nacht nirgendwo mehr hinfahren, dachte er mit einem zufriedenen Grinsen, als ein ohrenbetäubender Donner die Fensterscheiben klirren ließ.

»Wenn Sie mich jetzt entschuldigen – ich gehe meine Frau holen, damit sie Ihnen etwas Gutes, Heißes zubereitet. Ich bring' auch etwas Apfelwein oder Ale, was immer den Herrschaften recht ist«, ließ Sam Lascombe verlauten und bemerkte mit Zufriedenheit, daß die Gentlemen, die soeben seine Stube betraten, ihre nassen Umhänge am Eingang ausschüttelten.

Obwohl ihre Reithosen und Stiefel voller Schlammspritzer waren, erkannte der Wirt doch gleich mit kritischem Blick die gute Qualität der Kleidung.

Eine kleine Gestalt im Umhang huschte an Sam vorbei. Er nickte dem Mann flüchtig zu und machte sich dann auf zu seiner Frau. Doch plötzlich hielt er inne und schaute noch einmal zurück. Der Mann war verschwunden. Irgend etwas an dieser geduckten Gestalt kam ihm vertraut vor; doch er hatte jetzt keine Zeit, darüber nachzudenken, schließlich waren die Gäste hungrig, und Dora räkelte sich noch immer im warmen Bett.

Die Augen halb geöffnet und die grauen Haarsträhnen hastig unter die Bettmütze gestopft, kam Dora wenig später die Treppe herunter. Eine heiße Tasse Kaffee mit einem Schuß Brandy würde sie schon munter machen. Sie scheuchte die beiden Küchenmägde zum Feuermachen, und kurz darauf stieg Dampf aus einem großen Kessel über den Flammen. Dora schüttete das kochende Wasser auf die Teeblätter und arrangierte auf einem Tablett einige ihrer besten Tassen und Untertassen. Sam hatte gesagt, daß auch eine feine junge Dame unter den Reisenden war. Dora wußte, daß sie bestimmt eine gute, heiße Tasse Tee schätzen würde, während die Männer sich an Wein hielten.

Dora nahm das Tablett auf und ging in die Wirtsstube. Sie sah, daß Sam sich bereits um die Männer kümmerte.

»Guten Abend, Mylady«, sagte Dora lächelnd, als sie den Raum betrat. »Dachte mir, ein heißer Tee könnte Ihnen guttun. Sie sind sicher schon einige Zeit unterwegs.« Dora stellte das Tablett auf den Tisch vor dem Kamin, an dem die Lady sich wärmte.

»Oh, sind Sie schön«, platzte Dora heraus, als Rhea den Umhang ablegte. Im Schein des Feuers sah ihr Haar wie flüssiges Gold aus und die Hitze hatte ihre Wangen gerötet. »Hab' schon lange kein so schönes Haar mehr gesehen, seit Lady El…, nun, Sie würden sie sowieso nicht kennen, und möge ihre arme Seele in Frieden ruhen, doch ich befürchte, dem ist nicht so, denn die Leute sehen noch immer ihren Geist«, plapperte Dora. Rhea schaute sie erschreckt und fasziniert an, und so fügte Dora schnell hinzu: »Tut mir leid, Mylady, Sie müssen ja völlig erschöpft sein.«

»Danke für den Tee. Das ist sehr freundlich, ich bin sicher, er schmeckt hervorragend. Mmmh, der Duft aus der Küche läßt einem ja das Wasser im Mund zusammenlaufen. Mein Mann hat mir bereits versichert, daß die Butterstückchen in Devonshire die besten in ganz England seien.«

»O ja, Mylady. Da hat er recht«, erwiderte Dora mit einem Lächeln und dachte bewundernd, welch feine Manieren die Lady doch hatte. »Dann stammt Ihr Mann also aus Devonshire?« fragte sie neugierig und überlegte, ob sie ihn wohl kennen konnte.

»Ja, aber er war fünfzehn Jahre nicht mehr hier«, antwortete Rhea leise. Sie wußte nicht, wie die Frau reagieren würde, wenn sie erfuhr, wer ihr Gast war.

»Tatsächlich? Entschuldigen Sie meine Neugierde, Mylady, aber wie lautet denn der Name Ihres Gatten?« Dora hatte die Töpfe in ihrer Küche ganz vergessen.

Rhea zögerte. »Sicherlich würde er Ihnen nichts sagen.«

»Oh, ich lebe schon seit fünfzig Jahren in dieser Gegend. Vermute, ich kenne die meisten Leute von hier.«

»Sein Name ist...« begann Rhea, doch ein Schrei ihres Babys unterbrach sie und zog Doras Aufmerksamkeit auf sich. »Pscht... ist schon gut, mein Kleiner. Mama ist ja hier«, flüsterte Rhea und schaukelte ihn sanft in der Holzwiege, die Dante hereingebracht hatte.

»Ist das ein süßes Kerlchen!« schwärmte Dora mit einem breiten Lächeln. »Ihr Sohn, Mylady?«

»Ja.« Rhea widmete sich dem Baby, dessen Weinen auf wundersame Weise verklungen war.

»Nun, wer hätte das gedacht... Sie sehen noch so jung und unschuldig aus«, bemerkte Dora und vergaß sich dabei ganz. »Er ist ein kräftiger Bursche, kommt wohl ganz nach seinem Papa, mit diesen kastanienbraunen Locken.«

»Ja, zur Freude von Dante, ähnelt er ihm wirklich sehr«, murmelte Rhea, als sie die Nasenspitze ihres Sohnes küßte.

Sie setzte sich wieder und nahm dankbar die dampfende Tasse Tee an.

Dora Lascombe drehte sich neugierig um, als die beiden Jungen hereingestürmt kamen. Ihre Umhänge tropften. Sie hängten sie auf die Haken an der Tür und kamen, sich die Hände reibend, näher.

»Der Captain sagte, das ist für das Baby«, sagte Conny Brady und legte die Zobeldecke vorsichtig auf die Wiege, und das Baby schaute ihn mit seinen großen Augen an.

»Kommt er?« fragte Rhea und blickte dabei nervös von Conny auf die Wirtin, die alles mit großer Neugierde verfolgte.

»In einer Minute, Mylady. Er sagte, er wolle noch mal nach dem letzten Gespann sehen.« Conny rieb noch immer seine kalten Hände und starrte auf den dampfenden Tee.

»Conny, Robin, bitte«, sagte Rhea und gab ihnen jeweils eine Tasse mit Sahne und Zucker.

»Danke schön, Mylady«, murmelte Conny, als er sich nahe an das Feuer hockte und an der Tasse seine Finger wärmte.

Auch Robin nahm dankbar den Tee an, doch er wirkte enttäuscht, als er sah, daß sich kein Essen auf dem Tablett befand. Sein Magen knurrte beschämend laut.

»Aye, junger Mann, im Ofen backen bereits die Butterstückchen«, beruhigte Dora den jungen Burschen, sie hatte schon oft diesen hungrigen Ausdruck bei ihren eigenen Enkelkindern gesehen und wußte, was er bedeutete. »Nun, ich werde mal in die Küche verschwinden und zusehen, daß die Mädchen nicht meine besten Töpfe ruinieren«, sagte Dora besorgt.

»Würden Sie bitte dafür sorgen, daß meine beiden Mägde, Nora und Betsy, etwas Tee bekommen?« bat Rhea die Wirtin, als die Mädchen hereinkamen und unsicher bei der Tür stehenblieben. »Kommt näher und wärmt euch am Feuer. Ihr zittert ja«, wies Rhea sie an. Mason würde ihr niemals vergeben, wenn seine Enkelin krank würde. Zum erstenmal bekam Rhea ein Gefühl für die Verantwortung, die sie jetzt gegenüber ihren Bediensteten trug.

»Wir haben nur zugesehen, daß die richtigen Truhen ausgeladen und auf die Zimmer gebracht wurden, Mylady«, erklärte Nora, und sie wünschte sich, sie läge in dem schmalen Bett, in dem sie ihr ganzes Leben geschlafen hatte, warm eingekuschelt unter den

Decken – zu Hause, in Camareigh. Dies hier schien ihr nicht gerade eine einladende Gegend zu sein.

»Aye, Mylady, ich hole gleich noch ein paar Tassen«, sagte Dora Lascombe. Sie war schon auf dem Weg zur Küche, als ein großer Mann eintrat. Und als er seinen Hut ablegte und den hohen Kragen des Umhangs zurückschlug, stockte Dora Lascombe der Atem. Sie erinnerte sich nur allzugut an diese grauen Augen. Und die dämonische Erscheinung wurde nicht gerade gemildert, als ein krummbeiniger alter Mann mit einer Katze auf dem Arm, die sie aus ihren grünen Schlitzaugen bösartig anstarrte, hinter ihm in den Raum schlurfte. Dieses Gesicht hatte Dora Lascombe auch nie vergessen. Damals, als sie noch ein rotbäckiges, junges Ding gewesen war, hatte sie gehofft, er würde ihr den Hof machen.

»Mrs. Lascombe, richtig?« Dantes Ton war unbewegt. »Es ist viele, viele Jahre her, nicht wahr?«

Dora Lascombe wirkte ebenso erstarrt, wie der unglückselige Bischof, der hier sein Grab gefunden hatte.

»O gütiger Himmel«, flüsterte sie, und ihr Unbehagen wuchs, als ein Lächeln Dantes Lippen umspielte. Gott möge ihnen helfen, denn er war heute ein noch besser aussehender Teufel als mit zwanzig.

»Diese Reaktion hatte ich befürchtet. Ein Narr wie ich, zu denken, es könnte sich etwas geändert haben«, sagte Dante leise.

Dora Lascombe schien keine Worte zu finden. Sam Lascombe rief ihren Namen, als er in die Schankstube stürmte. Jemand aus dem Leighton-Gefolge hatte den Namen seines Herrn erwähnt.

»Dora? Dora?« rief Sam und blieb wie angewurzelt stehen, als sich der große Mann zu ihm umdrehte. Sam sah seine schlimmsten Befürchtungen bestätigt, denn wenn Jack Shelby erfahren sollte, daß Dante Leighton zurück war und Sam ihm Unterkunft und Essen gewährt hatte, war der Teufel los.

»Ich mußte es mit eigenen Augen sehen«, sagte er fassungslos, und sein Blick nahm jedes Detail von Dantes' eleganter Erscheinung wahr. »Lord Jacqobi.«

»Ja. Es ist auch mir ein Vergnügen, Sie wiederzusehen, Sam Lascombe«, murmelte Dante. Früher war er, wenn die Nacht kalt war und er aus Westlea Abbot zurückkam, oft auf einen Brandy hier eingekehrt.

Sam schien von der gleichen Sprachlosigkeit geschlagen wie Dora, denn als er den Mund öffnete, wollten keine Worte kommen – bis er die Gestalt an Dantes Seite erblickte. »Ich wußte es!« rief er aus und schreckte damit Jamaica aus Houston Kirbys Arm. Wie ein Blitz zischte der Kater durch Sam Lascombes Beine und verschwand hinter Rheas Stuhl.

»Ich wußte, daß ich diese, kurze, hochmütige Gestalt von irgendwoher kenne. Houston Kirby. Aye. Sie haben sich gar nicht verändert«, rief Sam Lascombe. Schwer zu sagen, ob es eine Beschimpfung oder ein Kompliment sein sollte. Das wußten wohl nur Houston Kirby und Sam Lascombe selbst. »Hätte man sich denken können, daß Sie ihm noch immer treu sind...«

»Aye, es gibt eben noch welche, die wissen, was Loyalität ist«, erwiderte Kirby und starrte dabei den größeren Mann furchtlos an. Obwohl sie als Jungen Freunde gewesen waren, hatte Sam Lascombe später Kirby stets das Schlimmste zugetraut.

»Hatte meine Zweifel, ob dieses Wirtshaus wohl gut genug sein würde für meinen Captain und seine Lady«, sagte Kirby und schaute sich dabei in der behaglich eingerichteten Stube um, als sei er nicht sonderlich beeindruckt.

»Kirby, das reicht. Wir sind Gäste in diesem Haus«, bemerkte Dante. »Oder etwa nicht?« fügte er hinzu. »Oder würden Sie es vorziehen, wenn meine Familie und ich wieder abreisen?« fragte Dante so würdevoll, daß Sam Lascombe sich schämte.

»Ich meine, Sie sollten wissen, Lascombe, bevor Sie etwas Dummes tun«, sagte Kirby, »daß Lord Jacqobi heute ein sehr reicher

Mann ist. Ich befürchte, sein Schwiegervater wäre nicht erfreut zu erfahren, daß man seine Tochter und seinen Schwiegersohn in einer Nacht wie dieser vor die Tür gesetzt hat. Habe ich schon erwähnt, daß Lady Rhea Claire Jacqobi die Tochter des Herzogs und der Herzogin von Camareigh ist?« fragte Kirby, und sein Grinsen wurde noch breiter, als er hörte, wie Dora nach Luft schnappte.

»Wenn wir hier nicht willkommen sind, werden wir auch nicht bleiben«, sagte Rhea leise, aber mit Kälte in der Stimme.

»O Sam, spiel nicht verrückt«, ermahnte Dora ihren Mann nicht gerade zärtlich. »Du kannst diese Leute doch nicht in einer solchen Nacht abweisen. Sieh doch, das arme Würmchen, das in der Wiege am Feuer schläft. Du kannst doch nicht so grausam sein und es zurück in den Sturm schicken! Und die Lady, es wäre ja glatt ein Verbrechen, ihr so etwas anzutun, wo die Hoheit doch gerade noch im Wochenbett gelegen hat. Schau dir die Jungs an, die sind ja schon so blau angelaufen wie die Pflaumen«, schimpfte Dora ihren Mann. Er war kein Narr, und wenn sich das Schicksal so zum Guten – und zum Reichtum – für den Lord Jacqobi gewandelt hatte und er nach Merdraco zurückgekommen war, um hier zu leben, dann würde sich Sam diesen Mann sicher nicht zum Feind machen. Und Jack Shelby konnte sich sowieso zum Teufel scheren, wenn es nach Dora ging.

»Sam Lascombe hat noch nie einem Gast die Tür gewiesen, also sind Sie willkommen in meinem Haus, solange es Ihnen beliebt«, sagte er. Sam Lascombe beäugte die kurze Gestalt, die so stolz neben Dante Leighton stand, und es juckte ihn in den Fingern, Houston Kirby beiseite zu ziehen und aus ihm herauszuquetschen, wie es Lord Jacqobi in den letzten Jahren ergangen war.

Alastair Marlowe und Francis Dominick tauschten erleichterte Blicke aus. Keiner von beiden war erpicht darauf, den Degen zu ziehen oder wieder auf die Pferde zu steigen, denn beide waren sie müde und freuten sich auf ein warmes Bett.

Conny Brady und Robin Dominick grinsten sich zu, denn der Captain wußte, was er tat. Davon hatte Conny Robin schon so oft berichtet. Vielleicht würde er ihm jetzt endlich glauben, dachte Conny bei sich, während er sich wieder etwas wirklich Wichtigem zuwendete, zum Beispiel den brennenden Scheiten im Feuer.

»Wie geht es dem Kleinen?« fragte Francis und setzte sich an den Tisch seiner Schwester gegenüber.

»Er ist endlich eingeschlafen. Ich glaube nicht, daß er die Kälte gespürt hat. Ich habe ihn sehr warm eingewickelt«, sagte Rhea und betrachtete das friedlich schlummernde Baby.

Francis schüttelte den Kopf. Er konnte es immer noch nicht glauben, daß seine Schwester Mutter war. Er erinnerte sich an ihre Kindheit; sie hatte immer darauf bestanden, die kleinen Kätzchen oder halbertrunkenen Welpen aus dem Graben am Straßenrand zu retten. Sie würde eine sehr gute Mutter sein, sagte er sich, sie besaß das mildeste Herz. Als Francis das grimmige Gesicht seines Schwagers sah, schwor er, daß Dante Leighton es mit ihm zu tun bekäme, wenn er Rhea jemals weh tun sollte. Er war sehr froh, daß er Rhea begleitet hatte – nun, da er erfahren hatte, wie die Ortsansässigen auf den Namen Leighton reagierten.

»Machen Sie es sich bitte bequem. Dora wird Ihnen etwas zu essen bringen«, lud Sam Lascombe seine Gäste ein, und dann schnappte er sich seine verblüffte Frau und zog sie aus der Stube. Dem Himmel sei Dank für den Sturm, dachte Sam. Zumindest hielt er weitere Gäste fern. Er dachte insbesondere an eine bestimmte Person, deren Eintreffen jetzt verheerend wäre.

Zwei Stunden später stand Dante Leighton vor einem kleinen Fenster in einer Kammer, und seine Augen suchten die Dunkelheit ab. Der Sturm toste noch immer über das Land.

Rhea hockte zusammengekauert wie eine zufriedene Katze auf dem weichen Federbett, bürstete ihr offenes Haar mit langen, gleichmäßigen Strichen und beobachtete Dante.

»Nach was hältst du Ausschau?« fragte sie, denn sie konnte nichts im Dunkeln erkennen.

»Merdraco.«

»Liegt es in dieser Richtung?«

»Ja. Und obwohl ich es nicht sehen kann, irgendwie spüre ich es dennoch. Die Nacht mag es vor mir verbergen, doch es ist da und erwartet meine Rückkehr.«

Er blieb noch eine Weile am Fenster stehen. Dann zog er die schweren Vorhänge zu und sperrte die Dunkelheit aus. Sein Gesichtsausdruck war im flackernden Kerzenschein nicht zu entschlüsseln.

Er setzte sich auf die Bettkante, nahm Rhea die Bürste aus der Hand und begann die langen, goldenen Strähnen zu bürsten. Dann glitt seine Hand um ihre Taille, und er zog Rhea an sich. Ihr Rükken war gegen seinen Brustkorb gepreßt, ihr Kopf ruhte auf seiner Schulter, und seine Lippen liebkosten sanft ihre Wangen.

»Morgen, Rhea. Morgen werde ich dich und unseren Sohn nach Merdraco bringen. Wir werden endlich daheim sein, nach so vielen Jahren im Exil«, murmelte Dante. Dann fanden seine Lippen die ihren und er verlor sich in der weichen Wärme. Wenn es nach ihm ginge, konnte die Dunkelheit ruhig noch ein wenig weiter regieren.

Dunkel mit übertriebenem Glanz.

John Milton

Kapitel siebzehn

Der Sturm, der so tosend von der See wütete – direkt aus dem Loch des Teufels, wie die Ortsansässigen sagten –, schnitt noch zwei weitere Tage das Bishops Grave Inn vom Rest der Welt ab. Ungeduldig wie ein Gefangener schritt Dante Leighton vor den kleinen, unterteilten Fenstern auf und ab und starrte auf die sintflutartigen Regenfälle, die das Land unter Wasser setzten. Die Straße nach Merdraco würde sich kaum von einem Fluß unterscheiden.

Er registrierte kaum, wie nützlich dieser Sturm war, denn er gab Sam und Dora Lascombe die Chance, festzustellen, was für ein Mann aus dem wilden, jungen Lord Jacqobi geworden war. Und er ermöglichte Houston Kirby, keine Gelegenheit auszulassen, ein paar wahre Geschichten über das, was sich wirklich in Merdraco vor fünfzehn Jahren zugetragen hatte, zu erzählen. Sir Miles Sandbourne kam in diesen Erzählungen nicht so gut weg, wie ihn die Hiesigen bisher gesehen hatten.

Nach Dora Lascombes Meinung war dem armen Dante Leighton großes Unrecht zugefügt worden. Der Mann, den sie jetzt sah, liebte seine schöne Frau über alles und fand immer Zeit, seinen Sohn im Arm zu halten. Konnte es einen liebevolleren und fürsorglicheren Ehemann und Vater als Dante Leighton geben? Darüber hinaus erschien er ihr, obwohl sie es nie aussprach, als gutaussehend und sehr männlich. Und er hatte immer ein gutes Wort für sie; das war mehr, als man von den anderen Herrschaften seines Standes behaupten konnte.

Auch Sam Lascombe war sehr beeindruckt, jedoch eher von den Geschichten, die der junge Conny Brady und der sehr feine Mr. Marlowe von ihrem Leben an Bord der *Sea Dragon* erzählten. In seiner Phantasie segelte er selbst mit der Mannschaft der *Sea Dragon* und bekam seinen Anteil an dem gehobenen Schatz. Nach Sam Lascombes Meinung sollte man einen Mann nach dem Respekt beurteilen, der ihm von seinen Männern entgegengebracht wurde. Es schien, daß Dante Leighton ein anständiger Kapitän gewesen war, von seiner Crew sehr verehrt. Jeder Mann, der das fertigbrachte, was Dante getan hatte, verdiente Sam Lascombes Respekt und Bewunderung – und damit ging er sehr geizig um. Und so lernten die Lascombes in den zwei Tagen des Eingesperrtseins den Mann kennen, der die *Sea Dragon* befehligt hatte, und vergaßen den jungen Lord, den sie einst verflucht und so voreilig des Mordes bezichtigt hatten.

Es lag vor allem an Rhea Claire und ihren beiden Brüdern, daß die Lascombes plötzlich zu stillen Anhängern des Marquis von Jacqobi wurden. Die Lady und die jungen Dominicks schienen so gute und vornehme Herrschaften zu sein, und keiner von ihnen schien sich bewußt zu sein, wie wichtig es für Dante Leighton war, sich so viele Freunde wie möglich zu machen; denn nicht jeder würde so schnell die Vergangenheit ruhen lassen oder die Feindschaft zu dem Herrn von Merdraco aufgeben.

Am dritten Morgen nach ihrer Ankunft im Bishops Grave Inn, brach der Himmel auf. Die Sonne hatte sich noch kaum herausgewagt, als Dante in Wildlederhosen, Gehrock und Stiefeln Rhea aus dem Schlaf riß.

»Komm schon, Schlafmütze, raus aus dem Bett mit dir«, befahl Dante, und er klang dabei wie der Captain der *Sea Dragon*, der seine Männer zum Auftakeln scheuchte.

Rhea drehte sich auf den Bauch und vergrub das Gesicht in den Kissen. Sie war müde, denn sie hatte den Kleinen mitten in der Nacht gestillt. Sie zog die Schultern hoch und versuchte das lästige Kitzeln auf ihrem Nacken zu ignorieren. Dann gähnte sie ausgiebig, seufzte und wollte sich wieder in ihre süßen Träume fallen lassen. Doch Dante Leighton gab nicht nach. Er schlug ihre Decke zurück, und ein kalter Luftzug berührte ihre bloßen Beine.

»Geh weg«, beschwerte sich Rhea heiser. Sie öffnete lächelnd die Augen und schaute ihn an. Ihre Augen weiteten sich, denn er war bereits angezogen und grinste sie an. »Wie spät ist es? Es ist doch bestimmt noch dunkel draußen, oder?« fragte sie und entschloß sich, alle Menschen, die so früh am Morgen frisch und munter waren, nicht zu mögen.

Dante setzte sich auf die Bettkante und zog Rheas schlanken Körper an den Schultern hoch, bis sie saß. »Es ist nicht mehr dunkel. Die Sonne steht am Himmel, mein Liebling, und wir haben heute noch viel vor.«

»Merdraco?« fragte sie und hob ihren Kopf von seiner Schulter.

Dante gab ihr einen Kuß. »Bist du bereit dafür?« fragte er und sah sie dabei forschend an, während er ihren weichen, warmen Körper an sich preßte. Einen kurzen Moment wünschte er, er wäre bei ihr im Bett geblieben. »Die Straßen werden für die Kutschen noch zu morastig sein, also müssen wir reiten. Soll ich Skylark für dich satteln lassen?« Ihr Pferd und auch einige andere waren mitgeführt worden, ein Geschenk von Lucien Dominick. Er wußte, daß Dante Leighton Ställe gründen mußte, und die Dominick-Zucht war eine der besten des Landes.

»Du wirst nicht ohne mich gehen«, warnte Rhea, und ihre schweren Lider schlossen sich für einen winzigen, schläfrigen Augenblick. Doch diesmal hielten sie ihre eigenen Gedanken wach. »Was ist mit Conny und Robin?« fragte sie. »Werden sie zurückbleiben müssen?«

»Nein, Francis sagt, er nimmt Robin hinter sich, auf El Cid. Alastair wird Conny nehmen. Das Baby muß wohl hierbleiben, aber Betsy, Nora und Dora Lascombe haben versprochen, sich zu kümmern. Ich denke, darüber brauchen wir uns keine Sorgen zu machen.«

Rhea nickte. »Was ist mit Kirby? Ich glaube, ich habe ihn noch nie auf einem Pferd gesehen. Wird er hierbleiben?«

»Kirby? Hierbleiben, während wir uns Merdraco ansehen?« fragte Dante ungläubig. »Nichts auf der Welt könnte ihn davon abhalten, uns heute zu begleiten. Obwohl Reiten wirklich nicht gerade seine Lieblingsbeschäftigung ist.«

Dante lachte. Houston Kirby war so nervös wie ein Bräutigam gewesen, als die Möglichkeit, einen Blick auf die dunklen Türme zu werfen, die sich aus dem Nebel erhoben, in erreichbare Nähe gerückt war.

Rhea betrachtete Dantes hartes, ausgeprägtes Kinn, und plötzlich steckte Dantes Erregung sie an. »Dante?« sagte sie eindringlich.

»Ja?«

»Ich möchte, daß du glücklich bist«, sagte sie in einem sonderbaren Ton.

Dante beugte sich zu ihr herunter und küßte ihre Lippen. »Das werde ich, Rhea, jetzt, wo ich nach Hause gekommen bin«, versicherte er ihr. Offensichtlich teilte er ihre Angst nicht.

Selten verschwand die See aus ihrem Blickfeld, als sich die Reiter den Türmen in der Ferne näherten. An einem Punkt schien der enge Pfad direkt ins Meer zu führen, als er sich steil eine Klippe hinunterwand. Das Dröhnen der Wellen, die gegen die Felsen unter ihnen schlugen, war ohrenbetäubend.

Manchmal erreichte Rhea einer von Robins begeisterten Ausrufen, bevor er vom Wind davongetragen wurde. Robin hatte noch niemals zuvor eine so rauhe Küste gesehen oder war der weißen Gischt der Wellen, die sich am Fuß der Klippe sammelten, so nahe gewesen. Francis war eher verhalten, doch Rhea spürte, daß auch er beeindruckt war. Conny war natürlich ein alter Hase, wenn es um das Meer ging, und er war mehr daran interessiert, endlich Merdraco zu erreichen, als den Bemerkungen der Landratten zu lauschen. Er wußte, daß man die See nicht wirklich kannte, bis man sie bereist hatte.

Auch Rhea war von Ehrfurcht ergriffen. Dies war das Land, in dem Dante als Junge und später als junger Mann gelebt hatte. Sie fragte sich, ob es ihm verändert vorkam.

Rhea, in ihrem strengen Reitgewand aus himmelblauer Wolle, einer weinroten, seidenen Weste mit geraffter Vorderseite und ihrem mit roten Federn geschmückten Hut, wirkte, als würde sie einen nachmittäglichen Ausritt durch die Parklandschaft von Camareigh unternehmen. Als ihre Blicke zum Gipfel der Klippen wanderten, auf dem die dunklen Türme emporragten, überkam sie plötzlich ein Gefühl der Trostlosigkeit. Die unschuldig wirkende, sandige Küste ließ Rhea frösteln und sie spürte, daß etwas Furchtbares an diesem Ort geschehen sein mußte. Zum erstenmal in ihrem Leben hatte Rhea eine leise Ahnung, was Tante Mary fühlen mußte, wenn sie eine ihrer Visionen hatte. Sie wußte auch, daß Mary Fletcher ihr verraten konnte, was an diesem Strand in der besagten Nacht wirklich geschehen war. Rhea konnte nicht einmal sagen, woher sie wußte, daß sich das Entsetzliche bei Nacht zugetragen hatte.

»Du fühlst es auch, nicht wahr?« fragte Francis Dominick und erschreckte damit Rhea. Sie hatte nicht gemerkt, daß er und Robin so nah bei ihr ritten.

»Ich habe deine Miene gesehen, als du auf den Strand gestarrt hast. Es sah aus wie Tante Mary, wenn sie eine ihrer Visionen hat«, sagte Francis laut, denn das Dröhnen der Brandung zwang ihn dazu.

Rhea zuckte mit den Achseln. Sie verstand ihre Tante jetzt besser als je zuvor. »Ich kann es nicht erklären«, sagte sie.

»Jetzt klingst du sogar wie sie.« Robin grinste.

»Hast du auch etwas gespürt?« fragte Rhea Francis, und sein Nicken war Antwort genug. Der Ausdruck in seinen Augen sagte alles.

Dante Leighton, der die Gruppe anführte, drehte sich just in dem Moment um und bemerkte die Blicke zwischen Bruder und Schwester. Die beiden sahen sich verblüffend ähnlich. Dante fragte sich, ob Rhea sich jemals als eine Leighton fühlen würde.

»Stimmt etwas nicht?« fragte er, als er sein Tempo verlangsamte und Rheas Pferd auf gleiche Höhe kommen ließ. Francis fiel zurück, denn der Weg war nicht breit genug für drei Pferde.

»Wir fragten uns gerade, wie diese Bucht wohl heißen könnte«, rief Francis von hinten, entschlossen, die Initiative zu übernehmen. Immer wenn Rhea in Dantes graue Augen schaute, schien sie keinen klaren Gedanken fassen zu können.

»Sie ist als Drachenbucht bekannt.«

»Können Schiffe hier einlaufen?« fragte Francis zweifelnd, als er die Wellen beobachtete, die sich an den Felsen brachen. »Sieht aus, als befänden sich Riffs im Maul des Drachen.«

Dante blickte den jungen Mann überrascht an. »Das stimmt, Francis, es ist sehr gefährlich, in die Drachenschlucht zu segeln, wenn man die Fahrrinnen zwischen den Riffs nicht kennt. Doch selbst dann: wenn die See rauh ist, so wie heute, kann man sehr leicht auf Grund laufen.«

»Gibt es hier viele Wracks?« fragte Robin.

»Ja«, antwortete Dante mit einem düsteren Blick auf das Meer.

Dante und Rhea starrten auf die steilen Klippen, die die Küste säumten. »Ist es hier passiert?« fragte Rhea leise, zu leise, als daß Dante es hören konnte, doch er hatte ihre Traurigkeit gesehen und verstand die Frage auch so. Er nickte.

»Ja, sie stürzte hier hinab«, sagte Dante. Seine Stimme klang rauh.

Houston Kirby, der auf einem kleinen Heidelandpony saß, das sie von Sam Lascombe geliehen hatten, brauchte die Worte nicht zu hören, um zu wissen, worum es ging. Auch er starrte auf die Klippen, als sähe er sie zum ersten Mal. Er dachte an den zerschmetterten Körper der schönen Lady Elayne zwischen den Felsen, der dann von der Flut auf die See hinausgetragen wurde. Es schmerzte Kirby sehr, an Lady Elaynes tragischen Tod zu denken. Und er spürte das Aufflammen seines Hasses gegenüber Sir Miles, jenem Mann, den Dante – und auch er – für Lady Elaynes Tod verantwortlich machten.

Die enge Straße wand sich nun landeinwärts und stieg dann immer höher und höher an, bis zum Gipfel der Klippe, wo in der Ferne die Türme den Steilhang krönten.

Rhea hielt den Atem an, als sie sich dem Gipfel näherten; ihr Lächeln wirkte gezwungen, als sie sich zu Francis und Robin umschaute, denen Alastair und Conny, der seine Arme fest um Alastairs Taille geschlungen hatte, folgten. Die Nachhut bildete Houston Kirby.

Skylark schien die letzten Meter den Hang hinauf zu fliegen, und dann erreichten sie den Kamm und ritten die sanfte Steigung hoch. Dort machte Rhea plötzlich halt, kurz hinter Dante. Er und sein Roß wirkten wie versteinert.

Rhea hörte weder das Dröhnen der Brandung noch das Heulen des Windes. Sie lauschte dem Dröhnen in ihren Ohren, während sie auf die beiden dunklen Türme von Merdraco gebannt starrte.

... Und den Rest des Schloßes, das eine Ruine war.

»Rhea?«

Sie hörte Francis' Stimme und spürte, wie sich ein Arm um ihre Taille legte. Sie drehte sich um und schaute in Alastair Marlowes blasses Gesicht.

»Merdraco, e-es ist zerstört«, flüsterte sie.

»Heee!« schrillte Conny Bradys Stimme durch die Luft. »Das ist 'ne Ruine. Sieht aus, als wäre 'ne Kanonenkugel durchgefegt. Was ist *passiert*?« fragte er zornig und sah aus, als hätte ihn jemand geschlagen. Seine Lippen zitterten, und in seinen Augen glänzten Tränen.

Robin Dominicks Mund stand vor Staunen offen. Er lugte hinter dem Rücken seines Bruders auf die grauen Steine, die aussahen, als hätte der Wind sie wie Strohhalme durcheinandergewirbelt.

Francis Dominick schüttelte den Kopf. Er hatte noch nie einen derart zerstörten, düsteren Ort gesehen. Er fühlte sich plötzlich an Timeredaloch erinnert, bevor sein Onkel Richard das große Schloß wiederaufgebaut hatte. Francis schaute in Rheas entsetztes Gesicht. Er wußte nicht, was er sagen sollte. Sie starrte auf den breiten Rücken ihres Mannes, und Francis bemerkte, daß der Marquis von Jacqobi, seitdem sie im Schatten der Ruinen von Merdraco angehalten hatten, weder gesprochen noch sich gerührt hatte.

Francis Dominick biß sich auf die Lippen; er fragte sich, ob er seinem Schwager sein Bedauern aussprechen sollte oder ihn beruhigen mußte.

Doch Francis hätte sich darum keine Gedanken machen müssen, denn Dante Leighton reagierte nicht wie erwartet. Tatsächlich jedoch wäre Wut oder Zorn angenehmer gewesen, als das kehlige, laute Lachen, das Dante erklingen ließ, während er seine Arme ausstreckte, um den endlosen Ausblick auf das Meer und den

Himmel, den die Ruinen von Merdraco jetzt freigaben, zu umarmen.

»Dante? Dante… bitte, hör auf zu lachen!« schluchzte Rhea schließlich. »Warum lachst du? Ich kann es nicht verstehen.« Sie weinte, denn alles, was sie sah, war die Zerstörung der Heimat, nach der er sich so viele Jahre gesehnt hatte. Und das war sicher kein Anlaß zur Freude.

Ihre panischen Worte drangen zu Dante durch. Er blickte Rhea überrascht an, zunächst amüsiert, dann verwirrt.

Er stieg ab und ging zu ihr. Sein Körper schützte sie vor dem Wind, als er sie vom Pferd hob und sagte: »Rhea, mein Liebes. Es tut mir leid. Ich war mir nicht im klaren, daß du es nicht wußtest. Es ist mir nie in den Sinn gekommen, es zu erklären. Sieh.« Er deutete auf einen sanften Hügel in der Ferne. Er war nicht so hoch, wie der Felsen, auf dem die Türme standen, und lag im Schutz der Landzunge, die dem Wind, der vom Atlantik blies, die Kraft nahm, und war von Wäldern umgeben. Auf diesem schönen Hügel stand ein wunderschönes, großes, graues Steingebäude, in dessen unzähligen Fenstern, die den Ostflügel zierten, sich die Sonne spiegelte. Große Schornsteine erhoben sich so majestätisch wie die Türme, an deren Fuß sie sich befanden. »Das ist Merdraco, mein Zuhause, Rhea. Unser Zuhause. Und das Zuhause aller Leightons in den kommenden Jahrhunderten«, erklärte Dante Leighton, der ehemalige Captain der *Sea Dragon*.

Oh! Ich bin des Schicksals Narr.

Shakespeare

Kapitel achtzehn

Rhea Claire Leighton, die neue Herrin von Merdraco, schaute zurück auf die dunklen Türme, die nur mehr die Wendeltreppen umhüllen, die sich schier endlos bis zu den Erkern hinaufzuwinden schienen. Die Türme waren das einzige, was von dem feudalen Schloß übriggeblieben war, das von einem normannischen Abenteurer im elften Jahrhundert errichtet worden war, im Versuch, das Land, das er von den geschlagenen Angelsachsen gewonnen hatte, zu verteidigen. Die stattliche Festung Merdraco galt, da sie von drei Seiten von Klippen umgeben war, als uneinnehmbar.

Merdraco, einstmals ein hölzerner Turm, umgeben von Steilufern, war in den Jahren zu einem befestigten Gebäude gewachsen, mit einem Bergfried aus dicken Steinwänden und einem hochragenden Pförtnerhaus, das die verletzliche Flanke schützte und die Lücke zwischen den Schutzwällen schloß.

Als die Jahrhunderte verstrichen, die Bedrohung durch eine Eroberung geringer wurde und der Bürgeraufstand sich beruhigt hatte, schwand auch die Notwendigkeit eines befestigten Schlosses, das von arktischen Winden geschüttelt wurde, die es auf eine Weise einnahmen und eroberten, wie es keine Armee mit Katapult und Rammbock vermocht hätte. Und so war es nicht mehr nötig, sich in einer derart zugigen und furchterregenden Behausung zu verbarrikadieren. Natürlich war dieser Ort auch nicht mehr angemessen, als Gilbert Leighton, der sechste Graf von Sandrake, zum Lord von Jacqobi ernannt wurde.

Deshalb wurde das Schloß von Merdraco abgerissen – nicht durch Feindeshand, sondern durch Steinmetze. Unter der Anleitung von Architekten, der Mithilfe von Glasermeistern und Stukkateuren und einer ganzen Armee von Arbeitern, errichteten die Steinmetze aus den Steinen einen prächtigen Tudor-Bau mit Giebeln und schlanken Schornsteintürmen, mit großen, unterteilten Fenstern und Steinschnitzereien, mit Rundbögen und Innenhöfen.

Und alles, was von dem alten normannischen Schloß noch stand, waren die dunklen Türme in ihrer einsamen Schönheit, ein Tribut an Raoul de St. Draquet, dem Normannen, der diese wilde Küste erobert hatte. Die Türme dienten den Bewohnern dieses Landstrichs als Mahnung an ihre ersten Lehnsherren, die Leighton-Familie, und an die Treue, die von ihnen erwartet wurde.

»Nun, was denkst du?« fragte Dante, als sie auf einem sanften Hügel haltmachten und auf den dunkelgrauen Steinbau blickten, in dem er zur Welt gekommen war.

Es war sicher nicht Camareigh, dachte Rhea, oder auch nur im entferntesten ihrem Zuhause mit seinem honigfarbenen Stein und symmetrischen Flügeln ähnlich. Man sah Merdraco an, daß es seit fünfzehn Jahren leer und verlassen stand. Doch merkwürdigerweise besaß das Gebäude eine sonderbare Schönheit. Efeu wucherte ungehemmt über eine lange Gartenmauer, und unter uralten Bäumen wuchsen Kletterrosen. Die jüngeren Hecken waren hoch und buschig, während Brombeerbüsche und Korn die Blumenbeete des Vorhofs erobert hatten.

Doch es lag auch eine gewisse Traurigkeit auf dem verlassenen Haus. Sehnte es sich danach, das Echo von Schritten in seinen leeren Hallen zu hören, während süßer Holzgeruch aus den Schornsteinen quoll und die Luft parfümierte? Rhea hatte plötzlich das Gefühl, das Haus würde sie heranwinken. Sie wollte es wieder dem Licht öffnen, die Dunkelheit verbannen, die es so viele einsame Jahre beherrscht hatte.

Dante, der sie ängstlich beobachtet hatte, merkte, daß seine Bedenken wichen, als er den zärtlichen Ausdruck in ihren Augen sah. Sie hatte das Haus angenommen.

»Ich hätte mir kein schöneres Zuhause wünschen können, Dante«, sagte Rhea leise, denn sie sah hinter den Beschädigungen ein Heim, in dem sie glücklich werden konnten.

Doch Robin und Conny Brady waren nicht so weise und weitsichtig, und für sie sah das Gebäude aus, als hätte es schon bessere Tage gesehen. Sie fragten sich, ob dies wirklich Merdraco sein sollte.

Houston Kirby, der das Haus zum erstenmal wiedersah, seit er seinem Herrn gefolgt war, war vor Ehrfurcht wie gebannt. Für ihn hatte sich Merdraco nicht verändert. Er sah das Unkraut im Garten, die zerbrochenen Fensterscheiben und das klaffende Loch im Dachstuhl nicht. Houston Kirby sah das Merdraco aus alten Tagen, als Kutschen die kreisförmige Auffahrt hinaufrollten, Licht hinter jeder Glasscheibe erstrahlte und die Gärten einen unendlichen Schatz an Blumen bargen, die dann in jedem Zimmer in Vasen arrangiert wurden.

Alastair Marlowe hingegen sah beides, die Vergangenheit und die Gegenwart. Seit Jahren hatte er Geschichten über Merdraco gehört, und er konnte sich vorstellen, wie es einstmals gewesen war. Doch er wußte auch, daß hier eine ganze Menge Arbeit notwendig war.

Francis Dominick war wie Rhea an die klassische Schönheit von

Camareigh mit seinen gutgepflegten Rasen und Gärten gewöhnt. Und da er nicht auf Merdraco leben mußte, war er nicht ganz so optimistisch. Er fand das Schloß ziemlich deprimierend und beneidete Rhea nicht um ihr neues Zuhause; doch sicher war es immer noch besser, als das eigentliche Schloß dort oben auf dem felsigen Kap.

Der Herr von Merdraco trieb seinen Fuchs den Abhang hinunter und folgte dem Waldweg, der die einzige Verbindung von Merdraco zu den Schloßruinen und damit zur Außenwelt zu sein schien.

Plötzlich erhob sich vor ihnen ein zweistöckiges Pförtnerhaus mit unterteilten Fenstern und Ecktürmen. Schmiedeeiserne Tore um das Pförtnerhaus waren eigentlich dazu da, Fremde fernzuhalten, doch sie hingen nicht in ihren Scharnieren.

Dante Leighton runzelte die Stirn. Die Tore hatten sich nicht von allein ausgehängt, und als er die Angeln untersuchte, bemerkte er, daß sie vorsätzlich zerstört worden waren.

»Sieht aus, als wären hier ungebetene Gäste gewesen«, stellte Alastair Marlowe leise fest.

»Gibt es nur diesen Weg nach Merdraco?« fragte Francis Dominick plötzlich, denn etwas hatte ihn schon beunruhigt, seit sie die Ruinen verlassen hatten.

Dante schien von der Frage überrascht. »Ja, aber er führt noch ein wenig weiter in den Wald. Dies ist der einzige Weg, auf dem Merdraco zu erreichen ist, an Merwest Cross vorbei. Warum?«

Francis Dominick zuckte mit den Achseln. Er wollte nicht überängstlich klingen.

»Nun, schon als wir bei den Ruinen waren, erschien es mir, als wäre dort einiges losgewesen. Die Straße vom Bishops Grave Inn wies Anzeichen von regem Verkehr auf. Hast du nicht bemerkt, wie tief die Spuren waren, trotz des vielen Regens, den wir hatten?« fragte Francis, und sein Blick traf den von Dante Leighton.

»Nein, das habe ich nicht. Ich muß sagen, daß ich viel zu sehr damit beschäftigt war, Merdraco zu erreichen«, gab Dante zu und schaute auf die beiden dunklen Türme zurück, die in der Ferne trotzten. »Doch jetzt, wo du es erwähnst – die Straße war in einem ziemlich guten Zustand, wenn man bedenkt, daß sie in den letzten fünfzehn Jahren keiner mehr passiert haben sollte.«

»Ich habe auch etwas bemerkt«, meldete sich Alastair Marlowe, als er sich zurückerinnerte, was er bei den Ruinen gesehen hatte. »Einer der Steindrachen am Fuß des Turms war beschädigt. Aber ich dachte mir, das sei nur normal, wenn man bedenkt, wie alt er ist. Es kam mir beinahe vor, als hätte ihn jemand als Zielscheibe benutzt.« Alastair schaute entschuldigend in die Runde. »Natürlich kann es auch nur eine Phantasie gewesen sein, doch ich frage mich, ob...« begann er und schüttelte dann den Kopf.

»Was?«

»Nein, schon gut. Wirklich.« Alastair schwieg.

»Sie denken doch nicht, daß es ein Geist war, oder, Mister Marlowe?« Conny Brady war ganz aufgeregt und bedachte nicht, wie verletzend die Worte auf seinen Captain wirken mußten. »Die bleiche Lady von den Ruinen, so nennt Mrs. Lascombe den Geist. Sie sagt, daß keiner mehr hier rauf kommt, weil sie Angst haben, sie zu sehen.«

»Die Mägde erzählen, daß wir jetzt auch einen Geist auf Camareigh haben, wegen des schrecklichen Todes, der sich dort ereignet hat«, behauptete Robin und nahm damit kaum die Spannung aus der Unterhaltung.

»Robin!« warnte Francis. »Das ist lächerlich. Und wenn du noch einmal davon sprichst, wird die Hälfte unserer Bediensteten Angst im Dunkeln bekommen.«

»Ich glaube auch nicht, daß Alastair das damit gemeint hat, nicht wahr?« fragte Dante langsam und kniff nachdenklich seine grauen Augen zusammen. »Sie dachten eher daran, daß eine

Bande Schmuggler ihre Waren durch Merdraco geschleust hat. Was wäre besser, als einen Geist zu erfinden, der in den Ruinen spukt und damit die Dorfbewohner auf Distanz hält? Eine Laterne, vielleicht ein grünes Laken darüber gelegt, um ein schauriges Glühen zu erzeugen – das würde doch schon reichen.«

Rhea erinnerte sich an etwas, was Dante ihr in London erzählt hatte. Er hatte von seiner Mutter gesprochen und gesagt, daß ein Teil der Bevölkerung ihren Geist auf den Klippen nahe Merdraco gesehen hätte. Doch wie hatte Dante, der bisher nicht nach Merdraco zurückgekehrt war, davon wissen können?

Rhea vergaß ihre Spekulationen, als sie Dantes belustigtes Lachen hörte. Zu ihrem Erstaunen fiel Alastair mit ein, und sie starrte die beiden Männer verwirrt an.

»Das wäre wirklich die Ironie des Schicksals, wenn Merdraco von einer Schmugglerbande benutzt worden wäre, während ich mit Schmuggel zwischen den Indies und den Karolinen mein Vermögen machen wollte, um in meine Heimat zurückkehren zu können und hier ein ehrbares Leben zu führen«, sagte Dante. Die Vorstellung schien ihn köstlich zu amüsieren. »Und Sir Morgan Lloyd fragte mich in London nach den Schmugglern hier in der Gegend, von denen er durch seinen Bruder erfahren hatte, der wiederum hier, an dieser Küste, stationiert ist. Ich fürchte, Sir Morgan nimmt an, daß ich meinen alten Beruf nie aufgeben werde«, bemerkte Dante, als er sich aus dem Sattel schwang und dann Rhea vom Pferd half.

»Wirklich? Das wußte ich ja gar nicht«, sagte Alastair und half Conny herunter.

»Nur gut, daß er in die Kolonien zurückgekehrt ist. Wenn er hier in der Gegend seinen Dienst verrichten würde, hätte er sicher mich unter Verdacht, der Anführer der Schmuggler zu sein. Schließlich bringe ich dafür die besten Voraussetzungen mit.«

»Ich kann mir nicht vorstellen, daß er das wirklich annehmen kann«, meinte Alastair. »Sie waren gar nicht hier in den letzten Jahren. Ich denke, allein diese Tatsache sollte Sie vom Verdacht freisprechen.«

»Haben Sie noch niemals einen Puppenspieler gesehen, Alastair?« fragte Dante.

»Nun, sicher habe ich das«, antwortete sein früherer Frachtmeister mit einem Stirnrunzeln. Er fragte sich, was ein kindisches Jahrmarktvergnügen mit einem ernsten Thema wie diesem zu tun hatte.

»Dann wissen Sie ja, daß eine Person nicht unbedingt gesehen werden muß, um etwas unter Kontrolle zu haben. Der Puppenspieler hält die Fäden seiner Puppen in der Hand, und doch kann man ihn niemals sehen. Welch bessere Tarnung hätte ich haben können als meine Abwesenheit, um die Schmugglerbande anzuführen? Und wer könnte ein besserer Anführer sein als ich? Doch nun, da ich ein reicher Mann bin – wer würde mich jetzt noch für einen Schmuggler halten? – Außer vielleicht der mißtrauische Sir Morgan Lloyd, der weiß, daß ich manchmal den Reiz des Spieles mehr schätze als den Gewinn«, sagte Dante. Dantes Erklärung bewirkte, daß Francis, Robin und Conny Brady beinahe wirklich glaubten, daß er tatsächlich der Anführer war.

Und selbst Alastair Marlowe zweifelte einen Sekundenbruchteil, bevor er das Lachen in Dantes Augen und das Kopfschütteln des kleinen Stewards sah, das nur so gedeutet werden konnte, daß er gerade dachte, wie jemand nur so viel Unsinn reden konnte, wenn er es doch besser wissen müßte.

»Was bedeutet das dort, Captain?« fragte Robin. Er hatte bereits Conny Bradys Anrede an Dante Leighton übernommen.

Dante folgte Robins Blick zu dem Familienspruch, der in Stein über dem Torbogen eingemeißelt war und von zwei Drachen gehalten wurde. »Wer nicht wagt, der nicht gewinnt«, murmelte Dante leise die Worte, die dort standen und seine Familie über die

Jahrhunderte geleitet hatten. »Wenn mein Vorfahre, St. Draquet, es nicht gewagt hätte, den Kanal mit William zu überqueren, dann gäbe es heute kein Merdraco. Und wenn es diesen Leitspruch unserer Familie nicht gäbe, dann hätte es auch keine *Sea Dragon* und keinen versunkenen Schatz gegeben, der uns alle zu reichen Männern gemacht hat. Und auch ich würde jetzt nicht hier stehen als Meister meines Schicksals und mit meiner Liebe an meiner Seite«, die letzten Worte sprach Dante gerade so laut, daß nur Rhea sie hören konnte.

»Scheint so, als ob Sie sie alle in die Flucht geschlagen und gewonnen haben«, sagte Alastair Marlowe und dachte, daß Dante Leighton, Captain der *Sea Dragon*, Marquis von Jacqobi und Herr von Merdraco wirklich das ganze Glück des Teufels besaß.

Alastair war erleichtert. Es schien, daß sich alles so entwickeln würde, wie der Captain es sich erträumt hatte. Als er durch den Torbogen auf das Schloß zuging, dachte er noch immer über Dantes Glück nach, das ja auch ihm zugute gekommen war.

»Komm, ich werde dir Merdraco zeigen.« Dante nahm Rheas schmale Hand in die eine, die Zügel der Pferde in die andere Hand. Er führte sie, unter dem Blick der versteinerten Drachen, durch den Torbogen.

Sie betraten den großen Innenhof auf einem kreisrunden Weg, der von einstmals prächtigen, terassenförmig angelegten Gärten gesäumt wurde. Er führte sie zu dem Gebäude, das auf einem sanften Hügel stand. Der Innenhof war jetzt zugewachsen; die einst gestutzten Buchsbaum- und Eibenhecken überwucherten den gepflasterten Weg. Rhododendren und Hortensien bildeten Farbtupfer und breiteten sich auf dem abfallenden Rasen in der Mitte des Weges aus. Zweige und Blätter schwammen im schmutzigen Wasser eines reich verzierten Springbrunnens. Wenn man das Pförtnerhaus hinter sich gelassen hatte, konnte man die hohe Steinmauer sehen, die den ganzen Innenhof säumte und sich an die

Stallungen anschloß. Dieses Gebäude teilte den anderen Teil des Vorhofs auf der rechten Seite ab, bis zu einem zweiten Toreingang in der Nähe des Hauptgebäudes. Direkt gegenüber den Stallungen, auf der anderen Seite des Hofes, befand sich ein Flügel des Schlosses. Auch er schloß wiederum an die Mauer an, die die gesamte linke Seite bis zu dem Pförtnerhaus säumte.

Eine sonderbare Stille umgab die Gruppe, als sie auf dem Auffahrtsweg entlangschritten. Es war, als ob sie einen Friedhof durchquerten. Hohes Unkraut durchbrach die Pflastersteine des Weges und klammerte sich an Rheas Rock, als sie vorüberging. Das Geklapper der Pferdehufe klang wie Donner in Rheas empfindlichen Ohren. Sie fühlte sich wie ein Eindringling an diesem verlassenen Ort.

Falls Dante über den desolaten Zustand von Merdraco enttäuscht sein sollte, so war es ihm nicht anzumerken. Als sie an den Stallungen vorbeikamen, sagte er im Plauderton: »Dank des Herzogs, führen wir den Grundstein für eine hervorragende Zucht mit. Ich wünschte nur, daß wir den jungen Mann, der sich um die Kutschengespanne kümmert, überzeugen könnten, zu uns zurückzukommen, nachdem er die Wagen und Kutschen wieder in Camareigh abgeliefert hat. Er macht seine Arbeit wirklich sehr gut.«

»Das sollte man annehmen«, erwiderte Rhea. »Er hat bei Butterick gelernt. Wir haben schon ein paar ausgezeichnete Stallburschen an andere Familien weitergegeben. Butterick bringt ihnen alles bei, was er weiß. Es würde mich nicht überraschen, wenn Butterick ihn uns deshalb mitgeschickt hat. Er weiß, daß wir einen guten Stallmeister brauchen. Butterick hätte uns auch einen anderen Mann mitgeben können, denn selbst ein Neuling hätte die Gespanne im Griff gehabt. Vielleicht wollte er, daß Clauson Merdraco sieht und herausfindet, ob er mit dir auskommt.«

»Ob er mit mir auskommt?« fragte Dante ungläubig.

»Ja. Die Tatsache, daß Butterick uns seinen besten Gesellen mitgab, ist sehr bezeichnend«, meinte Rhea mit einem Blick auf die heruntergekommenen Ställe.

»Und inwiefern?«

»Wenn Butterick nicht gefallen hätte, wie du mit den Pferden umgehst, hätte er dich nicht als Arbeitgeber empfohlen. Und auch mein Vater hätte uns die Tiere nicht zum Geschenk gemacht, wenn Butterick nicht seine Zustimmung gegeben hätte«, erklärte Rhea dem verwunderten Dante, der nicht geahnt hatte, wieviel Buttericks Meinung zählte.

»Dann bin ich mir aber nicht sicher, ob ich Clauson wirklich diese Ställe zeigen sollte, denn ich befürchte, Butterick wäre über ihren Zustand entsetzt«, sagte Dante, und obwohl es klang, als würde er scherzen, lag doch ein Hauch von Bitterkeit in seiner Stimme.

»Ich wette, auch Saunders würde sich die Haare raufen, wenn er diese Gärten sähe«, meinte Robin.

»Und wer ist Saunders?« fragte Dante, doch sein Blick fiel auf das Hauptgebäude, das mit jedem ihrer Schritte näher und näher kam. Rhea konnte Dantes wachsende Erregung spüren.

»Er ist der Gärtner auf Camareigh«, erklärte Robin. »Er wird wirklich wütend, wenn man es wagt, durch seine Blumenbeete zu laufen.«

»Das stimmt nicht ganz, Robin, und das weißt du«, korrigierte Rhea ihn. »Er hatte nur etwas gegen Shoopitee, und das nicht ohne Grund, wie du zugeben mußt.«

»Und wer ist Shoopitee?« wollte Conny Brady wissen.

»Das Pony, das Robin früher geritten hat. Und zwar ziemlich rücksichtslos«, erklärte Rhea.

»Wißt ihr noch, wie Robin Lord Rendale in den Seerosenteich schubste, gerade als er dabei war, einen Heiratsantrag vorzubringen?« Francis mußte bei dieser Erinnerung lachen.

Auch Dante lachte. Das hätte er zu gern selbst gesehen, denn er fand diesen Lord Rendale unausstehlich und hoffte im stillen, daß Caroline Winters die nächste Comtesse von Rendale werden würde. Die beiden verdienten einander.

Eine kurze Treppe mit flachen Stufen führte zum Haupteingang von Merdraco. Ein Bogenportal umrahmte die Eichentür. Rhea erwartete beinahe, daß sich die schwere Tür Dantes Bemühungen widersetzen würde, als er seine Hand auf den großen Messingknauf legte. Zu ihrer Überraschung sprang sie auf, doch nicht ohne ein lautes Knarren der rostigen Scharniere.

Ein stickiger, muffiger Geruch überwältigte sie, als sie die schattige große Halle mit ihren Säulen, die die Bogendecke stützten, betraten. Die einzige Lichtquelle war das verschmutzte kleine Erkerfenster über dem Eingang.

In diesem geheiligten Ort, der im geistigen Licht erstrahlte, hatte eine Entweihung stattgefunden, und ein Anblick bot sich, den die entsetzten Betrachter niemals vergessen sollten.

Die Hölle selbst wird toben dafür.

Shakespeare

Kapitel neunzehn

Dante Leighton nahm niemanden und nichts mehr wahr. Er starrte entsetzt auf die Zerstörung, die ihn umgab.

Der Eindringling hatte sich nicht bloß damit zufriedengegeben, zu stehlen, er hatte mit kalkulierter Bösartigkeit das riesige Haus verwüstet.

Ihre Hände zitterten, als Rhea sich ein parfümiertes Taschentuch vor die Nase hielt. Mit ungläubigem Entsetzen sah sie sich in der großen Halle um. Niemals zuvor hatte sie solchen Vandalismus gesehen. Die Gerüche, die vom Boden aufstiegen, waren abscheulich. Die Halle war offensichtlich sowohl von Tier als auch Mensch als Stall benutzt worden.

Berge von Schutt und Abfall türmten sich auf dem verdreckten Boden. Neben dem Kamin lag ein unordentlicher Haufen Feuerholz; es war kein gewöhnliches Feuerholz, sondern Stücke des einstmals wunderschön verzierten Mobiliars. Den massiven Tisch mit den gedrechselten Beinen, den, wie Dante oft erzählt hatte, immer eine Vase mit wilden Blumen geziert hatte, gab es nicht mehr.

Und die tiefe Truhe, in deren Holz Fabelwesen geschnitzt waren, war auch verschwunden.

Die große Eichenbank und die hochlehnigen Stühle, und auch die Beistelltische waren nur mehr Staub am Boden des Kamins.

Selbst die verzierten Eichenpaneele waren aus den Wänden gerissen und hatten klaffende Löcher hinterlassen. Ein Teil der gedrechselten Balustrade von der Treppe am anderen Ende der Halle fehlte, wahrscheinlich war auch sie, wie der Rest, den Flammen zum Opfer gefallen.

»Heeee«, gellte Conny Bradys Stimme durch die Halle. »Hier stinkt es ja schlimmer als auf einem Lokus!« rief er aus, und in seinem Gesicht stand seine Abscheu geschrieben und auch Enttäuschung, denn der Junge hatte sich Merdraco als ein prächtiges Schloß vorgestellt.

Die verächtlichen Worte des Schiffsjungen trafen Dante Leighton wie eiskaltes Wasser und rissen ihn aus dem Alptraum, der ihn in diesem makabren Szenario eingefangen hatte. Er drehte sich um und sah, daß die anderen direkt hinter ihm standen. Sie alle schienen in der bedrückenden Stille zu Statuen erstarrt.

Der Ausdruck in Dante Leightons Gesicht war noch entsetzlicher als der Zustand der großen Halle. Es war, als ob der Geist aus seinem Körper gewichen wäre, und alles, was blieb, war das Abbild eines geschlagenen Mannes, der zu Stein geworden schien.

»Dante«, sagte Rhea leise und zog seinen Blick auf sich. Diese hellen, grauen Augen hätten auch einem Fremden gehören können, so kalt und leblos waren sie. Rhea streckte die Hand nach Dante aus, wollte ihn berühren, ihn trösten.

Dante starrte sie an. Als er das Mitleid in ihren Augen und auch in denen der anderen sah, schloß er die Lider. Er konnte Mitleid nicht ertragen. Dann, mit einer Abruptheit, die sie alle überraschte, ergriff er Rheas ausgestreckte Hand und zog sie zur Tür. Er zwang sie in das blendende Licht nach draußen.

»Dante?« flehte Rhea, und ihre freie Hand berührte ängstlich seinen Ärmel. »Ich«, begann sie, doch ihr fehlten die Worte. Konnte es tröstende Worte in dieser Situation geben?

»Ich will nicht, daß du dieses Haus noch einmal betrittst«, sagte Dante und atmete tief die süße Luft des sonnigen Tages ein. »Verstehst du mich, Rhea?« Er zwang sie, ihm in die Augen zu schauen. »Ich möchte nicht, daß du von diesem Ort entwürdigt wirst.«

»Aber Dante, ich möchte bei dir sein. Der Rest des Hauses ist sicher nicht in einem solchen Zustand. Es wird nicht einfach sein, aber bestimmt können wir etwas retten, sie können nicht alles zerstört haben.« Sie zwang sich, optimistisch zu bleiben und wollte der Verzweiflung, die sie zu überwältigen drohte, nicht nachgeben.

»Glaubst du?« fragte er, und sein Blick schweifte zum angrenzenden Flügel des Schlosses. »Verdammt sollen ihre Seelen sein und für immer in der Hölle schmoren. Dafür werden sie bezahlen. Bei allem, was mir heilig ist, das werden sie.«

»Dante, geh nicht wieder hinein«, beschwor Rhea ihn.

»Captain«, Houston Kirby trat näher. »Sie bleiben hier, wie Lady Rhea sagt. Ich schaue mich um«, bot er an. Tränen rollten über sein faltiges Gesicht. »Ich werde sehen, was getan werden muß. Es gibt keinen Grund, daß Sie sich noch mehr erschrecken.«

Dante schüttelte den Kopf und drehte sich um. Doch bevor er die Stufen hinaufging, legte er seine Hand auf die Schulter des kleinen Stewards. Houston Kirby hob seine zitternde Hand und legte sie auf die starke Hand. Für einen Moment verweilten sie so, und dann begab sich Dante erneut in die von Menschenhand geschaffene Hölle; Rheas Flehen ignorierte er. Dann erscholl das eindeutige Geräusch einer zuschlagenden Tür und eines Riegels, der vorgeschoben wurde.

»Er schämt sich vor Ihnen, Mylady«, erklärte Houston Kirby mit belegter Stimme. »Er muß wieder da rein. Er muß den Teufeln, die ihn scheuchen, ins Angesicht schauen. Es ist eine Tragödie«, jammerte Houston Kirby. Er schniefte laut und wischte sich mit dem Handrücken die Tränen ab. »Es ist eine Verdammnis, das ist es. O Gott, der arme Captain. Oh, es ist eine Schande, eine solche Schande.« Er holte ein Taschentuch hervor und schneuzte sich.

»Dante sollte sich nicht schämen, und er will sich nicht von mir trösten lassen«, sagte Rhea. Sie spürte, wie sich Francis' Arm um ihre Schultern legte, und sie schaute in sein Gesicht. Er sah sehr mitgenommen aus. Doch zumindest teilten sie das Leid. Rhea wünschte sich, Dante würde in seinem Stolz wenigstens soweit nachgeben, daß er das Mitgefühl der anderen akzeptieren konnte.

»Guter Gott«, war alles, was Francis sagen konnte.

»Der Captain ist ein stolzer Mann. Sehr stolz sogar. Ich hatte gehofft, Ihre Liebe würde ihm etwas von der Dickköpfigkeit nehmen, doch es scheint schlimmer zu sein als früher. Vielleicht, weil er Sie so liebt. Es scheint, daß er stets verletzt wird, wenn er seine Waffen niederlegt. Er ist schon so viele Male betrogen worden, Mylady.« Houston Kirby, der Dante Leighton wahrscheinlich besser als alle anderen kannte, versuchte es ihnen zu erklären. »Er war so stolz, Ihnen Merdraco zeigen zu können. Er hat so lange gewartet, hierher zurückzukommen, um seine Selbstachtung wiederzufinden. Und jetzt fühlt er sich gedemütigt, Mylady. Oh, es ist Blasphemie, das ist es. Und wenn es meine letzte Tat wird, aber ich werde meinem Captain helfen, daß er seine Rache bekommt.«

Alastair Marlowe rieb sich das Kinn, als er die Worte vernahm, und im stillen schwor er dasselbe. Er holte tief Luft, um die Erinnerung an die üblen Gerüche zu vergessen.

Robin Dominick stand neben Conny Brady. Auf den Gesichtern der beiden spiegelte sich ihre Empörung wider.

»Wer könnte so etwas getan haben?« Robin Dominick fand seine Stimme wieder, doch seine Augen waren noch immer vom Schock geweitet.

»Tiere«, antwortete Francis, während er Rhea zu einer niedrigen Steinmauer führte, die einen der Terrassengärten säumte.

»Tiere?« fragte Robin ungläubig. Er verstand nicht, wie Tiere die Möbel auseinandernehmen konnten, und er hätte schwören können, auf dem Kaminsims eine halbgegessene Hühnchenkeule gesehen zu haben.

»Ja, von der zweibeinigen Sorte«, erklärte Alastair, der neben ihnen herging. Der süße Duft von Geißblatt und Rosen stieg ihm in die Nase, und er fragte sich, wie es zu diesem Chaos gekommen war.

»Aye, nehme an, ich kenne einige der Tiere beim Namen«, fügte Houston Kirby hinzu, setzte sich auf die Mauer und streckte seine schwachgewordenen Beine aus.

»Glauben Sie denn, es waren die Schmuggler, Mister Marlowe, Sir?« fragte Conny Brady ungläubig. Er selbst war ein Schmuggler gewesen, doch keinen der Schmuggler, die er kannte, hatte er jemals etwas Derartiges tun sehen.

»Aye«, meinte Houston Kirby. Er starrte auf seine Stiefelspitzen, als sähe er sie zum ersten Mal.

»Aber warum?« fragte Francis. »Offensichtlich bot Merdraco den Schmugglern ein perfektes Versteck, weil es so lange leer stand. Wieso sollten sie dann das Schloß zerstören? Ich kann keinen Sinn erkennen. Und eines interessiert mich noch, Mister Kirby. Gab es denn keinen Verwalter oder so etwas? Ich schlage vor, wir wenden uns an die Obrigkeit. Wir werden den ansässigen Richter bitten, sofort in dieser Angelegenheit zu ermitteln«, sagte Francis im festen Glauben, daß das nicht schwer sein konnte. Er war überrascht, Houston Kirby glucksen zu hören.

»Bitte, Sir?« fragte Francis Dominick und klang nun genau wie der Herzog von Camareigh.

»Ah, Lord Francis, es tut mir leid. Aber sehen Sie – das wäre für die Katz. Diese Schmugglerbande fürchtet niemanden, auch keinen Richter. Ich habe mit Sam und Dora Lascombe gesprochen, und obwohl nicht viel aus ihnen rauszukriegen war, scheint es doch, daß sich diese Bande, ›Söhne des Satans‹, wie sie sich selber nennen, alles erlauben kann. Jeder hat Todesangst vor ihnen – und wenn man keine Todesangst hat, dann findet man genau dafür den Tod«, klärte sie Kirby auf. »Dora vermutet, daß sie ihren Bruder getötet haben, weil er vorhatte, seine eigene Bande zu gründen. Irgendwie sind alle Leute in der Gegend darin verwickelt, obwohl...«, fügte er schnell hinzu, als er Francis Dominicks entsetztes Gesicht sah, »die meisten hier gute, rechtschaffene Leute sind und bestimmt nicht herumlaufen und die Landbevölkerung terrorisieren. Aye, aye, es gab mal einen Verwalter, aber der wurde gefeuert. Und der Mann, der danach angestellt wurde, starb vor ein paar Jahren. Selbst wenn er noch am Leben wäre, hätte er doch nichts gegen die Schmuggler tun können. Sie hätten ihn wahrscheinlich vertrieben... oder getötet.«

»Dann muß man diesen Schmugglern das Handwerk legen!« beharrte Francis.

»Ein Mann allein kann das nicht. Man müßte die anständigen Schmuggler gegen ihren Anführer aufbringen, und die Bevölkerung müßte dabei helfen.«

»Nun, wie ich meinen Schwager kenne, würde ich sagen, daß die ›Söhne des Satans‹ einen furchtbaren Fehler begangen haben, in Merdraco einzufallen. Sie haben sich Dante Leighton zum Feind gemacht, und das würde *ich* nie wagen«, sagte Francis weise. »Ich denke, daß der Marquis von Jacqobi über ausreichend Macht und Einfluß verfügt, um Gerechtigkeit walten zu lassen. Wenn ich Dante wäre, dann würde ich den Richter hier herausholen, damit er mit eigenen Augen die Verwüstung sieht und dann die Schweine zur Rechenschaft zieht.« Dante Leighton war jetzt ein Mitglied seiner Familie, und so fühlte sich Francis selbst tief beleidigt.

»Ah, Mylord.« Houston Kirby schüttelte müde den Kopf. »Ich wünschte, es wäre so einfach.«

Alastair Marlowe rieb nachdenklich sein Kinn. Er wünschte, die alte Crew der *Sea Dragon* würde hier sitzen. Der Captain hätte sich darauf verlassen können, daß sie hinter ihm standen, was immer er tat. »Sieht aus, als segelten wir in tiefen Gewässern, Kirby«, überlegte Alastair.

»Aye, Mister Marlowe, das ist wohl wahr, nur daß Sie das Schlimmste noch nicht wissen.« Houston Kirby seufzte. Er wollte die anderen nicht im unklaren lassen. »Vielleicht wollen Sie doch lieber zurück nach London, bevor es hart auf hart geht, es kann nämlich sein, daß wir untergehen«, warnte er den jungen Mann.

Alastair Marlowe errötete vor Zorn. »Ich vergebe Ihnen dieses eine Mal, Mr. Kirby, aber bitte raten Sie mir nie wieder, meinen Captain im Stich zu lassen.«

»Aye, ich werde dran denken, Bürschchen«, erwiderte Houston Kirby, insgeheim über die Reaktion erfreut. Er hatte Alastair Marlowe schon immer für einen Gentleman gehalten.

»Sie sagen uns besser, was das Schlimmste ist«, drängte Alastair.

»Ja, bitte, Kirby«, bat auch Rhea. Die Männer hatten ganz vergessen, daß sie neben ihnen saß, und sie wollten sicher nicht, daß Rhea erfuhr, wie schlimm die Dinge standen.

»Nun? Auch ich werde in Merdraco leben, meinen Sie nicht, daß auch ich wissen sollte, in welcher Gefahr sich Dante befindet?« fragte Rhea. Dem konnte kaum widersprochen werden.

»Aus dem, was ich von Dora und Sam Lascombe gehört habe, schließe ich, daß der Anführer der ›Söhne des Satans‹ kein anderer als Jack Shelby ist«, erklärte Houston Kirby. Der Name sagte Conny, Alastair und Robin nichts, aber Francis und Rhea verstanden sehr wohl.

»Er ist der Vater von Lettie Shelby. Dante stand unter dem Verdacht, sie ermordet zu haben«, fügte Rhea hinzu.

Das Geflüster zwischen Conny und Robin brach augenblicklich ab, als Rhea diese Worte sprach.

»Heee!« rief Conny Brady und stieß einen langen schrillen Pfiff aus. »Oh, Mylady, das kann nicht sein. Der Captain würde so etwas nie tun.« Er war entrüstet.

»Natürlich hat er das Mädchen nicht getötet. Aber ihr Vater glaubt, daß es Dante war«, erklärte Rhea. Jetzt verstand sie, warum Houston Kirby so besorgt war. »Deshalb haben die Schmuggler Merdraco verwüstet, nicht wahr, Kirby? Weil Jack Shelby Dante haßt.«

»Aye. Das macht mir große Sorgen, Mylady«, seufzte der kleine Steward. »Wenn er Merdraco zerstört hat, als es leer stand, was wird er dann erst tun, wenn er herausfindet, daß der Herr von Merdraco zurückgekommen ist? Und wenn Jack Shelby der Anführer dieser Schmugglerbande *ist*, und nicht einmal der Richter etwas gegen sie unternimmt, dann werden auch wir kaum etwas gegen sie ausrichten können. Und unser Captain steht mal wieder ganz alleine da.«

»Das war es also, was Sie meinten, als Sie im Hawkes Bell Inn sagten, daß die Leute die Vergangenheit nicht so schnell vergessen werden«, erinnerte sich Alastair an Kirbys Warnung.

»Aye. Und es kommt noch schlimmer, wenn Sir Miles entdeckt, daß Dante das Land zurückgekauft hat«, prophezeite Houston Kirby. Im stillen dachte er, daß er die Hälfte seines Vermögens dafür geben würde, Sir Miles' dummes Gesicht zu sehen. »Sir Miles, der ein einflußreicher Mann ist und die Gegend von den Schmugglern befreien könnte, wird sich einfach zurücklehnen und zuschauen, was geschieht. Es gibt nichts, was er lieber sehen würde als einen Kampf zwischen Dante Leighton und Jack Shelby«, fügte der kleine Steward hinzu und sah dabei trauriger aus als je zuvor.

»Rhea?« Robins Stimme riß sie aus ihren Gedanken. »Conny und ich gehen uns umschauen. Ist das in Ordnung?«

Rhea schaute in Robins schmales, herzförmiges Gesicht. Er sah sie erwartungsvoll an.

»Ja. Aber bleibt in der Nähe«, antwortete sie und fragte sich, auf welche unangenehmen Überraschungen sie wohl stoßen würden.

Dante Leighton stellte einen umgestürzten, beschädigten Tisch wieder auf. Seine Finger glitten über die zerkratzte Oberfläche. Vorsichtig stellte er ihn wieder an die Wand, wo er immer gestanden hatte, und vor seinem inneren Auge sah er die Hände seiner Mutter, die in ihren feinen Lederhandschuhen auf der Tischplatte ruhten. Ein samtbezogener Sessel, dessen Sitz zerschnitten war, lag quer unter einem Fenster, doch Dante konnte seine Mutter darin sitzen sehen, wie sie ihren kleinen Sohn in den Schlaf wiegte. Die Samtvorhänge, die einstmals die kalte Dunkelheit der Winterabende ausgesperrt hatten, waren heruntergerissen. Die Fensterscheiben waren in tausend kleine Scherben zersplittert, und die Splitter hatten sich in den verschmutzten Teppich eingetreten.

Dante Leighton wanderte schweigsam von Zimmer zu Zimmer. Jeder Schritt schürte seinen Zorn – bis er wütend einen Tisch hochnahm und ihn mit einem Schrei, der selbst den Teufel erschreckt hätte, aus einem der zerbrochenen Fenster warf. Der Lärm des zerschellenden Tisches auf dem Hof schien Dantes Dämon freizusetzen, und mit der unmenschlichen Kraft eines Verrückten ließ er seiner ganzen eigenen Zerstörungswut freien Lauf. Er stürmte durch die Zimmer und reinigte Merdraco von dem Übel. Doch der Zorn versiegte, und Dante kehrte zu der Galerie zurück. Er lehnte sich gegen den Kaminsims und vergrub das Gesicht in seinem Arm. Als er dort stand, nach Luft ringend, zähmte er die Flammen seiner Wut, und sie begannen zu schwelen; Funken sprühten aus der Glut, weiß und heiß, entzündet von kalten, klaren Gedanken. Dante begann, ganz kühl und überlegt, seinen Racheplan zu schmieden.

Das Licht strömte durch die Galeriefenster und lenkte seine Aufmerksamkeit auf die nackten Wände. Ein leichtes Lächeln umspielte seine Lippen. Es schien, daß doch nicht alles verloren war, und er mußte Sir Miles dafür dankbar sein.

Denn das Gemälde seiner Mutter, das des alten Marquis und all die anderen Ahnenporträts waren schon vor langer Zeit aus Merdraco weggebracht worden. Sie lagerten sicher in London, zusammen mit vielen anderen kostbaren Familienerbstücken. Sir Miles hatte sie verkauft, um angeblich die Schulden seines verschwenderischen Mündels zu bezahlen – doch Dante vermutete, daß Miles Sandbourne Gewinn daraus gezogen hatte. Durch Sir Miles' Eingreifen waren die Erbstücke der Familie vor dieser Zerstörung gerettet worden. Dante hatte vor Jahren einen Mann engagiert, der die Kostbarkeiten aufstöbern sollte, und so hatte er den größten Teil des Familienbesitzes zurückkaufen können. Jetzt lagerten sie an einem sicheren Ort.

Dante ging zu einem der zerbrochenen Fenster und atmete die süße Luft ein, die von draußen hereinströmte. Er sah auf den angrenzenden Flügel des Hauses und weiter bis zu der kleinen Kapelle am anderen Ende, wo der alte Marquis und auch sein Vater und seine Mutter begraben lagen. Und dann betrachtete er durchs Fenster die kleine Gruppe, die auf der Steinmauer im Vorhof saß. Dantes Blick ruhte auf der zierlichen Gestalt in Hellblau, und er schwor bei den Toten, die in der Kapelle ruhten, und bei der Zukunft, die Rhea und er für ihre Nachkommen schaffen würden, daß Merdraco wieder in seinem alten Glanz und in seiner alten Größe erstrahlen würde.

Beug nicht dein Haupt
vor des Schicksals bitt'rem Schmerz,
auf daß dein unverzagtes Herz
im Triumphe sich erhebt
über alles Ungemach.

Shakespeare

Kapitel zwanzig

»Es ist jetzt schon so lange still«, sagte Rhea besorgt. Sie alle hatten das Krachen des Aufpralls gehört und konnten sich denken, was Dante tat. Doch in der letzten halben Stunde war es ruhig gewesen. Es war so ruhig gewesen, daß Houston Kirby schon mit dem Gedanken gespielt hatte, seinen Captain zu suchen.

Rhea mußte dasselbe durch den Kopf gegangen sein, denn sie starrte mit einer entschlossenen Miene auf die Eichentür. »Ich sollte dort drinnen sein, Kirby. Ich sollte an Dantes Seite sein. Wenn er mich doch nur nicht ausschließen würde. Als ich ihn heiratete, schwor ich, ihm in guten und in schlechten Zeiten zur Seite zu stehen. Ich habe vor, diesen Schwur einzuhalten, ob Dante es nun will oder nicht!« Sie knallte dabei ihre Reitpeitsche an ihren Rock, doch mehr aus Ungeduld als aus Zorn.

Francis und Alastair tauschten Blicke aus. Francis zuckte mit den Achseln. Er kannte seine Schwester zu gut, als daß er ihre Worte nicht ernstnehmen würde. Trotz ihrer sanften Art konnte sie manchmal eine sehr dickköpfige, junge Dame sein.

»Oh, Mylady, ich denke nicht, daß Sie wieder hineingehen sollten. Was würde die Herzogin nur von mir denken, wenn ich es zuließe, daß Sie solchen Schmutz zu sehen bekommen?« jammerte Houston Kirby, doch er dachte dabei eigentlich noch mehr an den Herzog von Camareigh und daran, was er dazu sagen würde.

»Wenn meine Mutter hier statt meiner stünde, würde sie bestimmt nicht abwarten. Sie wäre dort drinnen, an der Seite ihres Mannes«, entgegnete Rhea.

»Lord Francis«, flehte Kirby.

»Kirby, ich weiß, daß ich sollte, und ich würde, wenn ich könnte, doch ich kann nicht«, sagte Francis Dominick mit einem Grinsen und brachte mit diesem Wortspiel den kleinen Steward ganz durcheinander.

Houston Kirby schaute zwischen Bruder und Schwester hin und her, als hätten sie sich gegen ihn verschworen. Er wandte sich an Alastair Marlowe, der für seinen kühlen Kopf bekannt war, aber auch dieser Gentleman grinste von einem Ohr zum anderen. Houston Kirby konnte nichts Lustiges an der Situation finden, und so dachte er, sie hätten alle ihren Verstand verloren. Was er nicht begriff, war, daß mit ein bißchen Humor die Dinge etwas weniger schlimm wirkten, als sie waren.

Ein erster kleiner Funke konnte hysterisches Gelächter entfachen, und genau das geschah auch. Rhea begann zu kichern und lachte dann, bis ihr Tränen über die Wangen liefen. Und bald schüttete sich auch Francis vor Lachen aus, und Alastair fiel mit ein.

Houston Kirby runzelte besorgt die Stirn und starrte die drei mit Entsetzen an. Er suchte den blauen Himmel ab, denn er war sich gewiß, daß es am Vollmond oder etwas Ähnlichem liegen mußte. Kopfschüttelnd schaute er die junge Lady an, die sich an die Schulter ihres Bruders lehnen mußte, doch mit ihrem Bruder stand es nicht besser, er hielt sich selbst die Seiten vor Lachen.

Tatsächlich mußte dieses Szenario mehr als skurril auf den Mann gewirkt haben, der sich so leise genähert hatte. Er starrte das vergnügte Trio und die vierte Person, die aussah, als wäre sie zum Strick verurteilt, sprachlos an. Dann fragte er: »Darf ich wissen, was so lustig ist?« Seine Stimme war schneidend wie eine Klinge.

»Capt'n!« rief Houston Kirby und wirbelte zu Dante Leighton herum, der das Haus offensichtlich durch eine Tür im Seitenflügel verlassen hatte. »Mein Gott, haben Sie mich erschreckt.« Die Hand des kleinen Stewards zitterte, als er sie zu seinem Herzen führte.

»Dante!« Rhea stürmte erleichtert ihrem Mann entgegen und warf sich ihm in die Arme. »Oh, ich habe mich so gesorgt!« Ihre Augen suchten sein Gesicht, doch seine versteinerte Miene verriet nichts.

»Das habe ich gemerkt, und ich hatte richtig Angst, daß du dich selbst mit soviel guter Laune verletzen könntest«, kommentierte Dante mit einem zweifelnden Blick.

Alastair Marlowe und Francis Dominick wirkten beschämt, ihr Lachen schien noch im Raum zu stehen, und jetzt fragten sie sich, was sie eigentlich so lustig gefunden hatten.

»Vergeben Sie mir, Capt'n«, murmelte Alastair, sein Gesicht vor Scham gerötet. »Es war nicht respektlos gemeint, eigentlich weiß ich gar nicht mehr, warum ich so lachen mußte.«

Francis Dominick räusperte sich. »Mister Marlowe hat recht. Es gab gar keinen Anlaß«, murmelte er. »Ich entschuldige mich dafür. Du mußt uns für gefühllose Rüpel halten«, sagte Francis mit wenig Hoffnung, daß die Entschuldigung ausreichen könnte.

»Es tut auch mir leid, Dante«, sagte Rhea. »Es war meine Schuld. Ich habe damit angefangen, und ich weiß nicht mehr, warum. Wir sind alle tief betroffen über all das hier. Ich habe keine Entschuldigung für mein merkwürdiges Verhalten«, fügte sie beschämt hinzu.

Doch Dante war nicht gekränkt. Er verstand nur allzugut das Gelächter. Oft hatte er beobachtet, wie tapfere Männer im Kampf plötzlich ohne Grund in Gelächter ausgebrochen waren.

Und so überraschte Dante Leighton alle, indem er ein verständnisvolles Lächeln zeigte, das seinem Gesicht etwas von der Grimmigkeit nahm. Francis und Alastair entspannten sich, und Houston Kirby seufzte erleichtert auf.

Rhea spürte, wie die Spannung in Dantes Armen nachließ, und sein Griff wurde etwas lockerer. »Ist der Rest des Gebäudes auch verwüstet?« fragte sie leise.

Dante nickte. »Nicht viel anders. Obwohl – es ist sonderbar, ich glaube nicht, daß die Schmuggler Merdraco in letzter Zeit benutzt haben. Überraschen tut es mich allerdings nicht, denn selbst Tiere ziehen einen sauberen Stall vor«, sagte Dante bitter.

»Diese Schweine, die sich selber ›Söhne des Satans‹ nennen, sind noch nicht einmal eines Schweinestalls würdig.« Houston Kirby fluchte und spuckte verächtlich aus. Dann zermalmte er die Spucke mit dem Hacken seines Stiefels.

»Ihr Tag wird kommen, keine Angst, Kirby«, versicherte Dante dem kleinen Steward.

»Aye, das ist es ja, was mir Sorgen macht«, meinte Kirby. Er hatte wohl bemerkt, daß die Hand seines Captains zu seinem Degen gewandert war, als würde er sich bereits vorstellen, wie er es in Jack Shelbys schwarzes Herz rammte.

»Nun, wie ist unser Kurs, Capt'n?« fragte Alastair Marlowe. Seine Worte waren ein Echo aus der Vergangenheit, und als sein Blick Dante Leightons traf, war es, als befänden sie sich wieder an Bord der *Sea Dragon* und würden sich auf ein Abenteuer und vielleicht auch auf Gefahr vorbereiten.

Dante Leighton war verblüfft. Vielleicht hatte er nicht erwartet, daß ihm sein ehemaliger Frachtmeister noch immer treu zur Seite stand. Der Mann war jetzt reich und mußte niemandem mehr dienen. »Es könnte rauh werden«, antwortete Dante.

»Das hat mir Mister Kirby auch schon gesagt«, erwiderte Alastair völlig unbeeindruckt.

»Sind Sie sicher, daß Sie wieder anheuern wollen?« fragte Dante forschend. »Merdraco, wie man sieht, ist noch kein Ort, an dem man wohnen kann. Es gibt viel zu tun, bis das Haus wieder in Ordnung ist. Und es gibt viele, die mich liebend gern scheitern sehen würden. Vielleicht gehen sie sogar so weit, die Leighton-Familie ganz ausrotten zu wollen. Die Umstände sprechen nicht gerade für uns, und ich habe nur wenige Freunde, auf die ich zählen kann«, warnte Dante.

»Die Mannschaft der *Sea Dragon* ist schon unter schwierigeren Umständen gesegelt«, antwortete Marlowe gleichgültig. Alles sprach für rasches Handeln, und er war nicht der Mensch, der sich in Bedenken stürzte.

»Nun, dann werde ich ganz ehrlich sein«, sagte Dante, und seine Augen glitzerten mit wilder Entschlossenheit. »Ich habe vor, diese Schmugglerbande zu zerschlagen, und ich will ihren Anführer im Kerker verrotten oder am Galgen sehen.«

Francis Dominick war der einzige unter ihnen, der diese Seite von Dante Leighton noch nicht kennengelernt hatte. Jetzt, als er Zeuge dessen wurde, glaubte er Connys wilden Erzählungen. Und wenn Dante Leighton, ein Gentleman von adliger Geburt, so blutrünstig sein konnte, wie mußte dann erst die Mannschaft der *Sea Dragon* gewesen sein? Francis schüttelte verwundert den Kopf. Seine eigene Schwester war mit diesen rauhen Gesellen gesegelt! Er richtete seinen Gürtel und Degen und beschloß, daß es ihn nicht unbedingt drängte, die Bekanntschaft dieser Verbrecher zu machen, die das Desaster in Merdraco zu verantworten hatten.

»Ich glaube, ich habe für heute genug gesehen. Wollen wir zum Gasthaus zurückkehren und etwas essen?« schlug der ehemalige Captain der *Sea Dragon* vor.

»Der Kleine wird sicher schon Hunger haben«, sagte Rhea erleichtert. Sie hatte ein sonderbares Gefühl, als ob sie tausend Augen aus den zerstörten Fenstern anschauen würden, und sie fürchtete, sie könnte einen Schatten sehen, wenn sie hinschaute. Sie schauderte. »Da wir nicht auf Merdraco bleiben können – wo werden wir wohnen, solange das Schloß neu aufgebaut wird?« fragte sie, denn sie machte sich um ihre kleine Familie Sorgen.

»Mir hat es im Bishops Inn sehr gut gefallen. Es wird etwas eng werden, aber mit Merdraco verglichen, ist es immer noch sehr komfortabel«, schlug Francis hilfreich vor. »Ich denke mir, die Lascombes hätten nichts gegen unser gutes Geld einzuwenden.«

»Es wäre ideal«, stimmte Dante zu, »aber ich will nicht, daß jemand in meine Angelegenheiten gezogen wird. Wenn Jack Shelby erst einmal von meiner Anwesenheit erfährt, wird er jeden bedrohen, der mir hilft. Ich habe selbst schon genug Sorgen und kann mich nicht um die Sicherheit anderer kümmern.«

»Gibt es keine andere Möglichkeit?« fragte Rhea.

»Da ist das Sevenoaks House, dort könnten wir hingehen«, schlug Kirby vor.

Doch Dante schüttelte heftig den Kopf. »Nein. Es ist zu weit von Merdraco entfernt, und ich möchte Sir Jacob da heraushalten. Er hat mir schon genug geholfen. Er schuldet mir nichts mehr«, sagte Dante bestimmt. »Wir werden allein fertig. Wir brauchen keine Hilfe.«

»Es ist nur Ihr verdammter Stolz«, murmelte der kleine Steward leise. Er machte kehrt und sagte: »Ich hole die Pferde.«

»Wer ist Sir Jacob?« fragte Rhea und schaute neugierig von Dante zu Kirby, denn es kam ihr vor, als wäre Dante über Kirbys Vorschlag verärgert.

Dante zuckte mit den Achseln. »Jemand, den ich kannte«, lautete die knappe Antwort. Dann sah er sich um und rief: »Conny? Robin? Wo sind sie?«

»Sie wollten sich umschauen«, erklärte Alastair und suchte den leeren Hof ab. Er hatte gar nicht bemerkt, daß sie sich so weit entfernt hatten. »Als ich sie zum letzten Mal sah, liefen sie in diese Richtung.«

Dante schaute zu der Mauer, auf die Alastair deutete. Sie war zu hoch, als daß die Jungen darüber geklettert sein konnten. Dante Leighton ging auf die Mauer zu, Rheas Hand fest in seiner. Die anderen folgten, und selbst Houston Kirby wunderte sich, bis sie schließlich das Tor entdeckten. Es war in die Mauer eingelassen und völlig von Efeu überwuchert.

Dante berührte das Tor, und es sprang überraschend leicht auf, als ob es in den Jahren oft benutzt worden wäre.

»Wo gehen wir hin?« fragte Rhea. Neugierig schaute sie sich um. Ein kleiner Pfad führte durch das dichte Unterholz. Und durch die buschigen Tannen zu ihrer Linken sah sie das glitzernde Meer. Das leise Gurren einer Ringeltaube begleitete sie, und Rhea mußte auf dem überwucherten, schmalen Pfad auf jeden ihrer Schritte achtgeben.

Große Flecken blauen Himmels tauchten über ihnen auf und verschwanden wieder, während Dante sie durch das Dickicht führte. Elstern und Eichelhäher stritten sich um die reifen Stechpalmenbeeren, die die Hecken sprenkelten, und die Tiere hielten inne, um die Eindringlinge auszuschimpfen.

Plötzlich kamen sie auf eine Lichtung. Ein grasbewachsenes Plateau lag vor ihnen; lila, rosa und scharlachrote Wildblumen zierten es, und dahinter erstreckte sich bis zum Horizont das Meer. Eingebettet in die kurvenreiche Bergseite, unter einem Eichen- und Birkenbaldachin, lag ein malerisches, zweistöckiges Haus.

»Das alte Jagdhaus. Ich hatte es ganz vergessen«, sagte Dante. Das Gebäude wirkte wie ein kleines, mittelalterliches Herrenhaus. Es gab sogar einen Aussichtsturm mit kleinen Erkern, auf dem wasserspeiende Drachen zu sehen waren. Unterteilte Fenster waren rundherum in den Erker des Turmes eingelassen und ermöglichten einen unbegrenzten Ausblick auf die See und die Türme von Merdraco in der Ferne.

»Welch ein idyllischer Ort«, staunte Rhea, als ein schriller Kampfesschrei erscholl, gefolgt von einem Regenschauer aus Kieselsteinen.

Bei dem Aufschrei hatte Dante Rhea schnell beiseite gezogen. Er legte schützend seinen Arm um sie und schaute hinauf. Zwei grinsende Gesichter starrten ihm aus dem Erker des Turmes entgegen.

»Wer da?« fragte eine jugendliche Stimme. Dann konnte man das Klirren von Metall hören und einen Degen erkennen, der von zwei Händen gehalten und dann scheppernd gegen einen Schild geschmettert wurde, der von einem zweiten Paar Armen umklammert wurde.

»Haben wir die Erlaubnis, weiterzugehen?« rief Francis Dominick. Er fragte sich, woher sein Bruder und Conny Brady die Waffen hatten.

»Himmel, ich bin vor Schreck um Jahre gealtert«, brummelte Houston Kirby und schwor sich, Master Brady dafür die Ohren langzuziehen.

»Kommen Sie rein, Capt'n«, rief Conny von oben. »Hier ist es lange nicht so schlimm wie auf Merdraco.«

»Aye, Männer. Kommt an Bord«, stimmte auch Robin zu.

Sie betraten das Jagdhaus durch ein Rundportal, in dem, wie auch schon auf Merdraco, der Leitspruch eingemeißelt stand. Es war fast gänzlich von Efeu überwuchert und führte in einen kleinen Eingangsflur, der wiederum durch eine weitere Tür direkt in die große Halle mit Balkendecke mündete.

Obwohl der Parkettboden von einer dicken Staubschicht überzogen war und Spinnweben von der Decke hingen, strahlte das Haus eine einladende Wärme aus. Rhea konnte sich vorstellen, wie ein Feuer in dem Kamin mit seiner Gipsverzierung und den geschwungenen Messingstäben prasselte.

Am anderen Ende der Halle war eine Eichentreppe, die auf eine Balustrade führte. Rhea war sicher, daß sich dort oben Schlafkammern und vielleicht sogar ein kleiner Salon befanden. Ja, dachte sie, es könnte hübsch werden. Sicher, das Haus mußte gründlich gereinigt werden, doch zumindest schien es, aus welchem Grund auch immer, von den Schmugglern verschont worden zu sein. Es war, als hätte das Haus in einem jahrhundertelangen Schlaf gelegen.

Dante schien ihre Gedanken lesen zu können. Als die anderen sich aufmachten, um das Haus zu erkunden, flüsterte er: »Es ist nicht unbedingt das Heim, das ich mir für uns vorgestellt hatte, doch für den Augenblick wird es reichen, was meinst du, meine Süße?«

»Es wird unser Zuhause und von unserer Liebe erfüllt – deshalb ist es das schönste Heim, das ich mir erträumen kann«, antwortete Rhea leise. Sie fand immer eine Antwort, die sein Herz erwärmte.

»Meine Liebe. Mein geliebtes Herz. Ich weiß nicht, was ich tun würde, sollte ich dich jemals verlieren. Dies ist einer der schwärzesten Tage meines Lebens, und doch stehe ich hier und bin nicht verzweifelt, weil du bei mir bist. Ich weiß, daß ich nur siegen kann, wenn du mir zur Seite stehst«, flüsterte Dante. Rhea schaute zu ihm auf, und ihre Lippen vereinten sich. Für einen langen Moment war alles und jeder um sie herum vergessen.

Houston Kirby kam in die Halle gestolpert, seine Worte eilten ihm voraus. »Capt'n, der Rest des Hauses, die Küche, die Kammern oben und die Bedienstetenzimmer sind in Ordnung. Die Schmuggler müssen das Haus übersehen haben. Wir können ohne große Vorbereitungen einziehen. Ich werde die Männer in Nullkommanichts hierhaben und dann –«

Der kleine Steward hielt abrupt inne und hüstelte verlegen, als er Lady Rhea in den Armen seines Captains sah. Da sie ihn augenscheinlich nicht wahrgenommen hatten, zog er sich lautlos aus der Halle zurück.

Später würde noch genug Zeit sein für Überlegungen und Pläne. Denn für den Augenblick war das, was der Herr von Merdraco hatte, genug, er war endlich nach Hause gekommen.

Die Eule, der Herold der Nacht.

Shakespeare

Kapitel einundzwanzig

»Gute Güte! Was zum Teufel ist das? Hol den Schürhaken, Dora! Ich hau' es tot, bevor es in die Stube entwischen kann«, dröhnte Sam Lascombe und schaute sich schnell in der Küche um, ob noch weitere Kreaturen in den dunklen Winkeln lauerten.

Dora Lascombe stützte die Hände in die Hüften und sah ihren Mann böse an. »Sam Lascombe, halt dein großes Mundwerk im Zaum! Du machst ja den Gästen angst.« Sie bewegte sich schnell nach vorn und versteckte das Etwas hinter ihrem Rücken.

»Nun, Weib, sag schon, was du vorhast. Den ganzen Tag benimmst du dich so komisch. Was versteckst du vor mir? Kann doch nicht so gefährlich sein, wie ich zuerst dachte, wenn du ihm den Rücken zukehrst. Sei vorsichtig, es könnte mit einem Biß dein Hinterteil verschlingen!« warnte Sam grinsend.

»O Sam Lascombe, was würde der Herr Pfarrer nur sagen!« schimpfte Dora und errötete verschämt, mit einem Blick auf die Magd, die neben der Feuerstelle saß und den Braten auf dem Spieß wendete. »Zügle besser deine Zunge...«

»Der Pfarrer wäre wahrscheinlich zu betrunken, um es überhaupt mitzukriegen«, erwiderte Sam trocken. Er schlich sich an Dora vorbei. Sein Mund stand vor Erstaunen offen, als er das Reptil auf dem Küchentisch in voller Größe erblickte. »Gnade!« rief er und gab dem Vieh einen Klaps auf das Maul. »Es ist doch nicht lebendig, oder?« fragte er mißtrauisch, ganz zur Belustigung der kichernden Magd.

»O Sam. Hör jetzt endlich auf«, erboste sich Dora und starrte voller Stolz auf ihr Werk. »Ist zu Ehren für den jungen Marquis – als Willkommensgeschenk«, erklärte sie. »Denke, irgend jemand sollte ihn schließlich begrüßen, wo die meisten ihm noch nicht mal einen guten Tag wünschen. Ach ja, ist wirklich traurig, wenn man's bedenkt. Außerdem ist es für die junge Marquise. Ist sie nicht 'ne feine Lady? Nun, wie findest du es, Sam?«

Sam Lascombe starrte die Kreatur an, die den ganzen Eßtisch in Beschlag nahm. »Nun, Dora, um ehrlich zu sein, bin ich so einem Burschen noch nie begegnet«, gab er zu. Er versuchte diplomatisch zu sein, denn Dora stand sehr nahe an dem Regal mit den Töpfen und Pfannen.

»Es ist natürlich ein Drache«, versetzte Dora.

»O ja. Ist doch ganz klar, habe ich gleich gesehen«, lenkte Sam in einem beschwichtigenden Ton ein, und wenn er darüber nachdachte, hatte das Monstrum wirklich Ähnlichkeit mit einem Fabelwesen.

»Du glaubst also, es könnte ihnen gefallen?« fragte Dora unsicher, denn sie wollte es Lord Jacqobi heute abend zum Essen servieren.

Sam Lascombe schluckte. »Nun, sie werden sicher überrascht sein«, erklärte er und fügte dann schmeichelnd hinzu: »Sie sind bestimmt sehr beeindruckt. So etwas vergißt man nicht so schnell wieder, Dora.«

Das war sicher eine Untertreibung. Dora Lascombes Kreation

war verblüffend. Auf den ersten Blick wirkte es wie ein Reptil, das geradewegs in die Küche des Bishops Inn marschiert war und den Küchentisch erobert hatte.

Das Vieh hatte grüne Schuppen und eine spitze Schnauze. Seine Augen glühten rot und sahen wachsam aus, sein Schwanz ringelte sich auf dem Tisch, und seine kurzen, dicken Beine krallten sich in die Platte. Für einen kurzen Moment fürchtete Sam Lascombe, es könnte nach der gebackenen Makrele schnappen, die vor ihm auf einem Teller lag.

Natürlich war das Unsinnn. Seine Schuppen waren Gurkenscheiben und seine Augen Johannisbeeren. Darunter befanden sich mehrere, aneinandergebundene Hühnchen, die mit Wurst, Fleisch und Pilzen gefüllt waren. Behutsam arrangierte Dora etwas Kopfsalat an seinen Flanken, und dazwischen lagen Radieschen und süßer roter Paprika.

»Nun, das sieht wirklich toll aus, Dora. Aber warum machst du dir solche Mühe?« Sam fand, daß es ihr übliches Frühlingshühnchen mit Reis auch getan hätte.

»Wegen dem, was gestern passiert ist. Ich hab' was gegen so viel Bösartigkeit. Jack Shelby hat Merdraco verwüstet. Er hat versucht, es zu zerstören, so, wie er meinen einzigen Bruder zerstört hat. Ich bin es leid, zuzuschauen, wie er durch die Gegend läuft und ungehindert Menschen kaputtmacht. Oh, keine Angst, Sam. Ich werde das für mich behalten. Ich bin nicht so tapfer wie mein armer Teddy, Gott hab' ihn selig.«

»Ach, Dora. Ich weiß, daß du ihn vermißt. Es ist wirklich eine Schande«, sagte Sam mit einem traurigen Kopfschütteln. Er schämte sich, daß er nichts hatte tun können, um Doras Bruder zu beschützen.

»Wahrscheinlich hat er ein Messer in den Rücken gekriegt«, murmelte Dora. Sie wischte sich die Hände an der Schürze ab und fuhr dann lauter fort: »Hab' gehört, was der Marquis in Merdraco vorgefunden hat. Und weil ich immer noch an die arme Lady Elayne denken muß, wollte ich was tun, um ihren Sohn in Mordraco willkommen zu heißen. Es gab keinen Grund, ihm so was anzutun. Keinen Grund, Sam, außer purer Bösartigkeit.«

»Aye. Du hast ja recht, Dora. Obwohl ich mich frage, ob sie es mit Absicht getan haben.«

»Was meinst du damit, Sam Lascombe? Wie sollte man eine solche Gemeinheit unabsichtlich tun?«

»Die ›Söhne des Satans‹ benehmen sich immer wie die Hunde. Ich fürchte, sie wissen's nicht besser.«

»Nun, Jack Shelby weiß es besser«, entgegnete Dora, während sie eine Tomate viertelte. Sam Lascombe fragte sich, ob sie wohl an Jack Shelby dachte, als sie das Gemüse mit derartiger Genauigkeit zerteilte.

»Ich bin jedenfalls froh, daß sie noch das Jagdhaus haben. Für uns ist es viel einfacher, wenn die Lordschaft und seine Leute nicht hier bei uns wohnen – nicht, daß ich sie rausgeschmissen hätte«, fügte Sam schnell hinzu. »Aber schließlich wollen wir ja nicht, daß das Bishops Inn über unserem Kopf angezündet wird. Es wird nicht leicht sein, Jack Shelby zu erklären, wieso wir Dante Leighton hereingelassen haben.«

»Kann nicht behaupten, daß ich was gegen das Extra-Geld hätte.« Dora mußte an die mehr als großzügige Summe denken, die ihr Lady Rhea als Dank, daß sie auf den Kleinen aufpaßte, zugesteckt hatte. »Hab' es richtig genossen, die fetten Hühner auf dem Markt zu kaufen und nicht in gammeligen Salatköpfen wühlen zu müssen. Hab' nur die knackigen, frischen genommen, Sam. Und du weißt, daß es das Leben in letzter Zeit nicht so gut mit uns gemeint hat. Wie die gehetzten Tiere haben wir gelebt, haben uns ständig wegen Jack Shelby Sorgen gemacht – ob er gute oder schlechte Laune hat oder ob wir was Falsches gesagt haben. Ja, gestern, als ich den süßen kleinen Lord auf meinem Schoß hatte, fühlte ich mich, als müßte ich mich um nichts auf der Welt sorgen. Es war wie früher, Sam, als man sich noch nicht auf die Zunge beißen oder sich ständig umschauen mußte.« Dora seufzte.

»Aye. Ich wünschte, ich könnte alles ungeschehen machen, was passiert ist, aber – guter Gott! Das habe ich ja ganz vergessen«, rief Sam aus.

»Was vergessen?« fragte Dora. Sie schnupperte. »Was ist das für ein Geruch? Imogen, paßt du auch auf die Stachelbeertörtchen auf? Ich will nicht, daß sie zu braun werden, hörst du?« warnte Dora das Mädchen, das sofort zum Ofen eilte und nach den köstlichen Törtchen schaute.

»Weißt du nicht mehr, was für eine Nacht heute ist?« fragte Sam leise.

Dora dachte einen Moment nach. »Dienstagnacht.«

Sam schnaubte ungeduldig. »Es ist Neumond.«

Doras Mund verengte sich zu einer schmalen Linie. »Und da sitzen wir dann mit dem Marquis von Jacqobi, und ich habe ihm und seiner Familie ein Mahl zubereitet, das wahrscheinlich sein letztes sein wird«, sagte sie düster.

»Aye, es wird die Hölle lossein, wenn Jack Shelby heute nacht auftaucht, nachdem sie die Ware an Land geschafft haben.«

»Meinst du, er kommt?«

»Aye, der Sturm hat sie jetzt eine ganze Woche aufgehalten. Und wir haben die erste mondlose Nacht, Dora. Mit Sicherheit werden sie heute die Fuhre machen.« Sam blickte sich besorgt um, als wäre es bereits dunkel, und als könnte er das Stapfen der Männer von draußen hören.

»Kannst du nicht irgend etwas unternehmen, damit er die Ware nicht bei Bishops Creek einlädt?« fragte Dora. Die Shrimps in Weißweinsoße kochten auf dem Herd, und Dora rührte langsam um.

»Kaum. Er war die letzten vierzehn Tage in Frankreich. Mußte sich nach einer anderen Quelle umschauen; der Mann, der die ›Söhne des Satans‹ beliefert hat, ist tot. Vielleicht hat er sie betrogen, und sie haben ihn ermordet. Hab' gehört, daß sie mit dem Franzmann nicht zufrieden waren.«

»Dann sag einem von denen Bescheid, die unten am Strand auf sie warten. Sag ihm, daß der Platz nicht mehr sicher ist«, schlug Dora besorgt vor, während sie nach der Pastete im Herd schaute.

Sam Lascombe rieb sich den Nacken. »Weiß nicht, ob ich mich noch an das Losungswort erinnern kann. Mußte es nie benutzen. Schien, daß die Dragoner immer oben an der Küste waren, wenn wir hier unten abgeladen haben. Und wenn sie hier waren, gingen die Söhne oben an Land...«

»Jack Shelby wird sowieso erfahren, daß seine Lordschaft nach Merdraco zurückgekommen ist – du willst nur nicht derjenige sein, der ihm das als erster sagt, he?«

»Würdest du es tun?«

»Nein, ich wäre auch nicht erpicht darauf«, gab Dora zu. Ihre Hand zitterte, als sie die Shrimps in die Wein- und Eiersoße gab. »Du mußt ja nichts sagen, Sam. Nur, daß es hier nicht sicher ist. Daß wir Gäste haben und daß sie die Ware woanders an Land bringen sollen. Das reicht ja schon.«

»Aye, denke, das wird das Beste sein. Kann nicht zulassen, daß Seine Lordschaft über die Schmuggler stolpert, besonders nicht, wenn Jack dabei ist«, murmelte Sam Lascombe. Plötzlich überkam ihn das Gefühl, daß das Bishops Inn auf einem Pulverfaß stand.

Ein Scheit im Herd fiel mit einem Funkenschauer herunter, und Sam Lascombe beobachtete beklommen, wie die Flammen gierig das Holz verzehrten. Bald würde er Holz nachlegen müssen. Er hörte das Schlagen der großen Standuhr und sah nervös in die heraufziehende Dunkelheit, denn obwohl er die Schmuggler gewarnt hatte, nicht die Bucht zu benutzen, befürchtete er das Schlimmste.

Es würde heute abend sicherlich kein gutes Ende geben, vermutete Sam Lascombe, als er auf die lachende Gruppe schaute, die sich um seinen Eichentisch versammelt hatte und das Essen vor dem warmen Feuer genoß. Sie benahmen sich, als gäbe es nichts Böses auf der Welt.

Aye, es ist eine Schande, dachte er, denn es waren wirklich feine Leute. Obwohl sie von adliger Abstammung waren und es nicht nötig hatten, für irgendwen ein gutes Wort zu finden, waren sie doch stets höflich und freundlich, und die Marquise war eine wirkliche Lady. Sie war Dora immer für ihre Bemühungen dankbar, und nie wurde sie gegenüber ihren eigenen Mägden laut. Sie erinnerte Sam bei mehr als einer Gelegenheit an die letzte Marquise, denn auch Lady Elayne war eine gutherzige Dame gewesen. Sam war von Rheas Schönheit gefesselt. Sie trug ein hellgelbes Gewand, das mit einem Blumenmuster verziert war, und ihr goldenes Haar fiel in sanften Wellen, die von farbenfrohen Bändern gezähmt wurden, über ihren Rücken. Und als sich ihr sanftes Lächeln in ein herzliches Lachen wandelte, ertappte sich Sam, wie er sie um ihr reines Gewissen beneidete, das sie so unschuldig wirken ließ. Er hoffte, daß sie ihren unschuldigen Blick auf die Welt für immer bewahren konnte und nie den Täuschungen unterliegen mußte, die Sam erlebt hatte.

Dann fiel sein Blick auf den Marquis von Jacqobi. Sam war verblüfft, wie drastisch sich ein Mann verändern konnte. Sicher, er war immer noch ein gutaussehender Teufel mit diesen hellgrauen Augen und aristokratischen Gesichtszügen, doch sein Blick war jetzt hart und wachsam, als ob er ständig am Horizont nach Feinden Ausschau hielt; und sein Gesicht war von den Jahren, in denen er auf den Weltmeeren gesegelt war, von der Sonne gebräunt. Dante Leighton war zu einem Mann mit Gefühl für Verantwortung geworden.

Aye, sie waren wirklich vornehme Leute, dachte Sam Lascombe, während er ihrem Gelächter lauschte. Er beobachtete die beiden Jungen, die sich gegenseitig das Essen vom Teller stibitzten, wenn der andere nicht hinsah. Und der Bruder der Marquise war ein gutaussehender Bursche. Welch eine Ehre wurde dem Bishops Inn zuteil, das den Erben eines Herzogtums unter seinem Dach beherbergen durfte. Auch Mister Marlowe war ein Gentleman, er hatte stets ein wachsames Auge auf alles.

»O Mrs. Lascombe, Sie hätten sich wirklich nicht solche Mühe machen müssen«, rief Rhea aus, als sie mit Staunen auf den Gurkendrachen starrte, der so stolz auf seiner Platte thronte. Sam Lascombe mußte die Platte tragen, so schwer war sie. Alle waren verblüfft und beeindruckt und vielleicht auch etwas amüsiert.

»Das ist wirklich erstaunlich«, sagte Rhea. Es war ein kulinarisches Meisterwerk.

Dora Lascombe strahlte über das ganze Gesicht. »Ich bin froh, daß er Ihnen gefällt, Mylady«, sagte sie und warf dabei Dante Leighton einen Seitenblick zu. »Es ist zu Ehren der Ankunft von Lord Jacqobi auf Merdraco und zu Ehren seiner Familie.« Sie klang beinahe, als wollte sie sich entschuldigen. Sie tauschte Blicke mit Sam aus, und sowohl Francis als auch Alastair Marlowe bemerkten es und wunderten sich darüber.

Der ehemalige Captain der *Sea Dragon* schüttelte ungläubig den Kopf, überrascht ob der Großzügigkeit und Freundlichkeit. Er stand auf – die anderen taten es ihm schnell nach – und erhob seinen Kelch. Er schaute Dora Lascombe an und sagte: »Auf Dora Lascombe, die eine ganz besondere Dame ist. Danke.« Dante prostete ihr zu. Als sie in seine hellen Augen schaute, die einer Frau so viel sagen konnten, wurden ihre Wangen so rot wie die Radieschen auf der Platte. Und das passierte ihr, einer Großmutter!

»Uiiiii!« flüsterte Conny Brady ehrfürchtig. Es juckte ihn in den Fingern, das Biest zu berühren. »Wie haben Sie den hingekriegt, Mrs. Lascombe? Ist da ’ne Echse drunter?«

»Ich wette, das würde Mrs. Peacham nie schaffen«, kommentierte Robin, »obwohl sie den besten Kirschkuchen überhaupt backen kann«, fügte er schnell hinzu, denn das erforderte seine Loyalität gegenüber der Köchin von Camareigh, selbst wenn es zur Folge haben sollte, daß ihm Mrs. Lascombe das nächste Mal kein extragroßes Stück Blaubeerrolle geben würde.

Houston Kirby schniefte. »Aye, das ist wirklich eine großartige Arbeit, Dora Lascombe«, sagte der kleine Steward schroff, und trat dabei furchtbar verlegen von einem Fuß auf den anderen.

Diese ziemlich groben Worte des Lobes schienen Dora mehr zu bedeuten als alle anderen. »Nun, danke schön, Houston«, sagte sie mit einem warmen Ausdruck in den Augen. Als sie das Lächeln ihres Mannes sah, strahlte sie noch mehr, denn sie hatte die Bewunderung ihres Verehrers aus der Jugendzeit, der als erster ihre Leidenschaft geweckt hatte, und die Bewunderung des Mannes, den sie geheiratet hatte und liebte.

Ein paar Minuten stand die kleine Gruppe noch um den Tisch herum und bewunderte das Kunstwerk. Es war die Regungslosigkeit und der Duft der Speisen, die die Aufmerksamkeit des Katers weckten. Mit Entschlossenheit und Schläue näherte sich Jamaica langsam dem Tisch, umschlich dabei lautlos die unzähligen Beine, die seinen Weg behinderten. Er sprang auf den Tisch, sein Opfer, eine der gebutterten Shrimps, die ihn schon seit einer halben Stunde gequält hatten, fest im Auge. Jetzt jedoch war der kleine Happen, nach dem er gegiert hatte, vergessen, denn dort kauerte ein bösartig aussehendes Biest, das mit rotglühenden Augen den Tisch bewachte.

Jamaica machte einen Buckel, und seine Haare standen ihm zu Berge, als er der Kreatur mit den grünen Schuppen gegenüberstand.

»Guter Gott, was ist das denn?« rief Alastair Marlowe, als er ein sonderbares Knurren an seiner Seite vernahm. Schnell warf er dem grünen Drachen, der sein Abendessen sein sollte, einen mißtrauischen Blick zu, in Erwartung, das Biest könnte jeden Moment mit zuckendem Schwanz auf ihn zukriechen.

»Jamaica!« kreischte Conny, gerade als der Kater dem spitzen Maul des Drachen einen Tatzenhieb versetzte.

Dora Lascombe sah mit Entsetzen, wie eine Gurkenscheibe an der Kralle des Katers hängenblieb, doch der entsetzte Ausdruck des Katers, als er auf das Ding starrte, das an seiner Kralle hängengeblieben war, übertraf ihren um vieles.

Sam Lascombes polterndes Lachen erfüllte den Raum. Dora sah aus, als hätte sie einen Geist gesehen, so erschreckt war sie. Doch nicht so wie der Kater selber. Mit steil aufgerichtetem Schwanz fauchte er seinen Feind ein letztes Mal vernichtend an, bevor er über den Tisch und Houston Kirbys schmale Schulter floh. Sam Lascombe konnte gar nicht mehr aufhören zu lachen.

Das Bishops Grave Inn lag ruhig und dunkel, als Dante Leighton fünf Stunden später leise die Haustür hinter sich verschloß. Rhea schlief fest, ihr Gesicht unter der Flut ihres Haares begraben. Ihr Sohn lag friedlich in seiner Wiege neben ihrem Bett. Das Feuer im Kamin war heruntergebrannt, doch die Glut strahlte noch eine angenehme Wärme aus.

Dante Leighton ging zielstrebig zu den Ställen. Das silberne Licht der Sterne wies ihm den Weg. In Blitzesschnelle war er bei den Ställen angelangt und sattelte sein Pferd.

Er führte es hinaus, begleitet von dem Wiehern eines anderen Pferdes. Dante schaute auf das dunkle Gasthaus zurück. Kein Licht leuchtete in den Fenstern. Lautlos stieg er auf und trieb sein Pferd auf den holperigen Weg nach Merdraco.

Die dunklen Türme erhoben sich vor Dante, als er sein Pferd die Klippen hinauftrieb. Eine Eule rief, gefolgt vom Klatschen schlagender Flügel. Dann war wieder alles still. Dante stieg ab, die Riemen seiner Steigbügel knirschten leise. Er band die Zügel an einem der kleineren Felsen, die auf dem Innenhof des ehemaligen Schlosses verstreut lagen, fest und nahm dann die Laterne vom Sattel, die er sich aus dem Stall geborgt hatte. Fast lautlos waren seine Schritte, als er auf den klaffenden Eingang einer der Türme zuging. Er blieb stehen, starrte in die Dunkelheit und ging dann hinein.

Dante verharrte in der Finsternis und lauschte. Ein kurzes, scharfes Geräusch, ein Funken – dann erhellte flackerndes Licht den engen Raum und wies Dante den Weg die Stufen hinauf, die wie eine endlose Spirale schienen.

Das gelbe Licht warf breite, verzerrte Schatten an die Wände. Dante achtete auf jeden seiner Schritte beim Aufstieg, denn die Stufen waren rutschig von Schmutz und Feuchtigkeit. Zwei der drei Stockwerke des Turmes waren bereits verfallen, und Dante machte sich nicht erst die Mühe, stehenzubleiben. Er kletterte zielstrebig zum dritten und letzten Stock des Turmes, von dem er hoffte, daß er noch intakt war. Der alte Marquis hatte immer darauf geachtet, daß er begehbar war. Doch es war nicht nur die Sorge, die Bretter könnten unter seinem Gewicht nachgeben, die Dante mißtrauisch machte; er vermutete, daß die Schmugglerbande den Turm benutzt hatte, um ihren Schiffen Signale zu geben.

Es gab keinen Geist auf Merdraco.

Dante sah sich im dritten Stockwerk des Turmes um. Ein grimmiges Lächeln umspielte seine Lippen, als er die leeren Rumflaschen und die zusammengeknüllten Decken entdeckte, die auf der Steinbank unter dem Turmfenster verstreut lagen. Die Nächte konnten kalt werden für einen Wachposten.

Nachdem er sich noch einmal sorgfältig umgeschaut hatte, verließ er den Raum und betrat vorsichtig den schmalen Pfad auf der hohen Steinmauer, der einzigen, die noch intakt war und die beide Türme verband. Er kletterte immer höher, bis er die Spitze des

Erkers erreicht hatte. Von hier aus hatte er einen ungehinderten Blick über den gesamten Abschnitt der Küste.

Falls jemand einem Schiff ein Signal geben sollte, war es gut möglich, daß er es von hier aus sah, dachte Dante bei sich, als er sich über die niedrige Schießscharte lehnte und in die Finsternis spähte. Tief unter ihm brachen sich die Wellen an der felsigen Küste und schickten salzige Feuchtigkeit in die Nacht. Dante atmete tief den Geruch des Meeres ein, das er liebengelernt hatte, und für einen kurzen Augenblick hörte er das laute Knattern der Segel der *Sea Dragon*. Er sehnte sich nach dem Gefühl der salzigen Gischt auf seinem Gesicht, während das Deck unter seinen Füßen schlingerte und der Bug der Brigg auf einen neuen Kurs umschwang.

Dante schüttelte den Kopf. Das gehörte der Vergangenheit an. Jetzt mußte er seine ganze Kraft auf den Wiederaufbau von Merdraco konzentrieren. Er riß seinen Blick von der See los und starrte auf die dunklen Schatten, die Merdraco ausmachten. Bald schon, so schwor er, würde das Haus im Glanz von tausend Kerzen erstrahlen, und der Wind würde den Klang von Stimmen mit sich tragen.

Als Dante Leighton, der Herr eines verwüsteten Hauses und einer Schloßruine, auf dem Erker stand und sein Blick die Küste absuchte, bemerkte er ein Steinhaus, das ruhig in der allumfassenden Dunkelheit lag. Seawyck Manor war das Heim von Lady Bess Seacombe. Unweigerlich fragte er sich, wie die Jahre wohl seiner ehemaligen Geliebten mitgespielt hatten. Waren sie gut zu ihr gewesen? Oder hatte die Zeit ihrer Schönheit, die ihn einstmals so verzaubert hatte, böse mitgespielt?

Als Dante in diese Richtung schaute, flammte ein Lichtblitz auf. Dann ein weiterer, gefolgt von drei zusammenhängenden. Dante lächelte. Das hatte er erwartet. Er beobachtete die Küste und entdeckte das Licht einer Laterne. Ihr Signal war genau die Umkehrung des ersten, drei Blitze, gefolgt von zweien.

Er hatte gesehen, wie nervös Sam Lascombe dem fortschreitenden Schlagen der Standuhr gelauscht hatte. Und da es die erste mondlose Nacht nach einer sturmgepeitschten Woche war, hatte sich Dante leicht ausrechnen können, daß die »Söhne des Satans« in dieser Nacht ihre Ware an Land schaffen würden. Es war leicht zu erraten, daß die Bucht beim Bishops Inn – eine tiefe Bucht ohne Riffs oder Sandbänke – sicher oft von Schmugglerbanden benutzt wurde. Doch Dante hatte sich auch ausgerechnet, daß Sam den Schmugglern sicher eine Warnung hatte zukommen lassen, heute nicht in der Bucht zu landen. Sam Lascombe war kein Narr und er wußte, daß er einen ehemaligen Schmuggler unter seinem Dach beherbergte und daß dieser Mann zudem Jack Shelby haßte, also würde er keine Begegnung zwischen den Männern riskieren.

Dante hielt die Laterne vor sich und stieg schnell die Wendeltreppe hinab, verweilte am Fuß der Stufen, um die Laterne zu löschen und trat in die Nacht hinaus.

Rhea seufzte schläfrig, rollte sich zur Seite und langte nach Dante, doch da war nur eine kalte, leere Stelle, wo sein warmer Körper hätte sein müssen. Sie setzte sich auf und starrte in die Dunkelheit der Kammer.

»Dante?« flüsterte sie. Was hatte sie geweckt? Tastend entzündete sie eine Kerze. Sie schaute in die Wiege neben ihrem Bett und sah, daß ihr kleiner Sohn tief im Schlaf lag. »Süße, süße Träume wünsche ich dir«, murmelte Rhea und stopfte die weiche Daunendecke fest um seine kleinen Schultern.

Sie warf ihr eigenes Federbett zurück und schwang die Beine aus dem warmen, weichen Bett. Als ihr nackter Fuß in Berührung mit dem kalten Boden kam, verzog sie das Gesicht. Sie zitterte und versuchte sich zu erinnern, wo sie ihren Morgenmantel gelassen hatte. Als sie ihn entdeckte, fiel ihr etwas auf.

Dantes Morgenmantel lag neben dem ihren, doch seine Stiefel, die er immer am Fußende des Bettes aufstellte, waren verschwunden. Sie rieb einen kalten Fuß an ihrer Wade im Versuch, ihn zu wärmen, während sie sich fragte, wo Dante sein könnte. Er hatte sich angekleidet, aber warum?

Wo konnte er sein? Sie schlüpfte in ihren Morgenmantel und verknotete gedankenverloren den Gürtel. Sie griff sich in den Nakken und befreite ihre langen Haare aus dem Kragen.

Sie nahm die Kerze und ging aus dem Zimmer. An der Tür der Kammer, die sich Robin und Conny teilten, verweilte sie und öffnete sie leise einen Spalt. Conny und Robin schliefen fest.

Als sie die Treppe erreichte, schlug die Standuhr an, und Rhea ließ vor Schreck beinah' die Kerze fallen. Es war kurz vor Sonnenaufgang. Einen Moment zögerte sie und überlegte, was sie tun sollte. Gerade wollte sie umkehren, als sie Stimmengewirr vernahm, das aus der Schankstube kam.

Mit einem erleichterten Seufzer eilte Rhea die Stufen hinab. Sie dachte, daß sie jetzt selbst gern eine Tasse Tee trinken würde, wo sie schon einmal auf war.

Offensichtlich bin ich nicht die einzige, die keinen Schlaf findet, dachte sie, als sie die Tür zur Schankstube öffnete.

Die Hölle bricht los.

Robert Greene

Kapitel zweiundzwanzig

Jack Shelby setzte den Alekrug ab und wischte sich mit dem Handrücken über die Lippen, dann fiel sein Blick auf die Erscheinung, die im Türrahmen stand, und ungläubig starrte er ihr entgegen. Er hatte die Vision einer wunderschönen Frau, die einen rosa Morgenmantel trug und deren goldenes Haar in Kaskaden über ihre zarten Schultern fiel. Es war die schönste Frau, die er je gesehen hatte.

Rhea verharrte absolut regungslos, ihr Blick ruhte wie hypnotisiert auf den ungehobelt aussehenden Männern, die sich um das Feuer versammelt hatten. Die Flammen schienen sich tausendfach auf dem Messing und Zinngeschirr in den Regalen und auf den Balken widerzuspiegeln. Mehrere große Eichenfässer waren bereits angestochen, ihr Inhalt hatte sich in die Krüge ergossen, die die Männer fest umklammerten. Ein solches Szenario hatte sie ganz und gar nicht erwartet. Erstaunt stellte sie fest, daß Sam Lascombe nicht da war, um die Gruppe, die offensichtlich gerade erst eingetroffen war, zu bedienen. Viele Männer trugen noch ihre Umhänge, und ihre Stiefel waren schlammverklebt. Sie hatten Mrs. Lascombes blitzblanken Fußboden völlig ruiniert.

»Bei allem, was heilig ist, wen haben wir denn da?« fragte Jack Shelby und ging auf die zarte Person in Rosa zu, die so still im Eingang stand. »Sollte sich der alte Sam etwa seiner sauertöpfischen Frau entledigt haben? Bist du jetzt etwa sein neues Liebchen, Mädel? Was muß er doch für ein Narr sein, dich an diesem kalten Morgen aus seiner Koje zu lassen«, spottete der Anführer der »Söhne des Satans« zur Belustigung seiner Männer. »Oder hat er dich als Friedensangebot wegen seiner blödsinnigen Nachricht runtergeschickt? Hat er immer noch nicht gelernt, daß niemand in diesem Land es wagen sollte, die Hand gegen mich zu erheben?« Jack Shelbys harte Augen ruhten auf dem zarten, elfenbeinfarbenen Hals von Rhea Claire Leighton, Marquise von Jacqobi und Ehefrau des Mannes, dem er den Tod geschworen hatte.

»Komm, mein Liebchen, komm zu Jack. Wie heißt du denn? Wahrscheinlich hast du einen süßen, kleinen Namen, he?« fragte er mit einem anzüglichen Grinsen. Seine gelben Augen verschlangen ihren Körper mit unverhohlener Wollust.

Rhea starrte den breitschultrigen Kerl voller Abscheu an. Sie versuchte erst gar nicht, ihren Ekel zu verbergen, sehr zur Belustigung von Jack Shelby, denn er mochte Frauen mit Krallen, und dieses süße, goldhaarige Exemplar schien scharfe zu haben.

Daß dieser Mann Jack Shelby war, der Anführer der »Söhne des Satans«, und die anderen Männer seine Schmugglerbande, kam Rhea überhaupt nicht in den Sinn. Sie wähnte sich und ihre Familie absolut sicher im Bishops Grave Inn und war sich nicht bewußt, daß sie sich in Gefahr befand. Also schenkte sie ihnen keine weitere Beachtung, sondern machte auf dem Absatz kehrt und setzte an, den Raum zu verlassen.

Der zweite Fehler, den sie beging, war, Jack Shelby den Rücken zuzukehren, und so fand sie sich von Angesicht zu Angesicht mit der häßlichen, lachenden Fratze des Mannes, der kein Mitleid kannte. »Wohl ziemlich hochmütig, was?«

»Lassen Sie meine Schulter los«, befahl Rhea mit leiser, aber fester Stimme, und ihre gute Aussprache verriet ihm, daß sie eine Lady war.

»Oh, *bitte um Entschuldigung, Mylady*«, sagte er gehässig. »Dann bist du also Gast hier, wie? Hätte wissen sollen, daß Sam Lascombe niemals so was süßes in sein Bett kriegt.«

»Glaubst du, du hast mehr Glück, Jack?« rief ein hagerer Mann, dessen Augen erwartungsvoll zwischen Jack und seinem Opfer hin und her wanderten.

»Glück?« dröhnte Jack, und er versuchte den Mann auszumachen, der ihm das zugerufen hatte. »Jack Shelby nimmt sich, was er will. Glück spielt dabei keine Rolle.« Sein Grinsen wurde noch breiter, als er die Angst in Rheas Augen sah. »Schon von mir gehört, was?«

Rhea schluckte. Selbst zitternd und frierend in Gefangenschaft auf der *London Lady* hatte sie niemals eine solche Angst verspürt.

»Ich glaub', sie mag dich, Jack«, grölte einer. »Sie wehrt sich gar nicht.«

»Sprachlos vor Ehrfurcht, Jack«, rief ein anderer.

»Die hat nur zuviel Angst, um sich zu bewegen«, brüllte ein weiterer.

»Aye, ist sie nicht 'ne Schönheit? Und diese Augen«, murmelte Jack. »Ich will verdammt sein, wenn sie nicht violett sind. Ich habe noch nie solche Augen gesehen«, keuchte er. »Wette, alle Kerle wollten schon mal mit dir, meine Lady, was?« Seine Finger schlossen sich fester und schmerzvoll um ihre Schulter.

»Lassen Sie mich sofort los!« Rheas Stimme zitterte vor Zorn und Demütigung.

»Ah, Mylady, so unfreundliche Worte für Jack Shelby?« fragte er und dann ergriff er, bevor Rhea sich wehren konnte, ihre Hand und starrte auf den Ehering. »Eine verheiratete Frau. War ja auch nicht anzunehmen, daß du lange Jungfrau bleibst, mit diesen Haaren und dieser weichen Haut. Du riechst auch gut«, sagte er leise, denn der Duft, den sie verströhmte, hatte sich durch ihre Angst intensiviert.

»Ist dein Mann da oben? Bestimmt schläft er tief und fest und träumt von dir. Er wird dich sicher nicht vermissen, wenn du ein, zwei Stündchen hier unten bei dem guten Jack Shelby bleibst. Wollte einer Lady wie dir schon immer mal beibringen, wie es mit einem richtigen Kerl ist – einem Kerl, der zu schwitzen weiß, nicht wie diese zuckersüß duftenden Hampelmänner, die deine Hilfe brauchen, um aus ihren Reithosen zu steigen. Du wirst nicht enttäuscht sein, Mylady«, sagte er mit einem Blick auf ihre herzförmigen Lippen. Er fühlte ein unbändiges Verlangen, ihre Weichheit unter sich zu spüren.

»Sie täuschen sich sehr, wenn Sie annehmen, mein Mann sei ein Schwächling. Und wenn ich Sie wäre«, warnte Rhea tapfer, »würde ich ihm nicht noch einen einzigen weiteren Grund bieten, Sie in die Hölle zu schicken, wo Sie für immer in Verdammnis schmoren werden.«

Jack Shelby war völlig perplex, und auch Rhea selbst war von der Kühnheit ihrer Antwort überrascht. Es war, als hätte sie neben sich gestanden, als sie die Worte aussprach. Plötzlich brach Jack Shelby in schallendes Gelächter aus. Es half, die Spannung im Raum etwas zu lockern. Seine Männer hatten sprachlos dagesessen, denn keiner von ihnen würde es je wagen, in diesem Ton mit Jack Shelby zu sprechen, obwohl viele ihren rechten Arm für soviel Mut gegeben hätten.

Er warf seinen Kopf zurück, sein breiter muskulöser Hals sah wie ein Baumstamm aus, während sich sein starker Brustkorb wölbte. Rhea wurde sich plötzlich seiner wuchtigen Männlichkeit bewußt. Er ähnelte einem brünstigen Hirsch, und Rhea überkam ein instinktives Bewußtsein für die Gefahr, die so alt war wie die Menschheit selbst.

Sie begann zu kämpfen, sich verzweifelt zu wehren. Ihre violetten Augen verrieten sie, als sie ihm ins Gesicht schaute, denn Jack Shelby spürte jetzt ihre Angst vor seiner Männlichkeit, und das schürte sein Verlangen nur noch mehr.

»Bei Gott, du wirst mein sein, noch bevor diese Nacht zu Ende geht«, schwor er und schlang seine Arme um ihre schlanke Taille. Ohne Anstrengung hob er sie hoch und hielt sie vor sich.

Jack Shelbys triumphierendes Lachen erfüllte den Raum und übertönte Rheas Schreien. Er war hier der Herr. Er nahm sich, was er wollte. Er war so sehr gewöhnt, Macht über verschüchterte Dorfbewohner und verängstigte Bauern zu haben, daß er vergessen hatte, daß es noch andere gab, die mächtig und stark waren und keine Angst hatten.

Und so war der allmächtige Jack wirklich überrascht, als er eine warnende Stimme hörte, die sagte, er solle die Frau freilassen, oder er würde sterben.

Rhea kannte diese Stimme nur allzu gut, und sie bekam noch mehr Angst.

Jack Shelby setzte Rhea wieder ab, ließ jedoch eine Hand auf ihrer Schulter. Mit weit aufgerissenen Augen starrte er den Mann an, der in der Tür stand. Dieser Mann zielte mit einer Pistole auf Jack Shelbys Brust.

Der Schmuggler gluckste fast. »Guter Gott! Ist *das* dein Mann?« fragte er ungläubig.

»Ich warne Sie kein zweites Mal«, sagte Francis Dominick leise, und seine blaugrauen Augen funkelten gefährlich.

»Er ist ja noch ein Baby. Du meinst, du bist mit diesem Hering verheiratet? Kein Wunder, daß du immer noch so unschuldig aussiehst«, lachte Jack Shelby, und seine Männer fielen mit ein, sie freuten sich auf diesen Kampf.

»Francis, bitte, du weißt ja nicht, was du tust! Geh, und hol Dan...« begann Rhea. Sie brach plötzlich ab, aus Angst, Dantes Anwesenheit zu verraten.

»*Francis*, olala«, spottete Shelby. »So ein süßer Name für so einen süßen Burschen. Sei ein guter Junge und geh wieder ins Bett, sonst muß der gute, alte Jack dich persönlich hineinbefördern«, verhöhnte er den jüngeren Mann. »Aber wenn du nichts dagegen hast, werde ich diese entzückende Lady noch ein wenig bei mir behalten. Und ich verspreche dir, wenn du sie zurückkriegst, ist sie eine richtige Frau. Du solltest mir dankbar sein, Bürschchen.«

Man konnte Jack Shelby nicht anlasten, daß er diesen jungen Gentleman unterschätzte. In seinem Nachthemd, das er hastig in die Reithose gestopft hatte und barfüßig, sein goldenes Haar vom Schlaf zerzaust, wirkte er wahrlich nicht imposant. Doch Jack Shelby konnte nicht wissen, daß es sich dabei um Lucien Dominicks Sohn handelte und daß er selbst die Schwester des jungen Mannes bedrohte.

Das Klicken des Abzugs ließ das Gelächter im Raum verklingen. »Komm hier herüber, Rhea.« Rhea versuchte sich vergeblich aus Jack Shelbys festem Griff zu befreien.

»Ich bin Francis Dominick, Marquis von Chardinall«, sagte Francis stolz. »Ich erwähne das nur, weil ich Sie nicht ohne angemessene Vorstellung meiner Person in den Tod schicken möchte«, ließ Francis in einem unterkühlten Ton verlauten, der den Herzog von Camareigh stolz gemacht hätte. Und auch Rhea sah ihren Bruder jetzt in einem ganz anderen Licht.

Francis Dominicks Worte hatten eine ernüchternde Wirkung auf die »Söhne des Satans«. Ein Gentleman von Rang und Namen war etwas anderes als ein verschüchterter Bauer. Und diese Blaublüter konnten die Aufmerksamkeit der Obrigkeit auf sie lenken.

Jack Shelby jedoch schien ungerührt zu sein und starrte den jungen Mann mit wachsender Verachtung an. Seine Hand glitt zu

Rheas Taille, und er zog sie direkt vor sich. Er benützte ihren schlanken Körper als Schutzschild. »Du denkst, du bist wirklich gut genug, um nicht die Lady zu treffen? Und selbst wenn du Glück hast und mich triffst, Bürschchen – hinter dir sind zwanzig Mann. Sie würden es nicht begrüßen, den alten Jack Shelby kaltblütig ermordet zu sehen«, warnte er.

Francis' Augen weiteten sich leicht, als er feststellte, wie brutal dieser Mann war. Einen Moment lang war er verwirrt, denn er hatte nicht mehr nur einen Kerl vor sich, der seine Schwester bedrohte.

Jack Shelby, der sich schon sein Leben lang von seinem Instinkt hatte leiten lassen, spürte den Moment des Zögerns und ließ seine Hand blitzschnell auf den kühlen Griff des Messers unter seiner Weste gleiten. Rhea spürte die Bewegung und schaute herunter. Sie schrie, als sie das glitzernde Metall erblickte.

Francis Dominicks Zeigefinger spannte sich um den Abzug. Das Knallen der Pistole war ohrenbetäubend, als sich das Schießpulver in einem weißen Blitz entlud. Die Luft war erfüllt vom Geruch des Sulfurs, und es war totenstill.

Rhea schrie, als sie Francis rückwärts taumeln und das Messer in seiner Schulter stecken sah. Jack Shelby erstickte ihren Schrei unter seiner Hand und starrte auf den Gentleman, der ihn bedroht hatte. Ein zufriedenes Grinsen breitete sich auf seinem Gesicht aus, als er das Blut auf dem Hemdsärmel entdeckte.

»Ihr habt es alle gesehen. Er hat versucht, mich zu töten«, sagte Jack Shelby im Plauderton. »Schade um ihn, wenn er die Verwundung nicht überlebt. Könnte vielleicht sogar im Delirium in die Nacht hinausmarschieren und von einer Klippe stürzen, der arme Kerl. Und dann würde ihm seine junge Frau nachlaufen und sich mit ihm hinunterstürzen…« spekulierte Jack Shelby mit trauriger Stimme.

Er gab seinen Männern ein Zeichen, Francis zu helfen, doch sie starrten alle auf die Tür hinter ihm. In der Annahme, der verwundete Frischling würde sich rühren, drehte Jack sich noch immer grinsend um.

Als er die schattige Figur im Türrahmen sah, spannten sich seine Muskeln, denn er spürte die Gefahr, die von dem Fremden ausging.

»Wenn du schlau bist, verdrückst du dich und vergißt, was du hier gesehen hast«, riet Jack Shelby dem Mann.

»Und wenn du schlau bist, läßt du diese Lady unverzüglich frei«, befahl die kalte Stimme. Um Mißverständnisse zu vermeiden, spannte der Gentleman warnend seine beiden Pistolen.

»Entweder du bist ein Narr, oder du weißt einfach nicht, mit wem du sprichst«, erwiderte Jack Shelby lächelnd.

»Oh, ich weiß genau, mit wem ich spreche, und ich rate dir zum letzten Mal, diese Frau freizulassen, denn sie ist *meine* Frau, und ich will, daß du deine dreckigen Hände von ihr nimmst«, antwortete der Mann und trat ins Licht. Dante Leighton, der Herr von Merdraco, zeigte sich seinem Feind zum erstenmal.

Zu sagen, Jack Shelby war überrascht, hieße zu untertreiben. Der Mann war sprachlos. Er hätte nicht entsetzter sein können, wenn ihm der Teufel höchstpersönlich begegnet wäre. Und da er völlig unter Schock stand, lockerte sich für einen Sekundenbruchteil sein Griff. Lange genug für Rhea, um sich zu befreien. Sie war so erleichtert und dankbar, Dantes geliebtes Gesicht zu sehen, daß sie beinahe ausrutschte, als sie ihm entgegeneilte, heiße Tränen rannen ihr über das Gesicht. Dann versteckte sie sich schnell hinter Dante und kniete an der Seite ihres verwundeten Bruders nieder.

»Du kennst mich doch noch, oder?« fragte Dante den verblüfften Jack Shelby.

Jack Shelby spuckte auf den Boden vor Dante aus. Sein Gesicht wurde jetzt zornesrot. »Geh zur Hölle, du verdammte schwarze Seele!«

»Du kannst dir sicher sein, daß ich auch dort auf dich warten würde, Jack Shelby.« Dantes hellgraue Augen funkelten.

Jack Shelby sah wie besessen aus. Seine Augen quollen hervor, und Speichel rann ihm aus den Mundwinkeln, als der Mann, den er beschuldigte, seine Tochter ermordet zu haben, sich so arrogant vor ihm aufbaute. Doch selbst in diesem Zustand erkannte Jack, daß dies nicht mehr der verantwortungslose junge Lord war, der damals den Schwanz eingezogen hatte und davongerannt war. Der Mann, der vor ihm stand, war ein gefährlicher Mann. Er konnte es an dem kalten, vernichtenden Blick in den hellgrauen, stechenden Augen erkennen. Und an der Art, wie Dante Leighton vor ihm stand, emotionslos, ohne jede Regung, obwohl er doch tödlichen Zorn spüren mußte. Jack Shelby überkam Angst, ein Gefühl, das er schon seit Jahren nicht mehr gehabt hatte. Plötzlich wurde ihm klar, daß sein Gegner nur auf eine Bewegung von ihm wartete, um ihm ein Loch ins Herz brennen zu können. Dante Leighton war versessen auf Rache, und nur der Anblick seines toten Feindes zu seinen Füßen würde ihm Genugtuung verschaffen.

Jack warf einen Blick auf seine Männer, und er fühlte, wie sein Mut wieder zurückkehrte. Er hatte beinahe eine ganze Armee im Rücken, während Leighton allein dastand.

»Du bist der erste, der stirbt«, warnte Dante, der seine Gedanken lesen konnte. »Und ich werde ruhig sterben können, wenn ich weiß, daß du in der Hölle schmorst. Einer deiner Männer wird mit dir sterben, der, der es wagt, mich anzugreifen. Doch er muß warten, bis die Kugel dein Fleisch durchbohrt hat«, fügte Dante schlau hinzu, im Wissen, daß seine Worte Unruhe unter den Männern hervorriefen.

Jack hörte ein besorgtes Gemurmel unter seinen Männern und wünschte sich, eigenhändig diese miesen Feiglinge erschießen zu können. »Nur, falls es einer vergessen haben sollte, wir stecken alle zusammen in dieser Sache«, rief er. »Wenn ich an den Galgen soll, werde ich eine ganze Menge von euch mitnehmen. Vergeßt nicht, daß ihr die ›Söhne des Satans‹ seid und daß es eine Menge Rotröcke gibt, die sich mit einer Festnahme einen guten Namen machen wollen. Und ich kenne eure Namen, ihr Hundesöhne. Ich weiß, wo die meisten von euch herkommen und wofür ihr hängen solltet, bevor ihr zu mir kamt«, erinnerte Jack sie.

Einer oder zwei der Bande waren mutiger als die anderen. Vielleicht hatten sie aber auch eine besonders schlimme Vergangenheit. Sie traten vor, um ihrem Anführer zur Seite zu stehen. Als das geschah, überlegten sich die anderen zweimal, ob sie sich von dem Mann, der ihre Bäuche füllte und ihren Kehlen Ale besorgte, abwenden sollten, und so begannen sie sich allesamt langsam vorzubewegen.

Rhea, die versuchte, mit ihrem Morgenmantel Francis' Blutung zu stillen, beobachtete nervös, wie die Meute näher kam. Ihr Herz schlug wild, als sie das teuflische Grinsen in Jack Shelbys Gesicht sah. Sein Grinsen sagte, daß er gewonnen hatte.

»Rhea, bring Francis raus«, befahl Dante, im sicheren Gefühl, daß er den Raum nicht lebend verlassen würde. »Geh raus, Rhea!« Er wagte es nicht, sich zu ihr umzuwenden, doch er spürte, daß sie noch immer da war.

»Nein«, antwortete Rhea schwach. Sie würde ihn nicht allein lassen. Francis, obwohl totenbleich, versuchte aufzustehen. Doch er war zu schwach und sank in Rheas Arme zurück.

»Kommt schon, Männer. Er ist allein. Schnappen wir ihn uns, aber wenn es geht lebend. Ich möchte ihn gern ein bißchen leiden sehen für all die einsamen Jahre, in denen er mich um meine Lettie betrogen hat«, befahl Jack Shelby seinen Männern.

»Das würde ich mir noch einmal überlegen«, ertönte eine Stimme hinter Dante. Die Männer, die eben noch so tapfer gewesen waren, zuckten zurück.

Alastair Marlowe löste sich aus dem Schatten neben der Tür,

eine Pistole in der einen Hand, den Degen in der anderen. Hinter ihm bewegte sich eine kurze, krummbeinige Gestalt. Houston Kirby stand plötzlich an der Seite seines Captains, zwei Pistolen fest im Griff, während ein Messer von seinem Gürtel baumelte.

»Aye, scheint, daß sich die Umstände ein wenig geändert haben, aber du warst ja noch nie gut beim Wetten, Jack Shelby«, frotzelte Houston Kirby und sah den stämmigen Mann voller Verachtung an. »Ich bin kein Gentleman wie mein Capt'n hier, und deshalb kann ich nicht versprechen, daß ich warte, bis ihr dreckigen Köter, die ihr nicht einmal einen Misthaufen umgraben könnt, Reißaus nehmt, bevor ich euch ein Loch in den Kopf schieße«, warnte der kleine Steward.

Jack Shelby erwiderte Houston Kirbys Blick mit nicht weniger Haß. Er hatte den Mann noch nie gemocht. »Eines Tages werde ich dich wie eine Laus zerquetschen.« Shelby spuckte aus, und seine zu Schlitzen verengten Augen wanderten zu Alastair Marlowe und dann zu Dante. »Diesmal hast du Glück, *Mylord*, aber nächstes Mal bist du vielleicht ohne diese Pfeifen unterwegs. Und dann wird sich ja zeigen, wie tapfer du wirklich bist«, forderte Jack Shelby den Mann heraus, dessen Blick ihn die ganze Zeit nicht losgelassen hatte.

»Hab' gehört, du warst schon zu Hause. Hat sich wohl ein bißchen verändert, wie? Alles, was dir noch gehört, ist ein stinkendes verfaultes Loch. Eigentlich genau der richtige Ort, wo du und deine miese Gesellschaft hingehörst. *Mylord*«, sagte Jack Shelby. Sein Zorn hatte ihn die Gefahr vergessen lassen.

Doch seine Männer waren nicht ganz so blind vor Wut und redeten leise auf ihn ein.

Rhea konnte Dantes Wut spüren, und sie wußte, daß er nahe daran war, den Abzug zu drücken. »Dante, bitte«, sagte sie. »Francis braucht Hilfe. Jetzt kann niemand gewinnen.« Es waren die ersten vernünftigen Worte in dieser Situation.

»Capt'n, Lady Rhea hat recht«, lenkte Houston Kirby ein. »Wenn Sie den Hund erschießen, werden die anderen wie eine Meute wilder Wölfe über uns herfallen. Wir können das Leben von Lady Rhea und Lord Francis nicht aufs Spiel setzen. Es wird andere Gelegenheiten geben, bei denen Sie mit dem Bastard abrechnen können.«

Sam Lascombe, dessen massige, stachelige Beine unter seinem Nachthemd herausschauten, bereitete dem Streit ein Ende. Und das höchst diplomatisch. Er erschien in der Tür mit einem langläufigen Gewehr, das er über seinen Kopf schwang.

»Ziemlich schwer zu sagen, wer hier Feind und wer Freund ist. Das Bishops ist geschlossen. Ihr Gentlemen könnt später wiederkommen. Oder ihr trefft euch an einem anderen Ort, um den Streit weiterzuführen. Doch dies ist nicht der richtige Ort«, sagte er und zielte wieder mit der Donnerbüchse auf die Menge, die ganz nervös wurde, denn Sam sah noch ziemlich verschlafen aus.

»Nehmt Francis«, befahl Dante. Alastair wartete nicht auf weitere Befehle und beugte sich über Rheas Bruder. Er gab Rhea seinen Degen, steckte die Pistole in seinen Gürtel und half Francis behutsam auf die Füße.

Er hielt ihn fest umklammert und führte ihn aus dem Raum. Langsam folgte Rhea ihnen. Sie schaute sich mehrfach um, um sicherzugehen, daß Dante ihnen folgte, doch darum hätte sie sich keine Sorgen machen müssen, denn Houston Kirby dachte dasselbe, und er blieb so lange an der Tür stehen, bis sein Captain an ihm vorbei war.

Jack Shelby schaute der großen, schlanken Gestalt nach. Noch immer spürte er den Blick dieser hellgrauen Augen auf sich. Die Botschaft war nur zu klar: Sie würden sich ohne Frage wiederbegegnen, und dann würde nur einer von ihnen überleben.

Wir haben die Schlange verscheucht,
doch nicht getötet.

Shakespeare

Kapitel dreiundzwanzig

Francis Dominick zog eine Grimasse, als ihm der Verband angelegt wurde. »Au, noch ein bißchen enger, und mein Arm fällt ab«, protestierte er und versuchte, einen besseren Blick auf die Bemühungen des kleinen Steward zu bekommen. Als er sah, wie sein Blut durch das schneeweiße Leinen sickerte, mußte er schlucken. Er war froh, zu sitzen. Der Anblick von Blut erinnerte ihn nur allzusehr an seine Sterblichkeit.

»Nur ruhig, Lord Francis, ist nur eine Fleischwunde. Wird keinen Ärger machen. Schätze, Sie können glücklich sein, daß Shelby nicht mehr so zielsicher wie früher ist, sonst könnten wir uns jetzt mit Ihrer Beerdigung beschäftigen«, beruhigte Houston Kirby den jungen Gentleman, und seine Taktlosigkeit bewirkte, daß der Schmerz in Francis' Arm sofort nachließ. Genau das hatte der kleine Steward beabsichtigt. Außerdem wollte er Lady Rhea aufheitern, denn sie war nervös wie eine Glucke. Sie stand hinter Francis und beobachtete jeden von Houston Kirbys Handgriffen mit kritischem Blick. Das erinnerte Kirby nur daran, daß sein Patient der Sohn des Herzogs und der Erbe von Camareigh war.

»Das also war Jack Shelby«, sagte Francis mit einem ungläubigen Blick zu den Menschen, die um ihn herumstanden. »Wenn ich das gewußt hätte, als ich hereinkam, wäre ich nicht so dumm gewesen, mich erst vorzustellen. Ich hätte ihn gleich erschossen. Himmel, er ist noch schlimmer, als ich ihn mir vorgestellt hatte«, ereiferte er sich. »Bei Gott, er wollte mich umbringen, nicht wahr? Obwohl er wußte, daß ich Freunde habe, die meinen Tod rächen würden. Er scherte sich nicht einmal darum, ob meine Freunde in der Nähe sind oder nicht.« Wie kam es nur, daß Jack Shelby überhaupt keine Angst hatte? fragte sich der junge Mann.

»Er ist verrückt«, brummelte Houston Kirby und ritzte mit seinem Messer den Verband ein. Während er die Enden der Bandage zusammenknotete, wünschte er sich, es wäre ein Strick um Jack Shelbys Hals.

»Nein, er ist nicht verrückt, Kirby. Er glaubt an seine Macht«, warf Dante ein. Er hatte in einem Sessel Platz genommen und streckte die Beine aus, die noch in den Stiefeln steckten. »Und das macht ihn überheblich, vielleicht auch unvorsichtig. Das sollten wir zumindest hoffen.«

Rhea, die sich versichert hatte, daß Houston Kirby etwas von dem, was er tat, verstand und daß ihr Bruder sich in keiner akuten Gefahr befand, ging zu Dante.

»Wo warst du?« fragte sie leise. »Ich bin aufgewacht und sah, daß du fort warst. Ich habe mir große Sorgen gemacht. Wohin bist du gegangen?« Sie war ängstlich, denn ihr waren der Schlamm an seinen Stiefeln und die grünen Flecken auf seinen Kniebundhosen aufgefallen. Die Flecken erinnerten sie an das samtene Moos, das die Wände von Merdraco überzog. »Ich hatte Angst, Dante.«

Er erhob sich eilig und nahm Rhea in den Arm. Sie zitterte. »Vergib mir, aber ich wollte dich nicht wecken. Ich war in Merdraco, um herauszufinden, ob die Schmuggler in den Türmen Signalfeuer anzünden. Und ich hoffte, einen von ihnen in flagranti zu erwischen«, gab er zu, obwohl er wußte, wie sie darauf reagieren würde.

»O Dante. Du hättest getötet werden können! Warum hast du nicht die Obrigkeit informiert?« fragte sie, denn sie glaubte noch immer an das Gesetz. »Wenigstens Alastair hättest du mitnehmen können!« Rhea schaute Alastair an. Er sah aus, als würde er sich schuldig fühlen, obwohl er nichts mit dem geheimen Vorstoß seines Captains zu tun hatte, denn zu der Zeit hatte er noch friedlich in seinem Bett geschlafen. Doch der Gentleman glaubte einen Vorwurf in den Worten Lady Rheas zu erkennen. »Und warum ausgerechnet heute nacht?« fragte sie.

»Meine Liebste, hast du schon vergessen, daß auch ich einmal ein Schmuggler war? Ich weiß, wie ein Schmuggler plant. Dies war die erste Nacht nach dem Sturm, in der sie die Waren an Land bringen konnten. Und deshalb...« Dante zuckte mit den Achseln.

»Dann hattest du also vor, ganz allein mit den Schmugglern fertigzuwerden?« fragte Rhea wütend. Schließlich hätte er getötet werden können, während sie warm und wohlig in ihrem Bett lag und schlief.

»Ich war noch nie so überrascht und hatte auch noch nie so große Angst wie heute nacht, als ich dich in Jack Shelbys Gewalt sah.« In Dantes Augen funkelte erneut der Zorn, den er empfunden hatte, als er das Gasthaus erreicht hatte. Als er den Schuß, gefolgt von dem Schrei einer Frau, gehört hatte, war er zu der offenen Schankstubentür geeilt, hatte seine Pistole gezückt und sich direkt in der Hölle wiedergefunden, denn Rauch hatte den Raum vernebelt. Eine blutende Gestalt hatte auf dem Boden gelegen. In dem gedämpften Licht waren ihm die dunklen Männer wie Trugbilder seiner Phantasie erschienen, doch die Frau, die verzweifelt versucht hatte, sich aus der Umklammerung eines Mannes zu lösen, war ganz sicher kein Trugbild gewesen.

Schließlich versuchte Dante, das Bild aus seiner Erinnerung zu verbannen. Er schauderte, als Francis plötzlich fragte: »Und, benutzen sie die Türme?« Nun, da Francis sicher war, daß er nicht an der Pforte des Himmels stand, brannte er darauf, alles genau zu erfahren.

»Ja. Ich konnte auf den Turm steigen, ohne eine Spinnwebe fortwischen zu müssen. Und im obersten Stock fand ich mehrere Dekken und leere Flaschen. Der Wachposten muß einige ungemütliche Nächte dort oben verbracht haben, während er auf ein Signal von den Schmugglern wartete«, erklärte Dante.

»Eine Schande ist es, daß keiner da war, als du dort ankamst«, kommentierte Francis. Er fühlte sich auf einmal blutrünstig und voller Rachegelüste.

Rhea warf ihrem Bruder einen strafenden Blick zu. »Ich hatte es auch gehofft«, gab Dante zu. Dann runzelte er nachdenklich die Stirn und fügte hinzu: »Aber irgendwie habe ich das seltsame Gefühl, daß der Turm seit längerem schon nicht mehr benutzt wird.«

Houston Kirby, der ein nüchterner und sachlicher Mann war, sah seinen Captain verblüfft an, während er einige blutgetränkte Handtücher in einen Eimer Wasser tauchte.

Alastair Marlowe hatte ein wenig mehr Phantasie. »Aber wieso sollten sie ihn benutzen, um dann damit aufzuhören? Sie sagten, Sie haben es gefühlt, daß er nicht mehr als Wachturm benutzt wird?«

»Ja, es ist merkwürdig, und ich habe keine logische Erklärung dafür«, murmelte Dante.

»Das klingt fast nach Tante Mary. Wenn sie hier wäre, Rhea, könnte sie uns sagen, wo sich die Schmuggler getroffen haben und wo sie ihre Ware abladen«, meinte Francis und ignorierte das ungläubige Kopfschütteln von Houston Kirby.

»Glaube, wir haben erst mal genug Geschichten von Verbrechern, Geistern und wilden Dämonen gehört. Sie müssen nicht auch einen draufgeben und Lady Marys guten Namen da mit reinziehen«, schimpfte Houston streng, denn die gutherzige Lady Mary hatte seinen höchsten Respekt.

»Vielleicht hat einer der Wachposten schlecht geträumt und erwachte schreiend, weil er glaubte, einen Geist gesehen zu haben. Wahrscheinlich haben sie sich mit den Geistergeschichten selber ganz verrückt gemacht«, mutmaßte Alastair. Er zog diese Erklärung für den leerstehenden Turm allen anderen vor.

Man konnte ein Schlurfen vor der Tür hören. Ein lautes Klopfen folgte. Alastair stellte sich mit gezogenem Degen neben die Tür, und Dante schob Rhea hinter seinen Rücken. Seine Hand glitt zu der Pistole, die am Fußende des Bettes lag.

»Herein«, rief Dante. Obwohl er mit eigenen Augen gesehen hatte, daß die »Söhne des Satans« bei Einsetzen der Dämmerung das Bishops Inn verlassen hatten, wäre er nicht verwundert gewesen, wenn Jack Shelby sich noch einmal hergeschlichen hätte.

Doch es war Sam. Er trat ein und balancierte ein Tablett voller Krüge und einer chinesischen Teekanne auf einer Hand. »Dora meinte, Sie könnten eine Erfrischung gebrauchen«, erklärte er und stellte das Tablett auf der Truhe vor dem Bett ab. »Lady Rhea wird ein heißer Schluck Tee guttun bei der Kälte«, fügte er hinzu und sah sich nach ihr um. »Es tut mir leid, ich dachte, die Lady wäre hier.«

»Danke schön.« Rhea trat aus Dantes Schatten. »Ich kann wirklich etwas Warmes vertragen. Ich zittere noch immer.« Doch sie lächelte, und Sam Lascombe war erleichtert. Er fühlte sich zum Teil verantwortlich für die Gefahr, in der sich Rhea befunden hatte. Schließlich hatte der Vorfall unter seinem Dach stattgefunden. Er dankte dem Himmel, daß er rechtzeitig den Schankraum betreten hatte, ehe noch weiteres Blut vergossen worden war. Daß der Sohn des Herzogs von Camareigh in seinem Hause zu Schaden gekommen war, würde ihm noch monatelang Alpträume bescheren.

»Ich wünschte, ich hätte etwas von Mrs. Taylors Spezialmedizin dabei«, sagte Rhea mit einem trockenen Lächeln in Francis' Richtung, der daraufhin das Gesicht verzog.

Sam Lascombe starrte sie einen Moment verblüfft an und lächelte dann selber. »Schätze, Dora muß etwas Ähnliches gedacht haben, denn sie hat einen Schuß ›Gutes‹ in Ihre Tasse dazugegeben. Das ist Onkel Alfs Spezialmischung. Er war schon immer etwas komisch. Ein Herumtreiber. Schließlich hat er sich irgendwo in der Nähe von Buckfastleigh, im Süden, niedergelassen. Weiß nicht, was er jetzt so treibt, wahrscheinlich nichts Rechtes, was nicht weiter verwunderlich wäre, wenn man weiß, wer seine Mutter war. Alfs Mutter, so sagt man, war eine halbe Zigeunerin«, erklärte Sam. Als er die neugierigen Blicke sah, schüttelte er den Kopf, als ob er die Verwandtschaft seiner Frau im allgemeinen nicht besonders schätzte.

Sie schwiegen, und Sam Lascombe blieb einfach stehen und schaute sich um, vermied es jedoch, jemandem dabei direkt in die Augen zu sehen. »Ich – ich weiß nicht recht, was ich sagen soll, Mylord. Um nichts in der Welt würde ich mir wünschen, daß Lady Rhea etwas zustößt, und ich bin entrüstet über das, was mit Lord Francis geschehen ist. Ich – ich hoffe, Sie glauben mir«, stammelte er besorgt und rieb sich nervös die Hände, als er spürte, daß Dantes Blick auf ihm ruhte.

»Sie haben sie gewarnt, nicht wahr, Sam?« Dante verblüffte den Gastwirt mit der Frage. »Ich bin mit dem Schmugglergewerbe vertraut. Sicher haben Sie schon von Master Brady etwas über meine früheren Unternehmungen gehört.«

Der rotgesichtige Sam Lascombe war erstaunt. Des Schmuggelns verdächtigt zu werden ist eine Sache, aber es zuzugeben, eine andere.

»Schätze, zu uns kommen alle Art Gäste. Wir sind ja die einzige Wirtschaft zwischen Merleigh und Westlea Abbot«, war alles, was Sam Lascombe freiwillig eingestand. »Natürlich weiß ich über das böse Blut zwischen Ihnen und Jack Shelby Bescheid, und wenn ich mir diese Burschen vom Hals halten könnte, würde ich es tun, aber...« Sam Lascombes Stimme klang beklommen. »Vieles hat sich hier verändert, seit Sie uns verlassen haben, Mylord«, sagte er düster. »Man muß auf sich aufpassen, sonst endet man als aufgedunsenes Fischfutter im Meer.«

»Sie müssen nichts erklären, Sam. Wir tun alle, was wir können, um zu überleben«, sagte Dante, und der Gastwirt nickte ihm dankbar zu. »Und Sie müssen sich auch nicht um eventuelle weitere Zwischenfälle sorgen oder darum, daß man Ihnen das Bishops Inn über dem Kopf anzündet, denn wir werden unverzüglich in das alte Jagdhaus umziehen. Sie haben mit Ihrer Gastfreundschaft bereits genug für uns getan.« Dante meinte es ehrlich, und selbst Houston Kirby war über die Großmütigkeit seines Captains erstaunt.

»Nun, es war mir eine Ehre«, erwiderte Sam Lascombe ebenso aufrichtig, doch er konnte den erleichterten Ton in seiner Stimme nicht verbergen. Jetzt, da Seine Lordschaft und seine Familie das Bishops verließen, konnte er wenigstens etwas ruhiger schlafen.

Dante Leighton fuhr fort: »Ich denke nicht, daß Sie sich wegen Jack Shelby Sorgen machen müssen. Er ist bestimmt damit beschäftigt, seine Rache an mir zu planen. Abgesehen davon ist das Bishops Inn viel zu wichtig für die Schmuggler – sie können es nicht abbrennen«, sagte Dante. Doch dieses Argument beruhigte Sam nicht unbedingt. Er machte sich Sorgen um die Sicherheit seiner Lordschaft.

Die Gefahr, in der Dante sich befand, war auch Rhea nur allzu bewußt, als sie seinen harten Blick bemerkte. Sie wußte, daß er Jack Shelbys Leben ein Ende setzen konnte.

Dieser Gedanke beschäftigte Dante tatsächlich, denn er sagte leise und mehr zu sich selbst: »Und Sie werden auch mit einigen Veränderungen rechnen können. Ich bin jetzt wieder der größte

Landbesitzer in dieser Gegend, und ich werde mich von diesem Pöbel nicht tyrannisieren lassen. Ich verspreche Ihnen, Sam Lascombe, daß die ›Söhne des Satans‹ eher in der Hölle schmoren als jemals wieder einen Fuß auch nur in die Nähe von Merdraco zu setzen. Das schwöre ich.«

Diese Eröffnung erstaunte Sam Lascombe. Sir Miles Sandbourne besaß fast das ganze Land hier, einschließlich dem, was einst der Leighton-Familie gehört hatte – das hatte Sam jedenfalls bisher angenommen. Er rieb sich nachdenklich das Kinn, und als er nach und nach begriff, wuchs seine Angst noch mehr. Es schien, daß Dante Leighton noch einen Feind hatte, denn die Veränderungen, die der Lord von Jacqobi versprach, würden einigen gar nicht passen. Darauf hätte Sam Lascombe sein Leben verwettet.

Und wahrscheinlich verwirkte Dante Leighton im Versuch, seine Feinde zu bezwingen, sein eigenes Leben, dachte Sam mit einem mitleidigen Blick auf Lady Rhea. Sie betrachtete das harte Gesicht ihres Mannes voller Liebe, und der Gastwirt fühlte sich plötzlich wie ein Störenfried in einem intimen Moment zwischen Liebenden. Er fragte sich, was die junge Lady tun würde, wenn das Schicksal sich gegen den Mann wandte, der so tapfer um seine Rückkehr nach Merdraco gekämpft hatte.

Das giftige Getöse einer eifersüchtigen Frau.

Shakespeare

Kapitel vierundzwanzig

Spinnweben und Staub. Schmutz und Ruß. Schimmel und Schwamm. Alles wurde entfernt, als das Jagdhaus geschrubbt und gewienert wurde. Bald schon boten die dunklen Ecken keinen Schutz mehr für alles, was krabbelte. Die Fensterscheiben funkelten wieder wie Diamanten und gewährten dem strahlenden Sonnenschein Einlaß. Die hohen Deckenbalken waren frei von Spinnweben und Staubschichten. Und der Parkettfußboden glänzte unter dem Wachs, das in das ausgetrocknete Holz gerieben wurde.

Der große Kamin in der Halle war von den Rußschichten befreit worden, und jetzt stapelten sich an den Seiten grobe Scheite und Anmachholz. Ein knisterndes Feuer verbreitete eine wohlige Wärme. Die schweren Wandteppiche waren ausgeklopft worden und erstrahlten in ihrer ursprünglichen, farbenfrohen Pracht.

Die Samt- und Damastvorhänge, die Baldachine der Betten, alles wurde gereinigt und gelüftet; und neue, dicke Federkernmatratzen ersetzten die stockigen, verbrauchten. Leinenlaken aus Camareigh, die mit Lavendel parfümiert waren, wurden auf die Betten gespannt. Schwerter und Schilde wurden von den Wänden genommen und poliert.

Staubwedel und Wischtücher. Besen und Bürsten. Laugenseife und Bienenwachs. Unermüdlich putzten und wischten die Mägde und Lakaien, um das Jagdhaus für Seine Lordschaft – und auch für sich selber – bewohnbar zu machen. Dies würde ihrer aller Heim sein, solange Merdraco wieder aufgebaut wurde.

Bald schon, als sich die ersten Veränderungen zeigten, stieg die Stimmung unter den Arbeitenden, und ein Singen und Lachen durchdrang das Haus. Keiner von ihnen, ausgenommen Alastair Marlowes Knappe und die Kutscher, war jemals über die Grenzen von Camareigh hinaus gereist, und so empfanden sie es als ein großes Abenteuer, in dem sie jede Minute auskosten wollten.

Alastair Marlowe schwang seinen Staubwedel. Er stand gefährlich hoch auf einer Leiter, die an die Wand gelehnt war. Daß er beim Reinigen des Hauses half, ließ viele Augenbrauen in die Höhe schnellen, denn von einem Gentleman wie ihm wurde nicht erwartet, daß er sich mit so niedrigen Aufgaben beschäftigte. Ein Beobachter wäre jedoch erst recht schockiert gewesen, wenn er den kleinen, krummbeinigen Mann entdeckt hätte, der den Küchentisch polierte, oder die beiden dunkelhaarigen Jungen, die die Balustrade der Treppe auf Hochglanz wienerten. Ein anderer junger Gentleman, mit schief sitzender Halsbinde und die goldenen Locken zerzaust, versuchte – nicht sonderlich erfolgreich – den Schmutz von einem Erkerfenster zu entfernen. Und eine schlanke Maid, deren blonde Locken unter einer Haube versteckt waren, schnitt Kräuter und Blumen aus dem längst vom Unkraut überwucherten Garten.

Der einzige, der nicht arbeitete, war der kleine Kit, der friedlich in der Nähe seiner Mutter schlummerte. Die goldenen Sonnenstrahlen wärmten ihn durch das feine Netz, das über seine Wiege gespannt war.

Und wie ein Seemann in der Takelage eines Schiffes, hielt sich hoch oben, an den Zinnen des Aussichtsturmes, ein barbrüstiger Mann, der ein Banner an einer der Streben über dem Turmerker befestigte. Sein kostbares Leinenhemd hatte er achtlos über die Brüstung geworfen. Die Sonnenstrahlen brachen sich tausendfach in den zwölf blitzblanken Fenstern, die rund um den Erker des Turmes eingelassen waren, und mit Stolz betrachtete der Mann, der anscheinend mit einem Staublappen ebenso geschickt umgehen konnte wie mit einem Degen, seine Arbeit.

Alastair Marlowe stieg die Leiter hinab und schaute sich zufrieden um. Die Anstrengung hatte sich gelohnt – alles in der Halle glänzte, und in den Fensterscheiben brach sich das Licht wie in einem Kristall.

Er streckte den müden Rücken, trat in den Sonnenschein und atmete tief ein. Die Nachmittagsluft war erfüllt vom Duft von Geißblatt und Weinrosen, die wild im Garten wuchsen. Doch über allem lag der Geruch des Meeres. Alastair konnte in der Ferne die glitzernden, schäumenden Wellen ausmachen, die sich an der felsigen Küste brachen, und plötzlich wußte er, daß er nirgends glücklich werden konnte, wo er diesen Anblick nicht hatte. Geschickt wie eine Frau hatte die See ihn mit ihrem Zauber umgarnt. Er war ihrer abwechslungsreichen Schönheit und ihrer Rätselhaftigkeit erlegen, als wäre sie seine Geliebte. Aus diesen verführerischen Gedanken riß ihn ein liebliches, melodisches Summen. Er schaute auf und sah, wie Lady Rhea sich ihm näherte. Sie hielt den kleinen Lord in ihren Armen, und an ihrem Ellenbogen hing ein weißer Korb, gefüllt mit Blumen und Kräutern. In ihrem schlichten, weißen Baumwollkleid und der Leinenschürze, die sie sich von einer der Mägde geborgt hatte, sah sie nicht wie die Hausherrin aus.

»Ich weiß, daß Sie überlegen, wann es endlich etwas zu essen gibt, aber Sie sind zu höflich, um zu fragen, nicht wahr?« sagte

Rhea lächelnd, als sie Alastairs hungrigen Ausdruck bemerkte. »Soll ich nachschauen gehen, was Kirby und Hallie vorbereitet haben? Ich hoffe etwas Gutes...« fügte sie hinzu. »Ich fürchte, unsere Mahlzeiten könnten ziemlich ungewöhnlich werden, wenn jeder von ihnen hinter dem Rücken des anderen sein Spezialrezept kocht. Ich wage erst gar nicht daran zu denken, wie es schmecken könnte.« Rhea lachte.

»Geben Sie mir doch den Korb. Sie können das alles ja gar nicht tragen«, bot Alastair an. Doch als sie ihm den kleinen Lord anstelle des Korbes reichte, wurde er ganz nervös. Wenn sie ihm einen Bienenstock mit angriffslustigen Bienen übergeben hätte, wäre er nicht weniger überrascht gewesen. »Lady Rhea! Bitte – ich weiß nicht, was ich tun soll. Guter Gott! Was ist, wenn ich ihn fallen lasse?« Alastairs Panik stieg, er wagte nicht einmal mehr zu atmen, aus Angst, er könnte das schlafende Kind wecken. »Wo gehen Sie hin?« Entsetzt sah er, wie sich Lady Rhea entfernte und ihn mit dem kleinen Bündel zurückließ.

Rhea blickte zurück und lächelte Alastair Marlowe zu, der nicht weniger hilflos erschien als das Baby selbst. »Er wird Sie nicht beißen, Alastair«, versicherte sie ihm. »Ich habe ein paar Glockenblumen gesehen und möchte sie noch pflücken. Es sind Dantes Lieblingsblumen. Und es waren die seiner Mutter. Sie hat immer eine Vase davon in die Eingangshalle von Merdraco gestellt, und ich dachte, er würde es mögen, wenn ich diesen Brauch fortsetze.« Rhea suchte den Garten ab. »Ah, und hier.« Sie hatte eine wunderschöne Blume entdeckt. »Ein weißes Veilchen, sie hat von allen Blüten den köstlichsten Duft.«

Alastair Marlowe betrachtete das Baby, das er jetzt an seinen Brustkorb preßte. Als er sich das kleine, niedliche Gesicht ausführlicher anschaute, fragte er sich, was es wohl für ein Gefühl wäre, selbst Vater zu sein. Alastairs Blick wanderte zu der Frau, die dieses Wesen, das er hielt, geboren hatte, und er spürte eine noch stärkere Sehnsucht. Tief seufzend schüttelte er den Kopf und schalt sich wegen seiner eigenen Torheit.

»Stimmt etwas nicht, Alastair? Sie sehen so traurig aus.« Das Objekt seiner Begierde kam wieder zu ihm zurück, den Arm voller Glockenblumen und Veilchen.

Alastair errötete, als ihr Blick ihn traf, und er schaute gequält zur Seite. Er hatte ein Geheimnis noch nie gut verbergen können. »Ich fragte mich gerade, ob ich den kleinen Lord vielleicht zu fest halte«, log er unbeholfen.

»Ganz und gar nicht«, erwiderte Rhea. In einem neckenden Ton fuhr sie fort: »Sie würden einen guten Vater abgeben. Wenn wir uns erst einmal hier eingelebt haben, werde ich mich nach einer passenden Frau für Sie umschauen. Aber ich werde sehr wählerisch sein, denn ich erwarte Ihren regelmäßigen Besuch, und es wäre nicht förderlich, wenn mir Ihre Frau mißfiele. Ja, jetzt, wo ich darüber nachdenke, finde ich, daß wir ein nettes Devonshire-Mädchen für Sie finden sollten. Auf diese Art kann ich sichergehen, daß Sie in der Gegend bleiben.« Sie ahnte nicht, wie sehr sie den empfindlichen Alastair mit diesen Worten verletzte. Bevor er Rhea kennengelernt hatte, wußte er nicht, was Liebe war.

»Doch bevor Sie Ihre Zukunftspläne kennenlernen, sollten diese Spinnweben aus Ihrem Haar verschwinden«, sagte sie lachend und stellte sich auf die Zehenspitzen, um die feinen Fäden aus seinem hellbraunen Haar zu entfernen.

Der Mann auf dem Turm beobachtete seine Frau und seinen Freund. Die beiden wirkten, als würden sie Geheimnisse austauschen, so nahe standen sie beisammen. Und da Dante Leighton seine Frau über alles liebte und deshalb tief verwundbar war, überkam ihn eine ungeahnte Eifersucht, als er die Geste seiner Frau sah. Kein anderer Mann hatte das Recht, von ihr berührt zu werden.

Dante schaute noch immer auf sie herunter, als er aus den Augenwinkeln bemerkte, daß sich eine Gruppe von Reitern auf der schmalen Straße, die durch die Tore von Merdraco führte, näherte.

Erschreckt und überrascht wendeten sich Alastair und Rhea zu der Gruppe um. Auf die Reiter mußten sie wirken, als ob sie sich schuldig fühlten – wie Liebende, die bei einem Rendezvous ertappt wurden.

Es waren drei Reiter, doch alle Aufmerksamkeit richtete sich auf die Anführerin. Sie trug ein scharlachrotes Kostüm, und an den Zügeln ihres prächtigen Rappen waren Glöckchen befestigt. Rhea hatte noch niemals eine so schöne Frau gesehen. Ihr Haar war schwarz wie die Nacht und die Augen ebenso dunkel. Sie schienen sogar Blitze zu entsenden, als die Lady die Zügel straffte und vor Rhea und Alastair ihr Pferd anhielt.

»Wo ist dein Herr, Mädchen?« fragte die Frau. Ihre Arroganz wirkte nicht gekünstelt, sie schien ihr von Kind auf anerzogen. »Ich habe nicht den ganzen Tag Zeit, während du hier herumglotzt«, schimpfte sie ungeduldig, und ihr Pferd schnaubte in Übereinstimmung. »Was ist, hast du deine Sprache verloren, Fräulein? Und wie steht es mit deinem hübschen Mann? Hat er eine Zunge? Offensichtlich war er zungenfertig genug, um dich einzuwickeln«, stichelte sie, denn sie hatte das kleine Bündel auf dem Arm des Mannes nicht übersehen.

Alastair Marlowe war sprachlos angesichts derartiger Impertinenz. Aber als er Rheas Blick sah, entdeckte er keinen Zorn, sondern Belustigung in ihren Augen. Jetzt erst wurde ihm klar, daß sie wirklich wie Dienstboten gekleidet waren.

»Darf ich fragen, wer seine Aufwartung macht?« fragte Rhea sanft. Ihre kultivierte Ausdrucksweise überraschte die Frau, und die dunklen Augen verengten sich, als sie Rhea mißtrauisch musterte.

»Nein, das darfst du nicht«, erzürnte sie sich. »Wer, zum Teufel, bist du? Und wer ist dein Herr? Wo ist er? Was macht er hier in

Merdraco? Wenn ihr hier eingedrungen seid, dann werde ich dafür sorgen, daß ihr verhaftet werdet.« Ihr Ton war warnend, und die Augen funkelten gefährlich.

»Das wird nicht nötig sein, Bess«, rief eine amüsierte Stimme vom Eingang des Jagdhauses.

Lady Bess Seacombe warf den Kopf herum, bereit, dem Flegel, der sie mit derart unverschämter Vertraulichkeit anredete, eine gebührende Zurechtweisung zu erteilen. Als sie erkannte, wer dort aus dem Schatten trat, fiel sie beinahe aus dem Sattel. Nur einmal war sie einem so gutaussehenden Mann begegnet, und als ihr dieser hier entgegenkam, mit seinem schweißglänzenden, bloßen Oberkörper, glaubte sie zu träumen.

»Dante?« flüsterte sie. Ihre Augen schimmerten dunkel wie die tiefe See, als sie ihren früheren Geliebten erblickte. »Du lebst? Du bist zurückgekommen?« Sie zitterte.

»Ich kann dir versichern, daß ich kein Geist bin«, sagte Dante Leighton freundlich und seine Augen nahmen jedes Detail ihrer aufregenden Erscheinung wahr. Sie war noch immer eine außergewöhnlich schöne Frau, und verführerischer als das Mädchen von fünfzehn Jahren, in das er verliebt gewesen war.

»Dante.« Bess wiederholte seinen Namen – zärtlich, wie Rhea bemerkte, die noch immer neben Alastair stand. Offensichtlich war sie im Augenblick vergessen. Die beiden früheren Liebenden schauten sich tief in die Augen, als ob es niemals ein Mißverständnis gegeben hätte.

Lady Bess Seacombe war wie gebannt und außer Atem, als sie Dante Leighton, den Mann, von dem sie angenommen hatte, ihn niemals wiederzusehen, betrachtete. Sie konnte es nicht fassen und schüttelte mehrere Male ungläubig den Kopf. Ihr verwegener Strohhut, der mit scharlachroten Federn geschmückt war, saß gefährlich schräg.

Lady Bess' Blick wanderte über Dantes breiten, gebräunten

Brustkorb, hinunter zu den schmalen Hüften und den muskulösen Schenkeln, die von einer Wildlederhose umspannt waren. Sie erkannte, daß sie früher, vor all diesen Jahren, in einen Jungen verliebt gewesen war. Dante Leighton hatte sich zu einem verheerend gutaussehenden Mann entwickelt. Und er besaß noch immer die Macht, ihr Herz zum Rasen zu bringen.

Plötzlich, als ihr Blick sich mit seinem vereinte, wurde ihr unbehaglich, denn sie wußte nicht, ob auch er sich an die Nächte erinnerte, die sie gemeinsam verbracht hatten. Und dann biß sich Lady Bess verunsichert auf die Unterlippe, denn sie begann sich zu fragen, ob er sich an ihren feigen Rückzug erinnerte.

Doch als sie tiefer in die hellen Augen schaute, entdeckte sie überrascht ein amüsiertes Funkeln. Lachte er sie etwa aus? Sie hatte mit Zorn gerechnet, nicht mit Belustigung.

»Woher wußtest du, daß ich zurück bin?« fragte Dante, als er zu Rhea und Alastair ging.

»Ich wußte es nicht. Wir waren bei einem Ausritt, und ich sah Rauch von diesem Haus aufsteigen, das ich für verlassen hielt. Dann haben wir die Wagen gesehen, die den Weg heraufrollten, und wir folgten ihnen. Ich sah es als meine Pflicht an, mich zu erkundigen, was hier vor sich geht«, erklärte Bess, und ihre Wangen glühten jetzt flammend rot. »Ich muß gestehen, daß ich dich hier am wenigsten erwartet hatte.« Daß das nicht der Wahrheit entsprach, würde Bess noch nicht einmal sich selbst gegenüber freiwillig zugeben. Tief in ihrem Inneren hatte sie mehr als gehofft, daß Dante Leighton nach Merdraco zurückkehrte.

Sobald sie den Rauch gesehen hatte, war sie vorwärtsgeprescht, selbst auf die Gefahr hin, daß Dante sie nicht empfangen würde. Er hatte jeden Grund, sie noch immer zu hassen, doch vielleicht hatte er ihr vergeben. Im stillen betete sie, es möge so sein.

»Wieso bist du hier im Jagdhaus und nicht im Schloß?« fragte sie. »Willst du nicht auf Merdraco bleiben?«

»Wir sind gekommen, um hierzubleiben, Bess«, erklärte Dante ruhig. »Doch wir müssen uns mit dem Jagdhaus zufriedengeben – zumindest für den Augenblick. Während meiner Abwesenheit hat jemand – und ich denke, wir wissen beide, wer es war – auf Merdraco eingebrochen und das Haus verwüstet.« Dante klang zornig, und seine Miene ließ Lady Bess erschaudern. Sie erkannte, daß er ein Mann geworden war, der hassen konnte.

»Wir?« fragte Bess.

»Ja. Ich bin nicht allein zurückgekommen.« Dantes Blick ruhte auf Rheas gerötetem Gesicht.

Lady Bess blieb es nicht verborgen, daß seine Miene weicher wurde, als er das junge Mädchen anschaute. Sie seufzte. So sehr hatte er sich doch nicht verändert. Tatsächlich war er heute sicherlich ein noch größerer Verführer als mit zwanzig. Bess ertappte sich bei der Überlegung, wie es wohl wäre, wieder in seinen Armen zu liegen.

Ein Augenblick verstrich, und Bess schnalzte nervös mit ihrer Reitpeitsche. Dantes Aufmerksamkeit schien von ihr abgelenkt zu sein. Ihre plötzliche Eifersucht kam selbst für sie überraschend, und sie sagte sarkastisch: »Deine Dienerschaft ist unverschämt, Dante. Und deine kleine Magd war zudem noch überheblich, als ich verlangte, ihren Herrn zu sehen. Sie ist sogar soweit gegangen, sich nach meinem Namen zu erkundigen!«

»Ihren Herrn?« fragte Dante und schaute die beiden Frauen an. Er runzelte die Stirn, erkannte jedoch dann das Mißverständnis. Er lachte. »Ich sehe mich nicht als ihren Herrn«, murmelte er, »und wie denkst du darüber, meine kleine Paradiesblume?« fragte er Rhea, die noch immer den Strauß Glockenblumen im Arm hielt.

Dante wartete nicht auf ihre Antwort und fuhr fort: »Ich muß mich entschuldigen, daß ich diese beiden – nein, diese drei hier nicht vorgestellt habe«, schalt Dante sich selber und nahm Alastair seinen Sohn ab.

Lady Bess Seacombe hob eine Augenbraue. Wollte er sie wirklich seiner Dienerschaft vorstellen? Selbst wenn die Kleine sein Liebchen war, mutete sie diese Idee doch sehr sonderbar an. »Hältst du das wirklich für nötig, Dante?« fragte sie herrisch. »Ich habe davon gehört, daß du in den Kolonien gelebt hast, wo die Dienerschaft gleich behandelt wird wie ihre Herrschaft, und wo Handelsleute die angesehensten Mitglieder der Gesellschaft sind. Die Kolonialisten scheinen jeden zu achten, der arbeitet, und besonders die, die sich die Hände dabei noch beschmutzen! Das ist unvorstellbar und führt nur zu Schwierigkeiten. Ich wäre sehr überrascht, wenn du dich einem derart revolutionären Gedanken angeschlossen hättest, Dante.«

Sein Lachen erschreckte Lady Bess. »Ich hatte ganz vergessen, wie snobistisch du sein kannst, Bess«, sagte Dante. »Doch ich fürchte, du hast mich mißverstanden. Dieser Gentleman hier ist Alastair Marlowe, ein ehemaliges Mitglied meiner Crew auf der *Sea Dragon* und zudem ein guter Freund von mir. Diese Lady ist meine Frau«, sagte Dante zärtlich. »Und das Kind ist mein Sohn.«

Seine Worte hallten in Bess' Ohren und zerstörten ihre Träume. Sie hatte gehofft… nein, sie wagte nicht daran zu denken, was sie gehofft hatte.

»Rhea, dies ist Lady Bess Seacombe, eine alte Freundin aus früheren Tagen.« Er hatte nicht beabsichtigt, sie zu verletzen, doch seine Worte waren wie eine Ohrfeige in Lady Bess' Gesicht, als sie seine unglaublich hübsche und sehr, sehr junge Frau anstarrte. Bess mußte zugeben, daß Rhea eine Schönheit war.

»Nun, welche Überraschung. Und wann hat das glückliche Ereignis stattgefunden? Deine Frau sieht kaum älter als ein Kind aus…«

Dante lächelte. »Wir haben letztes Jahr geheiratet.«

»Es wundert mich, daß ich nichts darüber gelesen habe.« Bess' zweifelnder Unterton war nicht zu überhören.

»Wir sind in den Kolonien getraut worden.«

»Ah? Jetzt verstehe ich. Ich hätte es an der schlichten Aufmachung deiner Frau erkennen müssen. Du mußt ihr wohl noch einiges beibringen, wenn du dich mit ihr in der Gesellschaft zeigen willst«, schlug Bess freundlich vor. »Ich würde sie gern mit den Verhaltensregeln einer Lady vertraut machen.«

»Ich denke nicht, daß das nötig ist, Bess, oder daß du qualifiziert dafür bist«, erwiderte Dante schneidend. »Meine Frau ist Engländerin. Du müßtest ihren Eltern schon einmal begegnet sein.«

»Tatsächlich? Das wage ich zu bezweifeln«, erwiderte Bess kühl. »Ich denke, wir bewegen uns in unterschiedlichen Kreisen.«

»Ihre Eltern sind der Herzog und die Herzogin von Camareigh. Bevor wir heirateten, war der Name meiner Frau Lady Rhea Claire Dominick.«

Lady Bess verschluckte sich beinahe. »Wirklich! Es ist mir eine Ehre. Ich bin Ihren Eltern schon oft in London begegnet.«

»Lady Bess, ich freue mich, eine alte Freundin von Dante kennenzulernen«, sagte Rhea höflich. Sie meinte das Wort »alt« nicht als Beleidigung. Doch genau so verstand Lady Bess es, denn sie hatte sich geschworen, dieses Küken, das Dante Leightons Herz erobert hatte und seinen Ring trug, zu hassen.

»Nun, als eine frühere Bekannte von Dante kann ich mich noch erinnern, wie er von hier fortging. Er besaß damals kaum einen Penny, und jetzt ist er mit einer sehr wohlhabenden jungen Frau nach Merdraco zurückgekehrt.« Lady Bess ließ keinen Zweifel daran, daß sie glaubte, Dante hätte Rhea wegen ihres Vermögens geheiratet. »Aber wirklich, Dante – mußtest du denn unbedingt eine Braut wählen, die gerade der Wiege entsprungen ist? Nun, sie ist ja kaum älter als dein Sohn.« spottete Lady Bess gehässig, denn sie war in ihrem Stolz getroffen, und sie wollte den Mann verletzen, den sie noch immer liebte, auch wenn er nichts mehr für sie empfand.

Dantes helle Augen zogen sich zu Schlitzen zusammen, als er die beiden anderen Reiter prüfend betrachtete. »Es scheint, daß Rhea wirklich kaum älter ist als deine Tochter, nicht wahr, Bess?« Dantes Speer bohrte sich tief in ihr Fleisch. »Ich glaube nicht, daß ich sie oder den Jungen schon einmal getroffen habe. Dein Sohn, Bess?«

Lady Bess' Nasenlöcher vibrierten vor Zorn. Doch sie fing sich und antwortete mit einem stolzen Lächeln: »Ja, das sind meine Tochter Anne und mein Sohn Charles. Kinder, kommt her und begrüßt Dante Leighton, den Marquis von Jacqobi.«

Als die beiden sich auf ihren Pferden langsamen Schrittes näherten, starrte Anne Seacombe fasziniert den Mann an, der leicht ihr Vater hätte sein können. Dies war also der Mann, in den ihre Mutter so schrecklich verliebt gewesen war. »Hallo«, sagte sie leise, ihre dunkelbraunen Augen waren weit aufgerissen, als sie seinen muskulösen Oberkörper bestaunte. Sie begann ihre Mutter zu verstehen.

»Du bist sehr hübsch, Anne«, schmeichelte Dante mit einem Lächeln auf den Lippen. »Du erinnerst mich an deine Mutter, als sie in deinem Alter war. Nur, daß sie nicht so schüchtern war. Oder doch, Bess?« fragte er, obwohl er sich sehr gut an ihre wilden Ritte durch das Moor erinnern konnte, als sie mit wehenden Locken vor ihm davonpreschte.

»Das solltest du doch wissen, Dante.« Bess sah ihn vielsagend an, dann schaute sie mitleidig auf Rhea hinunter. »Dante und ich standen uns einmal sehr nahe. Ich bezweifle, daß Sie von unserer Verlobung wußten.« Sie war sicher, daß Dante seiner Frau nichts davon erzählt hatte.

Und da sie in Rhea Zweifel säen wollte, erwähnte sie die Tatsache, die sie besser hätte ruhen lassen sollen.

»Tatsächlich, Lady Bess«, erwiderte Rhea ruhig, und ihr Lächeln war diesmal verständnisvoll, als sie der älteren Frau in die

Augen schaute, »hat mir Dante *alles* über Ihr Verhältnis zueinander erzählt.«

Lady Bess' Mund war ein wütender Strich. Dann, als sie Dantes Blick sah, wurde sie schamrot, und sie wußte, daß Rhea die Wahrheit gesagt hatte. »Ich verstehe«, murmelte sie. Die Situation war ihr jetzt peinlich. Wenn Dante und seine Kindfrau herausfanden, daß sie eine verarmte Witwe war, würden sie sich wahrscheinlich vor Schadenfreude ausschütten.

Lady Bess Seacombe schätzte Lady Rhea völlig falsch ein. Sie würde sich niemals auf Kosten anderer amüsieren. Und als Rhea Lady Bess' Miene sah, ahnte sie die Qual, die sich dahinter verbarg. Sie wußte nicht, daß die Frau beinahe mittellos war, doch sie wußte, daß Lady Bess Dante aufgrund ihrer eigenen Dummheit verloren hatte, und sie tat ihr leid. Mit diesem Gedanken im Hinterkopf schlug Rhea vor: »Es war sicher ein langer Ritt, wir würden uns geehrt fühlen, wenn ich Sie und Ihre Kinder auf eine Tasse Tee zu uns hereinbitten dürfte.«

Rheas freundliche Einladung überraschte Dante und Alastair nicht weniger als Lady Bess. Sie schauten sie alle an, als hätte sie den Verstand verloren.

»Ich fürchte, das Haus ist noch etwas in Unordnung, denn wir sind noch mitten in den Vorbereitungen. Doch ich verspreche, der Tee ist heiß und stark, und sicher ist auch schon das Geschirr ausgepackt worden. Außerdem – Hallies Butterkuchen ist einfach unwiderstehlich.« Bei der Erwähnung des Kuchens strahlte Charles Seacombes kleines Gesicht.

Lady Bess selbst war sprachlos. Sie wußte, daß die Einladung freundlich gemeint war.

Bess Seacombe war eine stolze Frau. Vielleicht war das die Ursache ihres tiefen Falls, denn es war ihr unmöglich, zuzugeben, daß sie Hilfe brauchte. Sie würde sich am Butterkuchen verschlucken, wenn sie Dante und seiner Frau gegenübersitzen und so tun müßte, als würde sie sich über ihr Glück freuen. Sie wollte gerade erhobenen Hauptes dankend ablehnen, als das Geklapper von Pferdehufen die Aufmerksamkeit aller auf sich zog. Alle Augenpaare wandten sich den heranpreschenden Reitern zu. Sie trabten zielstrebig in Richtung Haus, als ob sie einen Besuch beabsichtigten, und ihre Mienen verhießen nichts Gutes.

Es ist oft so,
daß wir, um zu erlangen,
was unser Herz begehrt,
nicht sagen, was wir denken.

Shakespeare

Kapitel fünfundzwanzig

Lady Bess Seacombe war die einzige, die nicht überrascht war über die Besucher. Dante, Rhea und Alastair jedoch waren verblüfft, denn einer der Reiter war kein anderer als Sir Morgan Lloyd, Dantes alter Gegenspieler. Sie hatten ihn in London verabschiedet, in der Annahme, er würde in die Kolonien zurückkehren. Der junge Mann an Sir Morgans Seite war ihnen nicht bekannt, doch sein roter Mantel mit den vergoldeten Knöpfen und der schwarze Dreispitz wiesen ihn als einen Offizier der Krone aus. Dante Leighton erkannte sofort, daß es sich um keinen Zufallsbesuch handelte.

Alastair zog die Stirn in Falten. Besorgt schaute er seinen Captain an. Dante ließ die beiden Männer keinen Moment aus den Augen. So hatte Alastair ihn auch oft an Deck seines Schiffes stehen sehen, wenn er den Horizont nach Feinden absuchte. Rhea fand nichts Ungewöhnliches daran, daß Sir Morgan von einem Offizier begleitet wurde, und sie ging ihnen, mit dem Arm voller Blumen, entgegen und lächelte ihm erfreut zu.

»Sir Morgan! Wie schön, Sie wiederzusehen«, rief sie, und ihre vertraute Begrüßung erstaunte sowohl Lady Bess als auch Leutnant Handley, denn die beiden hatten angenommen, dies würde eine Begegnung unter Fremden sein. Beide erinnerten sich an die Unterhaltung auf Seawyck Manor, als der gute Captain wenig von Merdraco und seinem Herrn zu wissen schien.

»Lady Rhea Claire.« Weder Bess noch der Leutnant hatten Sir Morgan Lloyd jemals mit einer so weichen Stimme sprechen hören. »Ich erinnere mich gut an Ihre außergewöhnliche Schönheit, aber ich muß gestehen, daß ich wieder aufs Neue von Ihnen bezaubert bin. Sie sind wie der Atem des Frühlings nach einem langen kalten Winter«, sagte Sir Morgan mit einem derart charmanten Lächeln, daß Lady Bess verwundert die Augenbrauen hob. Der Kerl hatte sich ihr gegenüber ganz und gar nicht zuvorkommend benommen. Tatsächlich hatte er ihr sogar damit gedroht, jeden ihrer Schritte zu überwachen, und jetzt stand er hier und umgarnte dieses blondhaarige Küken.

»Sie sind zu freundlich, Sir Morgan. Aber was bringt Sie nach Merdraco? Ich wähnte Sie bereits in den Kolonien. Welch ein Zufall, daß wir uns hier begegnen. Ich fürchte, wir sind auf Besuch noch gar nicht eingerichtet, denn wir sind eben erst eingetroffen«, erklärte Rhea entschuldigend mit einem Blick auf das Haus. »Obwohl wir uns natürlich freuen würden, wenn Sie blieben. Ich hoffe, Sie sind meiner Einladung nachgekommen und haben Camareigh einen Besuch abgestattet. Ich weiß, daß meine Mutter und mein Vater sich sehr freuen würden, Sie zu sehen, Sir Morgan. Haben Sie uns vielleicht auf diesem Weg gefunden?« Rhea wollte sich gerade nach ihrer Familie erkundigen, als sie unterbrochen wurde.

»Ich glaube nicht, daß Sir Morgan Lloyd uns einen Freundschaftsbesuch abstattet, Rhea.« Dante ergriff zum erstenmal das Wort. Er hatte Sir Morgans Miene studiert, während Rhea sich mit ihm unterhielt, und er wußte, daß Sir Morgan etwas beschäftigte. So kam es nicht überraschend, als der ihm einen kalten Blick zuwarf.

»Ich befürchte, Lord Jacqobi, daß ich aus ganz offiziellen Gründen komme. Es ist meine Absicht, Sie…«

»…zu warnen, daß er diese Küste von der Plage der Schmuggler zu befreien gedenkt«, führte Lady Bess den Satz für ihn zu Ende. »Und ich warne dich, Dante. Sir Morgan Lloyd ist ein Mann, der seine Aufgabe sehr ernst nimmt. Fast schon bis zu dem Punkt, wo es langweilig wird.«

»Lady Bess«, erwiderte Sir Morgan geduldig, doch seine blauen Augen waren so kalt wie die arktischen Winde. »Vergeben Sie mir, ich hatte Ihre Anwesenheit bis jetzt nicht bemerkt.« Dies konnte nicht ganz der Wahrheit entsprechen, denn ihm konnte die Person in Scharlachrot, die so hochmütig auf ihrem schwarzen Pferd thronte, kaum entgangen sein. Doch er fügte hinzu: »Und darf ich Ihnen zu Ihrem bemerkenswerten Erinnerungsvermögen gratulieren? Ich hoffe auch, daß Sie meine Warnung beherzigen.«

»Aber natürlich, Sir.« Lady Bess lächelte herausfordernd, ihre dunklen Augen funkelten vor Zorn. »Ich habe Ihren Rat tatsächlich so oft vor mich hingemurmelt, daß ich manchmal dabei etwas eingenickt bin«, gestand sie. »Aber was muß ich erfahren? Sie sind mit der Lady bekannt? Nun, das ist wirklich ein Zufall. Oder sind Sie schon in der Absicht hergekommen, eine alte Freundschaft aufzufrischen? Ich muß gestehen, diese Idee hat etwas für sich«, sagte sie mit einem Seitenblick auf Dante Leighton und seine beschämte Frau. Doch als sie Sir Morgans versteinerte Miene sah, erinnerte sie sich – zu spät – an den eigentlichen Grund seiner Anwesenheit. Sie begann sich unbehaglich zu fühlen, denn es hatte nicht in ihrer Absicht gelegen, sich über seinen Verlust lustig zu machen.

»Ich habe Sir Morgan in den Kolonien kennengelernt. Er kam

mir zu Hilfe, und ich betrachte ihn als einen Gentleman und Freund«, erklärte Rhea steif. Lady Bess entging nicht die Röte, die die Wangen ihrer Rivalin überzog.

»Wie interessant! Wissen Sie, mir fällt es noch immer schwer zu glauben, daß Sie in den Kolonien gelebt haben. Sie sind so... jung und doch schon sehr weit gereist.« Bess sprach das verwünschte Wort aus. »Ich vermute, Sie haben Dante dort kennengelernt? Oder war es in London? Allerdings ist es auch nicht weiter verwunderlich, daß ich von Ihrer Hochzeit erst jetzt erfahre, denn ich war schon über ein Jahr nicht mehr in London. Himmel, es scheint, daß ich diese Gegend schon eine Ewigkeit nicht mehr verlassen habe. Ich kann mich gar nicht mehr erinnern, wann ich das letzte Mal eine Soirée besucht habe, oder...« Lady Bess hielt inne, denn sie hatte bestimmt nicht vor, ihre Mittellosigkeit vor diesen Leuten einzugestehen. »Tatsächlich muß ich gestehen, daß ich zunächst fälschlicherweise *diesen* jungen Mann für Ihren Ehemann und den Vater des Kindes hielt.« Lady Bess sagte es mit einem gekünstelten Lachen. Sie wollte sich nicht wirklich dafür entschuldigen. »Ist das nicht schlimm von mir? Doch man muß zugeben, daß sie ein hübsches Paar abgeben, und sie passen auch so gut zusammen, zumindest vom Alter her gesehen. Stimmst du mir nicht zu, Dante?«

»Alter hat nichts mit Reife zu tun. Ich habe erkannt, daß Lady Rhea Claire eine der mutigsten und anständigsten jungen Damen ist, die ich die Ehre hatte, kennenzulernen«, sagte Sir Morgan zu jedermanns Überraschung und sicherlich zu Lady Bess' Beschämung.

»Sieh an, sieh an, es scheint, daß unser guter Captain nicht nur heldenhaft, sondern auch noch zungenfertig ist. Du wirst deine junge Frau gut im Auge behalten müssen, Dante, mit diesen beiden gutaussehenden und offensichtlich liebeskranken Gentlemen an ihrer Seite. Wenn ich du wäre, Dante, würde ich ihnen nicht zu lange den Rücken zukehren. Ich fände es wirklich bedauerlich, dich trösten zu müssen, mein Lieber«, sagte Lady Bess mitleidig, doch der Ausdruck in ihren Augen verriet genau das Gegenteil.

»Du warst noch nie besonders gut darin, Trost zu spenden, Bess«, erwiderte Dante, und sie errötete bis über beide Ohren. Ihr Zorn steigerte sich noch, als sie Sir Morgans Habichtsblick auf sich spürte. Sie hatte das plötzliche Bedürfnis, ihre Reitpeitsche zu heben, und ihm diesen edelmütigen Blick aus dem Gesicht zu schlagen. Irgendwie schaffte er es, daß sie sich neben ihm klein und verdorben vorkam. Sie warf ihm einen vernichtenden Blick zu, der jeden anderen in den Erdboden hätte versinken lassen.

»Vielleicht brauchst du meinen Trost ja auch gar nicht, weil die Ehe rein zweckmäßig ist, oder?« fragte Lady Bess ihren früheren Geliebten, bevor sie verständnisvoll in Rheas entsetzte Miene schaute. »Ich bin sicher, daß Sie sich sofort Hals über Kopf in ihn verliebt haben, als er Ihnen den Hof machte. Dante kann ein so überzeugender Liebha-« Bess ließ das Wort unausgesprochen. »Natürlich, der arme Dante brauchte schon immer sehr viel Geld, und ich vermute, Sie brachten eine stattliche Mitgift in die Ehe, stimmt's, meine Liebe?«

»Mutter, bitte.« Anne Seacombe schämte sich so sehr, daß sie das Wort ergriff, obwohl sie wußte, daß sie dafür später wahrscheinlich bestraft werden würde.

»Tatsächlich, Madame«, warf Alastair Marlowe ein, der nicht länger stillhalten konnte, »ist Dante Leighton ein sehr wohlhabender Mann. Er braucht keine reiche Frau. Und würden Sie über eine bessere Beobachtungsgabe verfügen, wüßten Sie, daß mein Captain seine Frau sehr liebt.«

Lady Bess Seacombe blickte verächtlich auf den Mann hinunter, doch sie entschied sich, ihn einfach zu ignorieren. »Ist das wahr? Bist du wirklich reich, Dante?« fragte sie ungläubig und wünschte sich, die letzten fünfzehn Jahre auslöschen zu können.

»Sonst wäre ich nicht nach Merdraco zurückgekehrt«, antwortete Dante schlicht. »Und selbst wenn Rhea eine Bettlerin gewesen wäre, hätte ich sie geheiratet.« Der Blick, mit dem er Bess bedachte, verletzte sie mehr als jedes Wortgefecht.

»Nun, ich muß sagen, daß mich diese Neuigkeit einfach sprachlos macht«, erwiderte sie und warf Sir Morgan einen Seitenblick zu, ob er einen passenden Kommentar dafür fand.

»Wenn es kein Freundschaftsbesuch ist, was hat Sie dann zu uns geführt, Captain?« Dante lenkte die Unterhaltung auf ein für ihn wichtigeres Thema. Wenn man den ehemaligen Captain der *Sea Dragon* hier in dieser Umgebung, mit seinem Sohn auf dem Arm, betrachtete, hätte man annehmen können, daß die Frage eine reine Höflichkeitsfloskel war.

Einen Augenblick lang haftete Sir Morgans Blick bedauernd auf dem friedlich schlafenden, kleinen Baby. Dann schien er seine Gefühle beiseite zu schieben und sagte in einem autoritären Ton: »Ich erteile Ihnen eine Warnung, Lord Jacqobi...«

»O Gott, jetzt fängt er schon wieder damit an«, unterbrach Lady Bess amüsiert. Sie konnte nichts dafür – irgend etwas an dem Mann brachte den Teufel in ihr zum Vorschein, und sie verhielt sich aufmüpfiger, als sie es selbst für weise hielt. Doch manchmal konnte sie ihre Zunge einfach nicht im Zaum halten.

»Als ehemaliger Schmuggler, der Sie waren, Lord Jacqobi, kommen Sie als Anführer der hiesigen Schmugglerbande als erster in Frage.« Sir Morgan sagte dies, als sei es eine Tatsache. Er deutete auf den Leutnant. »Leutnant Handley ist sogar davon überzeugt.«

Handley fühlte sich sehr unbehaglich, denn er zog es vor, seine Bemerkungen hinter dem Rücken der Leute zu machen. Besonders peinlich war ihm, daß der Betroffene ein sehr wohlhabender Marquis war und noch dazu verheiratet mit der Tochter eines Herzogs. »Nun«, sagte er mit einem nervösen Lachen, das mehr wie ein Kichern klang, »ich glaube nicht, daß ich es genau so gesagt habe.

Und sicher verstehen Mylord, daß jeder unter Verdacht stehen muß, wenn wir uns die ›Söhne des Satans‹ vom Hals schaffen wollen.« Er sagte es mit einem aufrichtigen Blick zu dem Mann, den er so voreilig verurteilt hatte.

»Sicher, ich stimme mit Ihnen überein, daß erst einmal *jeder* unter Verdacht steht«, gab Dante zur Überraschung des Leutnants zu. Sein Blick traf für einen kurzen Moment den von Sir Morgan.

»Ich kann es kaum glauben«, meinte Lady Bess ungläubig, und die scharlachroten Federn schwankten unter ihrem Kopfschütteln gefährlich im Wind. »Du, der Marquis von Jacqobi, ein Schmuggler? Das wird einige hier sehr amüsieren«, spottete sie. »Bist du auf diese Art reich geworden? Nun, ich vermute, dann besteht tatsächlich noch Hoffnung für den Rest von uns.« Sie merkte erst, was sie gesagt hatte, als sie Anne nach Luft schnappen hörte. Lady Bess blickte auf und sah, daß ein leichtes Lächeln Sir Morgans Lippen umspielte. »Nun? Wo, zum Teufel, denken Sie, hat mein Schneider wohl die Spitze her? Schließlich, Sir Morgan, wie Sie wissen müßten, trinkt sogar der Pfarrer Tee, der über den Kanal geschmuggelt wurde.« Bess versuchte, so gut es ging, ihren Fehler wiedergutzumachen.

»Ich habe Sie auf keine Weise beschuldigt, Lady Bess«, sagte er leise. »Doch ich fürchte, ich muß Sie vor einer Enttäuschung bewahren, falls Sie die Fahrt über den Kanal für sich selber in Betracht ziehen. Lord Jacqobi ist nicht durch seine Schmugglertätigkeit zu Reichtum gelangt. Der Captain der *Sea Dragon* fand eine gesunkene Galeone mit dem Rumpf voll Gold und Silber. Die Methoden, mit denen er sein Ziel verfolgte, sind unvergessen – und auch ich kann mich noch gut daran erinnern, denken Sie immer daran, Captain. Und jetzt warne ich Sie, Mylord. Wenn Sie glauben, Sie könnten ihre Schmugglertätigkeit in Merdraco fortsetzen, oder sollten Sie sogar tatsächlich der Anführer der Bande sein, werde ich mit Ihnen verfahren, wie Sie mit Bertie Mackays Mann in der

Meerenge von Florida verfahren sind. Sie erinnern sich doch noch daran, oder?« fragte Sir Morgan.

Alastair Marlowe runzelte die Stirn, denn er hatte den Vorfall miterlebt. Sein Captain hatte einen von Bertie Mackays Männern, der sich an Bord eingeschlichen hatte, um zu spionieren, mit einer Laterne in einem ruderlosen Beiboot ausgesetzt. Bald schon wurde das Boot von den sanften Wellen davongetragen, und die Laterne – dieselbe, die der Spion zum Signalisieren von Bord der *Sea Dragon* benutzt hatte – führte die rivalisierenden Schmuggler auf der *Annie Jeanne* in die Irre. Während die *Sea Dragon* zu den Karolinen abdrehte, veranstalteten Bertie Mackay und seine Bande von Hundesöhnen eine wilde Verfolgungsjagd auf das kleine Beiboot. Kurz bevor sie auf Grund liefen, merkten sie, daß sie reingelegt worden waren.

Alastair schüttelte den Kopf. Wieso sollte Sir Morgan sich wünschen, Dante Leighton in einem Beiboot auszusetzen? Das hörte sich nicht nach dem Sir Morgan an, den er kannte. Doch als sich Alastair den Marineoffizier genauer anschaute, stellte er fest, daß sich der Mann in den letzten Monaten, seit sie ihm in London zum letzten Mal begegnet waren, stark verändert hatte.

»Sir Morgan.« Rhea sprach seinen Namen fast flehend aus. Sie suchte nach einem Zeichen in seinem Gesicht, das sie an den Mann, an den sie mit soviel Sympathie zurückdachte, erinnerte. »Ich kann nicht glauben, daß Sie derselbe Mann sein sollen, der mich im Hafen von St. John rettete, als ich mich in Schwierigkeiten befand.«

»Ich wünschte nur, ich hätte früher erkannt, wer Sie wirklich sind, und Sie sicher nach England zurückgebracht, bevor Sie sich mit Dante Leighton und seiner Mannschaft einließen. Ich befürchte, Sie haben einen Mann geheiratet, der nicht fähig ist, sich niederzulassen und Ihnen ein friedvolles Heim zu bieten. Er hat sich an das Leben als Abenteurer gewöhnt. Und er wird sich niemals mit dem müßigen Leben eines Gentleman begnügen. Reichtum ändert nichts, Lady Rhea. Das aufregende Dasein als Freibeuter hat Dante Leighton auf See gehalten, nicht sein Wunsch nach Reichtum.«

»Sie irren sich, Sir Morgan«, erwiderte Rhea. Und in ihren Augen spiegelte sich tiefe Verletztheit.

Sir Morgan neigte leicht den Kopf. »Um Ihretwillen – und nur darum – hoffe ich, daß Sie recht behalten und nicht ich.«

»Ich erinnere mich dunkel an ein Gespräch, bei dem Sie mich warnten, meinen illegalen Unternehmungen weiter nachzugehen. Wie der Leutnant hier denken Sie: Einmal Schmuggler, immer Schmuggler«, meinte Dante. »In einem gebe ich Ihnen recht, Sir Morgan. Ich habe das Abenteuer genossen. Aber ich glaube, ich werde genug Gelegenheit finden, als Herr von Merdraco meine Abenteuerlust zu befriedigen. Mich beschäftigt die Frage, was Sie hierher geführt hat. Das letzte, was ich von Ihnen hörte, war, daß Sie Captain der H. M. S. *Portcullis* waren und in Charles Town stationiert sind. Sie drohten mir, Ihren Bruder, der an dieser Küste stationiert ist, über meine unlautere Vergangenheit aufzuklären. Haben Sie so wenig Vertrauen in seine Fähigkeiten, daß Sie ihm zu Hilfe geeilt sind? So gefährlich bin ich nun wirklich nicht, oder?«

»Mein Bruder ist tot«, antwortete der wie versteinert wirkende Sir Morgan Lloyd.

Es lag eine furchtbare Stille über den Anwesenden, und dann rief Rhea aus: »O nein! Das tut mir leid, Sir Morgan!« Und nun begann sie Sir Morgan Lloyds Benehmen zu verstehen. Dante starrte seinen Gegenspieler an und begriff.

»Wie kam es dazu?« fragte er leise.

»Er wurde ermordet.«

»Wie?«

»Sein Schiff wurde in die Drachenbucht irregeleitet.« Sir Morgans Antwort verblüffte Dante.

»Woher wissen Sie das?« fragte Dante, und seine Worte raubten Rhea den Atem. Endlich wußte sie, was sich noch an dieser sandigen Küste ereignet hatte. »Gab es Überlebende?«

»Nein, aber mein Bruder ging nicht mit dem Schiff unter. Er und mehrere andere schafften es bis an die Küste. Er starb an Messerwunden. Er war unbewaffnet und wahrscheinlich halb ertrunken, als er angegriffen wurde.«

»Und Sie verdächtigen mich als seinen Mörder?« fragte Dante. Seine erhobene Hand erstickte Rheas und Alastairs Protest. »Ziemlich dreist von mir, nicht wahr, ein Schiff direkt unterhalb der Türme von Merdraco auf Grund gehen zu lassen?«

»Das ist verrückt!« rief Rhea wütend aus. »Dante würde so etwas nie tun!«

»Wenn Sie verzeihen, daß ich dies hier erwähne«, mischte sich Leutnant Handley ein. »Aber Dante Leighton wurde vor vielen Jahren des Mordes verdächtigt.«

»Verdächtigt, aber nie angeklagt und mit Sicherheit nicht überführt!« rief Rhea. Und sie warf der nervösen Lady Bess, die ihrer Rivalin auf einmal nicht mehr in die Augen schauen konnte, einen vorwurfsvollen Blick zu. »Ich würde mich an Ihrer Stelle schämen, ein solches Gerücht weiterzugeben, Leutnant«, wies Rhea den Mann zurecht. »Und Sie, Sir Morgan, Sie halten Dante tatsächlich für einen kaltblütigen Mörder?«

»Jeder ist des Mordes fähig, Lady Rhea, wenn er verzweifelt ist und man ihn vielleicht in die Ecke getrieben hat«, entgegnete Sir Morgan leise.

»Wann ist dies geschehen? Ihr Bruder muß noch am Leben gewesen sein, als wir mit Ihnen zusammen nach England zurückkehrten. Und Dante hat sich nach seiner Abreise aus London ständig in Camareigh aufgehalten. Er kann mit dem Tod Ihres Bruders überhaupt nichts zu tun haben«, argumentierte Rhea.

»Dann denken Sie also, Dante ist der Anführer der ›Söhne des

Satans‹, nicht wahr?« Lady Bess schaute Sir Morgan ungläubig an. »Aber er ist reich, und wie die Lady sagt, Dante war gar nicht hier, als das Schiff Ihres Bruders unterging. Abgesehen davon wäre er der letzte, der...«

»Man kann in einen Mord verwickelt sein, ohne sich die Hände schmutzig zu machen«, unterbrach Sir Morgan Lady Bess ungeduldig. »Seit meiner Ankunft hier bin ich zu der Überzeugung gelangt, daß hinter den ›Söhnen des Satans‹ ein kluger Kopf steckt. Auch wenn die Identität des Anführers noch ein Geheimnis ist, ich werde es aufdecken. Ich werde den Mann finden, der für den Tod meines Bruders und seiner Mannschaft verantwortlich ist«, schwor Sir Morgan. »Und ich betrachte jeden, der Informationen über die Schmugglerbande zurückhält, als meinen Feind. Ich werde mit diesen Personen, ob weiblich oder männlich, rücksichtslos verfahren.«

Lady Bess benetzte ihre trockenen Lippen, dankbar, daß sie unterbrochen worden war, bevor sie sagen konnte, daß Dante Leighton als letzter für die Führung der »Söhne des Satans« in Frage käme, da doch Jack Shelby den Marquis von Jacqobi abgrundtief haßte. Bess konnte sich nicht vorstellen, daß Jack von Dante Befehle entgegennehmen würde. Und die »Söhne des Satans« hätten auch nicht Merdraco zerstört, wenn Dante ihr Anführer gewesen wäre.

Doch diese beiden Dinge mußte der gute Captain erst noch herausfinden, und bis dahin würde er Dante weiter unter Verdacht haben. Und das, dachte Lady Bess mit einem Seufzer, würde den »Söhnen des Satans« nur allzugut gefallen, denn dann könnten sie sich weiterhin überall frei bewegen, während Sir Morgan, der nicht so schlau war, wie er glaubte, weiter einem Schatten nachjagte.

»Ich werde jetzt wieder aufbrechen«, erklärte Sir Morgan steif, »aber Sie können sicher sein, Captain, daß wir uns bald wiedersehen. Lady Rhea – es tut mir leid«, fügte er hinzu. Er hielt ihrem vorwurfsvollen Blick nicht stand und wandte sich schnell ab. Er nickte den anderen zu, wendete sein Pferd und ritt davon. Der Leutnant hatte Mühe, ihm zu folgen.

»Unverschämter Kerl«, murmelte Lady Bess, doch sie seufzte erleichtert auf, als die beiden Reiter hinter einer Kurve verschwanden.

»Es macht mich traurig zu sehen, wie sehr sich Sir Morgan verändert hat«, sagte Rhea. Sie starrte auf die Straße, als könne sie nicht glauben, was sie erlebt hatte.

»Wir verändern uns alle, Rhea.« Dantes Blick traf sie und hielt sie einen langen Augenblick gefangen.

»Ich verabscheue es, euch zu unterbrechen, aber ich muß mich jetzt auf den Weg machen«, sagte Lady Bess in einem schneidenden Ton. Es war ein schrecklicher Tag geworden, und sie spürte die ersten Anzeichen einer nahenden Migräne. »Dante, ich ...« begann sie, doch eigentlich wußte sie nicht, was sie sagen konnte, und auch Dante schüttelte nur den Kopf.

»Auf Wiedersehen, Bess«, verabschiedete er sie müde. Dann nahm er Rheas Arm, und sie gingen zum Haus.

Bess blieb noch eine Weile reglos auf ihrem Pferd sitzen und schaute Dante und seiner jungen Frau nach, als sie im Eingang des Jagdhauses verschwanden. Sie bemerkte nicht einmal Alastair Marlowe, der sich verabschiedete. Doch ihre Tochter Anne erwiderte seinen Gruß und ihre Wangen hatten die Farbe wilder Rosen, als sie ihm nachschaute.

»Willkommen in Merdraco, Dante«, flüsterte Bess Seacombe. Niemals zuvor hatte sie sich so einsam gefühlt.

Menschen sollten sein, was sie scheinen zu sein.

Shakespeare

Kapitel sechsundzwanzig

Die Straßen von Merleigh ergossen sich wie breite Flüsse aus Pflastersteinen über die Hänge bis zum Meer. Dicht an der Küste drängten sich Fachwerkbauten, Wohn- und Geschäftshäuser mit steil geneigten Ziegeldächern. Unzählige Schornsteine ragten aus dem Gewirr der Dächer, doch über allem erhob sich der Turm der Pfarrkirche. Von ihrem hohen Sitz am Ende der Hauptstraße von Merleigh verkündeten die Glocken abends die Sperrstunde für all jene, die nach acht Uhr abends ihr Zechgelage fortsetzen wollten. Doch heute war das Gesetz der Sperrstunde außer Kraft. Die Glokken erinnerten zudem alle vergeßlichen Kirchgänger an den Sonntag.

Es war Markttag, und auf den engen Pflastersteinstraßen drängten sich die Menschen. Ein schwer beladener Karren, der von massigen Ochsen gezogen wurde, bahnte sich seinen Weg an einem Gespann Lastenponys vorbei, die große Stücke getrockneten Torf auf dem Rücken trugen.

Der Heideland Vagabund, der die stämmigen Ponys führte,

mußte sich nicht lange nach Kundschaft umschauen, denn Torf war ein billiger und guter Brennstoff für die frostigen Nächte. Halboffene Türen auf der Hauptstraße erlaubten dem Spaziergänger einen schnellen Blick auf die geschäftigen Schuhmacher, Korbflechter oder Schneider in ihren Läden.

Ein schmaler Quai umsäumte die friedliche Bucht. Die Masten zahlreicher Fischerboote wankten hin und her. Die Besitzer der Boote besserten am Strand Netze aus oder standen bei ihrem Tagesfang, während die Fischhändler und die Matronen aus dem Dorf die Waren begutachteten und einen guten Handel herausschlagen wollten.

Eben dieser Anblick, der sich über die Jahrhunderte kaum verändert hatte, bot sich der Gruppe von Reitern, die sich der kleinen Küstenstadt näherte.

»Dies ist Merleigh«, sagte Dante Leighton.

»Es ist ein hübsches Dorf.« Rhea trieb Skylark die steile Straße hinauf, die direkt in die Dorfmitte führte.

»Hat sich nicht viel verändert«, kommentierte Houston Kirby vom Rücken seines Heidelandponys. Er musterte die Dorfbewohner, die sich auf den Straßen aufhielten, als suche er nach vertrauten Gesichtern.

»Sie sind hier in der Gegend geboren worden, nicht wahr, Kirby?« fragte Alastair Marlowe. Er versuchte, die neugierigen Blicke, die ihnen zugeworfen wurden, zu ignorieren.

»Ich bin auf Merdraco und nicht in Merleigh geboren worden. Das ist ein großer Unterschied«, entgegnete Houston Kirby stolz. Er war kein gewöhnlicher Fischer oder Dörfler. »Merleigh ist noch keine alte Siedlung. Das Dorf war früher in der Nähe des Schlosses. Daher hat es seinen Namen. In den unsicheren Zeiten mußten die Dorfbewohner sich nahe am Schloß ansiedeln, denn da sie keine Kämpfer waren, brauchten sie einen Ort, wo sie sich hinflüchten und verstecken konnten, wenn der Feind vor den Toren stand.«

Houston Kirby schaute sich verächtlich um. »Doch als sich die Lage beruhigte, siedelten die Leute um. Hier hatten sie eine bessere Möglichkeit, zu fischen oder zur See zu fahren. Die Drachenbucht war eine zu große Herausforderung für sie. Denken nur an ihren Geldbeutel, diese Händler. Kein Respekt für die Vergangenheit«, schnaubte er. Er vergaß dabei ganz, daß auch die Leighton-Familie, mit der Aussicht auf größere Annehmlichkeiten, das alte Schloß verlassen hatte und in ein besseres Quartier umgesiedelt war.

Francis Dominick grinste Rhea an. Er hatte sich an den kleinen, scharfzüngigen Steward gewöhnt und genoß dessen mißmutige Kommentare.

»Sieht aus, als sei der alte Tom Morcombe fleißig gewesen«, meinte Kirby. Sein Blick ruhte auf einem kleinen, aufgeplusterten Mann, dem eine große, dürre Frau mit einem Baby auf dem Arm und einem Kleinkind an der Hand folgte. Hinter ihnen marschierten wie die Orgelpfeifen weitere Kinder im Alter von drei bis fünfzehn Jahren. »Hätte ich ihm gar nicht zugetraut«, schniefte Kirby.

»Ich wette, du könntest ihnen zeigen, wie man mit diesen Schiffen umgeht«, sagte Robin zu Conny, der verzweifelt versuchte, das Gleichgewicht hinter dem Sohn des Herzogs von Camareigh zu halten. Er klammerte sich an Robin, doch das kleine Heidelandpony, das sie sich vom Bishops Inn geliehen hatten, ließ ihn gefährlich auf und nieder schaukeln.

»Aye, das glaube ich auch, Robin«, antwortete Conny. Er fragte sich, weshalb er auf einem Schiff nie seekrank wurde, sich aber jetzt hundeelend fühlte.

Robin trieb sein Pony an – zu Connys Entsetzen und Rheas Sorge. Sie wußte, daß er einen Hang dazu hatte, sein Pony immer dahin zu lenken, wo es nicht hin sollte.

Francis las ihre Gedanken und erinnerte sich grinsend an den Vorfall, als Robin sein Pony Shoopitee durch den Garten jagte und

Lord Rendale dabei in den Teich schubste. Doch er behielt Robin im Auge, um sicherzugehen, daß er sein Pony nicht durch die Hühnerkäfige der Bauern traben ließ.

Die Fremden zogen allmählich die Aufmerksamkeit einer Menge interessierter Zuschauer auf sich. So viele Reiter auf edlen Rössern und dazu so fein gekleidet waren ein seltener Anblick in Merleigh.

»Ich lasse dich jetzt mit Kirby hier, Rhea. Er bezweifelte, daß Hallie eine anständige Einkaufsliste zusammengestellt hat«, sagte Dante. Obwohl Hallie das Kommando über die Küche hatte, war Kirby doch oft mit Rat und Tat an ihrer Seite zu finden, was nicht unbedingt ihre Zustimmung fand.

»Ich bin sicher, daß Kirbys Ergänzungen sinnvoll sind«, erwiderte Rhea diplomatisch, und der kleine Steward zeigte ein breites, zufriedenes Grinsen. Dante schüttelte den Kopf. Jetzt war nichts mehr mit ihm anzufangen.

»Es wird nicht lange dauern, Rhea.« Sie hielten am Ende des Marktplatzes, und Dante half Rhea vom Pferd. »Ich gehe in die Taverne auf der Hauptstraße. Sie ist ein kleines Stück weiter oben. Wenn du etwas brauchst, kannst du mich dort finden. Ich nehme an, dort halten sich die meisten Männer auf, die ohne Arbeit sind, und ich werde sie wissen lassen, daß sie gutes Geld auf Merdraco verdienen können.« Dantes Erklärung fiel knapp aus, denn er wußte nicht, wie man ihn empfangen würde. Die »Söhne des Satans« konnten die Dorfbewohner beeinflußt haben, keine Arbeit auf Merdraco anzunehmen.

»Können Sie dabei etwas Gesellschaft gebrauchen?« fragte Alastair, denn er hatte nicht viel Ahnung von Gemüse und Geflügel.

Dante nickte. Houston Kirby führte Rhea durch die wimmelnde Menge und blieb mit ihr vor einigen Körben mit frischen Beeren stehen. Francis Dominick stand auf der anderen Seite neben seiner Schwester. Robin und sein grimmiger Gefährte Conny Brady waren bereits im Getümmel verschwunden, zweifelsohne die Köpfe voller Schabernack.

Die Taverne, nach der Dante suchte, lag zwischen dem Laden eines Perückenmachers, der auch Haare schneiden, Rasieren und Aderlaß für jede Art von Unpäßlichkeiten anbot, und einer Apotheke eingepfercht. Die Apotheke hatte durch ihren günstigen Standpunkt, gleich neben einem Wirtshaus, sicher einen guten Zustrom an Kundschaft.

Dante hielt vor einem schmalen zweistöckigen Haus mit Giebelornamenten und längs unterteilten, hohen Fenstern an. Ein verziertes Holzschild knarrte, von einer Strebe gehalten, in der frischen Brise, die vom Meer herüberwehte. Dante war bereits einige Stufen zum Eingang hinuntergegangen, als er stehenblieb und sich das Schild genauer betrachtete. Ein sonderbarer Ausdruck lag auf seinem Gesicht.

Alastair Marlowe wäre ihm beinahe in den Rücken gelaufen, als sein Captain so abrupt stoppte. Dann folgte er Dantes Blick und sog scharf die Luft ein.

Das Holzschild trug das Bild einer Frau. Sie war in fließende weiße, weite Gewänder gehüllt, und unter dem Geisterbild stand der Name der Taverne: »Die bleiche Lady der Ruine.«

Alastair schluckte. Doch Dante verlor kein Wort. Er starrte noch einen Augenblick auf das Bild und setzte dann seinen Weg die Stufen hinunter fort. Alastair folgte seinem Captain in einen dämmrigen Flur. Eine schmale Treppe am anderen Ende führte in den zweiten Stock und wahrscheinlich zu den Gästezimmern. Dante folgte dem Klang der Stimmen und wandte sich nach rechts. Im Schankraum saßen und standen Männer bei einem Krug Ale und unterhielten sich über das Wetter.

Scheinbar unbeeindruckt von dem plötzlichen Schweigen, das sich über die geschwätzige Versammlung gelegt hatte, durchquerte Dante den Raum. An der Theke blieb er stehen. Ein Mann mit einer Schürze um den Bauch stand neben einem großen Faß, aus dem er Ale in die Krüge füllte.

»Schönen Tag, und willkommen in der ›Bleichen Lady‹«, begrüßte er sie. »Was wünschen die Herren?« Er musterte die beiden gutgekleideten Gentlemen mit unverhohlener Neugier. Er kannte sie nicht, doch sie rochen förmlich nach Geld. »Sind Sie fremd hier in Merleigh?«

»Nein, eigentlich nicht«, antwortete Dante. Dann bestellte er zwei Krug Ale.

»Tatsächlich? Na, dann haben Sie bestimmt schon bemerkt, daß die Taverne einen neuen Besitzer hat. Früher hieß sie Royal Oak Ivy, aber als ich sie übernahm – ich bin aus Barnstaple –, habe ich den Namen geändert. Ich habe auch neue Mädchen. Die anderen waren ja nur Haut und Knochen. An diesen hier hat man wenigstens was, stimmt's?« lachte er, als sich eines der drallen Mädchen mit den Krügen einen Weg durch die vollbesetzte Taverne bahnte. Immer wieder mußte sie Bestellungen entgegennehmen, zur Zufriedenheit ihres grinsenden Wirtes.

»Den Namen hab' ich von 'ner Legende hier aus der Gegend«, fuhr der Mann im Plauderton fort, während er dem grauäugigen Gentleman und seinem Freund die Krüge über die Theke reichte. »Scheint, daß die blaublütige Lady, muß aus der angesehenen Familie stammen, nach der sogar die Stadt benannt wurde, sich, nun…« er sah sich um, ob jemand lauschen konnte, »sich von 'ner Klippe gestürzt hat. Bei der Schloßruine. Merdraco, so heißt es. Nun, man sagt, daß sie ein gebrochenes Herz hatte, wegen ihrem mißratenen Sohn, selber ein Marquis, und sich das Leben nahm. Doch was jedermann hier zu Tode erschreckt, ist, daß ihr Geist auf den Klippen herumspukt, jammert und klagt um ihren Sohn. Hab' gedacht, es könnte ein gutes Geschäft werden, wenn ich meine Taverne nach ihr benenne. Den Namen vergißt jedenfalls keiner so schnell, das ist mal sicher«, erklärte er mit einem zufriedenen

Grinsen. Doch wie es schien, fanden die Gentlemen seine Geschichte nicht sehr unterhaltsam, und erst da wurde er sich über die sonderbare Stille bewußt, die im sonst so lauten Schankraum herrschte.

Mit besorgter Miene betrachtete er die beiden Gestalten vor sich. Es schien, als würden all seine Stammkunden die beiden Fremden anstarren, im besonderen den mit den grauen Augen.

Der Wirt räusperte sich nervös. Etwas stimmte hier nicht. »Ah, ich glaube, ich habe Ihre Namen nicht ganz verstanden«, sagte er. »Ich spreche meine Gäste gern an, wie es sich gehört.« Sein Unwohlsein stieg, als der Grauäugige leicht lächelte, bevor er sich den neugierigen Gästen der »Bleichen Lady« zuwandte.

Er nahm einen Schluck aus dem Krug und betrachtete die Männer, die ihn so unverwandt anstarrten. »Manche von euch wissen, wer ich bin. Den anderen würde ich mich gern vorstellen. Ich bin Dante Leighton, Lord von Jacqobi. Ich bin nach Merdraco zurückgekehrt. Doch während meiner Abwesenheit sind das Grundstück und das Haus von Merdraco baufällig geworden.«

Das ist eine sehr milde Umschreibung, dachte Alastair, als er einen großen Schluck von seinem Ale nahm.

»Ich stelle jeden ein, der arbeiten will. Ihr könnt gutes, ehrliches Geld verdienen«, bot Dante der Versammlung der schweigenden Männer an.

»Schätze, ich bin einer, der sich noch an Sie erinnert, Lord Jacqobi. Doch mehr daran, daß Sie nie Ihre Schulden beglichen haben«, sagte ein heruntergekommener Bursche. »Wüßte keinen Grund, weshalb ich Ihnen heute glauben sollte, aber ich muß zugeben, daß ich Ihren Mut bewundere, hier einfach hereinzustolzieren. Kann mir vorstellen, daß es außer mir noch ein paar gibt, die Sie und das, was man Ihnen nachgesagt hat, nicht vergessen haben. Sie haben nicht viele Freunde hier in dieser Gegend, Mylord.«

Alastair wischte sich mit dem Handrücken den Schaum von den

Lippen und nahm sich vor, den üblen Burschen, der die Ehre seines Captains in Frage gestellt hatte, im Auge zu behalten.

Aber Dante Leighton überraschte Alastair. Er quittierte die abfälligen Bemerkungen des unverschämten Kerls lediglich mit einem Nicken. Dann griff er in seine Manteltasche, und einen Moment später lag ein Lederbeutel in der Mitte des Tisches. »Öffne ihn«, sagte Dante, und es klang wie ein Befehl an Bord der *Sea Dragon*. Der Mann nahm den Beutel, wenngleich behutsam, und zog die Kordel auf. Er schüttete den Inhalt auf den Tisch, das Geräusch konnte nur eines verheißen – Geld.

»Jeder Mann, der für mich arbeitet, wird am Ende des Tages ausbezahlt. Es gibt keine Versprechen auf Geld. Es *gibt* Geld. Aber glaubt nicht, daß es leicht verdientes Geld wird. Denn ich erwarte gute Arbeit von jedem. Die Männer, die sich nicht daran halten, arbeiten keinen Tag länger für mich«, warnte Dante sie. Der Mann, der sich eben noch an den verantwortungslosen jungen Lord erinnert hatte, der sein Vermögen verspielt hatte, konnte nicht glauben, daß er derselbe war wie dieser Marquis von Jacqobi.

Hier schien ein Mann zu stehen, der es gewohnt war, ohne Furcht und Zögern zu sprechen, dachte William Brownwell bei sich, als er das gebräunte Gesicht mit den hellen Augen musterte. Er behauptete gern von sich, einen Mann an seinen Augen erkennen zu können. Und als er Dantes scharfem Blick begegnete, sah er etwas darin, das ihm gefiel. Er wich ihm nicht aus. Und so starrten sie sich eine Weile an, und William Brownwell glaubte, eine große Entschlossenheit in Dante Leightons Miene zu erkennen.

»Falls einer an meinem Wort zweifelt, kann er sich gern bei meinen Bankiers rückversichern. Ich habe eine hohe Summe Geld auf der Bank hier in Merleigh deponiert und ebenso bei den Banken in Westlea Abbot, Bristol und London, wo euch mein Anwalt gern Auskunft erteilen wird.«

»Ich kann bezeugen, Gentlemen«, hörte Alastair sich sagen,

»daß Dante Leighton ein Ehrenmann ist. Ich war Frachtaufseher an Bord der *Sea Dragon*, einem Kaperschiff, das sich in zahlreichen Kämpfen bewiesen hat, weil mein Captain niemals eine Niederlage zuließ. Und ich kann euch versichern, daß er stets den Respekt und die Bewunderung seiner Crew besaß. Dante Leighton löst seine Versprechen immer ein«, schloß Alastair mit Kampfeslust in den Augen. Es war ihm ein wenig peinlich, da er kein Mann von vielen Worten war, aber manchmal erforderten es die Umstände, daß man seine Gefühle äußern mußte.

»Er könnte so reich sein wie der König selbst, und trotzdem würde ich mir für einen wie ihn nie die Hände schmutzig machen!« erhob sich eine verärgerte Stimme aus dem Hintergrund und zog die Aufmerksamkeit der Männer, die gerade noch Alastair Marlowes Rede beeindruckt gelauscht hatten, auf sich.

»Jack Shelby ist mein Freund, und das sollte der Rest von euch besser nicht vergessen«, warnte der Mann die Anwesenden. Dann bahnte er sich einen Weg durch die Menge und blieb vor Dante Leighton mit einem zornigen Funkeln in den Augen stehen. »Schätze, Jack Shelby ist jemand, der weiß, wer seine Freunde sind und wer nicht. Ich könnte ihn daran erinnern«, sagte der Kerl und blickte sich im Raum um, als wolle er sich die Gesichter einprägen.

»Um Jack Shelby würde ich mir nicht so viele Gedanken machen«, entgegnete Dante unbeeindruckt.

»Oh, tatsächlich *Mylord*?« Der Mann beäugte Dante Leighton geringschätzig und spuckte ihm dann vor die Füße.

»Jack Shelbys Tage sind gezählt. Das kannst du ihm gern ausrichten.«

Der Mann war zornesrot im Gesicht. Dann, noch ehe er sich überhaupt gewahr wurde, wie ihm geschah, ergriff Dante die Arme des Mannes, verdrehte sie ihm auf den Rücken und hielt ihn mit einer Hand an den Gelenken fest. Dann umklammerte er mit der freien Hand den Nacken des Burschen und führte ihn zur Tür. Die anderen Männer johlten und grölten, denn sie kannten den Kerl nur zu gut und freuten sich, daß er in seine Schranken verwiesen wurde.

Aus der Tür und die Stufen hinauf wurde er geschubst. Und als er sich auf der Straße wiederfand, schwor er sich, niemals die Gesichter derjenigen, die gelacht hatten, zu vergessen. Er war auf die Knie gefallen, sein Hut lag neben ihm auf dem Kopfsteinpflaster.

»Das wird Ihnen noch leid tun, Mylord!« schrie er, als er sich aufrappelte. »Eure Gesichter werde ich auch nicht vergessen! Das wird euch leid tun, wartet's nur ab. Wartet, bis ich Jack Shelby davon erzählt habe! Ihr werdet schon sehen!« Dann eilte er die Straße hinunter, nicht ohne ab und zu über die Schulter zu schauen. Das Gelächter schürte seine Wut.

Dante Leighton wendete sich wieder den Männern zu, die ihn nicht aus den Augen gelassen hatten. Doch jetzt spiegelte sich ein anderer Ausdruck in ihren Augen. Jetzt erst sahen sie wirklich ihn und nicht mehr den verwegenen jungen Lord von damals.

»Ihr könnt allen erzählen, daß ich nach Pächtern suche, die das Land um Merdraco bestellen. Die Pacht wird gering sein, und als Lehnsherr werde ich dafür sorgen, daß die Höfe in gutem Zustand sind. Jeder, der Leighton-Land bestellt, wird feststellen, daß man ein gutes Auskommen hat. Und ihr und eure Familien stehen unter meinem Schutz«, verkündete der Herr von Merdraco.

»Dachte, das Land gehört schon längst nicht mehr zu Merdraco, sondern ist im Besitz von Sir Miles Sandbourne.«

Dante lächelte. Es war ein zufriedenes Lächeln. »Die Ländereien, die früher zu Merdraco gehört haben, befinden sich wieder in meinem Besitz. Sir Miles Sandbourne besitzt keinen Flecken Leighton-Land mehr.«

William Brownwell hielt Dante den kleinen Sack voller Münzen hin, den er zuvor auf den Tisch geworfen hatte. »Hier ist Ihr Geld zurück«, sagte er. Alastair Marlowe dachte, der Mann würde Dantes Angebot ausschlagen, doch dann fügte der Bursche hinzu: »Zumindest bis ich einen Tag gearbeitet und mir meinen Teil daran verdient habe. Dann gehört es mir.«

Dante nahm den Lederbeutel: »Ich freue mich darauf, dich auf Merdraco zu sehen.«

»Aye, das können Sie. Schätze, die Leute sind froh zu hören, daß Sie ihr neuer Lehnsherr sind. Sir Miles war nicht sehr beliebt. Er hat die Pacht jedes Jahr aufs neue erhöht. Ist Houston Kirby auch wieder da?« wollte Brownwell wissen. »War mal ein Freund von mir, bis er verschwand. Hab' mir gedacht, daß er bei Ihnen war.«

»Aye, das war er. Und er ist mit mir zusammen zurückgekommen«, erwiderte Dante Leighton, und in seinen kalten, grauen Augen spiegelte sich ein erstes Anzeichen von Wärme.

»Eines noch, Mylord – weiß Jack Shelby, daß Sie zurück sind?« fragte Brownwell. Er wollte genau wissen, auf was er sich einließ.

»Ja. Tatsache ist, daß wir uns bereits im Bishops Inn von Angesicht zu Angesicht gegenüberstanden. Er verabschiedete sich ziemlich abrupt, und er weiß, was ihn erwartet.« Dante sah ein, daß der Mann das Recht hatte zu erfahren, wie die Dinge standen, wenn er auf Merdraco arbeiten wollte.

»Sie waren also im Bishops Inn?« fragte der Mann, der scheinbar mehr wußte, als er sollte, denn es schien ihm bekannt zu sein, daß die Schmuggler dort oft auf ein Ale einkehrten.

»Ja, Sam und Dora Lascombe waren sehr gastfreundlich«, antwortete Dante.

»Aye, kann ich mir vorstellen«, meinte William Brownwell. »Sam Lascombe ist kein Narr. Schätze, ich schaue die Tage mal bei ihm rein. Grüßen Sie Dora von uns, ja? Die meisten hier halten es für eine Schande, was mit Ihrem Bruder passiert ist. Aye, denke, viele hätten nichts gegen eine Veränderung hier.« Brownwell warf seinen Freunden einen bedeutungsvollen Blick zu.

Dante Leighton sah den Mann forschend an, dann nickte er. »Ich denke, daß sich schon bald einiges verändern wird. Es war mir ein Vergnügen, Gentlemen«, sagte er, und mit einem Lächeln warf er dem Wirt den Beutel mit den Münzen zu, der nicht zu erstaunt war, um ihn nicht mit seiner großen Hand aufzufangen. »Geben Sie den Gentlemen hier soviel Ale und Essen, wie sie wollen.«

»Das ist wirklich zu gütig, Mylord«, dankte William Brownwell, und auch die anderen Männer sahen ihren Wohltäter jetzt freundlicher an.

»Das ist es nicht wirklich«, gestand Dante grinsend. »Sie werden mich schon noch früh genug verfluchen, wenn Sie für jeden Shilling ihren Schweiß lassen müssen. Aber vielleicht werden Sie mich nicht hassen, wenn Sie wissen, daß ich sehr großzügig sein kann und fair zu jedem bin, der mich nicht hintergeht.«

»Aye, Mylord. Scheint, Sie haben 'ne ganze Menge auf Ihren Reisen gelernt«, sagte Brownwell langsam. »Und ich schätze, daß wir ganz gut miteinander auskommen werden.«

»Aye, das werden wir«, stimmte Dante zu. Dann entfernte er sich mit leicht gesenktem Kopf von den Männern in der »Bleichen Lady«.

»Schätze, die Dinge werden sich hier ziemlich schnell ändern, wo der junge Herr zurück ist, um Ärger anzurühren«, murmelte William Brownwell, als Dante Leighton auf die Straße hinausging, als gäbe es keine Probleme in der Welt.

»Kirby, ich kann gar keine Blaubeeren auf der Liste entdecken«, sagte Rhea zu dem kleinen Steward, der eben dabei war, einige Körbe dieser Köstlichkeit auszuwählen.

»Das kommt, weil Hallie nicht aus dieser Gegend stammt, Mylady. Die Beeren werden im Moor gesammelt, und eine bessere Torte als eine Blaubeertorte mit Sahne findet man nirgendwo.«

»Und was ist mit dem Apfelwein, Kirby? Hallie wird niemals so viel davon verwenden können. Vielleicht sollten wir nur die Hälfte nehmen«, schlug sie geduldig vor.

»Ach, Mylady, wenn Sie wüßten, wie lange es her ist, daß ich einen anständigen Schluck guten Apfelwein hatte.« Houston Kirby wirkte derart bekümmert drein, daß Rhea beinahe Mitleid mit ihm bekam. »Nächstes Jahr mache ich natürlich selber welchen, Mylady. Ein vorzügliches Tröpfchen, wie ich selbst immer zu sagen pflege, Mylady. Wir hatten einmal die dafür notwendigen Dinge auf Merdraco, doch es sieht wohl so aus, als müßte ich mir mein eigenes Rad und einen Trog besorgen. Und natürlich können wir nicht das Stroh von Merdraco verwenden. Dann würden wir gleich noch vor Einbruch der Abenddämmerung unter den Tischen liegen.«

»Was stimmt denn mit dem Stroh aus Merdraco nicht?« fragte Francis. Er sah den kleinen Steward an, als hätte dieser den Verstand verloren.

»Es muß sauberes Stroh sein, Lord Francis«, antwortete Kirby. Er fragte sich, wo der junge Bursche nur sein Leben verbracht hatte. »Sehen Sie, ich nehme die Äpfel – sortiert nach ihrer Saftigkeit – und stampfe sie mit einem großen Steinrad in einem speziell angefertigten Steintrog. Dann lege ich den Brei zwischen Schichten *sauberen* Strohs, Mylord, und presse ihn in der Apfelpresse. Der Saft tropft dann auf eine flache Wanne. Das lasse ich fünf Tage lang ruhen. Und wenn es anfängt zu gären, schöpfe ich alles ab, was sich an der Oberfläche ansammelt. Dann hole ich mir ein paar schöne Eichenfässer und fülle sie. Natürlich rührt man die Fässer eine gute Weile nicht an.«

»Natürlich nicht«, stimmte Francis zu.

»Aye. Nächstes Jahr lasse ich Sie einen Schluck von dem besten Apfelwein kosten. Wird ein feiner Tropfen, Mylord«, sagte er kichernd. »Kann es kaum erwarten. Sehen Sie nur zu, daß Sie am Abend des zwölften Januar auf Merdraco sind, Sir Francis.«

Francis lächelte bemüht. »Es wird mir eine Ehre sein.« Im stillen schwor er sich jedoch, daß er im nächsten Januar bestimmt nicht hier in der Gegend sein würde.

»Nun, laßt uns sehen.« Rhea betrachtete die lange Liste der Waren, die sie in das Jagdhaus geordert hatte. »Eier, Hühner, Schinken, Käse, Fleisch, Kartoffeln, Pfirsiche, Sellerie, Karotten, Schellfisch...« Als sie von der Liste aufschaute, sah sie Dante und Alastair die Straße herunterkommen. Sie winkte ihnen zu, doch sie sahen sie nicht, denn in diesem Augenblick lief ein kleiner Junge auf Dante zu und zupfte ihn am Ärmel. Er hielt und nahm von dem Jungen einen gefalteten Zettel entgegen.

Dante schaute sich schnell um und gab dem kleinen Burschen eine Münze. Als Rhea auf Dantes Hand sah, war der Zettel bereits verschwunden, und er und Alastair kamen auf sie zu.

Rhea winkte erneut, und diesmal sah er sie und steuerte durch die Menge auf sie zu.

»Ich hoffe, ihr mußtet nicht zu lange warten«, sagte er. Sein Blick wanderte auf die großen Körbe und Kisten, die auf einen Karren geladen wurden. »Hattest du irgendwelchen Ärger?« fragte er, denn er hatte die verstohlenen Blicke bemerkt, die ihnen bei der Ankunft in Merleigh zugeworfen worden waren.

»Du solltest doch mittlerweile wissen, Dante, daß Rhea selbst dem Teufel ein Lächeln entlocken könnte«, lachte Francis scherzend. Dann dachte er, daß seine Schwester genau das gerade getan hatte, als ein leichtes Lächeln Dantes Lippen umspielte.

»Wir hatten keine Schwierigkeiten. Und wie war es bei dir?« fragte Rhea nervös. Sie hatte sich um sein erstes Zusammentreffen mit den Dorfbewohnern, die ihm damals so schnell den Rücken zugekehrt hatten, Sorgen gemacht.

»Es lief wesentlich besser, als ich dachte«, gab Dante zu. Sein Lächeln wurde breiter. »Du hättest noch etwas mehr Apfelwein kaufen sollen, Kirby.« Der kleine Steward wirkte schuldbewußt.

»Nun schau nicht so. Davon hast du doch geredet, seit wir in Devonshire angekommen sind. Dein Apfelwein sollte besser so gut sein, wie du versprochen hast«, warnte Dante. »Wo sind Conny und Robin? Wir müssen nach Merdraco aufbrechen.« Er schaute sich nach den beiden Jungen um, und dann sah er, wie sie bereits mit ihren kurzen Beinen, so schnell es ging, herbeigelaufen kamen.

Sie wurden von einer Bande Jungen aus dem Dorf verfolgt, die mit verfaulten Früchten nach ihnen warfen.

Rhea schüttelte den Kopf, als sie sah, wie Robin sich hinter einer dicken Frau versteckte und mit der Tomate, die sich in seiner Hand beinahe schon zu Mus verwandelt hatte, auf einen seiner Verfolger zielte. Er wartete das Ergebnis nicht ab, sondern lief Conny nach, der sich bereits in den sicheren Schoß der Familie geflüchtet hatte. Conny wußte, daß der Captain es nicht zulassen würde, daß diese Dorflümmel sie anpöbelten.

Rhea und Dante schauten lachend zu, wie Kirby und Alastair versuchten, der Balgerei ein Ende zu setzen. Dann bemerkte Rhea eine Frau in Rot, die die Hauptstraße entlangeilte. Die scharlachroten Federn auf dem Hut wippten bei jedem ihrer Schritte, und Rhea fragte sich, ob die Nachricht, die Dante erhalten hatte, von Bess Seacombe stammte. Sie fragte sich auch, wieso Dante ihr nichts davon erzählte. Zum erstenmal, seit sie verheiratet waren, hatte sie das Gefühl, daß er etwas vor ihr verbarg.

Für viele eine Nacht,
um wachsam zu sein.

Shakespeare

Kapitel siebenundzwanzig

»Ich muß sagen, Sie waren ziemlich unfreundlich bei unserem letzten Aufeinandertreffen.« Dantes leise Worte dröhnten wie Donner in der Stille der Nacht.

Erschreckt durch die amüsierte Stimme, die aus dem Schatten zu ihm sprach, fuhr Sir Morgan Lloyd hastig herum.

»Treffen Sie immer vorzeitig zu Verabredungen ein?« Er überspielte seine Verärgerung darüber, daß ihn der Captain der *Sea Dragon* überrascht hatte.

»Offensichtlich ebenso wie Sie«, erwiderte Dante und trat aus dem Schatten.

»Dann darf ich also annehmen, daß Sie meine Nachricht erhalten haben?« fragte Sir Morgan.

»Natürlich. Ich würde kaum freiwillig um Mitternacht mein warmes Bett verlassen, um im Mondlicht spazierenzugehen«, antwortete Dante spöttisch. »Ich hatte erwartet, von Ihnen zu hören. Und ich hatte gehofft, daß Ihre Feindseligkeit nur gespielt war.«

»Würde ich wirklich Sie für den Tod meines Bruders verantwortlich machen, wären Sie schon längst im Kerker, Captain«, entgegnete Sir Morgan ernst.

»Ich war sehr erschüttert, als ich von seinem Tod hörte«, sagte Dante. Im silbernen Mondlicht sah Sir Morgans Gesicht aus, als sei es aus Marmor gemeißelt.

»Seiner Ermordung«, berichtigte er sich.

»Ich fühle mich ein wenig verantwortlich, weil sein Schiff in der Drachenbucht gesunken ist. Die Gewässer dort *sind* sehr gefährlich, und selbst der beste Captain könnte sein Schiff in dieser Bucht verlieren.« Dante versuchte eine Alternative zum Verdacht eines Mordes aufzustellen.

»Er hat es aber sicher bis an die Küste geschafft, Captain. Erst dort traf er auf seine Mörder«, erwiderte Sir Morgan scharf.

»Kann es nicht sein, daß das Schiff durch einen unglücklichen Zufall auf Grund lief? Es gibt viele Wracks in der Gegend. Und wenn ein derartiger Unfall passiert, kommen die Dorfbewohner aus allen Himmelsrichtungen angelaufen, um zu bergen, was noch übrig ist. Ich habe schon einmal gesehen, wie eine Horde von ihnen innerhalb einer Stunde ein Schiff leerplünderte. Ich mußte sogar schon erleben, daß sie noch den Leichen ihr Hab und Gut abnahmen. Wenn es jemand zum Strand geschafft hat, war er sicherlich zu schwach, um sich gegen einen zu wehren, der ihm etwas stehlen wollte. Vielleicht ist mit Ihrem Bruder etwas Ähnliches geschehen. Oder vielleicht hat ihn der Angreifer getötet, weil er in Panik geriet, als er feststellte, einen Offizier der Krone vor sich zu haben.« Dantes Erklärung klang vernünftig, und wenn der Zuhörer ein anderer als der ältere Bruder des Getöteten gewesen wäre, wäre er vielleicht überzeugt worden.

»Mein Bruder wurde verraten. Tatsächlich hatte er den Verräter in Verdacht. Das hat er mir in einem Brief kurz vor seinem Tod mitgeteilt. Doch an irgendeinem Punkt muß Ben einen Fehler begangen haben, und den hat er mit seinem Leben bezahlt«, sagte Sir

Morgan bitter. »Er war ein guter Captain, und er kannte die Küste in- und auswendig. Er wäre nicht in der Drachenbucht auf Grund gelaufen, dazu war er zu gut, zu vorsichtig. Nein, etwas hat ihn hingelockt, und wenn ich mit meinen Vermutungen richtig liege, dann war er sich über seine Position erst im klaren, als es zu spät war. Ich vermute, daß er durch Signale von den Schmugglern in die Irre geleitet wurde. Jemand hat ihm von der Küste Zeichen gegeben, in der Absicht, ihn auflaufen zu lassen. Ich glaube, daß seine Ermordung sorgfältig geplant war, denn er war kurz davor, den Verräter zu entlarven.«

Dante lehnte an einem der umgekippten Steindrachen und erforschte Sir Morgans Gesicht. »Und warum haben Sie mich nicht mehr unter Verdacht? Wie Sie schon einmal sagten: Ich könnte doch hinter all dem stecken, selbst wenn ich nicht auf Merdraco war. Meine Sympathien könnten den Schmugglern gelten, da ich selber einmal ein Schmuggler war. Viele von ihnen sind arme Bauern und Dorfbewohner, die lediglich versuchen, ein Auskommen zu haben, und ich könnte sie einfach gewähren lassen. Warum also ziehen Sie mich ins Vertrauen, Sir Morgan?«

Sir Morgan rieb sich müde die Stirn und die Schläfen. »Weil Sie, als ehemaliger Captain eines Schiffes, es nie zulassen würden, ein anderes auf Grund laufen zu lassen. Es würde gegen Ihre Ehre gehen, Captain«, erwiderte er. »Wenn man einmal das Kommando über ein Schiff übernommen hat, kann man sich der Verantwortung gegenüber der Crew nicht mehr entziehen – ungeachtet der Umstände. Ich kann mir nicht vorstellen, daß Sie jemals ein Schiff oder eine Mannschaft in Gefahr bringen würden. Ich habe lange genug gegen Sie gekämpft, um zu wissen, mit was für einem Mann ich es zu tun habe. Und Sie sind keiner, der einen anderen in derart feiger Manier verraten würde. Sicher, Sie haben mit Bertie Mackay in der Meerenge von Florida Ihr Spielchen getrieben, doch Sie wußten die ganze Zeit über, daß er oder seine Mannschaft sich nicht in ernster Gefahr befanden. Sie sind kein Mörder. Ich habe nie geglaubt, daß der Tag einmal kommen würde, an dem wir Verbündete werden. Aber es scheint mir, daß es soweit ist, nicht wahr, Captain? Als Herr von Merdraco sollten Sie doch ein besonderes Interesse daran haben, daß endlich der Gerechtigkeit Genüge getan wird«, sagte Sir Morgan bedeutungsvoll.

»Dann haben Sie gehört, was mit Merdraco geschah?«

»Ja, ein Frevel wie dieser spricht sich schnell herum. Es tut mir leid, daß das geschehen ist, doch ich nehme an, es liefert Ihnen einen guten Grund, dem Treiben der Schmugglerbande ein Ende zu bereiten. Besonders Jack Shelby…«

Dante nickte. »Dann wissen Sie also auch, daß Jack Shelby glaubt, einen guten Grund für diese Racheakte an mir zu haben?« Er wunderte sich über Sir Morgans gute Kenntnis der Dinge.

»Er ist der Vater des Mädchens, das Sie angeblich ermordet haben sollen. Ich muß jedoch sagen, daß die Zeit anscheinend ein paar Erinnerungen oder auch alten Haß ausgelöscht hat. Am frühen Abend war ich zufällig in Merleigh und trank in einer sehr beliebten Taverne ein Ale. Dort habe ich sehr schmeichelhafte Dinge über Sie gehört, Captain. Sie und Mister Marlowe müssen dieser Wirtschaft am frühen Nachmittag einen Besuch abgestattet haben. Und dabei haben Sie einem von Jack Shelbys Männern ziemlich eindeutig bewiesen, wer ab jetzt den Ton angibt. Ihre Tat wurde von der Mehrheit der Anwesenden anscheinend begrüßt. Die Männer halten Jack Shelby für verrückt. Und sie scheinen zu denken, daß sie Sie vielleicht etwas zu voreilig des Mordes an Jack Shelbys Tochter verdächtigt haben. Einige erinnern sich daran, daß sie ein ziemlich freizügiges Mädchen war. Sie sagten, daß jeder sie getötet haben könnte – eifersüchtige Ehefrauen eingeschlossen.«

»Ich vermute, daß sie so milde mit mir umgehen, weil ich als reicher Mann zurückgekehrt bin…«

Sir Morgan lächelte. »Sie sind verbittert. Ich glaube, das ist auch nur erklärlich. Und Sie sind ziemlich bescheiden. Sie haben einige der Männer nachhaltig beeindruckt – nicht nur mit Ihrem Geld. Ihr Vorgehen und Ihr autoritäres Auftreten hat die Männer überrascht. Ich nehme an, Sie boten ihnen das genau gegenteilige Bild des Mannes, den sie in Erinnerung hatten. Es tut mir leid, Ihnen Ärger bereiten zu müssen, aber ich muß es für die Schmuggler so aussehen lassen, als hätte ich Sie unter Verdacht. Ich will, daß die ›Söhne des Satans‹ unvorsichtig werden. Besonders einer von ihnen. Und dann werde ich sie auf frischer Tat ertappen und sie für den Untergang der *Hindrance* zur Rechenschaft ziehen«, versprach Sir Morgan Lloyd.

»Sie und Ihr Bruder standen sich sehr nahe?«

»Ja. Mein Vater starb, als wir noch Jungen waren. Ben war mein kleiner Bruder. Ich vermute, daß ich mich als der Ältere schon immer für ihn und meine Mutter verantwortlich gefühlt habe. Doch jetzt sind sie beide nicht mehr am Leben, und ich habe das Versprechen, das ich meiner Mutter vor langer Zeit gab, gebrochen. Ich wollte auf meinen kleinen Bruder aufpassen. Jetzt will ich wenigstens den Mann, der für seinen Tod verantwortlich ist, zur Rechenschaft ziehen.«

»Das mag sich aus meinem Mund jetzt merkwürdig anhören«, begann Dante, »aber ich gebe Ihnen den Rat aufzupassen, daß Sie die richtigen Männer erwischen und zudem unwiderlegbare Beweise haben. Ich würde nicht gern sehen, daß Sie Ihr Verlangen nach Rache in den Ruin treibt.«

»Mit Ausnahme des führenden Kopfes hinter den ›Söhnen des Satans‹ weiß ich genau, hinter wem ich her bin«, versicherte Sir Morgan Lloyd.

»Jack Shelby.«

»Ja.«

»Und vielleicht auch Leutnant Handley?«

»Und ich dachte, ich hätte neulich vorsichtige Andeutungen gemacht«, seufzte Sir Morgan Lloyd zerknirscht.

»Mir damit zu drohen, mich in einem Boot auszusetzen, kann man kaum so bezeichnen. Aber Ihre Abneigung gegen diesen Mann war für mich nicht zu übersehen, obwohl ich bezweifle, daß der Leutnant sich dessen bewußt ist. Glauben Sie, daß er bei den Schmugglern mitmischt?«

»Er könnte der Mann sein, der die Aktionen der Satanssöhne plant. Aber ich glaube nicht, daß er über ausreichend Intelligenz verfügt, die Bande zu leiten. Ich denke, er ist lediglich ein Befehlsempfänger... wie die anderen auch«, sagte Sir Morgan nachdenklich.

»Und was ist mit Jack Shelby?« fragte Dante. »Er ist ein gerissener Teufel.«

»Gut möglich, aber er ist zu hitzköpfig, um den Untergang der *Hindrance* geplant zu haben. Und ebensowenig ist er in der Lage, dieses weitverzweigte Schmugglernetz zu lenken. Nein, ich halte auch ihn nur für einen Befehlsempfänger.«

»Und Sie wollen, daß die Schmuggler denken, Sie hätten mich als ihren Anführer unter Verdacht? Kein Zweifel, daß sich Jack Shelby darüber köstlich amüsiert«, murmelte Dante. »Wenn ich bei Ihrem Plan mitspiele, möchte ich über jeden Ihrer Schritte informiert werden. Entweder Sie willigen ein, oder ich handle auf eigene Faust und nagle Jack Shelby fest.«

»Da es nicht allzu viele Leute hier in der Gegend gibt, denen ich vertrauen kann, würde ich Ihre Hilfe sehr zu schätzen wissen«, bemerkte Sir Morgan weise.

»Ich fürchte nur, daß Rhea Ihnen nicht so leicht verzeihen wird«, sagte Dante.

»Ich bedaure es, sie verärgert zu haben, aber ich tat es nur, um den Leutnant zu beeindrucken. Vielleicht, wenn all dies ein Ende hat und wir dann noch am Leben sind, bekomme ich die Chance, ihr alles zu erklären. Vielleicht lädt sie mich dann sogar zu einem Tee ein.«

Dante war überrascht, eine wehmütige Note in seiner Stimme zu hören. »Sie werden feststellen, daß Rhea eine sehr verständnisvolle Frau ist. Wenn sie erst einmal die Fakten kennt, wird sie Ihnen verzeihen, Captain, keine Angst.«

»Dann kann ich mich schon auf diese Tasse Tee freuen«, sagte Sir Morgan etwas heiterer. »Aber was ist mit Lady Bess Seacombe?« fragte er zu Dantes Erstaunen.

»Bess?«

Sir Morgan entging weder Dantes Zögern noch der vertrauliche Name. »Das klingt, als würden Sie sie gut kennen. Ich frage nur, weil ich gern weiß, woran ich bei einem Menschen bin.«

»Bess und ich wuchsen zusammen auf. Tatsächlich, falls Sie davon noch nichts gehört haben sollten, waren wir einmal miteinander verlobt. Sie entschied sich anders. Nicht, daß ich ihr einen Vorwurf deswegen mache. Ich war damals hoch verschuldet. Und außerdem stand ich unter Mordverdacht«, fügte Dante hinzu. Wenn er es bedachte, hatte Bess einen guten Grund gehabt, die Verlobung zu lösen.

»Nein, das war mir nicht bekannt. Wissen Sie, daß sie verwitwet ist?« Sir Morgan fragte sich, ob zwischen den beiden noch eine gefühlsmäßige Verbindung bestand.

»Ja, davon habe ich gehört«, bemerkte Dante.

»Sie ist zudem auch hoch verschuldet.«

»Das wußte ich wiederum nicht«, erwiderte Dante langsam. Seine Gedanken schweiften zurück in die schmerzvolle Zeit, als sie ihn verschmähte, weil er nicht in der Lage war, ihr den Lebensstil zu bieten, den sie erwartet hatte. »Wie ist es dazu gekommen, wissen Sie es?«

»Fehlinvestitionen ihres Mannes. Anscheinend war er ein ziemlicher Narr, denn er investierte in eine Plantage auf den Indies. Er verlor sein letztes Hemd dabei wie viele andere hier auch. Dann ging zudem die Bank, bei der er beteiligt war, Konkurs. Scheint, daß ihr größter Kunde sich zurückzog und den Investoren die Luft ausging. Falsche Verwaltung des Geldes, schlechte Anleihen – schließlich Insolvenz. Das Gerücht machte die Runde, daß die Konten nicht mehr ausgezahlt werden konnten, und die Bank wurde gestürmt. Sir Harry und einige andere Investoren, einschließlich Sir Miles Sandbourne, bezahlten die Leute aus eigener Tasche aus, und das ruinierte sie beinahe alle.« Sir Morgan erklärte dies ohne ein Anzeichen von Mitleid für Sir Harry Seacombe. Wenn er eine Frau und zwei Kinder hätte, würde er nicht derartig mit seinem Vermögen spielen. »Es scheint zudem, daß sich Sir Seacombe mehr um das Wohl seiner Hunde und seiner Pferde gekümmert hat als um das seiner Familie. Gab Unsummen für seine Ställe aus. Ich frage mich, warum diese Frau ihn überhaupt geheiratet hat.« Sir Morgan seufzte.

Dante war sonderbar still. Schließlich sagte er leise: »Ich kann mich an Harry Seacombe erinnern. Sie haben recht, er war ein Narr, aber ein harmloser. Ich kann verstehen, warum Bess ihn geheiratet hat. Vor fünfzehn Jahren war er reich und gutaussehend. Und er war sehr unterhaltsam.«

»Lady Bess ist noch immer eine sehr attraktive Frau, finden Sie nicht?« fragte Sir Morgan.

Dante neigte den Kopf. »Ja, ich würde sagen, sie ist noch immer so schön wie damals, als ich Devonshire verließ«, gab er zu. »Warum? Haben Sie ein Interesse an der Lady?«

Hätte er Sir Morgans Gesicht deutlicher sehen können, wäre ihm sein Unbehagen aufgefallen. Doch Sir Morgan entgegnete kühl: »Mein Interesse ist rein sachlicher Natur. Ich glaube, sie steckt bis über beide Ohren in dieser Schmugglersache. Und ich würde es verabscheuen, einen Frauenhals in einer Schlinge zu sehen.«

Dante vermutete jedoch, daß Sir Morgan sehr kühl danebenstehen würde, sollte es den Tod seines Bruders rächen. Wenn es um Sir Morgan ging, würde keiner der Beteiligten ungestraft davonkommen.

»Bess? Verwickelt in die Schmugglerbande? Das würde ja bedeuten, sie hätte etwas mit Jack Shelby zu tun, und ich bezweifle, daß Bess sich mit jemandem wie ihm abgibt.«

»Wenn ein Mensch Geld braucht, um Essen auf dem Tisch zu haben, ist er zu allem fähig«, erwiderte Sir Morgan. »Schauen Sie sich selber an. Sie haben sich von einem Taugenichts, der sein Erbe verspielt hat, zu einem Mann entwickelt, der kämpfen kann.«

Dante schwieg einen Augenblick. »Ich werde Sie nicht dabei unterstützen, Bess an den Galgen zu bringen.«

»Soviel bedeutet sie Ihnen noch?« fragte Sir Morgan barsch. Ob er wegen Rhea oder wegen seines Bruders so grob reagierte, wußte er selber nicht so genau.

»Ich habe meine Gründe«, antwortete Dante.

»Ich verstehe.«

»Nein, das glaube ich nicht, aber es ist auch nicht weiter wichtig. Ich helfe Ihnen, Jack Shelby und die »Söhne des Satans« zu fassen«, versprach Dante. »Wie lautet genau Ihr Plan?«

Nur der blasse Mond wurde Zeuge dieser Unterhaltung.

»Schon gut, schon gut, mein Süßer. Mama ist ja da«, sagte Rhea. Sie hielt ihren Sohn im Arm und küßte die weichen Locken. Doch ihr Blick ruhte auf dem leeren Laken, auf dem eigentlich Dante hätte liegen müssen.

Sie öffnete ihr Nachthemd und führte den winzigen Mund ihres Sohnes an ihre Brust. Dann lehnte sie sich in die Kissen zurück und schloß dabei die Augen. Sie summte eine Melodie und wiegte das Baby und bald kamen seine kleinen Hände zur Ruhe. Sein Kopf ruhte schwer auf ihrer Brust, und zufrieden schlief der Kleine ein.

Rhea legte ihn vorsichtig in seine Wiege und deckte ihn sorgsam zu. Dann schaukelte sie ihn noch eine Weile, bis sie sicher war, daß er fest schlief.

Rhea stand auf und ging zum Fenster. Ein breiter Strahl silbernen Mondlichts ergoß sich in das Zimmer. Es war beinahe taghell. Sie blickte auf den wild verwucherten Garten hinaus.

Wo war Dante? Voller Furcht dachte sie an die Nacht zurück, als sie aufgewacht war und das leere Bett neben sich entdeckt hatte. Rhea versuchte, in die Nacht hinauszuschauen, doch der Garten und die Bäume schienen immer näher zu rücken. In der Ferne schimmerte das silberne Meer. Die Schatten um das Haus schienen sich zu bewegen. Rhea rieb sich die Augen, versuchte durch die Bäume, die plötzlich lauter Geheimnisse zu verbergen schienen, hindurchzuschauen.

Als sie sah, wie einer der Schatten immer größer wurde und näher kam, hielt sie die Luft an, doch dann seufzte sie erleichtert auf, denn sie kannte diesen Gang. Als der Mann näher kam, konnte sie beinahe seine vertrauten Gesichtszüge erkennen. Sie lächelte. Fast hätte sie sich so närrisch wie Conny und Robin benommen, und sie nahm sich vor, ihren Geistergeschichten nicht mehr zuzuhören.

Rhea wollte sich gerade vom Fenster abwenden, als sie eine weitere Person im Schatten unter den Bäumen entdeckte. Ihr Herz begann wie rasend zu schlagen, denn diese Person war eine Frau in fließenden, weißen Gewändern.

Angst stieg in Rhea auf, denn sie hatte die bleiche Lady von den Ruinen gesehen, und dieses Omen bedeutete einen bevorstehenden Tod.

Errate es, wenn du kannst,
wähle, wenn du es wagst.

Pierre Corneille

Kapitel achtundzwanzig

Das kalte Licht des Morgens fiel durch die Fenster. Rhea rätselte, was sie in der Nacht zuvor gesehen hatte. Sie glaubte noch immer, daß sich eine weißgekleidete Gestalt hinter den Bäumen bewegt hatte, doch sie hatte es gegenüber Dante mit keinem Wort erwähnt. Was viel wichtiger war, war der Umstand, daß er ihr verschwiegen hatte, das Haus verlassen zu haben.

Und sie erinnerte sich an die Nachricht, die ihm in Merleigh überreicht worden war und die er auch nicht erwähnt hatte. Hatte er sich vielleicht mit der Person getroffen, von der diese geheime Nachricht stammte? Und war es möglich, daß es eben diese Person war, die Rhea vom Fenster aus gesehen hatte? Und dann fiel ihr die scharlachrote Gestalt ein, die sie in Merleigh gesehen hatte – ungefähr zur selben Zeit, als Dante die Nachricht erhielt.

Worin auch immer er verwickelt war, er hatte augenscheinlich nicht die Absicht, ihr davon zu erzählen. Denn als er wieder ins Zimmer gekommen war, hatte er ihrem fragenden Blick standgehalten, ohne eine Erklärung für seinen Ausflug abzugeben. Er hatte nur behauptet, daß er nicht schlafen konnte und deshalb nach unten gegangen sei, um sich etwas Brandy zu holen. In der Tat, er hielt ein Glas in der Hand. Und so wie er dastand, barfuß, das Nachthemd lose in die Hose gestopft, hätte man seiner Geschichte beinahe Glauben schenken können. Doch Rhea vermutete, daß seine schmutzigen Stiefel und sein Mantel draußen vor der Tür lagen, und daß er den Brandy getrunken hatte, um die Kälte aus seinem Körper zu vertreiben. Aber sie bezweifelte, daß er sich auf die Suche nach der Schmugglerbande gemacht hatte, denn der Mond war strahlendhell gewesen, und Dante hatte gesagt, daß die Schmuggler es vorzogen, bei Dunkelheit unterwegs zu sein.

Dante fragte, was sie aufgeweckt hätte, und ihre Erklärung, daß sie ihren Sohn versorgt hatte, schien ihn zu beruhigen. Er lächelte sie an und entspannte sich. Dann stellte er das Glas auf das Nachttischchen, setzte sich zu ihr und nahm sie in die Arme, als wäre nichts Außergewöhnliches passiert.

Rhea fühlte seine Lippen auf ihrem Nacken. Seine Hände wanderten liebkosend über ihre Schultern, ehe sie ihre Hüften umfaßten. Sie spürte seinen warmen Brandy-Atem, und dann fanden seine Lippen die ihren. Es war ein langer Kuß, und obwohl Rhea sich dagegen sträubte, erwachte in ihr das kribbelnde Gefühl und der vertraute Wunsch, seine Leidenschaft zu erwidern. Doch in diesem Moment würde sie es nicht tun, sie kämpfte mit sich selbst. Nein, es war unmöglich, sagte sie sich. Nicht mit einer Lüge zwischen ihnen. Vor allem nicht mit dem Verdacht, den sie hegte, denn das würde ihre Liebe zu einer Farce machen.

Also löste sie ihre Lippen von seinem Mund und wendete das Gesicht ab. Sie verweigerte sich ihm zum erstenmal, seit sie ihre Liebe für einander entdeckt hatten. Rhea dachte, daß sie sich für immer und alle Zeiten an den Ausdruck des Erstaunens auf seinem hübschen Gesicht erinnern würde. Lange schauten sie einander in die Augen, dann ließ Dante sie abrupt los.

Verletzt und verwirrt stand er auf, und Rhea wollte ihn festhalten und an sich drücken, doch etwas hielt sie davon ab.

»Was ist los?« fragte er und rieb die borstigen Haare auf seiner Brust, dort wo sein Hemd offen war.

»Nichts«, log sie.

»Du bist noch nie eine besonders gute Lügnerin gewesen, mein Liebling«, sagte er sanft, hob ihr Kinn und schaute sie fragend an. »Ich frage dich noch einmal, Rhea. Was stimmt nicht?«

Rhea biß sich auf die Unterlippe und überlegte fieberhaft, ob es richtig war, ihm die Wahrheit zu sagen oder nicht. Doch sie hatte Tricks und Täuschungen nie gemocht, und deshalb sah sie ihm fest in die Augen und sagte: »Ich habe am Fenster gestanden, Dante. Ich habe dich durch den Garten kommen sehen. Ich weiß, daß du fort warst. Es war nicht nötig, daß du mich anlügst, Dante.«

Einen Moment stand er regungslos da. Ein seltsamer Ausdruck der Unschlüssigkeit lag in seiner Miene, und sein Schweigen überzeugte Rhea davon, daß er etwas zu verbergen hatte.

Schließlich sagte er: »Ja, ich habe das Haus verlassen. Ich bin ein wenig spazierengegangen.« Doch Rhea vermutete, daß dies nur die halbe Wahrheit war.

»Hast du jemanden getroffen?« fragte sie zögernd.

Dante lachte. »Wen hätte ich denn treffen sollen um diese Uhrzeit?« Als er Rheas besorgten Blick bemerkte, kniete er sich neben sie und nahm ihre Hand.

»Rhea, kleine Paradiesblume«, sagte er. »Du mußt niemals eifersüchtig sein auf eine andere Frau. Ist es das, was dir Kummer bereitet? Bitte vertrau mir. Ich habe dich einmal um das Versprechen gebeten, dich nie von mir abzuwenden, ganz gleich, was du auch hörst, und selbst wenn dich Zweifel plagen. Rhea, ich werde dich immer lieben, das ist so sicher wie der kommende Sonnenaufgang.«

Rhea schaute ihm tief in seine grauen Augen und glaubte ihm.

Ein wenig später, als er sie in seine Arme schloß, wehrte sie sich nicht. Und in der Hitze der Leidenschaft vergaß sie, ihm von der Gestalt zu erzählen, die sie im Wald gesehen hatte.

Rhea schaute sich in dem Haus um, das nun ihr Zuhause war, und sie empfand tiefe Zufriedenheit. Sie war früh aufgestanden, noch vor den Dienern, und in der Stille des ersten Tageslichts genoß sie es, allein zu sein. Wie anders nun die Halle aussah, dachte sie, als sie die goldenen Narzissen berührte, die auf dem schweren Eichentisch standen und sich in der glänzend polierten Tischplatte spiegelten. Eine hohe Standuhr schlug die frühe Stunde. Rhea ging zum Kamin, wo mehrere Stühle mit hohen Lehnen und zwei violettgepolsterte Sessel in einem Halbkreis aufgestellt waren.

Rhea blieb einen Moment stehen und betrachtete das Gemälde über dem Kaminsims. Dante selbst hatte es dort mit großer Sorgfalt aufgehängt. Es war das Portrait einer wahrlich wunderschönen Frau und eines Jungen. Die Gischt des Meeres wirbelte um die Frau, der Junge stand neben ihr. Seine kleine Hand krallte sich in die Falten des Kleides der Frau. Ihr flachsblondes Haar war offen und wehte im Wind. Mit einem Blick voller Mitgefühl schaute sie nach unten. Und das sanfte Grau ihrer Augen spiegelte sich in den Augen des Jungen. Nie zuvor hatte Rhea so einen unschuldigen und vertrauensvollen Ausdruck in Dantes Augen gesehen, erst als sie zum erstenmal das Porträt gesehen hatte. Die Zeit hatte diesen Ausdruck ausgelöscht, und an seiner Stelle war nun ein Blick voller zynischem Mißtrauen. Rhea bedauerte den Verlust dieser Unschuld.

Sie seufzte und dachte daran, welche Tragödie über die beiden Menschen auf diesem Bild gekommen war.

»Aye, es ist eine wirkliche Schande, was geschehen ist«, sagte eine traurige Stimme hinter ihr.

Rhea fuhr erschrocken zusammen und wirbelte herum. »Kirby!

Sie haben mich zu Tode erschreckt.« Doch dann empfand sie eine überwältigende Erleichterung, als sie sein vertrautes Gesicht sah.

»Es tut mir leid, Mylady. Ich wollte Sie nicht erschrecken«, entschuldigte er sich und kam mit einem kleinen silbernen Tablett, auf dem eine Tasse stand, näher. »Ich habe jemanden hier unten gehört und kam, um zu sehen, wer es ist. Aber dann sah ich, daß Sie in Gedanken versunken waren, und da wollte ich nicht stören. Ich hab' mir gedacht, Sie würden sicher eine Tasse Tee mögen.« Er stellte das Tablett auf dem Teetisch neben den gepolsterten Stühlen ab, wartete, bis Rhea dort Platz genommen hatte und reichte ihr dann die dampfende Tasse.

Rhea lächelte. »Sie müssen ein Zauberer sein, Kirby. Immer ahnen Sie die Gedanken anderer Menschen. Der Tee ist wirklich wundervoll.«

»Ich habe mir die Freiheit erlaubt, Mylady, ihn selbst für Sie zuzubereiten. Schätze, jetzt weiß ich, wie Sie Ihren Tee mögen«, sagte er und grinste.

»Sie hätten sich aber auch eine Tasse mitbringen sollen«, sagte Rhea und fragte sich, wann er sich je daran erinnern würde, daß er kein Diener mehr war.

»O Mylady, was sollte der Captain denken, wenn er jetzt herunterkäme und uns beide Tee trinken sehen würde?« fragte Kirby. Er hielt es wirklich für unschicklich, besonders da Rhea noch im Nachthemd war.

»Er würde denken, daß zwei Freunde beisammensitzen und eine Tasse Tee zusammen trinken«, entgegnete Rhea, aber ihr Lächeln war nicht so ungetrübt wie beabsichtigt. »Wie war sie, Kirby?« fragte sie und schaute zu dem Bild.

Houston Kirby seufzte tief. »Ach, Lady Elayne war eine Heilige, das war sie. Die freundlichste, aufmerksamste Lady, die ich je kennengelernt habe, von Ihnen abgesehen, Mylady. Und natürlich von Ihrer Hoheit«, fügte Kirby hinzu, denn die Herzogin von Camareigh würde er sicher sobald nicht vergessen. »Lady Elayne vergötterte Dante. Sie lebte für ihn. Ich kann mir vorstellen, daß sie es tat, weil sie nicht sonderlich glücklich war mit Lord John. Er war ein feiner Mann, doch er interessierte sich nur für seine Bücher und Gemälde und all die Dinge, die er sammelte. Er liebte edle Gegenstände und brachte mehr Zeit für seine Skulpturen und Bilder auf als für seine Familie. Er sammelte sogar Holzschnitte, Orden, Edelsteine und allerlei kleinen und hübschen Unsinn. Und, verzeihen Sie mir, Mylady, nur für den Fall, daß Sie auf eine seiner Skulpturen stoßen – er hat einige Statuen von halbnackten Frauen und Männern von seinen Reisen in fremde Länder mitgebracht. Ich erinnere mich daran, als wäre es erst gestern gewesen. Die alte Haushälterin, die noch ihre Jungfräulichkeit besaß, hätte fast einen Schlaganfall erlitten, als sie die Statuen sah mit ihren nackten... Hinterteilen, bitte um Vergebung, Mylady.« Houston Kirby hustete.

»Ein Kunstliebhaber«, bemerkte Rhea, ohne verlegen zu sein.

Houston Kirby war verlegen. »Mylady, wirklich, das war er nun auch nicht.«

Rhea lächelte. »Aber Kirby, ich wollte ihn doch nicht beleidigen. Ein Kunstliebhaber ist jemand, der die Künste liebt und zu schätzen weiß. Hört sich so an, als wollte sich Lord John mit Schönheit umgeben. Ich finde, das ist bewundernswert.«

»Oh, das meint Ihr also damit.« Kirby rieb sich nachdenklich das Kinn. »Aye, schätze, Sie haben recht. Ich hatte manchmal das Gefühl, als würde er Lady Elayne als eines seiner Kunstwerke betrachten. Und immer wies er Dante ab. Er war ein quirliger kleiner Bursche, und ich nehme an, daß Lord John Angst hatte, er würde ihm eine seiner kleinen Statuen oder etwas anderes kaputtmachen. Kann mich noch gut daran erinnern, wie sehr es den Kleinen schmerzte, wenn er wieder mal vom zornigen Lord John rausgeschickt wurde. Alles, was der Junge wollte, war doch nur ein wenig Zuneigung und Liebe. Gegenüber Lady Elayne verhielt sich Lord John ebenso, und wenn Sie mich fragen, Mylady – Sie war um so vieles schöner anzusehen als all die nackten Statuen.« Der kleine Steward schniefte. »Sie erinnern mich sehr an sie, Mylady«, sagte Houston Kirby unbedacht, doch schon im nächsten Moment errötete er tief. »O Mylady, damit wollte ich nicht sagen...«

»O Kirby, ich weiß, was Sie sagen wollten. Ich fühle mich geschmeichelt, daß ich Sie an Lady Elayne erinnere.«

Houston Kirby starrte auf das Porträt und fühlte dieselbe Melancholie, die auch Rhea empfunden hatte. »Ich wünsche Ihnen von ganzem Herzen, Mylady, daß Sie glücklicher werden, als Lady Elayne es war. Ich würde es nicht ertragen, Sie ebenso leiden zu sehen. Manchmal denke ich, es wäre den Galgen wert, nur um Sir Miles für das bestraft zu sehen, was er ihr angetan hat. Ich hab' ihn nie gemocht, und ihm nie über den Weg getraut. Hab' immer gewußt, daß ich nicht falschliegen kann, wenn ich das Gegenteil von dem annehme, was er sagt. Immer hat er gelogen und betrogen. Benutzt hat er die Menschen, und dann hat er sich zurückgelehnt und sein böses Grinsen aufgesetzt. Es hat ihm Vergnügen bereitet, Sachen von Lord John zu verkaufen. Aye, es war wohl ein Segen für Lady Elayne, daß sie gestorben ist. Das war der einzige Weg, wie sie ihm entkommen konnte. Es war eine seltsame Sache mit den beiden, denn es schien immer so, als würde Sir Miles Lady Elayne sowohl lieben als auch hassen.« Kirby sah sich nervös um und fuhr dann flüsternd fort: »Sie glauben nicht wirklich, daß ihr Geist auf den Klippen spukt, oder, Mylady? Ich würde es nicht ertragen, annehmen zu müssen, daß sie keinen Frieden gefunden hat.« Die Sorge stand ihm ins Gesicht geschrieben. Rhea wollte ihn beruhigen – trotz der Tatsache, daß sie eine blasse Gestalt in der Dunkelheit gesehen hatte, als Kirby plötzlich aufschrie. Er sprang auf, als er spürte, wie sich etwas gegen seine Waden rieb.

»Jamaica!« schimpfte er und nahm den großen Kater auf den

Arm. »Du altes Luder. Wie bist du hier hereingekommen? Wo hast du dich bloß rumgetrieben? Drei Tage bist du jetzt nicht zu Hause gewesen. Hast den Ladies den Hof gemacht, was? Ach, einmal ein Kater, immer ein Kater. Das ist jedenfalls meine Meinung.« Kirby schnaubte. »Sag hallo zu Lady Rhea Claire. Nicht, daß sie sich um dich hätte Sorgen machen müssen, du Aas, aber sie hat mich von Zeit zu Zeit gefragt, wo du steckst. Du solltest dich schämen, der Lady solchen Kummer zu bereiten.«

»Hallo, mein alter Junge. Wo bist du gewesen? Hast du etwa eine Freundin?« fragte Rhea und streichelte den schnurrenden Kater, als Kirby ihn ihr entgegenhielt. Kirby wollte Jamaica lieber erst nach Flöhen untersuchen, ehe die Lady ihn auf den Arm nahm.

»Willst wohl nicht sprechen, was?« Kirby schüttelte den Kopf, denn Jamaica war kein Kind. »Willst deine Geheimnisse für dich behalten. Nun, schätze, wenn du dich anständig aufführst und nicht zu gierig bist, dann wäre ich glatt geneigt, dir ein wenig frische Hühnerleber zu geben. Beim letzten Mal hat er das ganze verdammte... ich wollte sagen, er hat gleich das ganze Huhn verschlungen«, grummelte Kirby, doch Rhea wußte nur zu gut, wie sehr sich der kleine Steward freute, daß Jamaica wieder daheim war.

»Kann ich Ihnen noch etwas Tee holen, Mylady?« fragte Kirby.

»Nein danke. Ich sollte mich besser anziehen, bevor die Lakaien herunterkommen und ich sie in Verlegenheit bringe«, antwortete Rhea schmunzelnd.

»Aye, Mylady«, stimmte Houston Kirby ihr zu. »Es ist eine Schande, daß Sie schon aufgestanden sind, bevor Ihre Zofe wach ist. Ich weiß nicht, was Ihre Hoheit dazu sagen würde, und ich bin sicher, daß Mason es nicht gutheißen würde, Lady Rhea Claire. Ich werde zusehen, daß sie endlich aufsteht. Ich hoffe nur, daß sie Ihre Reiterkleidung gesäubert hat. Aber keine Sorge, ich kümmere mich darum, daß alles parat ist.« Seine Augen blitzten, denn er wußte, wie er Faulpelze auf Trab bringen konnte, selbst wenn Lady Rhea Claire es nicht tat. Sie ist viel zu nachsichtig mit dem Personal, dachte er im stillen.

»Ich glaube nicht, daß ich mein Reitkostüm heute brauchen werde, Kirby«, entgegnete Rhea. Sie stellte die leere Tasse auf das Tablett, stand auf und blickte ein letztes Mal zu dem Porträt von Dante und seiner Mutter. Sie wußte, daß Kit eines Tages diesem Jungen auf dem Bild sehr ähnlich sein würde.

»Oh, aber Mylady«, rief Kirby, als sie den Raum verlassen wollte, »der Captain hat gesagt, daß Sie und er heute nach Westlea Abbot reiten werden.«

Rhea blieb stehen. »Das ist eigenartig. Er hat mir gegenüber nichts davon erwähnt«, sagte sie verwundert.

Houston Kirby war anzusehen, daß er sich unwohl fühlte. »Schätze, er ist in letzter Zeit ein wenig vergeßlich, Mylady. Hat den Kopf voll mit tausend Dingen. Schätze, das geht uns allen so.« Der kleine Steward zog die Stirn in tiefe Falten. Hier waren sie nun gerade erst dabei, sich einzurichten, und da gab es Leute, die wünschten, sie würden so schnell wie möglich wieder verschwinden.

Westlea Abbot war größer und geschäftiger als das Nachbardorf Merleigh. Es lag in der Mitte einer weiten geschwungenen Bucht mit einem Sandstrand, auf den sanfte Wellen brandeten. Westlea Abbot war ein sicherer Hafen, und die Boote einer Fischerflotte hatten an den steinernen Docks festgemacht.

Die Reiter erfuhren viel weniger Aufmerksamkeit als in Merleigh. Die beschlagenen Hufe der Pferde klapperten über das Kopfsteinpflaster, als die Reiter zügig durch das Dorf ritten, um zu ihrem Ziel, einem Anwesen auf der anderen Seite von Westlea Abbot, zu gelangen.

Sevenoaks House lag am Ende eines kurzen Weges, zu dessen

Seiten je drei Eichen standen. Dort, wo der Weg endete, streckte eine noble Eiche von gewaltigem Ausmaß ihre uralten Äste in den Himmel und verdeckte größtenteils den Blick auf das dahinterliegende Haus.

Es war ein würdevolles Bauwerk aus Backstein mit einem spitz zulaufenden Dach und massiven Schornsteinen, die die achtekkige Kuppel in der Mitte überragten. Zwei Reihen großer, längs unterteilter Fenster verliefen rund um das Haus. Breite Stufen mit einer Steinbalustrade führten zum Eingang.

Als die Reiter das Haus erreichten, eilten mehrere junge Knechte aus den Ställen herbei, die außer Sicht hinter einer Baumgruppe zur Rechten lagen. Nachdem die Stallburschen die Pferde übernommen hatten, nahm Dante Rheas Arm und führte sie die Stufen zum Eingang hinauf. Francis und Alastair folgten. Ein Lakai in schlichter Livree öffnete ihnen die Tür, und sie betraten Sevenoaks House.

»Einen wunderschönen Nachmittag wünsche ich, Lord Jacqobi«, begrüßte ihn der steif dastehende Butler mit ernstem Gesicht.

»Oliver. Wir haben uns lange nicht gesehen. Aber Sie haben sich nicht im mindesten verändert«, sagte Dante mit einem Lächeln, als er seine Handschuhe und seinen Hut dem Lakaien gab, der neben dem Butler stand.

»Danke, Mylord«, erwiderte Oliver, und Rhea hätte schwören können, daß in den Augen des alten Mannes aufrichtige Freude zu sehen war. »Und wenn Sie mir die Bemerkung erlauben, Mylord, es ist schön, Sie zurück in Merdraco zu sehen, Ihrer angestammten Heimat und dem Ort, der rechtmäßig Ihr eigen ist.«

»Danke, Oliver. Das ist sehr nett von Ihnen.« Nach einem kurzen, aber freundlichen Schweigen fragte Dante: »Ist Ihr Herr daheim?«

»Ja, Mylord. Soll ich ihm ausrichten, daß Sie ihn zu sehen wünschen?« fragte Oliver und wagte einen höflichen Blick auf die Fremden, die den Marquis von Jacqobi begleiteten.

»Entschuldigen Sie, Oliver. Das ist meine Frau, Lady Rhea Claire Jacqobi, und die beiden Gentlemen sind Francis Dominick, Lord Chardinall, und Mr. Alastair Marlowe. Sie sind unsere Gäste.«

»Ihre Frau, Mylord?« wiederholte Oliver, und jetzt schien er verblüfft zu sein. Doch er faßte sich sogleich wieder und verneigte sich. »Ich werde Sie anmelden.« Er wollte sich gerade umdrehen, als er innehielt und traurig sagte: »Ich habe Gerüchte über Merdraco gehört, die mich zu sehr betrüben, als daß ich sie wiederholen möchte. Ich vermute, wenn Sie im Jagdhaus wohnen, dann sind es wohl nicht nur Gerüchte, nicht wahr?« Als er Dantes Miene sah, schüttelte er den Kopf und murmelte etwas vor sich hin, als er durch die offenen Doppeltüren ging, die zur Halle führten.

Rhea schaute sich in diesem farbenprächtigen Raum um, der vortrefflich eingerichtet war mit mehreren schweren burgunderfarbenen und saphirblauen Sesseln. Goldene Vorhänge aus Seide hingen an den Fenstern, ein kostbarer Perserteppich bedeckte den Fußboden, und überall standen Blumen in jeder Form und Farbe in prachtvollen Vasen. Der ganze Raum war sonnenüberflutet.

»Dante! Mein Junge, wie schön, dich wiederzusehen!« rief eine brüchige Stimme, als sie eintraten.

»Sir Jacob!« rief Dante ebenso erfreut, und dann, zu Rheas Verwunderung, eilte er auf den alten Gentleman zu und schlang die Arme um die gebeugte Gestalt. »Es ist schon so lange her, Sir Jacob. Viel zu lange«, sagte Dante und schaute in die alten, aber wachen blauen Augen unter den buschigen weißen Augenbrauen.

»Mein Junge, du siehst großartig aus. Und es ist mir egal, wenn du anderer Meinung bist – aber ich finde, das beste, was dir passieren konnte, war, daß du Merdraco verlassen mußtest. Die See hat einen Mann aus dir gemacht, Dante. Ich bin stolz auf dich, Junge«, sagte der alte Mann mit einem herzlichen Lachen. »O ja, Sir, ich wünschte, ich wäre zwanzig Jahre jünger gewesen. Ich wäre an deiner Seite gewesen, mein Junge, als du ihnen die Hammelbeine langgezogen hast.« Er lachte und keuchte dann, sehr zur Besorgnis von Oliver, der in aufmerksamem Schweigen neben der Tür verharrte.

»Soll ich Tee bringen lassen, Sir?« fragte er.

»Was? O ja, ja, tu das, Oliver«, antwortete Sir Jacob und winkte ihm kurz zu. »Nun, wer sind diese Leute? Meine Augen sind nicht mehr so gut wie früher, aber ich erkenne eine Lady, wenn ich eine sehe«, sagte er mit einer dreisten Anspielung.

Dante warf den Kopf zurück und lachte schallend. »Manche Dinge ändern sich nie, was, Sir Jacob? Sie hatten schon immer ein scharfes Auge für die Ladies, Sie alter Teufel. Nun, ich muß Sie allerdings warnen, denn dies ist meine Frau, Rhea Claire. Rhea, ich möchte dir Sir Jacob Weare vorstellen, den besten Freund, den ein Schurke wie ich überhaupt haben kann. Er war in den vergangenen Jahren Auge und Ohr für mich in Devonshire. Wie viele Jahre waren das? Fünfzehn?«

»Mehr als fünfzehn. Aber so lange hätte es nicht dauern müssen, wenn ich auf zack gewesen wäre, anstatt auf den Klatsch und Tratsch zu hören. Ich habe nicht erkannt, daß du nicht ganz der Tunichtgut warst, für den ich dich hielt, bis du schließlich Merdraco verlassen hast. Der Narr war wohl eher ich, was?« sagte er und schlug sich leicht gegen die Stirn.

»Ganz gleich, wieviel Zeit auch immer vergangen ist – ich hätte es ohne Ihre Hilfe nicht geschafft, Sir Jacob. Ich schulde Ihnen ewigen Dank«, erklärte Dante ernst.

»Ach, Junge, vergiß das. Es war das mindeste, was ich für dich tun konnte, so, wie ich mich dir gegenüber verhalten habe. Wie auch immer, laßt uns nicht von der Ewigkeit sprechen. Ich bin ihr zu nahe, als daß ich die Erwähnung mögen könnte«, sagte Sir Jacob und ging auf Rhea zu. Er nahm ihre Hand und schaute ihr ins Gesicht. Obwohl er gebeugt war von der Zeit und der Arthritis, war er doch noch immer ein großgewachsener Mann. »Und dies ist also die kleine Lady, die es geschafft hat, dich in den Hafen der Ehe zu locken, was?« Er kicherte vergnügt, und Rhea sorgte sich, daß er wieder anfangen könnte zu keuchen und zu husten.

»Ich fürchte, daß ich ihr gar keine andere Wahl gelassen habe, Sir Jacob. Ein Blick in diese violetten Augen reichten aus, und ich konnte nicht ruhen, bis sie endlich mein war«, sagte Dante und machte Rhea mit dieser Bemerkung höchst verlegen.

»Eine wirkliche Schönheit, mein Freund. Sagen Sie, Mädchen, lieben Sie ihn?« wollte Sir Jacob wissen und sah sie mit einem eindringlichen Blick an, dem nichts zu entgehen schien.

»Von ganzem Herzen, Sir Jacob«, antwortete Rhea, ohne jedoch im mindesten kokett zu sein.

»Ah, eine wirklich feine Frau hast du da, Dante«, sagte er. Seine knorrigen Finger hielten Rheas Kinn hoch, damit er ihr Gesicht eingehend betrachten konnte. »Fast zu hübsch, mein Junge. Du solltest für Nachwuchs sorgen, wenn du willst, daß sie bei dir bleibt.«

»Das ist bereits geschehen«, gab Dante zu. Rhea hätte schwören können, daß selbst er verlegen war bei dieser unverblümten Bemerkung des alten Mannes. Dante schaute zu einer alten Frau, die auf einem Schaukelstuhl am Fenster saß, wo das Licht auf ihre Stickerei fiel.

Sir Jacob bemerkte Dantes bedeutungsvollen Blick und winkte nur ab. »Kümmert euch nicht um Essie. Sie ist halb taub und kriegt kein Wort von dem mit, was wir reden. Nehme an, sie hat noch nicht einmal gemerkt, daß wir überhaupt hier sind. Sie schläft immer um diese Tageszeit. Sie kommt hierher, um ein wenig zu stikken und zu nähen und schläft doch jedesmal dabei ein. Es endet immer damit, daß sie laut schnarcht.« Sir Jacob lachte laut auf, und seine Worte schienen sich zu bestätigen, denn die alte kleine Lady saß weiterhin regungslos in ihrem Stuhl; nur dann und wann wippte ihr Kopf und fiel noch tiefer gegen die Brust, während sie döste.

»Wer ist Essie?« fragte Dante leise.

»Meine Cousine. Oder ist sie meine Nichte?« Sir Jacob richtete die Frage an sich selbst und runzelte verwirrt die Stirn. »Ich bin schon so alt, daß ich mich nicht mehr erinnern kann. Nun, wie auch immer, sie ist ein harmloses altes Ding. Nun sag mir, Dante, wer diese jungen Gentlemen sind.« Sein musternder Blick richtete sich jetzt auf Francis und Alastair.

»Sir Jacob, das ist Alastair Marlowe, ein guter Freund und ehemaliges Mitglied meiner Crew auf der *Sea Dragon*. Und dieser junge Gentleman ist Francis Dominick, Lord Chardinall, mein Schwager.«

»Habe die Ehre, Sir Jacob«, sagten Francis und Alastair zur gleichen Zeit.

»Die Ehre ist ganz meinerseits, Sie beide in meinem Haus begrüßen zu dürfen«, sagte Sir Jacob und schüttelte ihnen energisch die Hände. »Dominick? Kommt mir bekannt vor, der Name. Gibt's da eine Verwandtschaft mit Lucien Dominick? Hab' ihn früher oft in London getroffen. Vor noch längerer Zeit habe ich der ehrwürdigen Herzogin den Hof gemacht. Habe eine Zeitlang geglaubt, daß ich Merton als meinen größten Konkurrenten aus dem Feld schlagen müßte, denn wir waren beide hinter ihr her, o ja, und wir waren zwei Heißsporne. Doch dann hieß sie uns beide Narren, und das war das Ende der Geschichte.« Er lachte. »Du hast das Aussehen von ihr, Mädchen. Ist sie mit dir verwandt?«

»Sie war meine Urgroßmutter«, antwortete Rhea leise. Sie konnte es kaum erwarten, ihrem Vater in einem Brief davon zu berichten.

»Nun, sieh mal einer an!« Sir Jacob schüttelte den Kopf. »Urgroßmutter sagten Sie?« Wieder schüttelte er den Kopf, als er gewahr wurde, wie jung Dantes Frau war. »Himmel, ich werde aber langsam wirklich alt. Ah, da ist ja Oliver mit dem Tee. Bring besser noch etwas Brandy für Lord Jacqobi, Oliver.«

Doch der Butler ließ sich nicht hinters Licht führen. »Natürlich, Sir Jacob, und ich habe auch Ihre Medizin mitgebracht«, fügte der beflissene Oliver mit ernstem Blick hinzu. »Sie wissen, was der Doktor gesagt hat: Sie müssen jeden Tag etwas davon einnehmen.«

»Bah, er ist ein Quacksalber. Man hat mich schon für alt gehalten, da war er noch gar nicht auf der Welt. Schätze, ich bin alt und klug genug, um selbst zu wissen, was gut ist für mich und was nicht.« Sir Jacob schneuzte sich und zwinkerte Francis zu. »Ein Glas Brandy pro Tag wirkt Wunder. Das ist ein guter Ratschlag, mein junger Freund, und wenn Sie ihn befolgen, nun, dann werden Sie bestimmt auch so alt und zäh, wie ich es bin«, sagte er lachend.

»Kommt, kommt. Setzt euch hierher. Lassen wir Essie ihr Nikkerchen machen. Sie hat sowieso nicht viel zu erzählen. Nicht so weit weg von mir, mein Mädchen. Meine Augen lassen mich in letzter Zeit etwas im Stich. Nun, eigentlich waren sie nie besonders gut«, bekannte er schmunzelnd. Doch als er sah, wie wenig Brandy in seinem Glas war, zog er die Stirn in tiefe Falten.

»Es kommt der Tag, Oliver, da werde ich die Nase endgültig vollhaben und zusehen, daß ich dich loswerde«, warnte Sir Jacob den Butler, der fast noch älter aussah als sein Herr.

»Sehr wohl, Sir, wie immer es Ihnen beliebt«, war Olivers prompte Antwort. Dante konnte sich daran erinnern, etwas Ähnliches schon einmal mit angehört zu haben, als er Sir Jacob vor Jahren besucht hatte. Er schüttelte den Kopf. Manche Dinge änderten sich wirklich nie.

Rhea setzte sich zwischen Francis und Alastair auf das Sofa, das zum Zimmer hin ausgerichtet stand. Dante machte es sich auf einem Sessel bequem, gleich neben Sir Jacob, das Tablett mit dem Brandy in Reichweite.

»Und jetzt will ich, daß du mir alles erzählst. Und wehe, du läßt auch nur eine Kleinigkeit aus. In all den Jahren, in denen du fort warst, hast du mir in deinen kurzen, geschäftsmäßigen Briefen nur wenig davon berichtet, was du alles erlebt hast«, klagte Sir Jacob. »Ich will alles über Piraten und deine Abenteuer auf See hören, mein Junge. Und je blutrünstiger die Geschichten, desto besser, was?«

Eine kleine Pause entstand.

»Nun, wovon habe ich gerade gesprochen?« fragte Sir Jacob und tippte ungeduldig mit dem Finger auf sein Knie.

»Sie haben von Korrespondenz zwischen Dante und Ihnen während der Jahre gesprochen«, erinnerte ihn Rhea freundlich und war neugierig, mehr darüber zu erfahren.

»Oh? Ah ja. War doch wirklich ein feines und geschicktes Geschäft, was, Dante? Schätze, Miles ist reif für den Strick, wenn er herausfindet, daß du all das Land der Leightons zurückgekauft hast, das er dir gestohlen hat«, sagte Sir Jacob mit einem verschmitzten Grinsen. »Ich hab' es genossen, dir zu helfen, mein Junge. Ja, Sir, das war ein wirkliches Vergnügen.« Er rieb sich die Hände wie ein alter Schmuggler, der seine Beute beäugt.

Rhea blickte Dante fragend an und sah, daß er lächelte.

»Sir Jacob war mein Strohmann«, erklärte er. »Er hat den Kauf meiner Ländereien vorbereitet. Hat Miles je Verdacht geschöpft?« wandte er sich wieder an Sir Jacob.

»Nein. War alles viel zu klug eingefädelt für ihn. Hin und wieder habe ich direkt mit ihm verhandelt, doch dann, wenn ich meinte, er könnte sich wundern, warum ich so viel Land erwerben will, haben es Freunde von mir gekauft, und ich kaufte es ihnen danach ab. Miles hatte zuviel damit zu tun, Wolfingwold zu erhalten, als sich Gedanken darüber zu machen, was ich mit ihm trieb. Ich hörte, daß er eine hübsche Summe Geld verloren hat und fast Bankrott gegangen wäre. Glaube kaum, daß er sonst das Land verkauft hätte. Es hätte ihm ähnlich gesehen, wenn er es aus reiner Boshaftigkeit behalten hätte.«

»Das war ganz sicher eine glückliche Fügung«, bemerkte Francis. Ihm entging, wie Dante und Sir Jacob Blicke austauschten. Sie beide wußten, daß Miles sein Geld verloren hatte, weil Dante ihm durch Sir Jacob Fallen gestellt, Scheingeschäfte und absichtlich falsche Finanztips angeboten hatte, die bewirkten, daß Miles schließlich aus eigener Finanznot gezwungen war, die Ländereien der Leightons zu veräußern.

Dante hüstelte, räusperte sich und sagte: »Ich weiß, daß es einige Leute gibt, die ebenfalls in Sir Miles Transaktionen verwikkelt waren oder sich daran beteiligten, und ebenso große Teile ihres Vermögens verloren haben. Ich möchte, daß Sie, Sir Jacob, wissen, daß ich mich dafür verantwortlich fühle und diese Verluste wiedergutmachen möchte.«

Doch Sir Jacob schnaufte. »Ist nicht nötig, mein Junge. Ist wirklich nicht nötig. Hab' sie doch gewarnt. Still und heimlich, versteht sich, damit Sir Miles keinen Verdacht schöpft. Ich dachte, ich sollte es tun, besonders nachdem du mich davor gewarnt hattest, Geld in diese Plantage auf den Westindischen Inseln zu stekken und in die Bank, doch einige wollten einfach nicht hören. Sie hielten mich für einen törichten alten Mann. Nun, bei Gott, ich habe sie eines Besseren belehrt«, sagte er mit einem zufriedenen Grinsen. »Hast du dabei an Harry Seacombe gedacht? Harry war ein Narr. Er dachte, er wüßte es selbst am besten. Er hat bekommen, was er verdient hat«, war der mitleidlose Kommentar des alten Mannes. »Ich habe ihn höchstpersönlich davor gewarnt zu investieren, doch er blieb stur und setzte seine Ersparnisse aufs Spiel. Er hörte auf Sir Miles' Rat und nicht auf meinen. Du mußt dich nicht schuldig fühlen wegen Harry oder seiner Familie.«

»Harry Seacombe?« fragte Rhea.

»Aye, Bess' Ehemann. Ich schrieb dir, daß er starb, oder?« wollte Sir Jacob von Dante wissen und blickte dann wieder zu Rhea. »Glaube kaum, daß es eine Rolle gespielt hätte, wenn ich sehe, was du mit heimgebracht hast, mein Junge. Bess hätte nie eine Chance gehabt, wenn das ihre Hoffnung war.«

»Bess Seacombe ist Sir Jacobs Enkeltochter«, erklärte Dante und erschreckte Rhea damit. Nun verstand sie, woher Dante so viel über die Ereignisse in Westlea Abbot und Merleigh wußte. Sir Jacob Weare hatte ihn in all diesen Jahren mit Informationen versorgt. Rhea fragte sich, wie oft sich Dante in seinen Briefen nach seiner ehemaligen Verlobten erkundigt hatte. Hatte er je mit dem Gedanken gespielt, sich wieder mit ihr auszusöhnen?

»Wie stehen die Dinge zwischen Ihnen und Bess?« wollte Dante wissen.

Sir Jacob zuckte mit den Achseln. »Nicht viel anders als früher. Sie würde nie auf mich hören. Sie ist ein dickköpfiges, stures Weib, wenn du mich fragst, und sie hat bekommen, was sie verdient.«

»Sie ähnelt Ihnen eben zu sehr, Sir Jacob«, widersprach Dante. »Sie haben sie stets verehrt, und ein Teil ihres Problems war, daß Sie sie verwöhnt haben.«

Sir Jacob starrte den jüngeren Mann eindringlich an. »Aye, vielleicht liegt die Schuld bei mir. Und vielleicht hat sie für ihre Fehler bezahlt.« Dann schaute er auf Rheas goldenes Haar, das im Sonnenlicht funkelte, und fügte hinzu: »Und ich kann mir gut vorstellen, daß sie außer sich sein wird, wenn sie deine Frau sieht.«

»Sie ist Rhea bereits begegnet«, sagte Dante.

»Oh! Sie hat offenbar keine Zeit verloren.« Sir Jacob kicherte. »Ist Hals über Kopf nach Merdraco – jede Wette – und hatte auch eine gute Ausrede parat.«

»Wir haben auch Ihre beiden Urenkel gesehen.«

»Oh? Ich sehe sie leider nicht so oft, wie ich es gern täte. Sollte das mal ändern. Das Mädchen, wie war doch gleich noch ihr Name? Ist eine hübsche Kleine, was? Ähnelt ganz Bessie, als sie in dem Alter war. Wird mal eine richtige Schönheit. Ich muß mich darum kümmern, daß sie eine gute Mitgift kriegt. Kann ja nicht zulassen, daß eine aus meiner Familie in Lumpen herumläuft, und sie würde sonst auch keine gute Partie machen können. Wie geht's dem kleinen Burschen?« wollte Sir Jacob wissen, doch seine nächste Frage galt gleich Bess. »Und wie geht es Bess? Sie ist doch nicht etwa krank, oder? Als ich sie das letzte Mal sah, wirkte sie verhärmt und abgespannt«, sagte er – eine Bemerkung, die Bess unendlich verärgert hätte.

»Der Name des Mädchens ist Anne, und der Junge heißt Charles«, sagte Rhea und überraschte damit nicht nur Sir Jacob, sondern auch Dante. »Anne ist ein ganz besonders liebenswertes Mädchen. Der Junge scheint eher still und verschlossen zu sein. Ich glaube, er hat nicht ein einziges Wort gesagt, als sie bei uns zu Besuch waren.«

»Ich wußte es! Der Junge braucht eine richtige Erziehung. Ihm fehlt der Vater. Bess wird ihn noch verwöhnen. Wird Zeit, daß das Mädchen endlich wieder einen Mann findet, der bereit ist, den Jungen unter seine Fittiche zu nehmen«, sagte Sir Jacob betrübt. Insgeheim fand er es sehr bedauerlich, daß Dante verheiratet war, denn er hatte im stillen gehofft, daß Bess noch eine Chance bei Dante haben könnte. Und Dante hätte den jungen Charles schon hinbekommen. Sir Jacob schüttelte den Kopf, als er Rhea ansah. Die gute Bessie hätte nie eine Chance gegen sie gehabt, dachte er bei sich.

»Lady Bess ist eine der hübschesten Frauen, der ich je begegnet bin«, gab Rhea freimütig zu und schluckte ihre Eifersucht hinunter, doch sie ahnte, daß diese Frau aufgrund ihrer früheren Beziehung zu Dante wahrscheinlich noch immer Einfluß auf ihn hatte.

Selbst wenn es mehr als fünfzehn Jahre her war – Rhea wußte um die Kraft der ersten, alles verschlingenden Liebe. Denn so empfand sie für Dante, war er doch ihre erste Liebe und ihr erster Liebhaber.

Francis sah Rhea an. Seiner Meinung nach war sie viel zu liebenswürdig. Er konnte sich beim besten Willen nicht vorstellen, daß eine verflossene Verlobte und die Frau, die den Mann zu guter Letzt geheiratet hatte, miteinander auskommen sollten. Aber Rhea war anders als er, und wenn sie diese Frau mochte, dann würde in ihrer Anwesenheit sicher kein einziges böses Wort über Bess Seacombe fallen.

»Wenn du nichts dagegen hast, dann könnten wir Charles zu uns einladen, damit er sich mit Robin und Conny anfreundet. Sie sind ungefähr in einem Alter«, schlug Rhea vor.

»Wer?« fragte Sir Jacob. »Hab' diese Namen nie zuvor gehört. Du hast Söhne, mein Junge?« Er schaute Dante verblüfft an, der gemütlich in seinem Sessel saß und an seinem Brandy nippte.

»Einen Sohn. Robin ist Rheas jüngerer Bruder. Und Conny ist Constantine Magnus Brady – wenigstens glaube ich, daß das sein korrekter Name ist.« Er warf Rhea einen unsicheren Blick zu.

»Constantine Magnus Tyrone Brady«, verbesserte sie ihn.

»Ah ja, der Name ist länger als der Bursche selbst.« Dante schmunzelte. »Er ist mein Mündel und war unser Schiffsjunge auf der *Sea Dragon*. Seit seinem sechsten Lebensjahr war er mit mir auf diesem Schiff. Er hat schon früh die Eltern verloren. Doch allmählich fürchte ich, daß wir Devonshire keinen Gefallen damit erweisen, wenn wir den beiden erlauben, ihre Köpfe zusammenzustecken.«

»Sind auf Unfug aus, die zwei, was?« Sir Jacob lachte amüsiert.

»Alastair und Kirby haben sie aus den Fängen einer Bande Jungs aus dem Dorf retten müssen, als wir in Merleigh waren.« Rhea mußte lächeln, als sie daran dachte. Houston Kirby hatte sich während des ganzen Heimwegs nach Merdraco darüber beklagt, daß die verfaulte Tomate ihm die Hosen ruiniert hatte.

Mit einem Mal wirkte Sir Jacob besorgt. »Du lieber Gott, ihr habt sie doch nicht etwa mitgebracht, oder?«

»Nein, sie sind zu Hause geblieben. Sie wollten irgend etwas erforschen. Aber wenn ich jetzt darüber nachdenke, fürchte ich, daß wir vielleicht einen großen Fehler gemacht haben. Ich hoffe nur, daß Kirby sie vor größerem Schaden und Unheil bewahren kann«, murmelte Dante.

»Kirby ist doch dieses Krummbein von einem Diener, dieser ewige Nörgler. Ist er all die Jahre über bei dir gewesen? Ich kann einfach nicht verstehen, wie du es mit ihm die ganze Zeit ausgehalten hast. Er war schon immer ein äußerst irritierender kleiner Kerl«, erinnerte sich Sir Jacob.

»Er war stets an meiner Seite. Er stand mir bei, wenn ich es gar nicht verdiente, und er blieb selbst in den schlechtesten Zeiten, sogar wenn er glauben mußte, er würde in Stücke gerissen. Ich weiß wirklich nicht, was ich ohne Kirby tun sollte«, gestand Dante.

»Aye, schätze, so treue Ergebenheit ist nicht für Geld zu kaufen.« Doch plötzlich schlug sich Sir Jacob mit der Hand auf das Knie, daß es laut klatschte und Alastair vor Schreck beinahe seinen Brandy verschüttet hätte. »Einen Sohn? Was heißt das? Etwa, daß du Vater geworden bist? Ach deshalb, du hinterhältiger Satansbraten. Deshalb kannst du hier so ruhig sitzen, während deine Frau umringt ist von zwei so gutaussehenden Gentlemen.« Diese Bemerkung behagte Alastair Marlowe ganz und gar nicht, vor allem, als ihn der Captain mit eindringlichem Blick ansah.

»Christopher Dominick Leighton heißt er. Ist im März zur Welt gekommen auf Camareigh. Und er ist der hübscheste Sohn, den ein Mann haben kann. Wie sollte es auch anders sein, wo doch seine Mutter die wunderschönste Lady ist, die ein Mann sich als Frau wünschen kann«, sagte Dante stolz, und Rhea errötete.

Sir Jacob lachte schallend. »Oh, du hast dich kein bißchen geändert. Raspelst immer noch Süßholz bei den Frauen. Überrascht mich gar nicht, daß du einen Sohn hast. Bin nur erstaunt, daß nicht schon längst noch viel mehr davon an deinem Mantelsaum hängen.« Wieder lachte Sir Jacob herzlich über seinen eigenen Scherz.

»Nur diese eine Lady«, entgegnete Dante. »Und nur einen Sohn, bis jetzt.« Er warf Rhea einen leidenschaftlichen Blick zu.

»Eine Liebesheirat! Großartig! Großartig! Das zu hören tut meinem alten Herzen richtig gut. Also hast du nicht wegen der Mitgift geheiratet. Wenn ich sehe, wieviel Geld du ausgibst, um dein Land zurückzukaufen, Dante, dann hätte ich nicht geglaubt, daß dir noch sonderlich viel geblieben ist.« Sir Jacobs Aufgekratztheit war mit einemmal wie weggewischt. »Es wird nicht einfach werden, mein Junge. Ich habe erschreckende Dinge über Merdraco gehört. Du weißt, wenn du irgendwelche Hilfe brauchst, dann würde ich nichts lieber tun, als dir unter die Arme zu greifen, wie und womit auch immer. Du brauchst nur zu fragen. Ich würde Bess auch gern helfen, aber sie ist ja so verdammt stolz. Nie würde sie mich um etwas bitten. Und noch weniger würde sie etwas annehmen, wenn ich es ihr anböte. Tu es ihr nicht gleich, mein Junge. Ich habe soviel Geld und nicht mehr genug Zeit, um es auszugeben«, bot Sir Jacob an.

»Danke, Sir Jacob«, erwiderte Dante bewegt. »Aber Sie sollen Ihr Geld behalten. Und ich hoffe, daß Sie noch viele, viele Jahre haben, um etwas davon auszugeben. Ich brauche nichts. Ich hatte das Glück, einen versunkenen Schatz zu finden, der mich zu einem sehr reichen Mann gemacht hat, ebenso wie jeden der Mannschaft, die ihn mit mir aus der Tiefe geborgen hat. Ich habe es bereits verkünden lassen, daß ich Männer anheuern werde, um Merdraco aufzubauen.«

»Oh? Und wie war die Reaktion darauf?«

»Besser, als ich dachte, Sir Jacob. Scheint so, als würde es in der Gegend doch noch einige Leute geben, die bereit sind, auch am Tag zu arbeiten. Die meisten von ihnen sind der Ansicht, daß es besser sein könnte, für mich zu arbeiten als weiterhin für ihren... früheren Arbeitgeber.«

Sir Jacob kratzte sich am Kinn und sah Dante aufmerksam an.

»Schätze, du sprichst von Jack Shelby«, sagte er, und als Dante nickte, fügte er hinzu: »Der Kerl taugt nichts, Dante. Und er wird gemeiner und hinterhältiger mit jedem Jahr. Er gibt dir noch immer die Schuld an Letties Tod. Er wird nicht mehr ruhen, wenn er erst erfährt, daß du nach Merdraco zurückgekehrt bist. Ich mache mir Sorgen deswegen, mein Junge.«

»Er weiß bereits, daß ich hier bin. Wir haben uns sogar von Angesicht zu Angesicht gegenübergestanden. Und ich fürchte, daß ich mich nicht gerade beliebt gemacht habe bei ihm. Und wenn es das letzte ist, was ich tue, aber er wird für die Zerstörungen auf Merdraco bezahlen.«

Sir Jacob schüttelte den Kopf und seufzte. »Er ist ein mächtiger Mann. Du weißt, daß er der Anführer der Schmuggler ist? Er hat eine Bande von Halsabschneidern um sich geschart, und es bereitet mir unendliche Sorge zu hören, daß du dich mit ihm anlegen willst.«

»Ich habe keine andere Wahl. Wenn ich es nicht tue, wird er mir einen Schlag versetzen, wenn ich es am wenigsten erwarte. Ich habe nicht die Absicht, ihm die Gelegenheit dazu zu geben«, sagte Dante, als die Tür zum Salon geöffnet wurde, und Oliver mit einer frischen Kanne Tee nahte.

Und im selben Augenblick erwachte die alte Frau murmelnd. Langsam, so langsam, daß es schmerzte hinzusehen, stand sie auf. Ohne zu bemerken, daß jemand hinter ihr saß, schlurfte sie in Richtung Tür. Auf halbem Weg verlor sie ihre Handarbeit. Noch ehe Oliver, der gerade heißes Wasser in die Teekanne schüttete, hinzueilen konnte, war Dante aufgesprungen und hob die Stickerei auf.

»Hier ist Ihre Handarbeit«, sagte er laut.

»He?«

»Ihre Handarbeit. Sie haben sie fallen lassen«, wiederholte Dante geduldig.

»Sehr nett, aber ich habe meine eigene Stickerei, vielen Dank«, sagte sie mit zittriger und krächzender Stimme. »Sie machen das wirklich gut, junger Mann«, lobte sie ihn.

Dante schaute zu Alastair und Francis. Er nahm an, daß sie grinsten, und er irrte sich nicht.

Kopfschüttelnd stopfte er den Stoff und das Garn einfach in den kleinen Korb, den die Frau über dem Arm gehängt hatte, nahm ihre Hand und führte die alte Lady zur Tür.

Sie tätschelte seine starke, gebräunte Hand und schlurfte aus dem Zimmer, Oliver an ihrer Seite.

Als sich die Tür hinter den beiden geschlossen hatte, goß sich Sir Jacob Brandy ein und zwinkerte Rhea verschwörerisch zu.

»Und nun will ich alles über diesen versunkenen Schatz hören«, befahl er und machte es sich in seinem Sessel bequem, um aufregenden Piratengeschichten zu lauschen.

Zwei Burschen, die glaubten,
da gäbe es nichts
als ein Morgen
ganz so wie der heutige Tag.

Shakespeare

Kapitel neunundzwanzig

»...das ganze Deck war voller Blut, und dann zwang er den Portugiesen, seine eigenen abgeschnittenen Ohren zu essen«, sprudelte Conny Brady hervor, während Robin Dominick erschüttert zuhörte und seine Ohren abtastete.

»Wirklich?« Er schüttelte sich. Seine Stimme war kaum mehr als ein Quietschen.

»Aye, und das war noch nicht mal das Schlimmste, was dieser Halunke angestellt hat.«

Die beiden Jungen gingen den schmalen Pfad entlang, der zu den zwei Türmen führte, die sich in einzigartiger Schönheit vor dem Himmel abzeichneten.

»Aye, er war eben ein ganz übler Bursche«, erklärte Conny mit sichtlichem Spaß. »Waren alles hundsgemeine Kerle. Wußtest du eigentlich, Robin, daß es einen Piraten gab, der sich selbst in die Luft gejagt hat auf dem Achterdeck seines Schiffes?«

»Wie ist das passiert? Hat er eine Kanonenkugel abgekriegt?« fragte Robin erstaunt.

»Nein, er hat sich zuviel Kanonenpulver in seinen Rum geschüttet.« Conny krümmte sich vor Lachen.

»Ach komm, das stimmt doch gar nicht.«

»Klar stimmt es! Die Piraten sind bekannt dafür, daß sie ihren Rum mit Kanonenpulver würzen. Der alte Longacres, der Bootsmann auf der *Sea Dragon*, war ein echter Pirat. Er war sogar Schiffsjunge auf Bartholomew Roberts *Royal Fortune* und ist nach Afrika gesegelt. Natürlich bin ich da auch schon gewesen, aber nicht mit den Piraten. Obwohl das Sklavenschiff genauso übel war. Ich wette, du weißt nicht, daß einer von den Piraten, Henry Every, aus Devonshire stammte. Als für ihn die Zeit kam, das Piratenleben aufzugeben, so wurde erzählt, ist er von den Bahamas zurück nach Irland gesegelt. Die meisten von seiner Mannschaft wurden verhaftet, doch Captain Every, die Taschen vollgestopft bis oben hin, verschwand. Man sagt, daß er in Bideford gesehen wurde – als freier und reicher Mann. Du glaubst nicht, daß welche aus Captain Everys Sippe sich in Merleigh herumtreiben? Hey, vielleicht waren sogar ein paar von denen, die uns gestern geärgert haben, Urenkel des Piraten, was meinst du?«

»Aye, könnte gut sein«, antwortete Robin ernst. »Einige von denen sahen ja wie Piraten aus. Vor allem wenn sie jetzt eine Augenklappe tragen müssen, weil du ihnen eine Tomate aufs Auge gedonnert hast.«

»Heeeee, Robin, du bist ganz in Ordnung für einen Burschen, der noch nie auf See gewesen ist«, sagte Conny. Und das war ein aufrichtiges Kompliment von einem Jungen, der die meiste Zeit seines Lebens an Bord eines Schiffes verbracht hatte.

»Aye, und du bist ganz in Ordnung für einen Burschen, der nicht unterscheiden kann, wo bei einem Pferd vorne und wo hinten ist«, erwiderte Robin und duckte sich gerade noch rechtzeitig, um Connys Ellenbogen auszuweichen.

Die beiden Jungen wanderten den Pfad entlang und untersuchten hier und da den einen oder anderen Stein, der ihr Interesse fand. Die Türme kamen allmählich näher.

»Meinst du, daß du schon bald zurück mußt nach Camareigh, Robin?« Es stimmte Conny traurig, denn er wußte nicht, womit er sich die Zeit vertreiben sollte, wenn sein Freund nicht mehr da sein würde.

»Weiß nicht. Francis hat noch nichts davon gesagt. Und von zu Hause haben wir bis jetzt auch noch nichts gehört. Aber ich schätze trotzdem, daß es nicht mehr lange dauern wird. Vielleicht in einem Monat.« Obwohl er es nie zugeben würde, hatte er Heimweh, und nicht nur nach Camareigh, sondern er sehnte sich ebenso nach seinen Eltern und sogar nach den Zwillingen. Wahrscheinlich würden seine Cousins und Cousinen schon nach Green Willows zurückgekehrt sein, wenn er heimkam.

»Kann mir vorstellen, daß du trotzdem noch mal zu Besuch kommst. Vielleicht kommen ja sogar der Herzog und die Herzogin hierher.«

»O ja, ich bin sogar sicher. Vor allem, wenn Francis und ich ihnen alles über Merdraco erzählen. Und Rhea, Dante und Kit kommen natürlich zum Michaelistag nach Camareigh und werden über Weihnachten bleiben, da bin ich absolut sicher. Und du fährst mit ihnen, Conny, ist ja wohl klar. Und Kirby und Jamaica auch, da könnte ich wetten.«

»Meinst du?«

»Und ob. Ich hab' selbst gehört, wie meine Mutter zu Rhea sagte, daß du doch bestimmt mitkommen und eine Weile bleiben willst. He, Conny, wir könnten dann zusammen lernen. Mr. Teasdale scheint zu glauben, dir eine Menge beibringen zu können.«

»Schule?« fragte Conny erschrocken. »Warum soll ich was lernen, was ich schon weiß, Robin?«

»Kannst du schreiben und lesen?«

»Klar kann ich das. Mr. Marlowe hat's mir beigebracht. Hat immer gesagt, daß es wichtig für mich ist, besonders wenn ich eines Tages selbst mal Captain eines Schiffes werden will.«

»Und was ist mit Rechnen?« Robin verzog das Gesicht, denn das war nicht gerade sein Lieblingsfach.

»Sicher kann ich das«, behauptete Conny stolz. »Hab' immer Mr. Marlowe geholfen, wenn er die Fracht gecheckt hat, damit wir nicht betrogen wurden. Und dann hat mir der Captain gezeigt, wie man den Kompaß liest und wie man den Kurs und die Position des Schiffes berechnet. Weiß ich alles. Aye, ich bin sicher, daß ich so viel weiß wie jeder andere, der zur See gefahren ist.«

»Und Latein? Kannst du das?« fragte Robin.

»Latein? Heee, wozu denn? Ich kann ein bißchen Französisch und Spanisch und ein paar Brocken Holländisch. Mußte ich können, als wir auf den Indies waren.«

»Dann kannst du wahrscheinlich Mr. Teasdale noch ein paar Sachen beibringen. Jetzt, da Rhea und Francis seinen Unterricht nicht mehr besuchen, hat er nicht mehr so viel zu tun. Ich bin sicher, daß er wirklich glücklich wäre, wenn du zu uns kommst, Conny.« Robin mußte grinsen, als er daran dachte, daß die endlosen langen Schulstunden nicht ganz so langweilig sein würden, wenn Conny dabei wäre.

»Schätze, der Captain wird entscheiden, was ich tun soll. Und er ist fair. Er weiß, daß ich nicht noch mehr lernen muß«, erwiderte Conny entschieden, aber Robins Worte hatten ihn doch ein wenig verunsichert.

»Weißt du, Conny, wenn du nach Neujahr auf Camareigh bleibst, könnte dir Butterick das Reiten richtig beibringen. Und ich könnte es schaffen, dich beim Klettern zu schlagen.«

»Ach, glaubst du das wirklich, du Landratte?« Connys Augen blitzten herausfordernd. »Ich wette, du kannst mich nicht mal im Laufen schlagen – bis da vorne zu den Steindrachen«, rief er und lief auf die massiven Statuen aus Stein zu. Doch Robin Dominick war flink und hatte ihn eingeholt, als sie die Schloßruine erreichten.

»Nun, was meinst du?« fragte Conny und rang nach Atem.

»Was?«

Conny schaute zur Spitze des einen Turmes. »Ich denke, wir haben einen phantastischen Ausblick von da oben.«

»Wer als erster oben ist!« rief Robin, und im nächsten Moment hallten Schritte und Stimmen durch die Ruine.

Lachend, prustend und schnaufend kamen sie oben auf dem Turm an und fühlten sich so mächtig wie die Könige, als sie über die Klippen auf den steinigen Strand schauten, der sich meilenweit in beide Richtungen zu erstrecken schien.

»Heeee, was für ein Ausblick!« staunte Conny.

Robin Dominick schluckte, denn es erinnerte ihn zu sehr an die Sache mit dem Kastanienbaum auf Camareigh. Doch er kämpfte gegen seine Beklommenheit an, stellte sich neben Conny und beugte sich über die Brüstung. Tief unten sah er die Wellen, wie sie gegen die Felsen krachten.

»Das wär' ein ganz schöner Flug da runter«, sagte Conny, und das beruhigte Robin Dominick nicht gerade. »Wahrscheinlich bist du platt wie eine Flunder, wenn du da unten auf die Felsen knallst!«

Robin konnte nicht länger runterschauen. Ihm wurde ganz schwindelig, als er den Wellen zusah.

»Hey, du siehst irgendwie ganz grün im Gesicht aus, Robin«, lachte Conny. »Hier, nimm einen Keks. Hab' mir ein paar davon aus der Küche geklaut, als Hallie nicht aufgepaßt hat.« Conny hielt Robin die leichtgezuckerten, goldgelb gebackenen Kekse unter die Nase. »Ganz frisch. Schmecken echt gut.«

Robin nahm einen Keks. Mit unheilvollem Gefühl im Magen biß er ab und kaute sorgfältig. Er war sich nicht sicher, ob er den Keks nicht gleich wieder hochbringen würde, so übel war ihm. Doch nach einigen Minuten war das flaue Gefühl wie weggeblasen, und er begann es zu genießen, hier oben, auf dem Gipfel der Welt zu stehen.

Schimmerndes Wasser, so weit das Auge reichte, und ein Himmel voller Wolken bis zum Horizont. Das Meer glänzte wie Silber.

»Vielleicht sollten wir jetzt lieber wieder runtergehen«, sagte Conny seufzend, denn der Aufenthalt auf dem Turm erinnerte ihn nur allzusehr daran, wie es war, hoch oben in der Takelage der *Sea Dragon* zu sein. Obgleich er noch immer mit dem Captain zusammen war, vermißte er doch das Knattern der vom Wind gefüllten Segel.

»Wahrscheinlich hast du recht«, stimmte Robin zu, doch weit weniger wehmütig.

»Hast du Lust, ganz nach unten zu gehen, Robin?«

»Wieso? Was denn sonst?«

»Ich meine, wollen wir bis zum Strand runter? Wird schon nicht zu gefährlich sein. Ist ja keine Flut. Und solange die nicht kommt, ist der Strand breit genug. Nun?«

Robin leckte sich über die trockenen Lippen. Conny war gewiß der Wagemutigere von ihnen, und weil er vor seinem neuen Freund nicht als Feigling dastehen wollte, sagte er: »Wie sollen wir da runterkommen?«

»Schau hier.« Conny deutete auf einen schmalen Pfad, der direkt bis zum Strand zu führen schien.

»Da entlang?« Jetzt wünschte Robin, er hätte besser nicht den Mutigen gespielt.

»Aye, es sei denn, du kannst fliegen.« Conny grinste. »Los, wer als erster unten ist!« Und schon war er verschwunden und rannte die gewundene Treppe des Turms hinunter.

Robin holte tief Luft und folgte ihm. Kurz darauf stiegen die beiden Jungen über den schlammigen und rutschigen Pfad die Klippe hinunter zum Strand. Es war ein äußerst schwieriger Abstieg, doch sie kamen unversehrt unten an. Ihre Füße versanken im tiefen Sand des schmalen Strandes, der dem hungrigen Griff der See entkommen war. Sie sprangen juchzend zur Seite, wenn eine Welle nach ihren Schuhen mit den silbernen Spangen und nach ihren seidenen Strümpfen zu schnappen schien; ein herrliches Spiel, das sie immer weiter den Strand hinunter führte, während dunkle Wolken über den Himmel zogen.

Schließlich ließen sich Conny und Robin atemlos in den Sand fallen. Sie starrten in den Himmel und versuchten Figuren in den Wolken auszumachen.

»Die da sieht aus wie ein Drache«, sagte Conny.

»Glaubst du etwa an Drachen?«

»Klar! Was meinst du denn, woher die *Sea Dragon* ihren Namen hat? Weißt du, was Merdraco bedeutet?« fragte er. Robin schüttelte den Kopf. »Der Captain sagt, es bedeutet ›Drache des Meeres‹. Mer ist das französische Wort für Meer. Draco ist lateinisch und bedeutet Drache. Doch das ist ganz bestimmt das einzige lateinische Wort, was ich je lernen werde«, warnte Conny. »Es gibt sogar einen Drachen als Sternbild. Und zwar genau zwischen dem Großen und dem Kleinen Wagen. Drachen sind schon immer wilde Biester gewesen, genau wie die *Sea Dragon*«, erklärte Conny stolz.

Plötzlich grollte Donner in der Ferne, und die beiden Jungen bemerkten erst jetzt so recht, wie dunkel der Himmel geworden war und wie tief die Wolken über dem Meer hingen.

»Heeee, da braut sich aber ein mächtiger Sturm zusammen.« Conny pfiff durch die Zähne, als ein Blitz über den Himmel zuckte.

»Wir sollten besser zurück zum Haus gehen, ehe wir ganz naß werden«, riet Robin.

»Ach, das dauert noch, bis der Sturm hier ist.« Conny winkte ab. War er nicht lange genug auf See gewesen, um zu wissen, wann der Sturm losbrechen würde?

Sie blieben noch eine Weile am Strand und beobachteten die Blitze am Horizont, während die Flut zu steigen begann und die Wellen lauter und wütender wurden.

»Schätze, jetzt sollten wir wirklich losgehen, Robin«, sagte Conny schließlich. Der Sturm war viel schneller aufgezogen, als er angenommen hatte. Ein ohrenbetäubender Donner krachte genau über ihnen und ließ sie erschrocken zusammenfahren.

Ihre Erkundungsreise hatte sie fast bis ans andere Ende des Strandes gebracht, dorthin, wo die Klippen höher waren und steiler anstiegen. Dort, wo der schmale Pfad auf die Felsen führte, war der Strand bereits von den Wellen überflutet. Die Flut hatte eingesetzt, und sie hatten es gar nicht bemerkt. Wäre es nur die ganz normale Flut gewesen, hätten sie es noch bis zum Pfad geschafft, auch wenn sie sich nasse Füße dabei geholt hätten. Doch dies war die Flut eines gewaltigen Sturms, und wirbelndes Wasser donnerte schäumend gegen die Klippen.

Robin verzog das Gesicht, als er sah, wie die Wellen den Strand überspülten. »Los komm, Conny. Wir schaffen es«, sagte er nervös und lauschte dem Dröhnen des Meeres.

»Nein, Robin, wir kommen unmöglich zu dem Pfad. Da ist viel zu viel Strömung. Ich hab' das schon mal erlebt. Ehe du dich versiehst, zieht es dir die Beine weg. Ich weiß nicht, wie es mit dir ist – aber ich kann nicht schwimmen.«

»Du kannst nicht schwimmen?« Robin konnte es kaum glauben. »Aber du warst doch Matrose! Ich dachte, da muß man schwimmen können.«

»Wenn man einen guten Captain hat, gibt es gar keinen Grund, schwimmen zu lernen«, erwiderte Conny. Er starrte auf den Strand und schätzte ihre Chancen ein. Dann schüttelte er den Kopf.

»Komm, Conny!« rief Robin gegen das inzwischen ohrenbetäubende Donnern der Wellen. »Laß uns hochklettern.«

Conny betrachtete die steilen Felsen, und bekam für einen Moment Angst. Ein falscher Schritt, und sie würden ihr nasses Grab finden.

Doch was blieb ihnen anderes übrig? Die Wellen schlugen immer höher, und das Wasser würde auch bald den schmalen Streifen Sand erreicht haben, auf dem sie jetzt standen.

Robin hatte bereits mit dem Aufstieg begonnen, fand einen Halt für den Fuß und kletterte noch ein Stück weiter. Conny drehte sich noch ein letztes Mal zu der schäumenden Flut um, doch dann verlor er keine Zeit und folgte seinem Freund. Er fragte sich, wohin Robin wollte. Da war nur ein schmaler Felsvorsprung, wenige Fuß über dem Strand, und Conny brachte es nicht übers Herz, Robin zu sagen, daß auch dieser Vorsprung in weniger als einer Stunde von der Flut überspült werden würde.

Irgendwie schaffte es Robin, Halt zu finden und höher zu klettern. Er schaute hinter sich und entdeckte Conny, der in diesem Augenblick von einer Welle erwischt und klatschnaß wurde.

Robins Fuß rutschte auf dem feuchten Felsen weg, und um ein Haar wäre er auf Conny gestürzt, dem es gelungen war, so hoch zu klettern, daß ihn die nächste Welle nicht mehr erreichen konnte.

»Alles in Ordnung?« fragte er und reichte ihm eine Hand, doch Conny konnte ihn nicht hören. Sie kletterten höher und höher, bis sie schließlich den schmalen Vorsprung erreichten. Für den Moment waren sie in Sicherheit vor der Flut.

Erschöpft setzte sich Conny neben Robin.

Doch als er nach oben schaute und sah, wie steil die Klippe über ihren Köpfen weiter verlief, wußte er, daß es unmöglich war, noch höher zu klettern, aber das Schlimme war, daß sie auch nicht bleiben konnten, wo sie jetzt waren.

Robin stöhnte, als die Gischt über die Felskante spritzte und ihn von oben bis unten durchnäßte. »Das war aber eine hohe Welle«, schnaufte er nervös.

»Die Flut wird noch höher steigen, Robin. Wir können hier nicht bleiben«, fand Conny schließlich den Mut ihm zu sagen. Er gab sich selbst die Schuld für ihr Dilemma, obwohl Robin ihm gar keine Vorwürfe gemacht hatte.

»Noch höher?« fragte Robin. Er konnte es kaum glauben. Woher kam nur das viele Wasser? Wohin er auch blickte, er sah nur Wasser.

»Sogar sehr viel höher.« Conny deutete auf eine seltsame Verfärbung der Felsen hoch über ihren Köpfen. »Das da ist die Flutmarke. Und wir sitzen ein gutes Stück darunter.«

Robin Dominick starrte ihn aus angsterfüllten großen Augen an, als er begriff, was das bedeutete. Und seine Furcht wuchs noch, als er über den schmalen Felsvorsprung spähte, auf dem sie saßen, und sah, daß sie nicht weiterkommen konnten.

»Los komm, vielleicht finden wir ein Stück weiter Halt«, sagte Conny aufmunternd, obwohl er selbst kaum Hoffnung hatte. »Laß uns dort rübergehen.«

Die Felskante beschrieb einen Bogen, und es war unmöglich, von hier aus zu sehen, was hinter der Kurve war, aber es war ihre einzige Chance.

Langsam und bedächtig, dicht an die Klippen gepreßt, folgten die beiden dem Felsvorsprung. Die Steine waren naß und rutschig, und Conny hatte das Gefühl, als würde die Felskante mit jedem Schritt schmaler.

»He, Conny, wird das nicht immer schmaler?« rief Robin. Und als sie die Biegung erreichten, mußten sie zu ihrem großen Entsetzen feststellen, daß der Vorsprung ins Nichts führte.

Doch als sie genauer hinsahen, entdeckten sie, daß er nicht einfach abbrach, sondern in der Klippe verschwand. Es war der Eingang zu einer Höhle. Man konnte den Eingang vom Strand aus nicht sehen. Ohne zu zögern gingen die beiden darauf zu, und im nächsten Moment betrat Conny die Dunkelheit der Höhle, um prompt auf dem glitschigen Boden auszurutschen, das Gleichgewicht zu verlieren und auf den Knien zu landen.

Robin folgte ihm und lehnte sich gegen die kalte, feuchte Wand.

Conny Brady kam flink auf die Füße und starrte in die Dunkelheit. Es war ein seltsames Licht, trüb und gräulich, das vom Eingang her in die Höhle fiel.

Robin beobachtete seinen Freund und meinte: »Sag jetzt bloß nicht, daß wir hier auch nicht bleiben können.«

»Fürchte, es ist aber so, Robin. Oder was meinst du, wie diese Höhle hier entstanden ist?« Und während Conny noch sprach, schwappte die erste Welle über die Felskante. »Über die Jahrhunderte hat die Flut sich in den Felsen gefressen und eine Höhle geformt«, erklärte Conny. »Hab' eine Menge davon auf Inseln im Indischen Ozean gesehen. Wenn wir Glück haben, gibt es einen Ausgang nach oben. Manchmal bricht nämlich die Decke so einer Höhle ein, oder es gibt noch weitere Höhlen ein Stück weiter hinten. Und vielleicht liegen die höher, als die Flut steigt.«

Robin tastete sich an der tropfenden Wand in die Dunkelheit. Das wütende Brüllen des Meeres schien mit jeder Sekunde lauter zu werden. Wie lange, fragten sich die beiden Jungen mit bangem Herzen, würde es dauern, bis die Flut sie eingeholt hatte?

Wenn stürmische Winde wehen.

Martin Parker

Kapitel dreißig

Skylark scheute nervös, als ein Blitz die dunklen Wolken in der Ferne zerriß.

»Ruhig, mein Mädchen, ganz ruhig«, besänftigte Rhea die kleine Stute und tätschelte sanft Skylarks schweißnassen Hals. Ihre Worte wurden beinahe übertönt vom Donnergrollen.

»Schätze, wir werden mächtig naß werden«, meinte Francis Dominick und hielt mit fester Hand sein unruhiges Pferd im Zaum.

Dante Leighton schaute auf das Meer, wo sich der Sturm zusammenbraute. Silbrige Gewitterwolken hingen tief über der aufgewühlten See. »Ich nehme an, daß uns etwa noch eine Dreiviertelstunde bleibt, ehe es losgeht. Was meinen Sie, Alastair?«

»Ich bin nicht ganz so optimistisch, Captain. Höchstens eine halbe Stunde noch. Aber ich hoffe, daß Sie recht haben, denn das hier ist einer meiner neuen Anzüge«, antwortete Alastair Marlowe und warf einen besorgten Blick auf den finsteren Himmel.

»Ich hoffe nur, daß Robin und Conny nicht in das Unwetter geraten. Ich habe ihnen gesagt, daß sie nicht zu weit vom Haus weggehen dürfen.« Rheas Besorgnis wuchs, als ein weiterer Blitz über den Himmel zuckte. Sie kannte die beiden zu gut, um davon auszugehen, daß sie ihre Worte befolgt hatten.

»Mach dir keine Sorgen«, sagte Dante mit der Überzeugung eines Mannes, der es gewohnt war, daß seine Anweisungen befolgt wurden. »Ich habe den beiden verboten, das Grundstück zu verlassen. Wenn wir nach Hause kommen, lümmeln die zwei wahrscheinlich vor dem Kamin und schlürfen heißen Kakao.«

Doch Francis und Rhea tauschten einen ahnungsvollen Blick aus, denn sie kannten Robin zu gut. Und da Conny ein nicht minder abenteuerlustiges Wesen besaß, hielt es Rhea für angebracht, sich auf das Schlimmste gefaßt zu machen. Das Schlimmste in ihrer Vorstellung war, die Jungen heimkommen zu sehen, klitschnaß und zitternd vor Kälte.

Sie schaute noch einmal kurz auf die Straße, die nach Sevenoaks House führte, doch das hohe Dach war hinter den Bäumen verschwunden, die sich unter dem aufziehenden Sturm schüttelten. Nachdem sie eine dritte Tasse Tee dankend abgelehnt hatte und Dante und Alastair Sir Jacobs eine freundliche Abfuhr erteilten, indem sie ihre Brandygläser mit der Hand zuhielten, hatten sie sich verabschiedet, doch nicht ohne Sir Jacob Weare zuvor hoch und heilig zu versprechen, ihn bald wieder zu besuchen.

Als könnte er ihre Gedanken lesen, fragte Dante plötzlich: »Was hältst du von Sir Jacob?«

»Ich mag ihn. Auch wenn ich mir noch nicht ganz darüber im klaren bin, ob ich ihm traue«, sagte Rhea und verblüffte Dante mit dieser Antwort. »Wenigstens nicht beim Kartenspiel. Ich glaube, er ist nicht ganz so vergeßlich, wie er andere Leute glauben machen möchte. Ich bin mir zum Beispiel ziemlich sicher, daß er sich sehr gut an den Namen seiner Urenkelin erinnert. Ich halte ihn für einen schlauen alten Fuchs.«

Dante lachte. »Ich werde ihm sagen müssen, daß er elendig gescheitert ist mit seinem Versuch, dich hinters Licht zu führen, mein Liebling.«

Francis und Alastair waren verdutzt. Sie hatten Sir Jacob für einen harmlosen alten Gentleman gehalten.

Dante nickte. »Jeder, der Sir Jacob kennt, hält ihn für den liebenswürdigsten Burschen der Welt, bis er wieder und wieder beim Kartenspiel oder beim Pferdewetten gewinnt oder sie unter den Tisch trinkt. Er ist kein Narr, ganz gleich, was einige über ihn denken mögen, und genau deshalb hat er es geschafft, mein Land von Sir Miles zurückzubekommen. Sir Jacob war der ideale Mann für diese Aufgabe, denn niemand, besonders nicht Sir Miles, hätte ihn verdächtigt, mit mir zusammenzuarbeiten. Es war allgemein bekannt, daß er Bess verboten hatte, mich zu heiraten, als er herausfand, daß ich nicht einen Penny mehr besaß und zudem unter dem Verdacht stand, ein Mörder zu sein. Und es gab für niemanden auch nur den geringsten Grund anzunehmen, daß sich seine Meinung über mich in all den Jahren geändert hätte.«

»Und weshalb hat er seine Meinung geändert?« fragte Alastair.

»Sir Jacob erfuhr gewisse Dinge – etwas, worüber ich jetzt nicht reden darf, die mich entlasteten. Doch ich wußte nichts davon, und so war ich mehr als überrascht, als er mich aufsuchte. Ich war über drei Jahre unterwegs gewesen und kam nur dann und wann an Bord der *Perdita* nach England, wenn wir Vorräte an Bord nahmen. Schließlich mußte das Schiff neu ausgerüstet werden, und wir legten in Portsmouth an. Ihr könnt euch vorstellen, wie überrascht ich war, als ich Sir Jacob auf den Docks sah, der nach mir suchte. Ich wußte nicht, was ich von ihm zu erwarten hatte, jedenfalls keine Freundschaft. Und doch kam es so. Damals haben wir unsere geheime Allianz besiegelt. Ich stellte fest, daß ich einen alten Freund doch nicht verloren hatte und daß nun jemand ein Auge auf Merdraco hatte. Zwar hatte ich zu der Zeit meine Selbstachtung wiedergewonnen, doch es war mir noch immer nicht gelungen, mein Erbe zurückzubekommen. Ich hielt es für ein aussichtsloses Unterfangen. Ich hatte ein wenig Geld gespart – meinen Anteil der Beute, die wir auf See gemacht hatten, doch es war nicht genug, um die Ländereien meiner Familie zurückzukaufen. Und wie sollte ich nach meinem verlorenen Eigentum suchen, wenn ich monatelang auf See war? Wie sollte ich Miles dazu bringen, mir das Land zu verkaufen? Genau das waren meine Probleme. Ich dachte, sie wären unlösbar, aber Sir Jacob schien überhaupt nicht besorgt zu sein. Er versprach mir, daß er und sein absolut vertrauenswürdiger Rechtsanwalt sich um alles kümmern würden, und sagte, ich solle weiter zur See fahren und so viel Geld wie möglich machen.« Dante lächelte, als er fortfuhr. »Und wißt ihr, als die *Perdita* wieder seeklar war, hatte er schon ein ganzes Lagerhaus voll mit Gemälden, Möbeln, Silber und Geschirr beisammen, das einst die Gemächer und Hallen von Merdraco geschmückt hatte. Als das Schiff auslief, war ich voller Hoffnung. Ich wußte, daß mein Traum nun doch wahr werden konnte, und von diesem Tag an habe ich regelmäßig von Sir Jacob gehört. Ich verdanke alles Sir Jacob und meinem Captain, Sedgewick Christopher, denn wäre ihr Vertrauen in mich nicht gewesen, dann, so glaube ich, wäre es mir nicht gelungen, so viele Jahre weiter zu kämpfen und zu hoffen, während ich die ganze Zeit an mein Zuhause denken mußte, das leer und verlassen an einem einsamen Küstenstrich stand.«

Francis Dominick war tief bewegt. Dante Leighton war ein Mann, der die Chancen ergriffen hatte, die sich ihm geboten hatten. Und Francis war sicher, wenn sein Vater und Dante sich nur einmal zusammensetzen und reden würden, müßten sie feststellen, daß sie sehr viel gemeinsam hatten. Er beschloß, mit seiner Mutter darüber zu sprechen, denn sie hatte eine ganz besondere Art, seinen Vater zu etwas zu bewegen.

Rhea dachte im stillen, daß Sir Jacob Weare ein Mann von außergewöhnlichem Charakter war.

Dann schoß ihr ein anderer Gedanke durch den Kopf, und sie fragte so leise, daß ihre Worte kaum zu hören waren: »Weiß Lady Bess davon, daß dir Sir Jacob geholfen hat?«

»Nein. Es blieb ein Geheimnis zwischen Sir Jacob und mir. Niemand sonst wußte davon. Warum fragst du?«

»Aus keinem bestimmten Grund. Ich war nur neugierig«, antwortete Rhea. Doch sie überlegte, was wohl geschehen war, daß Bess Seacombe ihrem Großvater die Wahrheit über Dante Leighton gesagt hatte. Hatte ihr Gewissen sie dazu gezwungen? Bess konnte nicht älter als fünfzehn oder sechzehn gewesen sein, und sie war sicher ebensosehr ein Opfer der tragischen Ereignisse gewesen wie Dante.

Die Straßen von Westlea Abbot waren so gut wie menschenleer. Das Getrappel der Pferdehufe hallte von den Häuserwänden wider, doch dieses Mal nahm kaum jemand im Dorf Notiz von den Reitern, denn die meisten Fensterläden waren geschlossen gegen den heraufziehenden Sturm. Der Marktplatz leerte sich rasch, die Stände wurden eilig abgebaut und die Waren sorgfältig bis zum nächsten Tag verstaut. So manches gab es jetzt zum besonders günstigen Preis, besonders Fisch, der am nächsten Tag ungenießbar und damit unverkäuflich sein würde.

Als sie den weiten Platz überquerten, bemerkten sie eine Kutsche, die vor einem Laden auf der anderen Seite des Marktes stand. Erst als Rhea Dantes grimmige Miene sah, wurde ihr klar, wessen Kutsche das war.

Sie mußten ihre Pferde zügeln, weil Leute über die Straße liefen und Zuflucht vor dem Sturm suchten. Und als ein Händler seinen Karren genau vor ihnen herschob, mußten sie gar anhalten. Während sie warteten, bis der Mann mit seinem Karren endlich den Weg freimachte, trat der Besitzer der sechsspännigen Kutsche aus dem Laden – eine elegant gekleidete Frau an seinem Arm.

Sir Miles Sandbourne half der Lady in die Kutsche, als sich ihm eine zweite Frau von hinten näherte. Sie zerrte einen kleinen Jungen an der Hand auf die glitzernde Kutsche zu. Sir Miles erschrak, als ihn diese Frau ansprach. Selbst über diese Entfernung sah die Frau zornig aus.

Sie zog den Jungen näher, so daß er jetzt vor ihr stand, und drehte sein Gesicht Sir Miles zu. Dann bückte sie sich und hob etwas von der Erde auf, was aussah wie Pferdeäpfel, und warf eine Handvoll direkt vor Sir Miles' Füße.

Rhea stöhnte, als Sir Miles ausholte und die Frau ins Gesicht schlug, daß sie zurücktaumelte. Ein letzter Blick, dann stieg er in die Kutsche. Der Kutscher ließ die Peitsche knallen und trieb das Gespann an, während ein herbeieilender Lakai die Tür der Kutsche zuschlug. Es blieb ihm kaum noch Zeit, auf den Kutschbock zu springen.

»Es scheint ganz so, als hätte sich Sir Miles nicht im mindesten geändert. Immer noch der vollkommene Gentleman Frauen gegenüber«, sagte Dante verbittert und erinnerte sich an die Prügel, die seine Mutter durch Sir Miles' Hand hatte erleiden müssen. »Er scheint wenig geneigt, die Verantwortung für seine ehemalige Mätresse und den kleinen Bastard, den er gezeugt hat, zu übernehmen. Hilfsbereitschaft ist ihm gänzlich fremd. Nun da er mit ihr fertig ist, läßt er die beiden in der Gosse verkommen.« Dantes Lippen waren eine dünne Linie, als er sah, wie die Kutsche davonpreschte, doch plötzlich, zu ihrer aller Überraschung, zum Halten gebracht wurde.

Rhea konnte Sir Miles' sardonisches Grinsen kaum ertragen. Er hatte den Kopf zum Kutschenfenster herausgestreckt und starrte seinen Stiefsohn an.

»Hab' von dem Gerücht gehört, daß du doch noch den Mut aufgebracht hast, nach Merdraco zurückzukehren«, rief er Dante zu, und Rhea bekam einen Eindruck, wie Dantes Leben mit diesem Unhold von Stiefvater gewesen sein mußte.

»Und ich bin überrascht, daß Sie den Mut aufbringen, hierzubleiben«, erwiderte Dante und musterte Sir Miles verächtlich. »Besonders wenn man bedenkt, daß ich nicht der einzige bin, der eine bestimmte Meinung von Ihnen hat«, fügte er hinzu, zog ein parfümiertes Taschentuch aus seiner Manteltasche und hielt es sich vor die Nase, als würde ihn ein übler Gestank belästigen.

Sir Miles klopfte mit seinem Stock, an dessen Knauf ein silberner Wolf glänzte, gegen die Kutschentür. Er konnte seine Wut kaum im Zaum halten während dieses Wortgefechtes mit seinem Stiefsohn – und daß Dante ihm überlegen war, mußte ein Schock für ihn gewesen sein.

»Ich bin damals leicht mit dir fertig geworden, Dante. Und so wird es wieder sein«, drohte er ihm leise.

Doch Dante Leighton, gewohnt, dem Feind ins Antlitz zu schauen, lachte nur. Das war beleidigend genug, doch die Worte, die folgen sollten, brachten Sir Miles' Wut fast zum Überkochen, und er schlug seinen Stock gegen die Kutschentür, daß man fürchten mußte, er würde ihn zerbrechen.

»Eigentlich muß ich mich bei Ihnen bedanken, Miles, dafür, wie sich mein Schicksal gefügt hat. Wenn Sie mich nicht betrogen hätten, wäre ich nie von hier fortgegangen und nie gezwungen gewesen, ein Leben zu führen, auf das ich nun mit Stolz zurückblicke. Und ich wäre nie auf den Indies gelandet und wäre nie auf die Schatzkarte gestoßen. Sie sollten Ihre Niederlage eingestehen. Geben Sie auf, Miles. Sie haben verloren. Es ist mir gelungen, nach Merdraco zurückzukehren. Und ich habe nicht die Absicht, es jemals wieder zu verlassen.«

»Ach, aber wohin bist du denn zurückgekehrt?« lautete die verächtliche Entgegnung. »Ich habe gehört, daß Merdraco kaum mehr ist als der Viehstall, für den ich es stets angesehen habe, mit dem Abfall, den es hervorgebracht hat und der darauf besteht, sich selbst einen Mann zu nennen.« Sir Miles grinste niederträchtig, und seine dunklen Augen suchten in Dantes Gesicht nach Anzeichen von Wut.

Doch Dante zeigte sich nicht im mindesten beleidigt oder wütend. Statt dessen schien er eher belustigt über Sir Miles' wüsten Ausbruch zu sein. »Schon bald wird Merdraco das sein, was es früher war. Das sollten Sie auch besser hinnehmen, Miles.«

»Was es früher war? Das bezweifle ich stark. Nichts ist mehr übriggeblieben von der Vergangenheit außer deinem Namen, und auf den ist gespuckt worden. Oh, du kannst dir natürlich neue Tapeten und Möbel kaufen, und Gemälde, um die Wände zu schmükken, doch es werden Porträts von Fremden sein, denn die der Leightons sind verloren. Merdraco wird nie mehr sein wie früher. Du hast kein Erbe – nichts, was dich an die allmächtigen Leightons erinnert. Hast du schon so schnell vergessen, daß ich gezwungen war, den kostbaren Besitz der Leightons versteigern zu lassen? Trotz all deines Reichtums – du besitzt gar nichts.« Sir Miles genoß die wütenden Blicke von Alastair Marlowe und Francis Dominick.

»Ach Miles, ich hasse es wirklich, Sie enttäuschen zu müssen. Aber da Sie die Hallen von Merdraco nicht mehr sehen werden, muß ich Ihnen eben jetzt sagen, daß bereits alles wieder in meinem Besitz ist, was Sie mir gestohlen haben. Während der letzten Jahre habe ich fast sämtliches Mobiliar zurückgekauft, das Sie aus Merdraco fortgeschafft oder verkauft haben. Selbst das Porträt meiner Mutter habe ich wieder. Es hängt jetzt an einem Ehrenplatz über dem Kamin im Jagdhaus. Und immer wenn ich in ihr wunderschönes Gesicht schaue, danke ich Gott, daß sie den Mut hatte, Ihnen zu entkommen, Miles. Sie wollten sich an ihr rächen, weil sie statt Ihnen einen anderen wählte, doch indem sie sich für den Tod entschied, anstatt weiter an Ihrer Seite zu leben, wurden Sie um Ihre Rache betrogen. Und wenn ich über das Land reite, das nun wieder Land der Leightons ist, und daran danke, daß der Feind unschädlich gemacht ist und nie wieder einen Fuß auf mein Eigentum setzen wird, kann ich nur Mitleid mit Ihnen empfinden. Miles, Sie sind derjenige, der nichts in den Händen hält nach all den Jahren des Planens und Betrügens. Letzten Endes ist die Rache mein, Miles. Und jetzt bin ich an der Reihe, sie auszukosten.« Dante blickte in das aschfahle Gesicht von Sir Miles Sandbourne.

Nervös sah Rhea die Männer abwechselnd an. Obwohl sie Dante keinen Vorwurf machen konnte, fragte sie sich dennoch besorgt, wie Sir Miles Sandbourne auf diese Eröffnung reagieren würde. Dieser Mann konnte seine Niederlage niemals eingestehen, sicher nicht, wenn sie durch die Hand Dante Leightons zustandegekommen war.

»Miles? Mir ist kalt. Wie lange wollen wir denn noch hier stehenbleiben? Wenn Sie mir den Nerz gekauft hätten, den ich mir gewünscht habe, würde ich mich jetzt nicht beklagen«, tönte eine nörgelnde Stimme aus dem dunklen Innern der Kutsche. Das schien den Bann zu brechen.

Sir Miles Sandbourne lächelte. Es war nicht gerade ein freundliches Lächeln, wie Francis Dominick fand, besonders als diese dunklen Augen auf Rhea ruhten.

»Ach, Lady Rhea Claire, wie wunderschön Sie sind. Wie jammerschade, daß diese lieblichen Augen schon bald voller Tränen sein werden.«

»Tatsächlich, Sir Miles?«

»O ja. Ich fürchte, Ihr Gatte ist in dieser Gegend nicht sonderlich beliebt. Und ich befürchte, daß ihm eines Tages etwas zustoßen wird. Welch ein Jammer, daß eine so junge und hübsche Frau schon bald Witwe wird. Aber verzweifeln Sie nicht. Sicher wird jemand – vielleicht sogar der eine von den beiden Gentlemen dort –«, er deutete auf den indignierten Alastair Marlowe, »Ihnen helfen, Ihre erste unglückliche Ehe zu vergessen. Da Sie eine Dominick sind und Ihr Sohn der erste Enkel des Herzogs von Camareigh ist, wird Ihr neuer Liebhaber mehr als erfreut sein, Dantes Sohn wie seinen eigenen großzuziehen... so wie ich es mit Dante tat. Und da er noch so klein ist, wird er sich an seinen wahren Vater nicht erinnern.« Er setzte ein heuchlerisch mitleidiges Lächeln auf. »Ich bitte Sie, Lady Rhea Claire, seien Sie so frei, nach Wolfingwold zu kommen, wann immer es Ihnen beliebt. Sie sind jederzeit in meinem Haus willkommen.«

Und mit diesen Worten verschwand er in der Kutsche. Ein Schlag seines Stockes gegen das Kutschendach, und das Gespann preschte davon.

»Was für ein widerwärtiger Mensch«, murmelte Rhea. Ihre Hand zitterte, als sie die Zügel aufnahm, und ihre Nervosität übertrug sich sogar auf ihr Pferd, das unruhig wurde. »Er flößt mir Angst ein.«

»Der Mann ist verachtenswert und ganz sicher kein Gentleman«, warf Francis wütend ein. Als Mitglied einer höchst angesehenen Familie und Erbe eines Herzogtums hatte er noch nie so eine Unverschämtheit erlebt. »Er hat dich aufs äußerste beleidigt, Dante. Es ist absolut skandalös! Ich werde höchstpersönlich dafür sorgen, daß er nie wieder nach Camareigh eingeladen wird«, versprach er mit einem wütenden Funkeln in den Augen. Und als Rhea ihn von der Seite ansah, dachte sie, daß er nicht nur wie ihr Vater klang, sondern auch dasselbe Bild bot.

Alastair Marlowe riskierte einen Blick auf Dante, denn der Captain hatte bis jetzt kein einziges Wort gesagt, und genau dann war er am gefährlichsten. Dante Leightons Gesicht wirkte wie in Bronze gegossen. Nicht ein Muskel regte sich, als er der Kutsche hinterherstarrte. Seine blaßgrauen Augen waren hell und klar wie Kristall – und ebenso kalt.

»Dante?« Rhea streckte ihm eine Hand entgegen, und für einen Moment verharrte sie in dieser Pose, ehe Dante es bemerkte und ihre Hand ergriff. Wie eine Ewigkeit schien es, als er auf die kleine

Hand schaute, die in seiner lag, die Hand, die da zu sein schien, um ihn zu trösten. Es war, als wüßte Rhea, daß Sir Miles Dante verletzt hatte. Sir Miles' bösartige Worte, daß ein anderer Mann an Dantes Stelle im Herzen von Rhea und seinem Sohn sein würde, mußten ihn auf schreckliche Weise beleidigt haben.

Selbst Rhea wußte nicht, wie sehr Dante unter seiner unglücklichen Kindheit gelitten hatte und vor allem darunter, nie das Gefühl der Sicherheit einer liebenden Familie gekannt zu haben.

Als Dante aufblickte, bemerkte er ihren liebevollen Blick, und der innere Friede kehrte zurück. Dieser Blick rief in Alastair Marlowe einen kurzen Moment der Traurigkeit und des Neids wach, denn dieser Blick war voll tiefer Liebe und gegenseitigem Respekt und Verständnis, und er schloß den Rest der Welt aus. Eine solche Liebe, wie sie Rhea und Dante füreinander empfanden und teilten, war Alastair vollkommen unbekannt, und er fragte sich, ob er je eine Frau treffen würde, mit der er sein Leben teilen konnte.

»Kommt, laßt uns nach Hause reiten«, sagte Dante, und die Erinnerung an Sir Miles' verletzende Worte verblaßte, als sie ihre Pferde durch die Straßen von Westlea Abbot antrieben.

Der Wind blies jetzt stärker, als sie in Richtung Merdraco ritten. Vom Sturm gepeitschte Wolken jagten über den Himmel. Das Unwetter kam immer näher, und so waren sie wahrlich überrascht, als sie drei Reiter einholten, die ebenfalls auf dem Weg nach Merdraco waren. Wer sich jetzt noch im Freien aufhielt, mußte zusehen, rechtzeitig Unterschlupf zu finden. Doch als sie näher an die Reiter herankamen, konnten sie sehen, daß einer von ihnen abgestiegen war und sein Pferd, das lahmte, am Zügel führte.

Lady Bess Seacombe war erleichtert beim Anblick der näherkommenden Reiter, doch ihre Erleichterung verwandelte sich in Bestürzung, als sie sah, wer diese Reiter waren. Sie fluchte leise. Ihr Haar war wirr und zerzaust, ihre Stiefel verdreckt, und sie fühlte sich verschwitzt und erschöpft.

»Bess?« Sie kannte diese Stimme; eine Stimme, nach der sie sich sehnte, die sie aber ebenso fürchtete. »Alles in Ordnung mit dir? Du bist doch nicht etwa abgeworfen worden, oder?« Dantes Frage bestätigte ihre Befürchtung, daß sie einen erbärmlichen Anblick bot.

»Nein, mein alter Junge hier würde mich nie abwerfen, nicht wahr, das würdest du nicht tun?« Sie tätschelte sanft den Nacken ihres Pferdes. »Wir sind auf dem Rückweg von Westlea Abbot und haben versucht, dem Sturm noch zu entwischen. Doch dann fing Bristol Boy plötzlich an zu lahmen. Ich wollte eigentlich im Bishops Inn bleiben, bis der Sturm vorüber ist, doch wer weiß, wie lange er anhält, und ich wollte mit den Kindern nicht nach Anbruch der Dunkelheit heimreiten. Wir hatten vor, einen der Wege durch das Moorland zu nehmen, zwischen hier und Merleigh, doch etwas mit Bristol Boys Vorderhuf scheint nicht in Ordnung zu sein. Ich fürchte, er hat sich eine Sehne gezerrt.« Sie klang besorgt.

Dante stieg vom Pferd, reichte die Zügel an Francis weiter und untersuchte Bristol Boy, dessen Fell vor Schweiß glänzte. Er ging in die Hocke, während Bess versuchte, das Pferd ruhig zu halten und hob das Vorderbein an. Sanft tastete er es ab.

»Du hast recht, Bess«, sagte er und setzte das verletzte Bein vorsichtig ab. »Es beginnt anzuschwellen und ist ganz heiß. Das tut weh, nicht wahr, mein Junge?« Er streichelte das Pferd hinter dem Ohr und tätschelte ihm zärtlich den muskulösen Nacken. »Ich fürchte, du wärst nicht mehr allzu weit mit ihm gekommen. Warum habt ihr überhaupt diesen Rückweg genommen? Merdraco ist viel näher«, fragte Dante und sah Bess mit diesen blaßgrauen Augen an, von denen sie schon so lange geträumt hatte.

»Ich wollte nicht einfach so hereinschneien und stören. Aber wenn wir es noch bis zum Bishops Inn schaffen wollen, dann sollten wir uns jetzt auf den Weg machen«, sagte Bess, denn es fielen bereits die ersten Regentropfen.

»Bess, du...«

»Wir können nicht zulassen, daß Sie in dieses Unwetter geraten«, schaltete sich Rhea ein, und ihre Stimme wurde fast vom Donner übertönt. »Denken Sie an den armen Bristol Boy. Wenn Sie nicht wollen, daß er für immer lahmt, dann sollten wir besser etwas Kaolinpaste auf sein Bein streichen. Ich finde wirklich, wir sollten ihn Clauson überlassen. Er hat mit Butterick zusammengearbeitet, der schon seit Urzeiten für die Ställe auf Camareigh verantwortlich ist. Ihr Pferd könnte in keinen besseren Händen sein, Lady Bess«, schlug Rhea vor und verwirrte Bess Seacombe nur um so mehr. Doch es war ein vernünftiger Vorschlag, zumal der Regen heftiger wurde.

»Ich danke Ihnen«, antwortete sie verbissen. »Anne, du steigst bei deinem Bruder mit auf«, befahl sie.

»Es wäre besser, wenn Anne bei einem von uns mitreitet«, empfahl Dante. Der Donner machte die Pferde allmählich nervös, und der schmale Weg auf den Klippen konnte selbst bei gutem Wetter gefährlich sein. Während eines Unwetters war es ein zu großes Risiko für einen jungen unerfahrenen Reiter. »Und ich denke, es wäre klug, wenn einer von uns Charles' Zügel nimmt, für den Fall, daß sein Pferd sich erschreckt und durchgehen will.«

Dante schaute sich kurz um und traf dann seine Entscheidungen. »Alastair, Sie nehmen Anne mit aufs Pferd und reiten voraus. Francis, du nimmst die Zügel von Charles' Pferd. Rhea, du kannst mir folgen. Bess, du reitest als letzte und führst Bristol Boy.« Er erwartete, daß seine Anordnungen widerspruchslos befolgt wurden, doch Bess war es nicht gewöhnt, Befehle anzunehmen.

»Also wirklich, wer zum Teufel gibt dir das Recht, zu entscheiden, was...«

»Laß uns endlich weiterreiten, Bess«, erwiderte Dante barsch und ungeduldig, während sie noch immer vor ihm stand und ihn anstarrte. Er war nicht in der Laune, sich mit ihr zu streiten oder rücksichtsvoll zu sein. Ohne ein Wort zu verlieren, hob er Anne von ihrem Pferd und setzte sie hinter Alastair. Dann legte er Bess einen Arm um die Hüften und hob sie auf Annes Pferd.

Sie schluckte, als diese starken Hände sie berührten, und sie atmete Dantes vertrauten Duft ein, den sie während der ganzen Zeit nie vergessen hatte, nicht einmal in den Armen ihres Ehemannes.

Rhea entging der Blick voll peinigender Sehnsucht nicht, den Bess kaum verbergen konnte, während sie von Dante im Arm gehalten wurde, und Rhea empfand einen Moment lang brennende Eifersucht. Sie mußte keine Hellseherin sein, um zu wissen, daß Bess diese Umarmung genoß.

Dante jedoch schien sich Bess' Empfindungen nicht bewußt zu sein. Kaum hatte er sie aufs Pferd gehoben, ließ er sie auch schon los und drückte ihr die Zügel in die Hand.

Dann verloren sie keine weitere Zeit mehr. Als sie über den holperigen Weg nach Merdraco ritten, nahm sich Dante vor, dafür zu sorgen, daß eine neue Straße gebaut würde.

Rauch stieg aus dem Schornstein des Jagdhauses, als sie es endlich erreicht hatten. Warmes Licht fiel durch die Fenster, und Rhea wußte, daß Kirby dafür gesorgt hatte, daß heiße Schokolade und warmer Kuchen auf sie warteten. In diesem Moment sehnte sie sich danach, ihren Sohn im Arm zu halten, seinen kleinen warmen Körper an ihrer Brust zu spüren und Robins und Connys Geplapper zu hören. Ja, dieses Jagdhaus war zu ihrem Zuhause geworden.

Clauson wartete geduldig auf ihre Rückkehr, wenngleich seine Miene besorgt wirkte. Doch Francis ließ sich nicht täuschen. Er wußte, daß Clauson sich mehr Sorgen um das Befinden der Pferde als um die Reiter machte. Und tatsächlich – als Clauson das hinkende schwarze Pferd sah, wechselte sein Gesichtsausdruck von Erstaunen zu Bewunderung und schließlich zu höchster Bestürzung.

Als sie das Haus betraten, hörten sie, wie er den Lakaien und Stallburschen Befehle zurief, und er klang schon genauso wie der alte Butterick.

»Ah, Mylord, Mylady, Sie sind wohlbehalten zurück«, begrüßte Kirby sie mit aufrichtiger Erleichterung, denn er hatte die heraufziehenden schwarzen Wolken am Horizont beobachtet, hatte wieder und wieder auf die leere Straße geschaut und sich die allergrößten Sorgen gemacht. Vor allem um Conny und Robin, denn die beiden waren auch bei diesem Sturm draußen gewesen.

»Wie geht es unserem kleinen Lord?« erkundigte sich Rhea, nahm den Hut ab und schüttelte das Wasser ab.

»Schläft, wie nur ein unschuldiges Baby schlafen kann, Mylady.« Kirby grinste breit, doch das Grinsen verging ihm, als er die dunkelhaarige Frau mit ihrem scharlachroten Hut sah, die an Dantes Seite das Haus betrat.

»Und Conny und Robin?« fragte Rhea. »Ich hoffe, die beiden sind nicht draußen rumgestrolcht und vom Regen erwischt worden.« Sie streifte ihre Handschuhe ab und sah sich um, in der Hoffnung, sie vor dem Feuer sitzen zu sehen, das am Ende der Halle brannte.

Zu ihrer großen Erleichterung saßen sie wirklich – genau wie Dante es prophezeit hatte – vor dem Kamin und schlürften dampfendheiße Schokolade. Sie steckten die Köpfe zusammen.

»Nun, ich muß zugeben, daß ich mir große Sorgen um sie gemacht habe, Mylady. Die zwei waren sehr lange draußen, und ich mußte mit ansehen, wie der Sturm von Minute zu Minute schlimmer wurde. Ich war oben auf dem Turm, um nach Ihnen Ausschau zu halten und hatte gehofft, dabei auch die Herumtreiber entdekken zu können. Aber ich hatte kein Glück. Doch dann kamen sie zurück, naß bis auf die Haut.« Kirby bestätigte Rheas Befürchtungen. »Vor nicht mehr als einer halben Stunde. Zitternd und blaß wie die Geister. Wirklich, man hätte annehmen können, sie seien in der Hölle gewesen, so wie sie aussahen.« Houston Kirby schniefte.

»Wo haben sie sich herumgetrieben?« fragte Rhea neugierig, doch ihr Blick haftete auf Bess, die sich noch dichter zu Dante ans Feuer gestellt hatte. Ihre dunklen Augen strahlten ihn an, während sie sich mit ihm unterhielt. Es mußte sehr amüsant sein, was sie sagte – oder wenigstens schien es Dante zu amüsieren, denn er lächelte und neigte den Kopf zur Seite, um auch den Rest ihrer leise gesprochenen Worte zu hören.

»Im Wald wollen sie gewesen sein. Das haben sie jedenfalls behauptet«, meinte Kirby mit einem Kopfschütteln. »Hab' sie gleich hochgeschickt, damit sie die nassen Kleider vom Leib bekamen.«

»Und sind sie wirklich im Wald gewesen?« fragte Rhea voller Zweifel, weil sie wußte, daß Robins erste Antwort manchmal noch einer eingehenden Überprüfung bedurfte.

Kirby schniefte, offensichtlich verärgert über sich selbst. »Wissen Sie, ich hab' sie nicht mal ins Haus kommen sehen. Fang schon langsam an zu glauben, daß ich blind und taub werde«, grummelte er. »Ich werde mehr Tassen holen. So wie es aussieht, haben wir unerwartete Gäste«, sagte er verdrießlich, als er zu Bess Seacombe hinüberblickte.

»Bitte, Kirby, sorgen Sie dafür, daß sich *alle* hier wie zu Hause fühlen.« Rhea lächelte ihm noch einmal zu, ehe sie die Treppe hinaufging. »Ich möchte nach meinem Kleinen sehen. Dann komme ich wieder runter.«

Rheas Weg über den Korridor führte sie an dem Zimmer vorbei, das sich Conny und Robin teilten. Sie blieb vor der halb geöffneten Tür stehen. Auf dem Boden lag ein Berg hastig abgestreifter Kleider. Seufzend trat Rhea ins Zimmer und begann die nassen Sachen aufzusammeln. Doch plötzlich schoß ihr etwas durch den Kopf, das Kirby zu ihr gesagt hatte.

Vor einer halben Stunde waren Conny und Robin von ihrem Erkundungsgang zurückgekehrt – klitschnaß. Aber es hatte erst vor einer Viertelstunde angefangen zu regnen, und selbst dann nicht heftig genug, um sie bis auf die Haut durchweichen zu lassen. Und als Rhea die nassen Hemden hochnahm, fiel ihr auf, wie steif sich der Stoff anfühlte. Sie führte eine Fingerspitze zu den Lippen und schmeckte Salz. Als sie sich die Kleider genauer besah, bemerkte sie auch den Sand.

Es war ihnen verboten worden, an den Strand zu gehen, und doch waren sie geradewegs dorthin gegangen, kaum daß man sie allein gelassen hatte. Sie würde ein Wörtchen mit ihnen zu reden haben. Und wenn die Jungen ihre Verbote nicht einhielten, dann würde sie Dante davon erzählen müssen. Doch wenigstens für den Moment wollte Rhea die Sache für sich behalten.

Mit diesem Gedanken machte sie sich auf, um nach ihrem Sohn zu sehen. Sie fragte sich, ob er auch einmal so viel Unsinn im Kopf haben würde, wenn er in Connys und Robins Alter war.

In der Halle genoß Bess ihren Sherry und wärmte sich am Kaminfeuer auf. Ihre Augen ruhten auf Dantes hartem Gesicht, und sie begegnete seinem Blick zu oft, als daß es nicht absichtlich gewesen wäre.

»Ihr habt ein wahres Wunder mit diesem Jagdhaus vollbracht.«

»Das mußt du Rhea sagen, denn sie hat hart gearbeitet, um es so gemütlich zu machen, wie es jetzt ist«, lehnte Dante das Lob ab. »Und nicht zu vergessen Alastair und Francis, die sich um die Spinnweben und den Ruß gekümmert haben«, fügte er lachend hinzu. Doch Anne Seacombe konnte sich kaum vorstellen, daß einer von diesen beiden gutaussehenden Gentlemen putzen und schrubben konnte wie ein Hausmädchen.

Anne Seacombe sah schüchtern von einem zum anderen, doch ihr Blick ruhte länger auf Alastair Marlowes sonnengebräuntem Gesicht, denn obwohl Francis der hübschere von beiden war, hatte Alastair Marlowe etwas, das Anne faszinierte. Er war älter als

Francis, obwohl er manchmal wie ein großer Junge wirkte, fast schüchtern. Immer wenn Alastairs haselnußbraune Augen in ihre schauten, hatte sie das Gefühl, als würde sie ihn schon ihr Leben lang kennen. Es war lächerlich, aber nichtsdestotrotz war es ein wunderbares Gefühl. Sie lächelte ihn an und dachte, daß es sehr freundlich von ihm war, ihre Anwesenheit überhaupt zur Kenntnis zu nehmen. Sie mußte ihm doch wie ein dummes junges Ding vorkommen.

Doch Anne Seacombe wäre überrascht gewesen, wenn sie in diesem Augenblick Alastair Marlowes Gedanken hätte lesen können. Er kämpfte gegen die Erinnerung an, wie sich ihr weicher junger Körper an seinen Rücken geschmiegt hatte, als sie nach Merdraco geritten waren. Allein der Gedanke an diese kleinen festen Brüste hatte eine merkwürdige Wirkung auf seine Sinne, und er hoffte nur, daß es nicht zu offensichtlich war.

Rhea fand ihren Sohn in tiefem Schlaf vor, und so kehrte sie in die Halle zurück, wo Bess gerade einen weiteren Sherry von ihrem Gastgeber entgegennahm. Als Dante Rheas Schritte hörte, wandte er sich von Bess ab, und ein Lächeln huschte über sein versteinertes Gesicht. Er sah Rhea an, als sie auf ihn zu kam, ihr goldenes Haar funkelte im Schein des Feuers.

»Wie geht es dem Kleinen?« fragte er, weil er wußte, wo sie gewesen war.

»Schläft tief und fest, so wie Kirby sagte«, antwortete Rhea lächelnd und goß sich eine Tasse Tee ein. »Auch noch etwas Tee, Anne?« fragte sie höflich und riß das Mädchen damit aus ihrer Tagträumerei.

»Danke, Mylady.« Anne sprach leise, weil sie nicht wollte, daß man ihre erröteten Wangen bemerkte.

»Ich hoffe, du kriegst keine Erkältung, Anne«, sagte Bess. »Du siehst aus, als hättest du Fieber.« Doch sie war weit davon entfernt, den wahren Grund für Annes Gesichtsfarbe zu kennen. Sie hätte es ohnehin nicht geglaubt, denn in ihren Augen war Anne noch immer ihr kleines Mädchen.

Rhea schaute sich um, um sicherzugehen, daß niemandem etwas fehlte. Für einen kurzen Moment traf sich ihr Blick mit dem von Robin, und sie zog nachdenklich die Stirn in Falten, als die violetten Augen schnell auswichen. Sie nahm sich vor, mit diesem jungen Mann später ein ernstes Wort zu wechseln. Doch dann spielte ein Lächeln um ihre Lippen, als sie Charles Seacombe sah, der sich etwas schüchtern im Schneidersitz vor dem Kamin zu Conny und Robin setzte. Doch schon bald saß er mit erstauntem Gesicht da und lauschte einer von Connys Abenteuergeschichten.

»Wir haben heute Sir Jacob besucht«, erzählte Dante und blickte Bess neugierig an.

»Oh! Und wie geht es ihm?« Ihr Blick war auf das Feuer gerichtet.

»Wie es scheint, recht gut. Nun, er ist älter geworden, aber Rhea hält ihn für einen gerissenen alten Fuchs.«

»In der Tat? Wie scharfsinnig von Lady Rhea«, meinte Bess. »Er war schon immer jemand, der sich in die Angelegenheiten anderer Leute mischt. Er scheint es einfach nicht lassen zu können.«

»Ich bin überrascht, daß du ihn nicht besucht hast, wenigstens auf ein kurzes Hallo, wenn du schon in Westlea Abbot warst. Ich glaube, er ist sehr einsam, Bess.«

Für eine überempfindliche Frau wie Bess klangen seine Worte wie ein Vorwurf.

»Hat er dir nicht erzählt, daß die Dinge seit einiger Zeit nicht so gut zwischen ihm und mir stehen? Er kommt so gut wie nicht nach Seawyck. Außerdem hatte ich jede Menge Erledigungen in Westlea Abbot, Einkäufe, Besorgungen. Die Läden dort haben modischere Waren als die in Merleigh.« Was sie vergaß zu sagen, war, daß sie – die Enkelin des höchst angesehenen Sir Jacob – in Westlea Abbot eher noch Kredit bekam bei den Läden. Sie konnte es kaum noch wagen, sich in Merleigh zu zeigen, ohne daß ein Händler oder Ladenbesitzer sie auf der Straße ansprach und sich nach der Bezahlung seiner Rechnungen erkundigte.

Bess sah Lady Rhea Claire an und bemerkte, von welch edler Qualität deren saphirblaues Reitkostüm war. Sie konnte ihren Neid nur mühsam verbergen. »Das sieht wunderhübsch aus, was Sie da tragen. Ich sehe, der Stil und Schnitt ist etwas strenger als letztes Jahr. Aber das Reitkostüm, das Sie gestern trugen, war noch eleganter«, sagte sie, und eine Sekunde später hätte sie sich am liebsten die Zunge abgebissen dafür, daß sie dieser Frau auch noch Komplimente machte.

»Vielen Dank.« Rhea fiel das Lächeln nicht leicht, denn Bess' Bemerkung erinnerte sie daran, daß sie Bess gestern in Merleigh gesehen hatte. Vielleicht war sie die Person gewesen, die Dante die Nachricht hatte zukommen lassen. »Also waren Sie gestern in Merleigh. Tut mir leid, daß wir nicht die Gelegenheit zu einem Gespräch hatten.«

»Besorgungen, wissen Sie«, entgegnete Bess blasiert. Tatsächlich war sie auf der Bank gewesen und hatte vergeblich versucht, sich Geld zu leihen. »Man ist ja heutzutage ständig so beschäftigt, daß der Tag gar nicht genug Stunden hat. Ich mußte zum Silberschmied, um das neue Design für mein Teeservice, an dem er arbeitet, zu prüfen, und dann zu meinem Schneider wegen meines neuen Mantels und der Kleider. Ach ja, und zum Juwelier, um meine Juwelen neu einfassen zu lassen.« Bess ignorierte den überraschten Blick, den ihr Anne zuwarf, denn Anne wußte, daß ihre Mutter einiges vom Silber versetzt und ganz sicher kein neues gekauft hatte. Und die Juwelen, nun, die waren schon im letzten Winter verkauft worden, um etwas zu essen auf dem Tisch zu haben. »Und natürlich schießt meine Anne jedes Jahr ein gutes Stück in die Höhe«, fügte Bess hinzu, um zu verhindern, daß Anne eventuell etwas Indiskretes sagen könnte. »Ich muß ständig neue

Schuhe für sie kaufen. Aber Sie wissen ja, wie schnell Kinder groß werden, fast über Nacht. Im Ernst, ich schwöre, Charles ist in einem Monat mehr als fünf Zentimeter gewachsen.«

»Wie alt bist du, Anne?« fragte Dante. Er fand, daß sie eine verblüffende Ähnlichkeit mit Bess hatte, als die so jung war.

»Elf«, antwortete Bess schnell.

Alastair Marlowe verschluckte sich an seinem Brandy. Er zog sein Taschentuch hervor und wischte sich die tränenden Augen. Ein Ausdruck schuldbewußter Bestürzung lag auf seinem Gesicht, als er Anne Seacombe ansah.

»Mutter!« rief Annne fassungslos. »Du weißt genau, daß ich fünfzehn bin. Erst letzten Monat habe ich Geburtstag gehabt«, erinnerte sie ihre Mutter und starrte sie an, als wäre sie von Sinnen.

»Wirklich?« Bess lachte verlegen. »Ich komme kaum noch mit den Jahren hinterher. Fünfzehn?« sagte sie schwach und dachte daran, daß Dantes Frau nicht viel älter sein konnte. Als sie Rhea ansah, wurde ihr, sehr zu ihrem Unwillen, wieder bewußt, wie wunderschön sie war. Sie soll verflucht sein, dachte Bess und schaute in den Sherry, den sie in ihrem Glas, das sie fest umklammert hielt, im Kreis wirbeln ließ. Und als sie ihr Spiegelbild sah, erschrak sie. Ihr Gesicht sah alt und hager aus. Es schien auf schreckliche Weise in die Zukunft zu deuten. »Gütiger Himmel, Dante, ist dir eigentlich klar, daß deine Frau kaum aus den Windeln war, als wir beide uns kannten?« fragte sie ungläubig. »Noch mag der Altersunterschied zwischen euch nicht so sehr ins Gewicht fallen, doch warte, bis du älter geworden bist, mein Lieber. Ich hoffe, daß du dann noch mithalten kannst mit ihr, denn es würde mir leid tun für dich, wenn sie sich nach einem anderen umsehen müßte, der sie…« Bess hielt einen Moment genüßlich inne, »nun, der ihr Gesellschaft leistet.«

Trotz dieser niederträchtigen Worte empfand Rhea plötzlich großes Mitleid mit Bess Seacombe. Ihr war der schmerzerfüllte

Ausdruck auf ihrem Gesicht nicht entgangen, als ihre Tochter betonte, daß sie fünfzehn sei. Rhea wußte, daß Bess darunter litt, Dante für immer verloren zu haben, vor allem an eine so viel jüngere Frau. Rhea konnte ihre Verzweiflung nachempfinden, denn sie selbst würde nicht weiterleben können, sollte sie jemals Dante verlieren.

Die Stunde, die folgte, erschien wie eine Ewigkeit. Schließlich meinte Bess zu hören, daß der Sturm sich legte. Sie verlor keine Zeit und verabschiedete sich von ihren Gastgebern. Sie konnte nur eine bestimmte Menge ertragen, und der liebende Ausdruck in Dantes Augen, wenn er seine Frau ansah, war fast zuviel für Bess.

Das Unwetter schien in der Tat überstanden zu sein. Bess ließ sich von einem starken jungen Lakaien in den Sattel helfen. Dante hatte ihr eines der Pferde aus seinem Stall geliehen.

»Wir behalten Bristol Boy so lange bei uns, wie du willst, Bess«, bot er ihr an. Er und Rhea standen dicht beisammen, als sie ihren Gästen beim Aufbruch zusahen.

»Danke«, war alles, was Bess sagte. Sie hatte nach ihrem Pferd gesehen, doch es gab nichts auszusetzen an der Art und Weise, wie Bristol Boy versorgt worden war. Clauson schien sein Fach zu beherrschen. »In einigen Tagen werde ich herkommen und schauen, wie es ihm geht. Ich denke, dann kann ich ihn wohl wieder mitnehmen.«

»Bist du sicher, daß es klug ist, den Weg durch die Moore zu nehmen? Es wird sehr schlammig sein nach dem Regen«, gab Dante besorgt zu bedenken. »Ich werde dir einige von meinen Leuten mitgeben. Sie sollen euch begleiten«, entschied er plötzlich, denn er wollte nicht, daß Bess und ihre Kinder sich im Moor verirrten, wenn die Dunkelheit hereinbrach. »Laß dir Zeit damit, das Pferd zurückzuschicken, Bess. Wenn du es brauchst, um Bristol Boy zu ersetzen, kannst du es für eine Weile behalten.«

»Das ist nicht nötig, Dante«, lehnte sie sein Angebot ab, doch es gefiel ihr, daß er sich um sie sorgte. Es war schon sehr lange her, daß sich jemand um ihr Wohlbefinden Gedanken gemacht hatte. »Und ich danke dir für das Angebot, aber ich habe selbst gutbestückte Ställe. Es ist eins der wenigen Dinge, die mir Harry hinterlassen hat«, sagte sie mit einem bitteren Lächeln.

»Trotzdem möchte ich, daß ihr Seawyck ohne weitere Verzögerung erreicht.« Er hatte keine Hintergedanken dabei, als er dies sagte, doch für Bess klang es, als könnte er sie gar nicht schnell genug loswerden.

»Danke«, antwortete sie so niedergeschlagen, daß Rhea und Dante sich überrascht ansahen.

Sie standen noch in der Tür zum Jagdhaus, als die Seacombes und die zwei Lakaien davonritten.

»Sie ist eine sehr unglückliche Frau, Dante«, sagte Rhea traurig. »Sie tut mir so leid.«

»Ich kann mich noch gut daran erinnern, daß du sie mal an den Galgen gewünscht hast, so zornig warst du über sie.« Er lächelte.

»Sie hat genug gelitten für die Fehler, die sie gemacht hat. Sie hat dich verloren. Dafür habe ich dich jetzt.« Sie schaute zu Dante auf, sich kaum bewußt, wie verführerisch ihr Blick war.

»Ich hätte gesagt, daß *ich dich* habe«, meinte Dante, und weil sie allein waren, nahm er Rhea in den Arm und drückte sie fest an sich. Er fühlte die Wärme ihres Körpers, und es war, als würde es ein Feuer in ihm entfachen. Ihre Lippen trafen sich zu einem langen, zärtlichen Kuß.

Bess Seacombe schaute noch einmal zurück und sah Rhea und Dante in leidenschaftlicher Umarmung. Tränen stiegen ihr in die Augen. Es ist nicht fair, dachte sie und fühlte eine solch tiefe Bitterkeit, daß es fast wie Gift auf ihrer Zunge schmeckte.

»Mutter? Wie war es nur möglich, daß du angenommen hast, ich sei elf?« wollte Anne wissen, doch dies war die falsche Frage zur falschen Zeit. »Du wußtest doch genau, daß ich fünfzehn bin. Wir haben doch erst kürzlich darüber gesprochen, daß andere in meinem Alter schon verheiratet sind und Kinder haben«, fuhr Anne fort. Und der unerfreuliche Gedanke, daß sie sehr leicht und schon sehr bald Großmutter werden könnte, war wie ein Schlag in die Magengrube für Bess Seacombe.

»Ach, mein Liebes, du weißt, wie vergeßlich das Alter einen Menschen macht.« Bess biß die Zähne zusammen, sich nicht bewußt, wie wunderschön sie war mit ihrem im Wind wehenden Haar, den rosigen Wangen und den dunklen Augen, die vor Wut funkelten.

»Ich kann kaum glauben, wie hübsch Lady Rhea ist. Und sie ist obendrein noch nett. So gar nicht, wie man es von der Tochter eines Herzogs annehmen würde«, sagte Anne und streute damit noch mehr Salz auf die Wunde. »Und ich kann jetzt verstehen, Mutter, warum du so verliebt in Dante Leighton gewesen bist. Er ist wirklich der bestaussehendste Mann, dem ich je begegnet bin. Er sieht aus wie ein griechischer Gott, findest du nicht auch? Und ist dir aufgefallen, wie attraktiv dieser nette Mr. Marlowe ist?« fragte Anne zögernd und errötete.

»Nein, das ist mir nicht aufgefallen. Aber meine Augen sind auch nicht mehr so gut wie früher«, murmelte Bess. »Wenn du schon ein Auge auf jemanden wirfst, dann solltest du dich für Lord Chardinall interessieren, denn er wird eines Tages Herzog sein und ein sehr, sehr reicher Mann. Er ist obendrein verdammt attraktiv.«

»Mr. Marlowe ist auch sehr wohlhabend, Mutter. Ihm gehört ein großer Teil des gesunkenen Schatzes, den sie gefunden haben. Ich habe gehört, wie der junge Conny Brady davon erzählte. Es war ein wirkliches Abenteuer. Doch wie auch immer – ich denke, du solltest froh sein, daß mir meine Gefühle einem Mann gegenüber wichtiger sind als sein Bankkonto. Denn letzten Endes war dies der Fehler, den du gemacht hast.«

Doch das war das letzte, was Bess jetzt hören wollte.

Anne sah ihre Mutter mit zunehmender Besorgnis an, weil sie ihr ungestümes Temperament kannte. Nicht, daß sie ihren Kindern je etwas zuleide tat, doch ihre aufbrausende Art machte es schwierig, mit ihr zusammenzuleben. »Stimmt etwas nicht, Mutter? Habe ich etwas Falsches gesagt und dich damit verärgert?«

»Mich verärgert? Natürlich nicht, mein Kind«, stritt Bess mit fester Stimme ab. »Ich bin nur überrascht über das, was dir durch den Kopf geht – vor allem was Männer betrifft.« Und sie konnte es sich nicht verkneifen hinzuzufügen: »Du hast noch so viel Zeit, Anne.«

»Aber Mutter, du bist kaum älter gewesen als ich, da warst du mit Dante Leighton verlobt. Warum sollte es denn bei mir anders sein?«

In diesem Moment mischte sich Charles ein. »Mutter? Conny und Lord Robin haben gesagt, ich könnte jederzeit zu ihnen kommen und mit ihnen auf Erkundungstour gehen.« Seine piepsige junge Stimme erinnerte Bess an eine ganz andere Verantwortung. Es half nichts, daran zu denken, daß ihr Sohn im selben Alter war wie der jüngere Bruder von Dantes Frau. »Darf ich, Mutter? Sag, darf ich?« flehte er.

»O Charles, nicht jetzt«, entgegnete sie und unterband sein Flehen und Bitten, doch als sie seine betrübte Miene sah, gab sie nach. »Ich muß noch darüber nachdenken. Frag mich bitte morgen, Schatz.«

»Ja, Mutter«, sagte Charles in seinem üblichen unterwürfigen Ton.

»Ich finde, du warst sehr gemein zu Lady Rhea, Mutter«, sagte Anne aus heiterem Himmel. »Sie ist eine sehr höfliche und freundliche Person, und ich weiß genau, daß sie nur versucht hat, dir gegenüber sehr nett zu sein.«

»Nett? Mitleid, das hat sie für mich empfunden«, erwiderte Bess barsch, und ihre Wut kochte erneut hoch. »Das konnte man ihr an ihren violetten Augen ansehen. Hat man je von einer Person gehört, die violette Augen hat? Der Himmel möge mir beistehen, daß ich sie ihr nicht auskratze.« Sie schaute über ihre Schulter nach hinten, um sich zu vergewissern, daß die Lakaien von Merdraco nichts mitbekommen hatten.

»Ich verstehe dich nicht, Mutter«, sagte Anne. Sie, die noch nicht wußte, was Liebe war, konnte nicht verstehen, welche Verzweiflung ihre Mutter fühlte.

»Das kommt, weil du noch so verdammt jung bist. Nun, warte nur, mein Mädchen, bis du in meinem Alter bist und mit ansehen mußt, daß der einzige Mann, den du je geliebt hast, mit einer anderen Frau verheiratet ist, die so jung ist, daß sie deine Tochter sein könnte. Ich wette, daß du sie nicht mit offenen Armen empfangen wirst. Was für ein Pech!« zürnte Bess, und Tränen stiegen ihr in die Augen. »Ist es nicht genug, einen Fehler gemacht zu haben? Muß man denn auch bis ans Ende aller Tage dafür bezahlen? Das ist nicht fair. Wer hätte denn ahnen können, daß aus Dante der Mann werden würde, der er jetzt ist? Oder daß er nach Merdraco zurückkehren würde, so reich wie Krösus persönlich? O Gott, welch eine Infamie!« Bess weinte und fragte sich, was noch geschehen konnte.

»Mutter?«

»Was ist?« Sie schniefte und wischte sich die Tränen mit dem Handrücken vom Gesicht.

»Ich glaube, das ist Jack Shelby mit einigen seiner Männer, der da auf uns zukommt«, sagte Anne mit bebender Stimme. Sie hatte noch immer Alpträume wegen jener Nacht, in der er ihre Mutter überfallen hatte.

Bess Seacombe hätte erneut in Tränen ausbrechen können. Jack Shelby war zu einem Problem geworden, das sie nicht mehr in Ruhe ließ. Doch sie schniefte ein letztes Mal, schluckte die Tränen hinunter und hob hochmütig ihr Kinn. Sie bereitete sich innerlich auf das vor, was nun folgen würde, welche Beleidigungen und wüsten Beschimpfungen auch immer. Sie war froh, daß Dante ihr zwei Männer mitgeschickt hatte, obwohl keiner von den beiden in der Lage wäre, etwas auszurichten, wenn Jack Shelby etwas im Schilde führte.

»Sieh mal einer an, wen haben wir denn hier?« Seine Stimme war erfüllt von Haß. Bess spürte, daß sie allein beim Anblick dieses Mannes anfing zu zittern, denn sie konnte sich nur zu gut an das quälende Gefühl bei seiner Berührung erinnern. »Unterwegs zu einem kleinen Ausritt, was?«

»Gut beobachtet«, entgegnete sie kalt.

»Immer noch die Schnippische, was, Bessie?« lästerte er und mußte daran denken, daß er sie noch nie verführerischer gesehen hatte. »Dachte, ich hätte dir eine Lektion erteilt, wie man mir gegenüber den gebührenden Respekt an den Tag legt?« Er warf ihrem Mieder einen vielsagenden Blick zu.

»Es muß mir entfallen sein«, erwiderte Bess, so als wäre nichts von dem, was er sagte, wert, sich daran zu erinnern.

»Ach Bessie, du bist mir vielleicht eine. Schätze, ich muß die Lektion in nächster Zeit noch mal wiederholen. Nur diesmal...« Er blickte Anne an, die aschfahl im Gesicht war, »...denke ich, wird es niemanden geben, der uns dabei stört. Was meinst du, Annie, mein Mädchen?«

Bess sah, wie sehr sich Anne fürchtete, und wünschte Jack Shelby dafür in die Hölle. »Wir wollen Seawyck erreichen, ehe es wieder regnet«, warf Bess ein.

»Aber selbstverständlich, Mylady. Ich möchte doch nicht, daß Sie sich meinetwegen noch eine Erkältung einfangen«, sagte Jack Shelby in übertrieben höflichem Ton, doch im nächsten Moment überraschte er Bess mit der Frage: »Was macht ihr überhaupt auf diesem Weg? Dieser Weg führt nach Merdraco. Oh-ho, du konntest wohl nicht widerstehen und hast deinem alten Schönling einen Besuch abgestattet, was, Bessie?« Und er schüttelte sich vor Lachen, als er sah, wie wütend er sie mit dieser Bemerkung gemacht hatte.

»Geh mir aus dem Weg!«

»Wie gefällt er dir denn nach all den Jahren?« spottete Jack Shelby ohne Gnade. »Schätze, du hast dem hübschen jungen Ding, das er mitgebracht hat, deinen Respekt bezeugt. Hab' ich recht, Bessie, altes Mädchen? Nun hat er also ein süßes kleines Mädchen, das ihm das Bett wärmt. Aye, der Bastard hatte schon immer ein Auge für so was.«

Bess Seacombe starrte in Jack Shelbys schadenfrohes Gesicht, und sie wußte, wie sie ihm dieses Grinsen sehr schnell abgewöhnen konnte. »Wir haben Tee getrunken im Jagdhaus. Lady Rhea hat es wunderschön eingerichtet. Und da Dante als reicher Mann zurückgekehrt ist, wird es gar nicht mehr lange dauern, und Merdraco erstrahlt wieder im alten Glanz. Wie vor fünfzehn Jahren – vielleicht aber auch noch imposanter. Nun, da er einen Erben für Merdraco hat, wird die Linie der Leightons fortbestehen.«

Jack Shelbys Miene veränderte sich mit jedem Wort, das Bess sagte, und für einen Moment geriet sie in Panik. Doch er hatte es zu weit mit ihr getrieben, und die Erinnerung an die zärtliche Szene zwischen Dante und Rhea schmerzte sie noch immer. Sie fühlte sich nicht danach, mit irgend jemandem schonend umzugehen – am allerwenigsten mit diesem Schwein Jack Shelby.

»Schätze, es wär' besser, wenn Seine Lordschaft jeden Moment, der ihm bleibt, genießt, denn er wird nicht mehr lange genug am Leben sein, um sich an seinem Geld oder an seiner hübschen Frau zu erfreuen. Sein Sohn dürfte Merdraco viel früher erben, als Leighton glaubt. Einmal mag er davongekommen sein, doch jetzt wird er bezahlen für das, was er meiner Lettie angetan hat. Du wirst es schon sehen.«

Er nickte Bess kurz zu, dann trieb er sein Pferd über den schmalen, unebenen Pfad, der durch das Moor führte; seine Männer folgten ihm. Jack Shelby war einer der wenigen Männer, der wußte, wie man die gefährlichen Sümpfe umging, und Bess hätte schwören können, daß sie sein schallendes Gelächter noch in der Ferne hören konnte, als die Reiter längst kleine Punkte waren.

»Mutter?« fragte Anne mit leiser und sanfter Stimme, doch Bess tat so, als hätte sie es nicht gehört. »Mutter, warum hast du nichts gesagt? Du hättest ihm sagen können, daß Lord Jacqobi seine Tochter nicht umgebracht hat. Du hast mir gesagt, daß du Beweise dafür hast. Warum läßt du es zu, daß er es weiterhin glaubt? Warum hast du zugelassen, daß er Lord Jacqobi auf dieser Weise beleidigt? Warum, Mutter? Was ist, wenn er Dante Leighton ermordet? Es wird deine Schuld sein.« Und zum allerersten Mal, als ihre Blicke sich trafen, sah Bess Verachtung in den Augen ihrer Tochter. Es traf sie tief ins Herz, und sie wußte plötzlich, daß sie einen Fehler gemacht hatte. Sie war schrecklich beschämt.

Doch sie hatte schon so lange mit der Lüge gelebt und fragte sich, was sie tun könnte. War es nicht bereits zu spät? Hätte sie das Geheimnis nicht schon viele Jahre früher lüften müssen?

»Das muß unser Geheimnis bleiben, Robin«, flüsterte Conny zwischen zwei Schlucken heißer Schokolade.

»Aye. Wie bei einem vergrabenen Piratenschatz, was, Conny?« antwortete Robin aufgeregt. Außerdem würde es Ärger bedeuten, wenn Rhea herausfand, daß sie, trotz Dantes Verbot, unten am Strand gewesen waren. Und als Robin Conny ansah, der den Captain sorgsam im Auge behielt, wußte Robin, daß er sich dieselben Sorgen machte.

Also hatte keiner der beiden Jungen erzählt, daß sie um ein Haar ertrunken wären. Keiner hatte auch nur ein Wort über ihre lebensgefährliche Kletterpartie auf den schlüpfrigen Klippen oder über die Höhle verloren. Und sie hatten auch nicht erwähnt, welch verblüffende Entdeckung sie gemacht hatten: einen unterirdischen Gang, der aus der zweiten Höhle herausführte, in die sie vor dem steigenden Wasser geflüchtet waren. Der Gang, dessen Seiten und Decke durch Holzbalken abgestützt wurden, führte meilenweit, wie es schien, durch die Dunkelheit bis zu einer Steintreppe, die direkt ins Jagdhaus führte! Es war eine aufregende Entdeckung, und Robin und Conny waren sicher, daß außer ihnen niemand von der Existenz dieses Ganges wußte.

Kein Wunder also, daß Kirby nicht gesehen hatte, wie sie das Haus betreten hatten. Die Jungen waren die steinerne Treppe hinaufgestiegen, die vor einem Holzpaneel endete. Durch ein Guckloch, das auf der anderen Seite als einfaches Astloch getarnt war, hatten sie zu ihrem Erstaunen auf den leeren Korridor gesehen, der zur Küche des Jagdhauses führte. Es war ihnen gelungen, das Paneel zur Seite zu schieben, da Robin von den geheimen Korridoren auf Camareigh wußte, wie es funktionieren könnte, und dann waren sie unbemerkt in das sichere und warme Haus geschlüpft. Kirby hatte angenommen, die beiden wären durch die Küche ins Haus gekommen.

Auf diese Weise waren sie an das Wissen um ein Geheimnis gelangt. Es war ein Geheimnis, das sehr wohl in einer Tragödie enden konnte.

Nach jedem Sturm kehrt wieder Ruhe ein.

Matthew Henry

Kapitel einunddreißig

Dicke schwarze Rauchwolken stiegen in den wolkenlosen blauen Himmel über Merdraco. Von weitem glich das Spiel der hohen Flammen einem bizarren *danse macabre* in Kupfer und Indigo. Auf dem Schloßhof stapelten sich die rußgeschwärzten Skelette von Stühlen, Tischen und Truhen zu einem hohen Scheiterhaufen. Das Feuer reinigte Merdraco von der erlittenen Entweihung und Beschmutzung.

Dante betrachtete die Flammen, die bis in den Himmel schlugen, wandte das Gesicht zur gleißenden Sonne und schüttelte innerlich die Niederträchtigkeit und Schande ab, die Merdraco befleckt hatte. Doch wie der unsterbliche Phoenix aus der Asche, so würde sich auch Merdraco neu erheben und auferstehen zu neuer Pracht. Dante konnte es vor sich sehen, als er in die hochlodernde Feuersbrunst starrte. Und während die Flammen bis in den Himmel schlugen, um selbst die Sonne noch zu blenden, stand Dante schweigsam da und gedachte jener Leightons vor ihm, in deren Namen er die Tradition fortführen würde.

Vom flirrenden Licht geblendet, hörte er den Ruf des auf Beutesuche hoch über ihm kreisenden Falken – den Ruf des unerbittlichen, räuberischen Jägers. Doch er währte nur kurz, und in der darauf eintretenden Stille vernahm Dante das sanfte melodische Gurren einer Waldtaube. Dieses friedliche Lied der Taube schwang in seinen Gedanken mit. Er hatte endlich Frieden mit sich selbst geschlossen. Die alten, quälenden Erinnerungen hatte er aus seinem Herzen endgültig verbannt, ebenso wie er Merdraco gereinigt hatte, und so würden die Toten vielleicht doch noch in Frieden ruhen und er mit den alltäglichen Freuden und Sorgen leben können.

Mit einem Seufzer der Befriedigung wandte sich Dante vom Feuer ab, das die Vergangenheit verschlang. Er überließ den Arbeitern aus Merleigh, die an diesem Morgen pünktlich eingetroffen waren, das Vergnügen, das zu vollenden, was er begonnen hatte. Einige Möbelstücke, die von den Flammen verschont worden waren, konnten restauriert werden. Doch Dante hatte keine Verwendung dafür und hatte den Arbeitern gesagt, sie könnten damit tun, was immer sie damit vorhätten.

Als sie an diesem Morgen in den Schloßhof gekommen waren und sich anhörten, was Dante ihnen zu sagen hatte, war so mancher besorgte Blick ausgetauscht worden. Doch als sie das große Haus betreten hatten, hatte sich ihr Zweifel in Bestürzung und dann in Wut verwandelt, denn kein ehrenhafter Mann konnte gutheißen, was mit Merdraco geschehen war. Und schon bald hatte auch die Männer der Wunsch ergriffen, Merdraco zu reinigen.

Dante bürstete sich die Asche vom Mantel und wandte sich ab, um zu gehen. Doch er blieb noch einmal stehen und blickte zurück auf die Männer, die lachend und scherzend um die tanzenden Flammen des Feuers standen. Dante konnte William Brownwell ausmachen und einige andere aus der Taverne in Merleigh. Er war überrascht, Männer zu sehen, deren Gesichter ihm gänzlich fremd waren und von denen er nur wußte, daß sie aus Westlea Abbot kamen. Nachdenklich betrachtete er sie und nahm sich vor, sich dafür bei Sir Jacob zu bedanken, denn diese Männer, sehr wahrscheinlich Pächter von Sir Miles Sandbourne, waren nach Merdraco gekommen, um für ihn – Dante Leighton – zu arbeiten. Er fragte sich, ob nicht vielleicht über die Jahre Sir Miles' geniale Maske verrutscht war und auch andere die Verderbtheit und Korruption gesehen hatten, die sich dahinter verbarg. Doch mit Sir Jacob, einem noch immer höchst respektierten Gentleman, an seiner Seite, das wußte Dante, würde er gegen Miles gewinnen können.

Mit leichterem Schritt als jemals zuvor ging er an den Ställen vorbei zum Torbogen, hinter dem ein weiterer, kleinerer Hof lag. Er blieb stehen, nahm all seinen Mut zusammen und betrat dann die kleine Kapelle, in der seine Eltern beigesetzt waren. Bis zu diesem Augenblick hatte er es nicht fertiggebracht, in diese kühle Dunkelheit zu treten. Zu sehr schämte er sich der Vergangenheit und dessen, was Merdraco nur durch seine Schwächen und Fehler zugestoßen war. Weil er vor seiner Verantwortung davongelaufen war und darin versagt hatte, das zu beschützen, was ihm anvertraut war, hatte er alles verloren, was von seinen Vorfahren in Ehren gehalten worden war.

Doch nun konnte er all dem ins Antlitz schauen und sich dem Gedenken an seine Eltern stellen. Er konnte nun seinen Frieden mit ihnen schließen, ohne sich noch länger schämen zu müssen. Er war siegreich nach Merdraco zurückgekehrt. Er hatte die von seinem Vater heißgeliebten kostbaren Kunstgegenstände zusammentragen können und das Land der Leightons zurückerworben. Und er war, so hoffte er, zu einem Mann geworden, den seine Mutter voller Stolz ihren Sohn nennen würde.

Er hatte Sir Miles um seine Rache betrogen. Und indem er das geschafft hatte, hatte er selbst die Verbrechen gerächt, die Sir Miles an seinen Eltern begangen hatte.

Mit gesenktem Haupt stand Dante vor ihrem Grab und starrte auf die kalte steinerne Wange seiner Mutter. »Zu spät«, flüsterte er. Dann drehte er sich abrupt um und verließ diesen düsteren, feuchten und stickigen Raum.

Vor der Kapelle war die Luft erfüllt von Rauch und Qualm, der in den Augen brannte, und als Dante zum Feuer ging, glänzten Tränen in seinen Augen. Er atmete tief ein, denn diese von Rauch geschwängerte Luft war wie ein Symbol, daß all sein Unglück nun ein Ende hatte. Bald würde der Wind des Meeres den Rauch erfassen und die Asche zerstreuen.

Er blinzelte die Tränen weg und sah sich auf dem Schloßhof um. Sein Blick fiel auf das große Haus, die Ställe und die Gärten, und er sah sie vor sich, wie sie einst gewesen waren und wie sie eines – gar nicht mehr fernen – Tages aussehen würden.

Morgen sollten die Wände und Böden abgekratzt, geschliffen und gestrichen werden. Und nur eine Woche darauf würde auf dem Schloßhof und im ganzen Haus der Lärm von Hämmern und das Singen von Sägen zu hören sein, wenn die Zimmerleute ans Werk gingen, um die verrotteten Balken und Schindeln auf dem Dach auszutauschen. Die klaffenden Löcher in den Wänden und im Fußboden mußten ausgebessert werden, ebenso wie die Risse im ganzen Haus. Dann würden die Fenster repariert und Glasscheiben in die unzähligen Rahmen eingepaßt werden. Der Schmied mußte neue Scharniere und Türschlösser anbringen, so daß die schmiedeeisernen Tore wieder ungebetene Gäste fernhalten konnten. Und im Schloß würde schon bald wieder die Stimme des Herrn über Merdraco zu hören sein.

Aus London sollte der beste Architekt kommen, um die meisten der Räume neu zu gestalten, und ein Schreiner war beauftragt worden, eine neue Balustrade für die große Treppe zu bauen. Und aus den exklusivsten Läden des Landes würden Tapeten, Bezüge für Stühle und Sessel, Teppiche und Vorhänge kommen. Und dann, wenn alles so war, wie er es sich vorgestellt hatte, konnte Dante all den kostbaren Besitz herbeischaffen lassen, der einst Merdraco geschmückt hatte. Vor den Fenstern würden sich die Gärten mit Lauben und Terrassenwegen, smaragdgrüne Wiesen und der blühende Park erstrecken, den eine ganze Armee von Gärtnern neu bepflanzen sollte.

Dante Leighton begann die Veränderung zu sehen, die mit seinem geliebten Merdraco vor sich ging. Die Sonne machte Platz für die Dunkelheit der Nacht mit ihrem schimmernden Mondlicht, das sich über die Landschaft ergoß, wo Schatten plötzlich lebendig wurden.

Und es war in einer Nacht wie dieser, als diese Schatten das friedliche Dasein bedrohten, das Rhea und Dante im Jagdhaus führten. Die Geschehnisse des Tages wurden bei einem ausgiebigen Abendessen am großen Eßtisch besprochen und debattiert. Flackerndes Kerzenlicht spiegelte sich auf dem Porzellan, dem Kristall und dem Silber. Eine lebhafte Unterhaltung wurde dann und wann unterbrochen von schallendem Gelächter, während die Teller und Schüsseln des Hauptganges abgeräumt und das Dessert serviert wurde.

»Erzählt mehr von diesem Schmuggler aus Charles Town namens Bertie Mackay«, bat Francis. »Trug er wirklich die ganze Zeit nichts anderes als Hosen aus schwarzem Samt?«

»Oh, und ob er das tat«, bestätigte Kirby und beäugte skeptisch sein Dessert, denn es war nicht von ihm persönlich zubereitet worden. »Doch das war gar nicht das Schlimmste. Es war vielmehr die Größe der Hosen, die den Leuten so viel Kopfzerbrechen und Sorge bereitete. Um eine Hose für ihn zu nähen, brauchte es mehrere Bahnen Samt. Und da er darauf bestand, jeden Tag eine neue Hose zu tragen, gab es nicht mal mehr ein einziges Band aus Samt auf den Karolinen. Der ganze schwarze Samt wurde dazu verwendet, um Hosen und Jacken für Bertie Mackay zu schneidern. Es gab

Leute, die behaupteten, daß die Hälfte von dem, was er zu den Karolinen schmuggelte, schwarzer Samt war, nur damit er nie ohne Hosen dastehen mußte.«

Francis lachte. »Ich bin nicht sicher, ob ich das glauben kann, Kirby.«

»Kirby ist voreingenommen, denn er hat unseren Rivalen nie sonderlich gemocht«, sagte Alastair.

»Aye, da haben Sie ganz recht, Mr. Marlowe. Bertie Mackay hätte einem glatt die Kehle von einem Ohr bis zum anderen durchgeschnitten und dabei auch noch gegrinst«, meinte Kirby. »Man muß stets auf der Hut sein, alles andere zahlt sich nicht aus. Da draußen treibt sich Gesindel rum, das nur darauf wartet, einen erwischen zu können, das kann ich euch sagen.« Houston Kirby sah den Captain mit besorgtem Blick an, doch der schien gänzlich ungerührt und schwenkte den Brandy in seinem Glas, als hätte er gar nicht zugehört. Als Kirby sah, daß er nicht reagierte, blickte er mißbilligend auf Jamaica, der zusammengerollt vor dem Kamin lag. »Schätze, einige Leute und Biester sind neuerdings ein bißchen sehr zahm. Der olle Jamaica könnte nicht mal mehr eine Maus fangen, wenn man sie ihm auf einem silbernen Tablett vor die Nase setzen würde.«

»Heeeee, das würde lustig aussehen«, rief Conny und grinste breit. Eines der Hausmädchen zog eine bestürzte Grimasse, und Conny und Robin tauschten einen wissenden Blick aus. Doch ehe sie weiter über ihre Idee nachdenken konnten, hüstelte Rhea und lenkte die Aufmerksamkeit der beiden auf sich.

»Es ist höchste Zeit für euch, ins Bett zu verschwinden«, sagte sie, sehr zum Unwillen der beiden Jungen, auch wenn sie beide schon gegähnt hatten.

Rhea ließ sich nicht erweichen. Sie erinnerte Robin mehr und mehr an seine Mutter. Mit einem Achselzucken gaben Conny und er schließlich nach, schnappten sich ein Apfeltörtchen und wünschten den übrigen am Tisch eine gute Nacht. Polternd und kichernd verschwanden sie die Treppe hinauf.

»Ich frage mich, was das große Geheimnis ist, das die beiden so eisern hüten«, sagte Francis, kaum daß die beiden außer Hörweite waren.

»Du meinst, sie führen irgendwas im Schilde?« fragte Dante und spielte mit seinem Dessert herum, von dem er kaum etwas gegessen hatte.

»Ich kenne meinen Bruder zu gut, um nicht Verdacht zu schöpfen, wenn die Dinge glattlaufen. Die letzten Nächte habe ich damit gerechnet, etwas Glibbriges oder Krabbelndes in meinem Bett zu finden, aber bis jetzt bin ich von den beiden verschont geblieben«, antwortete er.

»Meiner Meinung nach könnte es auch daran liegen, daß Conny einen guten Einfluß auf Robin hat«, meinte Rhea, sehr zur Belustigung der anderen.

»Alastair, wie hat sich der Hengst gemacht, als Sie ihn zurück nach Seawyck gebracht haben?« Dante erschreckte ihn mit dieser Frage, und er fühlte sich zunehmend unwohl unter dem eindringlichen Blick des Captains.

»Hat gar nicht mehr gelahmt. War höllisch schwer, ihn vom Galoppieren abzuhalten. Ich weiß nicht, wie die Frau ihn bändigt. Ich gebe es nur sehr ungern zu, aber dieses Pferd hat mir schwer zu schaffen gemacht.« Alastair schüttelte den Kopf und hoffte, daß dieses Thema damit beendet wäre, doch der Blick des Captains war zu scharf, und Alastair hörte, wie er die Frage stellte, die er am allerwenigsten hören und schon gar nicht beantworten wollte.

»Haben Sie die Dame des Hauses getroffen? Und vielleicht auch ihre liebenswerte Tochter?«

Alastair Marlowe errötete und stammelte etwas, das er für eine den Umständen entsprechende intelligente Antwort hielt: »Äh, ja.«

»Und wie geht es den beiden?« Dante genoß es, ihn zu necken. Alastairs Angebot, Bristol Boy nach Seawyck zu bringen, war zu eifrig gewesen. Hätte Dante nicht bemerkt, welche Blicke er Anne Seacombe zugeworfen hatte, als sie zu Besuch war, hätte er angenommen, sein ehemaliger Frachtaufseher hätte es auf Bess abgesehen.

Bess würde ganz sicher tödlich getroffen sein, wenn sie erfuhr, daß ihre Tochter umworben wurde, das wußte Dante. Es war zu offensichtlich, daß sie sich wegen ihres Alters sorgte. Als Dante über die Möglichkeit nachdachte, daß Bess Seacombe die Schwiegermutter von Alastair Marlowe werden könnte, sah er den guten Alastair mit einer Mischung aus Heiterkeit und Mitleid an. Was würde der arme Kerl alles ertragen müssen!

Und doch war Dante froh, daß es nun offensichtlich eine Frau gab, um die sich Alastair bemühte, denn seine ständigen Aufmerksamkeiten gegenüber Rhea hatten ihn gestört.

»Nun, es geht ihnen sehr gut. Haben mich zum Tee eingeladen«, gab Alastair schließlich zu. Dante und Francis schmunzelten. Doch Rhea zog leicht die Stirn in Falten, denn für sie klang das alles ganz so, als versuchte Dante, aus Alastair Informationen über Bess herauszukitzeln. Und mit den nächsten Worten machte Alastair deutlich, daß Bess versucht hatte, mehr über Dantes Leben in den letzten Jahren zu erfahren.

»Ich hatte das Gefühl, als würde ich von der Inquisition ausgefragt werden, so neugierig war Lady Bess auf alles, was Sie getan haben, Captain«, erzählte Alastair grinsend und zahlte es seinem Freund heim, daß der ihn so gepiesackt hatte. Zu spät fiel ihm auf, wie dies für Rhea klingen mußte, und er warf ihr einen entschuldigenden Blick zu, doch sie lächelte höflich.

»Ich bin sicher, daß Anne beeindruckt war, als sie von unseren Erlebnissen als Freibeuter erfuhr. Sie haben ihr doch sicher erzählt, wie wir dieses gesunkene holländische Handelsschiff fanden, oder?« fragte Dante.

Alastair Marlowe wirkte verlegen. »Nun, wir kamen auf dieses Thema zu sprechen.«

»Aber ich nehme doch nicht an, daß Sie ihr erzählt haben, wie wir den Captain getroffen haben«, erkundigte sich Kirby mit einem spitzbübischen Grinsen.

Doch Alastair Marlowe verblüffte Kirby und seinen Captain mit seiner Antwort. »O doch, das habe ich. Übrigens sehr zu Lady Bess' Belustigung. Sie genoß es sichtlich zu hören, wie Ihre vermummte Gestalt aus dem Dunkel kam, die Fackeln rauchend und flackernd im Regen.« Es war eine Situation, die nur wenige Männer, vor allem solche, die versuchten, eine Frau zu beeindrucken, eingestehen würden, denn er war betrunken gewesen zu jenem Zeitpunkt und von einer Preßpatrouille bedrängt.

»Ich bin sicher, die Ladies waren sehr besorgt, als sie hörten, in welcher Gefahr Sie sich befanden«, merkte Francis mit einem verständnisvollen Lächeln an, das Alastair hätte warnen müssen.

»Ja, wißt ihr, ich glaube, das waren sie wirklich, besonders Anne. Ich war mir nicht sicher, ob ich noch weitere Geschichten von unseren blutigen Kämpfen erzählen sollte oder nicht«, sagte Alastair. Bei jedem anderen hätten sie solche Sorge um die Empfindlichkeit der Ladies für reichlich suspekt gehalten – doch nicht bei Alastair.

»Aber Sie haben es dennoch getan?« fragte Dante.

»Nun ja, aber nur, weil Lady Bess darauf bestand. Sie scheint blutrünstige Geschichten zu mögen«, murmelte Alastair und erinnerte sich daran, wie ihre dunklen Augen vor Begeisterung gefunkelt hatten.

»Mir kam es so vor, als sei Anne Seacombe sehr sensibel. Eher still und verschlossen, aber ich vermute, daß etwas von Lady Bess unter dieser sanften Oberfläche ruht«, entgegnete Dante.

»Ja, genau das war auch mein Eindruck«, pflichtete Alastair eifrig bei. Er war froh, daß Dante eine so hohe Meinung von Anne

Seacombe zu haben schien. »Und sie wirkt sehr reif für ihr Alter. Aber natürlich ist fünfzehn auch eigentlich gar nicht mehr *so* jung«, fügte er schnell hinzu.

Rhea starrte ihren Freund verwundert an, denn ihr wurde erst jetzt klar, daß Alastair Marlowe wirklich Interesse an Anne Seacombe hatte.

»Hmmmmm, Anne Seacombe. Ja, sie ist wirklich eine Schönheit, nicht wahr?« meinte Francis plötzlich. »Wenn Sie das nächste Mal die Seacombes besuchen, Alastair, werde ich Sie begleiten.«

Alastair starrte ihn bestürzt an. Francis Dominick war ein gutaussehender junger Mann, und Alastair wußte, daß er niemals mit dem Sohn eines Herzogs mithalten konnte, wenn es darum ging, eine Frau für sich zu gewinnen.

Als Francis Alastairs entsetzten Blick sah, hatte er Mitleid mit ihm und fügte hinzu: »Aber wahrscheinlich wird mir gar nicht mehr die Zeit bleiben, diese Bekanntschaft zu vertiefen, bevor ich nach Camareigh zurückreise.« Er hätte fast laut losgelacht, denn es war kaum zu übersehen, wie erleichtert Alastair wirkte. »Es wird mir nicht leichtfallen, abzureisen, Alastair, denn ich habe Ihre Gesellschaft genossen«, fügte Francis hinzu. Rhea hätte ihm am liebsten eine Ohrfeige dafür verpaßt. Der arme Alastair konnte Francis' Scherze nicht parieren.

Alastair wirkte beschämt. Er mochte Francis Dominick sehr, der soviel älter wirkte, als er tatsächlich war. »Ich werde unsere Gespräche auch vermissen. Aber Sie kommen doch sicher oft zu Besuch.«

»Das ja, aber die Frage ist, ob auch Sie dann hier sein werden«, entgegnete Francis.

Alastair Marlowe schwieg, als wäre ihm dieser Gedanke nie gekommen. Plötzlich war er bedrückt, denn er hatte begonnen, dies hier als sein Zuhause zu betrachten, und der Gedanke, daß er vielleicht schon zu lange geblieben war und die Einladung ungebührend ausgenutzt hatte, bestürzte ihn zutiefst.

Rhea ahnte, was in ihm vorging. »Ich hoffe, Sie haben nicht vor, uns jetzt zu verlassen, wo wir mitten in der Arbeit stecken. Sie sind uns eine große Hilfe gewesen. Ich weiß wirklich nicht, was wir ohne Sie tun sollten. Dante hat mir gerade gestern erst gesagt, wie sehr es ihn beruhigt, zu wissen, daß Sie da sind, wenn er selbst nicht hier ist, um die Arbeit zu beaufsichtigen. Er vertraut Ihnen, und er weiß, daß Sie dafür sorgen, daß alles nach seinen Wünschen verrichtet wird. Natürlich können wir nicht so selbstsüchtig sein und von Ihnen erwarten, daß Sie ewig hierbleiben. Ich weiß, daß Sie vorhaben, ein eigenes Gut zu kaufen, und wir sollten es nicht einmal wagen, daran zu denken, Sie von diesem Vorhaben abzuhalten. Aber solange Sie noch nichts Passendes gefunden haben, können Sie doch noch bei uns bleiben. Selbstverständlich nur so lange, bis Sie uns verlassen *müssen*«, schloß Rhea traurig und mied sowohl Dantes als auch Francis' Blick.

»Oh, keine Angst, ich werde Sie jetzt nicht im Stich lassen! Besonders wenn ich Ihnen eine Hilfe sein kann«, versicherte Alastair Rhea, und sein Herz war mit einem Mal um vieles leichter. Es schien, als hätte er soeben eine offene Einladung erhalten, so lange hierbleiben zu können, bis er selbst die Abreise wünschte – so als wäre er ein Mitglied der Familie. Der Captain war augenscheinlich einverstanden damit. Er lächelte sogar.

Dante Leighton blickte seine Frau verwundert an. Er hatte stets gewußt, wie außergewöhnlich charmant sie sein konnte, doch es war ihm gar nicht bewußt gewesen, wie hinterhältig sie war. Erst dieses geschickte und unwiderstehliche Manöver machte ihm das klar. Der gentlemanhafte Alastair hatte niemals eine Chance gegen Rhea gehabt.

»Oh, das hätte ich ja fast vergessen«, sagte Alastair plötzlich schuldbewußt. »Als ich auf dem Rückweg von Seawyck war, gab mir jemand diese Nachricht für Sie. Es tut mir aufrichtig leid, daß ich erst jetzt daran gedacht habe«, entschuldigte er sich.

Ohne eine Regung nahm Dante die Nachricht und steckte sie ein, ohne einen Blick darauf zu werfen und ohne die Neugierde der anderen zu befriedigen.

Später am Abend mußte Rhea noch immer an Alastair Marlowes mögliche Zukunft denken, als sie in ihrem Zimmer vor dem Spiegel saß und ihr Haar bürstete. Auf dem kleinen Tisch aus Rosenholz, der die Reise von Camareigh überlebt hatte, standen Flakons aus Porzellan und Kristall, die herrliche Düfte enthielten, eine silberne Schachtel, gefüllt mit Schmuck, und ein silberner Kamm, der zu der Bürste paßte, mit der sie sich durchs Haar strich. Eine Duftlampe erfüllte den Raum mit dem Aroma von Geißblatt und Rosen.

Während sie ihre langen goldenen Strähnen bürstete, summte Rhea die Melodie einer kleinen Spieluhr, die den meisten Platz auf dem Tischchen einnahm. Als Rhea Dante im Spiegel erblickte, lächelte sie. Er zog sein Hemd aus und streckte die müden Muskeln.

»Wir werden dafür sorgen müssen, daß Alastair und Anne Seacombe mehr als nur gute Bekannte werden«, sagte sie. »Es wäre eine gute Möglichkeit sicherzustellen, daß Alastair in Devonshire bleibt. Er würde mir schrecklich fehlen, wenn er fortginge, um in York zu leben oder an irgendeinem anderen weit entfernten Ort.«

»Es gibt Leute, die halten Devonshire für einen ungastlichen Ort«, entgegnete Dante.

Dante setzte sich auf die Bettkante und begann, sich die Schuhe auszuziehen. Er ließ Rhea dabei nicht aus den Augen, die aufstand und die Decken in der Wiege zurechtzog. Das Baby streckte die Hände nach ihr aus, gluckste und schaute sie aus seinen großen Augen an.

»Ich kann kaum glauben, wie schnell er wächst. Jeden Tag scheint er einen oder zwei Zentimeter größer zu werden«, sagte Rhea und küßte die kleinen Händchen ihres Sohnes.

Als sie sich von der Wiege abwendete, kam sie am Kamin vorüber und blieb einen Moment stehen, um sich aufzuwärmen. Dante konnte im flackernden Licht des Feuers die Konturen ihres Körpers unter dem dünnen Nachthemd sehen. Sein Blick wanderte über ihre Waden zu den Schenkeln, ruhte auf den weiblichen Kurven ihrer Hüften und auf ihrer schmalen Taille. Er sah die sanften Hügel ihrer kleinen Brüste und spürte ein Brennen in den Hüften, das nur in einer langsamen sinnlichen Erforschung jedes Zentimeters dieses duftenden Körpers Erlösung finden würde, den er inzwischen besser kannte als seinen eigenen.

Seine Miene mußte ihn verraten haben, denn als Rhea seinen Blick erwiderte, errötete sie. Aber sie sah nicht weg. Sie kam auf Dante zu, und er zog ihr das Nachthemd über die Schultern.

Er blickte sie lange an. Noch nie hatte sie so atemberaubend schön ausgesehen wie in diesem Moment, als sie vor ihm stand, all ihre weiblichen Geheimnisse offenbarte und sich so natürlich und so vollkommen hingab.

»Du bist so wunderschön«, flüsterte er und streckte die Hände aus, um Rhea an sich zu ziehen. Dann liebkosten seine Lippen ihren Mund mit sehnsüchtiger Zärtlichkeit.

Rhea schlang Dante die Arme um den Nacken und schmiegte sich an seinen warmen nackten Oberkörper. Als seine Hände über ihr Rückgrat wanderten, verspürte sie die schmelzende Leidenschaft, die in ihr erwachte. Zärtlich liebkoste Dante ihre Pobacken, während er Rhea an seine Hüften preßte, und sein körperliches Verlangen konnte nicht länger gebändigt werden.

Er hob Rhea hoch und legte sie auf das Bett. Sie versank fast in den weichen Kissen und seidenen Decken. Dante zog hastig den Rest seiner Kleidung aus und legte sich zu Rhea; sein Körper bedeckte den ihren, und er vergrub das Gesicht in ihren goldenen Locken und atmete den Duft ihrer Haut tief ein.

»Kleine Paradiesblume«, murmelte er, »ich liebe dich so sehr.«

Rhea preßte seinen Kopf gegen ihre Brüste und fühlte seine Zunge an ihren harten Brustwarzen. Dann war sein Mund auf ihrem und raubte ihr den Atem. Sie spürte sein hartes Verlangen, das nun tief in ihr war, und sie gab sich ihm mit ganzem Herzen und ganzer Seele hin. Dante war ein Teil von ihr, und sie wußte, daß sie ohne ihn nicht würde existieren können.

Das Feuer ihrer verzehrenden Lust ließ Rhea schwach, aber zufrieden zurück, und sie döste ein. Doch plötzlich schreckte sie aus dem Schlaf und spürte, wie sich das Bett unter Dantes Gewicht bewegte. Sie schlug die Augen auf und sah ihn auf der Bettkante sitzen, vollständig angezogen.

»Dante?« fragte sie in schläfriger Verwirrung. »Was ist los? Ist irgend etwas mit Kit?« Ihr Sohn war das erste, woran sie dachte.

»Nein, alles ist in Ordnung. Ich muß noch einmal fort, Rhea«, sagte er ruhig. »Ich wollte nicht, daß du aufwachst und feststellst, daß ich gegangen bin, ohne dir ein Wort zu sagen. Ich werde nicht lange weg sein.« Er küßte ihre Stirn.

»Aber warum? Wohin gehst du?« Sie war besorgt. »Es hat mit der Nachricht zu tun, die Alastair dir gegeben hat, nicht wahr?«

»Ich kann es dir nicht sagen. Wirst du mir dennoch vertrauen?« fragte er, und seine Finger liebkosten ihre vom Schlaf noch ganz warmen Schultern.

Rhea schwieg. In der Dunkelheit konnte Dante ihr Gesicht nicht sehen. Er fand ihre Lippen und küßte sie innig.

»Vertraue mir, Rhea. Du weißt, daß du es kannst. Ich würde nie etwas tun, was dich verletzt.«

Rhea schlang die Arme um seinen Nacken, sie wollte Dante zurückhalten. »Ich vertraue dir, Dante. Und obwohl ich es tue, mache ich mir Sorgen. Es hat etwas mit diesen Schmugglern zu tun, nicht wahr? Mußt du denn wirklich gehen? Kannst du nicht alles so ruhen lassen, wie es ist?« flehte sie. Doch er schüttelte den Kopf, nahm ihre Arme von seinem Nacken und küßte ihre Handflächen.

»Und nun schlaf weiter und träume von mir, kleine Paradiesblume.«

Sie hörte seine Schritte auf dem Korridor. Dann war alles still.

Rhea kreuzte die Arme vor der Brust. »Von dir träumen? Das ist ja das Problem. Ich kann nichts anderes tun, als von dir zu träumen – selbst wenn ich wach bin«, flüsterte sie. Sie warf die Decke zurück und stieg aus dem Bett. Auf der großen Kiste vor dem Fußende des Bettes lag ein breiter Schal, den nahm sie und legte ihn sich um die Schultern. Dann setzte sie sich in den Schaukelstuhl neben dem Kamin und bereitete sich darauf vor, zu warten, bis Dante wohlbehalten zurückkehren würde.

Versieh den Haken mit einem guten Köder;
Dieser Fisch wird anbeißen.

Shakespeare

Kapitel zweiunddreißig

»Ihr Informant geht spät ins Bett.« Dante Leighton verlagerte sein Gewicht auf das rechte Bein, denn sein linkes war eingeschlafen.

»Er kann es sich leisten«, entgegnete Sir Morgan Lloyd. Seine Stimme war kaum mehr als ein Flüstern. Vorsichtig bog er die Stechpalmenzweige der Hecke auseinander, hinter der sie sich versteckten. Er schaute zu dem Mann, der bei seinem Pferd unter den überhängenden Ästen einer uralten Eiche stand und wartete.

»Was macht Sie so sicher, daß heute nacht ein Treffen stattfinden wird?«

»Ich habe selbst dafür gesorgt, indem ich einen guten Köder ausgelegt habe. Ich habe das mit Ihnen auch sehr oft versucht, aber Sie waren ja leider nie hungrig genug, um anzubeißen«, meinte Sir Morgan trocken.

»Oder vielleicht nicht gierig genug?« gab Dante zurück.

»Vielleicht. Ich habe in Umlauf gebracht, daß ich übermorgen in Bristol sein werde, und...«

»Das ist zufälligerweise die erste mondlose Nacht. Und wer hat

Ihr Kommando übernommen während Ihrer Abwesenheit, Sir Morgan?«

»Nun, Leutnant Handley selbstverständlich. Ich habe ihm während der vergangenen Wochen ziemlich oft das Kommando überlassen. Er hat seine Aufgabe ungewöhnlich gut erledigt. Zwar hat er keinen der Schmuggler festnehmen können, aber er hat eine versteckte Fuhre mit mehreren Fässern Brandy und Samtballen konfiszieren können. Er und seine Männer haben die Ladung in einer verlassenen Bauernhütte gefunden, und zwar auf, wie ich glaube, einem Stück Land, das den Leightons gehört. Sieht schlecht für Sie aus, Captain«, murmelte Sir Morgan, doch er klang unbesorgt.

»Es war nicht zufällig schwarzer Samt, oder?« Dante schmunzelte in der Dunkelheit.

»Gottlob müssen wir uns nicht auch noch mit Bertie Mackay herumschlagen«, antwortete Sir Morgan nach einem Moment des Schweigens. Er hatte sich schließlich doch noch an die Geschichte mit der albernen Vorliebe dieses Schmugglers erinnert.

Dante lehnte den Kopf an den Baum und blickte zum blassen Silber des Mondes. »Ist doch wirklich eine Ironie des Schicksals, finden Sie nicht auch, daß wir zwei hier zusammen stehen und darauf warten, einen Verräter zu fangen, der mit den Schmugglern unter einer Decke steckt. Schließlich bin ich ein ehemaliger Schmuggler und war einmal Ihr Feind.«

»Diese Ironie ist mir auch schon aufgefallen.«

»Ich habe in der Vergangenheit sehr gut für derartige Informationen bezahlt, Captain«, gab Dante zu.

»Ich weiß, aber Sie haben nie den Mord an einem Offizier der Krone ausgeheckt, ganz gleich wie dicht er Ihnen auch auf den Fersen gewesen sein mochte. Sie wären nicht dazu in der Lage gewesen. Sonst wäre ich wohl schon lange tot.«

Dante schwieg für einen Augenblick. »Sie haben ein echtes Risiko auf sich genommen, mir zu vertrauen. Ich nehme an, daß nur sehr wenige Menschen in Ihre Pläne eingeweiht sind. Sollten Sie sich in mir irren, dann könnten Sie sehr leicht heute nacht mit einem Messer im Rücken enden.«

»Vor einer Minute sprachen Sie von Ironie. Es ist seltsam, Lord Jacqobi, aber Sie sind der einzige Mensch, dem ich wirklich vertraue. Zum Teil deshalb, weil ich weiß, was die Schmuggler auf Merdraco angerichtet haben, und ich kann mir gut vorstellen, daß Sie ebenso darauf aus sind, sie zu fassen wie ich. Doch wie ich zuvor schon sagte – ich habe Sie als meinen Gegner kennengelernt, und manchmal kommt es vor, daß man seinen Feind mehr respektiert als einen Freund. Ich würde Ihnen ohne zu zögern den Rükken zuwenden, und es gibt nur sehr wenige Menschen, denen ich ebenso sehr vertrauen würde. Warum, glauben Sie, bin ich in jener Nacht in Charles Town, als wir Rum zusammen getrunken haben, so ruhig aus der Taverne gegangen? Ich wußte, wenn mir irgendeine Gefahr von diesen skorbutkranken Schmugglern gedroht hätte, dann hätten Sie mich gewarnt.«

Sein Eingeständnis verblüffte Dante Leighton wie kaum etwas anderes zuvor. »Ich fühle mich geehrt«, sagte er leise.

»Dann haben Sie also nichts dagegen, wenn ich Sie mit Vornamen anrede? Titel haben nach einer Weile etwas Lästiges an sich.«

»In der Tat, wenn Sie es nicht vorgeschlagen hätten, hätte ich es ganz sicher getan, Morgan.« Dante lächelte und sah, daß Sir Morgan Lloyd dasselbe tat.

Doch ihr Lächeln verschwand, als sie Hufgetrappel hörten. Sie starrten durch die Hecke, und wenig später konnten sie zwei Männer erkennen, die sich lebhaft unterhielten.

Der eine war Jack Shelby, dem Sir Morgan Lloyd und Dante Leighton von Merleigh hierher gefolgt waren, und der andere war Leutnant Handley, von dem Sir Morgan erwartet hatte, daß er hier auftauchen würde. In der Tat, es hätte ihn überrascht, wenn es nicht so gewesen wäre. Die zwei schienen sich lauthals zu streiten.

»...und nicht ein bißchen mehr!«

»...oder du kriegst von mir keine einzige Information mehr.«

»Ich warne dich. Droh mir nicht, sonst...«

»...eher wird es in der Hölle frieren, bevor ich mich wieder mit Ihnen abgebe, *Mister* Shelby«, sagte der Leutnant mutig und überraschte damit sowohl Dante als auch Sir Morgan. Das hätten sie ihm gar nicht zugetraut, diesem milchgesichtigen Spitzbuben.

»Eines Tages, mein Freundchen... wart's nur ab...« erklang die drohende Stimme, und dann war das Klimpern von Münzen zu hören, als Jack Shelby einen kleinen Lederbeutel in Leutnant Handleys ausgestreckte Hand warf. »Das wird ihm gar nicht gefallen.«

»Nicht mein Problem...Bristol... Donnerstagnacht... und wo soll ich nicht auf Patrouille gehen?« war alles, was Dante und Sir Morgan verstehen konnten.

Dante spürte, wie sich ihm die Nackenhaare sträubten, als er Jack Shelbys lautes Lachen hörte und den Leutnant einen Schritt zurücktreten sah. Und dann vernahm er die Worte, die ihn frösteln ließen. »Dragons Cove.«

Er hörte Sir Morgan leise stöhnen und wußte, daß er in diesem Augenblick daran dachte, sich an Jack Shelby und den Schmugglern zu rächen, die eben dort die H.M.S. *Hindrance* hatten auf Grund laufen lassen und seinen Bruder umgebracht hatten.

»Du mußt völlig verrückt sein. Warum ausgerechnet da? ...viel zu gefährlich.«

»Was kümmert es dich, jetzt wo du dein Blutgeld hast? Paß auf! Mein Messer ist bereit, und ich habe meine Gründe, warum ich in Dragons Cove an Land gehen will«, knurrte Jack Shelby.

Schweigen trat ein, dann war wieder das Klimpern von Münzen und ein rauhes Lachen zu hören.

»Er zählt nach! Aye, schätze, man sollte wirklich niemandem trauen, wenn man lange leben will.«

Plötzlich machte der Leutnant auf den Hacken kehrt und verschwand hinter den Bäumen, Hufgetrappel war zu hören, dann herrschte wieder Stille.

»So ein Narr!« Jack Shelby spuckte aus. »Wär' schon längst ein toter Mann, wenn es nach mir ginge. Schätze, die hochwohlgeborene Hure wünscht ein wenig Gesellschaft heute nacht, wo sie doch gesehen hat, was für 'ne hübsche kleine Frau ihr Liebhaber jetzt hat«, wetterte er laut. »Werd' ihr eine Lektion erteilen und ihn wissen lassen, daß ich sie auch hatte. Könnte ja sein, daß sie ihm noch was bedeutet.« Murmelnd und grummelnd verschwand Jack Shelby zwischen den Bäumen, nicht ahnend, daß ihn jemand belauscht hatte.

»Sehr gut. Ich habe meinen Verräter. Und bald werde ich auch meine Schmuggler erwischen«, sagte Sir Morgan. »Und dann fasse ich auch den wahren Kopf der Bande. Ich glaube nicht, daß die Kerle den Mund halten können, wenn ihre Köpfe in der Schlinge stecken.«

»Haben Sie eine Ahnung, wer es sein könnte?« fragte Dante abwesend, denn seine Gedanken waren ganz woanders.

»Ja, aber mir fehlen die Beweise«, gestand Sir Morgan ein. »Sagen Sie, was wissen Sie über Sir Jacob Weare?«

Dante hätte fast losgelacht. »Jacob? Sie können doch nicht ernsthaft annehmen, daß er der Kopf der Schmugglerbande ist. Ich denke, Sie haben Ihren Mann, und das ist Jack Shelby.«

»Sie kennen Sir Jacob gut?«

»Ziemlich gut. Außerdem ist er zu alt, um übers Land zu zigeunern und Schmugglerware zu verstecken.«

»Der Anführer dieser ›Söhne des Satans‹ muß sich gar nicht selbst die Hände schmutzig machen. Ich habe herausgefunden, daß es Sir Jacob finanziell sehr gut geht, während viele seiner Nachbarn große Teile ihres Vermögens verloren haben. Sein Einkommen scheint hoch genug, um nähere Untersuchungen zu rechtfertigen. Und so weit ich weiß, ist er der Großvater von Lady Bess Seacombe. Er hat maßgeblich dazu beigetragen, daß Ihre Verlobung mit Lady Bess aufgelöst wurde. Sie müssen nicht gerade gut auf ihn zu sprechen gewesen sein. Vielleicht haben Sie ihm einige unfreundliche Worte an den Kopf geworfen, und er wollte es Ihnen heimzahlen, indem er die Schmuggler anwies, Merdraco zu verwüsten.« Doch Sir Morgan brach abrupt und überrascht ab, als er Dantes schallendes Gelächter hörte.

»Ich werde Ihnen ein Geheimnis verraten«, sagte Dante, »Sir Jacob ist mein Vertrauter gewesen in den letzten fünfzehn Jahren. Ohne seine unermüdliche Hilfe und seinen Glauben an mich wäre ich jetzt nicht im Besitz der Ländereien und des Erbes meiner Familie. Auch wenn die Leute hier etwas anderes annahmen – Sir Jacob hat in all den Jahren in meinem Sinn gehandelt und mir Bericht erstattet über den Stand der Dinge. Die Leute wurden absichtlich im Glauben gelassen, wir beide würden uns nicht sonderlich mögen. Glauben Sie mir, er ist ganz bestimmt nicht der Mann, den Sie suchen«, versicherte Dante Sir Morgan.

»Danke. Das hilft mir möglicherweise weiter. Und ich werde Ihr Geheimnis natürlich hüten«, versprach Sir Morgan. »Ich sehe Sie dann übermorgen?« Sie gingen zu ihren Pferden zurück.

»Selbstverständlich«, antwortete Dante.

»Ich habe nichts anderes erwartet.«

»Wie wollen Sie den Leutnant an die Kette legen?« fragte Dante.

»Ich stecke ihn auf ein Schiff. Ich glaube, er kann nicht schwimmen. Und ich werde mit einem Trupp Marinesoldaten, denen ich bis auf den letzten Mann vertrauen kann, auf die Schmuggler warten, wenn sie an Land kommen. Ein Schiff soll vor der Bucht Position beziehen. Wenn die Schmuggler versuchen zu fliehen, werden sie festgenommen.«

»Stellen Sie auf jeden Fall sicher, daß der Captain des Patrouillenbootes nicht in die Bucht fährt«, erinnerte ihn Dante.

»Er wird Befehl bekommen, auf See zu warten, ganz gleich, was auch geschieht«, sagte Sir Morgan. Sie stiegen auf ihre Pferde und ritten zurück zur Straße. Nach einer Weile fiel Sir Morgan Dantes Schweigsamkeit auf, und er fragte: »Stimmt etwas nicht?«

»Ich habe über etwas nachgedacht, was ich Jack Shelby sagen hörte, ehe er verschwand. Er murmelte etwas davon, eine bestimmte Frau zu besuchen. Ich glaube, diese Frau ist Bess Seacombe. Und ich bezweifle, daß sie ihn erwartet.«

Dantes Worte waren ein Schock für Sir Morgan.

»Bess Seacombe und Jack Shelby?« fragte er ungläubig.

»Es wird keine Verbindung sein, auf die Bess sonderlich großen Wert legt. Was, wenn sie keine andere Wahl hat, als der Bande ihre Pferde zur Verfügung zu stellen, oder ihnen zu erlauben, das Schmuggelgut auf Seawyck zu lagern?« meinte Dante. Er trieb sein Pferd in Richtung Moor, um nach Seawyck Manor zu reiten. Auf diesem Pfad hatte er Minuten zuvor einen einzelnen Reiter entdeckt, hatte es jedoch mit keinem Wort gegenüber Sir Morgan erwähnt.

»Ich habe sie gewarnt«, sagte Sir Morgan und folgte Dante. »Ich habe ihr unmißverständlich gesagt, daß ich Informationen von jedem erwarte, der etwas über diese Schmugglerbande weiß.«

»Bess tut immer nur, was sie für richtig hält. Sie ist ein Dickkopf. Und es geht ihr finanziell nicht sehr gut, obwohl sie das niemandem gegenüber zugeben würde, nicht einmal gegenüber ihrem Großvater, der ihr ohne Zögern helfen würde.«

»Mir ist aufgefallen, wie heruntergekommen Seawyck Manor aussieht«, sagte Sir Morgan.

»Wie ich Bess kenne, wird sie Jack Shelby abgewiesen haben, als er versuchte, sich an sie ranzumachen. Und Jack Shelby ist ein nachtragender Mensch«, sagte Dante besorgt.

Bald waren sie nah genug, um das abgelegene Haus auf dem Hügel zu sehen. Als sie den Hof erreichten, was alles ruhig.

»Sie sollten hier warten«, meinte Dante. »Wenn Jack Shelby da drinnen ist, dann sollte er uns besser nicht zusammen sehen. Er könnte die ganze Sache übermorgen nacht abblasen, wenn er Verdacht gegen Sie schöpft. Wahrscheinlich hält er Sie wie die meisten Männer des Königs für einen Dummkopf. Also soll er das auch weiterhin glauben«, schlug Dante vor, als sie im Schutz der Ställe von den Pferden stiegen.

»Meinetwegen«, stimmte Sir Morgan zu. »Aber wenn Sie in einer Viertelstunde nicht zurück sind oder ich etwas Merkwürdiges höre, werde ich nicht zögern und reinkommen.« Sir Morgan würde nicht hier in seinem Versteck bleiben, wenn Dante ernsthaft in Gefahr geraten sollte.

Dante huschte von Schatten zu Schatten auf das Haus zu, das er keine Sekunde aus den Augen ließ. An einem der Anbauten sah er ein Pferd stehen. Er ging lautlos darauf zu und tätschelte dann den Rumpf des Hengstes. Er war ganz verschwitzt.

Dante näherte sich den Fenstern, von denen aus man den Eingang überblicken konnte. Doch es brannte kein Licht.

Die Vordertür war verschlossen. Dante lief um das Haus, durchquerte den kleinen Gewürz- und Gemüsegarten, und dann sah er, wie Jack Shelby ins Haus gekommen war: die Küchentür war aufgebrochen worden und stand offen.

Er schlich bis in die dunkle Halle, als er plötzlich Bess schreien hörte. Rauhes Gelächter eines Mannes folgte. Dante stürmte die Treppe hinauf, als Anne Seacombe aus einem der anderen Zimmer kam. Sie schwang einen Schürhaken über dem Kopf, doch als sie Dante bemerkte, der sie zurückwinkte, blieb sie stehen und sank zitternd an die Wand.

Die Tür zu Bess' Schlafzimmer stand offen, und als Dante näher kam, hörte er Jack Shelby stöhnen. Als Dante die Tür erreicht hatte, sah er, daß Bess ihm mit aller Kraft in den Daumen biß.

Ohne große Mühe bekam Shelby die Hand wieder frei und riß

mit der anderen Bess das Nachthemd vom Leib. Bess war wie benommen. Sie konnte nicht glauben, daß dieser Alptraum wirklich ein zweites Mal wahr wurde. Sie hätte sich vielleicht daran erinnern sollen, daß sie gewünscht hatte, jemand möge kommen und an Shelby Rache nehmen. Hätte sie die Augen aufgeschlagen, dann hätte sie gesehen, daß dieser Wunsch Wirklichkeit geworden war.

Dante Leightons kalte Stimme ließ beide, Bess und Jack Shelby, erstarren. Shelby wirbelte herum, als hätte ihn jemand angeschossen. Und genau das wäre sein Schicksal gewesen, hätte er auch nur einen Schritt zu dem Mann gewagt, der vor ihm stand und ihm eine Pistole auf die Brust richtete.

»Du!« keuchte Shelby, und seine gelben Augen leuchteten wie die eines in die Falle getappten wilden Tieres.

»Besser du verschwindest jetzt von hier, ehe ich dir eine Kugel in deinen verdammten Schädel jage«, sagte Dante so gefaßt, daß Shelby einen Moment brauchte, um zu begreifen, was er gehört hatte. Er wollte gerade etwas entgegnen, als der Ausdruck in diesen blaßgrauen Augen es ihm ratsamer erscheinen ließ, sowohl die Bemerkung als auch die Attacke, die er vorgehabt hatte, zu unterlassen. In diesen Augen stand der Tod geschrieben – sein Tod. Er wußte, wie er es in jener Nacht im Bishops Grave Inn gewußt hatte, daß es nicht viel bedurfte, und sein Feind würde tatsächlich abdrücken.

»Schätze, heute nacht hast du die Pistole *und* die Frau, *Mylord*. Aber es wird andere Nächte geben, wo wir uns wiedersehen. Und dann wird es mir großes Vergnügen bereiten, dafür zu sorgen, daß du mich bittest, deinem Leben ein Ende zu setzen. Anflehen wirst du mich und betteln und um Gnade winseln. Und ich werde dir ins Gesicht lachen«, versprach Jack Shelby. »Das nächste Mal wird das Glück nicht auf deiner Seite sein. Und dann werde ich deiner süßen kleinen Frau einen Besuch abstatten. Nehme an, sie wird furchtbar einsam sein, wenn du in deinem kalten Grab liegst. Schätze, sie ist auch jetzt einsam, wenn sie sieht, daß du dir eine andere geschnappt hast. Würd' mich interessieren, was sie davon hält, wenn sie erfährt, daß du heute nacht hier warst.« Er drehte sich wieder zu Bess um. »Ich werde wiederkommen, Bessie, und dann werde ich die Lektion fortsetzen. Du und ich, wir sind noch nicht miteinander fertig.« Grinsend starrte er ihren nackten Körper an.

»Nein, nicht da lang«, sagte Dante, als Shelby zur Tür gehen wollte.

»Was?«

»Es ist ziemlich stickig hier drin. Warum machst du nicht das Fenster auf?« sagte Dante, sehr zu Jack Shelbys Bestürzung. »Aber du mußt dir nicht extra die Mühe machen, es wieder zu schließen, wenn du draußen bist«, fügte Dante freundlich hinzu.

Purer Haß funkelte in Shelbys Augen. Mit einem letzten obszönen Spruch ging er zum Fenster, öffnete es und stieg auf das Fensterbrett. Er sah hinaus. Es war höher, als er gehofft hatte, doch die Pistole ließ ihm keine andere Wahl. Er sprang.

Ein dumpfer Aufprall, dann ein schabendes Geräusch und schließlich landete er auf derselben Stelle wie beim letzten Mal.

Dante eilte zum Fenster und schaute in die Dunkelheit, bis er einen Reiter sah, der vom Haus weggaloppierte. Mit einem grimmigen Schmunzeln schloß er das Fenster und zog die schweren Vorhänge zu. Plötzlich wurde er sich gewahr, daß Bess schallend lachte.

Ihr mitternachtschwarzes Haar fiel ihr über die Schultern und schwang um ihre Hüfte. Sie schüttelte sich vor Lachen.

»Alles ist gut, Bess. Du bist in Sicherheit«, sagte Dante warmherzig. Die Zärtlichkeit in seinen Worten ließ Bess zusammenbrechen, und sie fing an zu weinen, die Hände vor das Gesicht geschlagen.

Dante setzte sich neben sie und nahm sie in den Arm. Seine Hände strichen über ihr Haar, als sie schluchzte, und ihre Tränen benetzten seinen Mantel.

In diesem Moment betrat Sir Morgan das Zimmer, und mit weitaufgerissenen Augen sah er, wie Dante die nackte Lady Bess Seacombe im Arm hielt, ihre blasse Haut so erschreckend weiß im Kontrast zu ihrem schwarzen Haar.

»Ich bitte um Entschuldigung«, sagte er mit barscher Stimme, das Bild von Lady Rhea Claire vor Augen.

Dante schaute auf, und als Sir Morgan in diese blaßgrauen Augen blickte, erkannte er keine Begierde darin, nur Mitleid und Besorgnis, und er wußte, daß er die Situation völlig falsch eingeschätzt hatte. Dann bemerkte er das zerrissene Nachthemd und fluchte.

»Er hat doch nicht etwa...« Er brach abrupt ab.

»Sie hat einen hysterischen Anfall. Sie zittert vor Angst, aber gleich wird sie vor Kälte zittern. Wir sollten ihr die Decke umlegen«, schlug Dante vor.

»Er hat mich bedroht, seit ich ihm meine Pferde n-nicht mehr geben wollte. H-Harry würde sich im Grabe umdrehen, wenn er mit ansehen müßte, wie sie von den Schmugglern mißbraucht werden«, stotterte Bess, als Sir Morgan ihr vorsichtig die Decke um die Schultern legte. »Ich wollte ihnen nicht helfen, aber ich brauchte das Geld. Ich muß doch für meine Familie sorgen. Was sollte ich denn machen? Ich kann doch meine Kinder nicht verhungern lassen.« Sie sah Sir Morgan in die Augen, in denen sich Mitleid spiegelte, und krallte ihre Finger in das Revers seiner Uniform.

Dante ging zurück zum Fenster und zog die Vorhänge zur Seite. Es wurde allmählich hell draußen, ein neuer Tag brach an, und die Schatten verblaßten. Doch Dante verspürte keine Erleichterung. Er fragte sich, was Jack Shelby als nächstes vorhatte, und was passieren würde, wenn es ihnen nicht gelang, ihn festzunehmen.

Bläst der Wind aus dieser Richtung?

Shakespeare

Kapitel dreiunddreißig

Esma Samples war nicht feige gewesen. Sie hatte sich bis zum letzten gewehrt, ehe sie starb. Ihr Leichnam wurde am nächsten Morgen von zwei Arbeitern aus Merleigh gefunden, als sie dem schmalen Pfad durch das Moor nach Merdraco folgten.

Es war Ironie des Schicksals, daß es einer dieser beiden Männer gewesen war, der vor fünfzehn Jahren – damals ein fünfzehnjähriger Junge – an genau derselben Stelle den Leichnam von Lettie Shelby entdeckt hatte. Jedesmal, wenn er an dieser Stelle vorbeikam, mußte er an die grausige Entdeckung denken, die er an jenem Tag, als er auf Kaninchenjagd gewesen war, gemacht hatte.

Er hatte Lettie Shelby gekannt, und er kannte auch die Witwe von Ted Samples, der verschwunden war, als er das Moor durchquerte, und von dem man nie wieder etwas gesehen oder gehört hatte.

Es war nur allzu verständlich, daß dieser erschrockene Mann aus Merleigh sich daran erinnerte, wen man des Mordes an Lettie Shelby verdächtigt hatte. Der Marquis von Jacqobi war eben erst nach fünfzehnjähriger Abwesenheit nach Merdraco zurückgekehrt. Und es hatte in den letzten fünfzehn Jahren keinen Mord wie diesen gegeben.

Rhea in ihrem roséfarbenen Brokatkleid mit weißem Oberteil, das Dante für sie in London gekauft hatte, und mit der Juwelenbrosche, dem Abbild der *Sea Dragon*, sah ebenso schön aus wie die Blumen, die sie in einer Vase auf dem Tisch in der Halle arrangierte.

»Oh, das ist wunderschön, Mylady«, sagte Betsy, als sie die goldenen Glockenblumen sah. »Wirklich, selbst Saunders wäre begeistert«, fügte sie hinzu, als sie an den Obergärtner auf Camareigh dachte. »Was meinst du dazu, Lord Kit?« Sie wiegte das Baby im Arm. Lord Kits Mutter lächelte.

»So, das dürfte fürs erste reichen«, sagte Rhea, nachdem sie einige Vasen im Raum verteilt hatte. »Nimm die restlichen Blumen und stell sie bei dir ins Zimmer, Betsy. Ich nehme Kit.«

»O Mylady, vielen Dank«, rief Betsy und reichte Rhea ihren glucksenden kleinen Sohn. Dann nahm sie den Strauß Blumen auf. »Mylady?«

»Ja?« Rhea blickte lächelnd auf. Kits kleine Hand klammerte sich mit erstaunlicher Kraft um ihren Daumen.

»Ich wollte Ihnen nur sagen – nun, die anderen und ich, wir sind sehr froh, hier mit Ihnen auf Merdraco zu sein. Es ist einfach herrlich, am Meer zu leben. Und auch wenn dieses Haus nicht Carameigh ist, so ist es doch schön. Und eines Tages werden wir ja in das große Haus ziehen. Es wird wie ein Palast, da bin ich sicher. Nun, wir wollten Ihnen nur mal danken, daß Sie uns mit nach Merdraco genommen haben. Wir sind alle sehr stolz darauf, für Sie und Seine Lordschaft zu arbeiten«, sagte Betsy. »Und wir sind sehr froh, daß Sie ihn geheiratet haben und nicht den Grafen von Rendale.«

»Oh, danke, Betsy«, sagte eine tiefe Stimme und erschreckte die beiden Frauen. Als sie sich umdrehten, sahen sie Dante Leighton auf der Treppe stehen. Betsys Herz pochte wild. Er war ein gutaussehender Mann mit seinen kastanienbraunen Locken, die aus dem sonnengebräunten Gesicht gekämmt waren, und seinen blaßgrauen Augen, die auf Betsy herablächelten. Und, gekleidet in einen eleganten blauen Gehrock und beigefarbene Hosen, sein Halstuch makellos gefaltet, war er der Traum eines jeden Mädchens.

»O Mylord!« quietschte Betsy aufgeregt, voller Angst, daß sie indiskret gewesen war. Sie verneigte sich hastig und verschwand mit ihren Blumen.

»Ich bin also eine bessere Partie als der Graf von Rendale? Nun, ich glaube, das ist eines der nettesten Komplimente, die ich je bekommen habe.« Dante schmunzelte und sah seine Frau und seinen Sohn an. »Ihr seid aber schon früh auf.«

»Es ist bald Sommer, und wir haben noch so viel zu tun, bis der Winter kommt«, sagte Rhea. Sie dachte ungern daran, wie es sein würde, wenn die Stürme losheulten und Merdraco von der restlichen Welt abgeschnitten war. Doch als sie sich im gemütlichen Jagdhaus umsah, wußte sie, daß es ihr nicht allzuviel ausmachen würde. Dies war nun ihr Zuhause. Und zusammen mit ihrer Familie konnte sie auch die Stürme überstehen.

So wie es nur Menschen können, die sich lieben, erriet Dante ihre Gedanken und sagte: »Also macht es dir nichts aus, hier mit mir, fern von allem, zu leben während der langen kalten Wintermonate?«

»Nicht, wenn jede Nacht so wird wie die letzte«, antwortete Rhea verschämt. »Nun, wie der größte Teil davon«, fügte sie hinzu, denn sie hatte einige ungemütliche Stunden zusammengerollt im Schaukelstuhl zugebracht und auf Dante gewartet. Erst bei Tagesanbruch hatte sie seine Schritte auf der Treppe gehört.

Dante nahm eine ihrer langen goldenen Strähnen, die ihr über die Schultern flossen, und küßte Rhea sanft auf die Schläfe.

»Es wird nicht mehr lange dauern, Rhea. Bald ist das alles vorbei, und dann können wir auf Merdraco leben, wie ich es mir immer erträumt habe. Noch zwei Nächte, und die Schatten werden sich lichten. Wir und unsere Familie werden glücklich auf Merdraco leben können. Ich schwöre dir, daß unsere Kinder ein besseres Leben haben werden, als ich es hatte. Ich wünsche mir nichts mehr, als daß unsere Kinder so glücklich werden, wie du es auf Camareigh gewesen bist«, sagte er leise, und seine Finger liebkosten ihren Nacken.

Sie sahen sich tief in die Augen, ihr Sohn gluckste zwischen ihnen, und sie empfanden ein neues Gefühl der Innigkeit, das ihre Liebe noch vertiefte.

Der Zauber dieses Augenblicks zerstob, als Robin und Conny polternd die Treppe herunterkamen. Ihre Augen funkelten aufgeregt. Jeder Tag brachte neue Abenteuer für sie.

»Ich habe Hunger«, rief Conny, als er krachend auf der letzten Stufe landete. Robin rutschte das letzte Stück auf dem Geländer herunter.

»Einen wunderschönen guten Morgen auch euch beiden«, sagte Rhea mit fester Stimme.

»Den allerbesten Morgen für euch!« äffte Conny den ehemaligen Steuermannsmaat der *Sea Dragon* nach. »Mich würd' interessieren, was Mr. Fitzsimmons wohl treibt.«

»Wahrscheinlich nichts Gutes«, antwortete Houston Kirby, der mit einer silbernen Teekanne aus der Küche kam. Er stellte sie neben die anderen silbernen Kannen verschiedener Größe und Form. Conny und Robin, vom Duft des Frühstücks angezogen, gingen zum Tisch. Da gab es frischgebackenes Brot, noch ofenfrischen Kuchen und Kekse, Marmelade, Grütze und Eingemachtes, Schlagsahne für den Kaffee und süßen Kakao.

Der Duft verbreitete sich schnell im ganzen Haus, und schon bald kam Francis die Treppe herunter, höflich sein Gähnen mit einer Hand bedeckend. Es war nicht zu übersehen, daß er sich in Windeseile angezogen hatte.

»Allmählich verstehe ich, warum Seeleute immer so kräftig aussehen. Ich schwöre, ich habe noch nie solchen Appetit gehabt, seit ich so alt war wie Robin. Das muß an der Seeluft liegen.« Er nickte jedem zu, blieb dann stehen, grinste seinen Neffen an und kitzelte seinen kleinen Fuß. Kit kicherte erfreut.

»Guten Morgen!« rief Alastair von der Treppe, ein breites Schmunzeln auf seinem hübschen Gesicht. »Sieht aus, als würde das ein prächtiger Tag werden. Ich sollte ein wenig über Land reiten. Vielleicht sogar Sir Jacob besuchen. Kann mir gut vorstellen, daß er mir einen Rat geben kann, wo ich hier in der Gegend ein gutes Stück Land kaufen kann.« Er hatte beschlossen, die anderen wissen zu lassen, wofür er sich entschieden hatte.

Dante lächelte. »Das höre ich gern, Alastair. Ich hatte gehofft, daß Sie sich entschließen würden, sich in der Nähe niederzulassen. Ich würde mich freuen, Ihnen dabei helfen zu können, denn das meiste Land in der Umgegend habe ich während der letzten Jahre gekauft«, sagte er mit einem entschuldigenden Blick.

»Und Sie sind ganz sicher, daß Sie hier in dieser wilden Gegend bleiben wollen?« fragte Francis mit ernster Miene. Rhea kannte ihren Bruder zu gut, und sie traute diesem Blick nicht. Doch der arme Alastair fiel jedesmal darauf herein. »Ich habe zufällig von einem ziemlich guten Stück Land in der Nähe von Buckinghamshire gehört«, sagte Francis. »Vielleicht sollten wir erst mal zusammen dorthin reiten, ehe Sie sich endgültig entscheiden, hier in Devonshire zu bleiben. Es wäre mir wirklich eine Ehre, Ihnen die Gegend dort zu zeigen.«

»Nun, das ist sehr großzügig, aber ich möchte nicht, daß Sie zuviel Zeit für mich opfern, Francis«, entgegnete Alastair.

»Ach, überhaupt nicht. Wir können auf Winterhall wohnen, während wir uns umsehen. Ich bin sicher, daß Sir Jeremy und Caroline sich sehr freuen würden, uns zu sehen.«

Alastair Marlowe wirkte, als hätte ihn eine Breitseite erwischt, dann brach er gleichzeitig mit Francis in Gelächter aus. Die beiden setzten sich an den Tisch, noch immer lachend. Doch noch bevor sich die anderen alle gesetzt hatten, klopfte es an der Tür.

»Wer um alles in der Welt kann das sein um diese Uhrzeit?« fragte Francis, nicht gerade erfreut bei der Aussicht, daß sein Kaffee kalt werden würde.

Doch Francis und sogar Conny und Robin vergaßen ihren Hunger, als sie sahen, wie der Diener drei Gentlemen mit grimmigen Mienen hereinführte.

Sir Morgan Lloyd wollte gerade etwas sagen, als der in pflaumenfarbene Seide gekleidete Mann, der neben ihm stand, vortrat. »Ich verlange, daß Sie diesen Mörder auf der Stelle festnehmen.« Sein Blick war auf Dante gerichtet.

Es wäre übertrieben, zu sagen, auf Sir Miles Sandbournes Worte hin wäre ein tödliches Schweigen eingetreten, doch es traf ganz sicher alle Anwesenden gänzlich unvorbereitet, besonders den Mann, auf den er deutete und dessen Verhaftung er verlangt hatte – und das war Dante Leighton.

»Haben Sie nicht gehört, was ich gesagt habe, Captain?« herrschte Sir Miles Sir Morgan an, und seinen Augen entging nicht die kleinste Kleinigkeit vom gemütlichen Eindruck des Hauses, des Tisches, auf dem das Frühstück stand, oder der behaglichen Atmosphäre, die er mit seinem Eindringen gestört hatte.

»Ja, ich habe es gehört. Aber ich werde mir mein eigenes Urteil in dieser Angelegenheit bilden«, antwortete Sir Morgan ruhig. Sein Gesicht war blaß, als er die Bewohner des Jagdhauses ansah. Besonders hart war es für ihn, dem Blick aus diesen violetten Augen zu begegnen, die ihn einst so freundlich angelächelt hatten.

»Was soll das alles bedeuten, Captain? Dies ist mein Haus. Und ich werde es nicht zulassen, daß ich hier beschuldigt werde. Dieser Mann hat es gewagt, hier einzudringen. Er hat Boden der Leightons betreten, trotz des Umstandes, daß ich ihn ausdrücklich davor gewarnt hatte«, sagte Dante kalt, und sein verächtlicher Blick traf Sir Miles wie ein Peitschenhieb. »Bitte erklären Sie mir, was das bedeutet.«

»Es ist ein Mord geschehen«, erklärte Sir Morgan und deutete auf den dritten Mann. »Esma Samples, Mr. Lascombes Schwägerin, wurde heute morgen erwürgt im Moor aufgefunden. Sie wurde zuletzt gestern abend in Merleigh gesehen. Wie es scheint, war sie unterwegs zu einer Verabredung, und die endete mit ihrem Tod.«

Dante Leighton kniff die Augen zusammen. »Und warum sollte ich unter Verdacht stehen? Nein! Lassen Sie mich raten«, sagte er und hob eine Hand. »Die Frau wurde an derselben Stelle gefunden wie damals Lettie. Vielleicht weisen die beiden Morde noch weitere Ähnlichkeiten auf. Und weil man mich des ersten Mordes verdächtigt hat, stehe ich auch jetzt wieder unter Verdacht. Ist das so korrekt?«

»Du bist der *einzige*, der dafür in Frage kommt«, verbesserte ihn Sir Miles.

»Das ist eine absolute Unverschämtheit. Wie können Sie in mein Haus kommen und meinen Mann des Mordes beschuldigen?« entrüstete sich Rhea, und ihre Augen funkelten vor Zorn, als sie abwechselnd Dante und Sir Miles ansah.

Sir Morgan senkte den Blick, nicht in der Lage, ihr in die Augen zu sehen. »Es tut mir leid, Lady Rhea Claire, aber ich muß tun, was meine Pflicht von mir verlangt, ganz gleich, wie die Umstände auch sein mögen.«

»Auch wenn es sich um Lügen handelt? O Sir Morgan, ich habe mich ja so in Ihnen getäuscht. Sie sind kein Freund dieser Familie. Das sind Sie nie gewesen.« Eine Träne rollte über ihre Wange.

»Rhea, bitte nicht.« Dante konnte es ihr nicht erklären, er konnte nichts weiter dazu sagen, ohne Gefahr zu laufen, das Geheimnis seiner Zusammenarbeit mit Sir Morgan zu lüften. Und plötzlich, als er an die vergangene Nacht dachte, wurde ihm klar, in welchem Dilemma Sir Morgan steckte. Er war Dantes einziges Alibi, aber auch er konnte nichts sagen, ohne ihre Pläne damit zu verraten.

»Ich kann verstehen, warum Sie hier sind, Sir Morgan«, sagte Dante. »Und ich respektiere, daß Sie Ihrer Pflicht nachkommen. Was ich jedoch nicht verstehe, ist, warum Sie hier sind, Sir Miles. Etwa, weil Sie neugierig waren, wie das Jagdhaus von innen aussieht?«

Es war Sir Morgan anzusehen, wie unwohl er sich fühlte, als Sir Miles schwülstig erklärte: »Es ist zufälligerweise mein gutes Recht, hier zu sein. Sogar noch mehr als es für Sir Morgan gilt, auch wenn er gewisse Befugnisse hat. Ich bin der Friedensrichter hier am Ort. Und als solcher habe ich die Befugnisse, jeden verhaften zu lassen, den ich eines Verbrechens verdächtige.«

»Und welchen Beweis haben Sie, daß ich diese Frau umgebracht habe?«

»Es wird den Richter überzeugen, daß vor fünfzehn Jahren ein Mord geschah. Damals wurdest du verdächtigt. Deine Uhr wurde in der Hand der Toten gefunden. Nun kehrst du nach fünfzehn Jahren zurück, und wieder passiert ein Mord, an der gleichen Stelle wie der erste.« Sir Miles klang, als wäre er bereits der Ankläger.

»Das ist unerhört!« explodierte Alastair.

Doch Sir Miles fuhr unbeeindruckt fort: »Ich bin sicher, daß es jedem Richter schwerfallen wird zu glauben, daß ein Mörder so geduldig gewesen sein soll, über fünfzehn Jahre zu warten, um dann einen Mord zu begehen, nur um dich zu belasten.« Er grinste. Seine Argumente, auf diese Weise vorgetragen, würden Glauben finden bei Richter und Geschworenen, denn Dante Leighton war ein Fremder vor Gericht.

Sam Lascombe scharrte unruhig mit den Füßen. »Ich weiß nicht, ob das die Wahrheit ist«, sagte er schließlich, sehr zu Sir Miles' Verwunderung. »Schätze, es sieht nicht gut aus für Seine Lordschaft, und es ist wirklich merkwürdig, daß ein weiterer Mord geschieht, kurz nachdem Seine Lordschaft zurück ist. Aber...« Er hielt inne, weil er nicht wußte, wie er fortfahren sollte.

»Aber?« drängte Sir Miles und machte ein großes Schauspiel daraus, seine Ungeduld zu unterdrücken. Er zog seine Uhr hervor und seufzte.

»Nun, sie war meine Schwägerin. Verheiratet mit dem verstorbenen Bruder meiner Frau war sie und, nun, Dora und ich glauben, daß die Schmuggler beide umgebracht haben. Ja, das glauben wir.«

»So ein Unsinn!« polterte Sir Miles. »Warum sollten die Schmuggler einer Frau aus dem Dorf etwas antun? Was zahlt Ihnen Lord Jacqobi dafür, daß Sie versuchen, ihn zu decken? Wenn Sie einen Meineid leisten, werde ich dafür sorgen, daß Sie ebenfalls hängen werden – wegen Irreführung der Justiz«, drohte er, und Sam Lascombe, zutiefst eingeschüchtert, schwieg.

»Bitte, lassen Sie den Mann ausreden«, sagte Sir Morgan. Und Sam Lascombe begann erneut. »Wir glauben, Dora und ich, daß diejenigen, die ihren Bruder Ted ermordet haben, auch Esma umbrachten. Wahrscheinlich wußte sie zuviel über die Schmuggler. Sehen Sie, Ted hatte angedroht, auszusteigen, und kurz darauf verschwand er spurlos. Nun, schätze, die Bande hat befürchtet, daß Esma ihnen Ärger einbrocken könnte. Ted könnte ihr doch alles erzählt haben. Sie war in der Verfassung, das alles auszuplaudern, weil sie ihren Ted getötet und sie mit den Kindern, ohne Vater, allein zurückgelassen haben. Schätze, wir werden die Kinder jetzt bei uns im Bishops Inn aufnehmen.« Sam Lascombe starrte auf seine großen knorrigen Hände. »Hätte nie gedacht, als sie und ihr Junge tags zuvor bei mir reinschauten auf ihrem Weg nach Westlea Abbot, daß ich sie zum letzten Mal lebend sehe.«

»Und ich vermute, Lettie Shelby wußte auch zuviel über die Schmuggler, ja?« spottete Sir Miles verächtlich und verwarf die ganze Theorie. »Ihre Geschichte ist absurd. Wir wissen, wer Esma Samples ermordet hat. Dante Leighton war es. Er hat vor fünfzehn Jahren gemordet und hat es nun wieder getan. Ich werde dafür sorgen, daß er diesmal hängt«, schwor Sir Miles, und seine Augen glühten.

»Aber, Sir Miles, er hat Lettie Shelby nicht umgebracht«, rief eine Stimme von der offen stehenden Tür. »Er war bei mir in jener Nacht vor fünfzehn Jahren. In meinem Bett. Und er hat mich erst am nächsten Morgen verlassen. Also, Sie sehen, er hat damals niemanden ermordet.« Bess Seacombe machte schließlich doch noch ihr Geständnis.

Sir Miles Sandbourne sah aus, als wollte er sie eigenhändig erwürgen. »Es erscheint mir recht seltsam, daß Sie das nicht schon vor fünfzehn Jahren ausgesagt haben«, murmelte er. »Selbst wenn es die Wahrheit wäre, was ich bezweifle, erklärt das nicht den Vorfall von letzter Nacht. Ehe wir das Haus betraten, haben wir uns im Stall umgesehen, und wir fanden ein Pferd, das Lehm an Beinen und Flanken hatte. Es sieht so aus, als hätte jemand letzte Nacht das Haus verlassen. Ich nehme an, daß es Dante Leighton war. Und ich frage mich, wo er wohl gestern nacht war«, sagte Sir Miles mit seidenweicher Stimme. Daß er das Pferd gefunden hatte, war ein wirklich glücklicher Zufall gewesen.

»Sie haben recht, es war Dante, der letzte nacht mit dem Pferd unterwegs war«, sagte Bess. »Er war mit mir zusammen und ist erst nach Tagesanbruch wieder gegangen.« Sie streifte nur kurz Rheas erschrockenen Blick und schaute dann zu Dante, um zu sehen, wie er reagierte.

Erleichterung und Bedauern, beides spiegelte sich in seinen Augen. Er war vom Verdacht des Mordes an Esma Samples befreit, doch er war schuldig und verurteilt in den Augen seiner Frau.

Dante musterte Rhea. Sie starrte ihn an, als wäre er ein Fremder. Er wollte die Hand nach ihr ausstrecken, sie berühren, doch sie schaute weg, als könnte sie seinen Anblick nicht länger ertragen.

»Ich denke, es ist das Beste, wenn wir jetzt gehen.« Sir Morgan seufzte, zutiefst betrübt über das, was sich ereignet hatte. Und doch, wenn alles wie geplant verlief, dann waren sie in der Lage, Rhea morgen nacht die Wahrheit zu eröffnen. »Ich denke, wir haben die Gastfreundschaft der Herrschaften schon zu lange in Anspruch genommen.«

»Was? Wollen Sie der Geschichte dieser Frau etwa Glauben schenken? Sie ist doch ganz offensichtlich seine Hure, und sie wird alles sagen, was er von ihr verlangt. Sie können dieses Weib doch nicht ernst nehmen.« Sir Miles' Stimme klang schrill. Er war um sein leichtes Spiel gegen Dante betrogen worden, und er war außer sich vor Wut.

Sein Zorn wandelte sich in Erstaunen, als Rhea die Stimme erhob. »Sie, von allen Anwesenden hier, Sir Miles, sollten am besten wissen, daß Lady Bess die Wahrheit gesagt hat. Dante hat Ihnen vor fünfzehn Jahren anvertraut, daß er an jenem Abend, als der Mord an Lettie Shelby geschah, mit Bess zusammen war. Aber Sie haben sich entschlossen, dies all die Jahre für sich zu behalten. Es kam Ihnen sehr gut zupaß, daß Dantes Name befleckt wurde. Lady Bess hat diesmal den Schritt getan und ausgesagt. Und sie hat Dante in beiden Fällen von jeglichem Verdacht befreit. Sie müssen sich schon anderswo nach Ihrem Mörder umsehen – und nach einer anderen Gelegenheit, Dante zu verletzen«, schloß sie mit fester, klarer Stimme. Ihre Zuhörer waren verblüfft. Sie war mit seiner Untreue konfrontiert worden, doch sie ließ sich nicht das geringste anmerken.

»Sie sind töricht, Lady Rhea«, zischte Sir Miles verächtlich und trat einen Schritt zurück, als Dante auf ihn zukam. »Er hat Bess dazu gekriegt, daß sie für ihn lügt, und sie hat auch jetzt gelogen.

Ich habe seine Geschichte damals nicht geglaubt. Deshalb habe ich geschwiegen.« Es war ein letzter Versuch, sein Handeln zu rechtfertigen, doch die Tatsache, daß er Dante haßte und alles tun würde, um ihn zu vernichten, war nicht zu übersehen. »Ich bestehe darauf, daß Sie sich der Sache annehmen, Sir Morgan. Ich habe Freunde in London, die dafür sorgen werden, daß Sie vor dem Kriegsgericht landen, wenn Sie Ihren Pflichten nicht nachkommen«, warnte Sir Miles.

»Wie ich schon sagte, Sir Miles, ich werde entscheiden, wie ich es für richtig halte. Und nun schlage ich vor, daß wir gehen.« Und dann fügte Sir Morgan noch ein wenig von seiner eigenen Boshaftigkeit hinzu. »Ich möchte nicht verantwortlich gemacht werden für das, was mit Ihnen geschieht, nachdem ich gegangen bin, Sir Miles.« Mit einer leichten Verbeugung machte er kehrt und verließ das Haus, Sam Lascombe folgte ihm eilig.

Sir Miles blieb stehen, wo er stand. Er kochte vor Wut. Dann drehte er sich um und ging mit großen Schritten auf die Tür zu, doch nicht ohne Rhea zuzurufen: »Vergessen Sie das nicht, Lady Rhea. Man kann Dante Leighton nicht trauen. Er hat Sie zum Narren gehalten und aus Bess eine Hure gemacht. Mögen Sie alle drei verflucht sein.«

Nachdem die drei Männer gegangen waren, trat eine schreckliche Stille ein. Es war ein Wechselspiel der Mienen bei allen Anwesenden. Schließlich ertrug Rhea die angespannte Stille nicht länger. Sie murmelte etwas, um sich zu entschuldigen, und eilte mit Kit im Arm auf die Treppe zu.

Oben in ihrem Zimmer starrte sie in die plötzliche Leere. Kit lag in seiner Wiege, zappelte mit seinen Händchen und Füßchen in der Luft, und sein vergnügtes Glucksen und Brabbeln tröstete sie ein wenig, als sie wie betäubt dastand.

»Rhea?«

Sie wandte sich ab, als sie die Stimme hörte.

»Rhea? Himmel, bitte wende dich nicht ab von mir«, flehte Dante und versuchte, sie in den Arm zu nehmen, doch sie war starr und unnachgiebig.

Dante fuhr herum, ging auf und ab und suchte nach den richtigen Worten. Er konnte ihr unmöglich die Wahrheit sagen. Was, wenn es ihnen nicht gelang, die Schmuggler morgen nacht zu fangen, und Jack Shelby weiterhin frei herumlaufen würde? Wie konnte er Sir Morgans Pläne und sogar sein Leben in Gefahr bringen? Und welche Gefahr würde es für Rhea heraufbeschwören, zuviel zu wissen? Nein. Er konnte es nicht zulassen, sie auch noch in Gefahr zu bringen.

Er blieb stehen. Und als er Rhea ansah, war er überrascht, daß sie neugierig und verwundert zu ihm aufsah. Er blickte ihr tief in die Augen.

»Rhea, ich habe dich schon einmal gebeten, mir zu vertrauen. Ich habe dich auch gebeten, nicht zu glauben, was die Wahrheit zu sein scheint. Es gibt Geschichten, die mich als einen Lügner und Betrüger dastehen lassen. Du mußt mir glauben, daß es wirklich nicht so ist, wie es scheint. Ich war bei Bess heute morgen, aber es ist nichts geschehen zwischen uns. Ich schwöre es dir, Rhea.« Er sprach leise, und er ließ sie keine Sekunde aus den Augen.

»Dante«, sagte Rhea, doch er hob die Hand, um sie zum Schweigen zu bringen.

»Ich liebe dich von ganzem Herzen, Rhea. Und nichts bedeutet mir mehr als du. Du bist das Kostbarste in meinem Leben. Du bist meine Liebe, meine Frau und mein Freund. Ich vertraue dir, wie ich sonst keinem Menschen auf der Welt vertraue, und ich glaube, daß auch du mir vertraut hast. Ich würde nie etwas tun, was dieses Vertrauen zerstört. Glaub mir, Rhea, ich weiß, daß ich damit sehr viel verlange, aber bitte vertrau mir. Ich glaube nicht, daß ich überleben kann, wenn ich nicht weiß, daß du mich liebst«, sagte Dante und neigte den Kopf in tiefem Schmerz.

»Ich werde dich immer lieben«, antwortete Rhea schlicht. »Und wenn du mir sagst, daß zwischen dir und Bess nichts gewesen ist, dann glaube ich dir. Ich muß es glauben. Wenn ich dir nicht vertrauen könnte, Dante, könnte ich dich nicht mehr lieben. Und wenn ich dich nicht mehr lieben würde, könnte ich nicht weiterleben. So einfach ist das.« Sie nahm sein Gesicht in beide Hände und preßte ihren Mund auf den seinen.

Nach einem kurzen Moment sagte sie: »Was auch immer du tun mußt – du sollst wissen, daß ich immer hier sein und auf dich warten werde«, versprach sie. Mit einem zärtlichen Kuß, der ihre bedingungslose Liebe besiegelte.

Da war die sternenklare Nacht, erfüllt von Seufzen, Klagen und lautem Jammern, so daß er mich zuerst zum Weinen brachte; seltsame Zungen, schreckliche Sprache, Worte des Schmerzes, Stimmen, laut und rauh; und dazu das Klatschen der Hände, es war ein Tumult, der sich in die Lüfte erhob, auf ewig dunkel, so wie Sand in einem Wirbelsturm.

Dante

Kapitel vierunddreißig

Im Schutz der Dunkelheit war die Schaluppe der Schmuggler ein weiteres Mal unterwegs, um Schmuggelgut an Land zu bringen. Zwei Lichtblitze, gefolgt von dreien, gaben das Signal, daß die Luft rein war. Die Schaluppe war kühn bis auf drei Meilen an die Küste herangesegelt. Wieder wurde die Ware in die wartenden kleinen Boote verladen.

Am Strand wartete eine Gruppe von schweigenden Männern, bereit, den Brandy, Tee und Tabak aus den Booten zu laden, um dann den langen und harten Aufstieg die Klippen hinauf zu beginnen. Von dort aus würde es über schmale, holprige Wege gehen zu nahegelegenen Bauernhöfen oder Wirtshäusern, um die Fässer und Ballen auf die Rücken von Pferden zu laden. So lautete der Plan.

Doch auf dem Meer liefen die Dinge schief. Die Schmugglerschaluppe wurde von einem Patrouillenkutter verfolgt, der aus dem Nichts gekommen zu sein schien. Der Kutter versuchte, die Schmuggler aus dem Wind zu bringen, indem er so dicht am Wind segelte, daß die Schaluppe seewärts ausbrach. Mit voll gesetzten Segeln nahm der Kutter die Verfolgung auf. Eine Salve krachte der Schaluppe vor den Bug, und das mit Kanonen weit weniger gut bestückte Schiff war gezwungen, beizudrehen und aufzugeben. Die bewaffneten Marinesoldaten überwältigten die Schmugglercrew, ohne daß auch nur ein einziger Soldat dabei verletzt wurde.

Am Strand sahen sich die wartenden Schmuggler einem Trupp von Marinesoldaten und Dragonern gegenüber. Viele von ihnen trugen Fackeln bei sich, die Truppen schwärmten von ihren Verstecken hinter den Felsen über den Strand aus und feuerten mit ihren Musketen Warnschüsse in die Luft und in den Sand.

Doch die Schmuggler am Strand waren besser bewaffnet als ihre Kameraden an Bord der Schaluppe. Ihre Musketen erwiderten das Feuer auf die Soldaten des Königs. Sie wehrten sich mit allem, was ihnen zur Verfügung stand. Sie hatten nichts zu verlieren. Bald wurden Knüppel geschwungen, das Licht der Fackeln blitzte auf scharfen Klingen. Entermesser zischten durch die Luft.

Dante Leighton wußte, daß er träumte, denn er konnte Rheas blasses Gesicht vor Augen sehen. Ihr langes goldenes Haar floß über ihre nackten Schultern wie Seegras in der Flut, ein Phantom, das im nächsten Moment schon wieder verschwunden war. Doch die violetten Augen blieben. Er konnte fühlen, wie sie ihn ansahen und ihn vor der Dunkelheit zu bewahren versuchten, die ihn zu verschlingen drohte.

Er schnappte nach Luft, fühlte kaltes Wasser gegen sein Gesicht schwappen und schmeckte Salz. Plötzlich spürte er, wie eine Hand ihn bei der Schulter packte, und mit letzter, verzweifelter Kraft schlug er den Arm weg und rollte sich zur Seite. Sein Messer blitzte in einer mörderischen Bewegung auf, doch er stoppte noch rechtzeitig, als er erkannte, wer sich da über ihn beugte – es war Sir Morgan.

»Vergessen Sie nicht, wir sind auf derselben Seite«, rief Sir Morgan über das Geschrei hinweg; manche Stimmen klangen schmerzerfüllt, andere wütend.

Dante schüttelte den Kopf, um die Benommenheit loszuwerden, dann wurde er sich bewußt, daß Sir Morgan bei ihm gestanden hatte, bis er, Dante, das Bewußtsein wiedererlangt hatte. Und so hatte er ihn höchstwahrscheinlich davor bewahrt, zu Tode geprügelt oder ersäuft zu werden. Neben ihm jedoch hatte ein Schmuggler weniger Glück gehabt. Mit dem Gesicht nach unten trieb er im Wasser, die Arme ausgebreitet, und sein Blut vermischte sich mit dem salzigen Wasser des Meeres. Dante fragte sich, ob es Sir Morgan in den Sinn gekommen war, daß dieser Schmuggler vielleicht derjenige gewesen war, der seinen Bruder ermordet hatte.

»Alles in Ordnung?« erkundigte sich Sir Morgan mit musterndem Blick.

»Ja. Vielen Dank«, sagte Dante und hustete. Er kam mühsam hoch, doch dann zog ihm eine Welle die Beine weg. Als er wieder aufschaute, sah er Sir Morgan in einen Ringkampf mit einem unglücklichen Schmuggler verstrickt. Sir Morgan war unbesiegbar in dieser Nacht, dachte Dante bei sich, denn dies war seine Chance, den Tod seines Bruders zu rächen.

Dante stapfte durch die Flut, bis das Wasser nur noch seine Knöchel umspülte. Er taumelte auf den Strand, und seine Schritte wurden sicherer, während er nach einem ganz bestimmten Gesicht suchte. Bis jetzt war es dem Mann, den er, mehr als jeden anderen, erwischen wollte, gelungen, ihm zu entkommen.

Jack Shelby starrte durch das Guckloch in der verborgenen Tür, die zur dunklen Halle des Jagdhauses führte, in dem Dante Leighton und seine Familie lebten. Sein Atem ging schwer, denn der Aufstieg zur Höhle war lang und beschwerlich gewesen.

Jack Shelbys gelbe Augen glühten. Als er die Flucht vor dem flackernden Fackellicht, der Flut, die donnernd an den Strand brach, und dem Krachen der Pistolen ergriffen hatte, hatte er inmitten dieser Hölle eine Gestalt gesehen, einen Mann, der durch den Sand stapfte und dessen blaßgraue Augen nur nach ihm suchten.

Dante Leighton war wie der Teufel hinter seiner Seele her, dachte Jack Shelby bei sich. Und plötzlich sah er das Bild seiner wunderschönen Lettie vor sich, so voller Leben. Sie war erst fünfzehn gewesen, als sie für immer ihr Ende gefunden hatte.

Doch Dante Leighton war noch immer am Leben. Dante Leighton lachte und hatte sein Vergnügen. Dante Leighton atmete noch, während seine Lettie begraben war.

Dante Leighton war als reicher Mann zurückgekehrt, und wieder schwang er das Zepter über das ganze Land und vernichtete andere. Jack Shelby fluchte. Seine eigenen Männer hatten die Waffen niedergelegt und waren, um Gnade winselnd, auf die Knie gefallen. Aye, es waren eben nur Feiglinge aus Westlea Abbot und Merleigh. Sie hatten einfach dagestanden und zugesehen, ohne zu kämpfen, oder hatten sich den Männern des Königs angeschlossen und ihre Knüppel gegen seine besten Leute aus Bristol und London gerichtet. Nun, er würde es ihnen allen schon heimzahlen, schwor Jack Shelby, so wie er es Dante Leighton heimzahlen würde.

Und ein Lächeln spielte auf seinem Gesicht, als er vorsichtig die verborgene Tür des Geheimganges öffnete und die dunkle Halle betrat.

Der Zeiten Ehre besänftigt gar kämpfende Könige,
reißt aller Falschheit die Maske vom Gesicht
Und bringt die Wahrheit schließlich doch ans Licht.

Shakespeare

Kapitel fünfunddreißig

Bess Seacombe saß vor dem Schminktisch und starrte auf ihr Bild im Spiegel. Ihr gefiel nicht, was sie sah, und das erschreckte sie. Sie war mit ihrem Aussehen immer zufrieden gewesen, doch nun starrte sie sich selbst an, und wurde immer unzufriedener.

»Ich will verdammt sein, wenn ich noch länger die Hure oder Hexe abgebe«, murmelte sie und fuhr mit dem Kamm durch ihre schwarzen Strähnen. Bis sie dieses Haar von der Farbe geschmolzenen Goldes gesehen hatte, hatte sie ihr eigenes Haar, schwarz wie die Nacht, stets gemocht.

Sie neigte den Kopf zur Seite und musterte ihr Kinn. Keine Falten, nicht einmal Lachfältchen – aber sie hatte in letzter Zeit auch wenig Grund zum Lachen gehabt. Bess wich dem Blick ihrer eigenen Augen aus dem Spiegel aus. Sie konnte Rhea Claire Leightons erschrockenes und gequältes Gesicht nicht vergessen, als sie Bess' Erklärung gehört hatte. Aber andererseits – zur Hölle mit ihnen allen! Diese Frau war ihre Rivalin. Warum sollte sie sich Gedanken um Rheas Gefühle machen?

Bess drehte dem Spiegel den Rücken zu und starrte auf ihr großes leeres Bett, in dem sie während der letzten zwei Jahre allein geschlafen hatte. Sie atmete tief durch. Es wäre wahrscheinlich ein leichtes, zwischen Dante und seiner jungen Frau Zwiespalt zu säen. Doch sie erinnerte sich an Dantes Miene, als er gesehen hatte, wie verletzt Rhea gewesen war. Mit dem Instinkt einer Frau wußte Bess, daß sie ihn für immer verloren hatte. Nie hatte sie einen so zärtlichen und sorgenden Ausdruck auf Dantes Gesicht gesehen.

Und auch wenn sie es versuchte, Bess konnte Dantes Frau, die er nach Merdraco gebracht hatte, nicht verabscheuen. Bess wußte, daß dieses Mädchen in Dante verliebt war. Und zudem war dieses junge Ding von einer Ernsthaftigkeit und Aufrichtigkeit, die selbst Bess bewunderte.

Sie band ihr Haar zu einem festen Nackenknoten und stand auf. Sie riskierte einen letzten Blick in den Spiegel. Doch diesmal mußte sie nicht wegsehen. Sie wußte, was sie zu tun hatte, und auch wenn einige sie eine Närrin schimpfen würden, Bess Seacombe hatte nach all der Zeit ihre Selbstachtung wiedergefunden. Sie würde selbst dafür sorgen, daß Lady Rhea Claire Jacqobi erfuhr, daß nichts geschehen war letzte Nacht zwischen Dante und seiner *ehemaligen* Geliebten. Bess sah auf die Uhr. Es war spät, doch sie wäre verdammt, wenn sie noch eine weitere schlaflose Nacht damit zubringen würde, ihr Gewissen zu beruhigen. Spät und unangemeldet machte sie sich auf den Weg nach Merdraco.

Jack Shelby lauerte im Dunkel der Halle und beobachtete die Leute, die schweigend vor dem Kamin versammelt saßen. Er schmunzelte. Sie waren völlig ahnungslos. Es ist eine Schande, dachte er, als er die wunderhübsche Lady Rhea mit dem goldenen Haar voller Bedauern ansah. Doch der beste Weg, seinen Feind zu verletzen, würde sein, ihm das zu rauben, was er am meisten liebte – und das war seine schöne Frau.

Sie saß vor dem Kamin, starrte so unschuldig in die Flammen und wartete auf die Rückkehr ihres liebenden Gatten. Und Dante nahm an, daß sie in Sicherheit war.

Jack Shelby starrte auf das Feuer, das hellodernd im Kamin brannte. Fast konnte er da, wo er stand, die Wärme spüren. Er schaute hinauf, sah die Balken über seinem Kopf und all die herrlichen Holzplatten und dann den hölzernen Boden und die schweren Eichenmöbel. Es würde alles lichterloh brennen.

Mit einem Grinsen, bei dem sich selbst der Teufel persönlich unwohl gefühlt hätte, schlich Jack Shelby zurück über den Korridor.

»Manchmal verstehe ich dich wirklich nicht, Rhea«, sagte Francis Dominick leise, um den lesenden Alastair Marlowe, der neben ihnen saß, nicht zu stören.

»Warum?« fragte Rhea und schaute von der Stickerei auf, mit der sie versucht hatte, sich abzulenken.

»Warum?« wiederholte Francis und hob, ohne es zu wollen, die Stimme. »Weil du so verdammt gutgläubig bist. Deshalb!« Wütend fuhr er sich durch seine Locken.

»Du meinst Dante gegenüber?«

»Natürlich meine ich Dante gegenüber. Du sitzt hier seelenruhig, während er wieder unterwegs ist, und ich nehme an, daß Bess Seacombe sich dann bald wieder hier sehen läßt und behauptet, er sei die ganze Nacht bei ihr gewesen«, sagte Francis erzürnt, doch dann schüttelte er den Kopf voller Bedauern. »Es tut mir leid. Ich wollte eigentlich nicht wieder damit anfangen, Rhea.«

»Ist schon gut. Ich fürchte, daß du es nicht verstehst, Francis«, entgegnete sie ruhig. »Du hast nie geliebt. Eines Tages wirst du jemanden lieben, Francis, und wenn du das tust, dann kannst du verstehen, daß es eine aufrichtige Liebe ohne Vertrauen nicht gibt. Das eine kann nicht ohne das andere existieren«, erklärte sie, als würde sie zu einem Kind sprechen. »Dante bat mich, ihm zu vertrauen. Wenn es wahr ist, daß ich ihn so sehr liebe, wie ich es behaupte, wie kann ich ihm dann nicht glauben? Wie kann ich mir selbst gegenüber treu sein, wenn ich ihm gegenüber nicht aufrichtig und vertrauensvoll bin?«

Francis war verwundert.

»Eines Tages wirst du mich verstehen, Francis. Obwohl mir Dante kaum etwas erzählt hat, fürchte ich, daß er daran beteiligt ist, diese »Söhne des Satans« dingfest zu machen, und das bereitet mir viel mehr Sorgen als ein mögliches Rendezvous mit Bess Seacombe. Dante hat gesagt, daß zwischen ihm und Bess nichts gewesen ist, und ich glaube ihm.« Und auch die Erinnerung daran, wie sie sich geliebt hatten in jener Nacht, gab ihr die Gewißheit, daß Dante danach nicht zu einer anderen Frau gegangen sein konnte. »Warum er bei Bess Seacombe war, weiß ich nicht. Aber wenn er es mir sagen kann, wird er es tun«, meinte Rhea gefaßt.

Francis stand auf und gab ihr einen Kuß auf die Wange. »Du hast ein zu gutes Herz, meine Liebe. Ich hoffe nur, daß du dich nicht in Dante täuschst. Ich hoffe es wirklich, denn ich mag ihn«, gab Francis zu und lächelte, als er sich wieder in seinen Sessel setzte. Er schaute zu Alastair Marlowe und war überrascht zu sehen, daß der Gentleman gedankenverloren ins Nichts starrte, als würde er über das nachdenken, was er mit angehört hatte.

Francis ließ den Kopf an der Kopflehne ruhen und schloß für einen Moment die Augen. Doch dann öffnete er sie wieder, weil er fand, daß das Feuer reichlich viel Rauch verbreitete. Francis sog die Luft ein und war plötzlich alarmiert. Soviel Rauch stieg doch gar nicht vom Kamin auf. Und doch schien der ganze Raum voller Qualm zu sein. Dann bemerkte er die Flammen, die an der Fensterfront des Hauses züngelten.

»Rhea! O mein Gott!« schrie er heiser und sprang auf, als Scheiben klirrten und das Feuer auf das Zimmer übergriff.

Alastair war mit einem Satz auf den Beinen. Wie konnte ein

Feuer sich nur so schnell ausbreiten? Die Flammen fraßen bereits an der Westseite des Hauses. In wenigen Augenblicken, wenn es ihnen nicht gelang, durch die Küche ins Freie zu kommen, würden sie vom Feuer eingeschlossen sein.

Rhea eilte auf die Treppe zu, denn Kit, Conny und Robin lagen noch in ihren Betten.

»Ich werde Kirby und das Personal wecken«, schrie Alastair und rannte zur Küche, wo ein schmaler Flur zu den Räumen im rückwärtigen Teil des Hauses führte.

Francis hielt Rheas Arm, als sie die Treppe hinaufstürmten. Das obere Stockwerk war bereits voller beißendem Rauch.

»Ich kann einfach nicht begreifen, wie sich das Feuer so rasend schnell ausbreiten kann!« brüllte Francis. »Ich habe es doch eben erst bemerkt. Was ist nur geschehen?« Sie konnten sehen, wie die Flammen bis zu den Fenstern des zweiten Stocks herauflodertens.

»Oh, Francis, ich fürchte mich«, weinte Rhea, als sie über den Korridor hetzte. Unter der Tür zu Kits Zimmer quoll Rauch hervor.

Francis blieb vor Connys und Robins Zimmer stehen. »Ich bin gleich bei dir, Rhea«, rief er ihr zu, riß die Zimmertür auf und rüttelte die beiden Jungen wach.

»W-was ist los?« murmelte Robin benommen.

»Viel zu früh!« maulte Conny.

»Steht auf!« herrschte Francis sie an und schüttelte Conny, bis er glaubte, dessen Zähne klappern zu hören. Dann zog er Robin die Bettdecke weg.

»Francis, hau ab! Laß mich in Ruhe!« keifte Robin. Sein großer Bruder mußte wirklich den Verstand verloren haben.

»Das Haus brennt! Wir müssen hier raus!« schrie Francis, packte die beiden und zog sie hinter sich her aus dem Zimmer.

»Wartet hier! Rührt euch nicht von der Stelle! Ich hole Rhea!« befahl Francis, doch im nächsten Moment kam Rhea, ein Bündel fest in die Arme geschlossen, auf ihn zu.

»Durch die Küche!« rief Francis. »Das ist der einzige Weg raus. Alastair müßte die anderen inzwischen geweckt haben. Vielleicht haben sie es schon geschafft.« Francis lief voraus und versuchte, nicht zurückzuweichen, als er sah, wie dicht das Feuer in so kurzer Zeit an sie herangekommen war.

»Heeeeee!« Conny Brady hustete, seine Augen vor Schreck weit aufgerissen. Die Flammen schlugen schon über seinen Kopf, und er rannte mit den anderen durch die Halle, wo die Familie am Abend noch gemeinsam gesessen hatte.

Robin Dominick blinzelte unter Tränen, seine Finger krallten sich in Francis' Hand. Als sie das Ende der Treppe erreicht hatten, schlug ihnen die Hitze des Feuers entgegen wie aus einer offenen Ofentür. »Francis!« schrie Robin, als er die Hand seines Bruders verlor. »Ich kann nichts sehen! Wo bist du?«

»Hier bin ich. Keine Angst.« Francis hustete. Der Qualm war so dicht, daß er sich fragte, wie sie überhaupt noch Luft kriegen sollten. »Rhea, bist du in Ordnung?« fragte er, denn er hatte sie aus den Augen verloren.

»Ich bin hier.« Plötzlich stand sie rechts neben ihm, Conny dicht an ihrer Seite. »Francis, wie kommen wir zur Halle? Ich kann nichts sehen!« schrie sie.

Francis starrte auf die Wand aus Flammen, die auf sie zukam. Er drehte sich um und sah, daß auch in ihrem Rücken das Feuer wütete und ihnen den Weg über die Treppe versperrte. Er hatte das Gefühl, als würde er jeden Moment in Ohnmacht fallen.

Sie saßen in der Falle.

Bess Seacombe sah die Flammen schon von weitem. Bristol Boy schnaufte und scheute nervös. Doch Bess entwickelte eiserne Entschlossenheit. Selbst von hier konnte sie sehen, daß es ein Inferno war.

Als sie das Pförtnerhäuschen erreichte, sprang eine Gestalt in

Schwarz hervor und ergriff ihre Zügel. Große Hände packten sie und zerrten sie vom Pferd.

Sie stolperte und lag dann für einen Moment wie benommen da. Als sie aufblickte, sah sie Jack Shelby, der den Reitsattel von Bristol Boys Rücken löste. Sofort war sie wieder auf den Füßen. »Du!« fauchte sie haßerfüllt.

»Wolltest du deinen Liebhaber besuchen, Bessie?« spottete er. »Du kannst ihn unten am Strand finden. Vielleicht hat er sogar überlebt. Aber wenn ihm tatsächlich noch keiner ein Loch in sein schwarzes Herz gejagt hat, wird er sich noch wünschen, er wäre tot, wenn er seine Frau und sein ganzes Pack findet, zu Asche verbrannt.« Sein Lachen war dämonisch.

»Du hast das Haus angesteckt? Mein Gott, warum?«

»Er liebt sie, deshalb habe ich es getan. So wie ich meine Lettie geliebt habe, die er umgebracht hat. Ich wollte, daß er dieselbe Hölle durchleidet wie ich in all den Jahren. Wollte ihn um seine Toten weinen lassen, so wie ich geweint habe um meine Lettie. Er wird seine hübsche Frau und seinen Sohn nie wiedersehen.« Mit diesen Worten stieg Jack Shelby auf Bristol Boy.

»Du Narr! Du blinder Narr!« schrie Bess Seacombe und hielt für einen Moment inne. »Dante Leighton hat Lettie nicht umgebracht. Er war bei mir in jener Nacht vor fünfzehn Jahren. Er war mit mir zusammen!«

»Du lügst, um seinen Hals zu retten. Eines Tages werde ich ihn erwischen. Ich werde zurückkommen und ihn mir schnappen«, rief Jack Shelby.

»Aber ich lüge nicht. Zum ersten Mal in meinem Leben sage ich die Wahrheit in dieser Sache. Doch nun ist es zu spät. Das alles ist meine Schuld«, jammerte Bess.

Etwas von ihrer Verzweiflung schien Jack Shelby berührt zu haben, denn er blieb, wo er war, und starrte mit einem merkwürdigen Gesichtsausdruck auf Bess.

»Die Wahrheit, Weib«, knurrte er plötzlich. Und als Bess auf schaute, sah sie die Pistole, die auf ihren Kopf gerichtet war.

»Die Wahrheit, Jack Shelby? Nun gut. Aber sie wird dir nicht gefallen, denn wenn ich sie dir erzähle, hast du nichts mehr, was du hassen kannst.« Sie starrte regungslos in die Mündung der Pistole. »In der Nacht, als Lettie ermordet wurde, war Dante mit mir zusammen, die ganze Nacht. Erst am nächsten Morgen ist er gegangen. Als ich hörte, was geschehen war und daß Dante Leighton verdächtigt wurde, schwieg ich. Ich sagte kein einziges Wort, weil ich selbstsüchtig war, weil ich von meinem Großvater erfahren hatte, daß Sir Miles bei ihm gewesen war und ihm erzählt hatte, daß Dante bankrott sei. Als der Verdacht an Letties Ermordung auf Dante fiel, wollte ich meinen guten Ruf nicht riskieren. Deshalb habe ich nicht zugegeben, daß ich mit ihm zusammen war. Ich war jung. Ich war auf eine gute Partie aus. Ich konnte keinen Skandal riskieren. Und Dante verriet nichts über unsere Beziehung. Er gab mir die Möglichkeit, meinen guten Ruf zu bewahren, während er seinen verlor. Man hat ihn aus Devonshire vertrieben.«

»Du könntest auch jetzt noch lügen.« Jack Shelby versuchte fieberhaft, alles zusammenzufügen, damit es in sein Bild paßte.

»Ja, das könnte ich, doch die Frau, die gestern im Moor umgebracht wurde, ist auf dieselbe Weise ermordet worden wie Lettie. Diesmal gab ich Dante ein Alibi, weil wieder der Verdacht auf ihn fiel, aber ich...«

»Was für eine Frau?« unterbrach Jack Shelby sie.

»Du weißt nicht, von wem ich spreche?«

»Nein. Ich wußte nicht mal, daß ein Mord geschehen ist.«

»Esma Samples. Und ich finde es sehr merkwürdig, daß du sie nicht kennst, denn ihre Familie glaubt, daß sie ermordet worden ist, weil sie zu viel über deine Schmugglerbande wußte«, sagte Bess. »Aber verstehst du denn nicht? Wenn Dante Lettie nicht umgebracht hat vor fünfzehn Jahren und wenn gestern ein weiterer

Mord geschah, auf genau dieselbe Weise, und Dante es auch diesmal nicht war, dann hat jemand anders beide, Lettie und Esma, umgebracht. Du hast Dante selbst gesehen gestern nacht auf Seawyck. Du weißt, daß er Esma Samples nicht ermordet hat.«

»Er könnte es getan haben, nachdem er dein Haus verlassen hat. Oder bevor er gekommen ist«, entgegnete Shelby.

»Nein. Sir Morgan Lloyd war auch da, und er und Dante waren die ganze Nacht zusammen. Dante hat weder Lettie noch die andere Frau umgebracht. Warum sollte er es auch so aussehen lassen wie den Mord an Lettie?« fügte sie rasch hinzu, die ganze Zeit über gewahr, daß eine Pistole auf sie gerichtet war. Jack Shelby hörte Bess aufmerksam zu, und sie fuhr fort. »Ich habe mit dem Mann aus Merleigh gesprochen, der die Leiche gefunden hat. Es ist unglaublich, aber er war es auch, der Lettie damals fand. Woran er sich erinnerte, war eine Art blauer Fleck auf Esmas Körper, ein Fleck mit einer seltsamen Form. Und das erinnerte ihn daran, daß er etwas in der Art schon einmal gesehen hatte. Er will diese Information morgen an die Behörden weitergeben.«

Jack Shelby war tödlich ruhig. »Was für ein blauer Fleck?«

»Er sagte, es hätte ausgesehen wie der Kopf eines Hundes, so etwas in der Art. Und er schwört, daß er so einen Fleck auch auf Letties Leichnam gesehen hat.«

Plötzlich ging eine schreckliche Veränderung in Jack Shelby vor. Das Pferd schien es auch zu fühlen und wieherte nervös. Die Teile des Puzzles paßten plötzlich zusammen für Jack Shelby, und Bess, die ihn angsterfüllt anstarrte, sah, wie die Pistole mit einem Mal zu zittern begann. Schließlich sagte Shelby etwas. Es war nur ein einziges Wort: »Miles.«

Dann riß er Bristol Boy herum und gab ihm die Peitsche, als er die Straße hinunterpreschte. Er ließ Bess einfach stehen.

»Verdammt, ich weiß beim besten Willen nicht, wie er uns entwischen konnte«, fluchte Dante.

»Ich glaube nicht, daß er das ist. Eine Menge Leichen sind von der Flut in die Bucht hinausgezogen worden«, meinte Sir Morgan, »wahrscheinlich wird er noch an den Strand gespült.«

Dante Leighton und Sir Morgan hatten den Gipfel der Klippen erreicht und gingen durch die Ruine des Schlosses, als sie die Flammen bemerkten, die hoch in den Himmel schlugen und die Umgegend in ein seltsames orangenes Licht tauchten. Beide erstarrten für einen Moment, dann rannten sie los.

Dante erreichte als erster sein Pferd und galoppierte bereits die Straße entlang, als Sir Morgan sein Pferd antrieb.

Als Dante beim Jagdhaus ankam, hatten es die Flammen schon vollständig verschlungen. Die Hitze war unerträglich, und die kleine Gruppe, die dicht aneinander gedrängt bei den Bäumen stand, weinte und jammerte, als wären sie Zeugen des Unterganges der Welt.

Dante sprang vom Pferd und ließ es allein weitergaloppieren, als er auf die Gruppe zulief. Natürlich hörte er ihr Schluchzen und Wehklagen, doch was ihn wie zu Stein erstarrt innehalten ließ, war der Anblick von Alastair Marlowe, der auf dem Boden hockte, die Hände vor sein Gesicht geschlagen.

Alastair spürte eine Hand auf seiner Schulter, und er wußte ohne hinzusehen, wer es war. Er schüttelte den Kopf und schluchzte noch lauter.

»Capt'n«, flüsterte Houston Kirby heiser, sein Gesicht verschmiert von Tränen und Ruß, »es ist alles so furchtbar schnell gegangen. Eben war alles noch in bester Ordnung, und in der nächsten Minute brannte das Haus lichterloh.« Seine knorrige Hand zitterte, als er Jamaica über das zerzauste Fell strich. Die Augen des Katers glühten im Feuerschein.

»Mr. Marlowe kam hereingestürzt und weckte uns auf, sagte,

das Feuer würde sich überall ausbreiten. Er meinte, Francis und… und…« doch seine Stimme brach. Er fing an zu weinen. Dann schniefte er und holte Luft. »Lord Francis und Lady Rhea sind die Treppe hinaufgelaufen, um Conny, Robin und Lord Kit zu holen. Sie sind auch wieder heruntergekommen. Wir haben sie gesehen. Doch plötzlich war alles voller Flammen. Dann waren sie verschwunden. O mein Gott, ich… ich…« Houston Kirby schluchzte, er zitterte am ganzen Leib, als er sein Gesicht an Jamaicas Fell preßte und den Kater festhielt, als wäre er ihm das liebste auf der ganzen Welt.

Sir Morgan Lloyd schirmte die Augen gegen das grelle Feuer ab. Er hatte mit angehört, was Kirby gesagt hatte, doch selbst als er auf das wütende Feuer starrte, konnte er einfach nicht glauben, daß Lady Rhea und ihre Brüder, ihr Sohn und der junge Conny Brady in den Flammen umgekommen waren.

Er sah zu Dante Leighton und dachte bei sich, daß er noch nie einen Mann gesehen hatte, der so erschlagen, so leblos ausgesehen hatte wie Dante. Es war, als wäre etwas in ihm gestorben, als er erfuhr, daß seine Frau und sein Kind umgekommen waren.

Sir Morgan sprang vom Pferd, als ihn plötzlich jemand am Arm berührte. Es war Bess Seacombe, die ihn mit gehetztem Blick anstarrte.

»Jack Shelby hat es getan. Ich war unterwegs hierher, um Lady Rhea Claire zu erklären, was gestern nacht geschehen ist, als er mich überfiel und mir mein Pferd stahl. Er hat sich damit gebrüstet, das Feuer gelegt zu haben. Er ist von Sinnen. Er hat es wegen Lettie getan, weil er dachte, daß Dante sie umgebracht hat. Aber ich habe ihm gesagt, daß Dante es nicht getan hat. Ich denke, er hat es mir schließlich doch geglaubt. Dann sagte er etwas sehr Merkwürdiges.« Bess war völlig außer Atem.

»Was sagte er?« fragte Sir Morgan und legte Bess einen Arm um die Hüfte, damit sie nicht umfiel.

»Er sagte ›Miles‹. Ich weiß nicht, ob ich je vorher einen so mörderischen Blick gesehen habe.«

»Was haben Sie ihm erzählt?«

»Ich wollte ihn davon überzeugen, daß Dante Lettie nicht umgebracht hat. Und auch nicht Esma Samples. Ich habe ihm erzählt, daß Dante mit mir zusammen war in jener Nacht vor fünfzehn Jahren, und er wußte ja selbst, daß Dante gestern nacht auf Seawyck war. Dann habe ich ihm erzählt, daß Sie die ganze Nacht mit Dante zusammen waren. Er wußte, daß Dante Esma Samples nicht getötet hat. Und ich habe ihm von diesen Flecken auf den Körpern beider Toten erzählt«, sagte Bess erschöpft.

»Was für Flecken?« fragte Sir Morgan mit harter Stimme.

»Blaue Flecken, die aussehen wie der Kopf eines Hundes. Der Mann, der Esmas Leiche fand, erinnerte sich daran, dieselben Flecken auch auf Letties Körper gesehen zu haben. Als Shelby das hörte, sagte er ›Miles‹.«

»Dante! Nicht! Kommen Sie zurück! Das ist Wahnsinn! Sie dürfen es nicht tun!« schrie Sir Morgan plötzlich. Doch es war zwecklos, denn Dante hatte alles mit angehört, und Sir Morgan wußte, was er vorhatte.

Dante hatte sein Pferd erreicht und schwang sich in den Sattel, doch dann stieg er wieder ab und starrte regungslos geradeaus.

»Was zum Teufel...?« flüsterte Sir Morgan, als er sah, wie Dante auf die Klippen zulief, die zu den Türmen von Merdraco führten. Für einen kurzen, schrecklichen Augenblick dachte Sir Morgan, daß Dante vor Kummer und Schmerz den Verstand verloren hatte und sich von den Klippen stürzen wollte.

Doch dann sahen sie alle die Gestalten, die über die Felsen taumelten. Es waren vier. Eine von ihnen war eine Frau, die etwas in den Armen hielt und fest an ihre Brust preßte.

»O mein Gott!« stammelte Kirby, schluchzte laut und hemmungslos, als er erkannte, wer diese vier Gestalten waren. Unbeholfen rannte er auf sie zu. Jamaica sah ihn an, als wäre er völlig verrückt geworden.

Francis Dominicks Gesicht war fast schwarz von Rauch und Ruß, und seine Zähne schimmerten unglaublich weiß, als er grinste und in die ausgebreiteten Arme lief. Er schaute über die Schulter zurück und sah, wie Rhea verschwand, als Dante Leighton sie und ihren Sohn in die Arme schloß und sie hielt, als wollte er sie nie mehr loslassen…

Die Wahrheit ist nichts als die Wahrheit am Ende aller Berechnung.

Shakespeare

Kapitel sechsunddreißig

In dieser Nacht herrschte keine Dunkelheit, bevor die Sonne sich erhob, denn der Himmel war die ganze Nacht über hell erleuchtet vom Feuer. Als der Morgen anbrach, färbten sich die ersten Sonnenstrahlen scharlachrot am vom Rauch erfüllten Himmel über Merdraco.

Das Tageslicht gab den Blick auf ein Haus frei, das nicht viel mehr war als Asche, die bald vom Wind zerstreut werden würde.

Und es zeigte auch, was von der Schmugglerbande übriggeblieben war, Fußspuren im Sand, die von der Flut fortgespült wurden.

Die Nachricht des Feuers verbreitete sich überall in Windeseile, und bald waren die nun Obdachlosen unterwegs nach Sevenoaks House, wohin sie Sir Jacob Weare als seine Gäste eingeladen hatte, bis Merdraco wieder bewohnbar sein würde.

Doch bevor der Herr über Merdraco zur Ruhe kommen konnte, mußte er noch seinem Feind gegenübertreten. Und so hatte er Rhea und seinen Sohn bei Sir Jacob gelassen und war von Sevenoaks House nach Wolfingwold Abbey geritten, dem Zuhause von

Sir Miles Sandbourne und gewiß der Ort, an dem er Jack Shelby finden würde. Mit ihm ritten Sir Morgan, Alastair, Francis und Houston Kirby.

Doch was sie schließlich vorfanden und sahen, war nicht, was sie erwartet hatten.

Sir Miles' Diener standen in der großen Halle des einst klösterlichen Besitzes, die Gesichter unübersehbar von Furcht gezeichnet. Jack Shelby war in der Tat nach Wolfingwold Abbey gekommen und hatte verlangt, Sir Miles zu sehen. Offensichtlich hatte er ihn im Salon angetroffen. Keiner der Diener hatte es gewagt, die riesigen Doppeltüren zu öffnen, als sie das Krachen der Pistole gehört hatten.

Dante und Sir Morgan stießen die verriegelte Tür mit den Schultern auf. Das Bild, das sich ihnen bot, war selbst für einen Mann, der den Anblick des Todes gewöhnt war, schrecklich.

Jack Shelby hatte begriffen, daß er in all diesen Jahren von Sir Miles ausgenutzt worden war. Es war dieser vornehme Gentleman gewesen – und nicht Dante Leighton –, der Lettie ermordet hatte. Als Jack Shelby anfing, Sir Miles zu Tode zu würgen, war es dem älteren Mann gelungen, eine Pistole aus der Tasche zu ziehen. Er drückte ab und schoß Jack Shelby in die Brust. Doch dessen Hände lagen noch immer um Sir Miles' Hals, und er fuhr fort, ihm die Luftröhre zu zerquetschen, ehe er selbst tot zu Boden sank. Schließlich lagen sie beide tot auf dem Boden.

Dante und seine Begleiter hatten sich nicht lange auf Wolfingwold Abbey aufgehalten. In Sevenoaks House fand Dante Rhea eingewickelt in einen Morgenmantel, den ihr Sir Jacobs Nichte, die schwerhörige Essie, geliehen hatte.

Kit lag auf ihrem Schoß und schlief. Rhea nippte an einem Glas Sherry und versuchte, wenigstens für einen Moment, die schreckliche Erinnerung zu verdrängen.

Sir Jacob Weare, noch immer im Morgenmantel, wartete auf

Dante. Er wußte, es würde sich noch mehr an diesem Tag zutragen. Essie saß in ihrem Sessel beim Kamin, und Dante fragte sich, ob sie überhaupt noch etwas mitbekam.

Alastair, Francis, Houston Kirby und die beiden Jungen hatten auf den Sesseln Platz genommen. Ihre Hände und Gesichter waren abgeschrubbt, doch ihre Kleider stanken noch immer nach Rauch und Ruß.

Dante fuhr sich müde mit der Hand durch sein zerzaustes Haar und setzte sich auf einen Schemel dicht neben Rhea und Kit, ein großes Glas Brandy in der Hand.

Jamaica, der begriff, daß sie Gäste waren in diesem seltsamen Haus, wollte seine nächste Mahlzeit sichern, indem er sich bei Essie einschmeichelte. Er strich um ihre Beine – sehr zu Houston Kirbys Entrüstung. Wenn es ums Fressen ging, kannte der Kater keine Loyalität.

»Sie haben sich gegenseitig getötet«, murmelte Dante und zerriß das gespannte Schweigen durch diese plötzliche Bemerkung.

»Sir Miles ist tot?« fragte Sir Jacob.

»Ja. Aber es ist ihm gelungen, Jack Shelby mit einer Pistole tödlich zu verwunden«, antwortete Dante.

»Gütiger Himmel, der Wahnsinn, der Haß entspringt!« Sir Jacob schüttelte den Kopf. »Nun ist wenigstens keiner der beiden mehr in der Lage, einem anderen Schaden zuzufügen. Es ist vorbei, meinst du nicht auch? So viele Jahre, so viele lange, vergeudete Jahre, und alles nur wegen der Verderbtheit eines Mannes.« Nach einem Moment des Schweigens sagte er weiter: »Darf ich fragen, wie es kam, daß sich Jack Shelby so plötzlich gegen Sir Miles wandte? Wenn es stimmt, was ich gehört habe, dann war Sir Miles der wahre Anführer der ›Söhne des Satans‹, und er und Shelby haben jahrelang zusammengearbeitet. Warum also hat sich Shelby jetzt gegen ihn gestellt?« fragte Sir Jacob und dachte an Jagdhunde, die sich gegen ihren Herrn wenden.

Alle schauten von Sir Jacob zu Dante. »Sir Miles war tatsächlich der Anführer der ›Söhne des Satans‹«, erklärte er. »Doch wie es seine Art war, hat er sich all die Jahre im Hintergrund gehalten, Jack Shelby vorgeschickt und ihn das bißchen Macht genießen lassen, das er ihm gestattete. Wenn etwas schiefgegangen wäre, dann hätte Jack Shelby den Kopf in der Schlinge gehabt. Ich vermute, daß auch ich zum Teil schuld an Miles' Schmugglertreiben bin, denn ich habe dafür gesorgt, daß er bankrott ging. Er mußte sich ja irgendwie Einnahmen beschaffen.« Dante starrte auf seinen Brandy, als könnte er im Glas alles deutlich vor sich sehen.

»Unsinn, mein Junge. Miles war bereits am Tag seiner Geburt zum Scheitern verurteilt und ein schlechter Mensch. Hab' ihn nie gemocht, schon als er in Francis' Alter war, nicht. Und daran hätte nichts und niemand was ändern können«, erwiderte Sir Jacob. »Also sei nicht töricht, Junge. Jetzt fahr fort.«

»Nun, wie es scheint, kannte Esma Samples Sir Miles' Rolle bei der Schmugglerbande. Ihr Mann muß es herausgefunden haben. Deshalb haben ihn die Schmuggler umgebracht. Und weil er es seiner Frau erzählt hat, brachte man auch sie um.«

»Ah, ich fange allmählich an zu verstehen«, sagte Sir Jacob und rieb sich das Kinn. »Ich habe von diesem Mord gehört und von den Ähnlichkeiten zum Mord an Lettie Shelby. Kein Zweifel, daß Sir Miles geplant hatte, es so aussehen zu lassen, als hättest du es getan.«

»Ja, aber Sir Miles tat mehr, als diesen Mord nur zu planen. Dieses Mal machte er sich die Hände schmutzig, und aus diesem Grund wurde er unvorsichtig. Er war so sehr darauf aus, die Frau zum Schweigen zu bringen und seine Identität zu schützen, daß er Esma Samples eigenhändig umbrachte. Er konnte der Versuchung nicht widerstehen, den Verdacht auf mich zu lenken. Er war gierig. Er ließ es zu, daß ihn seine Gier und sein Haß blind und unvorsichtig machten.«

»Wie kam es, daß Jack Shelby und die Behörden mit einem Mal Sir Miles verdächtigten, Lettie Shelby ermordet zu haben?« wollte Sir Jacob wissen.

»Wie es scheint, war eine Art blauer Fleck oder Druckstelle am Leichnam von Esma Samples, wie ihn auch Letties Leiche aufwies. Es war ein Fleck von der Form eines Hundekopfes. Ein Fleck, wie er von einem Schlag mit dem Knauf eines Stockes hervorgerufen wird.«

»Ein Wolfskopf – kein Hundekopf! Sir Miles und seine Eitelkeit«, sagte Sir Jacob und lächelte mühsam. »Er hat immer diesen verdammten Stock mit einem Wolfskopf als Knauf bei sich gehabt. Er hat sein eigenes Todesurteil damit unterschrieben. Jack Shelby, schwer von Begriff, wie er gewesen sein mag, dürfte sich daran erinnert haben, diesen Wolfskopf bei Miles gesehen zu haben.«

»Nun, wir müssen uns bei Bess dafür bedanken.« Dante überraschte Sir Jacob mit dieser Bemerkung.

»Bess?«

»Ja, sie traf auf der Straße nach Merdraco mit Jack Shelby zusammen, nachdem er das Jagdhaus in Brand gesteckt hatte«, sagte Dante und berührte Rheas Hand. »Sie erzählte ihm, daß ich bei ihr gewesen bin in der Nacht von Letties Tod und daß ich in der anderen fraglichen Nacht mit Sir Morgan zusammen war. Wie Shelby bereits wußte, war ich in der Nacht, als Esma Samples starb, bei Bess. Also wußte er nun, daß ich weder den einen noch den anderen Mord begangen haben konnte. Dann erzählte ihm Bess von den Flecken. Sie sagte, Shelby hätte ausgesehen, als wäre er dem Leibhaftigen begegnet.«

»Doch was hatte Bess in dieser Nacht auf der Straße nach Merdraco zu suchen? Es muß doch schon sehr spät gewesen sein«, fragte Sir Jacob.

»Sie wollte zu mir, um mir zu sagen, daß nichts vorgefallen ist zwischen ihr und Dante«, ergriff Rhea zum erstenmal das Wort.

»Sie wollte, daß ich die Wahrheit kenne. Daß Dante und Sir Morgan zu dem Schluß gekommen waren, daß Jack Shelby nach Seawyck Manor reiten würde. Sie fanden ihn dort auch vor. Doch weil Dante und Sir Morgan zusammenarbeiteten, um die Schmuggler in die Falle zu locken und ebenso diesen Leutnant Handley, der Sir Morgans Bruder verraten und betrogen hatte, durfte niemand erfahren, daß sie an jenem Abend zusammengewesen waren. Und da Jack Shelby Sir Morgan nicht gesehen hatte, war ihr Geheimnis weiterhin sicher. Sir Morgan bat Bess, nichts zu sagen, und sie war dankbar für die Hilfe und den Beistand und ebenso erpicht darauf, Jack Shelby und die Schmuggler im Gefängnis zu sehen. Also war sie mehr als einverstanden«, erklärte Rhea.

»Sir Morgan sagte mir, daß er Rhea alles erklärt hätte, wenn Bess es nicht getan hätte«, merkte Dante an, wohl wissend, was Rhea durchgemacht hatte.

»Wäre ich nicht so froh gewesen herauszufinden, daß Sir Morgan sich nie gegen uns gestellt hat, dann wäre ich sehr enttäuscht von ihm gewesen, weil er mich nicht ins Vertrauen gezogen hat«, sagte Rhea ruhig. »Ich werde deshalb noch ein Wörtchen mit ihm zu wechseln haben. Wo ist er jetzt?« fragte sie.

»Er ist auf Wolfingwold Abbey. Es gibt eine Menge für ihn zu veranlassen. Er wird reichlich beschäftigt sein, dafür zu sorgen, daß Leutnant Handley unverzüglich vor Gericht gestellt wird.«

Sir Jacob lehnte sich in seinem Sessel zurück und seufzte. »Ich kann kaum glauben, daß Sir Miles nicht mehr am Leben ist. Ich habe mir so lange Sorgen gemacht wegen dieses Mannes und der Bedrohung, die er darstellte.«

»Sie haben sich Sorgen gemacht?« mischte sich Houston Kirby ein. »Denken Sie doch einmal daran, wie ich mich all die Jahre gefühlt habe, weil der Capt'n entschlossen war, hierher zurückzukehren und sich an diesem Unhold zu rächen. Ich glaube, ich habe nicht eine einzige Nacht wirklich ruhig schlafen können, seit wir wieder hier sind.« Der kleine Steward schniefte eindrucksvoll.

»Sie Ärmster, Sie sehen wirklich aus, als wären Sie um hundert Jahre gealtert, Kirby«, bemitleidete Sir Jacob den kleinen Mann, der bei dieser Bemerkung seine buschigen Augenbrauen hochzog.

»Aye, eine Weile habe ich gedacht, das wäre das Ende. Und ich schätze, nicht mal die Hölle könnte schlimmer sein als der Anblick des brennenden Jagdhauses.« Kirby schüttelte den Kopf und nahm einen großen Schluck von seinem Brandy.

Sir Jacob schaute zu Rhea und ihrem Sohn, die so dicht neben Dante saßen, und dann zu Francis Dominick, der wirklich zum erstenmal einen Brandy zu genießen schien. Die beiden Jungen saßen eng beieinander auf dem kleinen Sofa, ihre Augen noch immer riesengroß vom Schrecken, den sie erlebt hatten.

»Wie, zum Teufel, seid ihr eigentlich aus dem Haus gekommen?« fragte Sir Jacob plötzlich.

Francis schüttelte sich. Er war dem Tod zu nahe gewesen, als daß er jetzt daran denken konnte, ohne noch immer die Hitze zu spüren, die seine Augenbrauen versengt hatte. Er blickte die beiden Jungen liebevoll an und antwortete: »Wir müssen diesen zwei Geheimnistuern danken, daß sie uns das Leben gerettet haben.«

Conny Brady und Robin Dominick waren beschämt, auch wenn sie stolz die Schultern reckten. Sie wußten, daß sie, indem sie die Existenz des unterirdischen Geheimganges vom Strand zum Jagdhaus als ihr Geheimnis gehütet hatten, zum Teil mit dafür verantwortlich waren, daß es Jack Shelby gelungen war, Dantes und Sir Morgans Falle zu entwischen.

»Ich dachte, es wäre aus mit uns«, gab Francis zu. »Die Flammen hatten uns den Weg abgeschnitten, und wir standen in der Halle, als Conny und Robin anfingen, etwas von einem geheimen unterirdischen Gang zu faseln, der vom Haus zum Strand führen würde. Dann fingen sie an, an einer der Wandplatten im Korridor herumzufummeln. Ich hab' ihnen dabei geholfen, und wir haben tatsächlich den Eingang gefunden. Nun, wir sind im allerletzten Moment in den Tunnel geflüchtet vor dem Feuer. Eine Minute später, und wir wären…« Francis rang um Worte.

Dante sah die Jungen nachdenklich an. »Ich hatte diesen Gang ganz vergessen. Er ist vor langer Zeit angelegt worden und diente während des Bürgerkrieges als Fluchtweg für meine Vorfahren, wenn sie von Cromwells Männern verfolgt wurden. Schätze, er ist schon seit mehr als einem Jahrhundert nicht mehr benutzt worden. Ich nahm an, die Decke wäre längst eingestürzt. Wie es scheint, hatte Jack Shelby den Gang nicht vergessen. Auf diese Weise muß er uns am Strand entwischt sein. Und auf diese Weise ist er auch ins Jagdhaus eingedrungen, um das Feuer zu legen. Er hat den Tunnel wahrscheinlich gefunden, als er Verwalter auf Merdraco war und muß sich daran erinnert haben, als er mit dem Schmuggeln anfing. Ich frage mich, ob Sir Miles je davon gewußt hat oder ob es Jack Shelbys privater Fluchtweg war. Ich werde mir diesen Gang später noch mal mit euch zusammen ansehen«, versprach er und schwor sich gleichzeitig, in Zukunft besser auf die beiden furchtlosen Kameraden aufzupassen.

»Ich frage mich immer noch, wie wohl alles ausgegangen wäre, wenn Sir Miles Esma Samples nicht ermordet und Bess Jack Shelby nichts von den Flecken erzählt hätte«, sagte Alastair Marlowe und dachte daran, daß ihr Leben wirklich an einem seidenen Faden gehangen hatte.

Sir Jacob rutschte höchst unruhig hin und her, doch Rhea hätte schwören können, daß seine Augen vor Aufregung funkelten, als er sagte: »Die Sache wäre nicht anders ausgegangen. Nur, daß Sir Miles wahrscheinlich nicht den Tod durch Jack Shelbys Hand gefunden hätte.«

»Wie können Sie das so sicher wissen?« fragte Dante. Er fand, daß Sir Jacob sehr viel Vertrauen hatte.

»Ich denke, es ist an der Zeit, euch etwas zu eröffnen«, sagte der alte Mann und sah zu der kleinen Frau, die so ruhig neben dem Kamin saß und Jamaica auf ihrem Schoß hielt. »Essie? Findest du nicht auch?« fragte Sir Jacob mit zärtlicher Stimme.

Zur allgemeinen Überraschung hatte Essie überhaupt keine Schwierigkeiten, Sir Jacobs Frage zu verstehen. Und als die alte Frau aufstand, tat sie es behend und ohne jede Mühe.

Dante Leighton und die anderen starrten die Frau an, als sie sich umdrehte, und das helle Licht des Tages, das durch die breiten Fenster floß, ihr direkt ins Gesicht fiel. Dann nahm sie die tief ins Gesicht gezogene Kappe ab, die den größten Teil ihres Gesichts verborgen hatte. Und ihre Hände zitterten nicht mehr vor Altersschwäche, als sie in ihre silbernen Locken griff und mit einem Ruck die Perücke vom Kopf zog, unter der zu einem festen Knoten zusammengebundenes goldenes Haar zum Vorschein kam – ihr richtiges Haar.

Sie nahm ein spitzenbesetztes Tuch und wischte sich sorgfältig die Schminke vom Gesicht, die sie so alt hatte erscheinen lassen. Schließlich nahm sie die Brille ab und wandte ihnen allen wieder ihr Gesicht zu. Es war die Frau auf dem Porträt.

»Mutter!« rief Dante heiser und sprang auf, um die Frau anzusehen, die er seit fünfzehn Jahren tot geglaubt hatte. »Mutter!«

»Dante. Mein Sohn. Mein geliebter Sohn.« Sie streckte die Arme nach ihrem verlorenen Sohn aus, der schließlich doch nach Hause gekommen war, heim nach Merdraco.

Zwei Wochen gingen ins Land, und sie wohnten noch immer auf Sevenoaks House. Während dieser Zeit lernten Dante und seine Mutter sich neu kennen. Rhea lächelte voller Freude, als sie Lady Elayne, die noch immer fast so jung aussah wie auf dem Porträt, im Garten unter der großen alten Eiche sitzen sah, ihren Enkelsohn auf dem Schoß wiegend. Sie summte ein sanftes Lied, so wie sie es einst bei ihrem Sohn getan hatte.

Rhea erinnerte sich an jede Einzelheit jenes unglaublichen Moments vor zwei Wochen, als Dante erfuhr, daß seine Mutter am Leben war und während der vergangenen zehn Jahre auf Sevenoaks House gelebt hatte.

Sir Jacob hatte ihr schwören müssen, dieses Geheimnis zu bewahren, erzählte er Dante entschuldigend. Elayne hatte ihn direkt angefleht, und obwohl er es eigentlich nicht wollte, hatte er schließlich eingewilligt. Doch mit den verstreichenden Jahren hatte er erkannt, wie weise Elaynes Entschluß gewesen war. Alle im Salon lauschten ihrer Geschichte und begannen zu verstehen, warum sie diese Entscheidung damals getroffen hatte.

In jener Nacht, als sie aus Merdraco und vor den Schlägen geflohen war, die ihr Sir Miles verpaßt hatte, war sie am Rand der Klippen entlang gestolpert. Sie hatte daran gedacht, ihrem Leben ein Ende zu setzen, denn sie wußte, sie würde Miles' Brutalität oder die Enthüllung, daß er Lettie Shelby umgebracht hatte, nicht ertragen können. Miles hatte ein Verhältnis mit ihr gehabt, und er war jener Gentleman-Liebhaber gewesen, von dem Lettie geprahlt hatte, daß er ihr ein großes Haus in London kaufen würde. Er hatte dies Elayne gegenüber eingestanden, als er sie verprügelte, denn sie stellte keine Bedrohung für ihn dar. Es hätte ihr Wort gegen seines gestanden, wenn sie jemals jemandem davon erzählt hätte. Und er drohte ihr damit, daß ihr Sohn die Konsequenzen ihres Verrats würde ausbaden müssen. Zu dieser Zeit war Dante noch immer blind für Miles' Betrug gewesen.

Doch als Elayne am Rand der Klippen stand, kam ihr eine Idee. Wenn man sie für tot hielte und Dante eventuell die Wahrheit über Sir Miles herausgefunden hätte, wäre er frei gewesen, ein neues Leben zu beginnen. Wäre sie noch immer an Miles gebunden gewesen, hätte sich Dante für sie verantwortlich gefühlt. Er hätte Merdraco niemals verlassen.

Sie war an den Strand gegangen und hatte ihr Tuch auf einem

Felsen ausgebreitet, als wäre es dort gelandet, nachdem sie hinuntergestürzt war. Dann war sie durch die Nacht gelaufen und hatte versucht, so weit weg von Merdraco und Miles wie möglich zu kommen. Da sie gewußt hatte, wer für Lettie Shelbys Tod verantwortlich war, war es nur noch eine Frage der Zeit gewesen, wann Miles auch sie umbringen würde.

Sie Jacob Weare hatte sie gefunden, als er auf dem Heimweg von einer Versammlung gewesen war. Er hatte sie nicht gleich erkannt, denn ihr Gesicht war ganz verschwollen von den Schlägen gewesen. Er hatte sie in seine Kutsche gehoben und sie mit ins sichere Sevenoaks House genommen. Dort hatte sie Sir Jacob die ganze Geschichte eröffnet.

Er hatte ihr Begräbnis arrangiert und ihr geholfen, nach Frankreich zu reisen, wo sie während der folgenden fünf Jahre in einem Kloster gelebt hatte. Doch als ihr Sir Jacob Nachricht über Dante schickte, konnte sie nicht länger fortbleiben und war nach Devonshire zurückgekehrt, zufrieden damit, auf Sevenoaks House zu leben – als Sir Jacobs schwerhörige Nichte Essie.

Wenn die Einsamkeit unerträglich wurde, ging sie in der Dunkelheit der Nacht hinaus und besuchte Merdraco, lief durch die Hallen und erinnerte sich an die Zeiten, als sie hier glücklich gelebt hatte. So war die Legende der bleichen Lady der Ruine geboren worden. Und auf diese Weise hatte sie unbeabsichtigt die Schmuggler so sehr erschreckt, daß sie Merdraco fortan nicht mehr als Stützpunkt benutzten. Sie gab auch zu, daß sie der Versuchung nicht hatte widerstehen können, ihren Sohn zu sehen. Sie war es gewesen, die Rhea in jener Nacht im Garten zwischen den Bäumen gesehen hatte.

Als Dante mit Frau und Kind zurückkehrte, hatten Elayne und Sir Jacob sofort gewußt, in welch schrecklicher Gefahr Dante und seine Familie schwebten. Sie sprachen mit Sir Jacobs Anwälten in London und waren darauf vorbereitet, mit ihrer Geschichte an die

Öffentlichkeit zu gehen. Auch wenn es keine Beweise gab, hätten ihre Behauptungen doch wenigstens die Behörden so weit alarmiert, um eine Überwachung von Sir Miles Sandbourne anzuordnen.

Rhea stand am Fenster, und ein zufriedenes Lächeln spielte um ihre Mundwinkel, als sie Lady Elayne sah, die Kit hochhob und innig umarmte. Während Rhea hinausschaute, näherte sich Dante ihr von hinten und schlang die Arme um ihre Hüften. Er zog Rhea an seine Brust und ließ sein Kinn auf ihrem Kopf ruhen. Und so standen sie da, in vertrautem Schweigen.

»Ich habe darüber nachgedacht, ob wir nicht jetzt nach Camareigh reisen sollten. Der Herzog und die Herzogin sind sicher besorgt um uns. Meine Mutter würde die Reise auch genießen. Und ich habe auch daran gedacht, daß wir danach nach London weiterreisen könnten. Wir könnten mit einer neuen Crew auf der *Sea Dragon* heim nach Merdraco segeln.«

Rhea hob eine Hand und berührte Dantes sonnengebräunte Wange. Sie erinnerte sich daran, wie sie ihn zum erstenmal gesehen hatte. Es war an Bord der *Sea Dragon* gewesen, und es schien nur recht, daß sie wieder segeln sollten.

Ohne daß sich Rhea dessen bewußt war, berührte sie mit der anderen Hand die Juwelenbrosche an ihrem Oberteil und lächelte. Sie hatte die Brosche auch in jener Nacht getragen, als das Feuer ausbrach, und sie glaubte fest daran, daß ihr dieses Abbild der *Sea Dragon* Glück gebracht hatte. Sie hatte sich geschworen, die Brosche immer zu tragen.

»Wollen wir in die Sonne gehen und uns zu den beiden setzen?« fragte Dante. Er sah Rhea für einen langen Moment tief in die Augen, ehe sich ihre Lippen fanden. Zusammen verließen sie das Zimmer, das plötzlich voller Schatten schien. Dante wollte nicht an die Vergangenheit erinnert werden. Als er das Lachen seiner Mutter und das vergnügte Quietschen seines Sohnes hörte, wußte er, daß er nur in die Zukunft schauen wollte und daß es keinen Blick in die Vergangenheit geben würde.

Das Licht der Sonne war so strahlendhell, daß es fast blendete. Hand in Hand traten Dante und Rhea aus den Schatten und schlenderten durch den Garten zu Lady Elayne und Kit. Eine strahlende Zukunft erwartete sie.

Lang ist der Weg
und beschwerlich, der aus der Hölle führt
hinauf ins Licht.

John Milton

Epilog

Die Seemöwe breitete die Flügel aus, stieg auf und segelte durch die Lüfte, als ihr Schatten über die sanften grünen Abhänge glitt. Es war früh in der Jahreszeit des wilden Thymians und Schwarzdorns. Die kleinen Pflaumen hingen schwer an den Ästen, ihre blassen Blüten warteten auf die Mittsommersonne.

Die vergoldeten Blütenblätter der Schlüsselblumen kündeten von milder Wärme, die die Erde noch nicht erreicht hatte, denn der Wind, der über die wilde Küste von Devon fegte, stammte von wütenden Stürmen auf dem Meer. Rauh mit der anhaltenden Kälte des Winters, rücksichtslos gegen die ersten zarten Knospen des Frühlings, warfen die Nordwinde die schäumenden Wellen gegen die Landspitze und die zerklüfteten Riffe.

Doch der einsame und verlassene Turm aus Stein, der sich vor dem schwarzen Horizont abzeichnete, hatte weit schlimmeren Attacken standgehalten als diesem Sturm. Der einsame und verlassene Turm war alles, was noch geblieben war vom Schloß, das in Trümmern lag. Eine Ruine. Merdraco.

Die massiven Steine lagen überall verstreut. Die von Flechten bedeckten Mauern, die für Jahrhunderte unbezwingbar schienen, waren gefallen, am Ende besiegt von wucherndem Efeu, und der hartnäckige Wein breitete sich Jahr für Jahr aus im verrottenden Mörtel.

Der Himmel war zu sehen durch die zerfallenen Torbögen, wo sich einst eine gewölbte Decke über Wände erhoben hatte, die geschmückt waren mit dem Glanz von Schilden und blitzenden Schwertern.

Im zerfurchten Schloßhof brach sich Löwenzahn Bahn durch die zerschmetterten Pflastersteine. Kein Schlag von Pferdehufen oder Rattern von Wagenrädern hatte diesen Frieden seit vielen mondlosen Nächten gestört.

Ein steinerner Drache, von seinem Sockel gestürzt, bewachte noch immer den Eingang, seine blinden Augen auf sein Reich gerichtet, als wollte er für alle Zeiten Ausschau halten nach jenen, die versuchten, sich unbefugt Eintritt zu verschaffen. Doch es gab keinen Grund, Eindringlinge zu fürchten. Kein Feind wartete auf den Einbruch der Dunkelheit. Und selbst die fast unmerkliche Bewegung der Schatten war nur eine Spiegelung des Lichts der Sonne auf ihrem Weg über den Himmel.

Nur Erinnerungen waren geblieben, um in den verlassenen Mauern und Türmen wie Geister zu spuken, diesen ewigen Zeugnissen eines Zeitalters, das lange schon vergangen war.

Verhext von Sonne und Mond krachte die Flut gegen die Felsen tief unter den Ruinen von Merdraco. Und der Turm wachte einsam…

Das Schicksal hatte ihm kein unwürdiges Ende beschieden. Der Wind trug den Klang von Kinderstimmen herbei, fröhliches Gelächter und das Echo von aufgeregtem Hundegebell. Hätte jemand auf dem Turm gestanden, hätte er sehen können, wie sich eine kleine Gruppe den Ruinen näherte.

Ein Mann, gekleidet in feinste Spitze, und eine Frau in blauem Samt und strahlend weißer Spitze gingen Arm in Arm auf die Ruine zu. Sie kamen von einem großen Haus, aus dessen Schornsteinen Rauch in den Himmel stieg. Die Sonne, die spiegelte sich in den unzähligen Fenstern, die funkelten und schimmerten wie tausend Kerzen.

Die grauen Augen des Mannes verengten sich gegen das Glitzern der See, als er zu den Sturmwolken sah, die den Horizont verdunkelten. Für einen kurzen Moment vergaß er, daß er nicht mehr Captain eines Schiffes war und daß er sich nie mehr darum sorgen mußte, sein Schiff unter vollen Segeln zu halten. Nur für einen Moment kehrten seine Gedanken zurück zu dem, was einmal gewesen war.

Sein Blick fiel auf das goldene Haar seiner Frau, in dem der Wind spielte, und das um ihre geröteten Wangen floß. Er fand, und nicht zum erstenmal, daß sie mit jedem Tag schöner wurde, atemberaubend schön.

Sie schaute zu ihm und wußte intuitiv, als seine Augen sich von der See abwandten und sein sehnsuchtsvoller Blick verschwand, daß sie ihn für einen verzauberten Moment an alte Erinnerungen verloren hatte. Doch als sich ihre Blicke trafen und sie Arm in Arm über das Land gingen, das das Erbe ihrer Kinder sein würde, da wußte sie, daß die Vergangenheit ihn nicht mehr lockte. Die Zukunft gehörte ihnen.

Ein zufriedenes Lächeln spielte um ihren Mund, als sie ihren ältesten Sohn ansah, einen Jungen von zehn Jahren, der mit seinem jüngeren Bruder und seiner Schwester schimpfte, die auf dem kleinen, pummeligen Pony saßen, das Kit führte. Ein junger Mann, kaum älter als zwanzig, ging ein kleines Stück vor ihnen her, er verlangsamte seine langen Schritte, damit das kleine Mädchen, das er fest an der Hand hielt, mit seinen wackeligen Füßchen mitkommen konnte. Mit einem nachgiebigen Lachen hob er das

Mädchen auf seine Schultern, so daß ihre goldenen Locken wippten.

In den blauen Augen des jungen Mannes leuchteten die strahlenden Träume von Männlichkeit, Träume, die angespornt wurden durch den Mann und die Frau, die ihn vor so vielen Jahren in ihrem Zuhause aufgenommen hatten und deren Liebe ihm kostbarer war als eine Seekiste gefüllt mit spanischen Schätzen.

Conny Brady betrachtete den Mann und die Frau, deren Tochter er im Arm hielt. Er rief ihnen etwas zu, doch der Wind trug seine Worte fort. So wartete er, wohl wissend, als er sich gegen den von der Sonne erwärmten Steindrachen lehnte, daß er alle Zeit der Welt hatte. Die fröhliche Melodie, die er pfiff, stieg zum prächtigen Banner in Smaragdgrün, Scharlachrot und Indigo hoch oben auf dem Turm, der schon Jahrhunderte Wache hielt.

Der Mond war ein blasser Schatten geworden. Die See bäumte sich gegen die wilde Küste unterhalb Merdracos auf.

Da waren die Sonne und der Mond, die See und Merdraco. In steter Veränderung, doch für alle Ewigkeit gleich.